Der Insel Verlag legt das unsterbliche Lederstrumpf-Epos nun in geschlossener Form als Kassette vor. Der Romanzyklus des ersten bedeutenden amerikanischen Autors James Fenimore Cooper wird in der von Rudolf Drescher überarbeiteten Kolbschen Übersetzung vollständig und ungekürzt wiedergegeben.

Es ist ein gewaltiges Prosa-Epos, die immer wieder fesselnde Saga aus der frühen amerikanischen Pionierzeit mit dem Helden Nathaniel Bumppo im Mittelpunkt der Handlung, die von der Kolonisierung des amerikanischen Kontinents erzählt: *Der Wildtöter* (The Deerslayer – 1841), *Der letzte Mohikaner* (The Last of the Mohicans – 1826), *Der Pfadfinder* (The Pathfinder – 1840), *Die Ansiedler oder Die Quellen des Susquehanna* (The Pioneers or the Sources of Susquehanna – 1823) und *Die Prärie* (The Prairie – 1827). In dieser Reihenfolge sind die Romane nach Inhalt und Zeitangabe zu ordnen. Entstanden sind sie allerdings, wie die Daten der Erstausgabe zeigen, in einer anderen Reihenfolge. Mit den Lederstrumpferzählungen führt uns Cooper 60 Jahre der amerikanischen Gründerperiode vor Augen, den Zeitraum von den 40er Jahren des 18. Jahrhunderts bis hin zum beginnenden 19. Jahrhundert.

»Keine literarische Gestalt begleitet mich so lange wie *Natty Bumppo*. Mit acht Jahren vernarrte ich mich in ihn, lief ihm nach in Landschaften, deren Weite und Unberührtheit für mich bis heute den Anschein von Utopie bewahren.« *Peter Härtling*

insel taschenbuch 760
Cooper
Der Lederstrumpf

James Fenimore Cooper

DER LEDER-STRUMPF

In der Bearbeitung der Übersetzung von C. Kolb u. a. durch Rudolf Drescher
Mit Illustrationen von O. C. Darley
Vollständige Ausgabe
Mit einer Nachbemerkung von Peter Härtling

Fünfter Band

James Fenimore Cooper

DIE PRÄRIE

Mit einer Nachbemerkung
von Peter Härtling

Insel Verlag

insel taschenbuch 760
Erste Auflage 1983
Lizenzausgabe mit freundlicher Genehmigung
des F. W. Hendel Verlages, Meersburg am Bodensee
Vertrieb durch den Suhrkamp Taschenbuch Verlag
Umschlag nach Entwürfen von Willy Fleckhaus
Druck: Nomos Verlagsgesellschaft, Baden-Baden
Printed in Germany

3 4 5 6 7 – 94 93 92 91 90

Die Prärie

Erstes Kapitel

Kann, guter Schäfer, Liebe oder Geld
Bequemlichkeit in dieser Wüste kaufen,
So schaff uns einen Ruheplatz und Speise.
Wie es euch gefällt

Es wurde zu seiner Zeit viel darüber geredet und geschrieben, ob es politisch sei, die weiten Striche von *Louisiana* mit den schon ungeheuren und kaum zur Hälfte bebauten Ländereien der Vereinigten Staaten zu verbinden. Als sich indessen die Lust am Streite gelegt hatte und alle Parteiinteressen freisinnigeren Ansichten gewichen waren, mußte man allmählich die Weisheit dieser Maßregel anerkennen. Man sah auch bei den beschränktesten Fähigkeiten bald ein, daß jene Einverleibung, während die Natur im Westen eine Wüste als Schranke gegen die Ausbreitung unserer Bevölkerung gesetzt, uns doch zu Herren eines fruchtbaren Landstrichs gemacht habe, der bei den Revolutionen dieser Tage leicht in den Besitz eines Nachbarvolkes geraten wäre. Sie machte uns ferner zu Herren der großen Straße durch das Innere des Landes, sie gab uns Gewalt und Aufsicht über die zahllosen, längs unserer Grenzen liegenden Indianerstämme, sie glich streitige Rechte aus und beschwichtigte nationales Mißtrauen. Ebenso wurden dadurch tausend Zugänge zum inländischen Verkehr und zu den Gewässern des Stillen Meeres geöffnet, und sollte jemals Zeit oder Notwendigkeit eine friedliche Trennung dieses ungeheuren Reiches verursachen, so sicherte sie uns einen Nachbar, der unsere Sprache besäße, unsere Religion, unsere Verfassung und, wie man hoffen darf, auch unsern Sinn für politische Gerechtigkeit.

Obgleich der Kauf Louisianas schon 1803 erfolgte, verzog es sich doch bis zum Frühling des kommenden Jahres, ehe die amtliche Vorsicht des die Provinz für seinen europäischen Herrn verwaltenden Spaniers die Autorität, ja selbst den Eintritt der neuen Eigentümer zuließ. Kaum aber, daß alle Formen der Übergabe erfolgt und die neue Regierung anerkannt waren, als auch Schwärme des rastlosen Volkes, das immer an den

Grenzen des kultivierten Amerika lagert, mit demselben sorglosen Mute in die Dickichte am rechten Ufer des Mississippi stürzten, welcher schon so manchen unter ihnen auf ihrem mühsamen Vordringen von den atlantischen Staaten nach den östlichen Ufern dieses »Vaters der Flüsse«[1] begleitet hatte.

Es gehörte freilich Zeit dazu, die zahlreich zuströmenden Ansiedler aus der untern Landschaft mit ihren neuen Landsleuten zu verschmelzen; die spärliche Bevölkerung der oberen ward aber fast augenblicklich von dem großen Strudel, vom Strome dieser neuen Auswanderung angeschwellt. Die Einwanderung von Osten war ein neues plötzliches Vordringen eines Volkes, welches nur einen augenblicklichen Widerstand gefunden, nachdem es durch seine ununterbrochenen Fortschritte fast unwiderstehlich geworden. Sorge und Mühe bei früheren Unternehmungen waren vergessen, als diese endlosen und unerforschten Gegenden mit allen ihren eingebildeten und wirklichen Vorteilen sich ihrem Unternehmungsgeiste öffneten. Die Folgen waren, wie man sich denken kann, wo so lokkende Anerbietungen einem unter Abenteuern groß gewordenen und in Fährlichkeiten erzogenen Geschlechte gezeigt wurden.

Tausende von Familienvätern aus den »Neuen Staaten«[2], wie sie damals hießen, schätzten ihre schwererworbenen Rechte und Bequemlichkeiten gering, brachen auf und führten lange Reihen von Abkömmlingen, geboren und auferzogen in den Wäldern von Ohio und Kentucky, tiefer in jenes Land, welches ohne Beihilfe der Poesie füglich ihr natürlicher und ihnen verwandter Himmelsstrich genannt werden konnte. Darunter war auch der kräftige und entschlossene Mann des Waldes, der zuerst die Wildnisse des letztern Staates durchdrungen hatte. Noch einmal setzte dieser unternehmende und ehrwürdige Patriarch[3] seinen Stab weiter, indem er den »endlosen Strom« zwischen sich und der Menge fließen ließ, die sein erster Erfolg ihm nachgezogen hatte, und nach Erneuung der Lust suchte, deren vormalige Befriedigung in seinen Augen den Wert verloren hatte, als sie in die Formen menschlicher Einrichtung eingezwängt erschien.

Bei Unternehmungen dieser Art werden die Menschen gewöhnlich von ihren vorherigen Gewohnheiten geführt oder von ihren geheimen Wünschen getäuscht. Einige wenige, von

Traumbildern der Hoffnung und von der Sucht, bald Nachfolger zu finden, geleitet, drangen tief in das jungfräuliche Gebiet ein, aber bei weitem der größere Teil der Auswanderer begnügte sich, längs der Ufer der ungeheuren Wasserströme sich niederzulassen, zufrieden mit den reichen Segnungen, welche das angeschwemmte Uferland auch dem unbeständigsten Fleiße seiner Bebauer gewährt. Auf diese Weise bildeten sich Gemeinden mit magischer Schnelligkeit, und fast alle, welche Zeugen von dem Ankauf eines *nackten Landes* gewesen, haben noch das Aufblühen eines volkreichen und unabhängigen *Staates* erlebt, der von seinen Einwohnern unter der Bedingung der politischen Gleichheit als ein besonderes Ganze in den allgemeinen Nationalverband aufgenommen worden.

Die mit unserer vorliegenden Legende in Verbindung stehenden Vorfälle und Auftritte fallen in die früheste Periode der Unternehmungen, die zu einem so großen und schnellen Erfolge geführt haben.

Die Ernte des ersten Jahres seit unserer Besitznahme war schon lange vorüber, und das Laub an den Bäumen färbte sich herbstlich, als ein Zug von Wagen sich aus dem ausgetrockneten Bett eines Baches herausbewegte, um seinen Weg über die wellenartige Oberfläche einer – wie sie in der Sprache des Landes, von dem wir schreiben, heißt – »wallenden Prärie« fortzusetzen. Die Fuhrwerke, beladen mit allen Arten von Hausgerät, die wenigen Schafe und das Hornvieh, die mitten im Zuge getrieben wurden, und das rohe Auftreten und die sorglose Miene der stämmigen Männer, welche an der Seite der Gespanne einhergingen, kündigten zusammen eine Gesellschaft Emigranten an, die nach dem Dorado des Westens suchten. Gegen die gewöhnliche Praxis von Leuten der Gattung hatte diese Gesellschaft den fruchtbaren Boden des niedern Landes verlassen und ihre Wanderung auf Wegen, wie sie nur solchen Abenteurern bekannt sind, durch Schluchten und Bergströme, über tiefe Moräste und öde Steppen, nach einem Orte gerichtet, der weit über die Grenzen der Zivilisation hinauslag. Vor ihnen lagen jene breiten Ebenen, die sich mit so wenig Abwechslung im Charakter bis zum Fuße der Rocky Mountains ausdehnen, und manche lange und traurige Meile hinter ihnen schäumten die schnellen und reißenden Wellen der La Platte.

Die Erscheinung eines solchen Zuges an dieser trostlosen,

öden Stelle wurde noch merkwürdiger durch den Umstand, daß die Gegend umher so wenig darbot, was für einen unternehmenden Geist von Reiz gewesen wäre, und womöglich noch weniger, was den Hoffnungen eines gewöhnlichen Ansiedlers in neuen Ländern hätte schmeicheln können.
Die spärlichen Kräuter auf der Prärie versprachen nichts, da der Boden, über welchen die Wagenräder so leicht wie über einen festgestampften Weg fortrollten, starr und hart war. Auch ließen Wagen und Tiere keine andere Spur zurück als hie und da das welke zertretene Gras, welches die Ochsen von Zeit zu Zeit abrissen, aber ebensooft wieder fortwarfen, da diese saure Kost selbst für ihren Hunger ungenießbar war.

Was auch die Bestimmung dieser Abenteurer war oder die heimliche Ursache ihrer anscheinenden Sicherheit in einer so abgeschiedenen Lage sein mochte, nichts in Haltung oder Wesen bei irgendeinem unter ihnen verriet Unbehaglichkeit oder Unruhe. Männer, Frauen und Kinder zusammengerechnet, waren es über zwanzig.

In geringer Entfernung vor dem Trupp marschierte jemand, welcher seiner Haltung und Miene nach der Anführer zu sein schien. Es war ein großer von der Sonne verbrannter Mann, über die mittleren Jahre hinaus, dessen dreistes Wesen und stummes Auftreten alles andere eher aussprachen als Nachdenken über die Vergangenheit und Sorge für die Zukunft. Sein Körper war eigentlich geschmeidig und biegsam, aber trotz der Ausdehnung der Glieder verriet sich darin eine ungemeine Kraft. Jedoch nur zuweilen, wenn irgendein leichtes Hindernis ihm bei seinem lässigen Hinschlendern in den Weg trat, zeigte dieser sein Körper, der sich bis dahin in Schlaffheit und Abspannung sozusagen gehen ließ, etwas von jener gewaltigen Kraft, die in seinem Gliederbau verborgen lag wie die schlummernde, aber unbeugsame und furchtbare Stärke des Elefan-

ten. Die unteren Gesichtszüge zeigten sich bei ihm roh, breit und leer, während die oberen oder jene edlen Teile, die Sinn und Geist ausdrücken sollen, fast ohne höhern Ausdruck waren.

Sein Anzug bestand aus einem Gemisch der gröbsten Kleidungsstücke, die ein Landmann zu tragen pflegt, mit solchem Lederzeug, wie es die Mode und das Herkommen bei Leuten seines gegenwärtigen Treibens fast notwendig machte. Doch vereinigte sich auch noch mit seinem Anzuge ein wunderbarer Schmuck von allen möglichen, mit ebensoviel Verschwendung als geringem Geschmack ausgesuchten Zieraten. Statt des gewöhnlichen Gürtels von Hirschfell trug er um seinen Leib eine verschossene seidene Binde von den grellsten Farben; der hörnerne Griff seines Seitenmessers war verschwenderisch mit Silberplatten belegt, der Marderpelz seiner Mütze war so fein und ausgesucht, daß eine Königin sich seiner nicht geschämt hätte; die Knöpfe seines schmutzigen, wollenen Rockes waren von dem glänzenden mexikanischen Gepräge, der Schaft seiner Flinte aus dem schönsten Mahagoni, ebenso kostbar die Gebinde und Schrauben, und die Bänder und Bummeleien dreier Uhren ohne Wert hingen und klirrten an drei verschiedenen Orten herab. Zu dem Ranzen und der Flinte, die über seinem Rücken, in Verein mit dem wohlgefüllten und sorgsam bewahrten Pulverhorn und Schrotbeutel hingen, hatte er eine scharfe, glänzende Holzaxt nachlässig über die Schulter geworfen und trug diese ganze Last anscheinend so bequem, als ginge er ganz frei und nicht von der geringsten Bürde beschwert.

Kurz hinter diesem Manne kam ein Trupp junger Leute, fast ebenso angezogen und untereinander und mit dem Führer von einer Ähnlichkeit, die sie vollkommen als Kinder *einer* Familie bezeichnete. Obgleich der jüngste von ihnen kaum über die Jahre hinaus sein mochte, in welchen der Mensch nach der feinen Unterscheidung der Gesetze frei zu handeln anfängt, so hatte er sich doch schon seines Erzeugers so würdig erwiesen, daß sein aufgeschossener Wuchs bereits die Familienhöhe erreichte. Es waren da noch ein oder zwei etwas verschiedene Gestalten, deren Schilderung wir uns aber für den Fortlauf der Geschichte versparen müssen.

Von den Weibern hatten nur zwei das mannbare Alter erreicht, wiewohl mehrere flachsköpfige olivenfarbige Gesichter aus dem ersten Wagen mit Augen voller Neugier und charakteristischer Lebendigkeit herausblickten. Die ältere von den beiden Erwachsenen war die blasse, an Runzeln reiche Mutter des größern Teils der Gesellschaft, und die jüngere ein munteres, rüstiges Mädchen von achtzehn Jahren, die, ihrer Figur, dem Anzuge und dem Gesichtsausdruck nach einem Stande anzugehören schien, der mehrere Stufen höher sein mochte als der aller ihrer Reisegefährten. Der zweite Wagen war mit einer so dichten tuchenen Plane überzogen, daß man bei der äußersten Sorgfalt nichts von dem Inhalt entdecken konnte. Die übrigen endlich waren mit keinen wertvolleren Effekten beladen als dem rohen Geräte, welches Leuten gehören kann, die jeden Augenblick bereit sind ohne Rücksicht auf Jahreszeit und Entfernung ihren Aufenthalt zu wechseln.

Vielleicht war nichts in dem ganzen Zuge oder im Aufzuge der Leute, was uns nicht täglich auf den Straßen unserer beweglichen Landstriche begegnen mag. Aber die einsame und sonderbare Gegend, wo beides so unerwartet zusammentraf, lieh der Gesellschaft einen seltsamen Anstrich von Wildheit und Abenteuerlichkeit.

In den kleinen Gründen, auf welche sie bei der abwechselnden Bildung des Landes nach jeder Meile stießen, begegneten ihrem Auge auf der einen Seite die allmählichen Erhebungen des Bodens, welche diesen Stellen den oben erwähnten Namen der »wallenden Prärien« verschaffen, während auf der andern eine dürftige Aussicht auf lange, enge und unfruchtbare Niederungen sich darbot, nur hie und da durch ärmliche Streifen einer selten üppiger werdenden Vegetation unterbrochen. Von den Höhen dieser Erdschwellen oder Wellen herab wurde das Auge ermüdet durch die ewige kalte und trübe Einförmigkeit der Landschaft. Die Erde glich dem Ozean, wenn seine rastlosen Wogen nach der überstandenen Wut des Sturmes in regelmäßiger Höhe schwer aufseufzen und niederfallen. Hier dieselbe Wellenbildung, dieselbe Abwesenheit jedes fremden Gegenstandes und dieselbe grenzenlose Weite der Aussicht. Ja, die Ähnlichkeit zwischen Wasser und Land war so schlagend, daß, wie auch der Geologe über eine so einfache Theorie lächeln möchte, es dem Dichter doch schwerfallen würde, nicht anzunehmen, daß die Formation des einen Elementes durch die weichende Herrschaft des andern gebildet worden. Hier und dort schoß ein schlanker Baum aus der Tiefe seine matten Äste hervor wie irgendein einsames Schiff, und um die Täuschung ganz zu vollenden, blitzten in der weitesten Ferne zwei oder drei Waldwipfel hervor, in dem nebligen Horizonte wie Inseln aus der Tiefe des Meeres vorschimmernd. Ich brauche dem unterrichteten Leser nicht erst zu sagen, daß die Einförmigkeit der Oberfläche und der niedrige Standpunkt der Zuschauer die Entfernung vergrößerte; aber indem Welle auf Welle folgte und Eiland auf Eiland, da sprach sich die traurige Gewißheit aus: daß lange und scheinbar unbegrenzte Landstriche durchzogen werden müßten, ehe die Wünsche auch des demütigsten Landmannes in Erfüllung gehen könnten.

Noch immer verfolgte der Anführer dieser Auswanderer seinen Weg, selbst von keinem andern Führer als der Sonne geleitet, indem er seinen Rücken entschlossen den Wohnstätten der Zivilisation zukehrte und bei jedem Schritte immer tiefer, wo nicht gar ohne Möglichkeit des Rücktritts, in die Wildnisse versank, wo bisher nur Barbaren und Wilde hausten. Als sich der Tag seinem Ende näherte, begann indessen doch sein Sinn, der vielleicht unfähig war, irgend etwas zu nähren, was mit einem Vorausbedenken anders als durch die Sorge für die augenblickliche Notdurft verwandt war, ein wenig von der Frage beunruhigt zu werden, was man bei der nahenden Dunkelheit zu tun habe.

Als er die Spitze einer Erdwelle, die etwas höher als die übrigen war, erstiegen hatte, verweilte er eine Minute und warf einen halb neugierigen Blick nach beiden Seiten, die wohlbekannten Zeichen aufzusuchen, welche einen Platz ankündigten, wo man die drei Hauptbedürfnisse, Wasser, Feuerstoff und Futter, zusammen antreffen möchte.

Es gewann den Anschein, als sei sein Suchen fruchtlos; denn nach einigen Augenblicken einer stummen und ruhigen Prüfung ließ er seinen gewaltigen Körper den sanften Abhang ungefähr so verdrossen hinuntersteigen, wie ein übervoll gemästetes Schlachtvieh auf des Treibers Peitsche hinabschreiten würde.

Schweigend folgten die übrigen seinem Beispiel; doch zeigten die jungen Männer vorher weit mehr Anteil, wo nicht Bestürzung als er, bei der kurzen Prüfung, die jeder von ihnen nach der Reihe, als sie auf dieselbe Stelle der Aussicht gekommen waren, anstellte. Aus der lässigen Bewegung von Tier und Mensch war es jetzt klar, daß die Zeit, wo sie ruhen müßten, nicht mehr fern sei. Das verschlungene Gras des niedern Bodens zeigte Hindernisse, welche die Müdigkeit furchtbar zu machen anfing, und die Peitsche wurde schon nötig, um die zaudernden Gespanne zur Arbeit anzutreiben. In diesem Augenblicke, wo mit Ausnahme des Anführers eine allgemeine Mattigkeit sich der Reisenden bemächtigte und jedes Auge, wie auf gemeinschaftlichen Antrieb, nach vorwärts gerichtet war, wurde die ganze Gesellschaft mit einem Male durch einen ebenso plötzlichen als unerwarteten Anblick zum Stillestehen gebracht.

Die Sonne war hinter dem Kamm einer der nächsten Erdwellen untergegangen, ein reiches und glühendes Abendrot zurücklassend. Mitten in dieser lichten Glut erschien eine menschliche Gestalt, scharf abgegrenzt gegen den goldenen Hintergrund, so erkennbar und anscheinend so nahe, als brauche man nur die Hand auszustrecken, um sie zu greifen. Es war eine kolossale Gestalt; ihre Stellung war nachdenkend und schwermütig und gerade dem Wege zugekehrt, den die Fremden kommen mußten. Aber wegen des blendenden Lichtes, das sie umstrahlte, war es unmöglich, etwas Näheres über ihren Eigentümer zu entdecken.

Die Wirkung dieses Anblicks war mächtig. Der Anführer der Auswanderer hielt plötzlich still und blickte das geheimnisvolle Wesen mit dumpfem Staunen, das aber sehr bald in eine Art abergläubischer Ehrfurcht überging, an. Seine Söhne hielten sich, nachdem das erste Staunen oder Schrecken sich ein wenig gelegt, dicht um den Vater, und als die Führer der Gespanne allmählich ihrem Beispiel folgten, hatte sich die ganze Gesellschaft bald zu einer schweigenden und verwunderten Gruppe gesammelt. Obgleich die Reisenden hier fast alle so ziemlich von einer übernatürlichen Erscheinung ergriffen schienen, hörte man doch Hähne spannen, und einer oder zwei von den kühnsten unter den Jüngeren senkten ihre Flinten, um, wenn es galt, bereitzustehen.

»Schick die Jungen rechts hin!« rief die entschlossene Frau und Mutter, mit einer scharfen, mißtönenden Stimme, »ich wette, Asa oder Abner werden schon was von der Kreatur zu erzählen wissen!«

»Es wäre immer gut, die Flinte zu probieren«, murmelte ein verdrossen vor sich hinblickender Mann, dessen Züge ihrem ganzen Ausdruck nach keine geringe Ähnlichkeit mit denen der zuerst Redenden trugen. Er nahm seine Flinte vom Rücken und machte sich ohne Aufsehen zielfertig, indem er dabei seine entschiedene Meinung äußerte: »Die Pawnee Loups[4] sollen bei Hunderten hier auf den Feldern jagen, und wenn dem so ist, werden sie auch keinen einzelnen von ihrem Stamm vermissen.«

»Halt!« rief eine sanfte, aber von Furcht aufgeregte weibliche Stimme, die von keines andern als den zitternden Lippen der jüngeren von den beiden Frauen kommen konnte: »Wir sind nicht alle beisammen, es kann ja auch ein Freund sein!«

»Wer geht auf Kundschaft aus?« fragte der Vater, indem er dabei verdrießlich die zusammengedrängte Stellung seiner starken Söhne ansah. »Fort! fort mit der Flinte!« sagte er dann, mit einem Riesenfinger und der Miene eines, dem sich nicht gut etwas abschlagen läßt, jenen von seinem Vorhaben abhaltend. »Mein Stück Arbeit ist noch nicht aus; laß uns das bißchen, was noch übrig ist, in Frieden fertig machen.«

Der Mann, welcher eine so feindliche Gesinnung an den Tag gelegt, schien des andern Anspielung zu verstehen, und fügte sich der Weisung. Die Söhne wandten sich mit ihren fragenden Blicken an das Mädchen, welches so eifrig gesprochen, um Aufklärung zu erhalten; aber, wie zufrieden mit dem für den Fremden erhaltenen Aufschub, war sie wieder in ihren Sitz zurückgesunken, und gefiel sich nun in einem jungfräulichen Stillschweigen.

Indessen hatte das Abendrot schon oft seine Farben gewechselt. Statt des das Auge blendenden Glanzes folgte ein mehr graues und matteres Licht, und je mehr Flimmer und Schimmer verschwand, wurden die Verhältnisse der gigantischen Gestalt auch gewöhnlicher und traten endlich ganz deutlich hervor. Beschämt über das Zaudern, jetzt, wo die Wahrheit nicht länger zweifelhaft war, setzte der Anführer der Gesellschaft den Marsch fort, indem er beim Hinaufsteigen auf eine gelinde Anhöhe die Vorsicht gebrauchte, auch seine Flinte in den Arm zu nehmen und in eine Lage zu bringen, daß sie ihm im Notfalle zur Hand sei.

Es schien indessen wenig not zu sein, eine solche Wachsamkeit anzuwenden. Vom ersten Augenblicke an, wo sie so unerwartet zwischen Himmel und Erde erschienen war, hatte die Gestalt des Fremden sich weder bewegt noch das geringste Zeichen von feindseliger Absicht gegeben. Hätte er irgendeine solche Absicht erkennen lassen, so schien die Gestalt, als sie nun ganz sichtbar wurde, wenig geeignet, eine solche auch auszuführen. Ein Körper, welcher die Stürme von mehr als achtzig Wintern ausgehalten, war nicht geeignet, Furcht in der Brust eines so kräftigen Mannes, wie unser Auswanderer, zu erwekken. Ungeachtet der Jahre und der Abmattung, wo nicht gar der Leiden, lag etwas in jenem, was zu sagen schien, daß es die Zeit gewesen und nicht die Krankheit, welche ihre Hand schwer auf ihn fallen lassen. Seine Gestalt war welk geworden, aber nicht ganz zusammengefallen. Sehnen und Muskeln, einst Zeugen gewaltiger Kraft, waren, obgleich zusammengeschrumpft, noch immer sichtbar, und seine ganze Figur sprach von einer Ausdauer, die, stände nicht die wohlbekannte Gebrechlichkeit alles Menschlichen im Wege, allen weiteren Fortschritten der Hinfälligkeit Trotz geboten hätte. Sein Anzug bestand größtenteils aus Tierfellen, die rauhe Seite nach außen. Jagdtasche und Horn hingen ihm von der Schulter herab, und er lehnte sich auf eine Flinte von ungewöhnlicher Länge, die aber, wie ihr Eigentümer, von einem langen und scharfen Dienst zeugte.

Als die Gesellschaft diesem einsamen Wesen näher kam, so daß man sich gegenseitig hören konnte, tönte ein heiseres Geheul aus dem Grase zu seinen Füßen, und dann erhob sich ein großer, magerer, zahnloser Hund lässig vom Lager, und indem er sich schüttelte, schien es, als wolle er sich dem Näherkommen der Reisenden widersetzen.

»Nieder! Hektor, nieder!« rief sein Herr, mit einer schon ein wenig zitternden und vor Alter hohlen Stimme, »was hast du zu schaffen mit Leuten, die in ehrlichem Beruf reisen?«

»Fremder, wenn Ihr gehörig bekannt seid hier in der Gegend«, sprach der Führer der Emigranten, »so könnt Ihr wohl einem Reisenden sagen, wo er den Notbedarf für die Nacht findet.«

»Ist das Land denn schon voll auf der andern Seite des großen Stromes?« fragte der alte Mann feierlich und ohne scheinbar auf die Frage des andern zu hören, »oder weshalb sehe ich ein Antlitz, von dem ich nie geglaubt, daß ich es wiedersehen sollte?«

»Freilich ist noch Land drüben, aber nur für die, die noch Geld haben und eben nicht schwierig sind bei der Wahl«, entgegnete der Fremde, »aber für meinen Geschmack ist's schon zu voll drüben. Wie weit ist's wohl von hier bis zu dem nächsten Punkt am *großen Flusse* hinter uns?«

»Ein gejagter Hirsch könnte seinen Leib nicht eher im Mississippi kühlen, bis daß er lange fünfhundert Meilen gelaufen wäre.«

»Und mit welchem Namen möchtet Ihr die Gegend hier nennen?«

»Mit welchem Namen«, erwiderte der alte Mann, bedeutungsvoll nach oben zeigend, »möchtet Ihr den Fleck da nennen, wo Ihr jene Wolke erblickt?«

Der Auswanderer sah den andern an wie einer, der seine Meinung nicht verstand oder halb argwöhnisch wurde; er begnügte sich aber doch zu sagen:

»Ihr seid auch nur ein neuer Einwohner, so wie ich selbst; ich denke mir's wenigstens so, sonst würdet Ihr doch nicht so ungefällig gegen einen Reisenden sein, wo es nur einen Rat gilt, der so wenig kostet und doch bisweilen freundschaftliche Verbindungen knüpft.«

»Ein Rat ist keine Gabe, sondern eine Schuld, die das Alter der Jugend zahlen muß. Was wünscht Ihr zu wissen?«

»Wo ich die Nacht lagern kann. Ich mache eben keine Schwierigkeiten, was Bett und Kost anbelangt, aber alle alten Reisenden, wie ich, kennen den Vorzug des süßen Wassers und guter junger Sprossen für das Hornvieh.«

»Kommt denn mit mir, und Ihr sollt beides finden; und es ist nicht viel mehr, was ich auf dieser hungrigen Wiese anbieten kann.«

Als der alte Mann so sprach, nahm er seine schwere Flinte mit einer für seine Jahre und hinfällige Gestalt merkwürdigen Leichtigkeit über die Schulter, und ohne weiter Worte zu verlieren, führte er die Reisenden den Abhang hinab in den unten liegenden Grund.

Zweites Kapitel

Schlagt auf mein Zelt! Hier lieg' ich diese Nacht. Wo aber morgen? – Das ist alles eins.

Richard III.

Die Reisenden entdeckten bald, daß die gewöhnlichen und nie täuschenden Anzeichen jener in ihrer Lage nötigen Gegenstände nicht fern waren. Ein klarer, murmelnder Quell rieselte von der einen Seite des Abhangs, und indem er sich mit ähnlichen Brünnlein aus der Nachbarschaft vereinigte, bildeten sie zusammen einen kleinen Bach, den man leicht mit dem Auge meilenweit auf der Heide verfolgen konnte, da an seinem befeuchteten Rande hie und da etwas Grünes vorschoß. Diesem entlang führte der Fremde, dem das Zugvieh willig folgte, vom Instinkt belehrt, daß Erfrischung und Ruhe hier zu finden wären.

Als er den Flecken erreichte, der ihm angemessen schien, hielt der alte Mann inne und schien mit einem feinen Blick zu fragen, ob der Ort wohl die nötigen Bequemlichkeiten enthalte. Der Führer der Auswanderer warf seine Augen bedächtig umher und untersuchte den Platz mit dem scharfen Blick jemandes, der vollkommen auf eine solche Frage zu antworten versteht, obgleich auf die zögernde und prüfende Weise, die ihn niemals einen voreiligen Entschluß fassen ließ.

»Ei, das mag gehen«, sprach er, als er mit der Prüfung zufrieden war. »Jungens, ihr habt die Sonne untergehen sehen, nun frisch auf!«

Die jungen Leute zeigten ihre Folgsamkeit gegen die Weisung auf eine eigne Art. Der Befehl – denn ein solcher war es nach Gebärde und Ton der Stimme – wurde zwar mit Ehrfurcht empfangen, aber das Äußerste, was geschah, war, daß eine oder zwei Äxte von den Schultern herabfielen, während die Besitzer derselben mit regungslosen Blicken fortfuhren, die Stelle anzugaffen. Zugleich machte auch der ältere Reisende, längst vertraut mit der Natur der seine Kinder beherrschenden Antriebe, sich frei von Gepäck und Flinte, und, unterstützt von dem

Manne, der uns schon bekannt ist und so geneigt war, sich auf die Flinte zu berufen, ging er ruhig daran, das Lastvieh loszuspannen.

Endlich kam auch der älteste von den Söhnen in einige Bewegung und grub seine Axt ohne scheinbare Anstrengung tief in das weiche Holz eines Baumwollbaumes. Einen Augenblick stand er, die Wirkung seines Schlages betrachtend, mit der Art Verachtung, wie etwa ein Riese den kläglichen Widerstand eines Zwerges anschauen könnte, und fällte dann, nachdem er alles, was ihn hindern konnte, abgeworfen, mit der Anmut und Geschicklichkeit, mit welcher ein Fechtmeister seine edlere, wenn auch weniger nützliche Waffe schwingen würde, schnell den Stamm des Baumes, indem der schlanke Wipfel in Unterwürfigkeit sich ihm krachend zu Füßen legte. Seine Kameraden hatten der Arbeit mit träger Neugier zugeschaut, bis sie den hingestürzten Stamm auf dem Boden erblickten. Jetzt, als wäre das Signal zu einem allgemeinen Angriff gegeben, gingen sie gemeinschaftlich ans Werk und befreiten in kurzer Zeit, aber mit einer netten, geschickten Ausführung, welche einen unwissenden Zuschauer in Erstaunen gesetzt haben würde, einen kleinen behaglichen Fleck von seiner ganzen Waldlast, so daß es den Anschein gewann, als habe ein Wirbelwind den Platz geräumt.

Der Fremde hatte schweigend, aber aufmerksam ihre Tätigkeit beobachtet. Als Baum nach Baum pfeifend niedersank, richtete er die Augen nach oben, mit wehmütigem Blicke die dadurch freigewordenen Stellen am Horizonte verfolgend, und wandte sich endlich ab, indem er bitter lächelnd etwas bei sich murmelte, wie einer, der es verschmähte, noch deutlicher sein Mißvergnügen zu äußern. Indem er sich durch die Gruppe der tätigen und geschäftigen Kinder, welche bereits ein lustiges Feuer angezündet hatten, drängte, beobachtete er nun ernst alle Bewegungen des Führers und seines so wild aussehenden Begleiters. Diese beiden hatten schon das Hornvieh losgemacht, das eifrig die jungen Zweige und Sprossen von den Kronen der gefällten Bäume abnagte, und waren jetzt bei dem Wagen beschäftigt, von dem wir sagten, daß sein Inhalt mit so ganz besonderer Sorgfalt verdeckt gewesen sei. Obgleich er ebenso still und ohne Bewohner zu sein schien wie die übrigen Fuhrwerke, strengten doch die Leute ihre ganze Kraft an und rollten ihn, von den anderen entfernt, nach einem trockenen und höheren Fleck dicht am Dickicht. Hier brachten sie mehrere Pfähle herbei, die anscheinend schon lange zu diesem Dienst gebraucht worden, und indem sie die stärkeren Enden fest in den Grund schlugen, wurden die schwächern an den Reifen befestigt, welche die Plane des Wagens trugen. Dann wurde eine Menge Decken aus dem Fuhrwerk genommen, und nachdem sie über das Ganze ausgebreitet waren, befestigte man sie noch so an der Erde, daß sie ein zwar nicht so großes, aber sehr bequemes Zelt bildeten. Nachdem die Leute ihr Werk mit prüfendem und vielleicht gar neidischem Auge betrachtet, hier eine Falte zurechtgezogen, dort einen Pfahl fester eingeschlagen, wandten sie noch einmal ihre Kräfte auf den Wagen selbst, indem sie ihn an der Deichsel mitten aus der gemachten Deckenhülle hervorzogen, bis er, seiner Bedeckung beraubt und jeder andern Last als weniger leichter Gerätschaften ledig, im Freien stand. Auch diese wurden augenblicklich abgeladen und von dem Reisenden sorgfältig selbst in das Zelt getragen, gleich als sei der Eintritt dort ein Vorrecht, das sogar seinem Busenfreunde nicht zukäme.

Da die Neugier eine Leidenschaft ist, welche durch die Abgeschiedenheit eher wächst als schwindet, so konnte der alte Bewohner der Prärie diese geheimnisvollen Anordnungen nicht ohne einen leichten Anflug dieses Triebes mitansehen. Er näherte sich dem Zelt und war drauf und dran, zwei Falten zurückzuschlagen, mit der sehr deutlichen Absicht, näher in den Inhalt hineinzublicken, als der Mann, welcher schon einmal seine Lust zur offnen Feindseligkeit verraten, ihn beim Arm ergriff und mit einer etwas rohen Kraftanstrengung von dem Flecke zurückriß, den er sich einmal als den geeignetsten zu seinem Zwecke ausersehen hatte.

»'s ist ein ehrlich' Sprichwort, Freund«, bemerkte der Kerl etwas trocken, aber mit einem Auge, das drohende Blicke schoß, »und zuweilen mag's eine Seele retten, das da heißt: Kümm're dich um deine eigenen Sachen.«

»Die Leute bringen selten etwas in diese Wüstenei, was verborgen werden soll«, erwiderte der alte Mann, als wolle er und wisse doch nicht recht, wie, die Freiheit, die er sich eben im Begriff gestanden, zu erlauben, entschuldigen, »und ich meinte, niemand zu kränken, indem ich hineinsah.«

»Sie bringen überhaupt wohl selten sich selber her«, antwortete der andere rauh. »Es sieht wohl aus wie eine alte Gegend, aber sie scheint mir wahrhaftig nicht gerade übermäßig bevölkert.«

»Das Land ist, glaube ich, so alt wie die anderen Werke des Herrn; aber Ihr sprecht richtig, wenn Ihr die Einwohner meint. Viele Monden sind verstrichen, seit mein Auge zum letzten Male ein Gesicht von meiner eignen Farbe gesehen. Noch einmal, Freund, ich meinte nichts Böses. Ich dachte nur, es möchte was hinter der Decke stecken, das mich an frühere Zeiten erinnern könnte.«

Als der Fremde seine einfache Erklärung geendet, ging er langsam weg wie jemand, der da tief das Recht empfindet, das jedermann auf den ruhigen Besitz seines Eigentums habe, ohne daß sein Nachbar ihn darin stören dürfe. Ein gesunder Grundsatz, dessen Richtigkeit er vermutlich in seinem abgeschiedenen Leben ganz empfunden hatte. Als er zurückging nach dem kleinen Lager der Auswanderer – denn zu einem solchen war der Platz jetzt geworden –, hörte er den Führer laut, in seinem rauhen und gebietenden Tone den Namen: »Ellen Wade!« rufen.

Das Mädchen, mit welchem der Leser schon bekannt geworden, war mit anderen ihres Geschlechts um die Feuer beschäftigt und sprang bereitwillig auf den Ruf hervor; indem sie mit der Munterkeit einer jungen Antilope vor dem Fremden vorbeihüpfte, war sie plötzlich hinter den verbotenen Vorhängen des Zeltes verschwunden. Weder dies ihr schnelles Verschwinden noch alles, was vorher vorgefallen war, erregte die geringste Verwunderung unter den übrigen. Die jungen Leute, die mit ihrer Arbeit, wo es der Axt bedurfte, fertig waren, beschäftigten sich anderweitig auf ihre gewöhnliche stumme, fast träge Art. Einige schütteten und teilten das Futter unter das Vieh, andere rührten die Keule in einem tragbaren Welschkornmörser, und zwei oder drei rollten die übrigen Wagen so beiseite, daß sie eine Art von Außenwerk für ihr sonst verteidigungsloses Biwak bildeten.

Bald war alles in Ordnung, und als die Dunkelheit begann die Gegenstände in der Heide umher zu verhüllen, verkündete das große Weib, deren Stimme seit dem ersten Halt unter der jungen Brut vielfältig keifend gehört worden, mit so kreischenden

Tönen, daß man sie in einer gefährlichen Entfernung verstehen konnte, das Abendessen warte nur auf die Ankunft der Esser. Wie es auch sonst mit den Tugenden eines Grenzbewohners stehe, selten fehlt ihm die der Gastfreiheit. Kaum hörte der Auswanderer den scharfen Ruf seines Weibes, als er nach dem Fremden blickte, um ihm den ersten Platz bei dem groben Mahle anzubieten, zu welchem sie jetzt so unförmlich genötigt worden.

»Ich danke Euch, Freund«, erwiderte der alte Mann auf die rauhe Einladung, einen Sitz dicht am dampfenden Kessel einzunehmen. »Herzlichen Dank, aber ich habe heut schon für den Tag gegessen und gehöre nicht zu denen, die ihre Gräber mit ihren Zähnen graben. Doch wenn Ihr wünscht, setze ich mich hin; denn es ist lange her, daß ich Leute meiner Farbe ihr täglich Brot essen gesehen.«

»So seid Ihr wohl ein alter Ansiedler in diesen Gegenden«, warf der Auswanderer mehr hin, als daß er fragte, indem sein Mund fast überfloß von dem köstlichen Welschkornbrei, den sein störrisches Weib so geschickt zubereitet hatte. »Sie meinten unten, wir würden die Ansiedler hier am Wege sehr dünn finden, und ich muß wahrhaftig gestehen, sie haben mir nicht falsch berichtet; denn bis auf die Kanadahändler am großen Strome seid Ihr das erste weiße Gesicht, auf das wir gute fünfhundert Meilen weit gestoßen sind; das heißt, nach Eurer eignen Rechnung gezählt.«

»Obgleich ich manche Jahre hier zugebracht, kann ich doch kaum für einen Ansiedler gelten, da ich keinen regelmäßigen Wohnsitz habe und selten über einen Monat auf demselben Anstand bleibe.«

»Also ein Jäger?« fuhr der andere fort, indem er einen Seitenblick auf ihn warf, um die Ausrüstung seines neuen Bekannten zu mustern. »Zu solchem Geschäft ist Euer Apparat nicht mehr der beste.«

»Wird alt und wartet, beiseite gelegt zu werden, gleichwie der Herr«, sprach der alte Mann, indem er seine Flinte mit einem Blick, in dem Liebe und Kummer sich mischten, betrachtete. »Es tut auch eigentlich nicht mehr not. Ihr irrt Euch, Freund, wenn Ihr mich einen ordentlichen Jäger nennt, ich bin nicht viel besser als ein Trapper[5].«

»Wenn Ihr das eine ordentlich seid, so wette ich auch, Ihr

seid etwas vom andern; denn beides geht in diesen Gegenden Hand in Hand.«

»Schande über den, der jenes noch kann und von diesem Gebrauch macht«, erwiderte der Trapper, wenn es uns erlaubt ist, ihn künftig so zu nennen. »Länger als fünfzig Jahre führte ich meine Flinte in der Wildnis, ohne eine Schlinge für den kleinsten Vogel zu legen, der doch in den Lüften fliegt – geschweige denn für ein Tier, dem die Natur nichts als Beine gegeben.«

»Da sehe ich doch wenig Unterschied, ob ein Mann sein Pelzwerk durch die Flinte oder durch die Schlinge gewinnt«, sprach der bösblickende Gefährte des Auswanderers in seiner rauhen und unfreundlichen Weise. »Die Erde wurde nun mal für den Menschen geschaffen, und drum sind auch die Kreaturen darauf sein.«

»Ihr führt wenig Plunder[6] mit Euch, alter Jäger, für einen, der da in der Fremde herumschweift«, unterbrach ihn dreist der Auswanderer, als wünsche er jene Unterhaltung zu unterbrechen. »Ich hoffe, mit den Fellen steht es besser bei Euch.«

»Kann beides wenig gebrauchen«, erwiderte ruhig der Trapper, »in meinem Alter sind Nahrung und Kleidung das einzige, wessen ich bedarf, und was hülfe mir das, was Ihr Plunder nennt, sonst wohl, als dann und wann ein Horn voll Pulver oder eine Stange Blei einzutauschen.«

»Ihr seid also eigentlich nicht aus diesen Gegenden, Freund?« fuhr der Auswanderer fort, indem er an den Einwand des andern auf das gleichbedeutende Wort dachte, welches er selbst nach dem Ortsgebrauch statt ›Gepäck‹ und ›Effekten‹ gebraucht hatte.

»Ich ward an der Seeküste geboren, obschon ich den größten Teil meines Lebens in den Wäldern zubrachte.«

Die ganze Gesellschaft sah nun auf ihn hin, wie die Leute wohl die Augen auf einen unerwarteten Gegenstand allgemeiner Teilnahme zu richten pflegen. Einige von den jungen Leuten wiederholten das Wort ›Seeküste‹, und die Frau warf ihm einen höflichen Blick zu, was ihr, die trotz aller Gastfreundschaft wenig daran gewöhnt war, sehr schwer zu werden schien. Aber die Ehre, einen so weit gereisten Gast zu bewirten, forderte das. Nach einem langen und scheinbar nachdenklichen Schweigen hub der Auswanderer, der indessen dabei gar keine

Notwendigkeit abgesehen, in der Verrichtung des Kauens innezuhalten, wiederum an:

»Es ist eine weite Strecke, wie ich gehört habe, von den Gewässern im Westen bis zu der großen See?«

»Eine ermüdende gewiß, mein Freund, und viel habe ich gesehen und auch etwas gelitten, als ich sie wanderte.«

»Man bekäme also ein gutes Stück mühseligen Weges zu sehen, wenn man ihn ganz entlang ginge?«

»Fünfundsiebzig Jahre bin ich auf dem Wege gewesen, und es sind nicht die Hälfte Meilen in der ganzen Entfernung, wenn man den Hudson verlassen, daß ich nicht auf jeder ein Wildbret, von mir selbst erlegt, gekostet habe. Doch, wozu das törichte Rühmen! Was helfen die früheren Taten, wenn die Zeit uns ein Ende vorschreibt!«

»Ich traf einmal jemand, der auf dem Strome, von dem er spricht, gefahren war«, bemerkte einer der Söhne, aber in einem so leisen Tone, als traue er seiner eigenen Kunde nicht und halte es für klug, in Gegenwart eines Mannes, der so viel gesehen, selbst Mißtrauen zu zeigen. »Nach seiner Rede müßte es ein tüchtiger Strom gewesen sein und tief genug für ein Schiff von der Spitze des Mastes bis zum Kiel unten!«

»Es ist ein breiter und tiefer Wasserstrom, und manche stattlichen Städte wachsen an seinen Ufern«, erwiderte der Trapper, »und doch ist es eigentlich nur ein Bach gegen die Gewässer des *endlosen Flusses!*«

»Ich nenne nichts einen Strom, wo ein Mann *herumreisen* kann«, rief der finstre Genosse des Auswanderers. »Ein wahrer Fluß, den muß man kreuzen, nicht umgehen, wie den Bären bei der Treibjagd[7].«

»Seid Ihr weit vorgedrungen gegen Sonnenuntergang?« unterbrach ihn wieder der Auswanderer, als wünsche er, soweit es gehe, seinen rauhen Gesellschafter aus dem Gespräch zu bringen. »Dies sind weite, leere Striche, in die wir geraten sind.«

»Und Ihr könnt noch Wochen reisen und es immer ebenso finden. Ich denke oft, der Herr hat diesen unfruchtbaren Gurt von Prärien hinter die Staaten hingestellt, um die Leute zu warnen, wozu ihre Torheit das Land machen könne! Ach, Ihr könnt Wochen, wo nicht Monate in diesen offenen Feldern reisen, ohne auf eine Wohnung für Mensch und Tier zu stoßen. Selbst die wilden Tiere laufen Meilen um Meilen, ihre Höhlen zu suchen. Und doch bläst der Wind selten von Osten her, ohne daß ich den Ton von Äxten und das Krachen fallender Bäume höre.«

Wie der alte Mann mit dem Ernst und der Würde sprach, die in solchem Greisenalter auch bei minder ergreifenden Stimmungen nie den Eindruck verfehlen, wurden seine Zuhörer sehr aufmerksam und still wie das Grab. So blieb es dem Trapper überlassen, das Gespräch selbst wieder anzufangen, was er denn auch bald tat, indem er eine Frage unbestimmt hinwarf, wie die Einwohner der Grenzen dies zu tun pflegen.

»Ihr werdet's nicht leicht gefunden haben, über die Gewässer zu kommen, Freund, und Euren Weg so tief hinein in die Prärie mit Pferdegespannen und Herden von Hornvieh anzutreten?«

»Ich hielt mich immer links am großen Flusse«, erwiderte der Auswanderer, »bis ich fand, daß der Strom uns zu weit nach Norden hinaufführte. Da machten wir uns drüber weg, eben ohne großen Verlust. Die Frau hat nun, wenn's nächstes Jahr ans Scheren geht, zwei Felle weniger Arbeit, und die Mädel brauchen künftig eine Kuh weniger zu melken. Seitdem sind wir tüchtig ans Werk gegangen, und es verstrich kein Tag oder doch keiner um den andern, daß wir nicht eine Brücke oder einen Damm schlugen.«

»Ihr geht vermutlich immer weiter nach Westen, bis Ihr in ein Land kommt, was besser zur Ansiedlung paßt?«

»Bis ich einen Grund habe, stillzustehen oder umzukehren«, rief der Auswanderer derb drein, indem er zugleich aufstand und den Dialog durch eine unwillige Miene und die Schnelligkeit seiner Bewegung abbrach. Der Trapper folgte mit den übrigen seinem Beispiel, und die Reisenden bereiteten nun, ohne eben auf die Gegenwart des Gastes zu achten, alles zu ihrer Nachtruhe. Mehrere kleine Lauben oder vielmehr Hütten waren schon aus den Wipfeln der Bäume, groben Decken und Büffelhäuten, ohne andere Rücksichten als den Schutz für den Augenblick, zusammengeflochten worden. Hier hinein krochen Mutter und Kinder augenblicklich, und es ist sehr wahrscheinlich, daß sie sogleich vom festen Schlaf eingewiegt wurden. Die Männer jedoch hatten noch einige Kleinigkeiten abzumachen, wie: alles zur Verteidigung instand zu setzen, sorgfältig das Feuer zu verbergen, den Ochsen noch Futter vorzuschütten und die Wache auszustellen, welche die Gesellschaft in der tiefen Stunde der Nacht beschützen sollte.

Das erstere geschah, indem man einige Baumstämme in die Zwischenräume der Wagen einfügte und andere über den offenen Platz zwischen den Wagen und dem Dickicht zog, an welches, in der militärischen Sprache, das Lager sich lehnte, so daß dieses nunmehr auf drei Seiten durch eine Art spanischer Reiter beschützt war. In diesen engen Grenzen (mit Ausnahme dessen, was das Zelt enthielt) befanden sich jetzt Mann und Vieh zusammengedrängt, indem das letztere sich viel zu glücklich fühlte, die müden Glieder ausstrecken zu können, als daß es irgendeinen treuen, mit etwas mehr Besinnung begabten Reisegefährten hätte stören sollen. Zwei von den jungen Leuten nahmen ihre Flinten in den Arm, und gingen, nachdem sie frisches Zündpulver auf die Pfanne getan und sorgfältig die Feuersteine geprüft hatten, mit großer Behutsamkeit der eine auf die äußerste Seite des Lagers rechts, der andere links, wo sich jeder so in den Schatten des Dickichts stellte, daß er seinen Teil der Prärie gut überschauen könne.

Der Trapper war, nachdem er es abgelehnt, die Streu des Auswanderers zu teilen, umhergeschlendert, bis alle Vorkehrungen getroffen waren, und verließ nun langsam ohne ein Wort des Abschieds den Ruheplatz.

Es war jetzt um die erste Nachtwache, und das bleiche trügerische Licht des eben aufgegangenen Mondes spielte über den endlosen Wellen der Prärie, indem es die Hügelränder oben mit hellem Glanze und die Tiefen dazwischen mit desto dunklerem Schatten färbte. Gewöhnt an einsame Auftritte wie diesen, schritt der alte Mann, als er die Fremden verlassen, allein über die ungeheure Weite wie ein kühnes Schiff, das aus dem Hafen läuft, um sich den unendlichen Gefilden des Ozeans anzuvertrauen. Es schien, als bewege er sich eine Zeitlang weiter, ohne bestimmte Richtung oder wenigstens ohne bestimmtes Bewußtsein, wohin ihn seine Füße tragen würden. Endlich, als er am Fuß einer neuen Landwelle ankam, blieb er stehen, und hier wurde der alte Mann zum erstenmal, seit er die Gesellschaft verlassen, die eine solche Flut von Erinnerungen und Betrachtungen über ihn ausgegossen, nachdenklich über seine gegenwärtige Lage. Auf seine Flinte sich stützend, verlor er sich wieder mehrere Minuten in tiefen Betrachtungen, während welcher Zeit sein Hund sich dicht zu seinen Füßen anschmiegte. Ein tiefes, drohendes Gebell weckte ihn zuerst aus seinem Sinnen.

»Was gibt es, mein Hund!« sprach er, auf seinen Gefährten niederblickend, und mit einem innigen Tone, als richte er seine Frage an ein vernünftiges Wesen, das mit ihm auf einer Stufe stehe. »Heda, was gibt es, Hektor, was stöberst du auf? Nichts, nichts, mein Hund. Die jungen Hirsche spielen selbst offen vor unseren Augen, ohne sich um zwei solche müde getriebene Hunde wie dich und mich zu kümmern. Instinkt haben sie, Hektor, und da haben sie gefunden, wie wenig wir beide zu fürchten sind; – haben's gefunden!«

Der Hund hob den Kopf auf und antwortete auf die Worte seines Herrn durch ein langes, klägliches Gewinsel, das noch fortdauerte, als er den Kopf schon wieder ins Gras gesteckt hatte, gleich als wechsele er verständliche Laute mit einem, der wohl seine eintönige Unterhaltung zu würdigen wisse.

»Das ist ja ein offenbares Warnen, Hektor!« fuhr der Trapper fort, indem er leiser sprach und forschend umherblickte. »Was gibt es? He, was gibt es?«

Der Hund hatte indessen seine Nase schon auf die Erde gelegt und war still; es schien, als schlafe er. Aber seines Herrn schneller und scharfer Blick erfaßte bald eine ferne Gestalt, welche durch das trügerische Licht dieselbe Erdwelle, auf der er stand, entlangzukommen schien. Schon konnte er sie genauer unterscheiden, und nun war es, als zaudere eine luftige, weibliche Gestalt, wie unschlüssig, ob sie weitergehen solle. Obgleich die Augen des Hundes offen im Strahl des Mondes glänzten, je nachdem er sie öffnete und wieder schloß, so gab er doch kein weiteres Zeichen des Mißbehagens.

»Komm näher, *wir* sind Freunde«, rief der Trapper der Gestalt zu, indem er sich mit seinem vierfüßigen Gefährten aus langer Gewohnheit und gewiß auch des geheimen Bandes wegen, das einen an den andern knüpfte, zusammenrechnete. »Wir sind deine Freunde. Es wird dir keiner etwas tun.«

Ermutigt durch die milden Töne seiner Stimme und vielleicht auch durch den Ernst ihres Vorsatzes geleitet, näherte sich das weibliche Wesen, bis sie dicht neben ihm stand. Da erkannte der alte Mann das junge Mädchen, welches der Leser bereits unter dem Namen Ellen Wade kennt.

»Ich glaubte, Ihr wäret schon fort«, sprach sie, ängstlich und scheu umherblickend. »Sie sagten, Ihr wäret fort, und wir würden Euch nie wiedersehen. Ich glaubte nicht, daß Ihr es wäret.«

»Es gibt nicht viel Leute in diesen leeren Gefilden«, entgegnete der Trapper, »und ich hoffe zu Gott, obschon ich lange nur mit den Tieren des Waldes umgegangen, daß ich doch noch wie einer aus meinem Geschlecht aussehe.«

»Oh, ich wußte, daß Ihr ein Mensch wäret, und ich glaubte auch das Winseln Eures Hundes zu erkennen«, antwortete sie hastig, als wolle sie irgend etwas ausdrücken und wisse doch nicht, was, und hielt dann plötzlich inne, als fürchte sie, schon zuviel gesagt zu haben.

»Ich sah keine Hunde bei den Gespannen Eures Vaters«, bemerkte der Trapper trocken.

»Vater?« rief das Mädchen nicht ohne Bewegung aus. »Ich habe keinen Vater! Fast hätte ich gesagt, ich habe keinen Freund!«

Der alte Mann wandte sich hier zu ihr mit einem Blick voll Güte und Teilnahme, der weit milder war als der gewöhnliche, wohlwollende, doch ernste Ausdruck seines Gesichtes, das alle Stürme erduldet hatte.

»Warum wagt Ihr Euch aber an einen Ort, wo nur der Starke hinkommen sollte?« fragte er. »Wußtet Ihr nicht, als Ihr über den großen Fluß setztet, daß Ihr einen Freund hinter Euch ließet, der immer verpflichtet ist, auf die Jungen und Schwachen, wie Ihr seid, zu blicken.«

»Wen meint Ihr?«

»Das Gesetz. – Schlimm, daß man es haben muß, aber zuweilen denke ich: es ist noch schlimmer, wo es gar nicht gefunden wird. Ja – ja, das Gesetz ist nötig, wo es solche zu schützen gilt, denen die Gabe der Kraft und Weisheit abgeht, und Alter und Gebrechlichkeit lassen mich gleichfalls bisweilen diese Schwäche fühlen. Ich hoffe, junges Mädchen, wenn Ihr keinen Vater habt, habt Ihr doch wenigstens einen *Bruder.*«

Das Mädchen fühlte den heimlichen Vorwurf in der versteckten Frage und blieb einen Augenblick verwirrt und schweigend. Aber als sie die milden und ernsten Züge des andern gewahr ward, indem er sie mit dauernder Teilnahme ansah, erwiderte sie fest und auf eine Art, die ihm keinen Zweifel ließ, daß sie seine Meinung verstehe: –

»Wolle der Himmel nicht, daß einer von denen, die Ihr seht, mein Bruder oder sonst für mich ein teures Wesen sei. Aber sagt mir, alter Mann, lebt Ihr denn wirklich ganz allein in dieser Einöde? – Ist hier wirklich niemand außer Euch?«

»Ihrer Hunderte, ja Tausende von den rechtmäßigen Eigentümern des Landes streifen umher auf den Feldern, aber wenige von meiner Farbe.«

»Und stießt Ihr auf keine Weißen als uns?« unterbrach ihn das Mädchen, ungeduldig die langsame Erklärung zu erwarten, die sein Alter und Nachdenken vorbereite.

»Seit langen Tagen nicht. – He, Hektor, he«, setzte er auf ein leises, fast unverständliches Knurren seines Hundes hinzu. »Der Hund riecht Unrichtiges im Winde. Die schwarzen Bären kommen zuweilen von den Bergen bis hierher und noch weiter hinab. Bei harmlosem Wilde schlägt das Tier sonst nicht an. Freilich bin ich nicht mehr so bei Wege mit der Flinte wie wohl sonst, wo ich zu meiner Zeit das wildeste Tier auf der Prärie erlegte, aber habt darum keine Sorge, junges Mädchen.«

Das Mädchen schlug ihre Augen in der gewöhnlichen Weise derer ihres Geschlechts auf, die zuerst den Boden zu ihren Füßen betrachten und damit enden, alles umher anzuschauen, so weit der menschliche Blick reicht. Aber es schien, als fühle sie mehr Ungeduld als Besorgnis.

Ein neues kurzes Anschlagen des Hundes gab beider Blicken indessen bald eine neue Richtung, und nun erblickte man unten in der Ferne den Gegenstand seiner zweiten Warnung.

Drittes Kapitel

> Ja, ja! Du bist in deinem Zorn ein so hitziger Bursch als einer in ganz Italien, ebenso ungestüm in deinem Zorne und ebenso zornig in deinem Ungestüm.
>
> *Romeo und Julia*

Obleich der Trapper einiges Erstaunen verriet, als er eine andere menschliche Gestalt ihnen näher kommend gewahrte, und das noch dazu von einer dem Lagerplatze des Auswanderers ganz entgegengesetzten Seite, so geschah dies doch mit der Festigkeit eines Mannes, der längst an gefährliche Auftritte gewöhnt war.

»Dies ist ein Mann«, sprach er, »und einer mit weißem Blut in den Adern, oder sein Tritt wäre leichter. Es ist gut, aufs Schlimmste gefaßt zu sein, da alle die Mischlinge[8], welche einem in diesen entfernten Strichen begegnen, weit barbarischer sind als die wirklichen Wilden.«

Während er das sprach, hob er die Flinte auf und prüfte mit dem Finger den Stein und das Zündpulver. Aber sein Arm wurde, gerade während er anlegen wollte, von den ängstlichen und zitternden Händen seiner Gefährtin festgehalten.

»Um Gottes willen, nicht zu schnell«, sprach sie, »es mag ein Freund sein, ein Bekannter, ein Nachbar.«

»Ein Freund?« wiederholte der alte Mann, indem er sich nachdenklich von ihrem Anfassen losmachte. »Freunde sind selten in jedem Lande und hier vielleicht seltener als irgendwo; auch macht die spärliche Nachbarschaft ringsum es nicht wahrscheinlich, daß der, der da auf uns zukommt, selbst nur ein Bekannter ist.«

»Wär's auch ein Fremder, weshalb sein Blut?«

Der Trapper blickte eine Weile auf ihre ängstlichen und erschreckten Züge und setzte dann seine Flinte auf den Boden wie einer, der seinen Vorsatz plötzlich geändert hat.

»Nein«, sagte er mehr zu sich als zu seiner furchtsamen Gefährtin, »sie hat recht; es braucht kein Blut, um eines Leben zu retten, der nicht mehr dafür taugt und bald abgerufen wird. Laß ihn heran kommen! Laß ihn kommen; meine Felle, meine

Schlingen und selbst meine Flinte sollen ihm gehören, wenn er es der Mühe für wert hält, sie zu fordern.«

»Er wird sie nicht fordern, er braucht sie nicht«, erwiderte das Mädchen, »als ein ehrlicher Mann ist er mit der eigenen zufrieden und verlangt keines Fremden Eigentum.«

Der Trapper hatte keine Zeit, sein Erstaunen über so unzusammenhängende und sich widersprechende Reden auszudrücken; denn der Mann war so nahe gekommen, daß er nur noch fünfzig Schritte von ihnen entfernt stand. – Inzwischen hatte Hektor keinen gleichgültigen Zeugen des Vorfalls abgegeben. Beim Schall der fernen Fußtritte war er von dem warmen Lager zu Füßen seines Herrn aufgesprungen und schlich, als der Fremde ihnen frei entgegenkam, langsam auf ihn zu, indem er sich auf die Erde schmiegte wie der Panther, der seinen Sprung tun will.

»Ruft Euren Hund zurück!« rief eine feste, tiefe, männliche Stimme mehr im Tone der Freundschaft als der Drohung. »Ich liebe die Hunde, und es sollte mir leid tun, müßte ich dem Tiere was zufügen.«

»Hörst du, mein Hund, was er von dir sagt?« sprach der Trapper, »komm her, Narr! Sein Knurren und Klaffen, das ist alles, was ihm übriggeblieben. Kommt nur näher, Freund, der Hund hat keine Zähne.«

Der Fremde benutzte sogleich die Nachricht. Eilig sprang er heran und stand im nächsten Augenblick an Ellen Wades Seite. Nachdem er sich durch einen schnellen scharfen Blick überzeugt, daß *sie* es sei, wandte er sich mit einer Schnelle und Ungeduld, die von seinem Interesse dabei zeugte, zu einer ähnlichen Prüfung ihres Gefährten.

»Aus welcher Wolke seid Ihr, mein guter alter Mann, herabgefallen«, sagte er in einer offenen, treuherzigen Weise, die nicht erlogen sein konnte. »Oder lebt Ihr wirklich hier in den Prärien?«

»Ich habe lange auf Erden gelebt und niemals, hoffe ich, dem Himmel näher als in diesem Augenblick«, erwiderte der Trapper. »Meine Wohnung, wenn man das eine Wohnung nennen kann, ist nicht weit entfernt. Kann ich mir nun auch die Freiheit gegen Euch erlauben, die Ihr Euch so offen gegen andere genommen habt? Wo kommt *Ihr* her, und wo ist Eure Heimat?«

»Sachte, sachte! Wenn ich mit meinem Katechismus zu Ende

bin, wird es Zeit sein, mit dem Euren anzufangen. Wonach jagt Ihr, mein guter Mann, bei Mondlicht? Zu einer solchen Stunde geht es doch nicht auf die Büffel los?«

»Ich komme, wie Ihr seht, aus einem Lager von Reisenden, welches dort oberhalb jener Landwelle liegt, und gehe nach meiner eigenen Hütte. Damit tue ich niemand unrecht.«

»Alles schön und wahr. Und Ihr nahmt dieses junge Mädchen, Euch den Weg zu zeigen, weil sie ihn so gut kennt und Ihr davon so wenig wißt?«

»Ich traf sie so wie Euch, durch Zufall. Denn zehn mühevolle Jahre habe ich auf diesen offenen Feldern gewohnt, und nie vor diesem Abend stieß ich auf menschliche Wesen mit weißer Haut zu solcher Stunde. Stört meine Anwesenheit hier, so tut es mir leid, und ich will meines Weges gehn. Es ist mehr als wahrscheinlich, daß Ihr, wenn Eure junge Freundin ihre Geschichte erzählt hat, die meinige eher glauben werdet.«

»Freund!« sprach der Jüngling, indem er eine Pelzmütze abzog und mit den Fingern langsam durch die dichten, schwarzen Locken fuhr, »wenn ich jemals vor dieser Nacht das Mädchen sah, so will ich...«

»Du hast schon genug gesagt, Paul«, unterbrach ihn das Mädchen, indem sie ihn mit einer Vertraulichkeit die Hand auf den Mund legte, welche ihn fast geradezu wegen seiner Behauptung der Lüge zieh. »Unser Geheimnis ist sicher bei diesem ehrlichen alten Manne. Das sehe ich aus seinen Blicken und gütigen Worten.«

»*Unser* Geheimnis! Ellen, hast du vergessen« –

»Nichts. Ich habe nichts von dem vergessen, woran ich denken sollte. Und doch sage ich, wir laufen keine Gefahr bei diesem ehrlichen Trapper.«

»Trapper! Ein Trapper also? Dann Eure Hand, Vater! Unser Gewerbe sollte uns zusammenbringen.«

»Das würde sich wenig passen«, erwiderte der andere, indem er die athletische und kräftige Gestalt des jungen Mannes prüfte, wie er sich sorglos und nicht ohne Anmut auf seine Flinte lehnte. »Die Kunst, Gottes Geschöpfe in Schlingen und Netzen zu fangen, erfordert mehr Schlauheit als Kräfte, und nur mein Alter zwingt mich, sie auszuüben! Aber für jemand, wie Ihr seid, schickte es sich besser, ein Geschäft für Eure Jahre und Euren Mut zu treiben.«

»Für mich? Ich habe in meinem Leben nicht einmal ein schleichendes Wiesel oder eine Moschusratze in der Falle gefangen, obschon ich gestehen muß, daß ich ein paarmal auf diese schwarzhäutigen Teufelchen losgepfeffert habe, wo es besser gewesen wäre, ich hätte das Pulver im Horn und das Schrot im Beutel gespart. Ich bin der Mann nicht, alter Herr; nichts, was auf der Erde kriecht, ist meine Jagd.«

»Was für ein Leben führt Ihr denn aber, Freund? Denn hier in den Gegenden gibt es wenig zu verdienen, wenn jemand sein ihm gesetzlich zustehendes Recht auf die Tiere des Feldes aufgibt.«

»Ich will mich nicht besser machen, als ich bin. Wenn mir ein Bär über den Weg gelaufen kommt, so ist er bald kein Bär mehr. Der Hirsch fängt schon an, mich zu wittern, und was die Büffel betrifft, alter Freund, da habe ich ihrer mehr umgebracht als der größte Schlächter in ganz Kentucky.«

»Ihr könnt also schießen!« fragte der Trapper, indem es in seinen kleinen tiefliegenden Augen aufglänzte. »Ist Eure Hand fest, Euer Blick schnell?«

»Meine Hand ist wie ein Stahldrücker, und mein Auge flink wie der Rehbock. Ich wünschte, alter Papa, es wäre jetzt heißer Mittag, und es zöge über unseren Köpfen ein Schwarm Eurer weißen Schwäne oder schwarzfedrigen Enten gen Süden, Ihr und Ellen solltet das schmuckste Tier daraus erwählen, und meine Ehre gegen ein Horn voll Pulver: der Vogel käme köpflings in fünf Minuten herab, und das noch dazu auf eine einzige Kugel! Ich mag nichts mit Schrot zu tun haben, und es soll mir mal einer sagen, ich hätte eine Schrotflinte geführt.«

»Ein tüchtiger Bursch! das sehe ich nun wohl klar«, sprach der Trapper, sich offen zu Ellen wendend, als wolle er ihr Mut machen. »Ich will es auf mich nehmen, wenn ich sage: es ist nichts Unrechtes darin, daß ihr euch hier trefft. Sage mir noch, mein Junge, trafst du je einen Rehbock im Laufe zwischen dem Geweih? – Hektor, still, Hund, still! Der Name ›Wildbret‹ allein treibt dem alten Tiere das Blut durch die Adern. Sagt, traft Ihr je ein Tier so im Sprunge?«

»Ihr könnt mich ebensogut fragen: ›Habt Ihr jemals gegessen?‹ In jeder Lage, alter Freund, haben die Hirsche meine Hand gefühlt, außer wenn sie schliefen.«

»Oh, Ihr habt ein langes und ein glückliches und ein rechtliches Leben vor Euch! Ich bin alt und, ich möchte sagen, abgerieben und zu nichts mehr nutz. Doch wäre mir die Wahl gelassen, – Zeit und Ort, – noch einmal – obgleich so etwas nie in des Menschen Willen gegeben ist und gegeben sein darf – wäre mir nun aber mal solche Wahl gelassen, ich würde sagen: noch zwanzig Jahr und die Wildnis! Aber, sagt mal: was macht Ihr mit dem Pelzwerk?«

»Mit dem Pelzwerk! Nie in meinem Leben zog ich das Fell vom Rehbock noch einen Kiel aus der Gans! Dann und wann schieße ich sie nieder, um einen Braten, und mitunter auch nur, um die Übung nicht zu verlieren. Aber, wenn der Hunger vorüber ist, kriegen die Präriewölfe das übrige. Nein – nein – ich halte mich an meinen Beruf, der mich besser bezahlt als alles Pelzwerk, was ich auf jener Seite des großen Flusses verkaufen könnte.«

Der alte Mann schien ein wenig nachzudenken; aber, indem er den Kopf schüttelte, fuhr er bald nachdenklich fort:

»Ich kenne nur *ein* Geschäft, dem man hier mit Vorteil nachgehen könnte...«

Er wurde von dem jungen Mann unterbrochen, der eine kleine um seinen Hals hängende Zinnbüchse vor des anderen Augen aufnahm und den Deckel öffnete, woraus der köstliche Honiggeruch dem Trapper entgegenduftete.

»Ein Bienenjäger!« bemerkte der letztere mit einer Schnelligkeit, die bewies, daß er die Natur seiner Beschäftigung sogleich verstanden, jedoch nicht ohne einiges Erstaunen auszudrücken, wie ein so kühn gesinnter Mann sich mit einer so niedrigen Beschäftigung begnügen könne. »Es mag sich wohl an den Grenzen der Ansiedlung verlohnen; hier in den offenen Strichen möchte ich es doch aber einen zweifelhaften Handel nennen.«

»Ihr meint, ein Baum sei vonnöten, wenn ein Schwarm ansetzen soll. Ich weiß es aber anders, und so bin ich ein paar hundert Meilen weiter nach Westen gezogen, um Euren Honig zu kosten. Doch jetzt, nachdem ich Eure Neugier befriedigt, werdet Ihr Euch wohl ein wenig seitwärts begeben, während ich meine andere Geschichte dem jungen Frauenzimmer auserzähle.«

»Es ist nicht nötig, gewiß, es ist nicht nötig, daß er uns verläßt«, sagte Ellen mit einer Hastigkeit, welche verriet, daß sie hier die Seltsamkeit, wo nicht gar Ungeschicklichkeit seiner Forderung fühlte. »Du kannst mir nichts zu sagen haben, was nicht die ganze Welt hören dürfte.«

»So will ich doch von Hummeln zu Tode gestochen werden, wenn ich die Launen und Einfälle eines Weibes verstehe! Was mich betrifft, Ellen, so kümmere ich mich um nichts und niemand und bin ebenso bereit, mit dir hinunterzugehen, da wo dein Oheim – wenn du *den* Oheim nennen kannst, mit dem du, ich möchte es schwören, nicht einmal verwandt bist – seine Pferde gekoppelt hat, und will dem alten Mann alles vertrauen, wie es erst in einem Jahre geschehen sollte. Du hast nur ein einziges Wort zu sagen, und es ist geschehen, mag's ihm gefallen, oder nicht!«

»Du bist immer so auffahrend und stürmisch, Paul Hover, daß ich selten weiß, ob ich mit dir sicher bin. Wie kannst du, da du die Gefahr kennst, wenn man uns zusammen sieht, nur davon sprechen, daß ich mit dir zum Onkel und seinen Söhnen gehen soll?«

»Hat er etwas getan, wovor er sich zu schämen hat?« fragte der Trapper, der keinen Zoll von seinem früher innegehabten Platze gewichen war.

»Der Himmel behüte! Aber es sind Gründe, weshalb er gerade jetzt sich nicht sehen lassen darf. Es brächte ihm keine Schande... es darf aber nicht gesagt werden... Und wenn Ihr nun ein wenig warten wollt, alter Vater, bei jenem Weidenbusch, bis ich angehört, was mir Paul etwa sagen kann, so komme ich gewiß nach und wünsche Euch gute Nacht, ehe ich in unser Lager zurückkehre.«

Der Trapper ging langsam beiseite, zufrieden mit den etwas unzusammenhängenden Gründen, die Ellen dafür angeführt, daß er sich zurückziehen solle. Als er vollkommen so weit entfernt war, daß er nichts von dem ernsten und eiligen Gespräch, was sogleich zwischen den beiden begann, anhören konnte, hielt der alte Mann still und wartete ruhig auf den Augenblick, wo er seine Unterhaltung mit Wesen wiederanknüpfen könne, für die, wie er fühlte, seine Teilnahme wuchs, nicht sowohl wegen des geheimnisvollen Charakters dieser Zusammenkunft als wegen eines natürlichen Mitgefühls für zwei so junge und, wie er in der Einfalt seines Herzens gern glaubte, für zwei so gute Leute. Sein träger, doch unerschütterlich treuer Hund begleitete ihn und schlug abermals sein Lager zu Füßen seines Herrn auf, wo er bald, wie gewöhnlich, den Kopf dicht in das Präriegras versteckt, schlummernd lag.

Es war für den Trapper ein so neues Schauspiel, eine menschliche Gestalt in der Einöde, in welcher er weilte, zu sehen, daß er seine Augen auf den dunklen Gestalten seiner neuen Bekannten mit Gefühlen ruhen ließ, die ihm lange fremd gewesen. Ihre Gegenwart weckte Erinnerungen und eine Stimmung in ihm auf, denen sein trotziger, doch ehrlicher Sinn in letzter Zeit nur wenig nachgehangen, und seine Gedanken fingen an, über die verschiedenen Bilder eines Lebens hinzufliegen, das, rauh und trübe, mit Auftritten wilder und besonderer Lust seltsam vermischt gewesen. Sein Gedankenzug hatte ihn schon weit in eine ideale Welt hinausgeführt, als er auf einmal in die Wirklichkeit dicht um ihn durch die Bewegung seines treuen Hundes zurückgerufen wurde.

Der Hund, welcher, nach seinen Jahren und seiner Schwachheit eine so entschiedene Neigung zum Schlafe bewiesen, sprang jetzt auf, trat aus dem von der hohen Gestalt seines Herrn geworfenen Schatten hinaus und schaute sich um auf der Prärie, als verkünde ihm sein Instinkt die Gegenwart noch eines andern Besuchers. Dann kehrte er, wie zufrieden mit seiner Wahrnehmung, an seinen ruhigen Platz zurück und streckte seine müden Glieder mit der Berechnung und Sorgfalt jemandes hin, der kein Neuling in der Kunst der Selbsterhaltung war.

»Was wieder, Hektor?« sprach der Trapper mit beschwichtigender Stimme, jedoch vorsichtig mit unterdrücktem Tone. »Was gibt es, Hund? Sag's deinem Herrn, was gibt es?«

Hektor antwortete durch neues Knurren, begnügte sich aber, in seinem Lager zu bleiben. Dies war ein Zeichen, daß er etwas merkte und nicht recht traue, worauf ein so erfahrener Mann wie der Trapper nicht unaufmerksam bleiben durfte. Er sprach wieder zum Hund und ermunterte ihn durch ein leises Pfeifen zur Wachsamkeit. Das Tier indessen, als sei es sich bewußt, seine Pflicht schon getan zu haben, weigerte sich hartnäckig, den Kopf wieder vom Grase aufzuheben.

»Ein Wink von solchem Freunde ist weit besser als der Rat eines Mannes!« murmelte der Trapper, als er sich behutsam dem jungen Paar näherte, das eben zu ernstlich von dem eigenen Gespräch gefesselt wurde, um seine Annäherung zu bemerken. »Und es möchte wohl niemand, der sich nicht wie ein törichter Ansiedler sicher dünkt, ihn vernehmen, ohne nach Gebühr darauf zu achten. Kinder«, setzte er hinzu, als er nahe genug war, seine Gefährten anzureden, »wir sind nicht allein auf diesem gefährlichen Felde. Es regt sich irgend was, und deshalb, zur Schande unseres Geschlechts sei es gesagt! Gefahr ist nahe.«

»Sollte einer von den Söhnen des Grenzwanderers Ismael sich aus seinem Nachtlager herausstehlen«, sprach der junge Bienenjäger mit großer Lebhaftigkeit und mit einem Tone, der fast wie eine Drohung klang, »so möchte seine Reise mit einemmal ein Ende haben, schneller, als er und sein Vater es berechnet haben!«

»Mein Leben darauf, sie sind alle bei den Gespannen«, antwortete schnell das Mädchen. »Ich sah sie selbst alle schlafen, bis auf die zwei auf Wache, und ihre Natur müßte sich ganz geändert haben, wenn auch sie nicht in diesem Augenblick von einer wilden Hühnerjagd oder sonst einem lustigen Strauß träumen.«

»Irgendein Tier mit starkem Geruch, Vater, mag zwischen Wind und Hund durchgestreift sein, und das verdrießt den Hund; vielleicht träumt er auch. Ich hatte Euch einen Hund in Kentucky, der sprang auch nach der Jagd aus tiefem Schlafe auf, und auf nichts als einen bloßen Traum. Geh hin und kneipe ihn ins Ohr, daß das Tier sein Leben fühlt.«

»Nicht so – nicht so«, erwiderte der Trapper und schüttelte den Kopf, als verstehe er sich besser auf die Eigenschaften seines Hundes. »Junge schlafen, ja, und träumen auch, aber das Alter ist immer wachsam. Dem Tiere kommt nie was Falsches in die Nase, und eine lange Erfahrung lehrt mich, auf seine Warnungen zu achten.«

»Schicket Ihr ihn je auf die Spur von Aas?«

»Ich muß sagen, die Raubtiere haben mich manchmal versucht, ihn loszulassen; denn zu ihrer Zeit sind sie so gierig wie die Menschen nach Wildbret; aber dann wußte ich auch, das verständige Tier würde schon seinen Weg finden. – Nein – nein, Hektor ist ein Tier, das die Wege der Menschen kennt, und wird nie auf eine falsche Spur geraten, wo er einer richtigen nachgehen kann.«

»Nun, da haben wir ja das Geheimnis! Ihr habt das Tier auf

eine Wolfsfährte geschickt, und seine Nase hat ein besseres Gedächtnis als sein Herr!« sagte lachend der Bienenjäger.

»Ich habe die Kreatur stundenlang schlafen sehen, und sie liefen an Rudeln an ihm vorüber. Ein Wolf konnte aus seinem Trog essen, und er knurrte nicht, es wäre denn Mangel eingetreten; denn dann hätte Hektor freilich auf seinem Recht bestanden.«

»Es sind Panther herabgekommen von den Bergen; ich sah bei Sonnenuntergang einen davon auf einen kranken Hirsch losschießen. Geht ruhig, Vater, zum Hunde zurück, und sagt ihm die Wahrheit, in einer Minute will ich –«

Hier ward er durch ein langes, lautes und klägliches Geheul des Hundes unterbrochen. Es klang in der Abendluft, als ob irgendein Geist des Ortes Klagetöne ausstieße, und verlor sich weiter in die Prärie, bald lauter, bald leiser wogend, ungefähr wie ihre Oberfläche selbst. Der Trapper ward stumm und horchte aufmerksam zu. Selbst der unachtsame Bienenjäger wurde bei diesen klagenden, wilden Tönen doch betroffen. Nach einer kurzen Pause pfiff der erstere den Hund zu sich und sprach dann zum Jüngeren gewandt mit dem Ernste, welchen seiner Meinung nach die Gelegenheit erforderte:

»Die da denken, der Mensch erfreue sich aller Kenntnis der Kreaturen Gottes, möchten sich getäuscht finden, wenn sie wie ich achtzig volle Jahre erreicht hätten. Ich will's nicht auf mich nehmen zu sagen, daß ein Unglück bevorsteht; auch will ich gar nicht sagen, daß der Hund selbst so viel weiß; aber daß ein Übel nahe ist und daß die Klugheit uns auffordert, es zu vermeiden, das habe ich aus dem Munde eines gehört, der niemals lügt. Ich glaubte auch, der Hund hätte die Fußtritte der Menschen verlernt, und nur eure Gegenwart mache ihn mißtrauisch, aber seine Nase hat schon den ganzen Abend geschnüffelt, und was ich fälschlich für die Nachricht von eurer Ankunft hielt, hat etwas weit Ernsteres zu bedeuten. Haltet ihr es daher für wert, auf den Rat eines alten Mannes zu horchen, so geht schnell, Kinder, und verschiedenen Weges zu euren Lagerplätzen.«

»Wenn ich Ellen in solchen Augenblicken verlasse«, rief der Jüngling, »so will ich niemals...«

»Du hast genug gesprochen!« unterbrach ihn das Mädchen, indem sie ihm wiederum eine Hand auflegte, welche ihres feinen Baues und ihrer zarten Farbe wegen auch ein Frauenzimmer von weit höherem Stand im Leben geziert hätte. »Meine Zeit ist aus, wir müssen scheiden in allen Fällen. – So denn gute Nacht, Paul – Vater – gute Nacht!«

»Still!« sprach der Jüngling, ihren Arm ergreifend, als sie eben von ihm fortspringen wollte: »Still! Hörst du nichts? Das sind Büffel, die treiben nicht allzuweit von hier ihr Spiel. Das schlägt gegen die Erde, als ob eine Herde Teufel toll und blind darauf herumstampfte!«

Die beiden anderen horchten mit gespannter Aufmerksamkeit, wie es wohl natürlich war in einem Falle, wo so schrekkende Warnungen vorhergegangen waren. Man hörte jetzt ganz deutlich den ungewöhnlichen Schall, obgleich von sehr weit her. Der junge Mann und das Mädchen hatten verschiedene Vermutungen über den Grund des Geräusches ausgesprochen, als bei einem Luftzug das Trampeln so deutlich wurde, daß jedes Mißverständnis weichen mußte.

»Ich habe recht«, sagte der Bienenjäger, »ein Panther treibt eine Herde vor sich her, oder es kann auch dort ein Kampf unter den Tieren selbst sein.«

»Eure Ohren betrügen Euch«, sagte der Alte, welcher vom ersten Augenblick, wo er den fernen Ton vernommen, wie eine Säule in stummer Aufmerksamkeit dagestanden. »Die Sätze sind zu weit ausholend und regelmäßig für gejagte Büffel. Still, jetzt sind sie im Grunde, wo das Gras hoch steht und der Laut erstirbt. – Nun wieder auf harter Erde. Und nun die Anhöhe herauf – unser Tod! – Sie sind hier, eh' Ihr einen Schlupfwinkel suchen könnt.«

»Komm, Ellen«, rief der Jüngling, das Mädchen bei der Hand ergreifend, »wir wollen versuchen, nach dem Lager zu kommen.«

»Zu spät! – zu spät!« rief der Trapper. »Sie sind schon offenbar vor uns – eine blutige Bande verdammter *Sioux* – ich seh's an ihrem diebischen Blick und ihrer ungeschickten Art zu reiten.«

»Sioux oder Teufel, sie sollen uns als Männer finden!« sprach der Bienenjäger mit einer so feurigen Miene, als sei er Führer einer stärkeren Anzahl, wo jeder so mutig als er. »Ihr habt eine Flinte, alter Mann, und könnt doch einen Drücker losschnellen für ein hilfloses Christenmädchen?«

»Nieder, nieder ins Gras, nieder, ihr beide«, flüsterte der

Trapper, indem er ihnen ein Zeichen gab, hinunterzukriechen in das hohe Unkraut, das dichter als anderwärts nahe bei ihnen wuchs. »Ihr habt weder Zeit zum Fliehen noch genug Leute, um zu fechten, törichter Bursche. Nieder ins Gras, wenn Euch das junge Mädchen wert ist oder Euer eigenes Leben.«

Seine Vorstellung fand keinen Widerstand, da er sie durch eine kräftige Handlung begleitete und der Befehl nach den Umständen durchaus nötig schien. Der Mond war hinter dünnen Lämmerwolken verschwunden, die so den ganzen Horizont bedeckten, daß nur ein schwaches, ungewisses Licht übrigblieb, um die Gegenstände zu unterscheiden, ohne daß jedoch ihre Formen deutlich hervortraten. Indem der Trapper die Art Einfluß über seine Gefährten ausübte, welcher der Erfahrung und Sicherheit im Handeln niemals abgeht, wo es in der Not plötzlich gilt, war es ihm gelungen, sie gut im dichten Grase zu verstecken, und jetzt konnte er bei den schwachen Strahlen des Mondlichts den unordentlichen Schwarm beobachten, der, wie ebenso viele Tolle, gerade auf sie zuritt.

Eine Bande von Geschöpfen, die Teufeln ähnlicher sahen als Menschen, zu nächtlicher Lust über die fahle Heide jagend, kam in der Tat näher, auf so furchtbare Weise und in einer Richtung, daß wenig Hoffnung übrigblieb, daß nicht mindestens einer von allen über den Ort sprengen würde, wo der Trapper und seine Gefährten lagen. In Zwischenräumen brachte diesen der Nachtwind ganz deutlich schallenden Hufschlag entgegen, und dann wurde es wieder still, als jene in unheimlicher Schnelle durch den Nebel des herbstlichen Grases fortrauschten. Ihr Anblick gewann dadurch immer mehr etwas Gespenstisches. Der Trapper kniete jetzt, nachdem er den Hund herangerufen und ihn neben sich niedergelegt, selbst ins Gras, bewachte aber doch mit scharfem Blick die Richtung, welche die Bande einschlug. Dabei suchte er die Furcht des Mädchens zu beschwichtigen und die Ungeduld des Jünglings zu bändigen.

»Auf einen von uns kommen dreißig von den Teufeln!« setzte er in einer Art Episode seinen leise hingeflüsterten Befehlen hinzu. »Sieh, sieh, sie biegen um, nach dem Fluß. – Still, Hund, still. – Nein, hier den Weg kommen sie nicht mehr. – Die Diebe scheinen ihren eignen Weg zu kennen! – Wären wir nun unser sechs, Junge, wie lustig wollten wir auf sie losblasen, grad von hier aus – nein, nein, mein Junge, – duck unter, oder sie sehen deinen Kopf. – Zudem, ich bin nicht mal sicher, ob es auch recht sein würde, da sie uns ja nichts getan haben. – Da biegen sie wieder um nach dem Fluß, – nein – sie kommen die Erdschwelle herauf; – jetzt gilt es still liegen, als hätte der Atem seine Schuldigkeit abgetan und wäre abgeschieden vom Körper!«

Während er dies sprach, versank die Gestalt des alten Mannes ins Gras, als wäre die Trennung zwischen Körper und Seele, von der er sprach, wirklich erfolgt, und im nächsten Augenblick wirbelte auch ein Schwarm wilder Reiter mit einer so geräuschlosen Schnelligkeit an ihnen vorüber, daß man sie für einen Trupp Geister hätte halten mögen. Die dunkeln, hurtigen Gestalten waren schon verschwunden, als der Trapper es wagte, den Kopf wieder so weit aufzurichten, daß er in gleicher Höhe mit den Halmen des Grases war, indem er zugleich seinem Gefährten zuflüsterte, sich nicht von der Stelle zu rühren.

»Sie reiten den Hügel hinab, nach dem Lager zu«, fuhr er in seiner früheren behutsamen Weise fort. »Nein, sie halten im Grunde und besprechen sich wie die Hirsche, wenn sie Rat halten. Herr Gott, sie kehren wieder um, und wir haben's noch mal mit den Geschöpfen zu tun.«

Noch einmal duckte er unter in die günstige Hülle, und im nächsten Augenblick sah man den schwarzen Trupp in Unordnung auf den Gipfel der kleinen Erhöhung selbst reiten. Es wurde jetzt bald klar, daß sie zurückgekehrt waren, um die Höhe einzunehmen, von wo aus sie den dunklen Umkreis genauer mustern konnten.

Einige stiegen ab, während andere hin und her ritten wie Leute, welche mit einer örtlichen Nachsuchung beschäftigt waren. Glücklicherweise schützte die drei das hohe Gras, in welchem sie verborgen lagen, nicht allein vor den Blicken der Wilden, sondern auch vor den Pferden, welche nicht weniger roh und ungezügelt als ihre Reiter waren, daß sie nicht von deren Hufen zerstampft wurden.

Endlich rief ein athletischer und finster blickender Indianer, der nach seiner gebietenden Miene der Anführer schien, die anderen Häupter zu sich her zu einem Rate, den sie beritten abhielten. Diese Versammlung fand dicht am Rande der Unkrautbüsche statt, wo die Geängstigten lagen. Als der junge

Mann aufblickte und den drohenden und wilden Anblick der Gruppe bemerkte, die mit jedem Augenblick durch ein neues noch fürchterlicheres Gesicht als die vorigen sich verstärkte, zog er aus sehr natürlichem Antrieb seine Flinte unter sich hervor, und fing an, sie zum sofortigen Gebrauch instand zu setzen. Das Mädchen neben ihm begrub sein Gesicht ins Gras, aus einem seinem Geschlechte und seinen Gewohnheiten ebenso natürlichen Antriebe, während es ihn dem Drange seines heißen Blutes folgen ließ. Doch flüsterte sein alter und kluger Ratgeber ihm ernst ins Ohr:

»Das Knacken deines Hahns ist den Schurken ebenso bekannt wie der Trompetenstoß dem Soldaten! Leg nieder die Flinte, nieder die Flinte! – Fiele ein Mondstrahl auf den Lauf, müßten's die Teufel sehen, deren Blick schärfer ist als der schwärzesten Schlange ihrer! Nur ein bißchen sich geregt, und es zischt ein Pfeil her.«

Der Bienenjäger gehorchte insofern, daß er still und regungslos verblieb. Aber es war noch immer so viel Licht da, daß sein Gefährte aus den zusammengezogenen Brauen und dem drohenden Blick des jungen Mannes entnehmen konnte, daß der Entdeckung kein blutloser Sieg der Wilden nachfolgen dürfe. Als er seinen Rat nicht beachtet sah, nahm auch der Wildsteller seine Maßregeln und erwartete mit einer ihm eigentümlichen Ruhe und Ergebung den Ausgang.

Indessen hatten die Siuox (denn der alte Mann hatte sich nicht im Charakter seiner gefährlichen Besucher getäuscht) ihren Rat geschlossen und sich abermals über den Hügelrücken zerstreut, als ob sie nach irgend etwas Verborgenem suchten.

»Die Kobolde haben den Hund gehört!« flüsterte der Trapper, »und ihre Ohren sind zu scharf, als daß sie auch in der größten Entfernung etwas täuschen könnte. Mehr nieder, nieder, Junge, nieder mit der Nase bis auf die Erde selbst wie ein schlafender Hund!«

»Lieber auf die Füße und unserer Manneskraft vertraut!« erwiderte der ungeduldige Freund.

Er würde fortgefahren haben, aber plötzlich fühlte er den rauhen Griff einer Hand auf seiner Schulter. Als er sich umdrehte, sah er den dunklen und grimmigen Blick eines Indianers stier auf sich gerichtet. Trotz des Erstaunens und seiner ungünstigen Lage war der Jüngling keineswegs geneigt, sich sogleich zu ergeben. Schneller als der Blitz aus der Flinte sprang er auf seine Füße und schüttelte seinen Gegner mit einer Kraft, die bald den Streit geendet haben würde, als er sich plötzlich von den Armen des Trappers umschlungen fühlte, der alle seine Anstrengungen mit einer gegenüber der seinigen nicht viel geringeren Kraft fruchtlos machte. Ehe er Zeit gewann, seinen Kameraden für diesen scheinbaren Verrat zu schelten, standen schon ein Dutzend Siuox um ihn, und das ganze Kleeblatt mußte sich gefangengeben.

Viertes Kapitel

– – Mit viel stärkerem Bangen
Seh' ich den Kampf, als die ihn eingegangen.
Kaufmann von Venedig

Der unglücklicher Bienenjäger und seine Gefährten wurden Gefangene eines Volkes, welches ohne Übertreibung die Ismaeliten der amerikanischen Wüsten genannt werden könnte. Seit undenklichen Zeiten lagen die Hände der Sioux schwer auf ihren Nachbarn in den Prärien, und selbst noch heute, da Einfluß und Autorität einer zivilisierten Regierung rund um sie her anfangen gefühlt zu werden, betrachtet man sie als einen gefährlichen und verräterischen Stamm. Zur Zeit unserer Geschichte war dies noch viel schlimmer, indem sich selten Weiße in die fernen und unbeschützten Gegenden, wo solch ein falsches Geschlecht hauste, getrauten.

Trotz der friedlichen Unterwerfung des Trappers, kannte er doch sehr wohl den Charakter der Bande, in deren Hände er gefallen. Schwer würde es jedoch auch dem geschicktesten Richter fallen zu entscheiden, ob mehr die Furcht, Politik oder Ergebung den geheimen Beweggrund des alten Mannes gebildet, als er sich ohne Murren den Plünderern hingab. Weit entfernt, irgend gegen die rohe und heftige Art, wie seine Überwinder ihr gewöhnliches Geschäft abtaten, Widerspruch zu erheben, kam er sogar ihrer Begier entgegen, indem er den Anführern solche Gegenstände selbst darreichte, von denen er glauben konnte, daß sie ihnen die angenehmsten sein müßten. Paul Hover dagegen, der buchstäblich ein *geraubter* Mann war, zeigte den größten Widerwillen, sich der heftigen Willkür zu unterwerfen, die man sich mit seiner Person und seinem Eigentum erlaubte. Er machte sogar mehrere außerordentlich deutliche Demonstrationen seines Mißbehagens während des kurzen Prozesses und würde mehr als einmal in offenen und verzweifelten Widerstand ausgebrochen sein, hätten ihn nicht die dringenden Bitten des zitternden und an seiner Seite hängenden Mädchens abgehalten, die ihm zu verstehen gab, daß ihre ganze

Hoffnung nicht allein von seiner Ergebung, sondern auch von seiner Neigung, ihr gefällig zu sein, abhinge.

Die Indianer hatten indessen ihre Gefangenen kaum der Waffen und der Munition beraubt und wenige Kleidungsstücke, die ihnen von geringem Nutzen und vielleicht von noch geringerem Werte waren, denselben ausgezogen, als sie geneigt schienen, ihnen einige Ruhe zu gewähren. Ein Geschäft von größerer Wichtigkeit drängte sie und forderte ihre ganze Aufmerksamkeit. Abermals versammelten sich die Führer, und es war aus dem Ernst und der heftigen Weise der wenigen, welche sprachen, klar, daß die Krieger den jetzigen Erfolg noch für sehr unbedeutend hielten.

»Es wird gut sein«, flüsterte der Trapper, der genug von der Sprache wußte, um den Gegenstand ihrer Beratung zu verstehen, »wenn die Reisenden dort in der Weideniederung nicht aus ihrem Schlafe durch einen Besuch dieser Teufel aufgeweckt werden. Sie sind zu klug, um zu glauben, daß ein Weib von den ›Bleichgesichtern‹ so weit von den Ansiedlungen entfernt sollte gefunden werden, ohne daß weiße Männer mit den Lebensbequemlichkeiten in der Nähe wären.«

»Wenn sie nur den Stamm des wandernden Ismael zu den Rocky-Mountains hinauftreiben wollten«, sagte der Bienenjäger lachend und mit einer Art bitterer Lust, »so wollte ich es den Schurken vergeben.«

»Paul, Paul!« rief seine Gefährtin in rügendem Ton: »Du vergißt alles! Denk an die schrecklichen Folgen!«

»Ach, ich habe ja schon an das, was du Folgen nennst, gedacht, Ellen, als ich die Sache nicht aufs Äußerste mit jenen roten Teufeln trieb, daß es zum tüchtigen Klopfen und Garaus gekommen wäre! Alter Trapper, die Sünde deiner schuftigen Feigheit lastet auf deinem Rücken. Aber ich glaube, es liegt in deinem täglichen Beruf, Menschen so gut wie Vieh in deinen Schlingen zu fangen.«

»Ich bitte dich, Paul, sei ruhig – geduldig!«

»Nun gut, wenn es dein Wunsch ist, Ellen«, erwiderte der Jüngling, indem er versuchte, seinen Unmut hinunterzuschlukken, »ich will's versuchen, obwohl du wissen solltest, daß es zur Kentucky-Religion gehört, im Unglück ein wenig zornig zu werden.«

»Ich fürchte, Eure Freunde drüben werden den Augen der

Kobolde nicht entgehen!« fuhr der Trapper so ruhig fort, als hätte er keine Silbe des Gespräches gehört. »Sie riechen Beute, und es würde ebenso schwerhalten, einen Hund von seinem Wilde abzutreiben, als dieses Geschmeiß von einer Fährte.«

»Kann man da nichts tun!« fragte Ellen so dringend, daß es ihre aufrichtige Besorgnis verriet.

»Es würde leicht angehen. Man braucht nur plötzlich so laut zu schreien, bis der alte Ismael träumte, die Wölfe wären unter seiner Herde«, warf Paul hin. »Auf offenem Felde schrei ich allein, daß man es eine Meile weit hört, und sein Lager ist eine knappe Viertelmeile von hier.«

»Um dafür auf den Kopf geklopft zu werden«, erwiderte der Trapper. »Nein, nein, Schlauheit mit Schlauheit, oder die Hunde ermorden die ganze Familie.«

»Mord! Nein, – kein Mord. Ismael liebt das Reisen gar sehr, und es wäre gar nichts Schlimmes dabei, müßte er mal hinüberblicken nach der anderen See; aber der alte Kerl würde übel dran sein bei der allerletzten Reise! Da wollt' ich selbst mein Schloß probieren, eh' er ganz umgebracht würde.«

»Sein Haufe ist stark an Zahl und gut bewaffnet. Meint Ihr, daß sie fechten werden?«

»Sieh mal, alter Trapper, – es gibt niemand, der den Ismael Busch und seine sieben Schlagetots von Söhnen weniger liebt als Paul Hover; aber verflucht, wenn ich mir erlaube, über eine Tennesseeflinte zu lästern! Es ist soviel wahrhaftiger Mut in ihnen wie je in einer Familie, die aus Kentucky aufbrach. Eine Brut mit gewaltigen Knochen und Gliedmaßen, und hört mal, wer einen von ihnen will am Boden liegen sehen, der muß ein guter Boxer sein.«

»Still! Die Wilden sind fertig und wollen nun ihre verfluchten Beschlüsse ausführen. Ruhig und geduldig, es mag doch noch etwas unseren Freunden helfen können.«

»Freunden! Nenne mir keinen von denen dort einen Freund, Trapper, wenn du die geringste Achtung für meine Freundschaft hast! Was ich zu ihren Gunsten sage, ist weniger aus Liebe als aus Rechtschaffenheit.«

»Ich glaubte nicht anders, als das junge Mädchen wäre aus der Verwandtschaft«, erwiderte der andere ein wenig trocken. »Aber, was nicht bös gemeint ist, muß man nicht bös aufnehmen.«

Pauls Mund wurde wiederum durch Ellens Hand verschlossen, die es über sich nahm, mit ihrer sanften und versöhnenden Stimme zu antworten. »Wir sollten alle von einer Familie sein, wenn es in unserer Macht steht, einander zu dienen. Wir verlassen uns ganz auf Eure Klugheit, ehrlicher alter Mann, Mittel auszusinnen, wie wir unseren Freunden ihre Gefahr melden.«

»Dazu wird grad Zeit sein«, murmelte der Bienenjäger lachend, »wenn die Burschen mit den Rothäuten handgemein werden!«

Er ward durch eine allgemeine, unter der Truppe Platz greifenden Bewegung unterbrochen. Die Indianer stiegen von den Pferden und gaben diese dreien oder vieren von ihrer Gesellschaft, denen auch die Bewachung der Gefangenen anvertraut wurde, zur Verwahrung. Dann schlossen sie einen Kreis um einen Krieger, der das Hauptansehen zu besitzen schien; auf ein gegebenes Zeichen bewegte sich der ganze Zug langsam und vorsichtig, zuerst geradeaus und dann in verschiedenen Richtungen. Die meisten der dunklen Gestalten verschwanden bald auf der braunen Prärie, obgleich die Gefangenen, welche alle Bewegungen ihrer Feinde mit wachsamem Auge verfolgten, dann und wann eine menschliche Gestalt gegen den freien Himmel erkennen konnten, wenn einer oder der andere, eifriger als die übrigen, sich hoch auf die Fußspitzen hob, um möglichst weit auszuschauen. Bald hörte aber auch dieses flüchtige Hervorschimmern aus dem sich immer fortbewegenden und mehr ausdehnenden Kreise auf, und Ungewißheit und Vermutungen vermehrten nunmehr nur die Besorgnis. So verstrich manche peinvolle Minute, während welcher die Zuhörer jeden Augenblick erwarteten, das Jauchzen der Angreifenden und das Geschrei der Angegriffenen durch die Stille der Nacht zu vernehmen. Aber es wollte den Anschein gewinnen, als bliebe alles Nachsuchen ohne Erfolg; denn nach ungefähr einer halben Stunde kehrten alle von der Bande einzeln zurück, verdrossen und ärgerlich wie Leute, denen etwas fehlgeschlagen war.

»Jetzt kommen *wir* dran«, bemerkte der Trapper, der jeden kleinen Umstand oder die geringste Anzeige einer feindlichen Gesinnung unter den Wilden beobachtete. »Man wird uns nun ausfragen, und verstehe ich irgend etwas von unserer Lage, so möchte ich sagen, es wäre klug, wenn wir einen von uns auswählten, der das Gespräch allein führte, damit unsere Aussagen sich nicht widersprächen. Und ferner: wenn die Meinung eines, der so alt und unbedeutend ist wie ein achtzigjähriger Jäger, gelten soll, so möcht' ich sagen, daß dieser eine etwas vom Wesen und Treiben der Indianer wissen müßte, und auch etwas von ihrer Sprache. – Kennt Ihr, Freund, die Sprache der Sioux?«

»Laßt Eure eigenen Bienen schwärmen«, erwiderte der unzufriedene Bienenjäger. »Wenn Ihr auch zu sonst nichts taugt, das Summen und Brummen versteht Ihr prächtig, alter Trapper.«

»Es ist die Gabe der Jugend, auffahrend und vorschnell zu sein«, entgegnete ruhig der Wildsteller. »Es war wohl wohl einmal ein Tag, wo mein Blut dem deinen glich, zu schnell und zu heiß, um ruhig in den Adern zu rinnen. Was hilft es aber, zu sprechen vom törichten Übermut der Jugend, bei meinen Jahren! Ein graues Haupt soll ein vernünftig Hirn bedecken und nicht die Zunge eines Prahlers in sich schließen.«

»Wahr, wahr«, flüsterte Ellen, »und wir müssen jetzt auf andere Dinge achthaben! Da kommt der Indianer, um uns auszufragen.«

Das Mädchen, dessen Furcht seine Ahnungsgabe gestärkt hatte, täuschte sich nicht. Es sprach noch, als ein hoher, halbnackter Wilder sich ihnen näherte. Nachdem er die Gruppe, soviel es das ungewisse Licht erlaubte, ungefähr eine Minute stillschweigend genau gemustert, begrüßte er sie auf gewöhnliche Art in den rauhen Kehllauten seiner Sprache. Der Trapper antwortete, so gut er konnte, und wurde, wie es schien, vollkommen verstanden. Um jedem Vorwurf der Pedanterie zu entgehen, wollen wir den Inhalt und, so gut es geht, auch zugleich die Form des Dialogs in unserer Sprache mitteilen.

»Haben die Bleichgesichter ihre eigenen Büffel aufgegessen und die Häute aller ihrer eigenen Biber abgezogen«, fuhr der Wilde fort, nachdem er die übliche Pause, welche dem ersten Gruße folgen muß, verstreichen lassen, »daß sie nun kommen, um zu zählen, wie viele bei den Pawnees übriggeblieben?«

»Einige von uns sind hier, um einzukaufen, und andere, um zu verkaufen«, erwiderte der Trapper, »aber keiner wird uns nachkommen, wenn sie hören, es ist nicht gut nahekommen den Wohnungen eines Sioux!«

»Die Sioux«, entgegnete der Wilde, »sind Diebe, und sie leben im Schnee. Was geht uns ein Volk an, das so fern wohnt, da wir im Lande der Pawnees sind?«

»Wenn den Pawnees das Land gehört, dann haben Weiße und Rote gleiches Recht.«

»Haben denn die Bleichgesichter nicht genug gestohlen von den roten Leuten, daß Ihr so weit kommt, um eine Lüge zu sagen? Ich habe gesagt, dies ist ein Jagdplatz meines Stammes.«

»Mein Recht, hier zu sein, ist so gut als Eures«, fügte der Trapper mit kalter Ruhe hinzu. »Ich spreche nicht, wie ich wohl könnte. Es ist besser, stille zu sein. Die Pawnees und die Weißen sind Brüder, aber ein Sioux darf sein Antlitz nicht zeigen in den Dörfern der Loups.«

»Die Dakotas sind Männer!« rief der Wilde feurig aus, die angenommene Rolle vergessend, indem er den Namen gebrauchte, auf welchen sein Volk am stolzesten ist. »Die Dakotas haben keine Furcht! Sprich, was führt euch so fernab von den Dörfern der Bleichgesichter?«

»Ich habe die Sonne aufgehen sehen und niedersinken auf manche Beratungen und habe nur die Worte weiser Männer gehört. Laßt eure Häuptlinge kommen, und mein Mund wird nicht verschlossen bleiben.«

»Ich bin ein Oberhäuptling«, sagte der Wilde, eine Miene beleidigter Würde annehmend. »Hältst du mich für einen Assiniboin! Weucha ist ein Krieger, dessen Name genannt wird und dem man glaubt.«

»Bin ich denn solch ein Narr, daß ich einen blauen Dunst machenden Teton nicht erkennen sollte?« fragte der Trapper mit einer Beharrlichkeit, die seinen Nerven Ehre machte. »Geh, es ist finster, und du siehst nicht, daß mein Haupt grau ist!«

Der Indianer schien überzeugt, daß er einen zu schalen Kunstgriff angewandt, einen Mann zu betrügen, der so wohl bekannt mit diesem Treiben schien, und überdachte nun, was er neu erdichten solle, um zum Zwecke zu kommen, als eine kleine Bewegung unter der Bande allen seinen Entwürfen ein Ende machte. Seine Augen nach rückwärts wendend, als fürchte er, plötzlich unterbrochen zu werden, sagte er mit einer weit weniger anmaßenden Stimme als vorhin:

»Gib Weucha die Milch der Langmesser, und er wird singen

deinen Namen in die Ohren der großen Männer seines Stammes.«

»Geh«, sagte der Trapper, indem er ihn verächtlich fortwies. »Eure jungen Leute sprechen den Namen Mahtoree. Meine Worte sind nur für die Ohren eines Häuptlings.«

Der Wilde warf auf ihn einen Blick, der trotz des schwachen Lichtes sehr deutlich eine unversöhnliche Feindschaft verkündete. Dann stahl er sich fort unter seine Gefährten, besorgt, seine Anmaßung sowohl als die verräterische Absicht auf eine ungleiche Teilung der Beute vor dem Manne zu verbergen, welchen der Trapper genannt und von dem er wußte, daß er sich jetzt näherte, indem Mahtorees Name eben von Mund zu Munde ging. Kaum war Weucha fort, als ein Krieger von gewaltiger Gestalt aus dem dunkeln Kreise heraustrat und sich vor die Gefangenen mit der hohen und stolzen Haltung hinstellte, die einen vornehmen Indianer immer bezeichnet. Sein Gefolge begleitete ihn und ordnete sich hinter seiner Person in tiefem und ehrfurchtsvollem Schweigen.

»Die Erde ist sehr groß«, fing nach einer Pause der Häuptling voll jener wahren Würde an, die sein Abbild so kläglich anzunehmen versucht hatte, »warum können die Kinder meines großen weißen Vaters niemals Raum darauf finden?«

»Einige von ihnen hörten, daß ihre Freunde in den Prärien mancher Dinge bedürften«, erwiderte der Trapper, »und sie kommen nun, um zu sehen, ob es wahr ist. Einige brauchen wiederum das, was die roten Leute gern verkaufen mögen, und sie kommen, ihre Freunde reich zu machen, mit Pulver und wollenen Decken.«

»Reisen Handelsleute über den großen Fluß mit leeren Händen?«

»Unsere Hände sind leer, weil Eure jungen Leute dachten, wir seien müde, und sie uns unserer Last erleichtert haben. Sie haben sich geirrt, sie dachten, ich wäre alt, aber ich bin stark.«

»Das kann nicht sein. Ihr habt Eure Last in den Prärien abgelegt. Zeige meinen jungen Leuten den Ort, daß sie sie aufladen mögen, ehe sie die Pawnees finden.«

»Der Pfad dahin ist gefährlich, und es ist jetzt Nacht. Die Stunde zum Schlafen ist gekommen«, sagte der Trapper mit völliger Fassung. »Laß deine Krieger über jene Hügel gehen; da ist Wasser, und da ist Holz; laß sie ihre Feuer anzünden und mit warmen Füßen schlafen. Wenn die Sonne aufgeht, will ich Euch wieder sprechen.«

Ein leises Gemurmel, das aber die große Unzufriedenheit deutlich aussprach, ging durch die aufmerksame Versammlung und diente nur, den alten Mann zu unterrichten, daß er nicht vorsichtig genug bei einem Vorschlag gewesen, der eigentlich dahin ging, die Reisenden in der Niederung von der Anwesenheit ihrer gefährlichen Nachbarn zu unterrichten. Mahtoree indessen fuhr, ohne im geringsten etwas von der Unruhe seiner Gefährten zu verraten, auf dieselbe großartige Weise im Gespräch fort.

»Ich weiß, daß mein Freund reich ist«, sagte er, »daß er manche Krieger nicht weit von hier liegen hat, und daß er mehr Pferde mit sich führt, als die roten Leute Hunde besitzen.«

»Hier seht Ihr meine Krieger und meine Pferde.«

»Was? Hat das Weib die Füße einer Dakota, daß sie dreißig Nächte über die Prärie gehen kann und nicht fällt! Ich weiß, die roten Waldmänner machen lange Märsche zu Fuß, aber wir, die wir leben, wo das Auge nicht von einer Wohnung zur anderen sehen kann, lieben unsere Pferde.«

Der Trapper zauderte jetzt. Er war vollkommen überzeugt, daß jeder Betrug, wenn man ihn entdeckte, gefährlich ausfallen würde, und auch seinem Charakter und Treiben nach war ihm jede Abweichung von der Wahrheit peinlich. Da er aber bedachte, daß es nicht sowohl sein eigenes, sondern auch das Wohl und Wehe anderer gelte, entschloß er sich schnell, die Sache ihren Gang gehen zu lassen, und es dem Dakota-Häuptling zu überlassen, ob er sich selbst betrügen wolle.

»Die Frauen der Sioux und der Weißen sind nicht aus demselben Wigwam«, erwiderte er ausweichend. »Würde ein Tetonkrieger sein Weib größer machen wollen, als er selbst ist? Gewiß nicht, und doch haben meine Ohren gehört, daß es Länder gibt, wo die Beratungen von Weibern abgehalten werden.«

Eine abermalige leichte Bewegung in dem dunklen Kreise belehrte den Trapper, daß seine Erklärung nicht ohne Erstaunen und fast ohne Mißtrauen angehört wurde. Nur der Häuptling schien unbewegt und nicht im geringsten geneigt, etwas von seiner Kühnheit oder seinem Stolze nachzulassen.

»Meine weißen Väter, die an den großen Seen leben, haben erklärt«, sagte er, »daß ihre Brüder gegen den Aufgang zu keine Menschen wären, und jetzt sehe ich, sie logen nicht! Geh – was ist ein Volk, dessen Häuptling ein Weib ist! Seid Ihr der Hund und nicht der Gatte dieses Weibes?«

»Keines von beiden. Nie habe ich sie gesehen vor heute. Sie kam in die Prärie, weil man ihr gesagt, hier lebe ein großes und edles Volk, Dakotas genannt, und sie wünschte, Menschen zu sehen. Die Frauen der Bleichgesichter öffnen gleich den Frauen der Sioux ihre Augen nach Neuigkeiten; aber sie ist arm wie ich selbst, und sie wird weder Korn noch Büffelfleisch haben, wenn Ihr das wenige ihr wegnehmt, was sie und ihr Freund noch besitzen.«

»Wie viele schändliche Lügen hören jetzt meine Ohren!« rief der Tetonkrieger mit einer so gewaltigen Stimme, daß selbst seine roten Zuhörer zurückschraken. »Bin ich ein Weib! Hat ein Dakota keine Augen! Sage mir, weißer Jäger, wer sind die Leute Eurer Farbe, die neben den gefällten Bäumen schlafen?«

Während er sprach, zeigte der beleidigte Häuptling in der Richtung nach Ismaels Lager, indem er dem Trapper keinen Zweifel ließ, daß dem größeren Scharfblick dieses Mannes eine Entdeckung gelungen, die der Nachsuchung der anderen Gesellschaft entgangen war. Trotz seines Verdrusses über eine Begebenheit, welche so schlimm für die Schläfer ausfallen konnte, und eines kleinen Ärgers, daß er sich so ganz überlistet sah, behielt doch der alte Mann seine frühere Ruhe bei.

»Es mag wahr sein«, antwortete er, »daß weiße Leute in der Prärie schlafen. Wenn mein Bruder es sagt, so ist es wahr; wer aber die Leute sind, die so auf die Großmut der Tetons vertrauen, das kann ich nicht sagen. Wenn da Fremde schlafen, so schickt Eure jungen Leute aus, sie zu wecken, und laßt sie fragen, warum sie hier sind; jedes Bleichgesicht hat auch eine Zunge.«

Der Häuptling schüttelte den Kopf mit einem wilden und feurigen Lächeln, indem er sich schnell abwendete und, die Unterredung schließend, kurz entgegnete:

»Die Dakotas sind ein kluger Stamm, und Mahtoree ist ihr Häuptling! Er wird die Fremden nicht anschreien, daß sie aufstehen und zu ihm mit ihren Karabinern sprechen. Leise wird er ihnen ins Ohr flüstern. Dann laßt die Leute ihrer eigenen Farbe kommen und sie wecken!«

Als er sich bei diesen Worten auf seinen Hacken umdrehte,

ging ein leises Beifallsgelächter um den dunklen Kreis, der augenblicklich auseinanderfuhr und ihm nach einem Standpunkt, etwas entfernt von den Gefangenen, folgte, wo diejenigen, welche es wagen konnten, ihre Meinungen mit einem so großen Krieger zu tauschen, sich wieder um ihn zur Beratung versammelten. Weucha benutzte die Gelegenheit, sein Andringen zu erneuern; aber der Trapper, der jetzt wußte, wie seine Macht nur ein Schatten war, wies ihn unwillig von sich. Dem Andringen dieses boshaften Wilden wurde indessen bald durch einen Befehl an den ganzen Trupp, Tier und Menschen, ihre Stellung zu wechseln, auf wirksame Art ein Ziel gesetzt. Der Aufbruch erfolgte in Totenstille und in einer Ordnung, welche auch gebildeteren Stämmen Ehre gemacht hätte. Bald jedoch wurde wieder haltgemacht, und als die Gefangenen Zeit gewannen, sich umzublicken, sahen sie vor sich den dunkeln Rand des niedern Gebüsches, an welchem Ismaels schlummernde Horde lag.

Hier fand noch eine, aber eine sehr ernste Beratung statt.

Die Pferde, wie solche heimlichen und versteckten Angriffe gewöhnt, wurden noch einmal der Sorge derer anvertraut, denen wie vorhin die Bewachung der Gefangenen oblag. Der Mißmut des Trappers fand neue Nahrung, als er bemerkte, daß Weucha ihm zunächst stand, und zwar, wie aus seinem triumphierenden Blicke und der Autorität, die er annahm, hervorzugehen schien, als Anführer der Wache. Der Wilde, der ohne Zweifel seine geheimen Befehle hatte, begnügte sich indessen für den Augenblick, eine bedeutungsvolle Bewegung mit seinem Tomahawk zu machen, indem er Ellen den Tod drohte. Nachdem er auf diese Weise seinen männlichen Gefangenen an das Schicksal erinnert, welches unausbleiblich ihre weibliche Gefährtin beim geringsten Laut eines von ihnen treffen würde, begnügte er sich, während der folgenden Szene ein strenges, tiefes Schweigen zu beobachten. Dieses unerwartete Benehmen befähigte den Trapper und dessen zwei Gefährten, ihre ungeteilte Aufmerksamkeit auf das zu wenden, was bei dem geringen Lichte von den nächstfolgenden interessanten Auftritten in ihrer Nähe zu sehen war.

Mahtoree ordnete alles nach eignem Gutdünken an. Er bezeichnete jedem einzelnen genau die Stellung, welche er einnehmen solle, als einer, der die Eigenschaften eines jeden unter seinem Gefolge kannte, und man gehorchte ihm mit der Achtung und Genauigkeit, mit welcher jeder indianische Krieger, wenn es gilt, den Anordnungen seines Häuptlings nachkommt. Einige schickte er rechts, andere links. Alle begaben sich nun so geräuschlos und schnellen Schrittes fort, wie es jenem Stamme eigen ist, bis ein jeder seine angewiesene Stellung eingenommen, mit Ausnahme zweier besonders dazu auserlesener Krieger, die um die Person ihres Führers blieben. Als die anderen fort waren, wandte sich Mahtoree zu diesen Erwählten und machte ihnen durch ein Zeichen deutlich, daß der entscheidende Moment, in dem die Unternehmung ausgeführt werden müsse, herangekommen sei.

Jeder legte nun die leichte Vogelflinte, die er unter dem Namen eines Karabiners eigentlich nur zu Ehren seines Ranges mit sich führte, ab und stand bald, indem er sich jedes Umhängsels, das ihn drücken konnte, entledigte, ähnlich einer finstern und wilden Statue in der Stellung und fast auch in der Kleidung der Natur da. Mahtoree versicherte sich, daß er den Tomahawk handgerecht habe, fühlte nach, ob sein Messer sicher in der Scheide sei, band seinen Wampumgürtel fester und prüfte, ob die buntgeschmückte Schürze ihn in keiner seiner Bewegungen hindere. So in allen Punkten vorbereitet und zum verzweifelten Unternehmen gerüstet, gab der Tetonhäuptling den beiden das Zeichen zum Aufbruch.

Nebeneinander näherten sich die drei so weit dem Lager der Reisenden, bis ihre dunklen Gestalten bei dem ungewissen Lichte fast ganz den Augen der Gefangenen entschwunden waren. Hier hielten sie inne und blickten lange um sich wie Leute, die etwas beraten und die weiteren Folgen voraus erwägen, ehe sie den verzweifelten Schritt tun. Dann wieder zusammensinkend, verloren sie sich im Grase der Prärie.

Es kann nicht schwerfallen, sich das Mißbehagen und die Angst der drei Zuschauer dieser drohenden Bewegungen, welche von so gewichtigen Folgen sein konnten, auszumalen. Was auch immer der Grund sein mochte, daß Ellen keine besondere Neigung für die Familie empfand, in der sie der Leser zuerst erblickte, genug, ihr weibliches Mitleid und vielleicht auch ein Rest von Wohlwollen konnten diese Neigung nicht ganz in ihrer Brust erstickt haben. Mehr als einmal fühlte sie sich gedrängt, der furchtbaren und augenblicklichen Gefahr zu trotzen und ihre schwache und in Wahrheit ohnmächtige Stimme zur Warnung erschallen zu lassen. Ja, dieser Drang war so stark und so natürlich, daß sie ihm gewiß nachgegeben haben würde, hätte ihr nicht Paul Hover ebensooft als dringend die Torheit des Beginnens vorgestellt. In der Brust des jungen Bienenjägers selbst herrschte eine seltsame Mischung von Gefühlen. Seine erste und Hauptsorge betraf gewiß seine zarte abhängige Gefährtin, aber in der Brust des unruhigen Weidmannes verband sich das Gefühl ihrer Gefahr mit einem stolzen, wilden und nichts weniger als unangenehmen Antrieb zum Kampfe. Obgleich er mit den Auswanderern durch Bande von weit geringerer Kraft als Ellen vereint war, verlangte es ihn doch, das Krachen ihrer Flinten zu hören, und er wäre, hätte es irgend die Gelegenheit erlaubt, unter den ersten gewesen, zu ihrer Hilfe herbeizustürzen. Auch er hatte Augenblicke, wo er einen fast unwiderstehlichen Drang fühlte, vorzuspringen und die unwissenden Schläfer zu wecken. Aber ein Blick auf Ellen genügte, ihn zur Überlegung zu bringen und auf die Folgen aufmerksam zu machen. Nur der Trapper blieb ein ruhiger Beobachter, als ereigne sich nichts, was sein persönliches Wohl und Heil gefährde. Sein immer wachsames Auge verfolgte jede Bewegung mit der Ruhe eines Mannes, der, unter gefährlichen Auftritten grau geworden, nicht so leicht die Besonnenheit verlor, und mit einem Ausdruck kalter Entschlossenheit, welcher die Absicht verriet, von der geringsten Nachlässigkeit der Hüter Vorteil zu ziehen.

Inzwischen waren die Tetonkrieger nicht müßig gewesen. Den tauigen Dunst auf dem Grunde benutzend, waren sie über das Gras hingekrochen wie verräterische Schlangen, die auf ihre Beute losfahren, bis der Punkt gewonnen war, wo sie die Behutsamkeit bei ihren weiteren Fortschritten verdoppeln mußten. Mahtoree allein hatte ab und zu sein finsteres, grimmiges Gesicht über das Gras erhoben, seine Augen anstrengend, die Dunkelheit um das Lager unten zu durchdringen. Bei diesen kurzen Hinblicken gewann er genügend Kenntnis, um nach der schon beim frühern Spähen eingezogenen Kunde vollkommen über die Lage und Stellung seiner erwählten Schlachtopfer unterrichtet zu sein, wiewohl er über ihre Anzahl und die Mittel ihrer Verteidigung noch in völliger Unwissenheit schwebte.

Alle Anstrengungen indessen, sich auch über diese beiden so wesentlichen Punkte Auskunft zu verschaffen, wurden durch die Stille im Lager, das in der Tat schon wie ein Feld des Todes dalag, vereitelt. Zu klug und mißtrauisch, um sich in einer so verzweifelten Lage auf irgendeinen andern, der weniger stark und verschmitzt als er selbst war, zu verlassen, befahl der Dakota seinen Gefährten, dort zu bleiben, wo sie lagen, und machte sich allein auf den Weg.

Mahtoree schlich sich nun leise und langsam fort, und die Art, wie es geschah, würde für jeden nicht darin Geübten zu den beschwerlichsten gehört haben. Aber die listige Schlange selbst kann sich nicht sicherer und geräuschloser fortbewegen. Fuß um Fuß schleifte er sich durch das niedergedrückte Gras, jeden Augenblick innehaltend, um den geringsten Laut aufzufassen, der ihm irgend etwas über die nahen Wanderer verraten könne. Es gelang ihm endlich, sich aus dem Mondenschimmer hinaus und in den Schatten der Niederung hineinzuziehen, wo nicht allein seine eigene schwarze Gestalt der Gefahr gesehen zu werden weniger ausgesetzt war, sondern auch die Gegenstände ringsum ihm deutlicher ins Auge fielen.

Hier blieb der Teton lange liegen, um, ehe er weiterschliche, seine Beobachtungen anzustellen. Seine Lage erlaubte es ihm, das ganze Lager mit dem Zelt, den Wagen und Hütten, zwar dunkel, aber doch deutlich zu unterscheiden, und der geprüfte Krieger konnte daraus so ziemlich auf den Widerstand, der ihm begegnen dürfe, schließen. Noch immer herrschte ein unnatürliches Schweigen am Orte, als ob die Leute drinnen sogar das ruhige Aufatmen des Schlafes unterdrückten, um ihre Sorglosigkeit noch deutlicher zu bekunden. Der Häuptling legte das Ohr auf die Erde und horchte aufmerksam. Schon wollte er, getäuscht, sich wieder aufrichten, als der langgezogene und zitternde Atem eines nicht ruhig Schlummernden sein Ohr traf. Der Indianer war zu geschickt in allen Künsten des Betruges, um das Opfer irgendeines gewöhnlichen Kunstgriffs zu werden. Er fand den Ton ganz natürlich, und dann zauderte er nicht länger.

Ein Mann, dessen Nerven weniger gestählt gewesen wären als die des unternehmenden Mahtoree, würde wohl das Wagestück gefühlt haben, das dieser so furchtlos unternahm. Der Ruf der hartnäckigen und dreisten weißen Abenteurer, welche so oft in die von seinem Volke bewohnten Wildnisse eindrangen, war ihm wohl bekannt: aber während er mit der Achtung und Vorsicht, die ein wackerer Feind niemals einzuflößen verfehlt, näher kam, geschah es doch mit der wilden Rachsucht eines Roten, der mit neidischem Ingrimm der räuberischen Einfälle der Fremdlinge gedachte.

Sich abwendend von seiner früheren Richtung, schob sich der Teton gerade längs dem Rande des Dickichts hin. Als dies glücklich ausgeführt war, richtete er sich auf und übersah noch einmal von oben die ganze Lage. Ein einziger Blick genügte, ihm zu zeigen, wo der arglose Schläfer lag. Ebenso wird der Leser schnell gefaßt haben, daß es dem Wilden geglückt war, gefahrbringend in die Nähe eines der schläfrigen Söhne Ismaels zu kommen, denen von ihrem Vater die Bewachung des einsam liegenden Lagers übertragen worden.

Als er sich versichert, daß er unentdeckt geblieben, erhob sich der Dakota abermals, und vornüber gebeugt, bewegte er sein finsteres Gesicht über das Antlitz des Schläfers auf dieselbe schadenfrohe Weise, wie die Schlange so häufig um ihr Opfer spielt, ehe sie ihm den Todesbiß versetzt. Endlich völlig unterrichtet, nicht allein von der Person, sondern auch von der anderweitigen Beschaffenheit des Fremdlings, wollte Mahtoree eben seinen Kopf fortziehen, als eine leichte Bewegung von seiten des Schläfers dessen wiedererwachendes Bewußtsein ankündigte. Der Wilde ergriff das an seinem Gürtel hängende Messer, und im Augenblick zuckte es über der Brust des jungen Auswanderers. Plötzlich aber wechselte er den Vorsatz. Schnell wie der dämmernde Gedanke selbst, senkte er sich wieder hinter den Stamm des umgestürzten Baumes zurück, woran der andere gelehnt lag, und blieb in dessen Schatten liegen, so finster, bewegungslos und anscheinend ohne Gefühl wie das Holz selbst.

Die träge Schildwache schlug ihre schweren Augenlider auf, und nachdem sie einen Augenblick in den dunklen Himmel hinaufgeschaut, rüttelte sie sich gewaltsam, und der Riesenbau erhob sich von dem Stamm, an welchem er gelehnt war. Darauf schaute er sich mit einer Art Wachsamkeit um, d. h. indem seine stieren Blicke über die dunkeln Punkte des Lagers fortschweiften und sich endlich im Halbdunkel der offenen Prärie verloren. Da er aber auf gar nichts stieß als die ununterbrochenen Wellungen der Heide, veränderte er zugleich dergestalt seine Lage, daß er seinem gefährlichen Nachbarn den Rücken ganz und gar zukehrte und seinen Körper wieder in die vorige ruhende Stellung schlaftrunken zurücksinken ließ. Eine lange und von seiten des Teton eine qualvoll ängstliche Stille erfolgte, ehe das tiefe Aufatmen des Reisenden sein abermaliges Einschlummern verkündete. Der Wilde war indessen viel zu mißtrauisch vor einem Betrug, als daß er sogleich an einen wahren Schlaf geglaubt hätte. Aber die Ermattung eines Tages voll ungewöhnlicher Anstrengung lag zu schwer auf der Schildwache, um den andern länger in Zweifel zu lassen. Doch war immer noch Mahtorees Bewegung, als er sich wieder auf seine Knie aufrichtete, so geräuschlos und behutsam, daß selbst ein wachsamer Beobachter hätte zweifeln können, ob er sich wirklich rege. Endlich war es jedoch geschehen, und der Dakotahäuptling beugte sich wieder über seinen Feind ohne ein lauteres Geräusch als das welke Laub des Baumwollbaumes, das in die nächtliche Luft hinschwebte.

Jetzt sah Mahtoree das Schicksal des Schläfers in seine Hand gegeben. Zur selben Zeit, da er die gewaltigen und athletischen Glieder des Jünglings mit einer Bewunderung prüfte, welche physische Auszeichnung fast immer in der Brust eines Wilden erregt, bereitete er sich zugleich sehr kalt, die Lebensflamme, welche diese Glieder allein furchtbar machen konnte, auszulöschen. Nachdem er sich der Stelle des Herzens vergewissert, indem er sacht die Falten des Kleides dazwischen fortgestreift, erhob er seine scharfe Waffe und wollte eben Kraft und Geschicklichkeit in dem einen Stoße vereinen, als der junge Mann seinen gebräunten Arm nachlässig zurückwarf, bei dieser Handlung im Schlaf die ganze Kraft seiner Muskeln entfaltend.

Der scharfsinnige und schlaue Wilde hielt inne. Es überkam ihn plötzlich die Überzeugung, daß ihm in dem Augenblicke der Schlaf minder gefährlich als der Tod selbst werden könne. Das geringste Geräusch, das Todesröcheln, womit eine solche Kraftgestalt doch vermutlich vom Leben Abschied nehmen müsse, standen ihm plötzlich vor Augen, und der Gedanke zeigte ihm die Folgen. Er blickte noch einmal zurück nach dem Lager, dann in das Gebüsch, und endlich flogen seine feurigen Augen über die wilde und totenstille Prärie. Hierauf sich wiederum über das verschonte Opfer beugend, überzeugte er sich bald, daß er fest schlafe, und gab dann, den Einflüsterungen einer reifen Politik folgend, sein unmittelbares Vorhaben auf.

Mahtorees Rückzug war ebenso still und behutsam wie seine

Annäherung. Er wandte sich nun dem Lager zu und stahl sich dabei den Rand des Gebüsches entlang, um einen Schlupfwinkel zu haben, wohinein er beim geringsten Alarm entweichen könne. Die einsam stehende Zelthütte erregte seine Aufmerksamkeit, als er vorbeischlich; er untersuchte die leinene Außenwand, horchte mit peinlicher Aufmerksamkeit, ob sein Ohr etwas herausbringen könne, und nun wagte der Wilde, die Tuchdecken unten am Rand etwas aufzuheben und sein dunkles Gesicht hindurchzustecken. Es mochte eine Minute gedauert haben, ehe der Tetonhäuptling den Kopf zurückzog und sich außerhalb des Zeltes niedersetzte. Hier saß er, wie in tiefe Betrachtungen versunken, mehrere Augenblicke lang in starrem Nichtstun. Dann legte er sich wieder in seine gekrümmte Stellung und steckte noch einmal sein Gesicht unter die Deckenwand. Sein zweites Beschauen des Innern war länger und womöglich noch unheildrohender als das erste. Aber es hatte wie alles auf der Erde sein Ende, und der Wilde zog seine glänzenden Augen wieder von den Geheimnissen des Ortes zurück.

Mahtoree hatte seinen Leib wieder mehrere Ellen von der Stelle fortgeschoben, steuerte langsam den verschiedenen Gegenständen zu, welche die Mitte des Lagers einnahmen, und hielt wiederum inne. Es folgte eine neue Pause; er blickte auf die einsam stehende Hütte zurück, um die er gekrochen war, als sei er unschlüssig, ob er nicht abermals dahin zurückkehren solle. Aber die spanischen Reiter von Ästen und Zweigen, die kaum armweit von ihm jene Mitte umgaben, und die Vorsichtsmaßregeln, die in deren Erscheinung lagen und von dem Wert der Gegenstände drinnen sprachen, reizten seine Begierde doch stärker und trieben ihn weiter.

Während der Wilde sich durch das biegsame Reisig und Laubwerk der Baumwollbäume hindurchwand, verursachte er kein stärkeres Geräusch als das von kriechendem Gewürm, dessen Laute er auch täuschend dabei nachzuahmen verstand. Als er aber seinen Zweck erreicht und sich mit der Beschaffenheit aller Gegenstände innerhalb des Verhaues bekanntgemacht, brauchte der Teton die Vorsicht, sich einen Weg zu öffnen, durch den er mit weniger Behinderung seinen Rückzug eilig ergreifen könne. Wieder gerade aufstehend, schritt er durch das Lager wie der Böse und suchte, wen und was er zuerst seiner Heimtücke opfern solle. Schon hatte er den Inhalt der

Hütte erspäht, in welcher die Frau und ihre Kinder lagen, und war bei mehreren gigantischen Gestalten, die auf Haufen Laubwerk lagen, vorübergekommen, – glücklicherweise für ihn lagen alle in bewußtloser Unbeholfenheit, – als er endlich dahin gelangte, wo Ismael selbst schlief. Einem so scharfblickenden Mann wie Mahtoree konnte es nicht entgehen, daß jetzt der vorzüglichste der Reisenden in seine Macht gegeben war. Lange stand er oder schwebte vielmehr über der ruhenden herkulischen Gestalt des Auswanderers, scharf bei sich alle möglichen Folgen erwägend, sowie die wirkungsvollsten Mittel zur reichsten Ernte.

Er hatte das Messer wieder in die Scheide gesteckt, welches ein fieberhafter Andrang der Gedanken ihn zu ziehen getrieben, und ging weiter, als Ismael sich umdrehte und rauh fragte, wer es sei, der da vor seinen wenig geöffneten Augen sich bewege. Die ganze Schlauheit und Fertigkeit eines Wilden konnte hier allein die Krisis abwenden. Die dumpfen und fast unverständlichen Töne, die er hörte, nachahmend, warf sich Mahtoree der Länge nach auf die Erde nieder, als wolle er schlafen. Obgleich Ismael, schlaftrunken, die ganze Bewegung wohl sah, so war doch das Kunststück zu kühn und zu bewundernswürdig ausgeführt, um seine Wirkung zu verfehlen. Der schlaftrunkene Vater schloß seine Augen und lag bald wieder in tiefem Schlummer, während der Verräter mitten im Schoße seiner Familie weilte.

Es war für den Teton nötig, die Stellung, die er angenommen, mehrere Minuten lang beizubehalten, um sich zu versichern, daß er nicht mehr beachtet würde. Sein tätiger Geist teilte die regungslose Ruhe des Körpers nicht. In ihm reifte ein feiner Plan, welcher, wie er hoffte, ihm das ganze Lager mit Sachen und Menschen in die Hände spielen sollte. Sobald er sicher ans Werk gehen konnte, war der unermüdliche Wilde auch schon wieder auf den Beinen. Er wandte sich zuerst nach dem kleinen Stalle, wo die Haustiere eingesperrt waren, indem er auf die früher angegebene behutsame Weise dahinkroch.

Das erste Tier, auf das er stieß, veranlaßte ihn zu einem langen und gefährlichen Verzuge. Das müde Geschöpf, vielleicht durch seinen geheimen Instinkt belehrt, daß in diesen endlosen Wildnissen der Mensch sein sicherster Beschützer sei, war so außerordentlich unterwürfig, daß es sich der genauen Prüfung durch die Hand des Teton willig unterwarf. Unter der weichen Bedeckung fühlte dieser mit unermüdlicher Neugier den zarten Fleisch- und Gliederbau des feinen Tieres heraus. Zuletzt aber ließ er es wieder los, da er es nicht als nützlich für seine Beuteexpedition fand und es auch sonst seinem Gaumen zu wenig zusprach. Sobald er sich aber unter den Lasttieren fand, fühlte er sich ungemein befriedigt, und kaum unterdrückte er die eigentümlichen Ausbrüche der Lust, welche ihm mehr als einmal schon auf den Lippen schwebten. Hier vergaß er alle Fährlichkeiten und Wagnisse, durch welche er bis zu dieser gefährlichen Stelle gedrungen war, und die Wachsamkeit des schlauen und lange geübten Kriegers war für den Augenblick über dem Jubel des Wilden vergessen.

Fünftes Kapitel

Was, würd'ger Vater, könnten wir verlieren?
– Das Gesetz
Beschützt uns nicht. Weg zarte Rücksicht dann,
Wenn solche rohe Masse Fleisch uns drohen darf!
Sei Richter und Vollstrecker!

Cymbeline

Während der Tetonkrieger auf diese Art sein Werk ausführte, unterbrach auch nicht ein einziger Laut von der umgebenden Prärie die Stille. Die ganze Bande lag auf ihren Posten, mit der wohlbekannten Geduld ihrer Landsleute auf das Zeichen zum allgemeinen Aufbruch harrend. Die Augen der ängstlichen und so eng beteiligten Gefangenen sahen von ihrem schon beschriebenen Standpunkt auf der kleinen Anhöhe herab nichts als das feierliche Bild einer nur halb von den aus einer Wolke vordämmernden Strahlen des Mondes erhellten Wüste. Der Platz, wo das Lager sich befand, war durch ein noch tieferes Dunkel bezeichnet als das, welches ringsum die Gründe beschattete, deren Höhenstreifen doch hier und da lichter glänzten. Sonst rings in weiter Ferne die tiefe, durch nichts gestörte Ruhe einer Einöde.

Für die aber, welche wußten, was unter diesem Mantel der Stille und der Nacht brütete, war es ein Auftritt der gewaltigsten Aufregung. Ihre Spannung wuchs immer mehr, als Minute auf Minute verstrich und nicht der geringste Ton des Lebens aus der ruhigen Finsternis um das Gebüsch hervorbrach. Paul atmete immer lauter und tiefer, und mehr als einmal schreckte Ellen zusammen, wenn sie, sich in seinen Arm hängend, die kräftige Gestalt zittern fühlte.

Wie es mit Weuchas Redlichkeit und Beständigkeit beschaffen war, davon ist schon gesprochen worden. Der Leser wird daher nicht erstaunen, wenn er hört, daß er der erste war, welcher die Regeln, die er sich selbst auferlegt hatte, auch übertrat. Es war gerade in dem Augenblick, in dem wir Mahtoree, kaum sein mächtiges Entzücken beim Anblick der Anzahl und Trefflichkeit der Lasttiere Ismaels unterdrückend, verließen, als der

Mann, den er zur Bewachung der Gefangenen ersehen, zu einem boshaften Vergnügen es vorzog, die zu martern, die zu beschützen seine Pflicht war. Den Kopf dicht an die Ohren des Wildstellers gedrängt, murmelte der Wilde mehr, als daß er flüsterte, hinein:

»Wenn die Tetons ihren großen Häuptling von den Händen der Langmesser[9] verlieren, stirbt alt wie jung.«

»Leben ist ein Geschenk des Wakonda«, klang die ruhige Antwort, »der tätowierte Kriegsmann muß sich seinen Gesetzen so gut wie Gottes andere Kinder unterwerfen. Die Menschen sterben nur, wenn *er* es will, und kein Dakota kann die Stunde ändern.«

»Sieh!« erwiderte der Wilde, indem er den Stahl seines Messers dicht vor das Gesicht des Gefangenen hielt, – »Weucha ist der Wakonda eines Hundes.«

Der alte Mann erhob seine Augen zu dem grimmigen Gesicht seines Peinigers, und zuerst brach aus den tiefen Höhlen ein Blick der Verachtung und redlichen Zorns hervor; aber augenblicklich ging er in einen Ausdruck des Erbarmens, wo nicht des Kummers, über.

»Was sollte einer, der zu Gottes Ebenbild erschaffen ist, zürnen über ein vernunftloses Geschöpf«, sagte er auf englisch und in Tönen, viel lauter als die, in welchen Weucha die Unterredung fortzusetzen wünschte. Der letztere zog aus der unabsichtlichen Beleidigung seines Gefangenen Vorteil, und indem er ihn bei den dünnen grauen Locken, die aus seiner Mütze hervorblickten, ergriff, war er eben daran, sie in boshafter Freude mit der Messerschneide vom Schädel zu trennen, als ein langes gellendes Geschrei erdröhnte, dem ein hundertfältiger Widerhall aus der Wüste ringsum folgte, als hätten tausend Dämonen zugleich auf *einen* Ruf ihre Kehlen erhoben. Weucha ließ los und schrie in wilder Freude auf.

»Jetzt!« rief Paul aus, unfähig seine Geduld länger zu halten, »jetzt, alter Ismael, gilt es, das Blut von Kentucky zu zeigen! Feuert los, Jungens! Längs dem Boden gezielt; denn die Rothäute sitzen in der Erde selbst.«

Sein Ruf ging indessen verloren oder blieb doch mitten in dem Geschrei, Gekreisch und Getöse unbeachtet, das mittlerweile aus fünfzig Kehlen ihm zu jeder Seite ausbrach. Die Posten zu beiden Seiten der Gefangenen blieben stehen, aber wie unwillige Rosse, wenn sie das Zeichen zum losbrechen erwarten. Sie stießen ihre Waffen wild in der Luft zusammen und sprangen wie jubelnde Kinder auf und nieder und hörten nicht auf, sich in wildem und schrankenlosem Geschrei zu ergötzen.

Mitten in diesem Tumulte hörte man einen Ton, ähnlich dem, wie wenn man dem Anzug einer Herde Büffel erwartet, und dann sah man plötzlich alles Vieh Ismaels in wilder Unordnung und Angst herausbrechen.

»Sie haben Ismael, den Squatter[10], seines Viehs beraubt«, sagte der aufmerksame Wildsteller. »Die Schlangen haben ihn ganz huflos wie einen Biber zurückgelassen!« Er sprach noch, als die ganze Masse der erschreckten Tiere den kleinen Abhang erstieg und am Platze, wo er stand, vorbeifegte, von einer Bande finsterer, dämonenartiger Gestalten dicht hinter ihnen verfolgt.

Der Drang teilte sich den Tetonpferden mit, die immer gewohnt waren, die ungezügelten Leidenschaften ihrer Eigentümer zu teilen, und nur mit Mühe konnten ihre Wächter sie zurückhalten. In diesem Augenblick, wo aller Augen auf den vorüberstreifenden Wirbelwind von Tier und Menschen gerichtet waren, entriß der Wildsteller das Messer den Händen seines unaufmerksamen Hüters mit einer Kraft, die seinem Alter nicht eigen schien, und trennte mit einem einzigen Schnitt den ledernen Riemen, mit welchem sie zusammengekoppelt waren. Die wilden Tiere wieherten vor Freude und Schrecken, und die Erde weit mit ihren Hufen aufschleudernd, stoben sie hinweg in tausend Richtungen, in die weite Prärie hinein.

Weucha wandte sich gegen seinen Angreifer mit der Wildheit und Behendigkeit eines Tigers. Er fühlte nach der Waffe, die ihm so plötzlich entrissen war, griff mit ohnmächtiger Hast nach dem Stiel seines Tomahawks und blickte doch im selben Moment mit aller Gier eines westlichen Indianers nach dem fliehenden Hornvieh. Der Kampf zwischen dem Durst nach Rache und der Begier war kurz, aber schwer. Die letztere siegte schnell in einem Busen, dessen Leidenschaften, wie man sagt, zu den kriechenden gehörten, und kaum verstrich ein Moment zwischen der Flucht der Tiere und dem schnellen Nachsetzen aller Wächter. Der Trapper hatte ununterbrochen nach seiner kühnen Tat dem unschlüssigen Feinde ruhig ins Gesicht gesehen und zeigte jetzt, wo Weucha mit seinen Gefährten verschwunden war, nach dem dunklen Zuge hin, indem er mit tiefen, fast lautlosem Lachen sagte:

»Rote Natur ist rote Natur, sei's in der Wüste, sei's im Walde! Ein Schlag auf den Kopf wäre die geringste Bestrafung für den, der sich solche Freiheit mit einer christlichen Schildwache nähme, aber da geht der Teton seinen Pferden nach, als ob bei solchem Laufe zwei Beine dasselbe täten wie vier. Und doch werden die Kobolde jeden Huf haben, ehe der Tag anbricht; denn da ist Vernunft gegen Instinkt. Du arme Vernunft, und doch hat der Indianer eine große Portion davon. Ja, ja! die Rothäute von Delaware, die waren's, auf welche Amerika stolz sein konnte, aber wie gering und zersplittert ist jetzt das mächtige Volk! – Unserm Wanderer bleibt nichts übrig, als hier seinen Stab einzustecken; es hat genug Wasser, aber die Natur versagte ihm das Vergnügen, auf gesetzlose Weise die Erde ihrer Bäume zu berauben. Er hat das letzte seiner vierfüßigen Tiere gesehen, oder ich kenne nicht die Schlauheit eines Sioux.«

»Sollten wir nicht mit Ismaels Leuten zusammenhalten?« sagte der Bienenjäger. »Denn es muß ein ordentliches Gefecht geben, oder der alte Kerl ist auf einmal kleinmütig geworden.«

»Nein – nein – nein«, rief hastig Ellen.

Der Trapper unterbrach sie, indem er sanft die Hand auf ihren Mund legte und sprach:

»Still! – still! unsere Stimmen möchten uns in Gefahr bringen. Ist Euer Freund«, setzte er gegen Paul hinzu, »ein Mann von hinlänglichem Mut...«

»Nennt den Kerl nicht wieder meinen Freund«, unterbrach ihn der Jüngling. »Ich schloß noch mit niemandem Freundschaft, der nicht Brief und Siegel für das Land aufweisen konnte, das ihn ernährte.«

»Gut, gut. So nennt ihn Euren Bekannten. Ist er Manns genug, um, was sein eigen, mit Pulver und Blei zu verteidigen?«

»Sein Eigenes! Ei freilich, und auch das, was nicht sein Eigenes ist. Wie kannst du nur fragen, alter Wildsteller, da er's ja war, der die Flinte hielt, die dem Offizier des Sheriffs das Lebenslicht ausblies, als dieser die ungesetzlichen Ansiedler, die sich im Büffelschlage in Alt-Kentucky gesammelt hatten, austreiben wollte! Ich war denselben Tag einem prächtigen Schwarm in einer abgestorbenen hohlen Buche nachgezogen, und da lag den Leuten ihr Offizier an den Wurzeln des Baumes; das Loch war grade durch die ›Gottes Gnaden‹ gegangen, die er dicht über dem Herzen in der Brusttasche trug, als ob er meinte, ein bißchen Kalbsleder sei ein Brustharnisch gegen solch eines Kerls Kugel. – Still, still, Ellen, du brauchst nicht ängstlich zu sein, es wurde ja vertuscht. – Und da waren noch fünfzig andere, die alle in der Nachbarschaft ringsum saßen, und keiner mit besserem Rechte als er.«

Das arme Mädchen schauderte und kämpfte mit aller Gewalt, den Seufzer zu unterdrücken, der trotz der Anstrengung aus dem tiefsten Herzen aufsteigen wollte.

Der alte Mann schien mit der Auskunft, welche er durch Pauls kurze, doch verständliche Rede über den Charakter jener Auswanderer erhalten, vollkommen zufrieden und fragte nun nicht weiter, ob Ismael bereit sein würde, das erlittene Unrecht zu rächen, sondern folgte lieber den Gedanken, welche sich der Natur der Sache nach bei diesem Vorfall in ihm erhoben.

»Jedermann kennt die Bande am besten, welche ihn an seine Nebenmenschen knüpfen«, antwortete er, »obgleich es sehr zu beklagen ist, daß Farbe, Eigentum, Sprache und Kenntnisse einen solchen großen Unterschied bei denen machen, die alle nur Kinder des einen Vaters sind. Indessen«, fuhr er, einen etwas seltsamen und den Mann charakterisierenden Übergang machend, fort, »da dies hier ein Vorfall ist, wo es weit wahrscheinlicher ist, daß ein Gefecht nötig sein möchte, als eine Predigt, so wäre es wohl am besten, sich auf alle Folgen vorzubereiten. – Halt! da regt sich's unten! Man mag uns leicht gesehen haben.«

»Die Familie ist auf den Beinen«, schrie Ellen mit zitternder Stimme, die beinahe ebensoviel Furcht bei der Annäherung ihrer Freunde verriet, als sie zuvor bei der Gegenwart ihrer Feinde an den Tag gelegt hatte. – »Geh, Paul, verlaß mich! *Du* wenigstens darfst nicht gesehen werden.«

»Wenn ich dich, Ellen, in dieser Wildnis verlasse, ehe ich dich wenigstens sicher in der Obhut des alten Ismael weiß, so will ich nie mehr das Summen einer Biene hören, oder, was noch schlimmer, das Glück soll mich beim Bienenfang verlassen.«

»Du vergißt diesen alten Mann. Er wird mich nicht verlassen. Und trennten wir uns nicht oft, Paul, wo mehr als diese Wildnis war?«

»Auf keinen Fall! Die Indianer können mit ihrem Todesgeheul wiederkommen, und dann, wo wärst du! Halben Wegs nach den Rocky-Mountains, ehe daß jemand auf die Spur eures Bleibens kommen kann. Was meint Ihr, alter Trapper? Wie lange wird's dauern, ehe diese Tetons, wie Ihr sie nennt, zurückkommen werden, um zu holen, was sie Ismael diesmal noch gelassen?«

»Seid unbesorgt«, erwiderte der alte Mann, wiederum auf seine eigentümliche stille Weise lachend. »Die Teufel schwärmen Euch wenigstens an die sechs Stunden ihrem Vieh nach! Horch, da sind sie im Weidengrunde grade jetzt. Das Vieh der Sioux wird schon ausreißen wie ebensoviel langschenklige Elche. – Husch! ins Gras nieder, nieder ihr beiden. So wahr ich von Staub bin, da spannt einer seinen Flintenhahn!«

Der Trapper ließ seinen Gefährten kaum Zeit zu zaudern; beide riß er mit sich nieder und begrub sich tief im Dunst der Prärie, während er sprach. Es war ein Glück, daß die Sinne des alten Jägers so scharf geblieben und daß dem schnellen Entschluß die Ausführung auch ebenso schnell bei ihm folgte. Kaum lagen die drei im Grunde, als ihre Ohren einen Gruß bekamen von wohlbekannten, scharfen, vaterländischen Flintenschüssen, und gleich darauf pfiff das Blei in gefährlicher Nähe über ihre Köpfe hinweg.

»Wohlgetan, ihr jungen Zweige, wohlgetan, alter Stamm!« flüsterte Paul, dessen Mutwille in keiner noch so gefährlichen Lage erstarb. »Eine so lustige Flintenmusik, wie nur ein Mensch sie wünschen kann. Aufgepaßt, Wildsteller! Hier möchte es leicht einen dreifachen Krieg geben. Soll ich ihnen ihre Spendage zurückschicken?«

»Nichts als gute Worte«, erwiderte der andere hastig, »oder ihr seid beide verloren.«

»Weiß doch wahrhaftig nicht, ob's besser würde, wenn ich, statt mit der Flinte mit der Zunge redete«, sagte Paul halb lustig, halb bitter.

»Um Himmels willen, verrate dich nicht«, rief Ellen. »Geh, Paul, geh. Du kommst noch leicht fort!«

Mehrere Schüsse folgten kurz aufeinander, jeder immer näher als der vorhergehende. Ihr Gespräch erstarb wohl ebenso aus Vorsicht wie aus Furcht.

»Das geht nicht länger!« sagte endlich der Trapper, mit

Würde aufstehend; ein ernster Entschluß sprach sich in seinen Mienen aus. »Ich weiß nicht, Kinder, warum ihr die fürchten müßt, die ihr beide lieben und ehren solltet; aber es muß etwas geschehen, um euch zu retten. Wenige Stunden mehr oder weniger schlagen bei einem, der schon so viele Tage verlebt hat, wenig an. Darum will ich vor. Ihr bleibt! Hier ist ein guter Platz für euch. Seid vorsichtig, und Gott möge jeden von euch, wie ihr es verdient, segnen.«

Ohne auf Antwort zu warten, stieg der Trapper unverzagt den Abhang vor sich hinunter, grade auf das Lager zu, indem die Furcht seine Schritte weder beschleunigte noch verzögerte. Das Mondlicht beleuchtete einen Augenblick seine hohe magere Gestalt und diente, die Auswanderer von seiner Annäherung zu benachrichtigen. Unbekümmert um diesen für ihn nachteiligen Umstand, ging er seines Weges, immer nach dem Gebüsche zu, bis eine rauhe, drohende Stimme ihm entgegenklang:

»Wer kommt, Freund oder Feind?«

»Freund! Einer, der allzulange gelebt, um noch den Rest durch Unfrieden stören zu wollen!«

»Aber nicht zu lange, um die Schliche seiner Jugend vergessen zu haben«, sagte Ismael, indem seine ungeheure Gestalt sich hinter dem Versteck eines niedrigen Busches erhob. Und nun, Antlitz gegen Antlitz gekehrt, sprach er zum Trapper: »Alter Mann, du hast diesen Stamm roter Teufel auf uns losgeführt, und morgen willst du ihre Beute teilen.«

»Was habt Ihr verloren?« fragte ruhig der Trapper.

»Acht so gute Mähren, wie je in einem Geschirr gingen, und ein Füllen, das dreißig der schönsten Mexikaner, alle mit dem Gesicht des Königs von Spanien, wert ist. Der Frau bleibt kein gespaltener Huf, keine Kuh, zu einem einzigen Zuber Milch, kein bißchen Wolle für den Webstuhl; und ich glaube gar, unsere Schweine beackern mit ihren wunden Füßen die Prärie. Und nun, Fremder«, fügte er hinzu, mit einer Heftigkeit und einem Aufbrausen, die einen minder Beherzten zittern gemacht hätten, den Flintenkolben auf den Boden stampfend, »wie viele davon fallen dir zu bei der Teilung?«

»Pferde habe ich nie verlangt und nie gebraucht, obgleich wohl wenige über weitere Strecken Amerikas gereist sind als ich, so alt und schwach ich auch scheine. Aber ein Pferd nützte da wenig in den Hügeln und Wäldern von York[11] – das heißt, wie York war, aber wie ich sehr fürchte, daß York nicht mehr ist. – Auch fragte ich nach keiner wollenen Kleidung oder Kuhmilch, das ist alles weibisch. Die Tiere der Wildnis geben mir Nahrung und Bedeckung. Nein, ich bedarf keines besseren Rockes als einer Haut vom Hirsch und keines bessern Mahls als seines Fleisches.«

Der aufrichtige Ton des Wildstellers in dieser schlichten Rechtfertigung blieb nicht ganz ohne Wirkung bei dem Auswanderer, dessen innerer Grimm sich allmählich zu einer Flamme angefacht hatte, die leicht in gefährlicher Heftigkeit hervorgebrochen wäre. Wie zweifelnd horchte er und wartete auf Überzeugung. Zwischen den Zähnen murmelte er die Beschuldigung, auf die hin er wenige Augenblicke zuvor fest entschlossen war, zur unverzüglichen Rache zu schreiten.

»Schöne Reden«, brummte er zuletzt, »aber wie mich bedünkt, gar zu advokatenartig für einen ordentlichen Jäger, der auf nichts zu achten hat als auf schlechtes und gutes Wetter.«

»Ich will ja nichts mehr sein als ein Trapper«, unterbrach ihn sanft der andere.

»Jäger oder Trapper, das ist ein geringer Unterschied. Ich kam in diese Gegenden, alter Mann, weil ich fand, daß mir das Gesetz zu dicht auf den Nägeln saß, und ich liebe eben nicht allzusehr solche Nachbarn, die keinen Streit ausmachen können, ohne einen Richter und zwölf Männer zu inkommodieren. Aber ich bin auch nicht gekommen, daß man mir meinen Plunder abnimmt, und ich noch dazu sagen soll: ›Danke schön!‹«

»Wer sich so weit in die Prärie wagt, muß sich mit ihren Eigentümern vertragen.«

»Eigentümer?« fragte der andere wild. »Ich bin ein ebenso rechtmäßiger Eigentümer von dem Lande, wo ich stehe, als irgendein Gouverneur in allen Vereinigten Staaten. Kannst du mir sagen, Fremder, wo das Gesetz oder nur ein vernünftiger Grund zu finden, daß ein Mensch einen ganzen Strich oder eine Stadt oder vielleicht ein ganzes Land zu seinem Nutzen haben soll und ein anderer Mensch um einen Flecken betteln muß, sein Grab darin zu graben? Das ist nicht *Natur*, und ich sage, das ist auch nicht *Gesetz*. Das ist Euer *gesetzliches Gesetz*.«

»Ich kann nicht sagen, daß Ihr unrecht habt«, entgegnete der Trapper, dessen Ansichten über diesen wichtigen Gegenstand, obgleich auf sehr verschiedene Voraussetzungen gebaut, auf seltsame Weise mit denen seines Gefährten übereinstimmten, »und ich habe oft darüber nachgedacht und darüber gesprochen, wo ich nur immer glauben konnte gehört zu werden. Aber Euer Vieh ist von denen gestohlen, die da meinen, Herren von allem zu sein, was sie in der Wüste finden.«

»Sie sollten über dergleichen mit niemand streiten, der es besser versteht«, sagte der andere in etwas anmaßendem Tone, und er holte dabei sehr tief aus. »Ich glaube, selbst ein guter Handelsmann zu sein, und messe mit dem Maß, wie mir gemessen wird. Ihr saht die Indianer?«

»Freilich, – sie hielten mich gefangen, während sie in Euer Lager schlichen.«

»Ihr hättet wahrhaftig besser wie ein Weißer und ein Christ gehandelt, hättet Ihr's mich zu rechter Zeit wissen lassen«, erwiderte Ismael, noch einen gefährlichen Blick auf den Trapper werfend, als dächte er noch immer daran, ihm etwas Übles anzuhängen. »Ich pflege eben nicht jedermann, dem ich auf der Straße begegne, meinen Gevatter zu nennen, aber die Farbe sollte doch etwas machen, wenn Christen an einem Orte wie hier zusammentreffen. Aber was geschehen, ist geschehen, und Worte machen's nicht anders. Kommt vor aus Eurem Versteck, Jungens; hier ist niemand als der alte Mann. Er hat von meinem Brot gegessen und sollte ein Freund sein, obgleich Grund genug da ist zu vermuten, er halte es mit meinen Feinden.«

Der Trapper erwiderte gar nichts auf den argen Verdacht, den der andere so ohne Umstände aussprach, trotz der Erklärungen und Erläuterungen, die eben stattgefunden. Auf den Ruf des Vaters lief es von allen Seiten herzu. Vier oder fünf seiner Söhne krochen augenblicklich aus ihren Verstecken hervor, wo sie in der Vermutung gelegen, daß die von ihnen auf der nächsten Erdwelle gesehenen Gestalten zu den Sioux gehörten. Sobald jeder von ihnen sich näherte, seine Flinte ruhig im Arm haltend, warf er einen forschenden Blick auf den Fremden, wiewohl keiner die geringste Neugier ausdrückte, von wo er gekommen, oder weshalb er da sei. Dieses seltsame Benehmen entstand nur zum Teil aus der trägen Kälte ihres Temperaments; denn eine lange Erfahrung in ähnlichen Auftritten hatte sie auch die Tugend der Zurückhaltung gelehrt. Der Trapper ertrug ihre stumme Musterung mit der Festigkeit eines Mannes, der nicht minder als sie selbst erprobt war, und mit der vollkommenen Ruhe der Unschuld. Zufrieden mit dem Resultat der Prüfung, wandte sich der Älteste aus der Gruppe, der kein anderer als die nachlässige Schildwache war, deren Mangel an Wachsamkeit der schlaue Mahtoree sich so geschickt zunutze gemacht hatte, zum Vater und sagte dreist:

»Ist der Mann der einzige, der von den Leuten, die ich da oben sah, übriggeblieben, so haben wir nicht umsonst unser Pulver verschossen.«

»Asa hat recht«, sagte der Vater, indem er sich plötzlich zum Trapper umdrehte, als kehre ein verlorener Gedanke plötzlich bei dem Winke seines schläfrigen Sohnes zurück. »Wie ist das, Fremder? Es waren da eben noch Eurer *drei*, oder man könnte nichts bei Mondlicht sehen.«

»Hättet Ihr die Tetons über die Prärie hinwegjagen sehen wie ebenso viele schwarze Teufel hinter Eurem Vieh, mein Freund, Ihr hättet ebenso leicht glauben können, es wären ihrer tausend.«

»Ja, ein Junge, der in der Stadt aufgehätschelt, oder ein Weib, – das glaub' ich; aber da ist meine alte Esther. Sie fürchtet sich nicht mehr vor den Rothäuten als vor einem jungen Bären oder Wolf. Wären Eure stehlenden Teufel bei hellem Sonnenlichte angekommen, Ihr hättet die gute Frau mitten unter ihnen sehen sollen, und sie hätte die Sioux auch nicht ein Schnittchen Käse oder Butter nehmen lassen, ohne daß es sie was gekostet hätte. Aber es wird schon eine Zeit kommen, Fremder, und das recht bald, wo die Gerechtigkeit ihr Werk tun wird und noch dazu ohne Hilfe dessen, was sie *Gesetz* nennen. Wir sind langsam und träge, das mag sein, man hat es uns oft gesagt, aber wer langsam geht, geht sicher, und es leben wenige, die da sagen könnten, sie hätten mal einen Schlag ausgeteilt, den sie nicht wenigstens ebenso derb von Ismael Busch wiederbekommen hätten.«

»Dann folgte Ismael Busch mehr dem Instinkte der Tiere als dem Geiste, der allen Wesen seiner Gattung angehört«, erwiderte der unerschrockene Trapper. »Ich habe selbst manchen Schlag versetzt, aber ich empfand nie den frohen Mut wie ein Mann, der nach der Vernunft gehandelt hat, wenn ich, sei's auch nur ein Hirschkalb, erschossen, ohne daß ich seines Fleisches oder Felles bedurft hätte, oder wenn ich einen Mingo unbeerdigt in den Wäldern liegen lassen, mit dem ich in ehrlicher Fehde aneinander geraten war.«

»Was, seid Ihr ein Soldat gewesen, Trapper? Ich habe wohl auch einen oder zwei Streifzüge unter den Cherokees mitgemacht, als ich noch ein Junge war, und ich folgte einen Sommer einmal dem tollen Anthony[12] durch die Wälder; aber dabei war mir zuviel Taktik und Reguläres unter seinen Truppen, darum ließ ich sie wieder laufen, ohne mich dem Zahlmeister weiter zu verdingen, obgleich Esther sich nachher rühmte, sie wäre mit den Zahlungszetteln so umgesprungen, daß die Staaten dabei nicht viel gewonnen hätten. Ihr müßt ja auch wohl von dem tollen Anthony gehört haben, wenn Ihr lange unter den Soldaten waret.«

»Ich will es meinen, focht ich doch meine letzte Schlacht unter ihm«, erwiderte der Wildsteller, indem ein Strahl Sonnenschein aus seinen dunklen Augen vorschoß, gleich als erinnere er sich mit Lust der Zeit. Dann aber folgte gleich darauf ein Schatten des Kummers, als überkomme ihn eine geheime Warnung, nicht bei den heftigen Auftritten zu verweilen, in denen er so oft tätig gewesen. »Ich wanderte grade von den Uferstaaten in diese fernen Gegenden, als ich auf den Nachtrab seiner Leute stieß, und ich zog mit als Zuschauer: aber als es zum Gefecht kam, da hörte man auch meine Flinte krachen, obgleich ich zu meiner Schande gestehen muß, daß ich nie erfahren, auf welcher Seite das Recht war, da es doch wohl einem Manne von siebzig Jahren zukäme, den Grund seiner Handlung zu wissen, ehe er ein Menschenleben nimmt, ein Geschenk, das er nie wiedergeben kann.«

»Komm, Fremder«, sagte der Auswanderer ein gut Teil sanfter, als er fand, daß sie beide in demselben Kriege im Westen gefochten, »'s liegt immer nicht viel zugrunde bei solchem Streit zwischen den Christen und den Wilden. Morgen werden wir mehr von diesem Pferdediebstahl hören; über Nacht können wir nichts Gescheites und Besseres tun als schlafen.«

Mit diesen Worten wandte sich Ismael wieder nach dem beraubten Lager und führte den Mann, dessen Leben noch wenige Minuten vorher von ihm gefährdet war, selbst zu seiner Familie. Hier benachrichtigte er mit wenigen Worten, vermischt mit einigen Drohungen gegen die Plünderer, sein Weib von dem Zustande der Dinge draußen auf der Prärie und kündigte dann seinen eigenen Entschluß an, sich für seine unterbrochene Ruhe zu entschädigen und die übrige Nacht dem Schlafe zu widmen.

Der Trapper willigte gern in diese Maßregel und lagerte seinen dürren Körper auf die ihm angewiesene Blätterstreu mit der Ruhe, die ein Herrscher mitten in seiner sicheren Hauptstadt, umgeben von den bewaffneten Beschützern, im Schlafe genießen kann. Indessen schloß der alte Mann nicht eher die Augen, als bis er sich vergewissert hatte, daß Ellen Wade sich wieder unter den weiblichen Mitgliedern der Familie befinde und daß ihr Verwandter oder Liebhaber, wer er auch sein mochte, die Vorsicht gebraucht, sich nicht blicken zu lassen. Dann erst schlief er ein, jedoch auch jetzt nicht ohne Wachsamkeit, die einer, der sie gewöhnt ist, auch mitten im Schlummer der tiefen Nacht nie ganz beiseite setzt.

Sechstes Kapitel

Er ist viel zu geziert, zu gesucht und zu seltsam um auf Reisen zu gehen.

Shakespeare

Der Angloamerikaner darf sich nicht ohne scheinbaren Grund rühmen, daß seine Nation eine ehrenvollere Abkunft genießt als irgendein Volk, dessen Geschichte verbürgt ist. Welche Schwächen die ersten Kolonisten auch gehabt, ihre Tugenden sind selten bestritten worden. Waren sie abergläubisch, so waren sie auch wahrhaft fromm und demzufolge redlich. Die Abkömmlinge dieses einfachen und einfältigen Menschenschlages verwarfen die gewöhnlichen und künstlichen Mittel, durch welche in der Familie die Staatsehre fortdauert, indem sie dafür eine Standarte aufpflanzten, welche jeden einzelnen wieder unter das Gericht der öffentlichen Meinung zurückruft und sich wenig vor denen neigt, welche ihnen vorangegangen sind. Diese Enthaltsamkeit, diese Selbstverleugnung, dieser Sinn fürs Gemeinwohl, oder wie man es sonst nennen will, hat der Nation den Vorwurf zugezogen, sie sei unedlen Ursprungs. Verlohnte sich eine Nachforschung, so würde man finden, daß eine unverhältnismäßig große Anzahl der berühmten Namen des Mutterlandes noch bis heute in ihren ehemaligen Kolonien gefunden wird. Ebenso ist es Tatsache – den wenigen, welche eine hinlängliche Zeit darauf verschwendet haben, die Kenntnis eines so unwichtigen Gegenstandes zu erwerben, sehr wohl bekannt – daß die Abkömmlinge in grader Linie von mancher ausgestorbenen Familie, welche Englands Politik durch Seitenverwandte fortleben zu lassen gut findet, jetzt nicht mehr und nicht weniger sind als einfache Bürger im Schoß unserer Republik. Der Bienenstock ist ruhig stehengeblieben, und die da um das ehrwürdige Gebäude herumflattern, pflegen den leeren Vorzug des Altertums anzurufen, ohne weder die Gebrechlichkeit ihrer Behausung noch die Lust der zahlreichen und kräftigen Schwärme zu beachten, die da Honig saugen aus den frischen Blüten der jungfräulichen Welt. Doch da dies ein mehr für Politiker und Historiker geeigneter Gegenstand ist als für den demütigen Erzähler von Vorfällen, die um uns geschehen, so müssen wir schon unsere Betrachtungen auf solche Gegenstände beschränken, welche unmittelbar mit unserer Geschichte in Verbindung stehen.

Obwohl der Bürger der Vereinigten Staaten auf alte Abkunft ein wohlbegründetes Recht hat, ist er doch keineswegs von der Strafe ausgenommen, die auf seinem gesunkenen Geschlechte haftet. Gleiche Ursachen bringen, wie bekannt, gleiche Wirkungen hervor. Der Tribut, welchen, wie es scheint, alle Völker durch einen schwierigen Probedienst um den Altar der Ceres zollen müssen, ehe sie der vollen Gunst der Göttin gewürdigt werden, wird gewissermaßen in Amerika von den Enkeln statt von den Urvätern eingefordert. Das Weiterrücken unserer Zivilisation geht einen seltsam analogen Gang mit allen kommenden Ereignissen, die bekanntlich »ihren Schatten voraus werfen«. Die Abstufungen des gesellschaftlichen Lebens von dem Stande, den man gebildet nennt, bis zu dem hinab, welcher sich so weit der Barbarei nähert, als die Verbindung mit einem unterrichteten Volke dies zuläßt, muß man verfolgen, eben von dem Mittelpunkte jener Staaten an, in welchen Reichtum, Luxus und die Künste aufzublühen anfangen, bis zu jenen fernen, immer weiter zurückweichenden Grenzen, welche wie der dem Tagesanbruch vorangehende bewegliche Nebel den Beginn des Volkes bezeichnen.

Hier, und nur hier, findet man in weiter Ausbreitung, wiewohl nicht zahlreich, jene Menschenklasse, welche sich noch mit den Vorvätern vergleichen läßt, die zuerst den Weg für die geistigen Fortschritte der Nation in der Alten Welt gebahnt haben. Die Ähnlichkeit zwischen dem amerikanischen Grenzer und seinem europäischen Vorbilde ist bemerkenswert, wiewohl nicht überall ganz übereinstimmend. Beide möchte man unbeschränkt nennen, indem der eine über, der andere außer dem Gesetze stand, – beherzt, weil sie in Gefahr ergraut, – stolz, weil sie unabhängig waren, und rachsüchtig, weil jeder das ihm angetane Unrecht selbst rächen mußte. Es würde für unsern Grenzer ungerecht sein, wollten wir die Vergleichung weiter ziehen. Er ist ohne Religion, weil er von seinen Vätern die Überzeugung ererbt hat, die Religion lebe nicht in Formen, und seine Vernunft sich gegen ein Gaukelspiel sträubt, das sein Gewissen nicht billigt. Er ist kein Ritter, weil er nicht die Macht besitzt, Ehren auszuteilen, und diese Macht fehlt ihm, weil er der Abkömmling und nicht der Vater eines Systems ist. Auf welche Art diese verschiedenen Eigenschaften bei solchen hervortreten, welche am eigentümlichsten unter dieser Klasse erscheinen, wird man im Laufe der folgenden Erzählung sehen.

Ismael Busch hatte ein ganzes Leben von mehr als fünfzig Jahren an den Grenzen der geselligen Einrichtung verbracht. Er rühmte sich, nirgends gewohnt zu haben, wo er nicht ungestört jeden Baum habe fällen können, den er von seiner Schwelle aus habe sehen können; daß es dem Gesetz selten gelungen, bis zu seinem Gehöfte zu dringen, und daß seine Ohren niemals willig den Ton einer Kirchturmglocke vernommen. Was er tat, geschah nur für das Bedürfnis, das niemals das allgemeine seines Standes überschritt und daher auch selten ohne Befriedigung blieb. Alle wissenschaftlichen Kenntnisse waren ihm mit Ausnahme der Wundarzneikunst und hierin besonders des Aderlasses und dergleichen verhaßt; denn er war gegen alle Dinge, die nicht mit den Sinnen in Verbindung standen, gleichgültig. Seine Achtung für jenen besonderen Zweig der Heilkunde hatte ihn das Anliegen eines Mediziners geneigt anhören lassen, der voll Durst nach Erweiterung seiner naturhistorischen Kenntnisse, von der Wanderlust des Ansiedlers Vorteil zu ziehen gewünscht hatte. Herzlich hatte er diesen Herrn in seine Familie aufgenommen oder vielmehr unter seinen Schutz, und sie waren nun so weit durch die Prärien in völliger Eintracht gereist, indem Ismael gegenüber seiner Frau häufig sein Glück pries, einen Reisegefährten gewonnen zu haben, der ihnen in ihrem künftigen Wohnsitze, wo er nun auch sein mochte, bis zu ihrer gänzlichen Akklimatisierung von so gutem Nutzen werden könne. Indessen führten die Streifzüge des Botanikers ihn häufig tagelang von der graden Linie ab, welche die Karawane, selten einem andern Führer als der Sonne folgend, einschlug. Wie viele würden sich aber nicht glücklich geschätzt haben, während des gefährlichen Einbruchs der Sioux entfernt gewesen zu sein, wie dies bei Obed Batt (oder, wie er sich lieber nennen hörte), ›*Battius* Medicinae Doctor und Mitglied verschiedener zisatlantischer gelehrten Gesellschaften‹, – obbemeldetem abenteuerlichen Gelehrten der Fall gewesen.

Wiewohl Ismaels schläfrige Natur nicht völlig aufgeweckt worden, fand er sich doch sehr bitter durch die Freiheit gekränkt, welche man sich mit seinem Eigentum genommen. Er schlief wieder ein, weil es die Stunde war, die er sich zur Ruhe einmal bestimmt hatte, und weil er einsah, wie vergeblich jeder Versuch ausfallen müsse, mitten in der Dunkelheit der Nacht das ihm Geraubte wiederzuerwerben. Auch kannte er zu wohl die Gefährlichkeit seiner gegenwärtigen Lage, um das, was ihm übriggeblieben, im Verfolgen des Verlornen aufs Spiel zu setzen. Trotz der Vorliebe der Präriebewohner für Pferde war doch ihre Neigung auch zu manchen anderen, noch im Besitz der Reisenden befindlichen Gegenständen genügend bekannt. Es war ein gewöhnlicher Kunstgriff, die Herden zu zerstreuen, um aus der Verwirrung Vorteil zu ziehen. Aber Mahtoree schien den scharfen Blick des Mannes, den er überfallen, nicht gehörig gewürdigt zu haben. Man hat bereits das Phlegma, mit welchen Ismael seinen Verlust ertrug, kennengelernt, und es bleibt nun nur übrig, von seinen reiferen Entschließungen zu sprechen.

Obgleich das Lager manches Auge umfaßte, das lange Zeit ungeschlossen blieb, und manches Ohr, das auf das kleinste Geräusch achtete, so blieb es doch in tiefer Ruhe während des übrigen Teiles der Nacht. Schweigen und Mattigkeit taten zuletzt ihre gewöhnliche Pflicht, und vor dem Morgengrauen lag schon wieder alles, bis auf die Schildwachen, in tiefem Schlafe begraben. Inwiefern diese trägen Wächter nach dem Überfall ihrer Verpflichtung nachkamen, ist nie bekanntgeworden, indem nichts vorfiel, was eine Probe ihrer folgenden Wachsamkeit abgegeben hätte.

Sobald indessen der Tag zu dämmern begann, und ein graues Licht vom Himmel herab auf die noch trüben Gegenstände der Ebene fiel, erhob sich Ellen Wade mit noch bestürztem, angstvollem, doch blühendem Gesicht mitten aus dem Gewimmel der Kinder, unter denen sie sich bei ihrer verstohlenen Rückkehr ins Lager gebettet hatte. Mit Vorsicht aufstehend, schritt sie behenden Fußes über die ruhenden Körper und ging mit derselben Vorsicht bis zu den äußersten Grenzen von Ismaels Verteidigungsanstalten. Hier horchte sie, als zweifle sie an der Schicklichkeit, sich weiter zu wagen. Das war jedoch nur das Werk eines Moments, und lange bevor die müden Augen der

Schildwache, die den Platz, wo sie stand, überschaute, Zeit gewonnen, ihre Gestalt zu entdecken, war sie den Grund entlang gehüpft und stand auf der Spitze der nächsten Anhöhe.

Lange und aufmerksam horchte Ellen hier, ob kein anderer Laut als das Atmen der Morgenluft, die leise mit den herbstlichen Blättern zu ihren Füßen spielte, sich hören lasse. Schon wollte sie, getäuscht in ihrer Erwartung, sich abwenden, als der Ton menschlicher Fußtritte, durch das niedrige Gras herschallend, ihr Ohr traf. Eifrig vorspringend entdeckte sie halb die Umrisse einer von unten her sich nähernden Gestalt, als hätte diese die ihrige am Horizont erkannt. Schon schwebte der Name Paul auf ihren Lippen, und sie wollte ihn mit der Lebhaftigkeit aussprechen, mit der weibliche Neigung wohl zuweilen einen Freund begrüßt, als das junge Mädchen, plötzlich zurückschreckend und bitter getäuscht, ihrem Gruße kalt die Worte hinzufügte:

»Ich glaubte nicht, Herr Doktor, Sie zu dieser ungewöhnlichen Stunde anzutreffen.«

»Alle Stunden und Jahreszeiten sind gleich, meine gute Ellen, für einen echten Freund der Natur«, entgegnete ein kleiner, magerer, leichtfüßiger, aber ganz rüstiger Mann, in einer aus Tuch und Fellen seltsam zusammengesetzten Kleidung, etwas über die mittleren Jahre hinaus, indem er sich mit der Vertraulichkeit eines alten Bekannten ihr zur Seite stellte. »Wer da nichts zu finden und zu bewundern weiß bei diesem grauen Lichte, der weiß auch nichts von einem großen Teil der Segnungen, deren er sich erfreut.«

»Sehr wahr«, erwiderte Ellen, indem ihr plötzlich die Notwendigkeit einfiel, auch über ihre eigene auffallende Entfernung zu einer so ungewöhnlichen Stunde Rechenschaft abzulegen. »Auch weiß ich manche, die der Meinung sind, die Erde sehe eigentlich weit wohlgefälliger in der Nacht als beim hellsten Sonnenschein aus.«

»Oh! deren Gesichtsorgane müssen zu konvex gebildet sein. Aber wer die eigentliche Natur der Katzenrasse oder die der Varietas hominis Albino zu studieren wünscht, der muß zu dieser Stunde auf sein. Ich wage es zu sagen: es gibt Leute, die es selbst vorziehen, die Gegenstände bei Zwielicht zu betrachten, bloß weil sie zu dieser Tageszeit besser sehen können.«

»Und aus diesem Grunde schweiften Sie wohl soviel in der Nacht herum?«

»Ich bin in der Nacht auf, mein gutes Mädchen, weil die Erde bei ihrem täglichen Umschwunge nur zur halben Zeit das Sonnenlicht auf jedem gegebenen Meridian haften läßt und weil, was ich zu tun habe, sich nicht in zwölf oder fünfzehn aufeinanderfolgenden Stunden abtun läßt. Jetzt bin ich nun zwei Tage von der Familie entfernt gewesen, um nach einer Pflanze zu suchen, welche um den Plattefluß wächst, ohne daß ich doch auch nur einen Grashalm gefunden, der nicht schon längst aufgezählt und klassifiziert wäre.«

»Sie waren unglücklich, Doktor, aber...«

»Unglücklich!« wiederholte der kleine Mann, näher herantretend, indem er seine Schreibtafel mit einer Miene hervorzog, in welcher der Jubel der Lust seltsam mit einer erzwungenen Demut stritt. »Nein, nein, Ellen, ich bin alles andere, nur nicht unglücklich. Wenn man nicht etwa einen Mann unglücklich nennen will, dessen Glück gemacht ist, dessen Ruf vielleicht für immer begründet ist, dessen Name hinab auf alle Nachkommenschaft mit dem Namen Buffons gehen wird – Buffon! ein bloßer Kompilator zwar; einer, der sich bläht auf den Grund von andrer Leute Anstrengungen. Nein, pari passu mit Solander, der diese Wissenschaft mit Mühe und Aufopferung erkauft hat.«

»Haben Sie eine Mine entdeckt, Doktor Batt?«

»Mehr als eine Mine: einen geprägten Schatz, und sogleich zu gebrauchen. Mädchen, horche! Ich machte einen Winkel, der nötig war, um die Linie von deines Oheims Marsch nach meinem fruchtlosen Suchen wiederzutreffen, als ich Töne vernahm, wie hervorgebracht durch das Losfeuern von Schießgewehren...«

»Ja, ja«, rief Ellen eifrig aus, »es gab hier Alarm...«

»Ich hielt mich nur für verirrt«, fuhr der wissenschaftliche Mann fort, zu sehr mit seinen Ideen beschäftigt, um die Unterbrechung zu hören. »Denn Gefahr ahnte ich nicht. Ich setzte mir meine eigene Basis fest, wußte die perpendikulare Länge durch Berechnung und zog die Hypotenuse, um meinen Winkel vollständig zu machen. Ich glaubte, die Flinten wären zu meinen Gunsten abgefeuert, und änderte daher meine Richtung nach den Schüssen; – nicht, daß ich etwa dächte, die Sinne wären schärfer oder auch nur so genau wie eine mathematische Berechnung, aber ich fürchtete, eines von den Kindern möchte meiner Hilfe bedürfen.«

»Sie sind alle glücklich...«

»Hör zu«, unterbrach sie der Gelehrte, indem er bereits die vorgeschützte Besorgnis für seine Kranken bei der größern Wichtigkeit seines Gegenstandes vergessen. »Ich hatte wieder einen großen Präriestrich gekreuzt – denn der Schall wird, wo ihn keine Gegenstände hindern, weit getragen, als ich das Trampeln von Hufen hörte, als stampften Büffel die Erde. Darauf faßte ich plötzlich starr ins Auge eine Herde vierfüßiger Tiere, die die Erdwellen auf und ab rannten, – Tiere, die ganz unbekannt und unbeschrieben geblieben wären, wäre nicht ein höchst glücklicher Zufall dazwischengetreten. Eines, eine schöne Probe vom Ganzen, rannte ein wenig abwärts von den anderen. Die Herde wandte sich nun gegen mich zu, das schöne Tier mit, und es kam ungefähr fünfzig Ellen von dem Orte, wo ich stand, an. Sogleich benutze ich die Gelegenheit, und mit Hilfe meines Feuerzeugs und Wachsstocks trage ich das Tier auf der Stelle in meine Brieftasche ein. Tausend Taler, Ellen, hätte ich gegeben für einen einzigen Schuß auf das Tier aus der Flinte eines unserer Burschen.«

»Sie führen ja eine Pistole, Doktor, warum brauchten Sie die nicht?« sagte das nur halb aufmerksame Mädchen, indem es ängstlich die Prärie musterte, aber immer auf demselben Fleck stehenblieb und alle Willfährigkeit verriet, sich hier noch länger festhalten zu lassen.

»Bah! die ist ja nur mit ganz kleinen Stückchen Blei geladen, nur zur Zerstörung der größeren Insekten und Würmer bestimmt. Nein, ich handelte besser, als daß ich einen Krieg gewagt hätte, in dem ich nicht Sieger geblieben wäre. Ich trug den ganzen Vorfall ein und zeichnete jeden kleinen Umstand mit der der Wissenschaft so nötigen Präzision auf. Ellen, Sie sollen hören; denn Sie sind ein gutes, gescheites Mädchen, und indem Sie wohl auffassen und behalten, was Sie auf diesem Wege lernen, mögen Sie der Wissenschaft noch große Dienste leisten, wenn *mir* irgend etwas widerführe. Wahrhaftig, trefflichste Ellen, mein Geschäft hat so gut seine Gefahren wie das eines Kriegers. Ist nicht in dieser selben Nacht«, fuhr er fort, dabei seine Augen unwillkürlich hinter sich werfend, »in dieser verhängnisvollen Nacht mein Lebensurstoff selbst in großer Gefahr gewesen, ganz zerstört zu werden?«

»Wodurch?«

»Durch das Ungeheuer, das ich entdeckte. Es näherte sich mir oft, und immer, wenn ich zurückwich, kam es mir nach. Ich glaube, nichts als die kleine Lampe, die ich bei mir führte, war mein Beschützer. Ich hielt sie zwischen uns hin, während ich alles niederschrieb, indem ich so doppelten Nutzen von derselben, nämlich den eines Lichtes und eines Schildes, zog. Aber Sie sollen den Charakter des Tieres erfahren und dann über die Gefahr urteilen, die wir Förderer der Wissenschaft der Menschheit wegen laufen.«

Der Naturforscher erhob nun seine Schreibtafel gegen den Himmel und schickte sich an, so gut es ging, beim schwachen Dämmerschein, der jetzt die Ebenen erhellte, zu lesen, doch sagte er vorher:

»Hören Sie, liebes Mädchen, und Sie werden erstaunen, mit welchem Schatze es mir gelungen, die Seiten der Naturgeschichte zu bereichern.«

»Also ein Geschöpf aus ihrer eigenen Fabrik?« sagte Ellen, indem sie sich von ihrer fruchtlosen Prüfung umwandte, mit einem hellen ausdrucksvollen Blicke ihrer blauen Augen, der wohl verriet, daß sie mit der Schwäche ihres gelehrten Gefährten zu spielen verstehe.

»Ist es in die Macht des Menschen gegeben, leblosen Dingen Leben einzuhauchen? Ich wünschte, es wäre so. Ihr solltet bald eine Historia naturalis Americana erblicken, welche die lächerlichen Nachahmer des Franzosen de Buffon beschämen dürfte. Vor allem sollte eine große Verbesserung bei der Formation der vierfüßigen Tiere eintreten, besonders bei den Schnellfüßigen. Zwei der unteren Glieder sollten eine Art Hebel werden, Räder vielleicht, wie man sie jetzt bildet, obgleich ich mich noch nicht entschieden, ob diese Verbesserung lieber an den Hinter- oder Vordergliedern anzubringen sei, nämlich indem ich noch lernen muß, ob Ziehen oder Schieben den größten Aufwand der Muskularkräfte erfordert. Die natürliche Ausdünstung des Tieres würde der Reibung vorbeugen, und dadurch wäre viel gewonnen. Aber das alles ist ein frommer Wunsch – wenigstens für den Augenblick«, fügte er mit einem leichten Seufzer hinzu, seine Tafel wieder gegen das Licht haltend, und laut lesend.

»Am 6. Oktober 1805; – das ist das bloße Datum, das Sie vielleicht besser kennen als ich. – Mem. Quadruped. gesehen beim Sternenlicht und vermittelst einer Taschenlampe in den Prärien Nordamerikas – siehe das Journal für die Breiten und Meridiane. Genus – unbekannt: deshalb nach dem Entdecker genannt und mit Bezugnahme auf den glücklichen Umstand, daß es am Abend gesehen worden – Vespertilio horribilis Americanus. *Dimensionen* (mutmaßliche): – *größte Länge* elf Fuß; *Höhe* sechs Fuß; *Kopf* aufrecht; *Nasenlöcher* ausgedehnt; *Augen* ausdrucksvoll und feurig; *Zähne* sägenartig und in Fülle; *Schweif* horizontal, wallend und etwas katzenartig; *Füße* groß und haarig; *Hacken* lang, gekrümmt, gefährlich; *Ohren* nicht recht hervorragend; *Hörner* lang hinaus nach beiden Seiten gereckt und furchtbar; *Farbe* wie Bleiasche mit feurigen Punkten; *Stimme* wohltönend und kriegerisch; *Gewohnheiten* geht in Herden, frißt Fleisch, ist wild und furchtlos. Da«, rief Obed, als er diese sentenziöse, aber verständliche Beschreibung geendet, »da ist ein Tier, das wohl mit dem Löwen sich in den Wettstreit einlassen könnte, wer König der Tiere sei!«

»Ich weiß gar nicht, was Ihr damit meint, Doktor Battius«, erwiderte das launige Mädchen, welches, die Schwäche des Philosophen wohl kennend, ihn oft mit einem Titel nannte, den er so gern hörte. »Aber ich halte es doch in der Tat für gefährlich, sich weit vom Felde zu wagen, wenn solche Ungeheuer über die Prärie hinstreichen.«

»Das ist ein guter Ausdruck«, erwiderte der Naturforscher, indem er sich ihr näher anschloß und seine Stimme einen immer leisern und vertraulichern Ton annahm. »Noch niemals sonst habe ich das Nervensystem so genau kennengelernt; ja, ich muß gestehen, es war sogar ein Moment, wo selbst mein fortiter in re vor einem so schrecklichen Feinde zitterte, aber die Liebe zur Naturkunde hielt mich aufrecht und ließ mich triumphieren!«

»Sie sprechen eine so ganz verschiedene Sprache von unserer in Tennessee«, sagte Ellen im Kampfe, ihr Gelächter zu verbergen, »daß ich kaum weiß, ob ich Ihre Meinung verstehe. Wenn ich nicht irre, so wollen Sie damit sagen, Sie wären ein wenig kleinmütig geworden.«

»Das ist ein ganz abgeschmacktes Gleichnis, von der puren Unwissenheit erfunden, und paßt hier gar nicht. Klein und groß, das sind Dimensionen der Körper, und der Mut ist eine Seeleneigenschaft, die man nicht mit der Elle messen kann. Aber, liebe Ellen«, fügte er mit einer so feierlichen Miene hinzu, daß es einen Eindruck auf das Mädchen machen mußte: »Ich war verfolgt, gejagt, und in Gefahr, daß ich kaum ... Halt, was ist das?«

Ellen fuhr zusammen; denn der Ernst und der aufrichtig einfache Ton des Mannes hatten selbst bei ihrer scherzhaften Stimmung eine Art Glauben hervorgebracht. Indem sie in die vom Doktor angegebene Richtung hinaussah, bemerkte sie wirklich ein Tier, welches über die Prärie lief und sich raschen Laufes dem Orte, wo beide standen, näherte. Der Tag war noch nicht weit genug vorgerückt, um diese Erscheinung genau zu mustern, wiewohl so viel zu sehen war, daß man es für ein grimmiges und wildes Tier halten konnte.

»Es kommt! Es kommt!« rief der Doktor hastig, wie in einer Art Instinkt nach seiner Schreibtafel greifend, während er mit den Beinen bei dem Versuch, den festen Boden zu behalten, schlotterte. »Jetzt, Ellen, gibt das Glück mir eine Gelegenheit, die beim Sternenlicht gemachten Irrtümer zu verbessern – halt – wie Bleiasche – keine Ohren – Hörner lang hinausgereckt.«

Die zitternde Stimme, die schlotternde Hand wurden beide plötzlich starr und stumm, als das Tier ein Gebrüll oder vielmehr ein Geschrei ausstieß, das selbst ein festeres Herz als das des Naturforschers stocken gemacht hätte. In seltsamen und wilden Tonfällen gellte das Gewieher über die Prärie herüber, und dann folgte ein tiefes feierliches Schweigen, welches nur durch ein unmäßiges Gelächter von seiten einer etwas musikalischeren Stimme, nämlich der unserer Ellen Wade, unterbrochen wurde. Der Naturforscher stand indessen wie eine Statue des Staunens, indem er es zugeben mußte, ohne seinen nächtlichen Schild gegen den Andringer vorzustrecken, daß ein wohl ausgewachsener Esel mir nichts, dir nichts ihn anschnüffelte.

»Es ist ja Ihr eigener Esel!« rief Ellen, sobald sie nur zu Worte kommen konnte. »Ihr eigener Patient! Gott, wie das arme Tier gelaufen ist!«

Der Doktor ließ seine Augen wild vom Tiere zu der Sprecherin und von der Sprecherin zum Tiere rollen, vermochte aber sein Erstaunen in keine Worte zu fassen.

»Wollen Sie ein Tier nicht anerkennen, das so lange in Ihrem Dienste gestanden«, fuhr das Mädchen, noch immer lachend fort. »Ein Tier, das, wie ich Sie tausendmal sagen hörte, Ihnen so gute Dienste geleistet und das Sie wie einen Bruder liebten!«

»Asinus domesticus!« rief der Doktor, so tief aufseufzend, als wäre er dem Ersticken nahe gewesen, »da ist gar kein Zweifel am genus, und ich will's gegen männiglich behaupten, daß das Tier nicht zur Spezies equus gehört. – Unzweifelhaft, unleugbar, es ist der asinus selbst; aber dies, Ellen Wade, ist auch nicht jener Vespertilio horribilis der Prärien! Sehr verschiedene Tiere, das kann ich Euch versichern, junges Mädchen, und sehr verschieden in allen bedeutenden Einzelheiten charakterisiert. Jener ist: – *Fleisch fressend«*, indem er noch immer auf seine offene Schreibtafel blickte, »und unserer frißt nur Körner. *Gewohnheit*, feurig, gefährlich; – *Gewohnheit*, geduldig, enthaltsam. *Ohren*, treten nicht recht hervor; – *Ohren*, sehr lang. *Hörner*, nach beiden Seiten gereckt; – *Hörner*, sind gar nicht vorhanden!«

Noch einmal unterbrach ihn Ellens laut schallendes Gelächter, was indessen nur dazu diente, ihn wieder zu sich selbst zu bringen.

»Ja, das Bild des Vespertilio stand aber nun einmal vor meiner Retina«, bemerkte der betroffene Erforscher der Geheimnisse der Natur, als sollte dies für eine Entschuldigung gelten, »und ich war töricht genug, mein eigenes treues Tier für das Ungeheuer zu halten. Obgleich ich mich auch jetzt noch verwundere, das Tier so weit herumlaufen zu sehen.«

Ellen erzählte ihm nunmehr in gehörigem Verlaufe, was sich diese Nacht zugetragen. Sie beschrieb ihm mit einer Genauigkeit, welche bei einem weniger arglosen Zuhörer als ihm Verdacht über ihr eigenes Hiersein erregt hätte, die Art, wie die Tiere aus dem Lager herausgestürzt wären, und die entsetzliche Eile, mit der sie sich über die Ebene zerstreut hätten. Obgleich sie sich wohl hütete, so etwas in bestimmten Worten auszudrükken, so konnte und mußte doch der Zuhörer aus ihrer Rede entnehmen, daß er aller Wahrscheinlichkeit nach die auf- und fortgeschreckten Gespanne fälschlich für die wilden Tiere gehalten; endlich schloß sie ihre Erzählung mit einer Klage über den Verlust und mit einigen sehr natürlichen Bemerkungen über die hilflose Lage, in welcher sich nun die Familie befinde. Der Naturforscher horchte in stummer Verwunderung, weder ihre Erzählung unterbrechend, noch den geringsten Ausbruch des Erstaunens von sich gebend. Dem scharfen Blicke des Mädchens konnte es indessen nicht entgehen, daß das wichtige Blatt, während es sprach, aus der Schreibtafel ausgerissen wurde, und zwar auf eine Art, welche keinen Zweifel übrigließ, daß der Eigentümer endlich seine Selbsttäuschung eingesehen. Seit diesem Augenblick hat die Welt nichts mehr von dem Vespertilio horribilis Americanus vernommen, und die Naturgeschichte hat unwiederbringlich ein wichtiges Glied in der großen belebten Kette verloren, die, wie man sagt, Erde und Himmel verbindet und in welcher der Mensch so nahe mit dem Affen verwandt wird.

Als Doktor Batt sich von allen Vorfällen bei dem Einbruch unterrichtet sah, nahm seine Besorgnis eine ganz andere Richtung. Er hatte unterschiedliche Foliomappen und mehrere Büchsen voll botanischer und animalischer Schätze in Ismaels Verwahrung zurückgelassen, und augenblicklich durchfuhr den scharfsinnigen Doktor der entsetzliche Gedanke, daß so feine schnüffelnde Plünderer wie die Sioux die Gelegenheit nicht würden haben verstreichen lassen, ihn dieser Schätze zu berauben. Nichts, was Ellen dagegen sagen konnte, beruhigte ihn in seiner Angst; sie trennten sich also, er, um Furcht und Zweifel loszuwerden, und sie, um so schnell und still, wie sie vorhin herausgekommen, wieder in ihr stilles und einsames Zelt hineinzuschlüpfen.

Siebentes Kapitel

Was? Fünfzig meiner Ritter auf einmal!
Lear

Der Tag war jetzt auf der anscheinend ganz endlosen Prärie völlig angebrochen. Obeds Eintritt ins Lager konnte, zu dieser Tageszeit und begleitet von so entsetzlichen Jammertönen über seinen vermutlichen Verlust, nicht anders als die verschlafenen Familienmitglieder aufwecken. Ismael, seine Söhne und der sauertöpfische Bruder seiner Frau standen schnell auf den Beinen und wurden nun, als die Sonne ihr Licht über das Lager ausgoß, allmählich ihren ganzen Verlust inne.

Ismael schaute mit zusammengepreßten Zähnen auf die regungslosen, schwer beladenen Fuhrwerke rundumher, warf dann einen Blick auf die erstaunt und hilflos dicht um ihre in finsterer Verzweiflung dasitzende Mutter niedergekauerten kleinen Kinder und schritt dann hinaus ins Freie, als wäre die Luft im Lager für ihn zu beklommen. Mehrere folgten ihm mit aufmerksamen Blicken, indem sie den finstern Ausdruck seiner Augen als Richtschnur ihres eigenen Benehmens für die Zukunft betrachteten. Alle zusammen schritten in tiefem und verdrossenem Schweigen bis auf die allernächste Anhöhe vor, von wo sie eine fast endlose Aussicht auf die nackten Ebenen hatten. Hier war nichts zu sehen als ein einsamer Büffel, der seine dürftige Nahrung nicht fern von ihnen unter den kläglichen Kräutern der Prärie nagte, und der Esel des Arztes, der sich seine Freiheit zunutze machte, um ein reicheres Mahl als gewöhnlich einzunehmen.

»Da haben uns die Schurken ein Stück Vieh zurückgelassen, um uns zu foppen«, sagte Ismael, auf den letztern blickend, »und noch dazu das schlechteste von allen. Das ist ein schlimmes Land, um darin zu etwas zu kommen, Jungen, und doch müssen wir was aufsuchen, um so manchen hungrigen Mund zu füllen.«

»Da ist die Flinte besser als der Spaten an solchem Orte«, erwiderte der älteste von den Söhnen, voll verächtlichen Zorns mit dem Fuße auf den dürftigen Boden stampfend. »Für die mag's gut sein, die lieber Bettlers Bohnen essen als Welschkornbrei. Eine Krähe würde Tränen vergießen, müßte sie über solchen Landstrich fortfliegen.«

»Was meinst du, Trapper«, erwiderte der Vater, indem er auf die schwachen Fußstapfen zeigte, welche er soeben dem festen Erdreich eingedrückt hatte, und dabei mit schrecklicher Wildheit lachte. »Ist dies das Land, das sich ein Mann auswählen möchte, der da niemals den Amtsschreiber mit Federzügen quält?«

»In den Gründen unten ist der Boden besser«, erwiderte ruhig der alte Mann. »Und Ihr seid über Millionen Hufen fortgezogen in diese traurige Öde; über Äcker, wo, wer die Bearbeitung der Erde liebt, für die Metze, ohne daß es ihm zu sauer würde, den Scheffel einerntet. Seid Ihr gekommen, um Land zu suchen, so seid Ihr Hunderte von Meilen zu weit gereist oder ebenso viele Meilen noch zuwenig.«

»Es wäre also besser dort, nach dem andern Ozean zu?« fragte der Siedler, indem er nach dem Stillen Meere hinwies.

»Gewiß, ich habe es selbst gesehen«, lautete des andern Antwort, indem er seine Flinte zu Boden setzte und sich drauf stützte, als wolle er sich der Auftritte erinnern, deren Zeuge er einst mit wehmütiger Lust gewesen. »Ich habe die Wogen beider Meere erblickt. An dem Strande des einen ward ich geboren und auferzogen zu einem Burschen wie jener dort. Amerika, ihr Männer, ist seit den Tagen meiner Jugend gewachsen zu einem Lande, größer, als ich einst glaubte, daß die Welt selber es sei. Fast siebzig Jahre wohnte ich in York, Staat und Stadt zusammen – Ihr seid doch in York gewesen, – 's ist gleich?«

»Ich nicht – ich nicht. Ich bin nie in Städte gegangen, hörte aber oft von dem Ort, den Ihr da nennt. 's ist eine weite waldlose Gegend ringsum, mein' ich –«

»Zu weit! zu weit! Sie schlagen die Erde selbst mit ihren Äxten. Was habe ich für Hügel und Jagdgründe gesehen, wo sie ohne Scheu und Schande die Gottesgaben wegfällten. Ich verweilte so lange, bis von den Streichen der Holzschläger die Wälder leer geworden und die Mäuler meiner Hunde verstummt waren, und dann ging ich nach Westen, um Ruhe zu finden. Es war eine beschwerliche Reise. Schwer, über und zwischen krachenden Baumstämmen fortzuwandern, durch die dicke Luft der Waldbrände! Und schwach und alt, und immer schwächer und älter! 's ist ein weiter Strich vom Staate von York bis hieher!«

»Ich glaube, er liegt drüben an der andern Seite von Kentucky, obgleich ich so eigentlich über die Entfernung nie recht was erfahren habe.«

»Die Rotgans würde zweitausend Meilen in der Luft fliegen müssen, um nach der östlichen See zu kommen, und doch läßt es sich für einen Jäger leicht abtun, wenn Schatten und Wild in Fülle da sind! Es gab eine Zeit, wo ich dem Hirsch in den Bergen des Delaware und Hudson folgte und den Biber fing an den Strömen der Seen droben zur selben Jahreszeit; aber mein Auge war schnell und sicher wie der Tag, und meine Glieder waren wie die Schenkel des Elchs. Mein alter Hektor«, fügte er hinzu, mit freundlichem Mitleid auf den alten zu seinen Füßen hingekauerten Hund niederblickend, »war damals ein frisches Tier und flink auf den Beinen, sobald er etwas witterte. Manche Sorge hat er mir zwar gemacht, der alte Kerl, manche Mühe und Not!«

»Euer Hund ist alt, Fremder, und ein Schlag auf den Kopf möchte noch Barmherzigkeit gegen das Tier sein.«

»Der Hund ist wie sein Herr«, erwiderte der Trapper, ohne daß er auf den barbarischen Vorschlag des andern zu achten schien, »und er wird seine Tage zählen, wenn sein Werk bei der Jagd vorüber ist, und eher nicht. Meinem Auge scheinen alle Dinge in dieser Schöpfung miteinander in Verbindung zu sein. Es ist nicht immer der schnellste Hirsch, der den Hunden entläuft, und nicht der stärkste Arm, der die sicherste Flinte führt. Schaut Euch um, Leute! Was werden die Yankee-Holzschläger sagen, wenn sie ihren Weg vom Ostmeer nach dem Westmeer zurückgelegt haben und finden, daß eine Hand, welche die Erde auf einen Schlag so blank und bloß machen kann, vor ihnen hier gewesen und, ihre Kläglichkeit zu höhnen, über das Land weggefahren ist. Sie werden umkehren und wie der Fuchs Sätze machen, und dann soll der Geruch ihrer Fußtritte ihnen die Torheit ihrer Verwüstung zeigen. Indessen, das sind auch wohl nur Gedanken, mehr geeignet, in eines Kopfe aufzusteigen, der die Torheit von achtzig Jahren gesehen, als Klugheit zu lehren den Leuten, die noch immer ihrer Lust nachgehen. Ihr müßt Euch regen und rüsten, denkt Ihr der Kraft und dem Haß der

Indianer zu entgehen. Sie behaupten, gesetzliche Eigentümer des Landes zu sein, und lassen einem Weißen selten mehr als die weiße Haut, auf die er stolz ist, wenn sie einmal die Macht haben, ihm Böses anzutun; denn der Wille dazu fehlt ihnen niemals.«

»Alter Mann«, sagte Ismael mit strengem Tone, »zu welchem Volke gehört Ihr? Ihr habt Farbe und Sprache eines Christen, während es Euer Herz doch mit den Rothäuten zu halten scheint!«

»Für mich gibt es wenig Unterschied der Völkerschaften. Das Volk, das ich am meisten liebte, ist zerstreut, wie der Sand der trockenen Flußbetten vor dem Orkane zerstiebt, und das Leben ist zu kurz, um mit Fremden so vertraut zu werden, wie einer es wünscht, der jahrelang unter Freunden gelebt. Noch immer bin ich ein Mann, in dem kein indianisch Blut rinnt, und was ein Kriegsmann seinem Volke schuldig ist, das bin ich dem Volke der Staaten schuldig, obgleich sie mit ihrer Kriegsmacht und ihren bewaffneten Schiffen nicht des einzelnen Arms eines Achtzigers bedürfen.«

»Da Ihr also doch Eure Abkunft anerkennt, so kann ich auch eine einfache Frage tun. Wo sind die Sioux, die mein Vieh gestohlen haben?«

»Wo ist die Büffelherde«, sagte der Trapper, »die erst gestern morgen von einem Panther über die Ebenen gejagt wurde! Es ist ebenso schwer...«

»Freund!« sagte der Doktor Battius, der bisher aufmerksam zugehört hatte, jetzt aber einen plötzlichen Drang fühlte, sich in das Gespräch zu mischen. »Es tut mir leid, wenn ich einen Jäger oder Weidmann von Eurer Erfahrung und Euren Beobachtungen finde, der einem so gewöhnlichen Irrtum folgt. Das Tier, das Ihr erwähnt, ist in Wahrheit eine Spezies des bos ferus (oder bos silvestris, wie ihn die Dichter nicht ungeschickt nennen), aber, obgleich nahe verwandt, doch nicht zu verwechseln mit dem gewöhnlichen bubulus. *Bison* ist das bessere Wort, und ich würde sehr darauf dringen, es künftig zu gebrauchen, wenn Ihr Gelegenheit habt, diese Spezies zu nennen.«

»Bison oder Büffel macht keinen Unterschied. Die Kreatur ist dieselbe, nennt sie, wie Ihr wollt,...«

»Verzeihung, verehrter Jäger! Da die Klassifikation die wahre Seele der Naturgeschichte ist, so muß auch das Tier oder die Vegetabilie notwendig nach den Eigenheiten ihrer Spezies charakterisiert werden, und diese bezeichnet immer der Name.«

»Freund«, sagte der Trapper, »gäbe der Schweif eines Bibers ein schlechteres Mahl ab, wenn Ihr es ein Wiesel nenntet, oder würdet Ihr Wolfsfleisch mit Vergnügen essen, wenn irgendein Gelehrter ihm den Namen Wildbret gegeben?«

Da diese Fragen mit nicht wenig Ernst und etwas scharf hingestellt wurden, so war es sehr wahrscheinlich, daß eine heiße Erörterung zwischen den beiden erfolgt wäre, von denen der eine so ganz praktisch, der andere so ganz theoretisch war, hätte nicht Ismael den Streit enden wollen, indem er einen Gegenstand vorbrachte, der für sein unmittelbares Interesse von weit größerer Wichtigkeit war.

»Biberschweife und Wieselfleisch, darüber läßt sich weit besser und ruhiger am Feuerherd sprechen«, unterbrach der Auswanderer, ohne im geringsten auf die Gefühle der Streitenden zu achten. »Aber jetzt ist etwas mehr nötig als fremde Worte und überhaupt als alle und jede Worte. Sag mir, Trapper, wo verkriechen sich deine Sioux?«

»Es würde ebenso leicht sein, dir die Farben des Raubvogels zu beschreiben, der unter jener weißen Wolke fliegt! Wenn ein Roter seinen Streich ausgeführt hat, wartet er nicht so lange, bis man ihm mit Blei seine böse Tat bezahlt.«

»Werden die bettelhaften Wilden glauben, sie hätten genug, wenn sie sich zu Herren unsers ganzen Viehstandes gemacht haben?«

»Die Natur bleibt immer dieselbe, von welcher Haut sie auch bedeckt sein mag. Verlangt Euch etwa weniger, reich zu werden, nach einer guten Ernte, als ehe Ihr auch nur ein Korn Getreide besaßet? Ist das bei Euch der Fall, dann freilich weicht Ihr von allem ab, was ich nach langer Erfahrung als die Natur des Menschen kennenlernte.«

»Sprich deutlich, alter Fremder!« sprach der Auswanderer, und ließ seinen Flintenkolben schwer auf die Erde fallen; denn seine Geistesgaben waren nicht derart, daß ihm die Fortführung des Gespräches in so dunklen Anspielungen gefallen hätte. »Ich habe eine einfache Frage getan und eine, von der ich weiß, daß Ihr sie gut beantworten könnt.«

»Ihr habt recht, Ihr habt recht. Ich kann antworten; denn ich habe allzuoft unsere Neigung, etwas mißzuverstehen, bemerkt, wenn sich das Böse regt. Wenn die Sioux ihre Tiere eingefangen haben werden und gewiß sind, daß Ihr ihnen nicht auf den Hakken seid, so werden sie bald wieder hier sein wie hungrige Wölfe, um das zu holen, was sie zurückgelassen. Oder vielleicht zeigen sie sich wie die großen Bären, die man in den Wasserfällen des *Long-River* findet. Die schlagen mit der Tatze zu, ohne mit der Nase ihre Beute zu beschnüffeln.«

»So habt Ihr wohl die Tiere gesehen, die Ihr eben erwähnt!« rief Doktor Battius, der schon so lange aus der Unterhaltung hinausgewiesen worden, als es seine Geduld irgend ertragen konnte, und der jetzt wieder loslegen wollte, indem er seine Schreibtafel öffnete, als gelte es, sich hierauf zu berufen. »Könnt Ihr mir sagen, ob die Tiere, denen Ihr begegnetet, zur Spezies ursus horribilis gehörten, – mit den *Ohren* gerundet – *Stirn* in Bogenform – *Augen* ohne bemerkliches ergänzendes Augenlid – mit sechs *Schneidezähnen,* worunter ein falscher, und vier vollkommene *Mahlzähne.*«

»Trapper, weiter«, unterbrach ihn Ismael, »Ihr glaubt also, wir werden noch mehr von den Räubern sehen.«

»Nein – nein – ich nenne sie nicht Räuber; denn es ist die Sitte ihres Volkes, und was man das Gesetz der Prärie nennen möchte.«

»Ich bin fünfhundert Meilen gekommen, um einen Ort zu finden, wo niemand mit dem Wort Gesetz mir das Ohr belästigen soll«, sagte Ismael wild, »und habe keine Lust, ruhig vor den Schranken zu stehen, während eine Rothaut zu Gericht sitzt. Ich sage Euch, Trapper, wenn wir noch einen Sioux um mein Lager schleichen sehen, wo es auch sei, soll er fühlen, was eine alte Kentuckyflinte enthält«, wobei er die seinige in einer Art, die ein Mißverständnis nicht leicht zuließ, faßte, »und trüge er selbst die Medaille von Washington[13]. Den Menschen nenne ich einen Räuber, der das nimmt, was nicht sein ist.«

»Der Teton und der Pawnee und der Konza und Männer von einem Dutzend anderer Stämme nennen diese nackten Felder ihr Eigentum.«

»Aber die Natur straft sie Lügen. Luft, Wasser und Erdboden sind alles freie Dinge, die jedem Menschen zustehen, und keiner hat die Macht, sie in kleine Stücke zu zerteilen. Der Mensch muß trinken, atmen, gehen, – und darum hat jeder ein

Recht auf seinen Anteil Erde. Warum stellen denn die Regierer der Staaten nicht ihre Kompasse und ziehen ihre Linien über unseren Köpfen so gut als unter unseren Füßen! Warum bedekken sie nicht ihre glatten Kalbsfelle mit großen Buchstaben, die jedem Gutsbesitzer – oder man sollte lieber sagen: Luftbesitzer – ebensoviel Ruten am Himmel anweisen? Warum bestimmen sie nicht Sterne zu Grenzsteinen und Wolken zum Mühlendrehen?«

Dabei lachte der Mann vor wildem Hohn bis tief in die Brust hinein. Und das Hohngelächter ging vom Munde eines seiner gewaltigen Söhne zum Munde des andern über, bis es in der ganzen Familie die Runde gemacht.

»Kein Trapper«, fuhr dann Ismael in einem launigen Tone fort wie ein Mann, der seinen Triumph empfindet, »keiner von uns beiden, mein' ich, hat jemals viel mit Besitztiteln und Amtsschreibern und dergleichen zu tun gehabt. Warum also Worte vergeuden über solche Torheiten? Ihr seid ein Mann, der sich lange in diesen freien Gegenden herumgetrieben, und darum frage ich Euch jetzt um Eure Meinung, Aug' in Auge, ohne Furcht oder Gunst, was Ihr an meiner Stelle tun würdet?«

Der alte Mann zauderte und schien den verlangten Rat nur mit augenscheinlichem Widerstreben zu erteilen. Da indessen aller Augen auf ihn gerichtet waren und, wo er auch sein Gesicht hinwandte, ihm Blicke begegneten, die von seiner eigenen Miene den Ausdruck hernahmen, so antwortete er in leisem melancholischem Tone:

»Ich sah allzuviel Menschenblut bei törichten Streitigkeiten vergießen, als daß ich noch einmal einen Flintenknall hören möchte. Zehn mühevolle Jahre bin ich allein über diese nackten Ebenen gewandert, wartend, bis meine Stunde käme, und nicht einen Schlag habe ich gegen einen Feind getan, der gesitteter gewesen wäre als der grimmige Bär.«

»Ursus horribilis«, murmelte der Doktor.

Der Sprecher hielt, wie erwartungsvoll, inne; als er aber fand, daß es nichts weiter als ein bloßer Ausruf sei, fuhr er fort:

»Gesitteter als der grimmige Bär oder der Panther von den Rocky-Mountains, mit Ausnahme des Bibers, der ein weises und verständiges Tier ist. Was soll ich erst sprechen? Selbst der weibliche Büffel ficht für sein Junges!«

»Dann soll auch nie gesagt werden, daß Ismael Busch weniger Liebe für seine Kinder habe als die Bärin für ihre Jungen!«

»Und doch ist das ein sehr nackter Fleck für ein Dutzend Leute, um sich gegen fünfhundert zu verteidigen.«

»Freilich«, erwiderte der Auswanderer, mit dem Auge sein Lager drunten messend, »aber es läßt sich doch was tun mit den Wagen und den Baumwollbäumen.«

Der Trapper schüttelte ungläubig den Kopf und wies über die wellige Ebene nach Westen, als er antwortete:

»Eine Flinte, von diesem Hügel herabgeschickt, könnte ihre Kugel geradezu in eure Schlafhütte senden, ja, ein Pfeilregen aus dem Dickicht hinter dem Lager euch wie ebensoviel Präriehunde niederstrecken und begraben. Es geht nicht, es geht nicht. Aber drei lange Meilen von hier ist ein Ort, wo ich schon oft, wenn ich über die Wüste strich, gedacht, ob sich nicht für Tage, ja für Wochen ein Lager aufschlagen ließe, wenn Herzen und Hände bereit wären zu solchem blutigen Werke.«

Ein leises spöttisches Lachen lief wiederum unter den jungen Leuten um und bezeugte genugsam ihre Bereitwilligkeit, auch noch schwierigere Dinge zu unternehmen. Der Siedler selbst ergriff mit Eifer den Wink, welcher dem Trapper mit solchem Widerstreben abgepreßt war; denn dieser mochte sich auf irgendeine Weise überredet haben, daß es seine Pflicht sei, hier ganz neutral zu bleiben. Es bedurfte nur noch der Einziehung einiger Nachrichten durch mehrere aufeinander folgende Fragen, um die in Vorschlag gebrachte Bewegung zu machen, und nun setzte sie Ismael, der in dringenden Fällen ebenso energisch auftrat, als er gewöhnlich langsam schien, ohne den geringsten Verzug ins Werk.

Trotz Fleiß und Eifer, wie er von allen Seiten sich regte, war es kein kleines Unternehmen. Die schwer beladenen Fuhrwerke mußte man mit den Armen über weite Strecken der Ebene ziehen, und das ohne alle andere Beihilfe und Führung, als daß der Trapper die Hauptpunkte der Richtung nach seiner Kenntnis anzeigte. Bei dieser Arbeit wurden die gigantischen Kräfte der Männer aufs höchste angestrengt, und auch den Frauen und Kindern ward ihr gehöriger Anteil an der allgemeinen Arbeit. Während sich die Söhne in die schwerbeladenen Wagen teilten und sie mit verdoppelter Anstrengung die nächste Anhöhe hinaufzogen, folgten ihnen langsam die Mutter und Ellen und rund um beide der bestürzte Haufe der kleineren

Kinder, alle fast erdrückt von der Last der verschiedenartigen Gegenstände, welche unter sie nach ihren Kräften verteilt waren.

Ismael selbst übersah und ordnete das Ganze, dann und wann mit seiner kolossalen Schulter sich gegen einen Wagen stemmend, bis er sah, daß die Hauptschwierigkeit überwunden und der ebene Weg gewonnen war. Dann zeigte er ihnen die grade Richtung und wies die Söhne an, sich dergestalt dabei zu benehmen, daß sie den durch so gewaltige Anstrengung gewonnenen Vorteil nicht verlieren möchten. Dann winkte er seinem Schwager, und beide gingen in das leere Lager zurück.

Während dieser ganzen Bewegung, welche ungefähr eine Stunde gedauert haben mochte, stand der Trapper, ein stummer, doch aufmerksamer Beobachter des Vorgangs, seitwärts auf die Flinte gelehnt, und der alte Hund schlummerte ihm zur Seite. Gelegentlich zuckte ein Lächeln über seine rauhen muskulösen, doch ermatteten Gesichtszüge gleich dem Sonnenstrahl, der über nackte Ruinen dahinfährt, und verriet die momentane Lust, die er fühlte, wenn er von Zeit zu Zeit die ungeheure Kraft der jungen Leute bemerkte. Dann aber, als der Zug langsam auf der Höhe fortfuhr, beschattete ihn wieder eine Wolke trüber Gedanken, und sein Gesicht wurde wieder so kalt und melancholisch ernst wie zuvor. Seine Aufmerksamkeit wuchs, als Fuhrwerk nach Fuhrwerk das Lager verließ, ohne daß er dabei ein einzigesmal das kleine Zelt aus dem Auge verlor, welches mit dessen eigenem Wagen einsam wie zuvor zurückblieb. Ismaels Wink zu seinem finstern Gefährten betraf indessen, wie es schien, diesen bisher vergessenen Teil der Effekten.

Nachdem sie vorsichtige und spähende Blicke nach allen Seiten geworfen, schritten beide Männer zu dem kleinen Wagen und schoben ihn in die Reifen der Überplanen hinein, auf dieselbe Weise, wie sie ihn abends zuvor herausgezogen hatten. Dann verschwanden beide hinter den Decken, und mehrere erwartungsvolle Minuten verstrichen, während deren der alte Mann, heimlich von einem brennenden Verlangen getrieben, den Sinn dieses Geheimnisses zu erfahren, unvermerkt dem Platze näher kam, bis er nur wenige Ellen von dem Ort entfernt stand. Die Bewegungen des Tuches verrieten die Art der Beschäftigung der Leute drinnen, obgleich sie ihr Werk mit der größten Stille förderten. Es schien, als habe eine lange Übung jeden von beiden genau mit seinem besondern Geschäfte bekannt gemacht; denn es bedurfte weder eines Zeichens noch irgendeiner Anweisung von seiten Ismaels, um seinen verdrossenen Gefährten zu lehren, wie er handeln solle. In weit geringerer Zeit, als wir zur Beschreibung gebraucht, war innen alles fest und wohl geordnet, und die Männer traten wieder aus dem Zelt heraus. Zu geschäftig, um die Gegenwart des Trappers zu bemerken, begann Ismael jetzt, die Tuchdecken vom Boden loszumachen und sie so über und um den Wagen anzufügen, daß sie von allen Seiten ihn deckend herabhingen. Das Bogendach zitterte bei der gelegentlichen Bewegung des leichten Wagens, welcher nun augenscheinlich wieder seine geheime Last aufgeladen enthielt. Grade als alles fertig war, bemerkte Ismaels schielender Gefährte die Gestalt des aufmerksamen Beobachters ihrer Bewegungen. Die Deichsel fallen lassend, die er schon aufgehoben hatte, um einen Platz einzunehmen, der gewöhnlich von einem weniger überlegenden, vielleicht aber auch weniger gefährlichen Tiere, als er selbst, ausgefüllt wurde, rief er polternd aus:

»So will ich doch ein Tor sein, wie Ihr oft gesagt! Aber seht Euch vor! Wenn der Kerl nicht ein Feind ist, Schande über Vater und Mutter, und ich will mich einen Indianer nennen und mit den Sioux jagen gehen!«

Die dicht gedrängte Wolke, die den Blitz entsenden soll, ist nicht finsterer und drohender, als der Blick war, mit welchem Ismael hier den Nahestehenden begrüßte. Er wandte sich um nach allen Seiten, als suche er irgendein Werkzeug, schrecklich genug, um den Trapper auf *einen* Schlag zu vernichten, zwang sich aber sogleich – vermutlich gedenkend, wie er bald seines Rates bedürfen werde, – mit einer Art Mäßigung, die ihm selbst, indem er sie anwandte, wehe tat, und sagte:

»Fremder! Ich meinte, dies Schleichen und Schielen um fremde Angelegenheiten sei das Geschäft der Weiber in den Städten und Niederlassungen, und nicht die Art, wie Männer, die da gewöhnt sind zu leben, wo jeder für sich Platz findet, mit den Geheimnissen ihrer Nachbarn verfahren. Welchem Advokaten oder Sheriff denkt Ihr Eure Neuigkeiten mitzuteilen?«

»Ich halte nur wenig Verkehr außer mit *einem,* und dann betrifft es immer nur meine eigenen Angelegenheiten«, erwiderte der alte Mann, ohne im geringsten Furcht merken zu lassen. Dabei zeigte er nach oben: »Ein Richter, und der Richter über alle! Er braucht nicht erst durch mich Nachricht einzuziehen, und wenig wird Euer Wunsch Euch helfen, etwas vor ihm, selbst in dieser Wüste, geheimzuhalten.«

Die einfache, feierliche Weise des Trappers schlug den schwellenden Zorn seiner Zuhörer nieder. Ismael stand verdrossen und voller Gedanken, während sein Gefährte einen heimlichen und unwillkürlichen Blick auf den ruhigen Himmel warf, der sich so weit und blau über ihren Häuptern hinzog, als erwarte er, daß des Allmächtigen Auge selbst aus dem Himmelsgewölbe hervorblicken werde. Aber Eindrücke so ernster Art haften selten lange in Gemütern, die der Trägheit und Vergeßlichkeit gehuldigt haben. Das Zaudern des Auswanderers war daher nur von sehr kurzer Dauer. Die Sprache sowohl als das feste, gesetzte Wesen des Sprechers hatte indessen alle Ausbrüche des Unwillens und der Heftigkeit verhindert.

»Es würde sich mehr für einen freundlichen Kameraden schicken«, erwiderte Ismael in einem so trüben Tone, daß er seine Laune verriet, obgleich er durchaus nicht mehr drohend war, »hättet Ihr Eure Schulter hinten ins Rad eines jener Wagen gestemmt, als hier Euch herumzustehlen, wo niemand nötig ist, als der eingeladen wird.«

»Die wenige Kraft, die mir übriggeblieben«, entgegnete der Trapper, »kann ich hier ebensogut wie bei Euren anderen Lastwagen gebrauchen.«

»Haltet Ihr uns für Kinder!« rief Ismael, halb in seiner Wildheit, halb vor Spott lachend, indem er zugleich seine ganze Kraft an den kleinen Wagen legte, der nun über das Gras hinrollte, anscheinend mit ebensolcher Leichtigkeit, als würde er von seinem gewöhnlichen Gespanne gezogen.

Der Trapper blieb zurück und folgte dem abziehenden Wagen mit dem Auge, nachsinnend, was denn wohl darin verborgen sein könnte, bis derselbe die Höhe gewonnen hatte und nun auch hinter der Landwelle verschwunden war. Dann wandte er seinen Blick wieder auf die verlassene Szene rundumher. Die Abwesenheit menschlicher Wesen würde kaum im Busen eines Mannes, der so lange an Einsamkeit gewöhnt war, Gefühle erregt haben, hätte nicht das eben verlassene Lager die Erinnerung an seine kaum davon geschiedenen Besucher erweckt, und, wie es der alte Mann bald genug empfand, auch an die von ihnen ausgegangene Verwüstung. Er richtete sein Auge nach oben mit bedeutungsvollem Kopfschütteln, als er alles über sich so leer fand, wo kaum noch tausend Äste und Zweige von den Bäumen herabgeschattet hatten, die nun, ihres Grüns beraubt, als wertlose zurückgelassene Holzblöcke zu seinen Füßen lagen.

»Ach«, murmelte er bei sich, »ich hätte es wissen sollen, ich hätte es wissen sollen! Oft sah ich ja schon dasselbe Schauspiel, und doch führte ich sie selbst dahin und habe sie jetzt zu dem einzigen Orte hingewiesen weit umher, wo sie Leuten von ihrer Gattung nahe sind. – Das ist des Menschen Wunsch, sein Stolz, sein Verheerungsgeist, seine Sünde! Er zähmt die Tiere des Feldes seiner törichten Bedürfnisse wegen, und wenn er ihnen ihr natürlich Futter geraubt, so zwingt er sie, den Bäumen ihr Laub und ihre Rinde zu rauben, um ihren Hunger zu stillen.«

Ein Rascheln in den niedrigen Gebüschen, die in einiger Entfernung und am Rande des Dickichts wuchsen, an das sich Ismaels Lager gelehnt hatte, traf plötzlich sein Ohr und kürzte sein Selbstgespräch ab. So manche in der Wildnis verlebte Jahre ließen ihn instinktartig die Flinte mit der Rüstigkeit der Jugend in waagerechte Lage bringen. Bald aber sich besinnend, ließ er sie wieder in den Arm fallen und nahm das trübe, sich selbst vergessende Wesen wieder an.

»Komm heraus, komm heraus!« sprach er laut, »Vogel oder Wild, – ihr seid sicher vor diesen alten Händen. Ich habe gegessen und habe getrunken. Weshalb sollte ich Leben rauben, wo mein Bedürfnis kein solches Opfer fordert. Es wird nicht lange dauern, bis die Vögel nach den Augen picken, die sie nicht mehr sehen sollen, und sich vielleicht auf meinen Gebeinen schaukeln werden; denn wenn diese Dinge nur gemacht sind, um zu vergehen, was habe ich für ein Recht zu erwarten, daß ich ewig lebe? Heraus! heraus! Euch droht nichts von diesen welken Händen!«

»Dank für den guten Gruß, alter Trapper«, sprach Paul Hover, zugleich aus seinem Versteck hervorspringend. »Es lag etwas in Eurer Miene, als Ihr die Mündung der Flinte so vorstrecktet, was mir nicht gefiel; denn es schien mir zu sagen, Ihr könntet ihre übrigen Bewegungen fortsetzen.«

»Ihr habt recht! Ihr habt recht!« rief der Trapper, lachend

mit innerer Lust, indem er seiner früheren Geschicklichkeit gedachte. »Der Tag ist dahin, wo wenige die Tugenden einer langen Flinte, wie diese, so gut kannten wie ich, so alt und unnütz ich jetzt auch scheine. Ihr habt recht, junger Mann, und es gab eine Zeit, wo es gefährlich war, nur ein Blatt zu berühren, so daß mein Ohr es hören konnte, oder«, setzte er mit gedämpfterem Ton und ernsterem Blicke hinzu, »für einen roten Mingo, auch nur den Augapfel aus seinem Versteck heraussehen zu lassen. Ihr habt doch von den roten Mingos gehört?«

»O ja, von den Minks[14] habe ich gehört«, sagte Paul, den Alten beim Arme fassend und ihn sanft, während er sprach, ins Dickicht ziehend, während er zugleich schnell vorsichtige Blicke hinter sich warf, um gewiß zu sein, daß er nicht beobachtet würde. »Von Euren gemeinen schwarzen Minks, aber von keinen, die eine andere Farbe hätten?«

»Ei! Ei!« fuhr der Trapper fort, den Kopf schüttelnd und noch immer auf seine ruhige Weise innerlich lachend, »verwechselt mir *der* da gar das Tier mit dem Menschen! obgleich eigentlich ein Mingo wenig besser ist als ein Tier; ja, eigentlich ist er noch schlimmer, wenn Rum oder sonst etwas seine Augen benebelt. Da war der verwünschte Hurone von den Oberen Seen, den ich niederpustete in seinem Hinterhalt, dort zwischen den Felsen ... in den Hügeln ... auf der Rückseite des Hori ... –«

Seine Stimme verlor sich im Dickicht, wohinein er während des Sprechens sich von Paul führen ließ, allzusehr mit seinen Gedanken an Auftritte und Vorfälle beschäftigt, welche vor einem halben Jahrhundert in der Geschichte seines Landes stattgefunden, um jenem irgend Widerstand zu leisten.

Achtes Kapitel

> Nun dreschen und prügeln sie aufeinander los, ich will hingehen und zusehen. Der heuchlerische abscheuliche Bube Diomed hat des vernarrten albernen trojanischen Gelbschnabels Ärmel auf seinen Helm gesteckt.
>
> *Troilus und Cressida*

Es ist notwendig, damit der Faden der Erzählung sich nicht zu einer Länge ausspinne, welche den Leser endlich ermüden könnte, daß dieser einmal eine Woche zwischen der letzten Szene des vorigen Kapitels und den Begebenheiten, mit deren Erzählung wir dieses beginnen wollen, in Gedanken überspringe. Die Jahreszeit war auf dem Punkte, einen andern Charakter anzunehmen; schon wich das Grün des Sommers schneller und schneller dem Braun und den mannigfaltigen Schattierungen des Herbstes. Regenwolken bedeckten den Himmel, bald dichter und dichter übereinandergedrängt, von heftigen Windstößen so gewaltsam getrieben, daß man durch ihre Öffnungen auf kurze Augenblicke den herrlichen Glanz des ewigen Himmels entdecken konnte, so groß und ewig, daß alle Anstrengungen der atmosphärischen Welt nichts dagegen vermögen. Unten fegte der Wind über die wilden und nackten Prärien mit einer Heftigkeit, wie man sie selten in einem minder offenen Himmelsstrich des Festlandes kennt. Zur Fabelzeit würde man leicht auf den Schluß gekommen sein, der Gott der Winde habe seinen Untergebenen erlaubt, aus ihren Höhlen herauszufahren und mit Ausgelassenheit über Wildnisse zu stürmen, wo ihrem Spiele weder Baum noch Menschenwerk noch Berge noch irgend sonst etwas sich entgegensetze.

Obgleich Nacktheit das vorzügliche Kennzeichen des Orts war, wohin wir jetzt den Auftritt unserer Erzählung verlegen müssen, so war er doch nicht ganz ohne Zeichen des menschlichen Lebens. Mitten aus dem eintönigen Anschwellen und Niedersinken der Prärie erhob sich ein einsamer, nackter und abgerissener Fels am Rande eines kleinen Bächleins, welches, nachdem es sich weithin durch die Ebenen geschlängelt, endlich seinen Weg zu einem der tributpflichtigen Ströme des ›Vaters der Flüsse‹ fand. Ein Strich ebenen Landes lag in der Nähe des Abhangs, und da der Fleck noch immer eingesäumt war von einem dichten Erlen- und Sumachgebüsch, so konnte man glauben, der Boden habe hier einst einem kleinen Walde Nahrung gewährt. Die Bäume selbst waren in der Folge auf den Gipfel und die Klippen der benachbarten Felsen verpflanzt worden. Auf dieser kleinen Erhöhung fand man die Spuren der Menschen, worauf vom Trapper oben angespielt worden.

Von unten aus betrachtet, war da nicht mehr zu sehen als eine Brustwehr von Holzstämmen und Steinen, so zusammengehäuft, wie es am wenigsten Arbeit machte; wenige niedrige Dächer, aus Rinde und Zweigen geflochten; hie und da Erdaufwürfe, wie die Brustwehren oben am Gipfel, an solchen Stellen des Abhangs errichtet, wo das Hinaufklimmen leichter schien als an den übrigen Teilen des Felsens. Endlich sah man noch oben auf der äußersten Spitze einer schlanken Felspyramide ein kleines Leinenzelt angenestelt, dessen weißes Dach weithin glänzte wie ein Flöckchen Schnee – oder, um das Gleichnis mehr mit dem Ganzen in Einklang zu bringen, wie eine sorgfältig bewachte Standarte, die mit dem Herzblut derer verteidigt werden mußte, welche die Zitadelle unten besetzt hielten. Brauchen wir noch hinzuzufügen, daß diese rohe und seltsame Festung der Ort war, wo Ismael Busch, nachdem er seines Viehs beraubt war, seinen Zufluchtsort genommen?

An einem der Tage, bis zu welchem die Erzählung nun schon gedrungen sein muß, stand der Auswanderer dicht am Fuße dieses Felsens, auf die Flinte gelehnt und den unfruchtbaren Boden unter sich betrachtend, mit einem Blicke, der zugleich Verachtung und getäuschte Hoffnung ausdrückte.

»'s ist Zeit, unsere Natur zu verändern«, bemerkte er gegen den Schwager, der selten weit von ihm entfernt stand, »und wiederkäuende Tiere zu werden, anstatt Christen und freie Menschen. Ich meine, Abiram, du könntest eine gute Heuschrecke werden, bist ein rüstiger Mann und möchtest lustiger als alle zusammen hüpfen.«

»Das Land taugt nicht für uns«, erwiderte der andere, der nur wenig auf den erzwungenen Humor des Verwandten einging, »und man muß nicht vergessen, daß ein fauler Wanderer immer eine lange Reise hat.«

»Willst du, daß ich einen Karren hinter mir herziehe über die

Wüste, und das wochen-, ja monatelang!« erwiderte Ismael, der, wie alle seines Standes, wenn es nottat, mit unglaublicher Anstrengung arbeiten konnte, der aber in seinem Fleiße nicht die Ausdauer besaß, um auf einen Vorschlag, der so wenig Ruhe verhieß, einzugehen. »Für Euch, die Ihr in Niederlassungen lebt, mag das passen, nach Euren Häusern zu eilen. Aber, dem Himmel sei Dank, mein Pachthof ist zu groß, als daß der Eigentümer je einen Ruheplatz entbehren sollte!«

»Nun, wenn Euch die Anpflanzung gefällt, braucht Ihr nur Eure Ernte zu machen!«

»Ist leichter gesagt als getan in diesem Erdenwinkel. Ich sage Euch, Abiram, es tut not, sich zu regen, aus mehr als einem Grunde. Ihr wißt, ich bin einer, der selten eine Wette macht, der aber, was er versprochen, besser hält als ihr andern, die ihr euch mit den Kontrakten auf Papierfetzen befaßt. Ebensogut wie auf *eine* Meile könnt Ihr auf hundert rechnen. Ihr habt mein Ehrenwort.«

Als er dies sprach, blickte der Auswanderer hinauf nach dem kleinen leinenen Zelte, das oben auf dem höchsten Gipfel der Festung stand. Der Wink ward von dem andern verstanden und beantwortet und diente durch irgendeinen geheimen Einfluß, sei es auf ihren gemeinsamen Vorteil oder gemeinsame Gefühle gebaut, die Harmonie zwischen ihnen wiederherzustellen, die allerdings in diesem Augenblick etwas auf dem Spiele stand. Abiram entgegnete:

»Ich weiß es und fühle es in jedem Gliede. Aber ich denke zu sehr an den Grund, weshalb ich mich zu dieser verwünschten Reise auf den Weg gemacht, als daß ich die so große Entfernung vergessen sollte. Weder Ihr noch ich werden Vorteil aus dem ziehen, was wir getan, bis wir durchaus beenden, was wir einmal angefangen haben. Das gilt wohl, mein' ich, in der ganzen Welt. Hört' ich doch mal einen reisenden Prediger, der vor langer Zeit den Ohio entlangzog, die Worte sprechen: ›Wenn ein Mann hundert Jahre im Glauben lebte und dann einen einzigen Tag abfiele, so würde er finden, daß ihm die Rechnung allein nach dem Abfall gemacht und daß alles Schlechte und nichts vom Guten ihm würde angerechnet werden.«

»Und Ihr glaubtet, was der hungrige Heuchler predigte?«

»Wer sagt, daß ich es glaubte«, entgegnete Abiram mit wildem Blick, der da bekundete, mit wie großer Furcht er bei dem

Gedanken verweilte, den er sich jetzt Mühe gab zu verachten. »Heißt das Glaube, was ein schurkischer…, und doch, Ismael, der Mann möchte am Ende doch ehrlich gewesen sein! Er sagte uns, die ganze Welt wäre eigentlich nicht besser als eine große Wüste, und es gäbe nur *eine* Hand, welche die allergelehrtesten Leute durch alle ihre Windungen des Guten und Bösen führen könne. Wenn das nun von der ganzen Welt wahr ist, so könnte es auch von einem Teil wahr sein.«

»Abiram, fort mit den Bedenklichkeiten wie ein Mann!« unterbrach ihn der Auswanderer mit einem heisern Hohngelächter. »Du wirst noch ein Betbruder. Aber zu was nütze ist es, nach deiner eigenen Lehre, Gott fünf Minuten und dem Teufel eine Stunde zu dienen? Höre, Freund, ich habe nicht viel von einem guten Landwirt, aber das weiß ich doch: um eine gute Ernte zu machen, dazu gehört auch beim fruchtbarsten Boden vorher eine saure Arbeit, und Eure Schnüffler vergleichen häufig die Erde mit einem Kornfelde und die Leute, die darauf leben, mit den Früchten. Nun sag' ich dir, Abiram, daß du nicht besser bist als eine Distel oder das Wollkraut, ja, du bist ein Holundergewächs, das nicht mal zum Brennen taugt!«

Der boshafte Blick aus Abirams schielenden Augen zeugte von dem in ihm lodernden Ingrimm. Aber wie er vor dem unbeweglich festen Ausdruck in Ismaels Antlitz fast ebenso schnell und wirkungslos zurückprallte, als er verstohlen herausgekommen, so verriet er auch, wie der kühnere Geist des letztern über den Schleichenden die Oberherrschaft behauptete.

Zufrieden mit seiner Übermacht, die zu augenscheinlich war und sich zu oft bei ähnlichen Vorfällen bekundet hatte, um ihn über ihren Wirkungskreis in Zweifel zu lassen, setzte Ismael ruhig das Gespräch fort, indem er sich bestimmter zu seinen künftigen Plänen wandte.

»Du wirst doch das Vergeltungsrecht anerkennen«, sagte er. »Man hat mir mein Vieh geraubt, und nun habe ich mir einen Plan gemacht, wieder so reich als vorhin zu werden, indem ich Huf um Huf fortnehme. Und wenn ein Mann nach zwei Seiten hin handeln muß, so wäre er ein Tor, wenn er sich nicht von beiden Teilen Provision zahlen ließe.«

Als Ismael diese Erklärung in einem lauten und entschiedenen Tone von sich gab, die noch durch die frische Aufregung heftiger erschien, kamen vier oder fünf seiner Söhne, welche sich gegen den Fuß des Felsens gelehnt hatten, mit der der ganzen Familie so eigenen Lässigkeit hervor.

»Ich habe Ellen Wade zugerufen, die oben auf dem Felsen steht, um Wache zu halten«, bemerkte der älteste der jungen Leute, »damit wir erfahren, ob sich irgendwas sehen läßt; sie schüttelt mit dem Kopf zur Antwort und ist, für ein Weib, sehr sparsam mit den Worten. Man könnte sie wohl Sitten lehren, ohne dadurch einen ihrer freundlichen Blicke einzubüßen.«

Ismael richtete sein Auge nach oben, wo das Mädchen, welches, ohne es zu wissen, zur Rüge Anlaß gegeben, ängstlich Wache hielt. Sie saß am Rande des äußersten Felsstücks, neben dem kleinen Zelt, und wenigstens einhundert Fuß oberhalb der Ebene. Aus der Entfernung war wenig mehr von ihr als der Umriß ihrer Gestalt zu unterscheiden, indem ihr schönes Haar von den Windstößen über ihre Schultern geweht wurde und ihr Blick unverwandt nach irgendeinem fernen Punkt der Prärie gerichtet schien.

»Was gibt es, Nell!« rief Ismael, seine gewaltige Stimme ein wenig über das tobende Element erhebend. »Hast du irgendwas gesehen, was größer ist als ein Wolf oder wilder Hund?«

Die Lippen des aufmerksamen Mädchens öffneten sich, sie erhob sich, soweit ihre Größe es erlaubte, indem sie immer nach dem unbekannten Gegenstand hinzublicken schien; aber ihre Stimme, wenn sie überhaupt sprach, war nicht laut genug, um den Wind zu überschreien.

»Es ist gewiß, das Kind sieht nichts Ungewöhnlicheres als einen Büffel oder einen Präriehund«, fuhr Ismael fort. »Heda, Nell, Mädchen, bist du taub? Ellen, sage ich... Fast sollte ich meinen, 's sei ein Heer Rothäute im Anzuge; wie herzlich gern möchte ich ihnen ihre Güte unter dem Schutz dieser Stämme und Felsen bezahlen!«

Während der Auswanderer so sprach und die Rede durch gehörige Bewegungen begleitete, indem er sich unter seinen ebensoviel Mut verratenden Söhnen umblickte, hatte er deren Aufmerksamkeit von Ellen auf sich selbst abgewandt. Jetzt aber, als sie sich wieder hinwandten, um die folgenden Bewegungen ihrer weiblichen Schildwache zu beobachten, war der Ort, wo sie noch eben gestanden, plötzlich leer.

»So wahr ich ein Sünder bin«, rief Asa, gewöhnlich sonst einer der trägsten unter allen, mit dem Tone heftiger Aufregung, »das Mädchen ist vom Winde weggeblasen!«

Eine Regung, die einem Gefühle nicht ganz unähnlich sah, sprach sich bei ihm aus, und man hätte daraus schließen können, daß die lachenden blauen Augen, das Flachshaar und Ellens blühende Wangen auf die verstockten Naturen der jungen Leute nicht ganz ohne Einfluß geblieben seien; denn Blicke stumpfer Verwunderung und Betroffenheit gingen von einem zum andern, indem sie nach dem nackten Felsen oben hinaufstarrten.

»Es könnte wohl sein«, sagte der zweite, »sie saß auf einem abschüssigen Steine, und ich habe schon vor mehr als einer Stunde dran gedacht, ihr zu sagen, daß sie in Gefahr sei.«

»Ist das ein Band vom Mädchen, was da von jener Ecke des Steines herabhängt?« rief Ismael »He, wer regt sich da um das Zelt? Habe ich euch nicht allen gesagt...«

»Ellen! 's ist Ellen!« unterbrach ihn die ganze Schar der Söhne in *einem* Atem, und im selben Augenblick kam sie auch schon wieder zum Vorschein, allen ihren Vermutungen ein Ende zu machen und mehr als eine jener verdrossenen Naturen aus ihrem Zustande der Spannung zu erlösen. Als Ellen aus dem Zelte heraustrat, ging sie mit leichten und furchtlosen Schritten nach ihrem vorigen gefährlichen Standpunkt und wies nach der Prärie hin, indem sie mit eifriger und heftiger Stimme mit irgendeinem unsichtbaren Zuhörer zu sprechen schien.

»Nell ist toll!« – sagte Asa halb verächtlich, doch nicht ohne alle Besorgnis. – »Das Mädchen träumt mit offenen Augen und denkt, sie sieht eins von den grimmigen Geschöpfen mit schwer auszusprechenden Namen, mit denen der Doktor ihr die Ohren anfüllt.«

»Könnte wohl sein, daß das Kind einen Späher der Sioux aufgefunden«, sagte Ismael, den Blick nach den Ebenen gekehrt; aber ein leises, bedeutungsvolles Flüstern Abirams zog seine Augen wieder nach oben, wo sie gerade zu rechter Zeit ankamen, um noch zu bemerken, daß das Tuch des Zeltes von etwas bewegt wurde, was durchaus nicht der Wind sein konnte. »Laß sie, ... wenn sie's wagt!« murmelte der Auswanderer zwischen den Zähnen. »Abiram, sie kennen mein Gemüt zu gut, um mit mir zu spielen!«

»Seht selbst hin! Wenn die Decke nicht gelüftet ist, will ich nicht besser sehn als eine Eule bei Tage.«

Ismael stampfte mit der Flinte heftig auf den Boden und rief mit einer Stimme, welche leicht von Ellen hätte verstanden werden müssen, wäre nicht ihre Aufmerksamkeit noch immer von dem Gegenstande gefesselt gewesen, der auf eine so merkwürdige Weise ihre Augen in die Ferne zog.

»Nell!« fuhr der Auswanderer fort. »Zurück mit der Närrin! Soll ich dir auf den Kopf fahren? Was, Nell! – hat sie ihre Muttersprache vergessen; so wollen wir mal sehn, ob sie eine andere Sprache versteht!«

Ismael warf die Flinte an die Schulter, und im nächsten Augenblick war sie hinauf nach der Spitze des Felsens gerichtet. Ehe noch ein Wort des Widerspruchs geäußert werden konnte, krachte sie los, und der Inhalt fuhr mit einem Flammenstrahl in die Höhe. Ellen schrak wie die getroffene Gemse zusammen; sie stürzte in das Zelt mit einem durchdringenden Geschrei und mit einer Schnelligkeit, die es ungewiß ließ, ob sie nur durch den Schreck oder durch eine wirkliche Verletzung für ihr leichtes Vergehen gestraft worden.

Die Tat war zu plötzlich und so ganz unerwartet ausgeführt, daß es nicht möglich gewesen, ihr zuvorzukommen; aber kaum war sie geschehen, als auch die Söhne des Täters auf ganz unzweideutige Weise die Stimmung bekundeten, welche dieser verzweifelte Schritt in ihnen hervorgebracht. Es wurden wilde und zornige Blicke gewechselt, und ein mißbilligendes Gemurmel lief durch die Umstehenden.

»Was hat Ellen getan, Vater!« sagte Asa mit einer Art aufgeregten Mutes, der um so auffallender schien, je seltener er sich aussprach, »daß sie wie der erste beste Hirsch oder wie ein hungriger Wolf erschossen werden soll?«

»Übles!« erwiderte der Auswanderer nachdenklich, doch mit einer Kälte und Ruhe, die es verrieten, wie wenig er durch den zutage liegenden Unwillen seiner Kinder bewegt war. »Übles, Bursch, Übles! Sorge, daß die Unordnung nicht überhand nimmt!«

»Man sollte doch einen Unterschied machen zwischen einem Mann und jenem schreienden Mädchen!«

»Asa, du bist ein Mann, wie du dich oft gerühmt hast; aber denke, ich bin dein Vater und dein Vorgesetzter.«

»Ich weiß das wohl, aber was für eine Art Vater!«

»Höre, Bursch. Ich glaube mehr als zur Hälfte, daß deine Verschlafenheit die Sioux hereingelassen. Sei bescheiden in deiner Rede, mein *wachsamer* Sohn, oder du könntest noch eine Antwort auf das Üble erhalten, was deine eigene schlechte Aufführung über uns gebracht hat.«

»Ich will nicht länger wie ein kleines Kind am Gängelbande geführt werden. Ihr sprecht vom Gesetze, als ob Ihr keines kenntet, und doch haltet Ihr mich nieder, als hätte ich nicht für mein Leben und meine Bedürfnisse zu sorgen. Ich will nicht länger hier bleiben, um wie Euer schlechtestes Vieh behandelt zu werden.«

»Die Welt ist weit, mein stattlicher Bursch, und es gibt darauf manche schöne Anpflanzung ohne Besitzer. Geh! Du hast Besitztitel, unterzeichnet und untersiegelt, zur Hand. Wenig Väter teilen so gut mit ihren Kindern wie Ismael Busch; du wirst mir das wenigstens nachsagen, wenn du ans Ende deiner Reise kommst.«

»Seht, Vater, seht!« riefen verschiedene Stimmen mit einemmal, als ergriffen sie mit Begier eine Gelegenheit, ein Gespräch zu unterbrechen, das noch heftiger zu werden drohte.

»Seht!« wiederholte auch Abiram mit einer dumpf und warnend klingenden Stimme, »wenn Ihr Zeit zu was anderem als zum Zanke habt!«

Der Auswanderer wandte sich langsam von dem sich auflehnenden Sohne ab und richtete sein Auge, in dem noch immer der Zorn glühte, nach oben. Kaum aber, daß er den Gegenstand, der jetzt die Aufmerksamkeit aller zugleich fesselte, gewahr ward, so änderte sich auch jener Ausdruck in den des Staunens und des Unwillens.

Ein weibliches Wesen stand auf dem Fleck, von wo Ellen so schrecklich vertrieben worden. Ihre Gestalt war so fein und zart, wie es sich nur mit der Schönheit vertragen konnte, und wie Dichter und Künstler das Ideal weiblicher Lieblichkeit gepriesen haben. Ihr Anzug war von dunkelm, glänzendem Seidenzeug und wallte um ihren Wuchs wie das feine Gewebe, das man den fliegenden Sommer nennt. Reiche Flechten des lockigen Haares, schwärzer und glänzender noch als das Kleid, fielen bald über ihre Schultern, den Hals und die Brust mit ihren Ringeln verhüllend, bald wurden sie vom Winde weit abgeweht.

Die Höhe, auf der sie stand, untersagte jede nähere Prüfung der Züge ihres Gesichtes. Nur so viel war deutlich zu sehn: sie war jung, bewegte die Lippen und wurde im Augenblick ihrer unerwarteten Erscheinung mächtig durch irgend etwas aufgeregt. So überaus jung schien dieses schöne und zarte Wesen, daß man hätte zweifeln können, ob sie schon aus den Kinderschuhen herausgetreten. Die eine kleine und außerordentlich schön geformte Hand war an ihr Herz gedrückt, während sie mit der andern eine Bewegung machte, als wolle sie Ismael bitten, wenn er in seiner Wut fortfahre, sie gegen ihre Brust zu wenden.

Die schweigende Verwunderung, womit die Gruppe der Auswanderer dieses außerordentliche Schauspiel anstaunte, wurde erst durch Ellen unterbrochen, welche mit allen Zeichen der Angst aus dem Zelte zum Vorschein kam, im Kampfe mit sich und ebensosehr von der Furcht für sich selbst als von der Vorstellung, daß ihrer Gefährtin eine Gefahr drohen könne, im Zurückbleiben und Vortreten geängstigt. Sie sprach, aber ihre Worte wurden von denen unten überhört, und von der, an welche sie gerichtet waren, nicht beachtet. Diese indessen, wie beruhigt durch die Vorstellung, daß sie sich selbst Ismael als Opfer seiner Rachsucht angeboten, zog sich jetzt ruhig zurück, und der Ort, wo sie kaum gestanden, wurde wieder leer. Bei den Zuschauern unten ließ sie aber ein solches Staunen zurück, daß man hätte glauben können, sie hätten wirklich eine überirdische Erscheinung gesehen.

Mehr als eine Minute des allertiefsten Schweigens trat jetzt ein, während dessen Ismaels Söhne noch immer in stummer Verwunderung nach dem nackten Felsen hinaufschauten. Indem jeder so den andern ansah, begegnete die Frage der Frage, und so viel ergab sich aus dem Ausdruck in aller Gesichtern, daß die Erscheinung dieser außerordentlichen Inwohnerin des Zeltes ihnen ebenso unerwartet als unbegreiflich sei. Endlich übernahm es Asa, auf das Recht seiner Erstgeburt trotzend und noch immer von der Kampflust des kaum beseitigten Streites angeregt, zu fragen. Statt aber den Zorn seines Vaters aufzureizen, dessen wilde Natur, wenn sie einmal aufgeregt war, er zu oft Gelegenheit gehabt, empfindlich kennenzulernen, um ihn ohne Not aufzubringen, wandte er sich an den schielenden Abiram, indem er mit höhnischem Lächeln bemerkte:

»Dies ist also das Tier, das Ihr in die Prärie brachtet, zum

Locken! Ich weiß, Ihr seid ein Mann, der die Wahrheit selten inkommodiert, wenn sich irgend sonstwie antworten läßt; aber daß Ihr Euch je so überboten hättet, das habe ich nie geglaubt. Die Zeitungen von Kentucky nannten Euch hundertmal einen Händler mit schwarzem Fleisch, aber sie glaubten wohl nicht, daß Ihr auch mit weißer Ware Handel triebt.«

»Wer ist ein Seelenverkäufer?« fragte Abiram mit allen Anzeichen des Ingrimms. »Muß ich Rechenschaft geben für jede Lüge, die sie in den Staaten drucken lassen? Sieh auf deine eigene Familie, sieh auf dich selbst, Junge! Alle Baumstümpfe in Kentucky und Tennessee schreien gegen euch an. Heda, mein beredter Herr, ich habe Vater und Mutter und drei Kinder, und dich drunter, angeschlagen gesehen, an den Warnungspfählen und Baumstämmen der Niederlassungen und Taler drunter zur Belohnung, genug, um einen ehrlichen Mann reich zu machen, dem, der euch ...«

Ein heftiger Schlag mit der umgekehrten Hand auf seinen Mund unterbrach ihn dergestalt, daß er schwankte und ihm das Blut aus den unter dem wuchtigen Druck geschwollenen Lippen heraustrat.

»Asa!« rief der Vater, mit einem Teile jener Würde vortretend, mit welcher die Natur den väterlichen Charakter ein für allemal begabt zu haben scheint. »Du hast den Bruder deiner Mutter geschlagen.«

»Ich habe den Beschimpfer unserer ganzen Familie geschlagen«, erwiderte der grimmige Bursch, »und wenn er nicht seine Zunge eine klügere Sprache lehrt, so wäre es besser, der Unruhestifter trennte sich ganz und gar von uns. Ich liebe eben nicht, viel mit dem Messer zu verkehren, aber wenn es zum Äußersten kommt, so könnte ich einem Schandbu ...«

»Junge! Zweimal hast du dich heut vergessen. Nimm dich in acht, daß es nicht zum dritten Male geschieht. Wenn das Gesetz des Landes schwach ist, sollte das Gesetz der Natur stark sein. Du verstehst mich, Asa, und du kennst mich! Was Euch betrifft, Abiram, der Junge tat Euch unrecht, und es ist mein Geschäft, Euch wieder zum Recht zu verhelfen. Versteht mich, ich sage, es soll Gerechtigkeit werden; das ist genug. Aber Ihr habt arge Dinge gegen mich und meine Familie geredet. Wenn die Hunde des Gesetzes in den Lichtungen ihre Plakate an die Bäume und Baumpfosten geschlagen haben, so geschah's um nichts Unehrliches, wie Ihr wißt, sondern weil wir am Satze halten, daß die Erde allen gemein ist. Nein, Abiram, könnte ich meine Hände ebenso leicht rein waschen von dem, was auf deinen Rat geschah, als von dem, was ich auf Einflüsterung des Teufels getan, würde nachts mein Schlaf ruhiger sein, und niemand, der meinen Namen führt, brauchte rot zu werden, wenn er ihn hört. Friede, Asa, und auch Ihr; es ist genug gesprochen worden. Laßt uns das Beste denken, ehe noch was dazu stößt, das die schlimme Sache nur noch schlimmer machen könnte.«

Ismael schwenkte den Arm gebieterisch, als er endete, und wandte sich voll sicherer Überzeugung ab, daß die, an welche er seine Rede gerichtet, nicht die Verwegenheit haben würden, gegen seine Befehle zu streiten. Asa kämpfte augenscheinlich mit sich, dem verlangten Gehorsam nachzukommen, doch verfiel seine schwerfällige Natur bald in die gewöhnliche Ruhe, und er schien auch bald wieder das Wesen zu werden, das er in der Tat war, gefährlich nur in Momenten und von zu trägem Blute, um dauernd wild zu bleiben.

So stand es nicht mit Abiram. Solange es den Anschein hatte, als könne es zu einem persönlichen Kampfe kommen, nämlich zwischen ihm und seinem kolossalen Neffen, malte sich augenscheinlich die Furcht in seinen Gesichtszügen; jetzt aber, wo die Autorität und die gigantische Kraft des Vaters sich zwischen ihn und den Angreifer gestellt, ging sein Gesicht von der Totenblässe in ein Blaurot über, welches ausdrückte, wie tief in der Brust ihn die zugefügte Beleidigung wurme. Er schwieg jedoch ebensogut wie Asa auf die Entscheidung des Auswanderers, und es schien, als wäre die Eintracht unter einem Häuflein Geschöpfe wiederhergestellt, welche durch keine mächtigeren Verpflichtungen zusammengehalten wurden als durch das schwache Gewebe der Autorität, mit welcher es Ismael gelungen, seine unruhigen Söhne zu umspinnen.

Eine Wirkung hatte der Zank doch gehabt: er hatte die Gedanken der jungen Leute von der neuen Erscheinung abgelenkt. Mit dem auf das Verschwinden der schönen Fremden erfolgenden Streite schien auch jede Erinnerung an ihr Dasein verschwunden. Freilich wurden hie und da einige geheime Beratungen gehalten, bei denen die Richtung der Augen aller Sprechenden genugsam den Gegenstand verriet; aber diese drohenden Anzeichen verschwanden bald genug, und die Gesellschaft zersplitterte sich wieder in ihre gewöhnlichen träge und verdrossen schweigenden Gruppen.

»Ich will auf den Fels steigen, Burschen, und nach den Wilden ausschauen«, sagte Ismael kurz darauf, indem er sich zu den Söhnen mit einer Miene wandte, welche trotz ihrer Entschlossenheit zugleich wie zur Versöhnung stimmend gelten sollte. »Wenn nichts zu fürchten ist, so wollen wir ins Freie hinaus; der Tag ist zu gut, um ihn mit Worten zu verlieren, wie Stadtweiber bei Tee und Zuckerkuchen.«

Ohne auf ihre Zustimmung oder ihre Einwürfe zu warten, schritt der Auswanderer dem Fuße des Felsens zu, welcher eine Art senkrechten Wall, ungefähr zwanzig Fuß hoch, um die ganze Höhe bildete. Er nahm besonders seine Richtung nach einem Punkt hin, wo man durch eine enge Schlucht hinaufgehn konnte, welche er aber sorgfältig mit einer Brustwehr von Stämmen des Baumwollbaumes verschanzt hatte, und die wiederum durch spanische Reiter aus demselben Material geschirmt wurde. Hier stand beständig ein Bewaffneter, da dieser Ort den Schlüssel zur ganzen Position bildete, und auch jetzt lehnte sich hier einer der jungen Leute nachlässig gegen den Felsen, bereit, den Paß zu verteidigen, wenn es nötig sei, bis die ganze Mannschaft auf den verschiedenen Punkten zur Verteidigung aufgestellt wäre.

Aber auch von hier aus war der weitere Anstieg noch immer schwierig, teils von Natur, teils durch künstliche Hindernisse, bis man eine Art Terrasse oder, um genauer zu reden, die eigentliche Felsebene erreicht hatte, wo die Hütten für die ganze Familie aufgeschlagen waren, wie schon erwähnt, Hütten von der Gattung, wie man sie häufig an den Grenzen findet, und wie sie der Kindheit der Architektur angehören, indem sie nur aus Holzblöcken, Pfählen und Rinde bestanden. Der Raum, wo sie standen, umfaßte mehrere hundert Quadratfuß, und lag genügend hoch über der Ebene, um die Gefahr von indianischen Pfeilen zu verringern, wo nicht gar ganz zu benehmen. Hier, glaubte Ismael, könne er seine Kinder in ziemlicher Sicherheit unter dem Schutz ihrer beherzten Mutter zurücklassen, und hier fand er schon seine Esther mit ihren gewöhnlichen häuslichen Verrichtungen beschäftigt. Ihre Töchter standen um sie, und sie, die Hausfrau, erhob ihre gewaltige Stimme, um ihren Tadel mit gehörigem Nachdruck hier und dort, wo man es ihr nicht recht machte, vernehmen zu lassen, wobei es denn sehr erklärlich wurde, daß sie beim Sturm ihrer eigenen Worte nichts von der heftigen Szene, die unten vorgefallen war, vernommen hatte.

»Einen hübsch windigen Platz hast du zum Lager gewählt, Ismael!« fing sie an, oder besser: fuhr sie fort, indem sie nur ihr Belfern von einem schluchzenden zehnjährigen Mädchen, das neben ihr stand, ab- und gegen ihren Mann hinwandte. »Wahrhaftig, als ob ich nicht alle zehn Minuten nachsehen müßte, daß mir die Krabben nicht fortfliegen und unter Habichte und Eulen geraten. Was lagert ihr hier um den Felsen, wie die Schlangen im Frühling, wenn der Himmel anfängt von Vögeln lebendig zu werden, heda! Denkt ihr, man kann den Mund füllen und den Hunger stillen mit Schlafen und Maulaufsperren?«

»Nein, du sollst auch noch freies Reden haben, Esther«, sagte der Ehemann, indem er den Namen in der eigentümlich amerikanischen Mundart aussprach und die lärmenden Weiber mit einem Blicke ansah, der mehr eine zur Gewohnheit gewordene Duldsamkeit als Zuneigung verriet. »Aber die Vögel sollst du haben, wenn deine eigene Stimme sie mir nicht zu hoch aufscheucht. Ei, Frau«, fuhr er fort, indem er mittlerweile dieselbe Stelle erstiegen, von wo er Ellen so rauh fortgescheucht hatte, »und auch Büffel, wenn mein Auge das Tier in der Entfernung einer spanischen Meile entdecken kann.«

»Komm runter, komm runter und tue was, statt zu schwatzen. Ein plaudernder Mann ist nicht viel besser als ein bellender Hund. Nell soll das Tuch aufstecken, wenn sich welche von den Rothäuten blicken lassen, um euch beizeiten Nachricht zu geben. Aber, Ismael, was mußtest du denn vorhin totschießen; denn es war deine Flinte, die ich vor ein paar Minuten hörte, oder ich müßte alles Gehör verloren haben?«

»Pah! 's war nur, um den Habicht fortzuscheuchen, der da über den Felsen schwebt.«

»Habicht! Wahrhaftig, ein Mann in Jahren und nach Habichten und Weihen zu schießen, wo achtzehn Mäuler zu füttern sind. Sieh auf die Bienen und den Biber und schau, mein guter Mann, wie man sich vorsehen muß. Was, Ismael, ich glaube wahrhaftig«, fuhr sie fort, indem sie den Hanf, den sie um den Spinnrocken wand, zurückhielt, »der Mann steckt wieder in dem Zelte. Mehr als die halbe Zeit verbringt er mit dem unnützen, zu nichts guten...«

Das plötzliche Wiederauftreten ihres Mannes schloß den Mund des Weibes, und als dieser wieder zur Stelle, wo Esther an ihr Geschäft gegangen, herabgekommen, begnügte sie sich damit, ihren Unwillen zwischen den Zähnen zu murmeln, statt ihn in deutlichen Tönen laut werden zu lassen.

Das Gespräch, welches jetzt zwischen dem liebenden Ehepaar stattfand, war gedrängt und ausdrucksvoll. Die Antworten des Weibes waren anfangs kurz und mürrisch, aber die Sorge für ihre Familie machte sie bald gefälliger. Da die Unterhaltung sich nur darum drehte, daß den ganzen Tag gejagt werden solle, um den Hauptbedarf des Lebens herbeizuschaffen, so wollen wir sie nicht erst wiederholen.

Mit diesem Entschluß stieg Ismael hinab und teilte seine Macht in zwei Häuflein, deren eines in der Festung zurückbleiben, das andere ihn ins Feld begleiten sollte. Sehr klug wählte er Asa und Abiram zu seiner Begleitung, indem er wohl wußte, daß keine Autorität außer seiner eigenen das heftige Temperament seines Sohnes, wenn es einmal gereizt war, zurückhalten könne. Als alles dies abgetan war, zogen die Jäger aus, indem sie sich gar nicht weit vom Felsen trennten, von wo aus sie nun einen Kreis um die fernen Büffelherden bilden wollten.

Neuntes Kapitel

Und wird auch Priscian etwas zerfetzet, was schadet's?
Verlorne Liebesmüh

Nachdem wir den Leser mit der Art und Weise bekannt gemacht, wie Ismael Busch in seiner Familie unter Umständen, die für viele sonst sehr beunruhigend gewesen wären, Ordnung gestiftet, wollen wir den Auftritt wieder um einige Meilen von dem zuletzt beschriebenen Ort verlegen, ohne jedoch die natürliche Zeitfolge zu verrücken. Im selben Momente, als der Auswanderer und seine Söhne, im vorigen Kapitel, auszogen, waren zwei Männer auf einer der Anhöhen in der Nähe eines kleinen Bächleins, etwa eine Kanonenschußweite von dem Lagerplatze, in eifrigem Gespräch über den Geschmack eines saftvollen Bisonhöckers begriffen, welcher mit äußerster Sorgfalt und Beachtung aller bei dieser Art von Kost geltenden Regeln für ihre Gaumen zubereitet worden. Dieser Leckerbissen war mit vieler Umsicht von dem Rücken des Tieres abgelöst; eingewickelt in sein haariges Fell, war der Braten auf herkömmliche Art in dem gegrabenen Erdofen geröstet worden und lag jetzt in allem Küchenglanz der Prärien vor seinen Eigentümern. Was Saftigkeit, Nahrhaftigkeit und den Wildbretgeschmack betraf, hätte das Fleisch einen entschiedenen Vorzug vor allen verderblichen Kochkünsten und Zurichtungen der berühmtesten Restaurateure verdient, wiewohl dieser wilde Leckerbissen auf eine durchaus nicht kunstvolle Art zubereitet worden. Übrigens schien es auch, als wenn die beiden glücklichen Sterblichen, die sich eines Mahles erfreuten, wo Gesundheit und Hunger der nahrhaftesten Kost aus den amerikanischen Wüsten eine so treffliche Würze verlieh, ganz und gar nicht unempfindlich für das ihnen gewordene Glück wären.

Der eine, dessen Erfahrenheit in der Kochkunst der andere diesmal sein Bankett zu danken hatte, schien unter beiden am wenigsten geneigt, sich seiner Geschicklichkeit ganz zu erfreuen. Er aß, das ist wahr, und auch mit Lust, aber es geschah doch immer mit der Mäßigung, womit das Alter den Appetit zu würzen pflegt. Solche Hemmketten schien sein Gefährte nicht zu kennen. In der Blüte seiner Tage und in der vollsten Manneskraft war die Achtung, welche er dem Werke aus der Hand seines ältern Freundes zollte, von der allerumfassendsten Art. Während ein köstlicher Bissen dem andern folgte, ließ er die Augen nach seinem Gefährten hinüberstreifen und schien in Blicken der freundlichsten Art den Dank auszudrücken, den er keine Worte fand auszusprechen.

»Schneidet tiefer ins Herz hinein, mein Junge«, sagte der Trapper; denn dieser ehrwürdige Bewohner der Wüsten war es, der dem Bienenjäger das oben bemeldete Bankett angerichtet, »schneidet mehr aus der Mitte heraus; da findet Ihr die wahre Saftigkeit und Kraft, und das ohne alles Gewürz oder beißenden Senf, um dem Fleisch einen fremden Geschmack zu geben.«

»Hätte ich nur einen Schluck Met«, sagte Paul, indem er innehielt, um notdürftig wieder Atem zu schöpfen, »so wollte ich schwören, dies sei das kräftigste Mahl, das je einem Manne vorgesetzt wurde.«

»Ja, ja, kräftig mögt Ihr's nennen!« erwiderte der andere, auf seine gewöhnliche Weise lachend, indem er mit innerer Genugtuung der unendlichen Zufriedenheit seines Gefährten zusah. »Stark ist es, und stark macht es den, der davon ißt! Hier, Hektor!« und dabei warf er seinem geduldigen Hunde, der sein Auge unablässig bewachte, eine gute Portion Fleisch hin. »Du brauchst auch Kraft, mein Freund, in deinen alten Tagen, so gut wie dein Herr. Sieh, Bursch, das ist ein Hund, der besser und weiser gegessen und geschlafen hat, ja, ja, dem reichere Kost an Speise und Schlaf geworden ist als einem König! Und warum? Weil er sie gebraucht hat und nicht gemißbraucht, die Gaben seines Schöpfers. Er wurde ein Hund, und wie ein Hund hat er gelebt. Menschen aber schuf Gott zu *Menschen*, und sie haben wie hungrige Wölfe gefressen! Hektor hat sich wie ein guter und kluger Hund bewiesen, und nie habe ich einen seiner Rasse falsch gefunden, in der Nase oder in der Freundschaft. Kennt Ihr den Unterschied zwischen der Kochkunst der Wildnis und der in den Ansiedlungen? – Nein, ich sehe, Ihr kennt ihn nicht; an Eurem Appetit sehe ich's. So will ich's Euch sagen. Die eine folgt dem Menschen, die andere der Natur. Die eine denkt, sie kann noch was zutun zu den Gaben des Schöpfers, während die andere sich demütig ihrer freut. Darin liegt das Geheimnis.«

»Ich will Euch was sagen, Trapper«, sagte Paul, der nur wenig über die Moral erbaut war, mit welcher sein Tischgenosse das Mahl zu würzen geneigt schien. »Alle Tage, die wir hier zusammen sind, und es möchten wohl noch manche sein, will ich einen Büffel schießen, und Ihr sollt mir den Höcker braten.«

»Nein, nein, nein, da stimme ich nicht bei. Das Tier ist gut; faßt es an, von welcher Seite Ihr wollt, und es ward überall zur Nahrung für den Menschen geschaffen. Aber ich will weder Zeuge noch Gehilfe sein, *täglich* eines in der Wüste umzubringen.«

»Den Teufel sollen sie umkommen, alter Mann! Wenn sie alle so gut sind wie dieser, will ich mich anheischig machen, sie allein aufzuessen bis an die Hufen... Sieh, wer kommt da? Einer mit einer feinen Nase, will ich schwören, und einer, der einen guten Geruch gehabt hat, wenn er der Spur eines Mittagessens nachgeht.«

Das Individuum, welches die Unterhaltung unterbrochen und Paul diese Bemerkung entlockt hatte, näherte sich jetzt, den Rand des Baches entlang, bedächtigen Schrittes und in grader Richtung auf die beiden zu. Da nichts Erschreckendes und Feindliches in seiner Erscheinung lag, vermehrte der Bienenjäger, statt im Essen aufzuhören, nur seine Anstrengungen dabei, und das auf eine Weise, daß er jetzt selbst zweifelte, ob der Höcker noch zur Befriedigung aller genügen würde, welche mit ihm an dem köstlichen Mahle teilnehmen möchten. Mit dem Trapper verhielt es sich aber ganz anders. Sein gemäßigterer Appetit war schon vollkommen gestillt, und er sah dem Ankömmling mit einem herzlichen Blicke entgegen, der deutlich sprach, wie gelegen ihn seine Ankunft dünke.

»Kommt her, Freund«, sprach er, mit der Hand winkend, als er sah, daß der Fremde einen Augenblick, wie zweifelhaft, innehielt. »Kommt her, sage ich; wenn der Hunger Euer Führer ist, so hat er Euch an die rechte Stelle gebracht. Hier ist Essen, und der Junge hier kann Euch Salz dazu geben, so lange getrocknet, daß es weißer ist als der Schnee auf den Bergen. Frisch heran, ohne Furcht! Wir sind keine wilden Tiere, die einander auffressen, sondern Christen, die dankbar alles empfangen, was dem Herrn gefallen, ihnen zu geben.«

»Verehrungswürdiger Jäger«, erwiderte der Doktor; denn es war niemand anders als der Naturforscher, der sich auf einem seiner täglichen Botanisierzüge näherte. »Ich freue mich herzlich über dies glückliche Zusammentreffen. Wir lieben dasselbe Treiben und sollten Freunde sein.«

»Herr! Herr!« sagte der alte Mann, der dem Philosophen, ohne sich eben viel an die Regeln des Dekorums zu kehren, geradezu ins Gesicht lachte. »Das ist ja der Mann, der mich da glauben machen wollte, daß ein bloßer Name die Natur eines Tieres verändern könne! Kommt, Freund, Ihr seid willkommen, obgleich Eure Kenntnis durch zu vieles Bücherlesen ein wenig verkehrt worden ist. Setzt Euch nieder, und wenn Ihr den Bissen gegessen, sagt mir, ob Ihr den Namen des Geschöpfes kennt, das Euch sein Fleisch zum Essen geliefert hat.«

Doktor Battius' Augen (denn wir halten es für schicklich, dem Manne den Namen zu geben, den er am meisten liebt), also: Doktor Battius' Augen bekundeten genugsam die Zufriedenheit, womit er auf diesen Vorschlag einging. Seine heutige Wanderung und der scharfe Wind hatten den Hunger mächtig angeregt, und kaum konnte Paul besser aufgelegt gewesen sein, der Küche des Trappers Ehre anzutun, als dieser Freund der Natur, sobald die angenehme Einladung ihm in die Ohren klang. Mit einem unterdrückten Lächeln, das eben dieses Zwanges wegen sehr einfältig herauskam, nahm er den angewiesenen Sitz bei dem alten Manne ein und begann ohne alle weitere Förmlichkeiten, an das Essen zu gehen.

»Ich müßte mich meines Berufes schämen«, sagte er, einen köstlichen Bissen herunterschlingend, wiewohl er dabei insgeheim versuchte, die Eigentümlichkeiten der gerösteten, ganz unkenntlich gewordenen Haut zu untersuchen, »ich müßte mich ja meines Berufes schämen, wenn da ein Tier oder Vogel auf dem amerikanischen Festlande lebte, das ich nicht an einem der mancherlei Kennzeichen, so die Natur der Wissenschaft wegen angebracht, erkennen sollte. – Dies ... dies ... das Fleisch ist nahrhaft und schmackhaft... einen Mundvoll von Eurem Salze, Freund, wenn es Euch gefällig!«

Paul, der mit vermehrtem Fleiße zu essen fortfuhr und dabei querüber sah, ungefähr wie ein Hund, der mit der nämlichen edlen Arbeit beschäftigt ist, warf ihm den Beutel zu, ohne es für nötig zu erachten, in seinem eigenen Tagewerk irgendwie innezuhalten.

»Ihr sagtet, Freund, Ihr wüßtet verschiedene Kennzeichen, das Tier zu nennen?« bemerkte der aufmerksame Trapper.

»Manche, freilich manche und ganz untrügliche. Die fleischfressenden Tiere sind nämlich kenntlich an ihren incisores.«

»Was, ihren ...?« fragte der Trapper.

»Das sind nämlich die Zähne, womit die Natur selbige ausgerüstet, zu ihrer Verteidigung und um ihre Nahrung zu zerreißen. Nämlich ...«

»So seht doch auf den Zahn dieser Kreatur«, unterbrach ihn der Trapper, der geneigt schien, einen Mann, der sich angemaßt, mit ihm in Dingen, welche der Wildnis angehörten, zu streiten, seiner groben Unwissenheit zu überführen. »Dreht das Stück um, und findet Eure *›inseits Ohren‹*.«

Der Doktor tat es, jedoch ohne Erfolg, obgleich er bei der Gelegenheit noch einen fruchtlosen Blick auf die zusammengeschrumpfte Haut warf.

»Nun, Freund, findet Ihr die nötigen Zeichen, um mir zu sagen, ob das Ding ein Lachs oder eine Ente ist?«

»Ich merke, daß das Tier nicht ganz hier ist.«

»Das könnt Ihr wohl ohne Gefahr sagen«, rief Paul, der jetzt aus reiner Übersättigung aufhörte. »Für ein paar Pfund des feisten Burschen, nach dem allerschwersten Gewicht abgewogen, will ich aufkommen. Indessen könnt Ihr noch immer Seele und Leib mit dem, was übrig ist, zusammenhalten«, indem er dabei nicht ohne Überwindung auf ein gewaltiges Stück, groß genug, um zwanzig Menschen zu speisen, hinblickte, das die Sättigung ihn zurückzulassen zwang. »Schneidet näher ans Herz, wie der alte Mann sagt, und Ihr werdet das Vortrefflichste finden.«

»Das Herz!« rief der Doktor, innerlich entzückt, daß solch ein charakteristischer Teil des Körpers seiner Okularinspektion gelassen worden. »Laßt mich nur die Organe sehen, – so bin ich mit eins mit dem Charakter des Tieres aufs reine – Dies, nein, dies ist nicht das Herz – ja wahrhaftig, es ist es doch. – Das Tier muß ordinis beluae sein, von wegen der fetten und fleischigen Teile!«

Er ward durch ein langes und herzliches, aber nicht schallendes Gelächter von seiten des Trappers unterbrochen, welches dem Naturforscher so unzeitig schien und ihn so verdroß, daß seine Rede augenblicklich stockte, wo nicht gar selbst seine Gedanken stehenblieben.

»Nun soll das Tier *ordentlich bellen* und keinen rechten Charakter haben«, rief der alte Mann, von der Verwirrung seines Gegners belustigt, »und dann sagt er, es sei nicht das Herz! Was, Mann, Ihr seid ja weiter von der Wahrheit ab als von den letzten Niederlassungen, bei aller Eurer Büchergelehrsamkeit und schweren Worten. Was Ihr sagt, kann ein für allemal von keinem östlichen Stamme oder Völkerschaft der Rocky-Mountains verstanden werden. Ob sie nun ordentlich bellen oder 'nen bösen Charakter haben, das weiß ich nicht, aber die Tiere wie dieses, laufen auf der Prärie umher zu Zehntausenden, und was Ihr da in der Hand habt, ist das Herz eines so saftigen Büffelhöckers, wie ihn je ein Magen verlangte.«

»Mein alter Gefährte«, sagte Obed, seinen aufsteigenden Zorn mit Mühe unterdrückend, da er fand, daß dieser sich schlecht mit der Würde, die er zu behaupten liebte, vertrage, »Eurer System ist falsch, von den Prämissen bis zur Konklusion, und eure Klassifikation so falsch, daß alle Unterschiede der Wissenschaft dadurch zusammenfallen. Der Büffel hat überhaupt keinen Höcker, auch ist sein Fleisch nicht wohlschmekkend und gesund, wie ich doch gestehen muß, daß der vor uns liegende Gegenstand zu nennen ist.«

»So bin ich Euer Widerpart auf Leben und Tod und unseres Trappers Freund«, unterbrach ihn Paul Hover. »Der Mann, welcher leugnet, daß Büffelfleisch gut ist, der sollte es auch nicht essen[15].«

Der Doktor, welcher den Bienenjäger bisher nur sehr flüchtig beobachtet, starrte plötzlich mit einem Blick auf, der nach einer Art von Wiedererkennung aussah.

»Mit der Hauptcharakteristik Eures Antlitzes, Freund«, sagte er, »bin ich vertraut; entweder Ihr oder sonst eine Spezies Eurer Klasse ist mir bekannt.«

»Ich bin der Mann, den Ihr in den Wäldern östlich vom Großen Flusse antraft, und den Ihr überreden wolltet, eine gelbe Hornisse zu verfolgen, als ob mein Auge mich so sehr hätte betrügen können, um am hellen Tage irgendein solches Tier für eine Honigbiene anzusehen. Wir streiften eine Woche zusammen, wie Ihr Euch erinnern werdet, Ihr nach Euren Kröten und Eidechsen und ich nach meinen hohlen Bäumen und Stöcken.

Und wir machten beide gute Beute. Ich füllte meine Büchsen mit dem süßesten Honig, den ich je nach den Niederlassungen gesandt, und brachte außerdem noch ein Dutzend Schwärme ein, und Euer Buckel brach fast unter Eurem kribbelnden und krabbelnden Museum. Ich mochte Euch niemals ins Gesicht darnach fragen, Fremder, aber ich meine, Ihr seid ein Kuriositätenhändler[16].«

»Ist das nicht wieder eine eitle Torheit der Menschen!« rief der Trapper. »Sie töten den Hirschbock und den Elch und die wilde Katze und alle Tiere im Walde, und wenn sie sie mit Werg und Lumpen ausgestopft und Glasaugen ihnen in die Köpfe gesteckt, stellen sie sie hin, daß man sie anstarrt, und nennen sie des Herrn Geschöpfe, als ob irgendeine menschliche Ausstopfung den Werken seiner Hand gleichkäme.«

»Ich kenne Euch wohl«, erwiderte der Doktor, auf den die Klage des alten Mannes keinen besondern Eindruck machte, »ich kenne Euch wohl«, indem er Paul freundschaftlich die Hand drückte. »Es war eine ergiebige Woche. Oh, ich erinnere mich Eurer wohl, junger Mann. Ihr seid von der *Klasse* mammalia, *Ordnung* primates, *Genus* homo, *Spezies* Kentucky.« Dann, nachdem er einen Augenblick in selbstgefälligem Lächeln innegehalten, fuhr der Naturforscher fort: »Seit unserer Trennung bin ich weit gereist, indem ich in ein Compactum, einen gegenseitigen Pakt oder Vertrag, eingegangen mit einem gewissen Manne, namens Ismael...«

»Busch!« unterbrach ihn der ungeduldige Paul. »Beim Himmel, Trapper, das ist der Aderlasser, von dem Ellen mir sagte!«

»So hat mir Nelly nicht Recht widerfahren lassen«, sagte der Doktor, »denn ich gehöre gar nicht zur Schule der Aderlasser, indem ich die Methode der Blutreinigung weit mehr jener des Blutlassens vorziehe.«

»Es war nur ein Versehen von meiner Seite, guter Fremder, das Mädchen nannte Euch einen geschickten Mann.«

»Da hat sie meine Verdienste überschätzt«, fuhr Doktor Battius fort, sich tief verbeugend. »Aber Ellen ist ein gutes, liebes und auch ein mutiges Mädchen. Wahrhaftig, ich habe Nelly Wade immer nur als ein freundliches und süßes Mädchen gefunden.«

»Den Teufel dafür!« rief Paul, mit Widerstreben den Bissen köstlichen Höckers, zu dem er eben wieder gegriffen, fortlegend und einen wilden Blick gerade auf den Mund des sich seiner Verschuldung nicht bewußten Arztes werfend. »Habt Ihr etwa Lust, Fremder, Ellen auch auf Euren Rücken zu laden?«

»Die Reichtümer der ganzen vegetabilischen und animalischen Welt könnten mich nicht versuchen, ihr auch nur ein Haar zu krümmen. Ich liebe das Kind mit, was man sagen möchte, amor naturalis – oder vielmehr paternus, – väterliche Zuneigung.«

»Ah so, das schickt sich freilich besser für Eure Jahre«, setzte Paul ruhig hinzu, indem er gemächlich wieder nach dem fortgelegten Bissen langte. »Bei Euren Jahren wärt Ihr nicht besser als eine Drohne bei einem jungen Schwarm.«

»Ja, da ist Vernunft, weil Natur in dem ist, was er sagt«, bemerkte der Trapper. »Aber, Freund, Ihr sagtet, daß Ihr im Lager eines gewissen Ismael Busch wohntet?«

»Allerdings, so ist es, und zwar infolge meines compacti...«

»Freilich«, sagte der Trapper, »Ihr seid noch kompakt. Geist und Leib, Fleisch und Haut halten noch zusammen. Mit meiner Kompaktheit hat es aufgehört. Sagt einmal, ich war Augenzeuge, wie die Sioux in Euer Lager brachen und Euch das Vieh forttrieben, dem armen Ismael alles, was Hufe hat, bis zu den gespaltenen Klauen hinab, raubend...«

»Den Asinus ausgenommen«, murmelte der Doktor, der mittlerweile wieder ruhig an seine Portion Braten gegangen war, völlig dessen wissenschaftliche An- und Kennzeichen vergessend, »den Asinus domesticus americanus ausgenommen.«

»Das freut mich doch, daß noch so viele gerettet sind, obwohl ich den Wert der Tiere, die Ihr soeben nanntet, nicht kenne; was übrigens gar nichts Außerordentliches ist, wenn ich bedenke, wie lange ich aus den Niederlassungen fort bin. Könnt Ihr mir aber sagen, Freund, was der Reisende unter der weißen Decke verbirgt, die er mit so scharfen Zähnen hütet wie ein Wolf, der sich um das vom Jäger zurückgelassene Aas streitet?«

»Habt Ihr davon gehört!« rief der andere, indem er in gewaltigem Erstaunen den Bissen, den er eben zum Munde führte, fallen ließ.

»Nein, ich habe nichts gehört; aber ich habe das Tuch gesehen und wäre beinahe gebissen worden, – um nichts anderes, als weil ich zu wissen wünschte, was dahinter sei.«

»Gebissen! So muß es also wohl ein fleischfressendes Tier

sein. Es ist zu ruhig für den Ursus horridus; wäre es der Canis latrans, müßte durchaus die Stimme es verraten. Auch würde Nelly Wade nicht so vertraut mit irgendeinem Wesen von dem Genus Ferae sein. Verehrungswerte Jäger! dieses seltsame Tier, bei Tage im Wagen gefahren, nachts im Zelte eingeschlossen, hat mir mehr Verwirrung erregt als der ganze Katalog aller Vierfüßler. Und das allein deshalb, ich wußte nicht, wie es zu klassifizieren.«

»Ihr haltet es für ein reißendes Tier?«

»Ich weiß, es ist ein Vierfüßler; und die Gefahr, die Euch selbst bedrohte, spricht dafür, daß es ein fleischfressendes ist.«

Während dieser Erklärung in abgebrochenen Reden hatte Paul Hover still und nachdenkend dagesessen, jeden der beiden Sprechenden mit tiefer Aufmerksamkeit betrachtend. Aber, wie plötzlich bewegt durch die zutrauliche Art des Doktors, dem er kaum Zeit ließ, seine bestimmte Zusicherung auszusprechen, fragte der junge Mann vorschnell:

»Und, Freund, was nennt Ihr denn eigentlich einen Vierfüßler?«

»Eine Abschweifung der Natur, worin sie weniger ihre unendliche Weisheit als anderwärts an den Tag gelegt. Könnten runde Hebel ganz nach der Verbesserung, die ich in meiner neuen Ordnung phalanga crura, welches sich mit ›Hebelbeinerei‹ am verständlichsten übersetzen ließe, angedeutet habe, für die zwei Pfoten substituiert werden, so würde eine wahre Vollkommenheit und Harmonie daraus erwachsen. Da aber der Vierfüßler jetzt einmal fertig ist, so nenne ich ihn eine reine Abschweifung der Natur, – einen Auswuchs, puren Auswuchs.«

»Halt, Fremder! in Kentucky verstehen wir wenig von Wörterbüchern. Auswuchs ist ebensoschwer zu verstehen wie Vierfüßler.«

»Ein Vierfüßler ist ein Tier mit vier Füßen, – eine Bestie –«

»Was, eine Bestie! Meint Ihr, daß Ismael Busch mit einer Bestie in dem kleinen Wagen reist?«

»Ich weiß ja, Freund, – leiht mir Euer Ohr – nicht buchstäblich verstanden«, sagte der Doktor, indem er bemerkte, daß Paul ihn anstarre und verwundert aufblicke, »nur figürlich, vermöge seiner Funktionen. Ich habe schon gesagt, wie ich vermöge eines Compacti mit vorbemeldetem Ismael Busch reise;

aber wiewohl ich gebunden bin, während der Reise gewisse Pflichten zu erfüllen, so ist doch dabei keine Bedingung, welche feststellt, daß diese Reise immerdauernd oder ewig sein solle. Nun ist – wiewohl man kaum annehmen kann, daß diese Gegend irgendein begründetes Interesse für die Wissenschaft haben solle, indem sie in jeder Rücksicht für den Naturhistoriker ein jungfräuliches Gebiet bildet, selbige doch bekanntlich der Schätze aus dem Reiche der Vegetabilien entbehrend. Ich hätte deshalb einige hundert Meilen mehr nach Osten zu zurückbleiben sollen, wäre es nicht der innere Drang gewesen, der mich lockte, das besprochene Tier mit Augen zu schauen, um es genügend zu beschreiben und zu klassifizieren. Deshalb«, fuhr er mit unterdrückter Stimme fort, als betreffe es ein wichtiges Geheimnis, »bin ich nicht ohne Hoffnung, Ismael zu überreden, daß er mich es sezieren läßt.«

»Habt Ihr das Geschöpf gesehen?«

»Nicht mit den Organen des Gesichts, aber mit weit untrüglicheren Visionsinstrumenten, nämlich mit den Schlüssen der Vernunft in den Deduktionen aus szientifischen Prämissen. Ich habe die Sitten und Gewohnheiten des Tieres beobachtet, junger Mann, und kann ohne Furcht sagen, aus solchen Indizien, die von gewöhnlichen Beobachtern unberücksichtigt gelassen werden würden, daß es von gewaltigen Dimensionen ist, untätig, vermutlich ganz träge, von reißendem Hunger und, wie aus dem Zeugnis dieses verehrungswerten Jägers hervorgeht, wild und fleischfressend!«

»Es würde mir lieber sein, Fremder«, sagte Paul, auf den des Doktors Beschreibung einen merkwürdigen Eindruck gemacht zu haben schien, »zu wissen, ob das Geschöpf überhaupt ein Tier sei.«

»Was das betrifft, so habe ich, falls mir sonst der Beweis fehlte, welcher für mich indessen genugsam aus den Angewohnheiten des Tieres geführt ist, Ismaels Wort selbst dafür. Ich bin vollkommen mit Gründen dafür versorgt. Junger Mann, eine gewöhnliche eitle Neugier kann mich nicht plagen, aber all mein wissenschaftliches Streben geht, wie ich demütig glaube, zuerst dahin, meine Kenntnis zu erweitern, und zweitens, das Beste meiner Mitgeschöpfe zu befördern. Im geheimen verlangte mich erstaunlich, den Inhalt des Zeltes zu erfahren, welches Ismael so sorgfältig bewachte, und dessentwegen er mich genötigt hatte zu schwören – jurare per deos – selbigem auf einen gewissen Umkreis von Ellen nicht näher zu kommen, und zwar während einer bestimmten Zeit. Ein Jusjurandum oder Eid ist eine sehr ernste Angelegenheit, und man darf damit nicht leicht umspringen: da aber mein ganzes Unternehmen von dieser Nachgiebigkeit abhing, so willigte ich ein, indem ich mir die Freiheit vorbehielt, von ferne zu beobachten. Es mag jetzt zehn Tage her sein, seit Ismael, meinen traurigen Zustand bei meiner Wißbegier bemerkend, mir denn endlich mitteilte, daß auf dem Wagen eine Bestie lebe, die er in die Prärie mitnähme, um mit selbigem Exemplar andere von demselben Genus, wo nicht gar von derselben Spezies anzulocken. Seitdem ist es mein einziges Bestreben gewesen, die Sitten des Tieres zu beobachten und, was ich bemerkte, aufzunotieren. Sobald wir eine bestimmte Entfernung erreichen, wo diese Tiere in Menge vorhanden sein sollen, soll ich die völlig freie Prüfung dieses Speciminis haben.«

Paul fuhr fort, mit dem allertiefsten Schweigen zuzuhören, bis der Doktor seine seltsame, doch charakteristische Erklärung schloß. Dann schüttelte der ungläubige Bienenjäger den Kopf und schien zu widersprechen geneigt, indem er sagte:

»Fremder, der alte Ismael hat Euch tief in einen hohlen Baum gesteckt, wo Eure Augen nicht mehr nützen als ein Drohnenstachel. Auch ich weiß etwas von demselben Wagen und darf versichern, daß ich den Kerl der offenbaren Lüge zeihen kann. Seht mal, Freund, meint Ihr wohl, daß ein Mädchen wie Ellen Wade es bei einer wilden Bestie aushalten könnte?«

»Weshalb nicht! Weshalb nicht?« entgegnete der Naturforscher. »Nelly hat Lust zum Lernen und horcht mit Vergnügen auf die Schätze, die ich mich oft gedrungen fühle, selbst in dieser Wüste auszuschütten. Weshalb sollte sie nicht auch die Gewohnheiten eines Tieres studieren wollen, und wäre es auch ein Rhinozeros.«

»Sacht, sacht«, erwiderte auf gleich bestimmte Weise der, obgleich weit weniger gelehrte, doch hierin gewiß besser belehrte Bienenjäger. »Ellen ist ein Mädchen von Geist und eine, die wohl weiß, was sie will, oder ich bin ganz im Irrtum; aber bei all ihrem Mute und ihren kecken Blicken ist sie doch immer nur ein Mädchen. Habe ich nicht oft das Mädchen weinen hören ...«

»Ihr seid also bekannt mit Nelly?«

»Ich sollte meinen, ein bißchen. Aber ein Weib ist ein Weib, und alle Bücher von Kentucky könnten Ellen Wade nicht bewegen, allein in ein Zelt zu gehen, wo ein reißendes Tier drin ist.«

»Es scheint mir«, bemerkte ruhig der Trapper, »daß hier etwas Dunkles und Geheimes im Spiel ist. Ich kann bezeugen, daß der Reisende niemand ins Zelt sehen läßt, und ich habe eine weit sichrere Probe als einer von euch beiden, daß der Wagen keinen Tierkäfig enthält. Hier mein Hektor hat eine so gute Nase wie irgendeiner seiner Rasse, die der Allmächtige geschaffen hat, und wäre da ein Tier drin, der Hund würde das längst seinem Herrn erzählt haben.«

»Was, einen Hund gegen einen Mann! Brutalität gegen Wissenschaft! Instinkt gegen Vernunft!« rief der Doktor in einiger Hitze. »In welcher Art kann ein Hund Sitten, die Spezies oder gar das Genus eines Tieres unterscheiden wie ein mit Vernunft begabter, unterrichteter, wissenschaftlich gebildeter, seines Sieges gewisser Mann?«

»In welcher Art?« erwiderte ruhig der alte Weidmann. »Gebt Achtung, und wenn Ihr glaubt, daß ein Schulmeister etwas schneller begreiflich macht als der Schöpfer, so sollt Ihr sehen, wie sehr Ihr im Irrtum seid. Bewegt sich da nicht was im Gebüsch? Es hat schon an zehn Minuten in den Zweigen geraschelt. Nun sagt mir, was das für eine Kreatur ist!«

»Ich hoffe, nichts Wildes!« rief der Doktor auffahrend; denn der Eindruck seines Zusammentreffens mit dem Vespertilio horribilis war in ihm noch zu lebendig. »Ihr habt Flinten, Freund, wäre es nicht gut, wenn Ihr sie in Bereitschaft setztet; denn auf meine Vogelflinte ist wenig Verlaß!«

»Was er da sagt, mag nicht ganz unrecht sein«, erwiderte lächelnd der Trapper, indem er so weit dem Wunsche folgte, daß er die Flinte von dem Flecke, wo sie während des Essens gelegen, aufnahm und die Mündung in die Luft erhob. »Nun sagt mir den Namen der Kreatur!«

»Das überschreitet die Grenzen irdischer Wissenschaft! Buffon selbst hätte nicht sagen können, ob das Tier ein Vierfüßler oder von der Ordnung: Serpens sei! Ob ein Schaf oder ein Tiger!«

»Dann war Euer Buffon ein Narr gegen meinen Hektor!

Hier, Hund! Was ist das, Hund? Sollen wir's angreifen, oder 's vorbeilassen?«

Der Hund, welcher dem erfahrnen Trapper bereits durch eine zitternde Bewegung der Ohren angezeigt, daß er ein fremdes Tier in der Nähe wittere, hob jetzt den Kopf von den Vorderklauen auf und öffnete leicht die Lippen, wie um die Stümpfe seiner Zähne zu zeigen. Aber plötzlich seinen feindlichen Vorsatz fahren lassend, schnüffelte er einen Augenblick Luft, japste schwer, schüttelte sich und legte sich dann friedlich in seine frühere ruhende Stellung nieder.

»Nun, Doktor«, rief der Trapper triumphierend, »nun bin ich überzeugt, daß da weder Wild noch reißende Tiere im Dikkicht sind, und ich halte das als genugsam erwiesen für einen Mann, der zu alt ist, um sich auf seine Kräfte zu verlassen, und doch ebensowenig wünscht, der Fraß eines Panthers zu werden.«

Der Hund unterbrach seinen Herrn durch ein lautes Knurren, hielt aber immer den Kopf ruhig an der Erde.

»Es ist ein Mann!« rief der Trapper, sich erhebend. »Es ist ein Mann, wenn ich mich noch auf das Tier verlassen kann. Wir haben zwar nicht eben viel miteinander gesprochen, aber selten, daß wir einen Schnitzer begehen.«

Paul Hover sprang wie ein Blitz auf die Füße, und indem er die Flinte auslegte, rief er mit drohender Stimme:

»Heran, wenn Ihr ein Freund seid; seid Ihr ein Feind, so macht Euch aufs Ärgste gefaßt.«

»Ein Freund, ein Weißer und, ich hoffe, auch ein Christ«, erwiderte eine Stimme aus dem Dickicht, das sich im selben Momente öffnete, und im nächsten trat, der die Worte gesprochen, selbst hervor.

Zehntes Kapitel

Adam, beiseit', und du sollst hören, wie er mich schütteln wird.

Wie es Euch gefällt

Es ist bekannt, daß lange zuvor, ehe die ungeheuren Landstriche Louisianas ihren Herrn zum zweitenmal, und, wie man hoffen darf, auch zum letzten Male wechselten, dieses unbeschützte Land keineswegs vor den Einbrüchen der weißen Abenteurer sicher war. Die halb barbarischen Jäger aus den Kanadas, dieselbe Art Leute, nur wenig höher stehend in ihrer Bildung, aus den Vereinigten Staaten und die jenes Zwittergeschlechts, das noch immer zu den Weißen gerechnet werden will, zerstreuten sich unter die verschiedenen indianischen Stämme oder führten ein einsames Leben fort zwischen den Schlupfwinkeln des Bibers und des Bisons oder – um nach dem dortigen Volksbrauch zu reden – des Büffels[17].

Es war deshalb nicht gerade etwas Ungewöhnliches, daß Fremde sich in den endlosen Wüsten des Westens begegneten. Aus Anzeichen, die ein ungeübtes Auge ganz unbeachtet gelassen hätte, wußte der Grenzer, wenn jemand seinesgleichen in der Nähe war, und mied oder näherte sich dem andern, wie sich dies am besten mit seinen Launen oder seinem Vorteil vertrug. Größtenteils ging es bei diesen Zusammenkünften friedlich her; denn die Weißen hatten einen gemeinschaftlichen Feind in den alten und vielleicht berechtigteren Einwohnern dieser Gegenden zu fürchten; jedoch war es auch gar nicht selten, daß Eifersucht und Habgier diese Zusammenkünfte in Schlachtfelder des Verrats und der Ruchlosigkeit verwandelten. Wenn daher zwei Jäger in der amerikanischen Wüste, wie wir auch zuweilen diese Gegend nennen mögen, sich begegneten, so geschah dies auf die argwöhnische und vorsichtige Weise, wie zwei Fahrzeuge in einem durch Piraten unsichern Meere zusammentreffen. Während keiner von beiden durch gezeigtes Mißtrauen seine Schwäche verraten will, will doch auch keiner irgendeinen zutraulichen Schritt tun, von dem der Rückschritt schwer werden möchte.

In dieser Weise erfolgte auch die gegenwärtige Zusammenkunft. Der Fremde kam bedachtsam näher, indem er seine Augen fest auf die Bewegungen der anderen gerichtet hielt, während er mit Absicht kleine Schwierigkeiten aufsuchte, eine zu hastige Annäherung zu vermeiden. Auf der andern Seite stand Paul und spielte mit seinem Flintenschloß, viel zu stolz, um irgend den Anschein zu erwecken, daß drei Menschen sich vor einem einzelnen fürchten könnten, und doch zu klug, um gänzlich die nötigen Vorsichtsmaßregeln außer acht zu lassen. Der Hauptgrund, weshalb die beiden berechtigten Eigentümer des Schmauses einen so merklichen Unterschied in der Aufnahme ihrer beiden Gäste machten, lag in dem durchaus verschiedenen äußern Erscheinen derselben.

Während alles beim Naturforscher entschieden auf Frieden deutete, um nicht zu sagen: auf völlige Abgeschiedenheit von dieser Welt, trat der neue Gast weit kräftiger auf, und Haltung und Tritt ließen keinen Zweifel, daß er einst Soldat gewesen.

Er trug eine Feldmütze von feinem blauem Tuche, von der eine schmutzige Goldtroddel herabhing, und die fast begraben war in einer Masse krausen, schwarzen Haares. Um den Hals hatte er ein dichtes schwarzseidenes Halstuch geschlungen. Ein Jagdhemd von dunklem Grün mit gelben Fransen und solchen Zieraten eingefaßt, wie man sie zuweilen unter den Grenztruppen der Vereinigten Staaten findet, umgab seinen Leib. Darunter blickte die Jacke von derselben Farbe und demselben Tuche wie die Mütze vor. Seine Schenkel waren durch bockslederne Hosen und seine Füße durch die gewöhnlichen indianischen Mokassins geschützt. Ein reich gezierter und gefährlicher gerader Dolch steckte in einem Gürtel von roter netzartig gehäkelter Seide. Ein anderer Gürtel oder besser: der Leibgurt trug in sehr niedlich gearbeiteten Halftern ein paar zierliche Pistolen, und über seine Schulter war eine kurze, schwere, militärische Flinte gehängt, während sein Pulverhorn und Beutel wie gewöhnlich unter den Armen hingen. Auf dem Rücken trug er einen Tornister, gezeichnet mit den wohlbekannten Anfangsbuchstaben U. S., welche seitdem der Regierung der Vereinigten Staaten (United States) den launigen und wohlbekannten Beinamen des Uncle Sam zugezogen haben.

»Ich komme in Freundschaft«, sagte der Fremde, zu sehr an den Anblick von Waffen gewöhnt, um von der lächerlich kriegerischen Stellung, welche dem Doktor Battius einzunehmen gefallen, erschreckt zu werden. »Ich komme als Freund, und meine Wünsche und meine Absichten streiten gar nicht mit den euren.«

»Heda, Freund«, sagte Paul Hover vorlaut, »versteht Ihr Euch darauf, eine Biene aus diesem offnen Felde in einen Wald, etwa ein Dutzend Meilen von hier, zu verfolgen?«

»Die Biene ist ein Vogel, den es mich noch nie getrieben aufzusuchen«, erwiderte lachend der andere, »obgleich ich wohl auch zuweilen zu meiner Zeit eine Art Vogelsteller war.«

»So hab' ich mir's gedacht«, rief Paul, indem er frei seine Hand ausstreckte und mit der echten Freiheit der Sitten sprach, welche einen amerikanischen Grenzer charakterisiert. »Laßt uns die Hände kreuzen. Ihr und ich, wir streiten uns nie um eine Zelle, da Ihr so wenig den Honig zu schätzen wißt. Und nun, wenn in Eurem Magen ein leerer Winkel ist und Ihr einen Tautropfen zu schätzen wißt, wenn er Euch in den Mund fällt, so liegt da der Bissen, tut ihn 'nein! Versucht's, Fremder, und wenn Ihr's versucht habt, und's nicht gesteht, daß es ein so schmucker Happen, als Ihr je... Apropos, wie lange seid Ihr von den Niederlassungen fort?«

»Schon manche Wochen, und es könnten noch manche dazukommen, ehe ich zurückkehren dürfte. Indessen nehme ich gern Eure Einladung an; denn ich habe seit dem gestrigen Sonnenaufgang gefastet, und ich weiß zu gut einen Bisonhöcker zu schätzen, um solche Nahrung auszuschlagen.«

»Ah, Ihr versteht die Kost. Gut, nun da habt Ihr beim Angriff vor mir den Vorzug, obgleich ich dächte, wir könnten sagen, daß wir auf gleichem Boden stehen. Ich würde der glücklichste Kerl zwischen Kentucky und den Rocky-Mountains sein, wenn ich nur ein hübsches Kämmerlein in der Nähe eines alten Waldes hätte, der mit hohlen Bäumen angefüllt wäre, dann solchen Bisonhöcker jeden Tag zum Mittagsbrot, frisches Stroh für meine Bienenkörbe, und die kleine El...«

»Kleine was?« fragte der Fremde sichtbar belustigt durch die mitteilende Laune des Bienenjägers.

»Etwas, das ich eines Tages noch besitzen werde, und was niemand mehr angeht als mich selbst«, erwiderte Paul, am Flintensteine hämmernd und so obenhin eine an den Gewässern des Mississippi wohlbekannte Melodie pfeifend.

Während dieses vorläufigen Gespräches hatte sich der Fremde neben dem Bisonhöcker niedergesetzt und begann schon einen ernstlichen Einfall in seine Reste. Doktor Battius bewachte indessen seine Bewegungen mit einer Eifersucht, die um so mehr hervortrat, je wohlwollender der offenherzige Paul ihn empfangen hatte.

Aber die Zweifel oder vielmehr die Besorgnisse des Naturforschers waren von ganz verschiedener Art gegenüber dem Zutrauen des Bienenjägers. Er war darüber betroffen, daß der Fremde den rechtmäßigen und nicht den fälschlich gebräuchlichen Namen des Tieres nannte, das eben seine Mahlzeit ausmachte. Da er sich selbst unter den Allerersten befunden, die die Wegräumung der Hindernisse benutzt, welche die spanische Politik allen Reisenden nach ihren transatlantischen Besitzungen in den Weg gestellt, sei es nun des Handels oder, wie das bei ihm der Fall war, der Erweiterung der Wissenschaften wegen, so hatte er soviel Philosophie, um zu wissen, daß dieselben Beweggründe, welche ihn selbst so mächtig zur gegenwärtigen Unternehmung getrieben, auch gleiche Wirkung auf die Gemüter anderer Naturforscher ausüben könnten. Hier gab es also die Aussicht auf eine gefährliche Nebenbuhlerschaft, die ihn wenigstens um die Hälfte des gerechten Lohnes für alle seine Arbeiten, Entbehrungen und Gefahren bringen konnte. Betrachtet man das Ding von dieser Seite, so ist es gar nicht zu verwundern, daß der Naturforscher bei seiner natürlichen Schwachheit ein wenig aufgeregt wurde und dem Treiben des andern mit einer Wachsamkeit zusah, welche er am geeignetsten hielt, seine ihm Nachteil drohenden Pläne zu entdekken.

»Das ist wahrhaftig eine köstliche Mahlzeit«, bemerkte der so etwas nicht ahnende junge Fremde; denn man konnte ihn mit Fug und Recht sowohl jung als schön nennen. »Entweder hat der Hunger dem Fleische eine besondere Würze gegeben, oder der Bison konnte dreist behaupten, zu den besten aus der ganzen Ochsenfamilie zu gehören.«

»Naturalisten, Herr, mögen wohl, wenn sie schlechtweg reden, der Kuh den Namen des ganzen Genus beilegen«, sagte Doktor Battius, indem sein inneres Mißtrauen schwoll und er sich die Kehle durch Räuspern, ehe er wieder anfing, reinigte, gleichwie der Duellant die Spitze seines Degens prüft, den er in den Leib seines Gegners bohren will. »Das Bild ist vollständig, indem der Bos, nämlich als Ochs, sein Geschlecht nicht fortpflanzen kann, und der Bos in seiner ausgedehntern Bedeutung oder die Vacca das edlere Tier unter den beiden ist.«

Der Doktor äußerte diese Meinung mit einer Sicherheit, die nach seiner Absicht zeigen sollte, wie bereit er sei, mit einem Male auf einen der zahlreichen Kontroverspunkte, die zwischen ihnen in Anregung kommen dürften, einzugehen; jetzt erwartete er den Ausfall seines Gegners mit dem Vorsatz, daß sein nächster Stoß noch bei weitem stärker sein solle. Aber der junge Fremde schien weit geneigter, sich an die gute Mahlzeit, die ihm so reichlich vorgesetzt worden, zu halten, als den Fehdehandschuh zum hadernden Disput über wissenschaftliche Kleinigkeiten aufzunehmen.

»Ich kann wohl sagen, Ihr habt sehr recht, mein Herr«, erwiderte er mit einer höchst beleidigenden Gleichgültigkeit gegen die Wichtigkeit der Gegenstände, die er einräumte. »Ich muß zugestehen, Ihr seid ganz auf rechtem Wege, und Vacca würde gewiß der richtigere Ausdruck gewesen sein.«

»Um Vergebung, mein Herr, Sie konstruieren meine Sprache sehr falsch, wenn Sie annehmen, daß ich ohne mancherlei und sehr besondere Bedingungen den Bibulus americanus unter der Familie der Vacca mitbegreife. Denn, wie Sie wohl wissen, mein Herr, oder wie ich wohl besser sagen sollte, mein Herr Doktor... Sie haben doch ohne Zweifel das medizinische Diplom?«

»Sie erteilen mir da eine Ehre, auf die ich keinen Anspruch habe«, unterbrach der andere.

»Also untergraduiert! – Oder erhielten Sie vielleicht Ihre Würde in irgendeiner andern der freien Künste?«

»Auch das nicht, ich versichere Sie.«

»Aber gewiß, junger Mann, haben Sie sich doch nicht an dieses wichtige, ich möchte sagen, ehrfurchtgebietende Geschäft gemacht, ohne irgendwelche Proben Ihres Berufes aufweisen zu können; irgendeinen Auftrag, aus welchem Sie Ihre Berechtigung herleiten können oder vermöge dessen Sie sich einer Verwandtschaft mit Ihren Mitarbeitern an demselben wohltätigen Werke rühmen möchten?«

»Ich weiß nicht, mit welchen Mitteln oder aus welchem Grunde Sie sich über meine Absichten und meine Pläne zum Herrn machen!« rief der Jüngling hochrot und mit einer Schnelligkeit aufspringend, welche bekundete, wie wenig er der rohern Eßlust nachgehe, wenn ein seinem Herzen näherer Gegenstand hervortrat. »Halten Sie ein, mein Herr, Ihre Sprache ist unverständlich. Das Werk, dem, wäre es ein anderes, der Beiname eines wohltätigen wohl zukäme, ist für mich eine teure und geheiligte Pflicht, obgleich ich gestehen muß, daß ich nicht begreife, wie dazu ein besonderer Auftrag gefordert werden könne oder nötig sei.«

»Es ist doch herkömmlich, daß man dazu mit solchem Dokumente versehen ist«, erwiderte der Doktor feierlich, »und es bei allen geeigneten Gelegenheiten hervorzieht, damit geistesverwandte und befreundete Gemüter mit einem Male jeden unwürdigen Verdacht fahren lassen und schnell von dem, was man die Einleitung der Unterhaltung nennt, zu jenen Punkten übergehen können, welche für beide als Desiderata anzusehen sind.«

»Eine seltsame Forderung!« murmelte der Jüngling, indem er sein schwarzes, finstres Auge von einem zum andern rollen ließ, als gelte es, den Charakter seiner Gefährten zu prüfen und dann ihre physischen Kräfte zu messen. Dann, mit der Hand in den Busen fahrend, zog er ein kleines Futteral heraus, das er mit Würde dem Doktor entgegenhielt, und fuhr fort: »Hier werden Sie finden, mein Herr, daß ich einiges Recht habe, in einer Gegend zu reisen, die jetzt das rechtmäßige Eigentum der amerikanischen Staaten ist.«

»Was gibt es hier!« rief der Naturforscher, indem er ein Pergamentblatt auseinander rollte. »Wie, dies ist das Handzeichen des Philosophen Jefferson! Das Staatssiegel! Gegengezeichnet vom Kriegsminister! Das ist ja ein Diplom, den Duncan Unkas Middleton zum Hauptmann der Artillerie ernennend!«

»Wen, wen?« rief hier der Trapper, der während des ganzen Gesprächs den Fremden mit Augen angeblickt, welche ihn Zug vor Zug zu verschlingen schienen. – »Wie ist der Name? Nanntet Ihr ihn nicht Unkas?... Unkas! War's nicht Unkas?«

»So lautet mein Name«, erwiderte der Jüngling etwas stolz. »Der Name eines gebornen Häuptlings, den mein Oheim und ich mit Stolz führen; denn er ist das Andenken eines wichtigen

Dienstes, der meiner Familie in den alten Kriegen der Provinzen von einem Kriegsmann erwiesen wurde.«

»Unkas! Nanntet Ihr ihn Unkas?« wiederholte der Trapper, in dem er sich dem Jünglinge näherte und ihm die schwarzen über die breite Stirn herabhängenden Locken ohne den geringsten Widerstand von seiten ihres erstaunten Eigentümers auseinanderstrich. »Ach, meine Augen sind alt und nicht so scharf als dazumal, da ich selbst noch ein Krieger war; aber doch kann ich den Blick des Vaters im Sohne wiedererkennen! Ich sah es gleich, als Ihr herankamet. Seit jenen Zeiten aber ist so manches geschehen, mein Gesicht ist trübe geworden, ich konnte mich daher des Orts nicht gleich entsinnen, wo ich Euer Ebenbild angetroffen. Sage mir, Junge, wie nannte man deinen Vater?«

»Er war ein Offizier der Vereinigten Staaten im Revolutionskriege und führte meinen Namen; mein Oheim, der Bruder meiner Mutter, hieß Duncan Unkas Heyward.«

»Immer noch Unkas! Immer noch Unkas!« wiederholte der andere vor Eifer zitternd. – »Und *sein* Vater?«

»Hieß ebenso, ohne den Beinamen des landesgebornen Häuptlings. Ihm nämlich und meiner Großmutter wurde der Dienst, von dem ich eben gesprochen, erwiesen.«

»Ich wußte es! Ich wußte es!« jauchzte der alte Mann mit zitternder Stimme, indem seine starren Züge gewaltig bebten, als erweckten die von dem andern genannten Namen einige längst entschlafene Gefühle aus Begebenheiten früherer Jahre. »Ich wußte es: Sohn oder Enkel, alles dasselbe. Es ist das Blut, und es ist der Blick! Sagt mir, ob der, den sie Duncan nannten ohne den Zusatz *Unkas,* – noch am Leben ist?«

Der junge Mann schüttelte traurig den Kopf, als er die Frage verneinend beantwortete:

»Er starb in der Fülle der Jahre und Ehren; beliebt, glücklich und andere glücklich machend.«

»Fülle der Jahre!« wiederholte der Trapper, indem er auf seine mageren, doch noch immer muskulösen Hände niedersah. »Ach ja, er lebte in den Niederlassungen und war weise, doch nach dortiger Art. Aber Ihr habt ihn oft gesehen, und Ihr hörtet ihn reden von Unkas und der Wildnis?«

»Oft, er war dazumal ein Offizier des Königs, aber als der Krieg zwischen der Krone und ihren Kolonien stattfand, vergaß mein Großvater seinen Geburtsort nicht. All die leeren Titel warf er ab, war seinem Vaterlande treu und focht für die Freiheit.«

»Da war doch Vernunft drin und, was besser, auch Natur! Kommt, setzt Euch nieder neben mich, mein Junge; niedergesetzt, und sagt mir, wovon der Großpapa sprach, wenn sein Geist sich der Wunderdinge aus der Wildnis erinnerte.«

Der Jüngling lächelte, nicht weniger über das Ungestüm als über die von dem alten Manne gezeigte Teilnahme; denn sobald er gefunden, daß kein Gedanke an irgend etwas Heimtückisches oder Schlechtes sei, gab er sich ohne Rückhalt hin.

»Gebt's hübsch allmählich dem Trapper und mit recht verblümten Redensarten«, sagte Paul, indem er sehr ruhig seinen Platz an der andern Seite des jungen Soldaten einnahm. »Es ist einmal die Mode des Alters, sich an solchen verjährten Traditionen zu ergötzen, und was *das* betrifft, muß ich sagen, liebe ich es auch ganz erstaunlich, darauf zu horchen.«

Middleton lächelte wieder und vielleicht mit einer Art Spott; aber sich gutmütig zum Trapper wendend, fuhr er fort:

»Es ist eine lange und könnte vielleicht eine traurige Geschichte werden; Blutvergießen und alle die Schrecken der indianischen Grausamkeit sind furchtbar in die Geschichte vermengt.«

»Nun, immer frisch heraus, Fremder«, fuhr Paul fort, »daran sind wir in Kentucky gewöhnt, und ich muß gestehn, für mich wird eine Geschichte deshalb nicht schlechter, weil ein paar Skalpierungen darin vorkommen.«

»Aber er erzählte Euch von Unkas, nicht wahr?« fing der Trapper wieder an, ohne sich um die kleinen Unterbrechungen des Bienenjägers zu kümmern, die nur hier und da unbedeutende Episoden bildeten. »Und was dachte und sprach er von ihm... so in seinem Zimmer, mit allen Bequemlichkeiten und aller Wohlhabenheit der Ansiedlungen zur Hand?«

»Ei, er sprach wohl gerade so, wie er in den Wäldern gesprochen haben würde, wenn er sich dort mit seinem Freunde zusammengefunden hätte...«

»Nannte er den Wilden seinen Freund? Den armen, nackten, gemalten Krieger! Und er war nicht zu stolz, den Indianer seinen Freund zu nennen?«

»Ei, er rühmte sich sogar der Verbindung und gab, wie Ihr

schon gehört habt, seinem Erstgebornen einen Namen, der wie ein Erbstück auf alle seine Nachkommen übergehen soll.«

»Das ist gut gehandelt! Wie ein Mann! Ach, und wie ein Christ dazu! Pflegte er nicht zu sagen, der Delaware sei schnellfüßig – erinnerte er sich nicht dessen?«

»Schnell wie die Antilope. Wahrhaftig, so sprach er oft von ihm, und nannte ihn dann Le Cerf agile, ein Name, den er seiner Behendigkeit wegen erhalten.«

»Und kühn und ohne Furcht, Junge!« fuhr der Trapper fort, indem er in die Augen seines Gefährten mit einer Miene blickte, die sein Entzücken über das Lob verriet, welches einem Manne erteilt ward, den er augenscheinlich einst zärtlich geliebt hatte.

»Tapfer wie ein Streithund! Ohne Furcht! Er nannte immer Unkas und dessen Vater, der seiner Weisheit wegen den Beinamen der Großen Schlange führte, Vorbilder des Heldenmutes und der Standhaftigkeit.«

»Er war gerecht gegen sie! Gerecht! Treuere Leute konnte man nicht finden, in keinem Stamm oder in keiner Nation, welche Farbe auch ihre Haut haben mochte. Ich sehe, Euer Großvater war gerecht und tat seine Pflicht, das sehe ich an seinem Abkömmling. Es war eine gefährliche Zeit damals, bei jenen Hügeln, und er zog sich herrlich heraus. Sag mir aber, mein Junge, – oder Offizier, sollte ich sagen, da Ihr doch Offizier seid, – war dies alles?«

»Gewiß nicht! Es war, wie ich gesagt habe, eine furchtbare Geschichte, voll rührender Zufälle, und die Gedächtnisse meines Großvaters und meiner Großmutter...«

»Ach!« rief der Trapper, indem er den Arm in die Höhe hielt, als durchzucke es ihn freudig bei der bloßen Erwähnung der letztern. »Sie nannten sie Alice! Elsie oder Alice, das ist alles eins. Ein lachendes, munteres Kind, als sie noch glücklich war, und weich und weinend im Unglück! Ihr Haar war glänzend und gelb wie das Fell des jungen Rehs, und ihre Haut reiner als das reinste Wasser, das vom Felsen träuft. Ich erinnere mich ihrer noch ganz gut. Sehr gut erinnere ich mich ihrer!«

Des Jünglings Lippe verzog sich hier ein wenig, und er sah den alten Mann mit einem Blick an, aus dem man ungefähr eine Erklärung herauslesen konnte des Inhalts: daß er eben nicht dieselbe Erinnerung von seiner ehrwürdigen und ehrenwerten

Vorfahrin habe, obgleich er es nicht für nötig erachtete, dies auch in Worten auszusprechen. Er begnügte sich zu antworten:

»Beide hatten zu lebendige Eindrücke der Gefahren, welche sie überstanden, um die Erinnerung irgendeines ihrer damaligen Gefährten zu verlieren.«

Der Trapper blickte beiseite und schien mit irgendeinem tiefen Gefühle zu kämpfen; dann fuhr er, wieder zum andern gewendet, fort, wiewohl seine ehrlichen Augen nicht länger mit derselben offenen Teilnahme wie zuvor auf dem Antlitz des jungen Mannes ruhten:

»Erzählte er Euch denn von jenen *allen?* Waren sie *alle* Rothäute, bis auf ihn und Munros Töchter?«

»Nein. Es war auch ein weißer Mann bei den Delawaren, ein Kundschafter der englischen Armee, aber aus den Provinzen gebürtig.«

»Ein trunkener, unnützer Vagabund wie die meisten seiner Farbe, die einmal unter den Wilden leben, nicht wahr?«

»Alter Mann, Euer graues Haar sollte Euch doch vorsichtig machen vor der Verleumdung. Der Mann, von dem ich spreche, war einfachen Sinnes, aber großen Wertes. Unähnlich den meisten von denen, die an den Grenzen leben, vereinigte er die besseren Eigenschaften der beiden Völker statt ihrer schlechten. Er hatte von der Natur die seltenste und vielleicht die höchste Gabe erhalten: er konnte das Gute vom Bösen unterscheiden. Seine Tugenden entsprangen alle aus seinen einfachen Sitten, und nur aus derselben edlen Quelle kamen seine Vorurteile. Im Mute stand er nicht unter seinen roten Gefährten, in kriegerischen Übungen, seiner bessern Erziehung wegen, über ihnen. ›Kurz, er war ein edler Schößling von dem großen Stamme der menschlichen Natur, der nur aus dem Grunde niemals seine wahre Höhe und Ausdehnung erreichen konnte, weil er unter den Stämmen des Waldes stand.‹ Das waren die eigenen Worte meines Großvaters, alter Jäger, wenn er von dem Manne sprach, den Ihr Euch so schlecht vorstellt.«

Die Augen des Trappers waren zu Boden gesunken, als der Fremde im feurigen Tone der Jugend so den Charakter des Mannes, von dem sie redeten, beschrieb. Er spielte mit den Ohren seines Hundes, strich und knöpfte an seiner rauhen Kleidung, öffnete und schloß die Pfanne seiner Flinte mit so zitternden Händen, daß sie durchaus unfähig gewesen wären, die Waffe zu gebrauchen. Als der andere geendet, versetzte er mit klangloser Stimme:

»Euer Großvater vergaß also nicht ganz den weißen Mann!«

»Davon war er weit entfernt; es sind sogar drei unter uns, die schon einen Namen nach diesem Kundschafter führen.«

»Einen Namen, sagtet Ihr!« fuhr der alte Mann auf. »Was, den Namen des verlassenen, ungelehrten Jägers! Führen wirklich die Großen und die Reichen und die Hochgeehrten und – was besser als alles dies – die Gerechten diesen selben echten Namen?«

»Mein Bruder und zwei meiner Vettern sind schon darauf getauft, und der Name kommt zu allen Titeln hinzu, die sie noch erlangen mögen.«

»Meint Ihr denn den Namen selbst, mit denselben Buchstaben buchstabiert, mit einem N anfangend und endend mit einem L?«

»Ganz derselbe«, erwiderte lächelnd der Jüngling. »Nein, nein, wir haben nichts vergessen, was ihm gehörte. Ich habe jetzt eben einen Hund, welcher nicht weit von hier einem Hirsch nachspürt, und der von einem Hunde abstammt, den derselbe Kundschafter als ein Geschenk seinen Freunden nachsandte, von derselben Rasse, die er selbst immer mit sich führte. Eine zuverlässigere Brut in Nase und Fuß findet sich in der weiten Union nicht.«

»Hektor«, sagte der alte Mann, eine Bewegung zu unterdrücken suchend, die ihn fast überwältigte, und mit seinem Hunde wie mit einem Kinde redend. »Hörst du es, Hund? Dein Geschlecht und Blut sind in der Prärie. Ein Name – es ist wunderbar – sehr wunderbar.«

Die Natur konnte sich nicht länger halten. Überwältigt durch eine Flut ungewöhnlicher und außerordentlicher Gefühle und angeregt von sanften Erinnerungen, die so lange geschlafen und nun so seltsam und unerwartet auflebten, behielt der alte Mann kaum soviel Macht über sich, mit einer durch die Anstrengung, die er machte, Herr über sich zu bleiben, hohl und unnatürlich klingenden Stimme hinzuzufügen:

»Knabe, ich bin jener Kundschafter; einst ein Kriegsmann, jetzt ein kläglicher Trapper!« Da brachen aber die Tränen hervor und strömten aus so lange trocken gebliebenen Quellen über seine gefurchten Wangen. Das Gesicht auf das Knie legend, verhüllte er es in seine lederne Kleidung und schluchzte laut.

Dieses Schauspiel brachte ähnliche Bewegungen bei seinen Gefährten hervor. Paul Hover hatte jede Silbe des Gespräches, wie es brockenweise hier und dort hervorkam, verschlungen, indem seine Empfindungen gleichen Schritt hielten mit dem vermehrten Interesse. Nicht an solche heftigen Gefühle gewöhnt, hatte er sein Gesicht bald hier-, bald dorthin gewendet, um – er wußte eigentlich nicht, was – zu vermeiden, bis er die Tränen sah und die Seufzer des alten Mannes hörte. Da sprang er rasch auf und faßte heftig seinen Gast bei der Kehle, indem er ihn fragte, mit welchem Recht er seinen alten Gefährten zum Weinen gebracht. Indem aber eine plötzliche Besinnung in demselben Augenblick ihn überkam, ließ er sogleich wieder los, streckte aber den Arm im nämlichen Moment, getrieben von seltsamem Drange, seiner innern Freude Luft zu machen, nach dem Haare des Doktors, welches sofort seine künstliche Formation bekundete; – denn die Perücke blieb in Pauls Hand, und der Doktor stand mit kahler Glatze da.

»Was denkt Ihr davon, Meister Wanzensammler?« jauchzte er mehr, als daß er es schrie. »Ist das nicht eine seltene Biene, ein schöner, seltener Fund?«

»Sehr seltsam! wunderbar! erbaulich!« erwiderte der Freund der Natur, indem er mit guter Laune und blinzelnden Augen sich die Perücke wieder aufstülpte. »'s ist seltsam«, kicherte er dann fort, »und sehr merkwürdig. Obgleich ich gar nicht an der regelrechten Folge zwischen Ursache und Wirkung zweifle.«

Mit diesem plötzlichen Ausbruch endete die geräuschvolle Bewegung, und die drei Zuschauer drängten sich mit einer stillen Rührung um den Trapper, als sie die Tränen des so hochbejahrten Mannes entdeckten.

»So muß es sein; denn wie könnte er sonst mit einer Geschichte so vertraut sein, die wenig über unsere eigene Familie hinaus bekannt ist«, bemerkte endlich der Jüngling, der sich gar nicht schämte, die eigene Rührung zu zeigen, indem er vor aller Blicken seine Augen trocknete.

»Wahrhaftig«, fuhr Paul jetzt auf, »wenn Ihr noch irgendeinen Beweis mehr verlangt, so will ich darauf schwören. Ich weiß, jedes Wort davon ist so wahr als das Evangelium!«

»Und doch glaubten wir ihn schon lange tot!« fuhr der Soldat fort. »Mein Großvater hat seine Tage mit Ehren vollendet, und wir glaubten, er sei der Jüngere von den beiden gewesen.«

»Es geschieht nicht oft, daß die Jugend so herabblicken kann auf die Schwäche des Alters!« bemerkte der Trapper, seinen Kopf erhebend und mit würdiger Ruhe umherblickend. »Daß ich noch immer hier verweile, junger Mann, ist der Wille des Herrn, der mich aufgespart hat, bis ich achtzig lange und arbeitsvolle Jahre geschaut, zu seinen geheimen Zwecken. Daß ich der Mann bin, von dem ich rede, braucht Ihr nicht zu bezweifeln; denn weshalb sollte ich mit einer so großen Lüge ins Grab fahren?«

»Ich zweifle auch gar nicht mehr; ich wundre mich nur, daß es so ist! Doch weshalb muß ich Euch, ehrwürdiger und trefflicher Freund meiner Eltern, in dieser Wüste finden, so weit ab von allen Bequemlichkeiten und von der Sicherheit, welche das Land unten darbietet!«

»Ich bin in diese Wüsten gekommen, um dem Klange der Axt zu entgehen; denn hierher folgt mir wahrhaftig nicht der Holzschläger! Aber ich kann dieselbe Frage an Euch richten. Gehört Ihr zu denen, welche die Staaten in ihren neuen Ankauf gesandt, um zu sehen, was sie eigentlich eingehandelt haben?«

»Ich nicht. Lewis zieht seines Weges den Strom entlang, einige hundert Meilen von hier. Ich bin auf einem Privatabenteuer.«

»Obgleich es gar nichts Wunderbares ist, daß ein Mann, dessen Kräfte und Augen nicht mehr zur edlen Jagd taugen, in der Nähe der Biberbauten gesehen wird, die Schlinge statt der Flinte in der Hand, so ist es doch seltsam, daß ein so junger und glücklicher Mann, der noch dazu ein Patent vom Großen Vater hat, in den Prärien umherstreift, ohne daß ein einziges Wesen von seiner Farbe ihn begleitet.«

»Ihr würdet meine Gründe für zulänglich halten, wenn Ihr sie kenntet, und Ihr sollt sie erfahren, wenn Ihr geneigt seid, auf meine Geschichte zu hören. Ich halte Euch alle für ehrlich und für Leute, die jemand, der bei einem edlen Geschäfte ist, lieber helfen als ihn betrügen wollen.«

»Kommt denn und erzählt uns nach Lust«, sagte der Trapper, indem er sich niedersetzte und den jungen Mann, seinem Beispiel zu folgen, einlud. Der letztere gehorchte gern, und nachdem Paul und der Doktor sich nach Belieben um ihn gelagert hatten, begann der neue Ankömmling seine Erzählung der seltsamen Gründe, welche ihn so weit in die Wüste geführt hatten.

Elftes Kapitel

Solch trüben Himmel klärt ein Sturm nur auf.
König Johann

Währenddessen setzten die betriebsamen Stunden – die eilenden, welche niemand zurückruft – ihre Arbeit fort. Die Sonne, welche den Tag über mit Massen Dunstes gekämpft hatte, senkte sich jetzt allmählich in einen Streif weniger belegten Horizontes und versank dann hinter den düsteren Steppen, wie sie gewöhnt ist, in die Gewässer des Ozeans zu tauchen. Die Herden, welche auf den wilden Weiden der Prärie gegrast hatten, verschwanden allmählich, und die endlosen Schwärme der Wasservögel, die ihre gewöhnliche Jahresreise von den jungfräulichen Seen des Nordens nach dem Golf von Mexiko machten, fächelten nicht mehr mit ihren Schwingen die Luft an, welche jetzt mit Tau und Dunst beschwert wurde. Kurz, die Schatten der Nacht fielen nieder auf den Felsen, den Mantel der Finsternis über die schon traurige Gestalt des ganzen Ortes breitend.

Als es anfing, dunkel zu werden, rief Esther ihre kleineren Kinder zusammen, setzte sich auf einen Vorsprung ihrer inselartigen Festung nieder und erwartete dort geduldig die Rückkehr der Jäger. Ellen Wade befand sich nicht weit davon, indem sie sich jedoch, gleichsam um den Unterschied, der zwischen ihnen obwaltete, anzudeuten, immer etwas abseits von dem erwartungsvollen Kreise hielt.

»Euer Oheim ist ein schlechter Rechner und wird es immer bleiben, Nell«, bemerkte die Mutter nach einer langen Pause, welche der Unterhaltung über die Arbeiten des Tages gefolgt war. »Allzeit träge, wenn's gilt, was vorauszubedenken und sich vorzustellen, ist der Ismael Busch! Da saß er nun hier auf dem Felsen und tat nichts von Tagesanbruch bis Mittag, tat gar nichts, nichts – als träumen – träumen – träumen – mit sieben so stattlichen Burschen ihm zur Hand, als je die Frau einem Manne gebar. Und was kam raus? He! Die Nacht bricht an, und das Allernötigste ist noch nicht getan.«

»Es ist gewiß nicht klug gehandelt, Base«, erwiderte Ellen, ohne daß sie eigentlich zu wissen schien, was sie sagte. »Und das heißt doch immer den Söhnen ein schlechtes Beispiel gegeben!«

»Holter die Polter! Meinst du, Mädchen? Willst über ältere Leute richten! nun, sieh mal, und noch dazu, die besser sind als sie! Möchte doch einen Mann suchen auf der ganzen Grenze, der seinen Kindern ein ehrbareres Beispiel gibt als dieser nämliche Ismael Busch. Heda, weise mir doch auch, meine Miß Fehlerfinder, aber nicht Fehlerbesserer, noch einen Haufen so prächtiger Burschen, die, wenn's nottut, schneller einen Fleck umhauen, einzäunen, umpflügen, beackern als meine Kinder? Freilich wär's besser, ich wäre still darüber, da ich die Mutter bin. Aber wo gibt es einen Schnitter, der es so verstünde, seine Leute ins Weizenfeld hineinzuführen, daß kaum die Stoppeln übrigbleiben, wie mein guter Mann. Und dann als Vater, welch ein prächtiger Herr er ist! Seine Söhne brauchen nur einen Fleck zu nennen, wo sie sich niederlassen möchten, und augenblicks stellt er ihnen eine Urkunde darüber aus, und fürs Patent brauchen sie keinen roten Heller zu zahlen!«

Die Frau schloß mit einem schallenden höhnischen Gelächter, das sein Echo fand in den Stimmen aller der kleinen Krabben, die die Mutter zu dem rastlosen und gesetzlosen Leben aufzog, welches sie selbst führte, das aber, aller Unsicherheit und Mühseligkeit ungeachtet, doch nicht ohne geheimen Reiz war.

»Holla, alte Esther!« grüßte sie die wohlbekannte Stimme ihres Gatten von der Ebene herauf. »Nascht ihr da oben aus der Speisekammer, indessen wir euch Wildbret und Büffelfleisch bringen! Herab, herab, altes Mütterchen mit allen deinen Kleinen, und helft uns das Fleisch raufbringen. – He, wie bist du da oben so laut und lustig! Herab, herab! Die Jungens sind zur Hand, und wir haben hier genug zu tun für euch alle, und wenn ihr doppelt soviel wäret!«

Ismael hätte seine Lunge schonen können, weil alle seine Anstrengung gehört zu werden vergebens war. Denn kaum hatte er den Namen seiner Frau ausgerufen, als der ganze Kreis um diese sich mit einem Male erhob, und alle, einer über den andern kreiselnd und taumelnd, sich ungeduldig, ohne auf einen Befehl zu hören, durch die gefährlichen Schluchten des

Felsens hinabstürzten. Esther folgte dem jungen Schwarm mit mehr gemessenen Schritten; auch hielt Ellen es nicht für klug oder vielmehr für schicklich zurückzubleiben. Augenblicklich war daher die ganze Gesellschaft unten vor ihrer Zitadelle auf offenem Felde versammelt.

Hier sah man zuerst den Squatter unter der Last eines stattlich feisten Rehbocks heranschwanken, neben ihm ein oder zwei seiner jüngeren Söhne. Bald erschien auch Abiram, und bevor einige Minuten verstrichen waren, kamen auch die übrigen Jäger heran, einzeln und in Paaren, indem jeder einige Früchte seiner Geschicklichkeit herbeitrug.

»Die Ebene ist frei von Rothäuten, wenigstens heut nacht«, sagte Ismael, nachdem der erste Wirrwarr des Empfangs vorüber war. »Denn ich habe die Prärie viele Meilen weit mit meinen Füßen durchstreift, und ich meine es zu verstehen, wo indianische Mokassins hingetreten haben. Nun, Alte, kannst du uns ein paar Bissen Wildbret anrichten, und dann wollen wir nach unserer Tagesarbeit schlafen.«

»Ich wollte nicht darauf schwören, daß keine Wilden in der Nähe seien«, sagte Abiram. »Ich weiß auch etwas von den Rothäuten zu erzählen und möchte es eidlich erhärten, wenn nicht etwa meine Augen geschwächt sind, daß die Indianer in der Nähe sind. Aber wartet nur, bis Asa herankommt. Er ging über den Ort hinaus, wo ich Spuren fand, und der Junge weiß auch etwas von dergleichen Dingen.«

»Ach, der Junge weiß zuviel von mancherlei Dingen«, erwiderte Ismael finster. »Es würde besser für ihn sein, wenn er dächte, er wisse weniger. Wie dem aber auch sei, und wenn alle Siouxstämme westlich vom Großen Fluß nur eine Meile von uns ständen, – sie sollten es nicht leicht finden, diesen Felsen zu erklimmen, wo zehn kühne Männer ihnen gegenüberstehen.«

»Nenne uns unser zwölfe, Ismael, frisch zwölfe!« rief das keifende Weib. »Denn wenn Euer Freund, der Mottensammler, der immer Böcke schießt, als Mann gelten soll, so komme ich gewiß gut für ihrer zwei auf. Ich will ihm den Rücken nicht zukehren mit der Muskete und der Schrotflinte; und was die Courage anlangt – potz Veltchen! der Jährling von der Kuh, den uns die schuftigen Teufel, die Tetons, stahlen, war der feigste Schuft unter uns allen, und nach ihm kam Euer verwünschter Doktor! Ach, Ismael, Ihr habt nie einen ordentlichen Handel geschlossen, ohne daß Ihr dabei verloren hättet, und jener Mann, mein' ich, ist die schlimmste Ware, die Ihr jemals eintauschtet. Kannst du dir's denken, der Kerl verordnet mir ein Ziehpflaster rings um den Mund, weil ich Fußreißen hatte.«

»'s ist jammerschade, Esther«, antwortete ganz ruhig ihr Ehemann, »daß du es nicht nahmst. Ich meine, es würde dir recht geholfen haben. Aber, Jungens, wenn es sich wirklich so verhalten sollte, wie Abiram meint, daß Indianer uns nahe sind, so möchten wir uns lieber auf den Felsen hinaufmachen, um unser Abendbrot einzunehmen. Drum wollen wir nur unser Wildbret sichern und von den Rezepten unseres Doktor reden, wenn wir nichts Besseres zu tun haben werden.«

Man folgte der Weisung, und in wenigen Minuten war der einem Angriff leicht ausgesetzte Ort von der Familie mit der sichern Stelle auf dem Felsen vertauscht. Hier ging nun Esthers Geschäft los, indem sie abwechselnd schalt und arbeitete, bis das Abendessen fertig war, worauf sie ihren Mann mit einer so tönenden Stimme zum Verzehren herbeirief wie nur ein Imam die Gläubigen zu einer wichtigern und heiligern Pflicht.

Als jeder seinen herkömmlichen Platz um den rauchenden Fleischkessel eingenommen, ging der Squatter mit gutem Beispiel voran, indem er ein köstliches Stück Wildbret zerlegte, das wie der Rücken eines Bisons und mit einer Geschicklichkeit, die eher den Wohlgeschmack vergrößerte als verringerte, zubereitet war. Ein Maler würde den Moment gern aufgefaßt haben, diese wilde und charakteristische Szene auf die Leinwand zu bringen.

Erinnern wird sich der Leser, daß Ismaels Zitadelle wie eine Felseninsel, einsam und abgerissen und fast unersteigbar, dastand. Das glänzende, weit aufflackernde Feuer, welches mitten auf seiner Höhe brannte, und um welches die geschäftige Gruppe gelagert war, lieh ihm den Anschein irgendeines stattlichen Pharus, mitten in der Wüste dastehend, den Abenteurern zu leuchten, welche über die breiten Steppen wanderten. Die Flamme beleuchtete bald dieses, bald jenes von der Sonne verbrannte Antlitz, indem sie den allerverschiedenartigsten Ausdruck zeigte, von der jugendlichen Einfalt der Kinder, schon vermischt mit einer Schattierung der ihrem halb barbarischen Leben eigentümlichen Wildheit, an bis zu der dumpfen und unbeweglichen Teilnahmslosigkeit, die, wenn kein besonderer

Reiz obwaltete, in den Zügen des Squatters sich aussprach. Gelegentlich fachte ein Windstoß die Glut an, und wenn dann ein hellerer Lichtstrahl aufloderte, erblickte man das kleine Zelt, wie es droben in der Dunkelheit der nächtlichen Luft einsam dalag. Alles rundum war sonst, wie gewöhnlich in dieser Stunde, in undurchdringliche Finsternis eingehüllt.

»Es ist unbegreiflich, daß Asa zu einer Stunde wie diese vom Wege abgeht«, bemerkte Esther verdrießlich. »Wenn alles fertig und abgeräumt ist, wird der Junge heraufkommen und nach seinem Essen verlangen, so hungrig wie der Bär nach seinem Winterschlaf. Sein Magen geht so gut wie die beste Uhr in Kentucky, und selten braucht er, wie die, erst aufgezogen zu werden, um die Zeit anzusagen, ob's bei Tage ist oder bei Nacht. Essen kann Asa immer, und nun gar wenn er durch Arbeit ausgehungert ist!«

Ismael blickte ernst im Kreise seiner schweigenden Söhne umher, ob einer von ihnen es übernehmen möchte, etwas zugunsten des abwesenden Verbrechers zu sagen. Jetzt aber, wo kein besonderer Grund vorhanden war, ihr schlummerndes Temperament aufzuregen, schien es doch zuviel verlangt, daß sie ihren rebellischen Bruder verteidigen sollten. Abiram indessen, der seit der Aussöhnung eine edlere Teilnahme für den, welcher noch vor kurzem sein Gegner gewesen, entweder wirklich fühlte oder doch zu fühlen vorgab, schien eine Besorgnis ausdrücken zu wollen, welche den anderen ganz fremd war.

»Wenn nur der Junge den Tetons entwischt ist«, murmelte er. »Es würde mich wahrhaftig grämen, wenn Asa, der doch einer unsrer Wackersten ist, was Herz und Hand anbetrifft, wenn der in die Hände der roten Teufel gefallen wäre.«

»Kümmere dich, Abiram, um dich allein, und spare deine Lunge«, sagte der Squatter, »anstatt damit die Weiber zu schrecken und ihre Mädels. Ellen Wades Gesicht ist schon ganz weiß geworden. Sieht sie nicht so bleich aus, als starrte sie eben auf die Indianer *selbst,* die Ihr erwähnt, oder wie vorhin, als ich zu ihr mit der Flinte sprechen mußte, weil meine Worte nicht bis zu ihr hindrangen. Wie war es, Nell! Du hast noch immer keinen rechten Grund angegeben, woher du so taub warst?«

Die Farbe auf Ellens Wangen änderte sich ebenso plötzlich, als die Flinte des Squatters vorhin losgegangen war, indem das glühende Rot ihr Gesicht überzog, bis sogar Hals und Brust damit überfärbt waren. Sie senkte den Kopf, schien aber ihm zu antworten nicht für nötig zu erachten.

Ismael, viel zu träge, das Gespräch fortzuführen, oder auch schon mit der bloßen Anspielung zufrieden, stand von seinem Steinsitze auf und kündete, indem er seine gewaltige Gestalt wie ein wohlgemästeter Ochse ausstreckte, seine Absicht zu schlafen an. Unter Leuten, die hauptsächlich lebten, um ihren Naturbedürfnissen nachzukommen, mußte eine solche Erklärung gleiche Gefühle erregen. Einer verschwand nach dem andern, indem jeder seine rauhe Schlafstelle aufsuchte, und in wenigen Minuten befand sich Esther, welche indes die jüngere Brut zur Ruhe gebracht hatte, wenn wir den gewöhnlichen Wächter unten abrechnen, im alleinigen und einsamen Besitz des nackten Felsens.

Welche minder schätzenswerten Gewohnheiten auch in diesem ungebildeten Weibe ihr unstetes Umherschweifen hervorgebracht, – der Hauptgrundsatz jeder weiblichen Natur war zu tief gewurzelt, um je ganz herausgerissen zu werden. Bei einem gewaltigen, um nicht zu sagen: wilden Temperamente waren auch ihre Leidenschaften heftiger Art und schwer zu besänftigen. Wie sie aber auch sonst von den Freiheiten ihrer Lage Gebrauch machen mochte, die Liebe zu ihren Kindern mochte wohl zuweilen schlummern, konnte aber niemals als ganz erloschen gelten. Ihr gefiel Asas lange Abwesenheit nicht. Zu furchtlos, um, was *sie* betraf, nur einen Augenblick zu zaudern, über die dunkle Wüste zu gehen, in die sie jetzt mit verlangenden Blicken hinabschaute, begann doch ihre geschäftige Einbildungskraft, jenem unauslöschlichen Gefühle gehorchend, namenlose Übel heraufzubeschwören, welche ihrem Sohne begegnet sein könnten. Es konnte wahr sein, was Abiram angedeutet, daß er der Gefangene irgendeines der Stämme geworden, welche in der Nachbarschaft auf der Büffeljagd waren; auch konnte ein weit größeres Übel ihn befallen haben. So dachte die Mutter, während die Dunkelheit und die Stille ringsum jene Gefühle noch mächtiger werden ließen.

Dieses Sinnen und Grübeln machte allen Schlaf bei ihr unmöglich. Sie verharrte auf ihrem Posten und horchte mit der Art von Instinkt, welche den an Bildung nur wenige Stufen unter ihr stehenden Tieren eigen ist, auf jedes kleine Geräusch, welches die Annäherung von Fußtritten verkünden könne. Zuletzt schienen ihre Wünsche in Erfüllung zu gehen; denn die lang ersehnten Töne waren deutlich zu hören, und jetzt unterschied sie dicht am Fuße des Felsens die dunkle Gestalt eines Mannes.

»Nun, Asa, heut verdienst du mal mit vollem Recht, die ganze liebe Nacht auf der Erde zu liegen!« fing die Frau zu murmeln an, mit einer plötzlichen Umwandlung ihrer Gefühle, welche allen mit den Widersprüchen im menschlichen Charakter Vertrauten nicht befremdend sein kann. »Und ich wünschte dir, sie wäre recht hart! Heda, Abner! Abner! Hörst du! Abner, schläfst du? Daß du dich nicht unterstehst, den Schlagbaum zu öffnen, bis ich runter bin! Ich will wissen, wer es ist, der eine friedliche, eine ehrliche Familie dazu, in ihrer Ruhe stört und in solcher Nacht wie diese!«

»Weib!« entgegnete unten eine Stimme, die etwas polterte und prahlen wollte, während doch der Sprecher offenbar zugleich an die möglichen übeln Folgen dachte. »Weib, ich verbiete Euch im Namen des Gesetzes, irgendeines Eurer feindlichen Wurfgeräte herabzusenden. Ich bin ein Bürger und ein Freisaß und graduiert auf zwei Universitäten und bestehe auf meinen Rechten! Hütet Euch vor Schaden aus Vorbedacht, vor imputiertem und kasuellem, und vor Totschlag. Ich bin es ja, ich, Euer Amicus; ein Freund und Mitinsasse, ich – Doktor Obed Battius.«

»Was!« fragte Esther mit einer Stimme, die kaum ausreichte, ihre Worte bis zu den Ohren des aufmerksamen Lauschers unten hinabzutragen. »Sagtet Ihr, es sei nicht Asa?«

»Nein, ich bin weder Asa noch Absalom noch ein anderer von den hebräischen Prinzen, sondern Obed, die Wurzel und der Stamm von ihnen allen. Weib, habe ich Euch denn nicht gesagt, daß jemand wartend vor Euch steht, der zu friedlichem und ehrenvollem Einlaß berechtigt ist. Haltet Ihr mich für ein Tier aus der Klasse der Amphibien und glaubt Ihr, daß ich mit meinen Lungen wie ein Hufschmied mit seinen Blasebälgen spielen kann!«

Der Naturforscher hätte indessen noch lange ebendiese Lungen ohne erwünschten Erfolg anstrengen können, wäre Esther seine einzige Zuhörerin geblieben. Getäuscht und mißmutig hatte die Frau schon ihr Lager aufgesucht und bereitete sich mit einer Art von verzweiflungsvoller Gleichgültigkeit zum Schlafe. Abner aber, welcher unten Schildwache stand, war durch das Geschrei aus einer sehr zweideutigen Lage aufgeschreckt worden; als er jetzt hinlänglich zum Bewußtsein gekommen war, um die Stimme des Arztes wiederzuerkennen, wurde der letztere mit möglichst geringer Verzögerung eingelassen. Doktor Battius arbeitete sich durch den engen Eingang mit einer seltsamen Art von Ungeduld und begann schon, die schwierige Anhöhe zu ersteigen. Als er aber einen Blick auf den Türsteher warf, hielt er inne, um mit einer Miene, welche seiner Vorstellung nach von aller Autorität begleitet sein sollte, ihm zu verstehen zu geben:

»Abner, es sind da gefährliche Symptome von Schlafsucht bei dir! Das zeigt sich besonders deutlich in deiner Neigung zu gähnen und mag nicht allein für dich, sondern auch für deines Vaters Familie gefährlich ausfallen!«

»Da irrt Ihr Euch doch ganz gewaltig, Doktor«, erwiderte der Bursch, indem er wie ein träger Löwe gähnte. »Ich habe kein Symptom von der Krankheit, die Ihr da nennt, an irgendeinem Teile meines Leibes, und was Vater und Kinder anbetrifft, so meine ich: sie sind schon seit langen Monaten mit den Blattern und den Masern fertig geworden.«

Mit seiner kurzen Ermahnung selbst völlig zufrieden, hatte der Naturforscher schon zur Hälfte die Schwierigkeiten des Hinaufsteigens überwunden, ehe der bedächtige Abner seine Rechtfertigung beendete. Aber auf der Höhe erwartete Obed nichts anders, als daß er Esther begegnen würde, von deren Zungenfertigkeit er nur zu oft bittere Proben erfahren hatte und vor der er sich immer in scheuer Entfernung hielt, so daß ihn keineswegs nach einer Wiederholung ihres Angriffs verlangte. Der Leser ahnt, daß er sich hier angenehm täuschte. Mit leisem Schritt und immer furchtsam über die Schulter blickend, als fürchte er sich vor irgend etwas, das noch schrecklicher als Worte wäre, ging der Doktor auf den Ort los, der ihm bei der allgemeinen Austeilung der Schlafstellen als die seinige angewiesen war.

Statt zu schlafen, blieb aber der würdige Naturforscher aufrecht sitzen und sann über alles nach, was er an dem Tage gesehen und gehört, bis ein Geräusch aus Esthers Verschlag, welche seine nächste Nachbarin war, ihn von dem wachen Zustande der Einwohnerin benachrichtigte. Da er die Notwendigkeit bemerkte, irgend etwas zu tun, was diesen weiblichen Zerberus einschläfern könnte, ehe er sein eigentliches Vorhaben ausführe, fand sich der Doktor, so ungern er auch mit ihrer Zunge in Kollision kommen mochte, doch getrieben, zuerst ein Gespräch anzufangen.

»Ihr scheint nicht zu schlafen, meine sehr liebe und würdige Mistreß Busch«, sagte er, ihrer Eigenliebe durch dieses Wortpflaster schmeichelnd. »Ihr scheint schlecht zu ruhen, meine trefflichste Wirtin. Kann ich vielleicht Eurem Übelbefinden mit etwas beispringen?«

»Was wollt Ihr mir denn geben?« brummte Esther. »Etwa spanisches Fliegenpflaster, um mich in Schlaf zu bringen!«

»Kein Pflaster oder, wie ich lieber höre: Kataplasm. Wenn Ihr aber Schmerzen habt, hier sind einige herzstärkende Tropfen, die mit einem Glase von meinem Kognak eingenommen, Euch Ruhe geben werden, wenn ich irgend etwas von der Materia medica verstehe.«

Der Doktor hatte, wie er wohl wußte, Esther von der schwachen Seite angegriffen, und da er gar nicht zweifelte, daß sie sein Verschriebenes annehmen werde, ging er selbst ans Werk, um die Medizin ohne allen Verzug zu bereiten. Als er ihr den Trank anbot, wurde dieser zwar mit einer verdrießlichen, abstoßenden Miene angenommen, aber so im Umsehen hinuntergeschluckt, daß es sich genugsam erwies, wie sehr die Patientin danach verlangt habe. Das Weib murmelte ihren Dank, und ihr Arzt setzte sich schweigend nieder, um die Wirkung seiner Dosis zu betrachten. In weniger als einer halben Stunde wurde Esthers Atemholen immer tiefer, und, wie der Doktor selbst es genannt haben möchte, so sehr abstrakt, daß er, hätte er nicht gewußt, wie natürlich es sei, diesen Anfall von Schläfrigkeit der mächtigen Dosis Opium zuzuschreiben, womit er den Branntwein versetzt hatte, am Ende in sein eigenes Rezept Mißtrauen hätte setzen müssen. Mit dem Schlafe dieser sonst so wachen Frau wurde die tiefe Stille ringsum ganz allgemein.

Da hielt es Doktor Battius für die gelegene Zeit, sich zu erheben und sich mit der Stille und Vorsicht eines nächtlichen Räubers aus seiner Kammer – oder besser gesprochen: seinem Loche; denn einen bessern Namen verdiente es nicht – hinaus, nach den Lagerstätten nebenbei hinzustehlen. Hier nahm er sich Zeit, um sich zu versichern, daß alle seine Nachbarn in tiefem Schlafe begraben lagen. Davon versichert, zauderte er nun nicht länger, sondern machte sich auf den halsbrechenden Weg nach der höhern Felsenplatte. So vorsichtig er ging, geschah es doch nicht ohne Geräusch. Während er sich schon Glück wünschte, seine Absicht vollkommen ausgeführt zu haben, und den Fuß bereits oben auf den höchsten Rand setzen wollte, faßte ihn ganz unerwartet eine Hand an seinem Rockzipfel, was so mit einem Male allem Fortschreiten ein Ende machte, als hätte ihn Ismaels gigantische Kraft selbst an die Erde gefesselt.

»Ist im Zelte jemand krank«, lispelte ihm eine sanfte Stimme ins Ohr, »daß Doktor Battius zu dieser Stunde gerufen wird?«

Sobald das Herz des Naturforschers von dem hastigen Vordringen bis in seine Kehle zurückgekehrt war – denn so würde ein in der animalischen Formation minder bewanderter Gelehrter als Obed Battius vielleicht in Worten die außerordentliche Regung ausgedrückt haben, welche sich unseres Gelehrten bei dieser überraschenden Unterbrechung bemeisterte, – fand er wieder Kraft und Entschluß zu einer Antwort, wobei er jedoch, ebensowohl aus Klugheit als aus Furcht, nur vorsichtigen Gebrauch von seiner Stimme machte.

»Meine würdige Nelly! Ich bin höchlich erfreut, daß es niemand sonst ist als du! Still, Kind, still! Sollte Ismael etwas von unseren Plänen erfahren, würde er keinen Augenblick anstehn, uns beide vom Felsen hinabzustürzen. Still, Nelly, still!«

Der Doktor sprach dies in abgebrochenen Sätzen und immer weiter schreitend. Jetzt aber, als die Rede zu Ende war, hatten er und seine Zuhörerin die oberste Höhe gewonnen.

»Und jetzt, Doktor Battius«, fragte sehr ernst das Mädchen, »darf ich den Grund wissen, weshalb Ihr Euch der Gefahr preisgebt, von dieser Höhe hinabzufliegen, ohne Flügel und sicherlich wohl auf Kosten Eures Nackens?«

»Nichts soll dir verborgen bleiben, meine würdige und treue Nelly, – aber bist du auch gewiß, daß Ismael nicht aufwacht?«

»Habt keine Angst *vor dem*. Der schläft, bis die Sonne seine Augenlider sengt. Von meiner Tante allein ist Gefahr.«

»Esther schläft«, erwiderte der Doktor bedeutungsvoll. »Ellen, Ihr habt heute auf diesem Felsen die Wache gehabt?«

»So war es mir befohlen.«

»Und Ihr habt den Bison gesehen und die Antilope und den Wolf und den Hirsch, wie gewöhnlich, die Tiere der Ordines: pecora, beluae und ferae?«

»Ja, ich habe die Geschöpfe gesehen, die Ihr auf englisch nanntet; aber von der indianischen Sprache verstehe ich nichts.«

»Da ist aber doch noch ein ganz verschiedener ordo, welchen Ihr ebenfalls gesehen habt. Der primates – nicht wahr?«

»Ich kann das nicht sagen. Ich kenne kein Tier dieses Namens.«

»Nicht, Ellen? Ihr sprecht mit einem Freunde. – Von dem genus: homo, mein Kind?«

»Was ich auch sonst mag gesehen haben, so sah ich doch nicht den vespertilio horribi...«

»Halt, Ellen, deine Lebhaftigkeit wird uns noch verraten. Sage mir, Mädchen, sahst du nicht gewisse bipedes, genannt *Menschen,* in den Prärien umherwandern?«

»Allerdings. Mein Oheim und seine Söhne waren auf der Büffeljagd, seit die Sonne anfing, sich zu senken.«

»Ich muß schon in lingua vernacula reden, um verstanden zu werden! Ellen, ich wollte sagen, von der species Kentucky.«

Obgleich Ellen wie eine Rose rot ward, wurde dies Erröten doch von der Dunkelheit verborgen. Sie zauderte einen Augenblick, sammelte den gehörigen Mut und sprach in entschiedenem Tone:

»Wenn Ihr in Gleichnissen zu sprechen wünscht, Doktor Battius, so müßt Ihr Euch nach einem andern Zuhörer umsehen. Fragt in reinem Englisch, und ich will Euch redlich in derselben Sprache antworten.«

»Ich reiste in dieser Wüste, Nelly, wie du weißt, um Tiere aufzusuchen, die bisher vor den Augen der Wissenschaft verborgen blieben. Unter andern entdeckte ich einen primates von dem genus: homo, der species: Kentucky, von mir benamset, Paul...«

»Still, um des Himmels willen!« unterbrach ihn Ellen. »Leiser, leiser, Doktor, oder wir sind verloren.«

»Paul Hover, seinem Gewerbe nach ein Sammler von apibus oder Bienen«, fuhr der andere fort. »Ich gebrauche doch jetzt das rein englische Wort... und werde verstanden?«

»Vollkommen, vollkommen«, erwiderte das aufgeregte Mädchen, indem sie in ihrer Verwirrung kaum aufatmete. »Aber was gibt es? Sagte er Euch, Ihr solltet auf diesen Felsen steigen? – Er weiß ja selber nichts; denn der Eid, den ich meinem Oheim leistete, verschloß meinen Mund.«

»Ei, da ist aber jemand, der keinen Eid geleistet und alles entdeckt hat. Ich wünschte, daß der Mantel, welcher um die Geheimnisse der Natur geschlungen ist, ebenso wirkungsreich von ihren verborgenen Schätzen abgezogen würde! Ellen, Ellen! Der Mann, mit welchem ich unwissentlich ein Compactum oder eine Vereinigung abgeschlossen, hat alle Verpflichtungen der Ehrbarkeit schnöde vergessen! Dein Oheim, Kind...«

»Ihr meint Ismael Busch, der meines Vaterbruders Witwe zur Frau hat«, erwiderte das beleidigte Mädchen ein wenig stolz. »Wahrhaftig, wahrhaftig, es ist doch grausam, mich eines Bandes wegen zu tadeln, welches der Zufall geknüpft und welches ich herzlich gern für immer bräche!«

Die gedemütigte Ellen konnte nicht mehr herausbringen, sondern auf eine Felsbank niedersinkend, begann sie auf eine Weise zu schluchzen, welche ihre Lage doppelt mißlich machte. Der Doktor murmelte wenige Worte, die Entschuldigung und Erklärung zugleich sein sollten; aber ehe er Zeit gewonnen, seine Rechtfertigung zu vollenden, stand sie wieder auf, und sprach mit großer Festigkeit:

»Ich kam nicht her, um meine Zeit in törichten Tränen zu vergeuden, noch Ihr, um zu versuchen, wie man sie stillen kann. Was also brachte Euch her?«

»Ich muß das dieses Zelt bewohnende Wesen sehen.«

»So kennt Ihr den Inhalt?«

»Ich sollte glauben, davon unterrichtet zu sein; ich bringe einen Brief, den ich eigenhändig übergeben muß. Ist das Wesen ein quadrupes, so ist Ismael ein pflichtgetreuer Mann; ist es aber ein bipes, mit oder ohne Flügel, das gilt mir gleich, so ist er falsch und unser Compactum zu Ende.«

Ellen gab dem Doktor ein Zeichen, still, wo er stand, zu verharren. Dann schlüpfte sie ins Zelt, wo sie mehrere Minuten blieb. Dem Harrenden draußen kam es ungemein peinlich und lange vor; als sie endlich zurückgekehrt war, faßte sie ihn beim Arm, und beide traten zusammen in die geheimnisvolle Hütte.

Zwölftes Kapitel

Gott gebe, daß sich Herzog York entschuldigt!
König Heinrich VI. 2. Teil

Als sich die Familie am folgenden Morgen wiederversammelte, blieb alles still, finster und mürrisch. Dem Frühstück fehlte die unharmonische Begleitung, womit Esther sonst nicht ermangelte, die aufgetragene Kost zu begleiten; denn das einschläfernde Mittel, welches ihr der Doktor beigebracht hatte, verfehlte seine Wirkung nicht; ihre gewöhnliche Lebhaftigkeit war betäubt. Die Söhne brüteten schweigend über die Abwesenheit ihres Bruders. Ismaels zusammengedrückte Augenbrauen gaben ihm ein ernstes, nachdenkliches Aussehen. Er schweifte mit finstern Blicken von dem einen zum andern, gleich einem, der sich darauf vorbereitet, einen erwarteten Angriff auf sein väterliches Ansehen auszuhalten und zurückzuschlagen. Mitten in diesem gegenseitigen Mißtrauen nahmen Ellen und ihr mitternächtlicher Begleiter die gewöhnlichen Plätze bei den Kindern ein, ohne Verdacht zu erregen oder Bemerkungen zu veranlassen. Die einzigen sichtbaren Zeichen ihres Abenteuers waren ab und zu, von seiten des Doktors, wie von ungefähr in die Höhe gerichtete Blicke, welche bei den übrigen für wissenschaftliche Beobachtungen des Himmels galten, in der Tat aber nichts anderes waren als ein verstohlenes Hinschielen nach den flatternden Seiten des verbotenen Zeltes.

Endlich entschloß sich der Squatter, nachdem er vergeblich auf eine entschiedenere Wendung der von ihm vermuteten Widersetzlichkeit seiner Söhne gewartet hatte, mit der Erklärung seiner eigenen Willensmeinung hervorzurücken.

»Asa«, bemerkte er kalt, »soll mir für sein pflichtwidriges Verfahren büßen! Die ganze lange Nacht ist vorüber, und sein Außenbleiben auf der Prärie, zu einer Zeit, wo sein Arm und seine Flinte bei einem möglichen Gefechte mit den Sioux hätten Dienste leisten müssen, ist auch dann unverantwortlich, wenn er uns vor jeder Gefahr sicher gewußt hätte.«

»Schone deine Lunge, lieber Mann«, erwiderte sein Weib,

»schone deine Lunge! Du wirst sie vielleicht noch brauchen und lange nach deinem Sohne rufen, ehe er Antwort gibt!«

»Es ist leider eine ausgemachte Sache, daß es eine Art weibischer Väter gibt, die den Jungen erlaubt, die Herren über die Alten zu spielen. Du aber, alte Esther, du solltest mich doch kennengelernt haben und es wissen, daß in der Familie des Ismael Busch dergleichen nicht stattfindet.«

»Ach ja! Du bist ein Eisenfresser mit den Kindern, wenn es nottut! Das ist mir bekannt, Ismael. Du hast, infolge dieser Gemütsart einen deiner Söhne von dir gejagt, und das zu einer Zeit, wo wir ihn am nötigsten brauchen.«

»Vater«, sprach Abner, dessen träge Natur sich allmählich zu dem Mute hinaufgearbeitet hatte, das Schweigen zu unterbrechen und seinem Herzen Luft zu machen, »Vater, meine Brüder und ich sind so ziemlich entschlossen, den Bruder Asa aufzusuchen. Wir sind unruhig über ihn; uns ist gar nicht wohl zumute bei der Ungewißheit, warum er diese Nacht in der Prärie zugebracht, anstatt in seinem Bette zu liegen, wie wir alle wissen, daß er es lieber getan hätte.«

»Pah!« murmelte Abiram, »der Junge hat einen Rehbock oder wohl gar einen Büffel erlegt und ist bei dem Tiere eingeschlafen, damit es die Wölfe nicht in der Nacht wegholten. Wir werden ihn gleich ankommen sehen oder wenigstens rufen hören, daß ihm jemand helfe, die Last nach Hause zu bringen.«

»Nicht wahr«, fiel die Mutter ein, »ein Sohn von mir wird um Beistand rufen, wenn er einen Rehbock aufhucken oder einen Büffel zerlegen soll! Und du, Abiram, red'st wie einer, der sich widerspricht! Hast du nicht gesagt, die Rothäute hätten sich noch gestern in der Nähe sehen lassen?«

»Ich?« rief ihr Bruder hastig, als sei er ängstlich, einen Irrtum zurückzunehmen: »Ich habe es gestern gesagt und sage es noch heute, und du wirst es wahr finden. Die Tetons sind in unserer Nähe, und ich will wünschen, daß ihnen der Junge entgangen sei!«

»Es bedünkt mich«, sagte der Doktor Battius mit dem Tone der Überlegung und Würde, den man anzunehmen pflegt, wenn man eine Sache reiflich überdacht hat und nun das Resultat seiner Meinung vorträgt, »es bedünkt mich als einen Mann, der in der Art und Weise, wie die Indianer Krieg führen, etwas bewandert ist, besonders in den hiesigen entlegenen Gegenden –

es bedünkt mich als einen, welcher, ohne Eitelkeit, in die Geheimnisse der Natur ziemlich tief eingedrungen ist, – es bedünkt mich, sage ich, in aller Demut, mich für hinlänglich geeignet zu halten, mein Urteil dahin abzugeben, daß, wenn in einem Gegenstand von so großer Wichtigkeit, wie der gegenwärtige, einiger Zweifel obwaltet, es das Allerbeste und Weiseste sei, ihn zu lösen und aufzuklären.«

»Ich mag nichts mehr von Eurem Doktorieren wissen, Herr Doktor!« rief die sauertöpfische Esther, »nichts mehr von Euren Quidditäten und Alfanzereien in unserer Familie, die gottlob! gesund ist; hört Ihr's? Mir fehlte nichts, nur daß ich ein wenig aus dem Geschick gekommen war, als ich die Jungen etwas schüttelte; und gleich waret Ihr bereit mit Eurem verwünschten Mittel, das mir noch jetzt so schwer auf der Zunge liegt wie ein Pfundgewicht auf den Flügeln eines Honigsaugers.«

»Hat das Mittel angeschlagen?« fragte trocken Ismael. »Nun, dazu muß eine gute Dosis gehört haben, wenn sie auf die Zunge der alten Esther fühlbar wirken und ihr sogar schwerfallen soll!«

»Mein Freund«, fuhr der Doktor fort, indem er mit der Hand zwischen ihm und der erzürnten Hausfrau hin und her wogte, »daß mein Mittel nicht zu allem hinreicht, was eben von demselben gesagt worden, beweist soeben der kleine Ausfall der guten Frau Busch gegen mich. Doch wieder auf den abwesenden Asa zu kommen. Es ist zweifelhaft, *was* ihm begegnet sei. Es gibt einen Vorschlag, diesen Zweifel zu heben; denn es ist in der Naturwissenschaft die Wahrheit jederzeit ein Hauptdesideratum. Und ich gestehe auch, im gegenwärtigen Falle, wo es ein Vakuum gibt, eine Leere in unserer Gewißheit nämlich, wo die Gesetze der Physik nicht ausreichen, bedünkt es mich, daß es zweckmäßig wäre, zu materiellen Beweisen, als zu handgreiflicheren, seine Zuflucht zu nehmen.«

»Kehrt euch nicht an ihn! Kehrt euch nicht an ihn!« rief Esther, als sie bemerkte, daß die anderen auf ihn zu achten schienen, obschon es nicht ganz deutlich war, ob die Aufmerksamkeit, die sie ihm schenkten, eine Folge ihrer Übereinstimmung mit seinen Vorschlägen oder ihres Bestrebens war, in seine unverständliche Rede Sinn zu legen. – »Kehrt Euch nicht an ihn; jedes seiner Worte ist eine verwünschte Arznei!«

Ellen legte sich hier bescheiden ins Mittel: »Doktor Battius will sagen, da einige von uns befürchten, Asa sei in Gefahr, und andere es nicht befürchten, so möchte sich die ganze Familie aufmachen und eine oder ein paar Stunden nach ihm suchen.«

»Ist das seine Meinung?« rief die Mutter: »Nun dann hat Doktor Battius mehr Verstand, als ich in ihm gesucht hatte. Ellen hat recht, Ismael, und was sie soeben sagte, soll und muß geschehen. Ich selbst will eine Flinte auf die Schulter nehmen, und wehe der Rothaut, die mir in den Wurf kommt! Erst gestern habe ich noch den Drücker gehandhabt und das Geheul eines Indianers gehört. Was hab' ich zu fürchten?«

Esthers Mut wurde zum Sporn, zum Siegesruf, der die trägen Söhne weckte. Insgesamt standen sie auf und erboten sich, den kühnen Entschluß zu unterstützen. Ismael war klug genug, einer Aufwallung nachzugeben, welcher er sich nicht mit Erfolg hätte widersetzen können; und in wenigen Minuten erschien die Frau mit der Flinte im Arm, bereit und fertig, diejenigen ihrer Kinder, welche ihr zu folgen gesonnen wären, in Person anzuführen.

»Laßt bei den Kleinen bleiben, wer will«, sagte sie, »und mir folgen, wer kein Hühnerherz hat!«

Ismael wisperte Abiram zu, den Blick nach oben gekehrt: »Wir dürfen doch die Wohnung nicht ohne Wächter lassen?«

Dieser hörte kaum die Bemerkung, als er stutzte und äußerst eifrig zur Antwort gab: »Ich bleibe zurück und hüte das Lager.«

Ein Dutzend Stimmen erhob sich zum Widerspruch. Er müsse notwendig mitgehen und die Stellen zeigen, durch welche der Feind gezogen. Seine kriegerische Schwester ließ sich vor allen hören und schimpfte ihn ein Weib. Abiram wollte sich sperren, mußte jedoch weichen, und nun machte Ismael eine neue Disposition zur Verteidigung eines Platzes, welcher nach aller Meinung nicht sicher genug gestellt werden konnte.

Er bot zuerst den Kommandantenposten dem Doktor Battius an, welcher aber diese zweifelhafte Ehre peremptorisch und einigermaßen stolz von sich wies und zugleich, als er es tat, Blicke des Einverständnisses mit Ellen wechselte. Nun blieb dem Squatter nichts weiter übrig, als das Mädchen selbst zum Kastellan zu ernennen, ihr aber bei Übertragung des wichtigen Amtes mit vielen Worten Behutsamkeit zu empfehlen und Verhaltungsregeln mitzuteilen. Als dieser vorläufige Punkt im reinen war, richteten die jungen Männer die Verteidigungsmittel und Notsignale ein, welche bei einer so schwachen Besatzung doppelt notwendig waren. Auf dem Rande der obern Fläche wurden Steinmassen aufgehäuft und dergestalt angebracht, daß es der schwachen Ellen und ihren Gefährtinnen überlassen war, sie nach Gutdünken denen auf die Köpfe hinabzurollen, welche den engen und steilen Pfad hinanklimmen möchten, den wir schon oft erwähnt haben. Überdies wurden alle Zugänge so stark befestigt und gesperrt, daß es unmöglich schien, sie zu durchbrechen. Kleinere Steine und Wurfgeräte, welche von Kindern geschleudert werden konnten, wurden an Stellen zusammengebracht, wo der Fall und das Herabrollen allein sie für den Angreifer gefährlich machen konnten. Endlich häufte man trockenes Laub und Gezweig als Bedeckung auf die oberste Felsspitze, um ihr ein wildes Ansehen zu geben, so daß selbst nach dem Urteil des schwer zufriedenzustellenden Vaters nichts zur Sicherheit des Orts verabsäumt worden war.

Als nun das Lager in den besten Verteidigungszustand gesetzt zu sein schien, brach die Partei, welche sozusagen den Ausfall machte, auf und beschritt den qualvollen Weg der Aufsuchung. Esther führte, wie gesagt, den Vortrab in Person an; halb männlich gekleidet, und mit ihrer Flinte wie die anderen, schien sie kein unebner Anführer für den Haufen der wild bewaffneten Grenzer, welche die Mitte und den Nachtrab des kleinen Heeres ausmachten.

»Nun, Abiram!« rief die Amazone mit einer Stimme, welche aus einem sehr einfachen Grunde, durch den Gebrauch ihres angestrengten, unnatürlichen Blasebalgs, kreischend und rauh geworden war: »Nun, Abiram, nun halte die Nase niedrig und wittere! Zeige dich als einen tüchtig dressierten angelernten Spürhund; zeige, was du vermagst. Bring uns auf den rechten Weg! Du warst es, der zuerst auf die Spuren und Fußtapfen der indianischen Mokassins stieß. Laß jetzt andere aus deiner Weisheit und Kenntnis Vorteil ziehen; komm, komm an die Spitze, Mann! Führe uns, wie es einem Tapfern geziemt.«

Der Bruder, welcher zu jeder Zeit zu erkennen gab, wie sehr er sich dem Ansehen und Willen seiner Schwester füge, zeigte sich auch hier gefällig; doch war seiner Nachgiebigkeit diesmal soviel Widerstrebendes anzusehen, daß es dem Spott der sonst so wenig beobachtenden und so gedankenlosen Söhne nicht entging. Ismael selbst, ihr Vater, bewegte sich unter ihren langen Gestalten wie einer, der sich von der Aufsuchung Asas wenig oder nichts versprach und dem es im Grunde gleichgültig schien, ob sie gelingen würde oder nicht. Auf diese Weise rückte der Haufe vorwärts, bis die Feste so tief und so weit hinter ihnen versunken war, daß sie nur noch als ein entfernter kleiner nebliger Punkt erschien. Bis dahin waren alle schweigend und ziemlich schnell gegangen; als sie aber eine Anhöhe nach der andern auf- und abgestiegen waren und nichts fanden, was die Einförmigkeit des Ganzen und die Aussicht im mindesten unterbrach, konnte Esther ihre Zunge so wenig wie ihre Ängstlichkeit länger im Zaum halten. Auch Ismael beschloß, einen Halt zu machen, und indem er den Kolben seiner Flinte auf den Boden stieß, machte er die Bemerkung:

»Es ist genug. Spuren von Büffeln, Hirschen und Rehen sind in Menge vorhanden; wo sind aber die Fußtapfen der Indianer, die du, Abiram, gesehen haben willst?«

»Weiter hin nach Westen«, war die Antwort, und zugleich zeigte er dahin mit der Hand. »Dies ist die Stelle, wo ich die Spur des Bocks fand, den ich schoß, und erst nachher traf ich auf die Fußtapfen der Tetons.«

»Und da hast du ein blutig Stück Arbeit gemacht«, rief der Vater, indem er auf die Flecken zeigte, die noch auf seines Schwagers Kleidung befindlich waren, und zugleich mit triumphierender Miene des Kontrastes wegen auf seine eigene hinwies. »Hier auf derselben Stelle habe ich zwei wilde Damkühe und ein leichtfüßiges Kalb, ohne mich mit einem einzigen Blutstropfen zu bespritzen, abgetan, während du, erbärmlicher Prahlhans, aussiehst, als hättest du für Esther und ihre Töchter gearbeitet wie ein ausgelernter Metzger. Kommt, Kinder, ich sage Euch, wir sind weit genug gegangen. Ich bin zu alt, daß ich nicht die Kennzeichen der Streifwege gehörig wissen sollte; kein Indianer ist hier gewesen, seit der letzte Regen gefallen. Folgt mir, ich will noch ein Stück Wild schießen, damit wir doch etwas für unsre Mühe haben.«

»Folgt *mir!*« schrie Esther, auf sein »Folgt mir!« erwidernd und rasch vorschreitend. »*Ich* bin heute der Anführer, und ich *will* und *gebiete*, daß mir gefolgt werde. Wem kommt es mehr zu als einer Mutter, wenn nach einem verlornen Kinde gesucht wird, den Trupp anzuführen und zu leiten?«

Ismael richtete auf seine unwiderstehliche Hausfrau einen

Blick und ein Lächeln schonenden Mitleids. Bemerkend, daß sie schon einen andern Weg eingeschlagen hatte als den, welchem er und Abiram den Vorzug gegeben hätten, wollte er nicht die Saiten seines Übergewichts zu hoch spannen und gab, obschon ungern, ihrem Willen nach. Nun aber erhob sich ein Widerstand von einer andern Seite. Doktor Battius, welcher bis dahin ein treuer, stummer, nachdenkender Begleiter der Frau gewesen war, fand für gut, seine schwache Stimme zu erheben und sie auf den Ton der Gegenvorstellung zu stimmen.

»Ich bin ganz der Meinung Eures Begleiters auf dem Lebenspfade, würdige und edle Frau Busch«, sagte er, »wenn er behauptet, irgendein ignis fatuus habe die Einbildungskraft Abirams betört und ihm Symptome von Spuren und Fußtapfen gezeigt, die nicht in der Wirklichkeit waren.«

»Ihr mögt selbst ein Symptom sein!« unterbrach ihn der Brausekopf. »Hier ist so wenig Zeit, Euren Bücherunsinn auszukramen, als der Ort, stillzuhalten und Euren Arzneiquark zu verschlucken. Seid Ihr lendenlahm und müde? Gut, so sagt es ohne Umschweif, wie es einem Ehrenmanne gebührt, und setzt Euch hier mitten in der Prärie auf den H.....n wie ein Hund, dem eine Pfote wehe tut, und pflegt der Ruhe.«

»Ich bin ganz dieser Meinung«, erwiderte der Naturkundige mit vielem Gleichmut. Zugleich befolgte er so pünktlich und buchstäblich ihren Rat, daß Esther ihn auslachen mußte. Dies hinderte ihn aber keineswegs, sich kalt und gemächlich auf einem Baumstubben niederzulassen, den er aber zugleich naturhistorisch zu untersuchen anfing, damit ja die Wissenschaft nicht die schöne Gelegenheit verlöre, einen neuen Zuwachs zu erhalten, und er selbst die Veranlassung, der Natur einen neuen und wichtigen Dienst zu leisten. »Ich ehre«, fuhr er sitzend fort, »Euren vortrefflichen Rat, Mistreß Esther, wie Ihr seht. Geht fort und sucht das Kind Eures Herzens, während ich hier sitzen bleibe und suche, was noch besser ist als ein Kind, nämlich eine tiefer eindringende Kenntnis der Geheimnisse des großen Archivs der Natur.«

Die Frau beantwortete seine Rede mit einem hohlen, unnatürlichen, verächtlichen Gelächter. Selbst ihre schwerfälligen Söhne fanden es, als sie vor dem Sitze des schon in seine Betrachtungen versenkten Naturforschers vorbeigingen, der Mühe wert, ihre Verachtung mit schnödem, vielsagendem Lächeln auszudrücken. In wenigen Minuten hatte der Zug die nächste Welle oder Schwelle erreicht, und als er darüber weg war, blieb unser Doktor sich und seinen nutzbringenden Forschungen ganz allein überlassen.

Eine zweite halbe Stunde verstrich. Esther eilte immer voraus, sich ihrer dem Anschein nach vergeblichen Aufsuchung überlassend. Doch wurden die Stillstandpausen häufiger, ihre Blicke schweiften unstet und unbestimmt umher – als plötzlich Fußtapfen gehört wurden, die über den Boden dahinrasselten. Einen Augenblick später sah man einen Bock die Anhöhe hinanspringen und vor den Augen vorüber sich in die Tiefe hinabsenken, wo der Naturforscher saß. Das Vorbeistreifen des Wildes war so plötzlich und so überraschend, und der ungleiche Grund kam ihm so sehr zustatten, daß die Männer nicht Zeit hatten, ihre Flinten von der Schulter zu lösen; denn als sie es taten, war der Bock schon aus dem Schuß.

»Seht, seht den Wolf!« schrie Abner, halb ärgerlich, daß er den Fang verfehlt hatte, und ein zweites Tier erblickend: »Seht den Wolf! Auch ein Wolfsfell ist in einer Winternacht als Decke nicht zu verachten; seht, da kommt der hungrige Teufel hergerannt!«

»Halt!« rief Ismael, dem Jungen in die Flinte fallend, »es ist kein Wolf; es ist ein leibhaftiger Hund, wie du und ich Menschen sind. Ha! wir haben Jäger in der Nähe. Sieh da! ein zweiter Hund!«

Noch hatte er nicht ausgeredet, als die beiden verfolgenden Tiere an ihnen vorbei dem Bock nachsetzten, im edlen Eifer, sich zu überholen. Das eine war ein alter Hund, dessen Kräfte nur noch von dem rühmlichen Bestreben, nicht zurückzubleiben, unterstützt zu sein schienen; das andere Tier war ein junger Hund, der sich, der hitzigen Verfolgung unbeschadet, jugendliche Sprünge und Sätze erlaubte. Beide liefen mit gestreckten Gliedern dem Wilde nach, die Nase hoch tragend wie echte Jagd- und Spürhunde. Schon waren sie vorüber wie der Blitz, schon sahen sie den Bock auf der nächsten Anhöhe vor sich, und setzten ihm mit offenen Mäulern nach, als plötzlich der Jüngere von der Linie absprang, einen Schreiton ausstieß und stutzte. Sein alter Begleiter, der ihm eine Strecke allein vorausgelaufen war, hielt nun ebenfalls inne und kehrte erschöpft und keuchend zu der Stelle um, wo jener seit der ersten Bestürzung im Kreise umherlief, sich dabei schnell und wie außer sich bewegend, den Kreis seiner eigenen Fußtapfen immer aufs neue durchlaufend und dabei sein Geschrei in kurzem, abgebrochenem Gebell wiederholend. Kaum aber war ihm der ältere nahe, als er sich setzte, die Nase hoch in die Luft hob, schnupperte und dann ein langes, lautes, winselndes Geheul hören ließ.

»Es muß eine starke Witterung sein«, sagte Abner, der mit den übrigen ein aufmerksamer Beobachter aller dieser Bewegungen gewesen war, »welche zwei so gut abgerichtete Geschöpfe von ihrer ersten Fährte abgebracht hat.«

»Schießt sie tot!« schrie Abiram. »Ich will drauf schwören, der alte Hund gehört dem Wildsteller, der sich als unser Todfeind gezeigt hat. Es ist sein Köter!«

Obschon Esthers Bruder diesen Mordvorschlag tat, schien es doch keineswegs, daß er selbst schon schußfertig war. Vielmehr hatte sich ein solches Erstaunen seiner wie der ganzen Familie bemächtigt, daß es in seinen untätigen, starren, bestürzten Blikken sichtbar war und nicht minder in den aufgeregteren Zügen der anderen. So ward denn auf seinen blutigen Zuruf nicht geachtet; man überließ die Hunde dem unerklärbaren Antrieb ihres eignen geheimen Instinkts und legte ihren Bewegungen nichts in den Weg.

Nachdem man ihnen eine Weile schweigend zugesehen hatte, fand es der Squatter gut, sein Ansehen zu gebrauchen und es über sich zu nehmen, dem Auftritte dadurch ein Ende zu machen, daß er seine Kinder von dem Schauspiele abzog.

»Kommt, Jungens, kommt! Wir wollen weitergehen und die Hunde zu ihrem Vergnügen ihr Lied anstimmen und fortsetzen lassen.« So sprach er in seinem kältesten Tone, und setze dann hinzu: »Ich würde mich schämen, einem Tiere das Leben zu nehmen, weil sein Herr sich zu nahe an mich gedrängt und mich auszuforschen gesucht hat. Kommt, Jungens! Fort von hier! Wir haben eigenes Werk genug vor den Händen, ohne uns mit dem Weidwerk unserer Nachbarn zu befassen.«

»*Nicht* fort von hier! nicht aus der Stelle!« schrie Esther in einem Tone, der sie zu einer Sibylle hätte machen können. »Ich sage euch, *nicht* fort von hier, meine Kinder! Es liegt ein Sinn, eine Warnung in diesem Umstand. So wahr ich ein Weib und eure Mutter bin, will und muß ich der Sache auf den Grund!«

Zu diesen Worten schwenkte das aufgeregte Weib die Waffe mit einer Miene, die ihren wilden geheimen Einfluß nicht verfehlte. Sie eilte zugleich voran, der Stelle zu, von der die Hunde nicht gewichen waren, die in einem fort die Luft mit langgezogenem mitleidsvollem Geheul erfüllten. Der ganze Haufe folgte nach, einige zu träge zum Widerspruch, andere dem Gebote gehorsam, und alle mehr oder weniger von dem ungewöhnlichen Auftritt ergriffen.

»Sage mir, Abner, – sagt mir, Abiram, Ismael! Sagt mir«, rief das Weib, als sie eine Stelle erreicht hatte und auf derselben stehenblieb, wo die Erde zertreten, zertrampelt und mit Blutflecken besprengt war: »Sagt mir, ihr, die ihr Jäger seid, was für ein Tier hat hier geblutet, hat hier den Tod gefunden? Sprecht! Ihr seid Männer und an die Zeichen der Heide gewöhnt! Ihr alle, sagt mir, ist dies Wolfs- oder Pantherblut?«

»Ein Büffel ist's gewesen«, nahm der Vater das Wort, indem er kalt auf die Spuren hinblickte, die seinem Weibe so fürchterlich schienen, »ein edles mächtiges Tier. Hier sind noch die Zeichen der Hufe, die es während des Todeskampfs in die Erde schlug, und dort hat es den Boden mit seinen Hörnern ein- und aufgerissen. Das muß ein starker, mutiger Büffel gewesen sein!«

»Aber wer hat ihn erlegt?« fragte Esther. »Menschen? Wo ist aber der Abfall? – Wölfe? Aber Wölfe fressen die Haut nicht. Sagt mir, ihr Männer und Jäger, ist das Blut hier Tierblut?«

»Das Tier hat hier nur geblutet und sich über den Hügel hinaus in die Tiefe geschleppt«, sagte Abner im Wiederkommen; denn er war etwas weiter vor den übrigen vorausgegangen. »Seht da! Eine Wolke Vögel schwebt über dem Aase.«

»Kein Aas«, sagte der Vater. »Das Tier hat noch Leben in sich. Wäre es tot, so würden die Bussarde sich ihres Raubes schon bemächtigt haben. Nach den Bewegungen der Hunde zu urteilen, muß es ein reißendes Tier sein; wie ich vermute, ein weißer Bär von den oberen Wasserfällen. Man sagt, sie haben ein erstaunlich zähes Leben.«

»Ach«, sagte Abiram, »laßt uns nach Hause gehen! Hier kann es Gefahr geben, und es ist auf keine Weise geheuer, sich an ein reißendes Tier zu machen. Bedenke, Ismael! Gefahr und kein Vorteil!«

Die jungen Leute lächelten bei diesem neuen Beweise der ihnen schon längst bekannten Furchtsamkeit ihres feigen Oheims. Der älteste von ihnen ging sogar weiter und platzte mit den Worten hervor: »Ich will das Tier mitnehmen und es mit dem andern, das wir mit uns führen, in den Käfig sperren; dann können wir mit doppeltem Erfolg in unsere vorige Niederlassung zurückgehen, die schöne Rarität zeigen und mit unseren sehenswerten Tieren in Kentucky umherziehen.«

Ein finsterer, drohender Blick des Vaters war hinreichend, den jungen Mann verstummen zu machen. Er wechselte zwar mit den Brüdern halbrebellische, verstohlene Blicke, fand es aber doch nicht gut zu mucksen. Anstatt aber auf Abirams Rat zu achten, setzte sich die ganze Schar in Bewegung und machte erst wieder halt, als sie wenige Ellen von einem mit verwachsenem Grase umgebenen Dickicht angelangt war.

Der ganze Schauplatz der Gegend hatte inzwischen ein so rauhes, wildes Ansehen gewonnen, daß es auf besser gestimmte Gemüter einen tiefern Eindruck gemacht haben würde als auf die unerzogene Familie des Auswanderers, obschon diese dabei nichts weniger als gleichgültig bleiben konnte. Der Himmel war, wie gewöhnlich in dieser Jahreszeit, mit dunklen Wolken bedeckt, während ihn endlose Züge von Wasservögeln in der Richtung nach den fernen Gewässern im Süden geräuschvoll durchstrichen. Der Wind hatte sich erhoben und blies bald niedrig, unwiderstehlich und in heftigen Stößen über die Prärie, alles mit sich fortreißend; bald wütete er in den höhern Regionen der Luft, als wolle er mit den Wolken sein Spiel treiben, sie jagend, im Wirbel umhertreibend, sie in großen Massen übereinander hinrollend und das gräßlichste Schauspiel der Unordnung in den Lüften darstellend. Über dem niedrigen Farnkraute suchten die flatternden Vögel Schutz, kaum sich auf den Flügeln haltend; bisweilen mit dem Windstrom im Streit und so nahe als möglich am Boden verbleibend, um der Gewalt zu widerstehen; bisweilen sich höher im Dickicht erhebend, welches sie jedoch nicht verlassen wollten, weil Auge und Instinkt ihnen sagten, sie müßten den Ort so lange bewachen, bis die Stunde schlüge, welche ihnen den Raub überliefern würde.

Ismael stand einige Minuten mit Weib und Kindern fest aneinander gedrängt und staunend über den Anblick, der sie zugleich mit sonderbarer Furcht und dem Gefühle erfüllte, die eine totenähnliche Stille hervorbringt. Endlich brach Esthers Stimme durch das tiefe Schweigen und erinnerte die verstummenden Zuschauer an die Notwendigkeit, ihre Zweifel auf eine ihrer Mannhaftigkeit mehr Ehre bringende Weise als durch untätige Beobachtung der Gegenstände zu lösen.

»Ruft die Hunde an!« rief sie, »ruft sie zurück; laßt sie in das Dickicht ein; eurer sind genug, wenn ihr nur den Mut nicht verloren habt, mit dem ich weiß, daß ihr geboren seid, sämtliche Bären westlich vom großen Fluß zu bezähmen. Noch einmal, ruft die Hunde an, Enoch, Abner, Gabriel! Hat euch denn das Wunder ebenso taub gemacht wie stumm?«

Einer von den Jünglingen tat, was die Mutter begehrte. Es glückte ihm, die Hunde von der Stelle abzurufen, um welche sie nicht aufgehört hatten zu kreisen; hierauf führte er sie an den Rand des Dickichts.

»Hetzt sie hinein«, rief jetzt die Mutter weiter, »jagt sie hinein, Jungens, und ihr, Ismael und Abiram, wenn sich ja etwas Gefährliches zeigen sollte, so beweist es mit euren Flinten, daß ihr brave Grenzer seid; oder fehlt es euch an Mut, so will ich euch vor den Augen aller Kinder zuschanden machen.«

Bis jetzt hatten die Söhne die Hunde gekoppelt, ließen sie aber auf das Geheiß der Mutter los und trieben sie mit der gewöhnlichen Hetzstimme an. Da schien es aber, als hielte den ältern Hund etwas Außerordentliches zurück, irgendein geheimes Gefühl oder die Erfahrung, die ihm zu rasche Unternehmungen untersagte. Als er nämlich nur noch einige Ruten vom Rande des niedern Gebüsches entfernt war, hielt er plötzlich im Laufe an, blieb stehen, zitterte an allen Gliedern und schien ebenso unfähig, vorwärts wie rückwärts zu gehen. Er achtete nicht auf das Antreiben der Jünglinge und beantwortete es nur durch Heulen und Winseln. Eine Minute lang zeigte sich der junge Hund ebenfalls stutzig; allein, weniger erfahren oder leichter gereizt, ließ er sich endlich bewegen, weiter vorzugehen und endlich in das Gebüsch zu dringen. Jetzt aber vernahm man ein ängstliches, erschrockenes Geheul, und in der nächsten Minute brach er aus dem Dickicht hervor und fing an, die Stelle zu umkreisen, gerade wie vorhin und ebenso wild und unstet.

»Habe ich einen Mann unter meinen Söhnen?« fragte die erhitzte Esther. »Gebt mir ein besseres Gewehr als meine Kinderflinte, und ich will euch zeigen, was ein Grenzweib vermag!«

»Bleibt, Mutter«, riefen jetzt Abner und Henoch, »wollt *Ihr* das Geschöpf sehen, so wollen *wir* es Euch heraustreiben.«

So pflegten die Söhne immer zu sprechen, nicht mehr und nicht weniger, selbst bei wichtigeren Veranlassungen. Hatten sie aber einmal die Redensart gebraucht und ein Versprechen in diesen Worten von sich gegeben, so galt es als eine Bürgschaft, die sie um alles in der Welt nicht würden uneingelöst gelassen haben. Sie setzten nun mit großer Sorgfalt ihre Waffen in Bereitschaft und rückten in das Strauchwerk ein. – Nerven von Jünglingen, welche weniger abgehärtet sind als die unserer Grenzer, würden vor den Gefahren des Unternehmens gezuckt und gezittert haben; denn je weiter diese vordrangen, desto kläglicher und bedenklicher tönte das Geheul der Hunde. Die Geier und Bussarde umflatterten sie und flogen so nahe an ihnen vorüber, daß sie die untersten Zweige mit ihren schweren Flügeln berührten. Der Wind schrillte so hohl über die nackte Prärie, daß man hätte glauben sollen, die Geister der Luft wären herabgestiegen, um Zeugen der Entdeckung und Auflösung zu sein.

Es war sogar für die bisher unerschütterliche Esther ein atembedrückender Augenblick und Anblick, als sie sah, wie ihre Söhne das verwachsene Gezweig des Dickichts auseinander bogen und sich selbst in dem Labyrinthe begruben. Eine tiefe, feierliche Pause trat ein. Auf dieselbe folgte mit einem Male ein scharfes, lautes, durchdringendes Geschrei, kurz und schnell hintereinander erschallend; dann fiel wieder eine Stille und Ruhe ein, grauenhafter und ahnungsvoller als die vorige.

»Kommt zurück, Kinder, kommt zurück, meine Kinder«, schrie die Mutter mit allen Gefühlen, die sich ihres Herzens bemächtigt hatten...

Aber ihre Stimme stockte, und Entsetzen versteinerte ihr ganzes Wesen, als sich in diesem Augenblicke das Buschwerk teilte und die beiden Söhne wieder erschienen, bleich und fast ebenso leblos wie sie den erstarrten, atem- und bewegungslosen Körper des verlornen Asa ihr vor die Füße legten, dessen gewaltsamer Tod jedem seiner Gesichtszüge nur zu deutlich eingegraben war.

Die Hunde erhoben ein langes, letztes Geheul; dann machten sie sich beide zugleich auf und verschwanden, um die verlassene Fährte des Wildes wieder aufzusuchen. Auch die Vögel schossen in die Höhe und erfüllten die Luft mit Klagen, daß ihnen eine Beute entzogen wurde, die sie schon als die ihrige ansahen, obschon die menschlichen Züge derselben sie bisher abgehalten hatten, sich daran zu weiden.

Dreizehntes Kapitel

> Ein Grabscheit und ein Spaten wohl,
> Samt einem Kittel aus Lein,
> Und, oh, eine Grube gar tief und hohl
> für solchen Gast muß sein.
>
> *Totengräberlied im »Hamlet«*

»Tretet zurück! Tretet weit ab, ihr alle!« sprach mit heiserer Stimme Esther zu dem Kreise, welcher sich um den Leichnam drängte. »Ich bin seine Mutter, ich habe größere Rechte an ihn als einer von euch! Wer hat dieses getan? Sprecht, Ismael, Abiram, Abner! Öffnet Mund und Herzen, laßt Gottes Wahrheit und sonst nichts aus ihnen hervorgehen. Wer hat diese blutige Tat getan?«

Der Vater gab keinen Laut von sich; er stand, auf die Flinte gelehnt, mit finsterm Blicke, aber mit trocknem Auge, und betrachtete die verstümmelten Überbleibsel seines Sohnes. Nicht so die Mutter; sie stürzte auf den Boden hin, nahm das kalte, verzerrte Haupt des Toten in ihren Schoß, blieb nun einige Minuten in Beschauung der muskelstarken Züge, auf welchen noch der letzte Todeskampf sichtbar war, und ihr Schweigen war ausdrucksvoller, als es die bitterste laute Klage hätte sein können.

Die Stimme des Weibes war in der Tat zu Eis erstarrt. Umsonst versuchte Ismael, ihr einige Worte des Trostes zuzusprechen; sie hörte nicht darauf, sie gab keine Antwort. Die Söhne standen im Kreise um sie und drückten auf ihre rohe Weise die Teilnahme an den mütterlichen Qualen zugleich mit ihren eigenen Gefühlen über den Verlust des Bruders aus; allein die Mutter winkte ihnen ungeduldig mit der Hand zurückzutreten. Bisweilen spielten ihre Finger mit dem verwickelten Haare des Toten; bisweilen war sie bemüht, die angespannten Muskeln des bleichen Gesichts in eine sanftere Lage zu bringen. So hat man oft die liebende Mutter sich über das schlafende Kind herüberbeugen und die kleinen Züge mit der zärtlichen Hand leise berühren sehen. Dann aber mit einem Male von dem empörenden Geschäft aufschreckend, zog sie die Hände ab, schlug sie in die Runde um sich, tappte umher, als suche sie vergeblich ein Mittel gegen den gewaltsamen Schlag, der sie so plötzlich des Kindes beraubte, auf welches sie nicht nur ihre größte Hoffnung, sondern ihren ganzen mütterlichen Stolz gesetzt hatte. Während sie auf diese unbegreifliche Weise beschäftigt war, drehte sich der sonst so schläfrige Abner von ihr ab, und von ungewohnten Gefühlen, die sich in seiner Kehle zum Ausbruch sammelten, halb erstickt, bemerkte er:

»Mutter meint gewiß, wir sollten die Zeichen aufsuchen, welche uns Licht geben können, wie Asa ums Leben gekommen ist.«

»Oh«, rief Ismael, »sein Tod ist das Werk der verfluchten Sioux! Zweimal haben sie mich tief in ihre Schuld gesetzt; das drittemal soll die Rechnung abgeschlossen werden!«

Mit dieser einleuchtenden Erklärung nicht ganz zufrieden, vielleicht aber auch heimlich wünschend, die Augen von einem Schauspiel abzuziehen, welches in ihren trägen Herzen so außerordentliche, ungewohnte Gefühle hervorbrachte, zogen sich die Söhne von der Mutter und dem Leichnam etwas zurück, um die Nachforschungen anzufangen, welche jene so beharrlich zu verlangen und durch ihre Bewegungen zu gebieten schien. Ismael war's zufrieden, folgte sogar den Kindern, doch mehr wie einer, der eitlen Wünschen nachgibt, denen sich mit Anstand nicht widersprechen läßt, als wie einer, der sich einen Erfolg davon verspricht. Die jungen Leute waren bei ihrer übrigen Geistesbeschränktheit in allem, was sich auf ihre Lebensweise bezog, so wohlerfahren, daß sie eine Untersuchung wie diese, wo es so sehr auf Zeichen und Spuren, die mit dem Jagdwesen in Verbindung standen, ankam, mit Scharfsinn und Geschick anstellen konnten. Und so geschah es denn auch, daß sie das traurige Geschäft mit Fertigkeit und Einsicht betrieben.

Abner und Enoch stimmten zuvörderst in der Lage überein, worin sie den Leichnam im Dickicht gefunden hatten. Er war mehr sitzend als liegend mit dem Rücken an ein dichtverwachsenes Buschwerk gelehnt und hielt einen abgebrochenen Erlenzweig in der fest geschlossenen Faust. Dieser Lage oder vielmehr Stellung war es allem Anscheine nach zuzuschreiben, daß er bis jetzt den Aasvögeln entgangen war, welche im Dickicht um ihn saßen; der Zweig diente zum Beweise, daß er sich daran gehalten und in den Busch gekrochen war, nachdem er die tödliche Wunde im Freien erhalten, um sich zu retten oder wenigstens zu verbergen. Ein Streifen im Strauchwerk zeigte dies ebenfalls an. Hart am Rande des Vorwaldes fand sich eine Stelle, welche deutlich zu erkennen gab, daß ein verzweifelter Kampf daselbst stattgefunden hatte. Man konnte es an den zertretenen kleineren Zweigen, an den tiefen Spuren auf dem feuchten Boden und an dem vielen Blute sehen.

»Er hat«, sagte Abiram, »in der Ebene den Schuß erhalten und hat sich dann in das Dickicht geschleppt, um sich zu retten; die Zeichen sind unverwerflich. Die Wilden haben ihn in Haufen angegriffen; er hat sich gewehrt wie ein Held; endlich aber ist ihm die Kraft ausgegangen, und sie haben ihn bis an die Büsche gedrängt.«

Nur eine einzige Stimme ließ sich gegen diese wahrscheinliche, überwiegende Meinung hören. Ismael verlangte nämlich, seiner langsamen Gemütsart zufolge, daß man vor allen Dingen den Leichnam untersuchen solle. Aus seinen Verletzungen würde sich manches erklären lassen. Es geschah. Eine Flintenkugel war durch die fleischige starke Schulter herein- und zur Brust wieder herausgegangen. Es gehörte die vollkommenste Kenntnis der Schußwunden dazu, den schwierigen Punkt ins reine zu bringen; aber hier galt die Erfahrung der Grenzer soviel wie die Geschicklichkeit der Wundärzte, und die Entdekkung, wie es mit der Wunde zugegangen, zwang den Söhnen Ismaels ein wildes Lächeln und ein Trostgefühl ab, als Abner zuversichtlich erklärte: Asa sei von seinen Feinden hinterrücks angegriffen und erschossen worden.

»Ja, so muß es sein«, sagte der finstere, aber aufmerksame Vater. »Asa war ein zu guter Schlag, ein zu braver Kerl, um Menschen oder Tieren gegenüber ihnen die schwache Seite zu bieten und den Rücken zu kehren. Merkt es euch, Jungens, solange ihr eurem Feinde die Stirn bietet, sei er, was er sei, Mensch oder Tier, so lange bleibt ihr vor feiger Überraschung gesichert. – Aber Esther! Frau! Was treibst du denn da allein und für dich? Was zupfst du an den Haaren, an dem Kleide des armen Asa? Damit ist ihm nicht geholfen, gute Alte!«

»Schau her«, unterbrach ihn Esther, »schau her!« und mit diesen Worten zog sie aus den Falten ein Stück Blei hervor, welches die Kraft des Mächtigen zu Boden gestürzt hatte. »Hier ist die Kugel!«

Ismael nahm sie in seine Hand, beschaute und untersuchte sie lange schweigend.

Endlich murmelte er zwischen den Zähnen: »Nein, da ist weiter kein Zweifel! Die Kugel kommt aus der Tasche des verfluchten Trappers; wie viele andere Jäger hat er in seiner Gießform ein Zeichen, um seine Schüsse wiederzuerkennen; seht her, seht her! Hier ist das Zeichen: sechs kleine Löcher ins Kreuz gestellt.«

»Ich will darauf schwören«, rief Abiram im Tone des Triumphs. »Er hat mir oft das Zeichen selbst gezeigt und rühmte sich dabei des vielen Wildes, das er mit Kugeln dieser Art erlegt hätte. Nun, Ismael, wirst du mir endlich recht geben, wenn ich dir gesagt habe: ›Trau ihm nicht, der alte Schelm ist ein Spion der Rothäute!‹«

Die Kugel ging jetzt von einer Hand in die andere. Unglücklicherweise für den alten Mann und für seinen guten Ruf erinnerten sich mehrere von den Jünglingen, die erwähnten Zeichen an seinen Kugeln gesehen und bemerkt zu haben, als sie aus Neugierde alles, was an und um ihn war, in Augenschein nahmen.

Neben der Hauptwunde Asas waren noch einige kleinere Verletzungen, weniger gefährlich, doch ebenfalls von der Art, daß aller Verdacht auf den Trapper als auf den Schuldigen fallen mußte.

Bei weiterer Untersuchung stieß man zwischen dem Ort, wo das erste Blut von den Hunden aufgespürt worden war, und dem Gebüsch oder Dickicht, wohin sich dem allgemeinen Vermuten nach Asa hatte retten wollen, auf mehrere Stellen, welche einen Kampf andeuteten. Es wurde daraus die Folge gezogen, der angreifende Teil müsse nur schwach gewesen sein, und der Mörder würde den Gemordeten schneller und leichter aus der Welt geschickt haben, hätte die sterbende Kraft des Jünglings ihn nicht noch immer für den schwachen Alten gefährlich gemacht. Die Furcht, durch wiederholte Schüsse andere Jäger herbeizulocken, schien ein hinlänglicher Grund, warum der Mörder sich nicht weiter der Hilfe des Schießgewehres bedient habe, nachdem es ihm einmal den wichtigen Dienst geleistet, seinen Feind tödlich zu verwunden. Die Waffe des Gemordeten ward nicht gefunden, was man dadurch erklärte, daß sie mit einigen Sachen von leichterem Gewicht und Gehalt, die er gewöhnlich bei sich trug, dem Mörder als Beute zugefallen sei.

Was aber vollends dazu beitrug, den Beweis der Kugel zu verstärken und die grausame Tat mit voller Gewißheit dem Trapper zuzuschreiben, war das augenscheinliche Zeugnis der Kampfspuren, welche einleuchtend zu erkennen gaben: der junge Mann sei nach erhaltener tödlicher Wunde noch imstande gewesen, die folgenden Angriffe mit anhaltender Kraft und langem verzweifeltem Widerstande von sich abzuwehren. Ismael kam immer mit einem sonderbaren Gemisch von Schmerz und Stolz auf diesen Grund zurück; von *Schmerz* über den Verlust eines Sohnes, den er in den Stunden, wo sie Freunde waren, so hochschätzte; von *Stolz* über den Mut und die Kraft, die er bis auf seinen letzten und schwächsten Atemzug bewiesen.

»Er ist gestorben, wie ein Sohn von *mir* sterben muß«, sagte der Vater und schöpfte aus diesem naturwidrigen Gefühl einen Trostgrund. »Er starb, seinem Feinde bis zuletzt furchtbar, ohne Schutz von seiten des Gesetzes! Kommt, Kinder, wir haben erst sein Grab zu machen und dann seinen Mörder aufzusuchen.«

Die Söhne machten sich schweigend und in Gram versunken an die traurige Pflicht. Sie suchten eine harte Stelle des Erdreiches auf, gruben mit vieler Mühe, Arbeit und Zeit ein tiefes Loch, schlugen den Leichnam in soviel Zeughüllen ein, als sie von ihrem eigenen Leibe entbehren konnten, und als alles zum Einsenken bereit war, trat Ismael zu der anscheinend bewußtlosen Esther und eröffnete ihr, was geschehen solle. Sie hörte ihn an, ließ die Hand von der Leiche und folgte derselben schweigend zum nahen Ruheplatze. Hier ließ sie sich wieder zu Häupten des Grabes nieder, jede Bewegung der Jünglinge mit schnellen, neidischen Blicken beobachtend. Nachdem man den Toten hinreichend mit Erde bedeckt hatte, um ihn vor jeder Ungebühr zu bewahren, gebrauchten Enoch und Abner noch überdies die Vorsicht, die Erde in und über dem Grabe mit dem ganzen Gewicht und der ganzen Kraft ihrer Körper festzutreten. Sie taten es mit einem seltsamen (um nicht zu sagen: wilden) Gemisch von Sorgfalt und Gleichgültigkeit. Sie taten es, weil eine solche Vorsicht notwendig war, um zu verhüten, daß die fleischfressenden Tiere der Prärie den Leichnam herauswühlen und zerreißen könnten, welchen ihr Instinkt nicht lange unentdeckt lassen würde. Selbst die Raubvögel hatten während der Arbeit den Platz umlagert, als hätten sie eine geheime Kunde von dem, was vorgehen sollte; als wollten sie durch ihr Flattern und ihr Geschrei die Arbeiter verscheuchen oder ihnen wenigstens das, was sie für ihre Beute und ihr Eigentum hielten, streitig machen.

Ismael stand mit verschränkten Armen, immer acht auf alles gebend, was vorging und noch vorgehen sollte. Als alles vorüber war, nahm er sein Käppchen ab, sich gegen die Söhne verneigend und ihnen für die geleisteten Dienste mit einer Würde dankend, die auch einem weit unterrichteteren und besser erzogenen Manne nicht übel angestanden hätte. Während des ganzen traurigen, dabei feierlichen und lehrreichen Vorgangs hatte er sich durchaus ernst und bedächtig benommen. Auf seinen starken Zügen lagen die Falte und der Ausdruck des tiefen Gefühls; seine Miene verleugnete sich keinen Augenblick. Nur als er dem Grabe den Rücken zukehrte und auf immer von seinem Erstgebornen Abschied zu nehmen glaubte, regte sich die Natur mächtig in ihm, und die Muskeln seines Gesichts fingen an, sichtbar zu arbeiten. Die Kinder hefteten ihre Augen auf die seinigen, als wollten sie in ihnen einen aufklärenden Grund von dem, was sie selbst in diesem Augenblick empfanden, lesen. Aber der Vater ließ ihnen nicht Zeit dazu; sein innerer Kampf hörte plötzlich auf, sich von außen kundzugeben; er ergriff die immer noch auf dem Boden liegende Esther beim Arm, hob sie auf wie ein leichtes Kind und sagte mit einer Stimme, in der ein genauer Beobachter mehr Güte und Sanftmut als in seiner gewöhnlichen gefunden haben würde:

»Esther, wir haben nun alles getan, was ein Mann und ein Weib tun können. Wir haben den Knaben großgezogen; wir haben ihn zu einem gemacht, der auf der Grenze von Amerika wenige seinesgleichen hat; jetzt haben wir ihm ein Grab gegeben. Komm, laß uns gehen!«

Die Mutter zog langsam den Blick von der frisch aufgewühlten Erde ab, legte ihre Hände auf des Mannes Schultern, sah ihm eine Minute lang ängstlich ins Gesicht, ehe sie noch ein Wort vorbringen konnte, und brach dann mit tiefer, bebender, halberstickter Stimme aus:

»Ismael! Ismael! Du schiedest von dem Jungen im Zorne!«

»Mag ihm Gott der Herr seine Sünden vergeben, wie ich ihm

sein schwerstes Vergehen gegen mich verzeihe«, antwortete der Vater mit Ruhe. »Du, Weib geh nach Hause auf den Felsen, lies in deiner Bibel; ein Kapitel aus der Bibel tut dir immer gut. Du *kannst* lesen, Esther; dies ist ein Vorzug, den ich nie gehabt habe.«

»Ja, ja«, murmelte die Frau, seiner Übermacht nachgebend und sich von ihm nicht ohne kräftigen Widerstand vom Platze fortziehen lassend.

»Ja, ja, ich kann lesen, und wie habe ich mir diese Kenntnis zunutze gemacht! Aber er, Ismael, er hat nicht die Sünde eines versäumten Unterrichts zu verantworten. Diese Sünde wenigstens haben *wir* ihm erspart; ob aus Mitleid oder aus Grausamkeit, will ich nicht entscheiden.«

Ihr Mann gab keine Antwort auf den Vorwurf und begnügte sich, sie nach dem Ort ihres derzeitigen Aufenthalts mit sich fortzuziehen. Als sie nun endlich die Höhe derjenigen Erdwelle erreicht hatten, welche, wie sie wußten, die letzte war, von der sie die Lage des Grabes, worin Asa schlief, entdecken konnten, strebten sie alle, als geschehe es mit Übereinstimmung und Verabredung, dem Abgeschiedenen und dem Orte ein letztes Lebewohl zu sagen. Der Grabhügel selbst war nicht sichtbar, aber die Wolke der um denselben flatternden Vögel machte ihn kenntlich. Aus der entgegengesetzten Richtung, am Saume des Horizontes schien ihnen der blaue, kleine, niedrige Hügel entgegen, wo Esther ihre jüngeren Kinder zurückgelassen hatte. Er diente ihr als anziehende Kraft, ihre widerstrebenden Schritte von der Gegend abzulenken, wo die Gebeine ihres ältesten Sohnes verscharrt lagen. Die Natur regte sich im Busen der Mutter bei diesem Anblick; sie fühlte sich von neuem belebt und übertrug nun die Rechte des Toten auf die dringenderen Ansprüche der Lebenden.

Obige Ereignisse und Auftritte schlugen aus den harten Gemütsanlagen dieser Familie einen Funken, welcher dazu diente, unter Wesen, die bei ihrer ungebildeten Lebensart so wenig zusammenhingen, die schlafenden, sterbenden Gefühle des Bluts wiederanzufachen. Den Söhnen hatten bisher ihre Eltern so wenig gegolten, sie glaubten ihnen wenig mehr als das Dasein schuldig zu sein. Nicht ohne Grund hatte Ismael vorausgesehen, daß der starkbewohnte Familien-Bienenkorb Lust bekommen möchte zu schwärmen und ihm die schwere Sorge für die jüngeren Kleinen überlassen würde: denn keines von den älteren Kindern mochte überlegen, daß es ihnen zukomme, eine Last zu teilen, die der Vater sie instand gesetzt hatte, ihm tragen zu helfen. Der Insubordinationsgeist, welcher von Asa ausgegangen war, hatte sich unter seine Brüder verbreitet, und der Vater wurde wider Willen und mit peinlichen Gefühlen an die Zeit erinnert, wo er im Leichtsinn und in der Leichtfertigkeit der jugendlichen Kraft, die Ordnung der Natur bei den Tieren umstoßend, seine alten schwachen Eltern verlassen, um frei und fessellos in die Welt zu gehen. Aber die Gefahr einer ähnlichen Trennung war, wenigstens für den Augenblick, verschwunden; und wenn auch das väterliche Ansehen nicht ganz wieder in seine vorige Kraft getreten war, so sah er es doch wenigstens für einige Zeit wiederhergestellt.

So viel indessen ist auch gewiß: in den trägen Söhnen glimmte, sosehr sie sich übrigens den Eindrücken der letzten Ereignisse unterwarfen, ein schrecklicher Verdacht über die Art und Weise, wie ihr älterer Bruder den Tod gefunden. Es erhoben sich, besonders im Gemüte der beiden zunächst auf ihn folgenden, leise Gedanken und Bilder, welche den Vater selbst als einen Nachahmer Abrahams darstellten, dem es aber durchaus an den Gründen fehlte, welche den heiligen Stammvater zu einer Handlung berechtigten, die an sich so empörend scheint. Aber diese Bilder und Vorstellungen waren so vorübergehend und dergestalt in den Nebel einer schwachen Intelligenz gehüllt, daß sie keine sehr starken Eindrücke zurückließen; das Ganze des Auftritts und der darauf folgenden Handlung war mehr dazu geeignet, das Ansehen des Vaters zu verstärken als dasselbe zu schwächen.

In dieser Stimmung beider Teile setzten sie ihren Zug nach der Stelle fort, von welcher sie am Morgen ausgegangen waren, um eine Nachsuchung zu halten, welche mit einem so traurigen Erfolg enden sollte. Der lange anhaltende Marsch, welchen sie unter Abirams Leitung gemacht, die Auffindung und Bestattung des Leichnams hatten einen so bedeutenden Teil des Tages eingenommen, daß die Sonne, als sie sich wieder auf den Weg machten, um die weite Strecke von Asas Grab zum Felsen zurückzulegen, selbst schon einen großen Teil ihres Laufs vollendet hatte. So, wie sie sich dem Felsen näherten, stieg derselbe weiter hervor, gleich einem Leuchtturm mitten in der See; als sie nur noch eine Meile davon entfernt waren, konnten sie, obschon trübe und wie im Nebel, die kleineren Gegenstände auf der Spitze unterscheiden.

»Das wird für die armen Mädchen eine traurige Nachricht sein!« sagte Ismael, welcher von Zeit zu Zeit nicht unterlassen hatte, etwas vorzubringen, was er als Trost seiner gebeugten Ehehälfte zugedachte. »Asa war bei den Kleinen vor allen beliebt; selten versäumte er es, ihnen etwas von seiner Jagd mitzubringen, worüber sie sich freuten.«

»Ja, das tat er, das tat er!« murmelte Esther vor sich hin. »Der Junge war der Stolz und die Freude der ganzen Familie. Meine anderen Kinder sind, mit ihm verglichen, soviel wie nichts.«

»Sprich nicht so, gutes Weib«, erwiderte der Vater, den Blick mit einigem Stolze auf die athletische Gruppe werfend, die ihnen in einiger Entfernung nachfolgte. »Sprich nicht so, alte Esther; denn wenige Väter und Mütter haben Ursache, so stolz auf ihre Kinder zu sein wie wir.«

»Dankbar, dankbar«, murmelte die Frau mit demütigerem Sinne. »Du willst sagen *dankbar,* Ismael, nicht stolz.«

»Nun, so laß es *dankbar* sein, wenn dir das Wort besser gefällt, gute Alte. Doch wie ist es mit Nelly und den Kleinen? Sie hat gewiß den Auftrag vergessen, den ich ihr beim Scheiden gab; sie hat nicht nur den Kindern erlaubt, sich schlafen zu legen, sie schläft gewiß selbst und träumt in diesem Augenblick von Tennessee. Deine Nichte denkt wahrscheinlich an nichts anders als an die dortige Niederlassung.«

»Sie taugt nicht für uns. Ich hab' es gesagt und hab' es gedacht, von dem Augenblick an, als ich sie zu mir nahm, weil ihre übrigen Freunde gestorben waren. Der Tod ist ein trauriger Wirtschafter im Innern der Familie, Ismael! Asa war dem Mädchen gut, und sie hätten uns einmal vertreten und ablösen können, wenn alles so gegangen wäre, wie es sollte!«

»Nein, sie schickt sich durchaus nicht für einen Grenzer zum Weibe, wenn es dessen Weise sein soll, das Haus zu hüten, während ihr Mann auf die Jagd gegangen ist. Abner, nimm die Flinte und schieß, damit sie da drinnen erfahren, daß wir hier sind. Ich fürchte, Nell und die Kleinen schlafen.«

Der junge Mann gehorchte mit einer Schnelligkeit, welche bewies, wie sehr er sich darauf freute, die leichte lebhafte Gestalt Ellens sich auf dem Gipfel des Felsens bewegen zu sehen. Aber sein Schuß wurde weder durch ein verabredetes Zeichen noch auf andere Weise erwidert. Einen Augenblick stand der Haufe voll Erwartung still und unbeweglich; dann wie auf einen gemeinschaftlichen Wink oder Impuls, schossen sie alle zugleich ihre Flinten ab, deren vereinter Knall in einer so großen Nähe alle Schlafenden wecken und aufschrecken mußte.

»Ha! da kommen sie endlich«, rief Abiram, der gewöhnlich einer der ersten war, auf einen Umstand zu verfallen, welcher dazu dienen konnte, unangenehme Besorgnisse zu heben.

»Es ist einer von meinen Röcken, der auf der Leine flattert«, sagte Esther, »ich habe ihn selbst zum Trocknen aufgehängt.«

»Ganz recht!« versetzte Abiram, »und da kommt sie schon selbst, die Zeltdecke rührt sich; sie hat im Zelte geschlafen.«

»Nein, nein«, rief Ismael, dessen sonst unbewegliche Gesichtszüge die Unruhe auszudrücken anfingen, die sein Inneres peinigte. »Nein, das Zelt selbst hängt lose und bewegt sich im Winde. Sie haben oben die Decke gelöst, die unverständigen Kinder, und wenn wir nicht zeitig genug hinkommen, fliegt das Ganze zu uns herab!«

Kaum hatte er es gesagt, als ein rauher, rauschender Windstoß wie ein Wirbel über den Boden hinstrich, wo sie standen, Staubwolken in die Luft trieb, sodann sich selbst hob und wie ein Wurfgeschoß, von Meisterhand geschleudert, gerade den Felsen hinanstürmte und gegen den Ort anprellte, auf welchen aller Blicke gerichtet waren. Die lose leinene Decke schwoll wie ein Segel an, hob und senkte sich, wurde dann wieder eine Zeitlang ruhig. Jetzt trieb der Wind das oberhalb aufgehäufte dürre Laub im Kreise, jagte es gleich einem herabschießenden Habicht in die Ebene und von da, längs derselben, wie eine Flucht Schwalben nach allen Richtungen hin. Dem Blättervorrat folgte nun bald darauf das schneeweiße Zelt, welches aber, von einer scharfen Kante des Felsens aufgehalten, an derselben hängenblieb und den höchsten Gipfel so nackt und bloß ließ, als stände er mitten in einer Wüste.

»Hier haben die Mörder gehaust!« winselte Esther. »Meine Kinder! meine Kinder!«

Für einen Augenblick stand Ismael wie aufgelöst, erstarrt von der zermalmenden Schwere des unerwarteten Streiches. Dann rüttelte er sich wie ein erwachender Löwe, schoß vorwärts, schleuderte die hindernden Schranken wie leichte Federn auseinander und stürzte die Höhe hinan mit einem Ungestüm, welches bewies, wie furchtbar eine schläfrige Natur werden kann, wenn sie durch und durch aufgewiegelt wird.

Vierzehntes Kapitel

Auf wessen Seite treten nun die Städter?
König Johann

Um mit den Begebenheiten dieser Erzählung Schritt zu halten, scheint es uns notwendig, zu den Ereignissen zurückzukehren, welche sich wärend der Zeit zugetragen, als Ellen Wade die Aufsicht über den Felsen führte.

Die ersten Stunden hatte das ehrliche gutherzige Mädchen damit zu tun, allen Forderungen ihrer jungen Umgebung und deren beständigen Ansprüchen an ihre Zeit und Geduld zu genügen. Bald hungerte sie, bald dürstete sie, bald verlangten sie dies, bald jenes; man kennt ja die immerwährenden Wünsche und eingebildeten Bedürfnisse der leichtsinnigen launenhaften Jugend. Kaum hatte sie einen Augenblick Muße gewonnen, sich in das Zelt hineinzustehlen, um derjenigen ihre Dienstleistungen anzubieten, welche ihre Zärtlichkeit vor allen verdiente, als ein Geschrei, das die Kinder von außen erhoben, sie wieder in ihre Mitte brachte, um zu sehen, wessen sie bedürftig wären.

»Sieh doch, Nelly, sieh!« riefen ihr ein halbes Dutzend schallender Stimmen entgegen, als sie näher gekommen war: »Dort sind Männer, und Phöbe sagt, es wären Sioux-Indianer!«

Ellen schaute nach der Gegend, wohin alle Arme und Finger ausgestreckt waren. Zu ihrer großen Bestürzung erblickte sie mehrere Männergestalten, welche augenscheinlich mit schnellen Schritten auf dem geradesten Wege auf den Felsen zukamen. Sie zählte ihrer vier, konnte aber nichts an ihnen unterscheiden, als daß sie *nicht* zu denen gehörten, welche in die Feste eingelassen werden sollten. Es war für Ellen ein furchtbarer Augenblick. Sie sah sich ohne Beistand, ringsum von einer Schar kleiner erschrockener Wesen umgeben, welche sich an ihre Kleider hingen, sich in die Falten verkrochen und sich fest an sie schmiegten. Sie versuchte, sich eines der Beispiele weiblichen Mutes in das Gedächtnis zu rufen, wovon sie erzählen gehört hatte, und deren die Geschichte der westlichen Grenze so manche erwähnt. Hier war von einem einzigen Manne mit dem Beistand von drei oder vier Frauen ein Pfahlwerk mehrere Tage hindurch gegen hundert Feinde tapfer verteidigt worden. Dort hatten Weiber allein den Mut gehabt, die Kinder und das zurückgelassene Eigentum ihrer Männer zu beschützen. Eine dritte Geschichte erzählte von einem einzelnen entschlossenen Frauenzimmer, welches, schon gefangen, seine schlafenden Wächter ermordete und sich mit einem Häufchen kleiner hilfloser Kinder in Freiheit setzte. Letzteres war ungefähr der Fall und die Lage, worin sich Ellen mit den Kleinen befand. Mit feurigen Wangen und flammenden Augen sprach sie sich selbst Mut ein und begann nachzudenken, *daß* und *wie* sie sich zu verteidigen habe.

Sie stellte die größeren unter den Mädchen an die Unterlagen, auf denen die Felsstücke ruhten, um sie auf ein gegebenes Zeichen wegzuziehen, und die Stücke herabrollen zu lassen. Die Schwächeren wurden mehr dazu bestimmt, sich zu *zeigen,* als daß man wirkliche Dienste von ihnen hätte erwarten können. Sie selbst, der Leiter und Anführer des Ganzen, machte es wie andere ihresgleichen und stellte sich als Anordner, Befehlshaber, Oberaufseher und Ermutiger der übrigen auf. Nachdem alle Anstalten getroffen waren, gab sie sich das Ansehen der Ruhe, welche den Erfolg unerschrocken abwartet, damit sie auch ihren Untergebenen Mut mache und Vertrauen einflöße.

Obschon Ellen in Hinsicht des Geistes, der sich auf moralische Eigenschaften gründet, einen großen Vorsprung hatte, so kam sie auf der andern Seite keineswegs den beiden ältesten Töchtern in etwas bei, was ein ebenso notwendiges Erfordernis im Kriege betrifft, nämlich in der Gleichgültigkeit gegen die Gefahr. Auferzogen in aller Härte und allen Mühseligkeiten eines beständigen Wanderlebens und auf der äußersten Grenze der Gesellschaftlichkeit stehengeblieben, hatten sich die rohen Mädchen mit der Ansicht und den Gefahren der Wildheit vertraut gemacht; sie versprachen nicht undeutlich, es einst, wenn sie größer, ihrer Mutter in der Entschlossenheit gleichzutun und sie in der Kühnheit und in dem seltsamen Gemisch von Gutem und Bösem nachzuahmen, welches in einem weitern Wirkungskreise diese Mutter dem Anschein nach zu einem in jeder Hinsicht ausgezeichneten Frauenzimmer ihrer Zeit gemacht haben würde. Schon einmal hatte Esther, als Ismaels Holzpachtung zerstört werden sollte, sie gegen den Anlauf eines Trupps von Wilden verteidigt; ein andermal war sie von den Feinden für tot zurückgelassen worden nach einer Gegenwehr, welcher ein weniger wilder Belagerer den freien Abzug mit allen Kriegsehren nicht verweigert haben würde. Diese Tatsachen nebst vielen anderen ähnlicher Art waren mehr als einmal den Töchtern vorerzählt worden, so daß jetzt das Herz der jungen Amazonen mit seltsamer Heftigkeit pochte, bald von einer sehr natürlichen Furcht und bald von dem ehrgeizigen Wunsche bewegt, etwas zu tun, was sie zu würdigen Töchtern einer solchen Mutter machen könne. Jetzt war der Augenblick erschienen, wo ihnen diese Auszeichnung zuteil werden sollte.

Die Fremden waren nur etwa hundert Ruten vom Felsen entfernt. War es die gewöhnliche Vorsicht beim Vorrücken, oder waren es die drohenden Stellungen der beiden Mädchen, welche hinter ihrem steinernen Wall mit den Läufen zweier alter Musketen gesehen wurden, genug, die vier Ankömmlinge machten in einer Niederung halt, wo sie sich im hohen Grase mit Sicherheit verbergen konnten. Von dieser Stelle aus rekognoszierten sie während einiger ängstlichen und für Ellen endlosen Minuten die Festung. Hierauf rückte ein einzelner vor, mehr in der Gestalt und mit dem Benehmen eines Herolds als mit dem Anschein eines Feindes.

»Phöbe, gib du Feuer!« und: »Nein, Hetty, drücke du ab!« riefen die beiden Schwestern, halb erschrocken und halb wie mutige Töchter ihres Vaters, als Ellen dem herannahenden Fremdling, wo nicht das Leben rettete, doch keine kleine Furcht durch den Zuruf ersparte:

»Schießt nicht, es ist Doktor Battius!«

Die Mädchen gehorchten dem Kommandanten nur insofern, als sie die Hände vom Hahn abzogen; die drohende Lage der Gewehrläufe blieb dieselbe. Der Naturforscher war inzwischen mit der möglichsten Behutsamkeit vorgerückt, ihm war keine der feindlichen Bewegungen der kleinen Besatzung entgangen; deswegen band er ein weißes Tuch an die Flinte, hob sie in die Höhe, und als er allmählich in Sprachweite der Festung angelangt war, nahm er eine in seiner Einbildung wichtige Miene der Würde und des Ansehens an und rief mit einer Stimme, welche sich in einer weit größern Ferne hörbar gemacht haben würde:

»Holla, ho! Im Namen des Bundes der souveränen Vereinigten Staaten von Nordamerika fordere ich euch auf, euch den Gesetzen zu unterwerfen!«

»Doktor oder nicht Doktor, er kommt als Feind! Hörst du ihn, Nelly, hörst du ihn? Er spricht vom Gesetz.«

»Still! warte, bis er mir geantwortet haben wird«, erwiderte halb außer Atem Ellen und schob die beiden Musketen weg, deren Richtung der erschrockenen Person des Heroldes wieder gefährlich zu werden anfing.

»Ich mahne und warne euch alle«, fuhr der zitternde Doktor fort, »daß ich ein friedlicher Bürger des obgedachten Bundes bin, ein Verteidiger des Gesellschaftsvertrags und ein Freund der guten Ordnung und des Friedens!« Als er sah, daß die furchtbaren Anstalten etwas nachgelassen hatten, setzte er mit erhobener und wieder feindlich klingender Stimme hinzu: »Deswegen fordere ich euch insgesamt auf, euch dem Gesetze zu unterwerfen.«

»Ich dachte«, redete ihn nun Ellen an, »Ihr wäret ein Freund von uns und reistet mit meinem Oheim infolge eines gegenseitigen Vertrages?«

»Der Vertrag ist nichtig! Ich bin in den Präliminar-Punkten hintergangen worden und erkläre demnach: Der Vertrag zwischen Ismael Busch, Squatter, und Obed Battius, Medicinae Doctor, ist von Stund an null und nichtig; versteht mich, Kinder, das Null und Nichtig ist eine bloß verneinende Eigenschaft und mit keinem fernern Nachteil für euren würdigen Vater belegt. So schafft denn die Feuerrohre beiseite und hört auf meine Vernunftgründe. Ich erkläre den Vertrag nochmals für mangelhaft, ungültig, aufgehoben. Was dich betrifft, Nelly, so sind meine Gefühle für dich guter Art, gar nicht feindselig; höre also auf alles, was ich dir zu eröffnen habe; wende nicht dein Ohr von mir ab im Leichtsinn eingebildeter Sicherheit. Du kennst das Gemüt des Mannes, bei welchem du lebst, junges Frauenzimmer; du kennst auch die Gefahr, in schlechter Gesellschaft betroffen zu werden. Entsage demnach den unbedeutenden Vorteilen deiner gegenwärtigen Lage; übergib freiwillig den Fels in die Hände derer, die mir folgen; ihr Name ist *Legion;* ja, junges Frauenzimmer, – eine unüberwindliche machtvolle Legion. – Übergib uns demzufolge die Habe dieses gesetzlosen, unrechtmäßigen Eindringlings. Ja, Kinder, eine solche absichtliche Übertretung des gesellschaftlichen Lebens ist schrecklich für diejenigen, welche diese teure Gabe erst kürzlich mit Gefährdung ihrer eigenen Person erkauft haben. Legt die feindlichen Waffen auf die Seite, ich beschwöre euch, mehr für euch selbst als für mich! Hetty, hast du schon vergessen, wer deinen Schmerz gelindert hat, als deine Ohrennerven vom Liegen auf der bloßen Erde und von den aufsteigenden Dünsten derselben gepeiniget wurden? Und du Phöbe, undankbare, vergeßliche Phöbe, hast du diesen Arm schon vergessen, dem du soeben eine ewige Lähmung zudachtest, und der dir vom Zahnweh geholfen? Weg mit euren Waffen! Hört auf den Rat eines Mannes, der stets euer Freund war! Und nun zum letzten Male, junge Frauenzimmer«, er sprach dieses mit unverwandtem, beobachtendem Blick auf die Musketen, welche von den jungen Mädchen nur ein klein wenig aus der geraden Richtung verschoben waren: »Du, junges Frauenzimmer, zum letzten und folglich zum höchst feierlichen Male frage ich dich: Willst du den Felsen hier ohne Aufschub und Widerstand übergeben, im vereinten Namen der Gewalt, der Gerechtigkeit und der« – er wollte hinzusetzen: »der Gesetze«, aber aus Furcht, das ominöse Wörtchen könne leicht von seiten der Kinder des Squatters feindselige Folgen haben, würgte er es noch zu rechter Zeit hinab und schloß mit dem minder gefährlichen und zu dem schon ausgesprochenen Artikel »der« glücklich passenden Hauptwort – »und der Vernunft«.

Gleichwohl verfehlte diese außerordentliche Rede, diese An- und Aufforderung, den erwünschten Zweck. Den jüngeren Zuhörern war sie größtenteils und bis auf die beleidigenden Ausdrücke, welche sich hinlänglich vom übrigen unterschieden, unverständlich geblieben. Ellen, welche die Meinung des Herolds schon besser verstand, ließ sich dem Anschein nach von der Kunst des Redners ebensowenig bewegen wie ihre Gefährtinnen. Bei den Stellen, welche er pathetisch zu machen versucht hatte, in die er Zärtlichkeit und Gefühl zu legen bemüht gewesen war, hatte das geistreiche Mädchen bei aller Angst und peinlichen Anstrengung sich kaum des Lachens enthalten können, sowenig Eindruck auch seine Drohungen auf sie machten.

Als der Mann seinen Vortrag beendet hatte, antwortete sie mit ruhiger Besonnenheit: »Doktor Battius, ich verstehe nicht den Sinn von allem, was Euch zu sagen beliebt hat; sollte aber Eure Absicht gewesen sein, mich von meiner Treue abzuwenden, so erkläre ich Euch hiermit, es wäre besser gewesen, ich hätte es nicht gehört. Ich verspreche Euch, keine Gewalt zu gebrauchen; mögen aber auch meine Gedanken sein, welche sie wollen, so seht Ihr, ich bin von einer Macht umgeben, die mich selbst leicht überwältigen kann, und Ihr kennt oder solltet wenigstens die Gemütsart dieser Familie hinlänglich kennen, um Euch nicht an irgendeinem Mitgliede derselben reiben zu wollen, von welchem Geschlecht und Alter es sei.«

»Ich bin nicht dergestalt mit dem Gemüt und dem Charakter der Menschen unbekannt«, erwiderte der Naturkundige, sich mit gehöriger Klugheit etwas von der vorigen Stelle entfernend, welche er bis jetzt am Fuße des Felsens eingenommen hatte, »daß ich Euch nicht verstehen sollte. Aber hier kommt jemand, der die Tiefen des menschlichen Herzens noch besser ergründen kann als ich.«

Hier rief Paul Hover, welcher inzwischen bis zu Battius' Seite vorgedrungen war, ohne im geringsten mit seinem Nachbar die Furcht vor der bevorstehenden Gefahr zu teilen, welche diesen so bange machte: »Ellen Wade, Ellen Wade, ich erwarte nicht, in Euch einen Feind zu finden!«

»Das sollt Ihr auch nicht, wenn Ihr nur *das* von mir verlangt, was ich ohne Schande und Treuebruch gewähren kann. Ihr wißt, mein Oheim hat mir und meiner Vorsorge seine Kinder anvertraut. Könnte ich wohl so niederträchtig sein, ihn zu verraten, und euch als seine Feinde einlassen, die ihm vielleicht die Kleinen morden und die wenige Habe rauben, welche ihm die Indianer gelassen haben.«

»Bin ich ein Mörder? Sehe ich aus wie ein Mörder? Ist dieser alte Mann – ist dieser Offizier der Vereinigten Staaten ein Mörder?« – Mit diesen Worten zeigte er auf den Trapper und auf seinen neu aufgefundenen Freund, welche mittlerweile näher gekommen waren und ihm zur Seite standen. »Sehen wir alle aus wie Leute, welche imstande wären zu tun, was Ihr sagt?«

»Nun, was wollt Ihr denn, was verlangt Ihr von mir?« erwiderte Ellen, die Hände ringend und von heftigen Zweifeln zerrissen.

»Das Tier! Nichts mehr und nichts weniger als des Übertreters der Gesetze verheimlichtes gefährliches Raubtier!«

»Vortreffliches junges Frauenzimmer...« fing hier der junge Fremdling an, der sich so spät auf der Prärie angeschlossen hatte; aber ein vom Trapper gegebener Wink stopfte ihm den Mund, und dieser raunte ihm ins Ohr:

»Laßt den andern für Euch sprechen! Die Natur ist der beste Redner; sie *wird* ihre Einwirkung nicht verfehlen, und wir kommen auf diese Weise am ersten zum Ziele.«

Jetzt fuhr Paul fort: »Ellen, die Wahrheit liegt am Tage; wir haben den Betrüger bis in das letzte Bollwerk seiner Verbrechen verfolgt und aufgedeckt. Wir sind gekommen, den Unterdrückten Recht zu verschaffen, die Gefangenen zu befreien. Bist du jetzt das Mädchen mit dem biederen Herzen, welches ich immer in dir gefunden, so laß es fern von dir sein, uns Hindernisse in den Weg zu legen; so vereinige dich mit dem allgemeinen Bund und überlaß den alten Ismael und seinen Stock den Bienen, die er selbst erzogen hat.«

»Ich habe einen feierlichen Eid geschworen...«

»Ein Vertrag, ein Pactum, in welches man sich unwissend oder gezwungen eingelassen hat«, rief der Doktor, »ist in den Augen aller guten Moralisten null und nichtig.«

»Still, still«, unterbrach ihn der Trapper und setzte leise hinzu: »Überlaßt alles der Natur und dem jungen Manne!«

»Ich habe geschworen im Angesicht und beim Namen desjenigen, welcher der Schöpfer und Regierer alles dessen ist, was wir in der Moral und in der Religion für gut erkennen«, fuhr die höchst bewegte Ellen fort, »den Inhalt des Gezelts nie zu offenbaren und dem Gefangenen nie zur Freiheit zu verhelfen. Ich und noch eine haben denselben feierlichen Eid geschworen; das Leben ist uns vielleicht nur auf diese Bedingung geschenkt worden. Es ist wahr, das Geheimnis ist in Euren Händen, aber nicht durch uns; ja, ich wüßte nicht, ob es mir freistände und erlaubt wäre, ob ich es vor mir selbst rechtfertigen könnte, mich auch nur neutral und leidend zu verhalten, wenn Ihr den Versuch wagtet, auf eine so feindliche Weise in die Wohnung meines Oheims einzudringen.«

Der Naturkundige rief hier mit vieler Heftigkeit: »Ich nehme es auf mich zu beweisen und bin überzeugt, daß mich niemand widerlegen wird... ja, ich kann und will aus Paley, Berkeley, ja aus dem unsterblichen Brinkershoeck selbst beweisen, daß ein abgeschlossenes Paktum, ein Compactum, während der eine

Teil, – sei er ein ganzer Staat oder ein Individuum, im Druck, Zwang und Abhängigkeit ist...«

»Ihr werdet«, unterbrach ihn von neuem und immer leise der behutsame Trapper, »das Mädchen mit Euren verrückten Reden noch vollends verwirrt machen. Überlaßt sie doch dem jungen Manne und den Gefühlen ihres eigenen Herzens; diese werden schon hinreichen, sie sanft und weich wie ein junges Reh zu machen. Oh, Ihr versteht so wenig wie ich diesen Teil der Natur und die geheime Sprache, mit der sie das Innere der Menschen gewinnt.«

»Ellen«, redete Paul weiter; »jenes Gelübde, Ellen, ist es das einzige, welches Ihr getan habt?« Er sprach dies in einem Tone, der im Munde des heitern, leichten, unbefangenen Bienenjägers wie Schmerz und Vorwurf zugleich klang. »Habt Ihr weiter nichts beschworen als dieses? Schmecken die Worte, welche der Betrüger gesprochen hat, wie Honig in Eurem Munde, und sind alle übrigen Versprechungen leere Wabe?«

Die bisherige Blässe auf Ellens Wangen verschwand und machte einer plötzlich aufsteigenden Röte Platz, welche den Männern, selbst in der Entfernung, in der sie standen, sichtbar werden mußte. Sie stockte einen Augenblick, als strebe sie, eine Anwandlung der Empfindlichkeit zu unterdrücken, ehe sie sich entschließen konnte, mit der ihr angebornen Lebhaftigkeit zu antworten:

»Ich weiß nicht, ob jemand in der Welt ein Recht haben kann, mich über Eide und Versprechungen zu befragen, welche nur die Person angehen können, der sie gemacht worden, selbst in der Voraussetzung, daß dergleichen, wie Ihr zu behaupten scheint, gemacht worden wäre. Ich mag nicht länger mit einem Manne Worte wechseln, welcher sich selbst so hoch anschlägt und bloß bei seinen eigenen Gefühlen sich Rat holt.«

»Hörst du es, alter Freund, hörst du es?« sagte der unaufhaltsame Bienenjäger, sich zum Trapper wendend. »Das kleinste Insekt, das in der Luft summt, fliegt grade und ehrlich zu Nest oder Stock, wie es seine Art ist, wenn es seine Ladung gesammelt hat; aber die Wege eines weiblichen Gemüts sind verwachsen und holprig wie eine knotige Eiche und gehen krümmer als die Windungen des Mississippi!«

»Nicht doch, nicht doch!« versetzte der Trapper, sich mit Gutmütigkeit ins Mittel legend, um dem beleidigenden Ausfall

Pauls einen Teil seiner Härte zu benehmen. »Bedenkt nur, wie rasch die Jugend ist, wie wenig sie sich dem Nachdenken überläßt! Aber freilich, ein Versprechen ist und bleibt ein Versprechen und kann und darf nicht auf die Seite geworfen werden wie ein Büffelhuf.«

»Seid dafür bedankt, daß Ihr mich an meinen Eid erinnert«, sagte die noch immer empfindliche Ellen, sich vor Unmut in die Unterlippe beißend, »ich möchte es doch vielleicht vergessen haben!«

»Ha! Jetzt ist die gereizte weibliche Natur in ihr erwacht«, sagte der Alte, den Kopf schüttelnd, als er sah, wie wenig der Erfolg seinen Wünschen entsprochen hatte, »aber sie zeigt sich nicht, wie sie sollte; sie widerspricht dem reinen Gemüt!«

»Ellen«, rief der junge Fremde, der bisher einen stummen, aber aufmerksamen Zuhörer abgegeben hatte, »denn unter dem Namen Ellen seid Ihr doch hier bekannt...«

»Man gibt mir auch einen zweiten Namen und nennt mich nach meinem Vater.«

»Nenne sie ein für allemal Ellen Wade«, murmelte Paul, »es ist ihr wirklicher Name, und meinetwegen mag sie ihn für immer behalten!«

»Ich hätte Euch«, fuhr der Fremde fort, »Wade nennen sollen. Also, Ellen Wade, Ihr werdet doch zugeben, daß, obschon nicht selbst durch einen Eid gebunden, ich mich als einen gezeigt habe, der die Eide anderer zu achten weiß. Ihr müßt mir bezeugen, daß ich keinen einzigen Laut von mir gegeben habe; daß ich mir allen Zwang angetan, obschon ich wohl wußte, daß meine Stimme bis zu gewissen Ohren gedrungen sein würde, denen sie so sehr willkommen wäre? Gestattet mir, *allein* den Felsen zu besteigen. Ich verspreche Eurem Oheim hinlängliche Schadloshaltung für alles, was ihm etwa von seiner Habe bei dieser Gelegenheit abgehen wird.«

Ellen schien zu schwanken. Unglücklicherweise warf sie aber einen heimlichen Blick auf Paul, welcher schmollend und stolz auf sein Gewehr gelehnt dastand, sich das Ansehen der Gleichgültigkeit gebend, und ein Bootsmannliedchen ihr zum Trotz pfiff. Sie sammelte sich schnell und gab zur Antwort:

»Ich bin hier als Kommandant des Felsens angestellt, solange mein Oheim und seine Söhne auf der Jagd sind; als Kommandant will ich meinen Platz behaupten, bis er mich vom Posten ablöst.«

»Dies sind wichtige Augenblicke«, sagte der junge Krieger, »die nicht so bald wiederkehren dürften; wir täten sehr unrecht, wenn wir sie unbenutzt vorüberließen. Die Sonne ist im Sinken; in wenigen Minuten kann der ungebetene Gast mit seinen wilden Söhnen hier sein und sein unrechtmäßiges Besitztum wieder einnehmen.«

Doktor Battius warf hier einen ängstlichen Blick hinter sich und nahm dann das Wort:

»Die Vollkommenheit liegt stets in der Reife, sei es in der tierischen oder in der geistigen Welt. Überlegung ist die Mutter der Weisheit, Weisheit ist die Mutter des Erfolgs. Daher schlage ich vor, daß wir uns auf einige Weite von dieser nicht zu erstürmenden Festung zurückziehen und dann Rat pflegen oder Rat halten und über die Mittel beratschlagen, wie wir uns zu einer regelmäßigen Belagerung anschicken, oder dieselbe auf eine andere Zeit hinausschieben, nachdem wir uns Beistand und Bundesgenossen aus bewohnten Gegenden verschafft haben, und auf diese Weise die Ehre und Würde der Gesetze, ohne dabei Gefahr zu laufen, retten mögen.«

»Nicht doch«, erwiderte lächelnd der Offizier, maß zugleich mit sicherem Auge die Höhe des Felsens und erwog die Hindernisse, »nicht doch, lieber Sturm laufen, das kostet höchstens einen zerbrochenen Arm oder eine Kopfwunde.«

»Nun ja, Sturm laufen!« rief der ungestüme Bienenjäger mit einem Satze gegen den Felsen, der ihn vor dem Schuß sicherte und ihn unter den vorspringenden Wall brachte, auf welchem die Besatzung Posto gefaßt hatte: »Tut nun euer Äußerstes, ihr junge Teufelsbrut. In einem Augenblick bin ich mit Euch fertig!«

»Paul! heftiger, rascher Paul!« schrie Ellen ihm zu, »nur *einen* Schritt weiter, und die Felsstücke zerschmettern dich! Sie hängen nur an einem Faden, und die Mädchen sind fertig und willig, sie hinabrollen zu lassen!«

»Nun, so treibe du den verwünschten Schwarm vom Stocke; denn ich bin entschlossen, den Fels hinanzuklimmen, wäre er auch mit Hornissen übersät.«

»Laß sie uns hindern, wenn sie darf!« rief drohend und schmähend die älteste Tochter, ihre Muskete mit einer Miene und Entschlossenheit schwingend, welche den Worten der Amazone Gewicht gab. »Ich kenne dich, Nelly Wade, im Herzen hältst du es mit den Gesetzmännern. Kommst du einen Schritt näher, so gibt dir die Tochter eines Grenzers den Rest. Achtung gegeben, ihr Mädchen! Achtung! Ich will den Mann sehen, der in das Lager Ismael Buschs eindringen soll, ohne seiner Töchter Erlaubnis zu haben!«

»Rühre dich nicht, Paul! Dein Leben ist hin, wagst du dich einen Schritt weiter...«

Hier ward Ellen von derselben glänzenden Erscheinung unterbrochen, welche tags vorher einen beinahe ebenso furchtbaren Aufruhr gedämpft hatte. Sie zeigte sich auf derselben schwindelnden Höhe wie gestern.

»Im Namen dessen, der über alle befiehlt, beschwöre ich euch innezuhalten, sowohl euch, die ihr so tollkühn einer unfehlbaren Gefahr entgegenstürzt, als euch, die ihr so rasch bereit seid zu tun, was nicht zurückgenommen werden kann!«

So ließ sich eine sanfte, beschwörende Stimme in etwas fremder Betonung hören, welche sogleich aller Augen auf sich zog.

»Inez! Inez!« rief der Offizier, »seh' ich dich wieder? Mein sollst du sein, und wenn auch Tausende von Teufeln diesen Felsen umstellten! Tritt beiseite, lieber Weidmann, und mach einem andern Platz!«

Die plötzliche Erscheinung der Gestalt vom Zelte machte auf die Verteidiger einen augenblicklichen Eindruck und hatte eine Unterbrechung zur Folge, welche, gut benutzt, zum Guten hätte führen können; aber kaum hatte Phöbe die Stimme Middletons gehört, als sie in der ersten Bestürzung ihre Muskete gegen das Zelt abdrückte, kaum im Bewußtsein, ob sie auf eine Sterbliche oder auf ein Wesen aus jener Welt ziele. Ellen tat einen Schrei des Entsetzens und sprang zugleich ihrer verwundeten oder erschreckter Freundin in das Zelt nach.

Während dieses gefährliche Intermezzo vor sich ging, gab es unten am Felsen ernsthafte Angriffe. Paul hatte die erschütternde Bewegung oben insofern benutzt, sich auf die Seite zu schieben und seinem Gefährten Middleton Platz zu machen. Auf diesen war der Naturforscher gefolgt, welcher, sobald er den Musketenknall gehört, seiner Sinne nicht mächtig, instinktartig dem Felsen zugeeilt war, um sich unter demselben vor den Schüssen zu bergen. Der Trapper allein blieb, wo er anfangs gestanden hatte, ein ruhiger, unbeweglicher Beobachter alles dessen, was vorging. Sowenig er gesonnen war, an den Feindseligkeiten tätigen Anteil zu nehmen, so weit war er entfernt, einen müßigen Zuschauer abzugeben. Seine Stellung setzte ihn instand, seinen Freunden die Bewegungen zu melden, welche oben gegen sie gerichtet werden konnten, und ihnen gehörige Anleitung zu geben, *ob* und *wie* sie weiter vorrücken möchten.

Die Kinder Esthers fanden bald den Mut und die Entschlossenheit wieder, die sie von der furchtbaren Mutter mit der Milch eingesogen hatten. Im Augenblick, wo sie sich von der Gegenwart Ellens und ihrer unbekannten Gefährtin befreit sahen, richteten sie ihre ganze ungeteilte Aufmerksamkeit auf ihre männlichen, weit gefährlicheren Angreifer, welchen es gelungen war, während der Zeit unter den Vorsprüngen der Festung Schutz zu finden und sich festzusetzen. Die wiederholten Aufforderungen, sich zu ergeben, welche Paul mit einer Stimme erschallen ließ, die seiner Meinung nach bei den jungen Verteidigerinnen Eindruck machen und Furcht erregen sollte, wurden ebensowenig von ihnen beachtet als der Zuruf des Trappers und seine Ermahnungen, von einer Gegenwehr abzustehen, welche einigen von ihnen verderblich werden könne, ohne ihnen die geringste Aussicht auf günstigen Erfolg zu versprechen. Sie ermunterten sich, eine die andere, zum mutigen Widerstand, rückten an den Felsstücken, hielten die Steine und die übrigen Wurfgeräte in Bereitschaft und schoben die Läufe der Musketen mit einem geschäftigen, entschiedenen Wesen und mit einer Kaltblütigkeit vor, welche auch in Krieg und Fehden lange geübten Männern hätte zur Ehre gereichen können.

»Bleibt immer unter dem Felsenrand, drückt euch längs der Felswand hin«, rief der Trapper dem jungen Paul zu, während dieser vorrückte, »zieht den rechten Fuß mehr an Euch, daß sie ihn Euch nicht quetschen. Da seht Ihr? Auf ein Haar hätte ihn der Stein getroffen! Meine Warnung kam noch zur rechten Zeit; sonst wären die Prärien den Bienen überlassen geblieben. Und nun Ihr, Namensvetter meines Freundes! Unkas von Namen und am Geiste! Nun ist's Zeit; fehlt es Euch nicht an der Gewandtheit des Cerf Agile, so wagt den Satz, springt rechts, und Ihr könnt sicher und ohne Gefahr zwanzig Fuß des Felsens hinanklimmen... Nicht dort! Nicht Euch an den Strauch gehalten!... Er wird nachlassen!... Er ist zu schwach!... Ha! doch gelungen! glücklich davon gekommen!... Die Wurzeln haben gehalten!... Wie mutig, wie waghalsig!... Nun ist die Reihe an Euch, Freund Sammler der Naturfrüchte! Links! links! damit die Aufmerksamkeit der Kinder sich teile. Ja, Mädchen, schießt nur auf mich! Meine alten Ohren sind an das Pfeifen der Kugeln gewöhnt, und mit achtzig Jahren auf dem Rücken würde es mir nicht ziemen, ein Rehherz im Busen zu tragen.« – Zugleich schüttelte er sein graues Haupt mit melancholischem Lächeln, aber ohne einen Muskel zu verziehen, als die Kugel der wütenden Hetty ganz nahe bei der Stelle, wo er stand, vorbeipfiff. »Ihr tätet besser, Euer gewöhnliches Wesen zu treiben, als uns ehrliche Leute zu foppen und mit schwachem Finger loszudrücken! Aber«, setzte er hinzu, »die menschliche Natur will nun einmal zeigen, wie sehr sie, selbst in so jungen Geschöpfen, geneigt ist, Böses zu tun... Bravo, mein Tier- und Pflanzenmann! Noch einen zweiten Sprung, und Ihr könnt über alle Wälle und Schranken des Squatters spotten. Sieh da, der Doktor hat sich mal recht angegriffen. Ich seh' es seinen Augen an; es kann noch etwas Gutes aus ihm werden... Klammert Euch fest an, Doktor, zieht Euch zusammen!«

Der Trapper irrte sich zwar nicht in dem Bestreben des Naturforschers, wohl aber in dem Beweggrund, der ihn dazu antrieb. Denn während dieser die Bewegungen seiner beiden Vordermänner beobachtete und sorgfältig und nicht ohne große innere Herzensangst in ihre Fußtapfen trat, waren seine Augen zufällig und plötzlich auf eine fremde Pflanze gefallen, die nur einige Ellen weit über seinem Haupte stand, aber auf einer Stelle, welche den Würfen der Mädchen weit mehr ausgesetzt war als die übrigen Zugänge, so daß sie nicht aufhörten, einen Steinregen darauf fallen zu lassen. Doktor Battius hatte aber in diesem Augenblicke alles rein vergessen, außer dem Ruhm, der erste zu sein, dieses botanische Juwel den Pflanzenverzeichnissen einzuverleiben; er stürzte darauf hin mit der Begierde, womit ein Sperling auf einen Schmetterling schießt. Die gleich nachher herabrollenden Felsstücke bewiesen, daß man ihn nur zu gut gesehen hatte. Einige Augenblicke war sein Körper in eine Staub- und Erdwolke gehüllt, und von den kleineren Stücken, welche die größeren Massen mit sich fortgerollt hatten, bedeckt und vergraben, so daß der Trapper ihn schon verloren gab; aber eine Minute später erblickte er ihn zu seiner großen Freude in einer Höhlung, welche durch das Nachgeben einiger Steine entstanden war, die durch den Sturz der darüber herabrollenden Felsstücke aus ihrer Lage gebracht worden waren. Er erblickte ihn, wie er den Arm triumphierend erhob, die eroberte Pflanze in der Hand hielt und sie mit freudetrunkenem und nicht ungeübtem Auge bewundernd betrachtete. Paul benutzte den Umstand. Mit der Schnelligkeit des Gedankens sich auf die entgegengesetzte Seite wendend, sprang er in den bedeckten Gang, in den Posten, welchen Obed Battius so glücklich gewesen war einzunehmen, machte, ohne ihn um Erlaubnis zu bitten, aus dem Rücken des über die Pflanze Gebückten einen Fußschemel und schwang sich in die Öffnung, die eines der herabstürzenden Felsstücke auf dem obersten Wall gemacht hatte, und von da in die Festung. Ihm folgte Middleton, welcher gleich darüber her war, die Mädchen zu ergreifen und zu entwaffnen. Auf diese Weise wurde ohne Blutvergießen ein vollständiger Sieg über eine Feste errungen, welche Ismael für die kurze Zeit seiner Abwesenheit unüberwindlich gemacht zu haben sich geschmeichelt hatte.

Fünfzehntes Kapitel

Der Himmel lächle auf dies heilig Werk,
Daß ihm kein Weh die nächste Stunde bringe!
Shakespeare

Wir müssen hier den Lauf unserer Erzählung so lange unterbrechen, bis wir die Ursachen angegeben haben werden, welche zu dem sonderbaren Streit, der soeben stattgefunden, die Veranlassung gewesen sind. Wir werden uns bemühen, diese Unterbrechung so kurz zu machen, wie sie sein kann, wenn sie für diejenigen unserer Leser hinreichen soll, welche es der Pflicht des Geschichtschreibers zuwider halten, Lücken bestehen zu lassen, damit die fruchtbare Einbildungskraft des Lesers sie selbst ausfülle.

Unter den Truppen, welche von der Regierung der Vereinigten Staaten abgeschickt wurden, um das neuerworbene Land im Westen zu besetzen, befand sich eine kleine Abteilung, angeführt von ebendem jungen Offizier, der sich im Verlauf und in den Auftritten unserer Fabel schon tätig mithandelnd gezeigt hat. Die gutartigen, gemächlichen Abkömmlinge der ersten Kolonisten empfingen ihre neuen Landsleute ohne Mißtrauen, da sie begriffen, daß die Abtretung des Landes sie aus Untertanen der vorigen absoluten Regierung zur beneidenswerten Klasse von Staatsbürgern erhob, die nur dem Gesetze zu gehorchen haben würden. Die neuen Behörden übten ihr Amt mit Schonung aus und handhabten die ihnen übertragene Gewalt, ohne sie den Untergebenen fühlbar zu machen. Gleichwohl mußte bei der plötzlichen Vermischung von Kindern der Freiheit und nachgiebigen Zöglingen der absoluten Gewalt, von Katholiken und Protestanten, von aufgeweckten und schläfrigen Gemütern einige Zeit vergehen, bis diese Disharmonien der Geselligkeit sich auflösen konnten. Um diesen heilsamen Zweck zu erreichen, war auch hier das *Weib* berufen, seine herkömmliche und dankbare Rolle zu spielen. Die Schranken des Vorurteils und der Religion mußten der unwiderstehlichen Gewalt der ersten und mächtigsten aller Leidenschaften weichen;

bald wurden Familienverbindungen das feste Bindungsmittel der Politik, welche zwischen Völkern, deren Gewohnheiten, Erziehungsweisen und Meinungen so sehr voneinander abwichen, eine gezwungene Vereinigung zustande gebracht hatte.

Unter den neuen Landbesitzern war Middleton einer der ersten, welcher sich durch die Reize einer louisianischen Lady fesseln ließ. Ganz in der Nähe des ihm angewiesenen militärischen Postens wohnte das Haupt einer der alten Pflanzerfamilien, welche seit einer langen Reihe von Jahren sich damit begnügt hatten, im Überfluß der überseeischen Provinzen Spaniens ein bequemes, gemächliches Leben zu führen. Der Herr war dort Kronbeamter und hatte sich durch eine reiche Erbschaft veranlaßt gefunden, die Floridas zu verlassen und sich in dem benachbarten französischen Louisiana anzusiedeln. Er hieß Don Augustin de Certavallos, und sein Name war außerhalb des Bezirks der kleinen Stadt, die er zum Aufenthalt gewählt hatte, kaum bekannt, obschon er ein geheimes Vergnügen darein setzte und keinen kleinen Wert darauf legte, ihn seiner einzigen Tochter auf den ellenlangen bestäubten Rollen seines Stammbaums mit dem Bedeuten bemerkbar zu machen, daß dieses Pergament die Namen der größten Helden und Granden des alten und neuen Spaniens enthalte. Dieser in seinen Augen so wichtige und für alle anderen so unbedeutende Umstand war die Hauptursache, daß er, während seine lebhafteren französischen Nachbarn nicht säumten, einen freien, offenen Umgang mit den Neubesitzern anzuspinnen, es vorzog, eingezogen und für sich allein zu bleiben, anscheinend zufrieden mit der Gesellschaft seiner Tochter, welche gerade den Übergangsschritt vom Mädchen zur Jungfrau machte.

Die junge Inez, deren Neugier nicht ganz so schläfriger, untätiger Art war, hatte die in die Abendluft hinschmelzende kriegerische Musik der Besatzung nicht gehört, das fremdfarbige Banner, welches von den Höhen, an welche ihres Vaters weitläufige Besitzungen grenzten, herabflatterte, nicht gesehen, ohne gewisse Antriebe in sich zu fühlen, wodurch sich ihr Geschlecht von dem andern unterscheidet. Eine natürliche Schüchternheit, verbunden mit der gewohnten, vielleicht angebornen Lässigkeit, welche in den tropischen Provinzen Spaniens die Grundzüge des weiblichen Zaubers bilden, hielt sie aber in engen Banden der Zurückhaltung; es ist mehr als wahrscheinlich, daß, wenn nicht Middleton eine ganz besondere und unvermutete Gelegenheit gehabt hätte, ihrem Vater einen persönlichen Dienst zu leisten, viel Zeit hätte vergehen können, ehe die beiden jungen Leute sich gegenseitig kennengelernt hätten, und daß Inez, welche sich überdies in den Jahren befand, da männliche Schönheit über ein weibliches Herz sehr viel vermag, ihre Neigung unterdes auf einen andern Gegenstand hätte fallen lassen können.

Die Vorsehung – oder wenn dieses bedeutungsvolle Wort zu wahr ist, um klassisch zu sein – das Geschick hatte es anders verhängt. Der stolze, abgemessene Don Augustin war ein viel zu strenger Beobachter der Formen, die ihm sein Stand, auf welchen er ein so großes Gewicht legte, vorschrieb, um sich's je erlauben zu können, der Pflichten des Edelmanns uneingedenk zu sein. Dankbarkeit für Middletons gefällige Dienste bewog ihn, den Offizieren der Besatzung sein Haus zu öffnen und ihnen einen Umgang zu gestatten, in den er seinerseits ebensoviel Höflichkeit wie Behutsamkeit legte. Allmählich wich die erste Zurückhaltung der Artigkeit und dem offenen freundlichen Wesen des jungen Führers. Seine Munterkeit, sein Geist, sein Betragen gewannen ihm die Liebe und das Zutrauen des reichen Pflanzers, und bald freute er sich ebensosehr wie seine Tochter, wenn das Klopfen an der Tür ihnen die Ankunft des angenehmen Gastes verkündigte.

Wir halten es für unnötig, bei dem Eindruck zu verweilen, welchen die Reize der jungen Inez auf den fremden Krieger machten, und den Gang unserer Erzählung mit der Beschreibung aufzuhalten, wie sein einnehmendes Wesen, seine männliche Schönheit und seine beharrliche Aufwartung allmählich den Schlüssel zu dem gefühlvollen, romantischen, warmen Herzen eines eingezogenen, sechzehnjährigen Mädchens fanden. Es reicht zu unserer Absicht hin zu sagen, daß sie einander liebten, daß der junge Mann sich nicht scheute, sich zu entdekken, daß seine Erklärung bald über die Bedenklichkeiten des Mädchens, dann auch – freilich nicht ohne große Mühe – über die Einwürfe des Vaters siegte und daß noch ehe die Provinz Louisiana sechs Monate im Besitz der Vereinigten Staaten gewesen, unser Offizier der glückliche Verlobte der reichsten Erbin am Mississippi war.

Sosehr wir es auch dem Leser zutrauen, daß er sich die Art

und Weise denken werde, wie die Sache so weit gediehen sei, und daß hierbei nur der gewöhnliche Gang befolgt worden, so darf er jedoch nicht glauben, daß Middletons Triumph über die Vorurteile des Vaters oder selbst der Tochter so gar leicht gewesen sei. Die Glaubensverschiedenheit hatte hier einen starken, fast nicht von der Stelle zu rückenden Riegel vorgeschoben. Der junge Mann mußte sich mit aller ihm zu Gebote stehenden Geduld einem furchtbaren Versuche unterwerfen, welchen der an ihn abgesandte Pater Ignatius zu machen beauftragt war, nämlich – dem Bekehrungsversuche. Der würdige Priester ging dabei systematisch, kräftig, beharrlich zu Werke. Ein dutzendmal (sooft nämlich Inez' sylphenartige Gestalt wie ein Feenbild dem Liebenden vor Augen schwebte und ihr Licht über die Konferenzen ausgoß) schmeichelte sich der gute Pater, er stehe schon auf dem Gipfel seines Sieges über den Unglauben; dann aber schlugen alle seine Hoffnungen wieder auf einmal um, wenn sein Schüler, der Gegenstand seiner frommen Anstrengungen, ihm mit einem unerwarteten Einwurf in die Quere kam. Solange die Angriffe auf seinen Glauben nur schwach und von fern angelegt waren, gab Middleton, der es in der Polemik nicht eben weit gebracht hatte, mit der Geduld und Demut eines Märtyrers nach; sobald aber der gute Pater, dem das ewige Glück des jungen Mannes so sehr am Herzen lag, den gewonnenen Grund durch das Hervorrücken mit dieser oder jener Spitzfindigkeit seines Glaubenssystems noch sicherer zu stellen gedachte, sprang Middleton um, machte als ein gewandter Soldat eine plötzliche Wendung und schlug den heißen Angriff tapfer ab. Wir geben zu, daß er in diesem Glaubenskampf keine anderen Waffen gebrauchte als solche, die ihm der gesunde Menschenverstand an die Hand gab oder die geringe Kenntnis der abweichenden Sätze beider Religionen ihm lieh; aber ebendieser Waffen bediente er sich nicht ohne Erfolg und ungefähr so, wie ein nervenstarker Raufbold, der seinen Knotenstock gut zu führen weiß, einem geschickten Fechtmeister gegenüber den Ausfällen und Gängen desselben derbere Gründe entgegenstellt und die Kunst seines Widersachers geradezu mit zerbrochenem Schädel und zerbrochenen Waffen beantwortet.

Ehe noch die geistliche Fehde zu Ende gekommen war, hatte ein Zuwachs von Protestanten unserm Helden Hilfe zugeführt.

Sowohl der rücksichtslose Freisinn einiger unter ihnen, welche bloß auf den Genuß des Erdenlebens bedacht waren, als die folgerechte vernünftige Frömmigkeit anderer machten den ehrlichen Priester aufmerksam, bekümmert und auf Maßregeln bedacht, dem Strome einen Damm entgegenzustellen. Einerseits fing das gute Beispiel, andererseits das böse an zu wirken, und selbst in seiner Gemeinde, welche er bis jetzt dem geistlichen Joche blindlings unterworfen erachtet hatte, begann sich ein neuer Geist zu regen. Es schien dem Pater hohe Zeit, den Angriffsplan aufzugeben und ihn in ein Verteidigungssystem zu verwandeln, damit seine Anhänger instand gesetzt würden, dem gesetzlosen Strome der Meinung Widerstand zu leisten, welcher die Schranken und Dämme des katholischen Glaubens zu durchbrechen drohte. Gleich einem weisen Festungs-Kommandanten, welcher einsieht, daß er im Verhältnis mit der ihm zu Gebote stehenden Macht zuviel Raum eingenommen hat und ihn nicht hinlänglich besetzen kann, fing er an, die Außenwerke zu verlassen und sich auf die Verteidigung des Hauptpostens zu beschränken. Er entzog demzufolge die Reliquien den Augen der Ungeweihten; ferner wies er die Seinen an, die Wunder vor den Weltkindern nicht zu erwähnen, welche sie nicht nur wegleugneten, sondern sogar zum Kampfe und zu Beweisen für dieselben herausforderten. Aus diesem Grunde wurde selbst das Lesen der Bibel von ihm unter furchtbarer Drohung von neuem aus dem siegreichen Grunde streng verboten, weil sie falsch erläutert und ausgelegt werden könne.

Zugleich aber dünkte es ihn auch gut, Don Augustin den bisherigen Erfolg des Unterrichts und der Gebete zum Heil und zur Bekehrung des jungen Ketzers zu berichten. Niemand ist geneigt, seine Schwäche in dem nämlichen Augenblick zu gestehen, wo es darauf ankommt, Proben und Beweise seiner erwarteten Stärke vorzulegen. Der heilige Mann bediente sich deshalb einer Art frommen Betrugs, für welchen er ohne Zweifel die Absolution in der Reinheit seiner Beweggründe fand; er erklärte, obschon für jetzt noch keine wirkliche Veränderung in dem Gemüt Middletons vorgegangen sei, lasse es sich doch aus hinlänglichen Ursachen hoffen, der Keil der Überzeugung sei bereits in seinen Kopf gedrungen und habe darin eine heilsame Öffnung hervorgebracht. Vernünftigerweise stehe zu erwarten, daß der gesegnete Same einer religiösen Befruchtung durch diese seinen Weg zum Herzen finden werde, besonders wenn dem Gegenstande aller dieser Bemühungen die Wohltaten der christkatholischen Gemeinschaft ununterbrochen vor Augen gelegt würden.

Dieses erregte Don Augustins ganzen Eifer, unverzüglich aus dem jungen Irrenden einen Proselyten zu machen. Selbst die sanfte liebreizende Inez hielt es für eine glorreiche Erfüllung aller ihrer Wünsche, wenn sie ein demütiges Werkzeug abgeben könne, ihren Geliebten in den Schoß der alleinseligmachenden Kirche einzuführen. Middleton war so weit entfernt, den vereinten Sturm abzuschlagen, daß er seinerseits Vorschläge zur Übergabe machte; während der Vater dem festgesetzten Tage der Vermählung mit großer Ungeduld entgegensah, weil er ihn für die Gewährleistung des Glaubenssieges hielt, war dieser Tag der Tochter einziger Gedanke, ein Gedanke, in welchem die heiligen Rührungen der Religion mit den süßeren Gefühlen ihrer Liebe, ihres Alters und eines bräutlichen Verhältnisses zusammenflossen.

Am Hochzeitstage ging die Sonne so glänzend und wolkenfrei auf, daß die zartsinnige Inez sie als Verkündigerin ihres baldigen Glücks mit Entzücken begrüßte. Pater Ignatius verrichtete die heilige Handlung in einer kleinen, dem Don Augustin gehörigen Kapelle, und lange vor der Zeit, wo sich die Sonne zum Niedergang neigte, drückte der überselige Middleton seine errötende, verschämte, schüchterne Kreolin als sein anerkanntes und für ewig mit ihm verbundenes Weib an sein Herz. Es war von beiden Teilen beschlossen und genehmigt worden, den schönen Tag in der Zurückgezogenheit zuzubringen, ihn ganz und gar den besten und reinsten Gefühlen zu widmen und von demselben alles geräuschvolle und herzleere gewöhnliche Freudengewühl einer von Zwang begleiteten Feierlichkeit zu entfernen.

Am Abend dieses Tages, in der Stunde, wo die Sonnenstrahlen mit den Schatten des sinkenden Tages verschmelzen, kam Middleton von einem Besuche zurück, welchen er als eine Ehrenschuld ansah, die der Neuvermählte seinen Waffenbrüdern zu entrichten hatte. Ihm fiel der Schimmer eines Kleides, demjenigen ähnlich, in welchem ihm Inez zum Altar gefolgt war, durch die Blätter eines vom Wege etwas abstehenden Baumes in die Augen. Er näherte sich der Stelle mit einem Zartsinn, welcher durch das erhaltene Recht, sich ihren geheimsten Augenblicken anzuschließen, eher vermehrt als vermindert war; aber die Töne ihrer sanften Stimme im Gebet, wobei sein Name, von den zärtlichsten Benennungen begleitet, wiederholt auf ihren Lippen schwebte, machten allen seinen Bedenklichkeiten ein Ende und bewogen ihn, einen Platz zu suchen, wo er ungesehen und unbemerkt alles hören konnte. Es war gewiß für einen Gatten ein wertvoller dankbarer Augenblick, als er in der offenen aufgedeckten Seele seiner Gattin lesen und sein eigenes Bild in dem Rahmen ihres Herzens, eingefaßt in die reinsten und heiligsten Gefühle, erblicken konnte. Er fand sich in seiner Eigenliebe und Selbstschätzung zu sehr geschmeichelt, als daß er nicht den unmittelbaren Inhalt des Gebets näher erforscht hätte. Sie betete zu Gott, daß er sie zum demütigen Werkzeuge machen möge, welches ihn, den teuren Gatten, in die Gemeinde der Gläubigen einführe; sie betete für sich selbst, daß ihr Gott vergeben möge, wenn Eigendünkel oder Gleichgültigkeit gegen den Rat der Kirche sie bewogen hätten, auf ihren Einfluß, auf ihre Macht über ihren Gatten zu großen Wert zu legen, und sie der Gefahr aussetzten, ihr eigenes Heil zu verscherzen, indem sie sich mit einem Ketzer vermählt habe, in der Absicht, seine Seele zu retten. Es lag in ihrem Gebet eine so inbrünstige Frömmigkeit, mit so starken natürlichen Gefühlen verbunden, ein solches Gemisch von einem Weibe und einem Engel, daß Middleton es ihr hätte verzeihen müssen, hätte sie ihn nicht nur zum Ketzer, sondern zum Heiden und Götzendiener gemacht, so zart, innig und himmlisch war der Anteil an ihm, den sie zu erkennen gab.

Der junge Mann wartete den Augenblick ab, als seine Braut sich von den Knien erhob; dann trat er zu ihr hin, zum Schein völlig unbekannt mit dem, was vorgegangen war.

»Es ist spät, liebe Inez«, sagte er. »Don Augustin wird dir den Mangel an Sorge für deine Gesundheit vorwerfen, welche in der Abendluft Gefahr läuft. Wieviel mehr wirst du diesen Vorwurf von mir hören müssen, der ich sein ganzes Ansehen über dich erhalten habe, und das Doppelte seiner Liebe zu dir hege?«

»Sei ihm gleich in *allem* und *jedem*«, gab sie zur Antwort mit Tränen in den Augen. Sie sprach dies mit bezeichnendem Nachdruck und wiederholte: »In *allem* und *jedem*. Nimm meinen Vater zum Vorbild, liebster Middleton, und ich habe nichts weiter *von* dir zu erbitten.«

»Aber auch nichts weiter *für* mich? Ich zweifle nicht daran: alle deine Wünsche wären erfüllt, könnte ich so gut sein wie dein ehrwürdiger Vater. Habe nur einige Nachsicht mit den Schwachheiten und Gewohnheiten eines Kriegsmannes! Und jetzt laß uns gehen, zu unserm unvergleichlichen Vater gehen.«

»Jetzt noch nicht«, sagte die Braut, sich sanft und freundlich aus dem Arm windend, den er um sie geschlungen hatte, indem er bedacht war, sie mitzunehmen. »Ich habe erst eine andere Pflicht zu erfüllen, ehe ich deinen Befehlen gehorchen kann, so soldatisch sie auch klingen. Ich versprach meiner treuen Amme Inesella, meiner zweiten Mutter, wie du weißt, – ich versprach ihr einen Besuch um diese Zeit. Sie denkt, es sei der letzte, den sie von ihrem Kinde erhält; denn so hat sie mich bis jetzt genannt, – und ich darf sie nicht darum bringen. Geh zu Don Augustin, ich komme in einer kleinen Stunde nach.«

»Vergiß nicht, spätestens in einer Stunde!«

»In einer kleinen Stunde«, wiederholte Inez und warf ihrem Gatten einen Kuß zu; dann errötete sie über diese kühne Handlung, eilte von dem Baume fort, wurde noch einen Augenblick nachher von Middleton vor der Hütte der Amme gesehen und verschwand im folgenden.

Langsam und nachdenklich kehrte Middleton nach Hause zurück, warf den Blick oft auf die Stelle zurück, wo er zuletzt sein geliebtes Weib gesprochen, und malte sich ihr Bild in dem Abenddunst, der ihn umflutete. Don Augustin empfing ihn mit Wärme, und er fand einige Minuten Vergnügen daran, seinen neuen Schwiegervater von seinen Plänen für die Zukunft zu unterhalten. Den echten alten Spanier ergötzte der feurige, aber treue Bericht des jungen Mannes vom Wohlstand und Glück der Staaten, deren unwissender, ununterrichteter Nachbar er sein halbes Leben hindurch gewesen war. Er hörte halb bewundernd, halb aber auch mit derjenigen Ungläubigkeit zu, mit welcher man das entgegennimmt, was man für übertriebene und von der Einbildungskraft erzeugte Beschreibungen von Dingen hält, denen die parteiische Vorliebe zu glänzende Farben leiht.

Auf diese Weise verstrich die Stunde, welche sich Inez von

ihrem Gatten ausbedungen hatte, verstrich viel schneller, als dieser es, in der Abwesenheit des teuersten Gegenstandes, den er auf Erden hatte, für möglich hielt. Endlich aber schweiften seine Blicke auf die Wanduhr. Eine Minute nach der andern wurde gezählt. Inez erschien nicht. Schon hatte der Zeiger die Hälfte der folgenden Stunde durchlaufen, als Middleton aufsprang und seinen Entschluß ankündigte, sich aufzumachen und der Abwesenden entgegenzugehen. Er fand, daß es inzwischen finster geworden und der Himmel mit dem drohenden Dunst, diesem unfehlbaren Vorboten eines Sturmes, überzogen war. Von den furchtbaren Aspekten nicht weniger als von der geheimen innern Unruhe beängstigt, verdoppelte er seine Schritte und flog mehr, als er ging, in der Richtung nach Inesellas Hütte. Dabei hielt er einmal über das andere an, horchend und sich einbildend, er sehe den Schein von Inez' Gewand. Dann suchte er kreuz und quer, von beiden Seiten des Weges, suchte immer von neuem und immer vergebens. So gelangte er endlich an die Hütte selbst, klopfte, öffnete die Tür, trat ein, fand die alte Amme, stand vor ihr da, sah sich um, sah aber nicht die, welche er suchte. Der Bescheid war: sie sei da gewesen, sei aber wieder fort und nach Hause gegangen. Nun überredete sich Middleton, er müsse sie in der finstern Nacht auf dem Rückwege verfehlt haben, eilte zurück und erfuhr zu seiner noch größern Bestürzung, Inez sei nicht gesehen worden. Ohne jemand den Vorsatz mitzuteilen, eilte er wieder mit pochendem Herzen dem Baume zu, wo er seiner Braut rührendes Gebet für sein Heil und seine Bekehrung belauscht hatte. Aber auch hier fand er sie nicht, und jetzt war seine letzte Hoffnung verschwunden.

Ein paar Stunden hieß ihn ein geheimes Mißtrauen in die Gründe, welche Inez vermocht haben könnten, sich ihm zu entziehen, in sein Aufsuchen Zurückhaltung und Behutsamkeit legen. Als aber der Tag anbrach und Inez weder zu ihrem Vater noch zu ihrem Gatten zurückgekehrt war, konnte dieser nicht länger an sich halten und machte diese unerklärbare Abwesenheit laut und öffentlich kund. Es wurden sogleich nach allen Seiten Nachforschungen angestellt. Sie blieben ohne Erfolg. Niemand hatte Inez gesehen oder von ihr gehört, seitdem sie ihrer Amme Hütte verlassen hatte.

Ein Tag folgte auf den andern. Es liefen keine Nachrichten

ein, obschon die Nachsuchungen fleißig und lange fortgesetzt wurden, bis endlich der größte Teil der Verwandten und Freunde des Hauses der Meinung war, alles weitere Forschen sei vergeblich, und nun die arme Inez aufgegeben ward.

Ein so außerordentliches Ereignis konnte aber so bald nicht vergessen werden. Es veranlaßte Nachdenken, Gerüchte, Auslegungen und Erdichtungen mancherlei Art. Die Meinung derer, welchen eigene Geschäfte Zeit ließen, an fremde Begegnisse zu denken, vereinigte sich zu dem ganz einfachen und leicht erklärbaren Schluß; die abwesende Braut habe nichts mehr und nichts weniger getan als ihrem Leben ein Ende gemacht. Pater Ignaz fühlte in seinem Herzen und in seinem Gewissen Angst und geheime Vorwürfe; allein als ein weiser, geistlicher Krieger wußte er aus diesem Unglück Vorteil für den Glauben seiner Kirche zu ziehen. Er änderte demzufolge seine Batterie und zischelte einigen seiner ältesten Pfarrkinder in die Ohren, er habe sich in dem Gemüts- und Seelenzustand Middletons geirrt, und müsse jetzt glauben, daß der Unglückliche auf der Sandbank der Ketzerei ohne Rettung gestrandet sei. Nun brachte er von neuem seine Reliquien zum Vorschein und berührte wieder, wie ehedem, die zarte und beinahe in Vergessenheit geratene Lehre von den Wundern in neueren Tagen. Ja, es ging so weit, daß, von den Äußerungen des frommen Priesters ausgehend, die Menge der Gläubigen auf den Gedanken verfiel, den sie sich anfangs ins Ohr mitteilte und zuletzt als einen Glaubensartikel in dem Kirchspiel annahm: Inez sei, um sie vor dem Ketzer Middleton zu retten, in den Himmel entrückt worden.

Don Augustin hatte zwar alle Gefühle eines Vaters, aber die Trägheit des Kreolen trug dazu bei, sie einzuschläfern. Seinem geistlichen Gewissensrate Gehör gebend, fing er an zu glauben, er habe unrecht getan, ein so reines, so junges, so liebenswürdiges und vor allem so frommes Engelsgeschöpf, wie seine Tochter war, in die Arme eines Ketzers zu geben, und er war nicht abgeneigt, sich das Unglück, welches ihn getroffen, als ein Strafgericht zu erklären, weil er die Anmaßung in Religionssachen zu weit getrieben habe und von den Vorschriften des Glaubens zu sehr abgewichen sei. Als auch ihm die heimlich umlaufenden Gerüchte von Inez' Aufnahme in den Himmel zu Ohren kamen, fand er zwar anfangs einigen Trost in diesem

Gedanken; doch das Vaterherz klopfte noch zu mächtig in seiner Brust, als daß er den rebellischen Zusatz hätte unterdrükken können: dieses Erbe seiner Tochter in jener Welt falle ihr doch gar zu frühzeitig anheim.

Wie ging es aber unserm Middleton? Middleton, der Liebhaber, der Gatte, der Bräutigam, – Middleton war von dem unerwarteten furchtbaren Schlage wie zerschmettert. Selbst in der Lehre eines einfachen, vernünftigen Glaubens erzogen, die keinen Teil der geoffenbarten Wahrheiten den Gläubigen vorenthält, wußte er sich Inez' Verschwinden aus keinen andern Gründen zu erklären als solchen, die sie, wie ihm bekannt war, aus den abergläubischen Vorstellungen hatte schöpfen können, welche sie sich von seiner Kirche und seinem Irrglauben machte. Wir verweilen nicht bei der Schilderung der Qualen, die sein Herz zerrissen, der Vermutungen, die ihn bestürmten, der Hoffnungen und Entmutigungen, welche sich während der ersten Wochen abwechselnd in ihn teilten, und des unaussprechlichen Elends, dem dieser Seelenzustand ihn preisgab. Eine geheime Mißbilligung der Gründe, wodurch man sich Inez' Verschwinden erklärte; eine geheime Stimme, die ihm sagte, er werde sie wiederfinden, setzte seinen Nachforschungen Schranken, ohne sie ihn ganz unterbrechen zu lassen. Als aber der Verlauf der Zeit mehr und mehr in ihm die Vorstellung schwächte, Inez habe ihn, ohne daß er es an ihr verdient, verlassen und werde von selbst wieder zurückkehren; als diese erste Ansicht einer zweiten Platz gemacht und die peinliche Überzeugung in ihm hervorgebracht hatte, *sie sei tot,* – da wurden mit einem Male alle seine erstorbenen Hoffnungen auf eine sonderbar seltsame Weise wieder lebendig.

Traurig, niedergeschlagen und langsam kehrte der junge Anführer von einer Abendparade des Korps in sein Quartier zurück, welches in einer kleinen Entfernung vom Übungsplatze und auf derselben Uferhöhe stand wie dieser, als sein gedankenlos schweifender Blick auf eine Menschengestalt fiel, die zu einer Zeit und an einem Orte weilte, wo es niemandem erlaubt war, sich daselbst aufzuhalten. Der Fremde war ärmlich gekleidet und trug in seinen Zügen und in der ganzen Haltung die Spuren der schmutzigsten Dürftigkeit und einer ausschweifenden Lebensweise. Der Kummer hatte den kriegerischen Stolz Middletons herabgestimmt, so daß er, als er vor dem sich tief

Neigenden vorüberging, ihn sanft und sogar wohlwollend mit folgenden Worten anredete:

»Freund, du wirst eine Nacht in der Wache zubringen müssen, wenn dich die Patrouille hier betrifft. Hier hast du einen Dollar, – geh und suche dir einen bessern Platz zu schlafen und etwas zu essen!«

»Kapitän, ich schlucke mein Futter, ohne es zu kauen«, erwiderte der Landstreicher mit dem frohlockenden Blicke eines vollendeten Spitzbuben, als er das Silber hinnahm. »Macht aus diesem Mexikaner zwanzig, und ich verkaufe Euch ein Geheimnis.«

»Geh, sage ich dir«, versetzte Middleton mit soldatischer Strenge, wie sie jener verdiente, »oder ich lasse dich in die Wache werfen!«

»Gut! muß ich denn gehen, so geh' ich; – geh' ich aber, Kapitän, so nehme ich meine Kunde mit mir, und dann mögt Ihr als ein verwünschter Witwer leben, bis der Zapfenstreich Eures letzten Tages verklungen ist.«

»Was meinst du damit, Bube?« rief Middleton, sich schnell zu dem Kerl wendend, welcher schon anfing, seine lahmen Glieder langsam in Bewegung zu setzen.

»Ich meine damit, daß ich diesen Dollar in spanischen Branntwein umsetzen und dann zurückkommen und Euch mein Geheimnis für soviel verkaufen will, wie ich brauche, ein ganzes Fässel zu kaufen.«

»Hast du mir etwas zu sagen, so sag es auf der Stelle«, fuhr Middleton fort, mit Mühe die Ungeduld bemeisternd, die sich in ihm zu regen anfing.

»Mein Hals ist trocken, Kapitän, und ich kann nicht mit Geschick sprechen, wenn meine Kehle heiser ist. Wieviel wollt Ihr mir für das geben, was ich Euche entdecken kann; laßt es etwas Erkleckliches sein, ungefähr soviel, wie ein Gentleman dem andern anbieten darf.«

»Mich dünkt, es wäre besser, dir den Tambour über den Hals zu schicken. Was betrifft dein prahlerisches Geheimnis?«

»Die Ehe, – ein Weib und kein Weib, – ein schön Gesicht und eine reiche Braut. – Rede ich jetzt deutlich, Kapitän?«

»Ist dir etwas von meinem Weibe bekannt, so sage es grade heraus; du brauchst wegen des Lohnes nicht besorgt zu sein.«

»Ei, Kapitän, ich habe in meinem Leben manchen Handel

geschlossen und bin bald mit barem Gelde, bald mit Versprechungen bezahlt worden; Versprechungen sind hohles Futter, glaubt mir's«

»Fordre einen Preis!«

»Zwanzig... nein, hol's der Teufel, mein Geheimnis ist seine dreißig Dollar wert – so gut wie hundert.«

»Hier nimm, da hast du dein Geld; aber wisse zugleich, daß, wenn deine Nachricht nichts wert ist, es für mich ein leichtes sein wird, dir die Dollars wieder abzunehmen und dich obendrein für deine Insolenz zu bestrafen.«

Der Kerl beäugelte die Banknoten mit einer Art von mißtrauischem Lächeln und steckte sie dann ein, wie es schien, zufrieden, sie richtig befunden zu haben.

»Ich liebe«, setzte er kalt hinzu, »die nordamerikanischen Noten; die Regierung hält auf ihre Echtheit, so auch ich auf die meinige. Kapitän, Ihr habt nichts von mir zu besorgen; ich bin ein Ehrenmann und werde Euch kein Wort mehr und kein Wort weniger sagen, als was die mir bekannte reine Wahrheit ist.«

»Nun, heraus damit ohne weitere Vorrede, oder es wird mich reuen, ein Wort mit dir verloren zu haben, und ich lasse dir deinen ganzen Gewinn wieder abnehmen, Banknoten und Silbergeld.«

»Euer Gnaden werden doch nicht!« schrie der Bube mit aufgehobener Hand und sich über die furchtbare Drohung erschreckt stellend. »Dies wäre ganz gegen die Abrede. Ihr müßt wissen, Kapitän, alle Menschen leben nicht auf dieselbe Weise; einige suchen zu behalten, was sie haben; andere suchen zu bekommen, was sie nicht haben.«

»Du bist also ein Dieb gewesen?«

»Pfui! Das wäre verächtlich. Ein *Menschenjäger* bin ich gewesen. Kennt Ihr den Sinn des Worts? Es hat mehrere Bedeutungen. Manche sind der Meinung, Wollköpfe seine elende, unglückliche Wesen, welche unter der bratenden Sonne heißer Himmelsstriche in Pflanzungen arbeiten müssen und noch andere kleine Übel dabei auszustehen haben. Nun seht, Kapitän, ich bin zu meiner Zeit so einer gewesen, der diesen armen Teufeln das Vergnügen der Abwechslung gegönnt und sie wenigstens von einem Ort an einen andern versetzt hat...«

»Also, ohne Umschweife und mit klaren Worten, ein Menschendieb, ein Seelenverkäufer?«

»*Gewesen,* Herr Kapitän, *gewesen,* jetzt aber abgegangen; wenigstens mit einem Kaufmann zu vergleichen, der ehedem den Tabak faßweise, jetzt ellenweise verkauft. Auch bin ich in meiner guten Zeit Soldat gewesen. Könnt Ihr mir sagen, was als das große Geheimnis unsers Gewerbes angesehen wird?«

»Ich weiß nicht«, erwiderte Middleton, schon ermüdet von den Possen, »etwa Mut?«

»Nein, Beine zum Fechten und Beine zum Laufen – und hierin habt Ihr meinen doppelten Beruf, vereint. Jetzt aber sind meine Beine keine von den besten, und ohne Beine ist der Menschenhandel kein erträglicher; es gibt aber alsdann andere, welche mit diesem Material besser versehen sind.«

»Also gestohlen! gestohlen ist *sie*!« ächzte der von Entsetzen erschütterte Ehemann.

»Unterwegs aufgehoben, so wahr als Ihr hier steht.«

»Schurke, was kannst du für einen Grund haben, ein solches Bubenstück zu vermuten?«

»Laßt mich los, laßt mir die Gurgel los! Könnt Ihr glauben, meine Zunge werde dadurch geläufiger, daß Ihr mir die Kehle zuschnürt? Geduld, und Ihr sollt alles erfahren; wenn Ihr mir aber ein zweites Mal so unziemlich begegnet, so setzt Ihr mich in die Notwendigkeit, mich an die Gerichte zu wenden.«

»Sprich weiter! Aber sprichst du ein einziges Wort über oder unter der Wahrheit, so fürchte meinen Zorn und meine Rache.«

»Seid doch kein solcher Narr, Euch einzubilden, daß es einem Schuft wie mir, wenn er Euch etwas berichtet, an Erfindungen fehlen sollte, das, was davon erlogen wäre, wahrscheinlich zu machen! Nun ich weiß, Ihr seid kein solcher. Hört also zu: ich will Euch meine Berichte und meine Gedanken dazu auftischen; mögt Ihr daran kauen, während ich mich auf die Gesundheit Eurer Freigebigkeit betrinke. Ich kenne einen Menschen, – er heißt Abiram White – ich glaube, er hat diesen Namen angenommen, um seinen Haß gegen die Schwarzen kundzugeben. Nun, dieser Mann ist jetzt und ist, wie ich zuverlässig weiß, seit vielen Jahren ein regelmäßiger – wie soll ich sagen? – Hausierer mit Menschenfleisch, aus einem Staate in den andern, gewesen. Ich habe zu meiner Zeit mit ihm in Verbindung gestanden und kann Euch versichern, daß es ein verflucht listiger Hund ist. Er hat nicht mehr Ehre im Leibe als ich in diesem Augenblick Speise im Magen. Ich sah ihn in der Stadt an

Eurem Hochzeitstage. Er war in der Gesellschaft seines Schwagers, und dieser gab sich für einen Siedler auf der Jagd nach neuem Lande aus. Mit ihm war ein stattlicher Haufe, mit welchem sich was anfangen ließ: sieben Söhne, groß alle sieben wie Euer Sergeant, wenn er die Mütze aufhat. Kaum erfuhr ich, Euer Weib sei verloren, so hatte ich es schon weg: Abiram hatte sie gekapert.«

»Weißt du das ganz gewiß? Kann es möglich sein? Worauf gründet sich die abscheuliche Vermutung?«

»Mehr als Vermutung, – ich weiß, was ich weiß, ich kenne meinen Abiram White auswendig. Nun wollt Ihr noch mit einer Kleinigkeit herausrücken, meinen ausgedörrten Gaumen wiederanzufeuchten?«

»Geh, geh, du hast dich schon dumm und dämisch gesoffen, du elender Trunkenbold, und weißt nicht, was du sprichst. Kerl, nimm dich vor dem Tambour in acht!«

»Erfahrung ist ein guter Geleitsmann!« rief der Kerl dem abgehenden Middleton nach, drehte sich alsdann mit einem behaglichen Kichern um wie einer, der soeben Ursache gehabt, wohl mit sich zufrieden zu sein, und eilte dem nächsten Marketenderladen zu, um sich die Nase recht tüchtig zu begießen.

Im Laufe einer schlaflosen Nacht schwankte Middleton unablässig zwischen dem Gedanken: der Bericht des Elenden verdiene Aufmerksamkeit, und der Meinung: er sei zu toll und zu aberwitzig, um Glauben zu verdienen. Am andern Morgen war er nach der innern Unruhe schon auf, als die Ordonnanz unvermutet eintrat und berichtete, auf dem Paradeplatz unweit seiner Wohnung sei ein toter Mensch gefunden worden. Middleton fuhr in seine Kleider, eilte der Stelle zu und fand den Mann, mit welchem er abends vorher die Unterredung gehalten, in ebender Lage, in der er ihn das erstemal betroffen hatte.

Der Elende war das Opfer seiner Unenthaltsamkeit geworden. Daß ihm der Branntwein das Leben gekostet, bewiesen seine vortretenden Augäpfel, sein angeschwollenes Gesicht und der fast unausstehliche Geruch, der sich um ihn verbreitete. Vom ekelhaften Geruch empört, war der junge Mann im Begriff, sich zurückzuziehen, nachdem er Befehl gegeben, den Leichnam fortzuschaffen, als die Lage seiner rechten Hand ihm in die Augen fiel. Der Zeigefinger war vorgestreckt wie der Finger eines auf den Sand Schreibenden. Er forschte weiter nach und fand einen gekritzelten, fast unleserlichen, unvollständigen Satz, der nach mühsamem Entziffern also lautete: »Kapitän, es ist die reine Wahrheit, oder ich bin kein Gentle ...« Hier war der Mann entweder gestorben oder in den Schlaf verfallen, der ein Vorbote seines Todes war.

Middleton teilte die wichtige Bemerkung niemand mit, wiederholte bloß den gegebenen Befehl und zog sich zurück. Diese Beharrlichkeit des Toten und alle übrigen Umstände zusammengenommen, bewogen ihn, geheime Erkundigungen anzustellen. Er erfuhr, daß eine Familie, ähnlich der von dem Kerl beschriebenen, an seinem Hochzeitstage durch den Ort gekommen sei. Man folgte ihrer Spur, die sich eine Zeitlang längs dem Ufer des Mississippi hinzog; hierauf hatte sie ein Boot gedungen und war den Strom bis zum Einfluß des Missouri hinaufgefahren; dann war sie verschwunden und hatte wie Hunderte ihresgleichen ihr Glück und Heil im Innern der Wildnisse gesucht.

Mit diesen Tatsachen versehen, sammelte Middleton eine kleine Anzahl seiner sichersten Leute um sich, nahm Abschied von Don Augustin, ohne ihm etwas von seinen Hoffnungen oder Besorgnissen mitzuteilen, kam auf den angezeigten Punkt, wo die Familie landeinwärts gegangen war, und trat nun den Weg in die Wildnis ebenfalls an. Es fiel nicht schwer, die Spur eines Zuges, wie der war, welchen Ismael anführte, zu verfolgen und zu erkennen, daß es die Absicht des Führers war, weit über die Grenzen der gewöhnlichen Niederlassungen hinauszugehen. Schon dieser Umstand machte seinen Verdacht über die Maßen rege und belebte seinen Glauben an einen glücklichen Ausgang.

Nachdem das Licht, welches Middleton aus mündlichen Nachfragen und Mitteilungen erhalten konnte, aufgehört hatte, nahm der ängstliche Gatte seine Zuflucht zu den gewöhnlichen Kennzeichen eines Zuges, um den Flüchtlingen auf die Spur zu kommen. Dies ward ihm nicht schwer bis zu dem Punkte, wo der harte, spur- und geleislose Boden der wellenden Prärien anfing. Hier verlor er jede Spur; er sah sich zuletzt bewogen, sein Gefolge zu teilen und allen einen gemeinschaftlichen Sammelplatz für einen entfernten Tag zu bestimmen, um dadurch, daß er die Anzahl der spähenden Augen vervielfältigte, desto leichter auf die Entdeckung der Spur zu gelangen.

Auf diese Weise war er für seine Person schon acht Tage *allein* umhergeirrt, als ihn der Zufall auf den Trapper und den Bienenjäger stoßen ließ. Zum Teil ist ihr Zusammentreffen erzählt worden, und der Leser kann sich ohne Mühe die Aufschlüsse denken, welche auf seine Erzählung folgten und ihm, wie wir gesehen haben, zu dem Auffinden seiner geliebten Braut verhalfen.

Sechzehntes Kapitel

> Die Zeichen sind Bestät'gung ihrer Flucht.
> Desfalls, ich bitt' Euch, lasset ab vom Reden.
> Besteigt die Rosse flugs.
>
> *Shakespeare*

In hastigen Fragen und Antworten, die sich fast ohne Zusammenhang folgten, war eine Stunde vorübergeschlichen, ehe Middleton, der über seinen wiedereroberten Schatz mit ebender eifersüchtigen Sorge wachte, mit welcher ein Geiziger seinen Geldkasten hütet, nachdem er die oft unterbrochene Erzählung seiner eigenen Begebenheiten beendigt hatte, seine Inez fragte:

»Sage mir, Liebe, auf welche Weise hat man dich behandelt?«

»In allen Stücken«, war die Antwort, »außer der Hauptsache, meiner grausamen Trennung von meinen Freunden, so gut, als es die Umstände meiner Räuber gestatten konnten. Meiner Meinung nach ist der Mann, der hier allgemein für das Haupt gilt, nur ein Anfänger im Bubenstück. Er zankte sich schrecklich in meiner Gegenwart mit dem Bösewicht, der mich ergriff; zuletzt trafen sie unter sich eine Übereinkunft, in die ich mich fügen mußte, und banden sich sowohl als mich mit schweren Eiden, den Vertrag nie zu brechen. Oh, Middleton, ich fürchte, ich fürchte, die Ketzer halten ihre Gelübde nicht so streng wie wir, die im Schoße der wahren gläubigen Kirche erzogen sind.«

»Jene Schurken, meine Inez, haben gar keine Religion. Brachen sie den Eid?«

»Das nicht! Aber war es nicht schon eine Sünde, den Namen Gottes zu mißbrauchen, um einen so gottlosen Bund zu beschwören?«

»Da hast du recht, Inez! Davon sind wir beide ebenso überzeugt, wie es der Heilige Vater in Rom sein kann. Wie haben sie aber ihren Eidschwur gehalten? Teile mir den Sinn und Inhalt desselben mit!«

»Sie machten sich anheischig, mich ungestört und ungekränkt zu lassen, mich von dem Anblick ihrer verruchten Gegenwart zu befreien, unter der Bedingung, daß auch ich mich eidlich verbürgte, keinen Versuch zur Flucht zu machen, ja mich vor einer von meinen Gebietern bestimmten Zeit keinem Menschenauge zu zeigen.«

»Und diese Zeit...« unterbrach sie der ungeduldige Middleton, der seiner Gattin fromme Bedenklichkeiten wohl kannte, »ist sie?... Wann ist sie abgelaufen?«

»Sie ist es. Ich mußte bei meinem Schutzheiligen schwören und tat es und hielt treu den Eid bis auf den Augenblick, wo der Mann, den man Ismael nennt, den seinen brach und mit Gewalt drohte. Da zeigte ich mich (die Zeit war abgelaufen) zum ersten Male auf dem Felsen, und ich will hoffen, Pater Ignaz selbst würde mich von meinem Gelübde losgesprochen haben, weil meine Entführer auch ihren Eid gebrochen hatten.«

»Hätte er es nicht getan«, murmelte der junge Mann zwischen den Zähnen, »ich würde ihn auf immer der Sorge für dein zartes Gewissen enthoben haben!«

»Ach, Middleton«, fuhr sie, und zwar errötend fort, indem sie ihm, ohne ihn ganz verstanden zu haben, in sein blutrotes Antlitz sah, »du kannst wohl meine Gelübde *empfangen*, hast aber keineswegs die Macht, mich davon zu *entbinden*!«

»Nein, nein, nein, Inez! Du hast ganz recht. Ich verstehe mich schlecht auf Gewissenszweifel und Spitzfindigkeiten, ich bin alles in der Welt eher als ein Priester. Sage mir aber, was hat die Ungeheuer vermocht, ein so verzweifeltes Spiel mit dir zu beginnen und mir meinen Himmel zu rauben?«

»Du weißt, wie unwissend ich in allen Welthändeln und Geschäften bin und wie wenig imstande, die Gründe anzugeben, welche Wesen, die von denen, die ich früher gesehen habe, so himmelweit verschieden sind, haben können. Bringt aber die Liebe zum Golde manchen Menschen nicht zu noch schändlicheren Handlungen als diese? Ich will glauben, der Gedanke hat sie geleitet, daß ein alter reicher Vater versucht werden könne, ihnen für sein Kind ein schweres Lösegeld zu zahlen; vielleicht auch«, setzte sie mit einem spähenden Blick hinzu, der aus ihren tränenden Augen auf Middleton fiel, »vielleicht auch bildeten sie sich ein, die zarte Liebe eines Bräutigams würde...«

»Gewiß, sie hätten mir mein Lebensblut tropfenweise abzapfen können!«

»Ja«, fuhr die junge verschämte Gattin fort, den verstohlenen Blick, den sie auf ihn gewagt hatte, schnell zurückziehend und ebensoschnell ihre Rede fortsetzend, als wolle sie das Gesagte bei ihm in Vergessenheit bringen, »es ist mir versichert worden, daß es selbst Ehemänner gibt, welche die Niederträchtigkeit so weit treiben, vor dem Altar Gelübde abzulegen, nur um sich in den Besitz des Vermögens unschuldiger leichtgläubiger Bräute zu setzen. Kann Liebe zum Golde zu solchem Grade von Schlechtigkeit führen, so können wir uns ja auch erklären, daß dieser Durst andere, die sich ihm ergeben haben, zu Handlungen verleiten könne, die nicht ganz so verdammlich sind.«

»Es mag wohl so sein. Aber, Inez, obschon ich hier für dich mit meinem Leben stehe und wir Herren des Felsens sind, so sind die Hindernisse, die wir zu bekämpfen haben, und unsere Gefahren noch nicht zu Ende. Du mußt deinen ganzen Mut zu Hilfe rufen, um dich aus dieser Lage herauszuarbeiten, und es beweisen, meine liebste Inez, daß du eines Soldaten Weib bist!«

»Ich bin bereit, augenblicklich aufzubrechen. Das Briefchen, welches du mir durch den Doktor hast zustellen lassen, erfüllte mich mit den besten Hoffnungen; ich habe mich im voraus zu allem angeschickt und war nur des ersten Winks zur Flucht gewärtig.«

»Nun, so laß uns den Ort verlassen und zu unseren Freunden eilen!«

»Zu unseren Freunden?« unterbrach Inez, die Augen rings um das kleine Zelt werfend und Ellen aufsuchend. »Auch ich habe eine Freundin, die nicht vergessen werden darf und ihr ganzes Leben mit uns zubringen muß. Wo ist sie? Sie ist nicht mehr da!«

Middleton antwortete lächelnd, als er seine Inez aus dem Zelt führte: »Sie mag wohl, wie wir, in einer geheimen zärtlichen Unterredung mit einem, der sie liebt, begriffen sein.«

Hierin ließ aber der junge Mann den Absichten, mit denen Ellen das Zelt verlassen hatte, nicht Gerechtigkeit widerfahren. Das junge Mädchen hatte gleich anfangs so viel Zartsinn und Feingefühl einzusehen, daß die Gegenwart eines Dritten bei einer Zusammenkunft wie dieser nichts weniger als notwendig sei, und demzufolge hatte sie sich bescheiden in aller Stille zurückgezogen; eine Eigenschaft, welche überhaupt ihrem Geschlechte eigner ist als dem männlichen. Man konnte sie auf einer hervorragenden Stelle des Felsens sitzen sehen, ganz eingehüllt in ihr Gewand, welches Züge und Gliedmaßen verdeckte. Hier saß sie seit einer Stunde. Niemand hatte sich ihr genähert, und nach ihren unruhigen und verstohlenen Blicken zu urteilen, mochte sie glauben, daß es niemand gab, der einen Blick aus ihren Augen suche. Darin irrte sich die sonst so scharfsichtige und genaue beobachtende Ellen.

Der erste Akt Paul Hovers, als er sich zum Herrn der Zitadelle Ismaels gemacht hatte, war ein scherzhaftes Siegeszeichen gewesen, wie es unter den Bewohnern der westlichen Gegenden gewöhnlich ist. Er schlug sich nämlich mit den Händen auf beide Seiten, wie der Streithahn es mit den Flügeln zu tun pflegt; dann ahmte er mit lauter kreischender Stimme das Kikeriki nach, – ein Ton, welcher bei dieser Gelegenheit für eine gefährliche Herausforderung hätte gelten können, wäre einer der athletischen Söhne des Squatters in der Nähe gewesen.

»Nun«, rief er weiter, »dieses nenne ich ein Schlagzu- und Hebauf-Spiel in bester Form, und dabei ist kein Knochen entzwei! Wie ist's alter Trapper, du bist ja auch zu deiner Zeit einer von der Miliz gewesen, ein Peloton-Soldat, hast in Reih und Glied gestanden, hast Forts wegnehmen und Batterien stürmen sehen, nicht wahr?«

»Ja freilich hab' ich«, antwortete der Alte, welcher noch immer seinen Posten am Fuß des Felsens einnahm, so wenig von dem, was er alles gesehen hatte, bewegt, daß er Pauls spöttisches Lachen mit gutherziger Nachsicht und auf seine Weise, mit schweigendem Lächeln, erwiderte. »Ja freilich habt ihr euch bei dem Angriff als Männer gezeigt.«

»Sag mir aber auch, ist es nicht nach einer Schlacht ordnungsgemäß, die Namen der Lebenden aufzurufen und die Toten zu begraben?«

»Manche taten es, manche nicht. Als Sir William den deutschen General Dieskau an den Ufern des Horican...«

»Euer Sir William«, unterbrach der Bienenjäger, »war eine Drohne gegen Sir Paul Hover und verstand nichts von militärischer Ordnung und Regel. Hier geht alles besser zu. Die Rolle wird abgelesen! Aber, im Vorbeigehen, Alter, ich habe bis jetzt über das Bienenjagen, über die Büffelhöcker und über andere Dinge immer vergessen, dich nach deinem Namen zu fragen; aber diesmal muß es geschehen; denn ich bin gesonnen, mit der

Arrieregarde den Anfang zu machen, da ich sehe, daß meine Avantgarde zu sehr beschäftigt ist, um mir Antwort geben zu können.«

»Guter Gott, mein Sohn, ich habe zu meiner Zeit soviel Namen erhalten und geführt, als es Völkerschaften gibt, unter welchen ich mich herumgetrieben habe. Die Delawaren nannten mich nach meinen Augen; ich hieß bei ihnen Falkenauge (Hawk-eye). Hinwieder tauften mich die Angesessenen in den Otsegohügeln um und benannten mich nach der Bedeckung meiner Beine[18]. So habe ich allerlei Namen davongetragen[19] und bin abwechselnd mit ihnen durchs Leben gegangen. Doch wird wenig daran gelegen sein, wie ich geheißen, wenn die große Musterung von Angesicht zu Angesicht vor sich geht und die allgemeine Frage erschallt: ›Wie hast du Mensch gelebt?‹ Ich hoffe, alsdann mit lauter und männlicher Stimme Rede und Antwort geben zu können.«

Paul gab wenig oder gar nicht Achtung auf die Rede des Alten, die mehr als zur Hälfte durch die Entfernung verlorenging, und rief, seinem Humor Raum gebend, nun mit Stentorstimme den Doktor Battius auf. Dieser hatte es nicht für nötig erachtet, seine Erfolge über die so glücklich für ihn entstandene Höhlung hinaus fortzusetzen, welche der Zufall zu seinem Schutzdach bestimmt zu haben schien und worin er jetzt von seinen Anstrengungen und Mühen ruhte, mit dem stillen Bewußtsein der sichern Lage und dem stolzern, daß er im Besitz des schon oben erwähnten botanischen Schatzes sei.

»Komm herauf! komm herauf, mein würdiger Maulwurfsfänger! Komm und nimm die Wohnung des Grenzläufers Ismael in Augenschein! Komm und schau der Natur dreist in die Augen; krieche nicht länger deinen Schneckengang im Grase der Prärie unter den Wollkrautbüscheln wie der Truthahn, der nach Grashüpfern stöbert.«

In diesem Augenblick schloß sich der Mund des leichtgesinnten, sorglosen Bienenjägers. Er verstummte plötzlich, so laut, redselig und geläufig er gewesen war; denn in diesem Augenblick zeigte sich Ellen Wade. Sobald das trübsinnige Mädchen ihren Platz auf der Felsenspitze eingenommen hatte, änderte Paul die Rolle und nahm die eines geschäftigen Durchsuchers der verschiedenen Gerätschaften des Squatters an. Er wühlte in den Kisten Esthers mit unzarten Händen umher, zerrte die groben Anzüge und den Staat der Töchter hervor, warf beides auf den Boden, ohne auf Wert und Beschaffenheit zu achten; wirtschaftete alsdann unter den Töpfen und Kesseln, als wären sie nicht von Eisen, sondern von Holz. Dies alles tat er aber offenbar nur zum Schein und ohne eigentliche Absicht. Er suchte nichts für sich aus, ja, er schien nicht einmal zu wissen, was er in die Hand nahm und so gewaltsam und ohne alle Rücksicht handhabte. Nachdem er auf diese Weise das Innere der Hütten durchstöbert und den Ort, wo die Kinder von ihm eingesperrt und mit Stricken gebunden lagen, von neuem untersucht und zum Zeichen der leichtsinnigen Unbekümmertheit eine Schüssel der Mutter wie einen Ball mit dem Fuß über zwanzig Ellen hoch in die Luft geschleudert hatte, begab er sich wieder an das Ende des Felsens, steckte beide Hände in seinen Wampumgürtel und fing das »Kentucky-Hunters«-Lied so fleißig an zu pfeifen, als sei er gedungen, seinen Zuhörern stundenlang Musik zu machen. So war die ganze Zeit verflossen, bis Middleton, wie gesagt worden, seine Inez aus dem Zelte führte. Sein Erscheinen gab den Gedanken der andern eine neue Richtung, ließ Paul sein Musizieren einstellen und zog den Doktor von der Betrachtung seiner Pflanze ab; denn als anerkannter Anführer erteilte er Befehl zum augenblicklichen Aufbruch.

In der Unordnung und Verwirrung, welche der anzutretende Marsch notwendig zur Folge hatte, blieb keine Zeit zum Überlegen und zu Gegenvorstellungen übrig. Die Belagerer waren nicht unvorbereitet zum Siege gelangt; um so leichter wurde es nun auch jedem, dasjenige zu tun, was er für seines Amtes und Berufs hielt. Schon hatte sich der Trapper des geduldigen Asinus bemächtigt, der unweit des Felsens ruhig weidete, und legte ihm die zusammengesetzte Maschine auf, welche der Doktor Battius einen Saumsattel von eigner Erfindung zu nennen beliebte. Der Botanist, seinerseits, fiel über seine Mappen, über seine Kräuter- und Insektensammlungen her, brachte sie schnell aus dem Lager des Squatters in die Taschen und Behältnisse des sogenannten Sattels, aus welchen sie aber der Trapper ebenso schnell wieder herauswarf, sobald der Doktor den Rükken gewendet hatte. Paul zeigte seine Behendigkeit beim Fortschaffen derjenigen Kleinigkeiten, welche Inez und Ellen in Bereitschaft gehalten hatten, und schichtete sie am Fuße des Felsens auf, während Middleton, nachdem er die Kinder mit abwechselnden Drohungen und Verheißungen ermahnt hatte, sich still und ruhig zu verhalten, den beiden Frauenzimmern beim Hinuntersteigen half. Da es die höchste Zeit und bereits zu besorgen war, Ismael könne mit jedem Augenblick zurückkommen, so wurden alle diese Bewegungen bei dringender Gefahr schnell und ununterbrochen zustande gebracht.

Der Trapper packte diejenigen Sachen, die er für den Gebrauch der Frauenzimmer für geeignet hielt, in die Taschen, aus welchen er mit so wenig Umständen die Schätze des Doktors weggeschafft hatte, und lud Middleton ein, seine Inez auf einen der beiden Sitze zu bringen, die der gesattelte Rücken des Esels darbot.

Dann wandte er sich zu Ellen, warf einen etwas ängstlichen forschenden Blick hinter sich auf die Wildnis und setzte hinzu: »Nun, Kind, steig auf, und mach geschwind. Es kann nicht mehr lange dauern, so ist der Eigentümer hier und sieht nach dem Seinigen; er ist wahrlich der Mann nicht, der, was ihm gehört, ohne Widerspruch und Klage fahren läßt.«

»Du hast recht«, erwiderte Middleton, »wir haben eine kostbare Zeit vergeudet, und es tut not, sie wieder einzuholen. Darum frisch ans Werk!«

»Ja, ja, Kapitän, ich hab' es wohl gedacht und würd' es auch gesagt haben, aber ich erinnerte mich an Euren Großvater, wie er seine Lust daran hatte, *der* in die Augen zu schauen, die er in den Tagen seiner Jugend und seines Glücks als sein geliebtes Weib heimführte. Das ist Natur, das ist Natur! Und es ist besser, ihren Gefühlen etwas nachzugeben, als sie in ihrem Laufe stören und aufhalten zu wollen.«

Jetzt näherte sich Ellen dem Esel auf der andern Seite, ergriff Inez bei der Hand und sprach mit herzlicher Wärme, und nachdem sie sich Mühe gegeben, eine Rührung zu unterdrücken, die sie beinahe erstickt hätte: – »Gott segne Euch, süße Lady! Ich hoffe, Ihr werdet das Übel vergessen und vergeben, was Euch mein Oheim zugefügt hat.«

Das niedergeschlagene, gequälte Mädchen konnte nicht weiterreden. Die Stimme versagte ihr, der Laut erstarb auf ihrer Zunge; sie brach in ein unvernehmbares Ächzen des Wehes aus.

»Was ist das?« rief Middleton. »Hast du mir nicht gesagt, Inez, dieses vortreffliche junge Frauenzimmer werde uns begleiten und ihr ganzes übriges Leben mit uns zubringen oder wenigstens so lange unter uns bleiben, bis sie selbst in eine angenehme Lage versetzt sein würde?«

»Ich hab's gesagt und hoffe es noch immer. Ellen hat mir jederzeit Ursache gegeben zu glauben, daß sie, die mir in meinem Unglück soviel Mitleid und Freundschaft erzeigt, mich in glücklicheren Umständen nicht verlassen würde.«

»Ich kann und darf nicht«, fiel Ellen ein, welche jetzt Herr über ihre weichere Empfindung geworden war. »Es hat Gott beliebt, daß mein Los unter dieses Volk fallen sollte, und ich darf die Leute nicht verlassen. Es hieße dem Verrat einen neuen Grad von Schwärze geben in den Augen des Mannes, der schon Grund genug zu haben glaubt, mich in Verdacht zu haben. Er hat mich, eine Waise, mit Güte behandelt, insofern es in seinem rauhen Charakter steht, gütig zu sein. Ich kann mich in einem Augenblicke, wie dieser ist, nicht von ihm wegstehlen.«

»Sie ist ebensowenig mit dem Grenzschleicher Ismael verwandt wie ich mit einer Bischofsmütze!« schrie Paul mit einem lauten Hm!, als täte es seiner Kehle not, sich Luft zu machen. – »Hat der Squatter insofern ein gutes Ding getan, als er ihr ab und zu ein Stück Wildbraten gegeben oder einen Löffel von seinem Welschkornbrei, so hat sie es ihm reichlich eingebracht und dadurch bezahlt, daß sie die jungen Teufelskinder im Bibellesen unterrichtet und der alten Esther geholfen hat, ihrem Staat ein besseres Ansehen zu geben. Man sage mir, daß eine Drohne einen Stachel hat, und ich will es ebensoleicht glauben, als ich glaube, daß dieses junge Frauenzimmer in Ismaels und seines Stammes Schuldbuch steht.«

»Es kommt hier nicht darauf an, zu wem ich gehöre, und in wessen Schuldregister ich stehe. Es ist niemands Sache, für eine vater- und mutterlose Waise Sorge zu tragen, deren nächste Verwandte der Auswurf ehrlicher Leute sind. – Nein, meine gute Lady, geht, und der Himmel sei mit Euch! Es ist besser für mich, ich bleibe hier, in dieser Wüste, weit von denen, die meine Schmach kennen.«

»Nun alter Trapper«, schrie Paul, »das nenne ich doch wissen, woher der Wind bläst! Ihr seid ein Mann, der das Leben kennt, der in der Welt herumgekommen ist und die Weise der Menschen studiert hat; ich frage Euch und überlass' es Eurem Verstande, mir zu sagen, mir klar und deutlich zu sagen, ob es nicht in der Natur der Dinge liegt, daß ein Bienenschwarm ausfliege, wenn die Jungen ihr volles Wachstum erreicht haben; und ob, wenn *Kinder* ihre *Eltern* verlassen, es nicht recht und billig ist, daß solche, welche weder Haut noch Haar von einer Familie ...«

»Still!« unterbrach ihn der Trapper, »Hektor wird unruhig. Sprich Hund! Heraus damit! Was ist vor? Was ist dir? Du bist unzufrieden.«

Der alte ehrwürdige Hund hatte sich aufgerichtet und witterte den frischen Landwind, der sich über die Prärie hinzog. Die Worte seines Herrn verstehend, heulte er, verzog die Lippenmuskeln, als sei er gesonnen, mit den Zahnstümpfen zu drohen und sich zur Wehr zu setzen. Auch der jüngere Hund, der bis jetzt von der raschen Morgenjagd ausgeruht hatte, gab Zeichen von sich, daß etwas Fremdartiges die Luft anstecke und seine Nase es wittere; worauf beide Tiere, als hätten sie mit der Meldung ihre Schuldigkeit getan, sich wieder zur Ruhe legten.

Sogleich ergriff der Trapper den Esel beim Halfter, und schrie, als wolle er auch zugleich mit der Stimme das Tier antreiben:

»Hier ist keine Zeit zu Worten. Der Squatter und seine Brut sind kaum eine bis zwei Meilen von diesem verwünschten Ort entfernt.«

Middleton vergaß über diese Meldung Ellen und beschäftigte sich bei der dringenden Gefahr bloß mit seiner wiedergefundenen Braut. Wir dürfen nicht erwähnen, daß auch Doktor Battius keines zweiten Sporns zum Aufbruch bedurfte.

Den Weg einschlagend, den ihnen der alte Mann vorschrieb, wandte sich der ganze Haufe um den Felsen, und nun ging's so schnell als möglich immer querfeldein über die Prärie unter Begünstigung des Schattens.

Nur Paul Hover blieb wie eingewurzelt zurück, finster und mürrisch auf seine Flinte gelehnt. Erst nach Verlauf einer Minute bemerkte ihn Ellen, welche ihr Gesicht mit beiden Händen verhüllt hatte, wie jene davoneilten, als wolle sie ihren Schmerz vor ihren eigenen Augen verbergen.

»Warum fliehst du nicht!« rief das weinende Mädchen im Augenblick, als sie bemerkte, daß sie nicht allein war.

»Ich bin's nicht gewöhnt«, war die Antwort.

»Mein Oheim wird gleich hier sein. Du hast kein Mitleid von ihm zu hoffen.«

»Auch nicht von seiner Nichte, wie ich sehe. Laß ihn kommen! Er kann mir weiter nichts zuleide tun als mir den Kopf spalten.«

»Paul! Paul! wenn du mich liebst, so flieh!«

»Allein? – Wenn ich es tue, so will ich...«

»Ist dir dein Leben lieb, so flieh!«

»Mein Leben ist mir nichts, du – alles!«

»Paul!«

»Ellen!«

Sie streckte beide Hände nach ihm und brach in einen zweiten und weit gewaltsamern Tränenstrom aus. Der Bienenjäger schlug einen seiner kräftigen Arme um ihren schlanken Leib, und im nächsten Augenblick riß er sie mit sich fort über die Ebene, schnell ihren fliehenden Freunden nach.

Siebzehntes Kapitel

> Geht in das Zimmer, und erstarret dann
> Vor dieser neuen Gorgo; fragt mich weiter nicht,
> Seht hin und sprecht dann selbst!
>
> *Macbeth*

Das kleine Bächlein, welches die Familie des Squatters mit Wasser versorgte und die Bäume und das Buschwerk am Fuße des Felsens bewässerte, entsprang unweit desselben aus einem kleinen Dickicht von Baumwollbäumen und wilden Reben. Dahin richtete der Trapper die Flucht, als nach dem einzigen Orte, wo man in dieser härtesten Not verborgen zu bleiben hoffen konnte. Man vergesse nicht, daß des alten Mannes Scharfsinn, der, durch eine lange Folge ähnlicher Ereignisse, zu einer Art von Instinkt in plötzlichen Gefahren gediehen war, ihn diesen Weg führte, da auf diese Weise zwischen ihm und dem sich nähernden Feinde der Felsen zu stehen kam. Unter Begünstigung dieses Umstandes erreichten sie zu rechter Zeit das Gebüsch, und eben hatte Paul Hover – der letzte des Zuges – sich und seine fast atemlose Ellen in die verwickelten Zweige geborgen, als Ismael auf die oben beschriebene Weise die Höhe des Felsens erreicht hatte und einen Augenblick wie ein seiner Sinne Beraubter dastand, die Zerstörung übersehend, welche unter seiner Habe angerichtet worden, und nach seinen Kindern suchend, welche, gebunden und geknebelt, von dem Bienenjäger unter das Borkendach eines Schuppens gebracht worden waren. Hätte der Squatter die Flüchtigen ins Auge gefaßt, ehe das Gebüsch sie verbarg, so würde ein einziger Schuß aus seiner langen Flinte von der Höhe, wo er stand, sie in ihrem Versteck erreicht und ihn an den Urhebern dieser Leiden und Verluste gerächt haben.

Der Trapper war der erste, der sich hier vernehmen ließ, so wie er an Erfahrung, Einsicht und Rat die übrigen überwog. Nachdem er die Blicke ringsumher auf die ihn Umgebenden geworfen und sich überzeugt hatte, daß niemand – auch Ellen nicht – fehlte, brach er in die Worte aus:

»O Natur, Natur! Du hast dein Werk vollbracht!« Dann dem

überseligen Paul zuwinkend und beifällig zulächelnd, setzte er hinzu: »Ich hab' es wohl gedacht, es würde denen, die sich so oft in Sonnenschein und Sturm, unterm Sternenhimmel und im Mondschein getroffen haben, schwerfallen, sich in Unmut zu trennen. Aber jetzt haben wir nicht Zeit mit Plaudern zu verlieren; jetzt gilt es alles, zu handeln und mit dem Geiste geschäftig zu sein. Nicht lange, so wird ein Teil der jungen Brut ihre Nasen in Bewegung setzen, unsere Spur aufzusuchen, und finden sie uns – und sie müssen uns finden – und zwingen sie uns zur Gegenwehr, so muß das Schießgewehr den Ausschlag geben, und das wolle der im Himmel verhüten! Kapitän, könnt Ihr uns zu der Stelle führen, wo ein Teil Eurer Mannschaft liegt? Denn die baumstarken Söhne des Landschleichers werden hinterdrein fegen, oder ich müßte mich wenig auf das Kriegshandwerk verstehen.«

»Unser Sammelplatz«, versetzte Middleton, »ist viele Stunden weit von hier, am Ufer der Platte.«

»Das ist übel, sehr übel! Denn wenn ein Gefecht unvermeidlich, ist, so ist es gut, daß beide Teile einander gleich seien. Was ist aber hier, wo die Zeit so kurz und die Hilfe so weit ist, zu tun? Hier, wo das böse und heiße Blut so gern mitspräche? Wollt Ihr das beherzigen, was ein graues Haupt und die Erfahrung von vielen Jahren Euch vorzuschlagen hat, so hört mich an! Ist dann einer unter euch, der einen weiseren Rückzugsplan ausmittelt, so wollen wir ihm alle folgen, und dann vergeßt, daß ich gesprochen habe. Dieses Dickicht erstreckt sich fast eine Meile weit immer quer vom Felsen ab und führt nach Westen hin anstatt nach den Wohnungen ...«

»Genug, genug«, rief Middleton, viel zu ungeduldig, um dem bedächtigen und vielleicht für den Augenblick zu weitläufigen Alten Zeit zu lassen, seine umständliche Beschreibung zu endigen. »Die Zeit ist zu kostbar, sie mit Worten zu verlieren. Laßt uns fliehen!«

Der Trapper machte mit einer zustimmenden Gebärde eine Wendung halb links und leitete den Esel quer über das Moor auf harten Grund nach der Seite hin, die dem Lager des Squatters gerade gegenüber lag.

»Schielt der alte Ismael nur mit halbem Auge nach der Straße hin, die wir jetzt durch das Gebüsch gehen«, rief Paul, indem er rasch in die Öffnung zurückblickte, welche ihre Schwenkung im niedern Buschwerk hinterlassen hatte, »so bedarf es keines weitern Fingerzeigs, uns auf die Spur zu kommen. Mag er doch nachkommen mit allen seinen Söhnen! Ich weiß gar wohl, der Herumschwärmer wünscht nichts so sehr, als sein Blut und Geschlecht mit ehrlichem Blut und Geschlecht zu kreuzen; wenn aber je ein Sohn von ihm dazu gelangt, der Gatte von...«

»Still, Paul, still!« sagte das errötende und zugleich erschrokkene junge Mädchen, sich an ihn schmiegend, »Eure Stimme möchte gehört werden!«

Der Bienenjäger schwieg, obschon er noch immer, als sie um eine Wendung des Baches bogen, bedeutungsvolle Blicke hinter sich warf, welche den kampflustigen Zustand seines Gemüts deutlich genug zu erkennen gaben. Doch da jeder für sich so schnell als möglich auf den harten Boden zu kommen suchte, so verflossen kaum einige Minuten, bis der Trupp eine Erdwelle hinan- und wieder hinabgestiegen und nun insofern vor der Verfolgung der Söhne Ismaels sicher war, als er ihnen aus den Augen kam und sie einer ungewissen Spur nachgehen mußten. Die Gestaltung des Bodens kam dem alten Anführer so gut zustatten, daß er nun eine ganz entgegengesetzte Richtung nehmen konnte, um die Nachsetzenden zu täuschen, gerade wie ein Schiff, welches sich hinter Nebel und Dunst verbirgt, um der Wachsamkeit des Feindes zu entgehen.

Zwei Stunden raschen Vorschreitens hatten sie instand gesetzt, einen halben Bogen um den Felsen zu machen und den beabsichtigten Punkt zu erreichen, welcher der zu vermutenden Richtung ihrer Flucht schnurstracks entgegenlag. Den meisten unter ihnen war diese vom Trapper genommene Wendung ebenso unbekannt wie den Passagieren mitten auf dem Weltmeere der veränderte Lauf eines Schiffes. Aber der alte erfahrene Führer benutzte jede Krümmung, jede Höhe und Niederung des Bodens mit einer Zuversicht, welche denen, die ihm folgten, volles Zutrauen einflößte, insofern sie wohl einsahen, er führe sie mit vollkommner Kenntnis der Gegend. Sein Hund, welcher von Zeit zu Zeit stillstand, um seinem Herrn nach den Augen zu sehen, war ihm den ganzen Weg über vorausgegangen und hatte sozusagen in voller Übereinstimmung mit ihm den Gang vorgezeichnet, den man befolgen mußte. Aber, eben als der zweistündige Marsch zurückgelegt war, stutzte mit einem Male das Tier, ließ sich nieder, schnupperte einen Augenblick und fing nun laut und weinerlich zu heulen an.

»Oho!« rief der Alte, »oho, Bursch, kennst du den Ort wieder? Ich ebenfalls: ein Ort, der wohl der Erinnerung wert ist!« Mit diesen Worten blieb er bei seinem unruhigen Gefährten stehen, bis der Trupp ihm nachgekommen war. »Dort«, fuhr er nun fort, mit dem Finger hinzeigend, »liegt ein Dickicht vor uns, wo wir sicher sind und so lange liegen können, bis große Bäume auf diesem nackten Felde aufgeschossen sind; dort wird keiner von des Landschleichers Kindern uns aufsuchen.«

»Richtig«, schrie Middleton, die Gegend mit einem Auge untersuchend, worin sich eine empörende Erinnerung malte, »dies ist die Stelle, wo der Leichnam liegt!«

»Die nämliche«, erwiderte der Trapper. »Wir müssen aber nachsehen, ob ihn die Seinen in den Boden verscharrt haben oder nicht. Der Hund hat zwar die Fährte gefunden, scheint aber doch einigermaßen ungewiß. Geht also voran, Paul, und untersucht die Stelle, während ich zurückbleibe, um die Hunde von zu lautem Gewinsel abzuhalten.«

»Ich? Vorangehen?« schrie Paul, sich mit der Hand in die zottigen Locken fahrend wie einer, der nachdenkend zurückfährt, ehe er ein so furchtbares Unternehmen beginnt: »Höre, alter Freund, in meinen dünnsten Kleidern habe ich mehr als einmal mitten in Schwärmen gestanden, die ihren Weisel verloren hatten, ohne zu mucksen; und in der Tat, der Mann, der soviel Mut hat, wird sich's nicht nachsagen lassen, daß er sich vor einem der lebenden Söhne Ismaels fürchte; aber mit toten Gebeinen mag ich nichts zu tun haben; ich fühle weder Beruf noch Neigung dazu, danke Euch für Eure Güte, für Eure Wahl – wie der Gemeine zu sagen pflegt, den man in der Kentucky-Miliz zum Korporal macht, bedanke mich aber für den Dienst.«

Der alte Mann, der sich in seiner Hoffnung getäuscht fand, wandte sich nun mit seinen Blicken an Middleton, welcher während der Zeit zu sehr mit Inez beschäftigt gewesen war, um seine Verlegenheit bemerkt zu haben. Doch dieser ward schleunigst von einer Seite ein Ende gemacht, von der sich nach allem, was bisher vorgegangen war, eine solche Entwicklung von Mut nicht voraussetzen lassen konnte.

Doktor Battius hatte sich die ganze Zeit des bisherigen Rückzugs über durch die große Betriebsamkeit, welche er in diesem für ihn so erwünschten Verfahren gezeigt hatte, nicht wenig bemerkbar gemacht. Sein Eifer bei dieser Veranlassung war in der Tat so groß gewesen, daß er über seine gewöhnlichen Liebhabereien den Sieg davongetragen hatte. Der schätzbare Naturforscher gehörte zwar zu derjenigen Gattung von Auffindern und Entdeckern, welche für jemand, der Grund hat zu eilen, die allerschlechtesten Reisebegleiter sind. Ihren wachsamen Augen, ihren Forschungen und Untersuchungen entgeht kein Stein, kein Gebüsch, keine Pflanze; der Donner mag grollen, der Regen mag fallen, nichts stört sie im Laufe ihrer geliebten Träumereien. Nicht also war's aber mit unserm Schüler Linnés, solange die große Frage vor dem Richterstuhl seines Verstandes verhandelt wurde, ob die kräftige Nachkommenschaft des Landschleichers Ismael ihm das Recht nicht streitig machen dürfte, frei und ungehindert durch die Prärie zu gehen. Der abgerichtetste Hund von der besten Rasse, der sein Wild im Auge hat, könnte ihm nicht mit einem fester auf dasselbe gehefteten Blick nachfolgen, als unser Doktor seinen Weg im Halbkreise verfolgte. Ein Glück war es vielleicht für die Steigerung seines Mutes, daß er von der Kriegslist des Trappers, die Burg Ismaels zu umgehen, nicht unterrichtet war und daß dieser Irrtum beim Fortschreiten ihm wohltat und ihn überredete, jeder Zoll der Prärie verlängere um so viel das Maß der Entfernung zwischen ihm und dem verhaßten Felsen. Und obschon ihn das Hundegeheul aus seinem Wahn gerissen hatte und er nun zu nicht geringer Bestürzung inne ward, wie sehr er sich betrogen, war er dennoch der Mann, der sich kühn genug zeigte und sich willig finden ließ, in das Dickicht einzudringen, worin er den Leichnam des erschlagenen Asa zu finden vermutete. Vielleicht fühlte sich bei dieser Gelegenheit der Naturforscher bewogen und gedrängt, Mut zu zeigen, weil ihm sein inneres Selbstgefühl den geheimen Vorwurf machte, er habe sich bei der Retraite über die Maßen geschäftig gezeigt. Soviel ist gewiß: so groß die Gefahr in seinen Augen scheinen mochte, die aus einer schnellen Verfolgung zu besorgen war, so sehr hatten ihm seine Gewohnheiten und Kenntnisse alle Furcht vor dem Zusammentreffen mit Toten genommen.

»Wird von jemand ein Dienst zu leisten verlangt, wozu eine vollkommene Beherrschung des Nervensystems erforderlich ist«, sagte der wissenschaftliche Mann mit einer Miene, in welcher sich ein bißchen Prahlerei malte, »so habt Ihr nur diesem Jemand und dessen Verstandesfähigkeiten die gehörige Richtung zu geben; denn hier steht ein solcher Jemand, über dessen physische Kräfte Ihr zu gebieten habt.«

»Der Mann ist gewohnt, in Bildern und Parabeln zu sprechen«, murmelte der einfache Trapper, »aber mich will bedünken, daß in dem Gewirr seiner Worte doch immer etwas Sinn verborgen liegt. Freilich hält es ebenso schwer, diesen Sinn aus seinen Reden herauszuklauben, als drei Adler auf einem und demselben Baume zu finden. Die Klugheit erfordert es, Freund, sich zu verbergen; denn es wäre doch möglich, daß die Söhne des Squatters uns auf die Fersen kämen und unsere Spur entdeckt hätten. Aber wie Ihr ebensogut wißt als ich, steht zu befürchten, daß jenes Dickicht einen Anblick enthalte, vor dem ein Frauenherz zurückschrecken würde. Seid Ihr Manns genug, dem Tode ins Antlitz zu schauen, oder soll ich auf die Gefahr hin, die Hunde anschlagen zu lassen, selbst hineindringen. Ihr seht, mein Bursch öffnet schon den Rachen und ist bereit, sich bellend in den Busch zu stürzen.«

»Ob ich Manns genug bin? Ehrwürdiger Trapper, unsere Bekanntschaft ist jung, sonst würde mich Eure Frage in Behelligungen und in eine hitzige Erörterung verwickeln! Ob ich Manns genug, ob ich ein Mann bin? Ich behaupte, von der Klasse *mammalia*, der Ordnung *primates*, dem Genus *homo* zu sein. Diese Stelle nehme ich als physisches Wesen ein; was meine moralischen Eigenschaften betrifft, so mag die Nachwelt darüber urteilen: mir geziemt es, davon zu schweigen.«

»Das Einnehmen mag für die gut sein, welche Vergnügen an den Arzneien finden; meinem Geschmack und Urteile nach sind sie weder wohlschmeckend noch heilbringend. Dagegen brachte Moral noch keinem menschlichen Wesen Nachteil, mochte es in Wäldern leben oder in Häusern mit Glasfenstern und rauchenden Kaminen. Es sind bloß hier und da einige unverständliche Worte, die uns trennen, Freund, und ich bin der Meinung, bei einem längern und freiern Umgang würde es uns gelingen, uns zu verständigen und zu verstehen, und was die Hauptpunkte betrifft, in den Urteilen über Menschen und über die Wege der Welt übereinzustimmen. Ruhig, Hektor, ruhig! Was macht dich so ungeduldig? Bist du nicht gewöhnt, Menschenblut zu riechen?«

Der Doktor schenkte dem Naturphilosophen ein gefälliges, aber doch Mitleid bezeichnendes Lächeln. Zugleich aber benutzte er dessen Zuruf an den Hund, um einige Schritte von dem Ort zurückzutreten, wohin ihn sein unaufhaltsamer Mut hingerissen hatte. Er tat's wohl auch zugleich, um mit weniger Anstrengung der Brust, mit weniger Verlust an Atem und mit mehr Freiheit in Handlung und Haltung reden zu können.

»Ein *Homo,* – ein Mensch ist ohne Zweifel ein *Homo*«, sagte er, den Arm mit nachdrücklicher, beweisführender Gebärde vor sich ausstreckend. »Insofern er seine animalischen Funktionen ausübt, sind diese die verbindenden Kettenglieder der Harmonie, der Ordnung, der Gleichförmigkeit und Planmäßigkeit des ganzen Genus; hier aber hört auch die Ähnlichkeit auf. Der Mensch kann durch Unwissenheit bis zur letzten Stufe, bis an den Rand der Linie, die ihn vom Tier unterscheidet, herabsinken; so wie er sich durch Wissenschaft zu einer Verbindung mit dem Großen Geist und Herrn aller Geister erheben kann. Ja, ich weiß nicht, ob er sich nicht, wenn ihm Zeit und Gelegenheit dazu würde, zum Herrn alles Wissens machen und demzufolge dem großen bewegenden Prinzip gleichkommen würde.«

Der alte Mann, in nachdenklicher Stellung auf seine Flinte sich lehnend, schüttelte den Kopf, indem er mit einer angebornen Kraft und Festigkeit – welche das angenommene, anmaßende, imponieren sollende Wesen seines Gegners ganz ins Dunkle stellte – ihm zur Antwort gab:

»Was Ihr da vorbringt, ist nichts mehr und nichts weniger als die den sterblichen Menschen anklebende stolze Ruchlosigkeit. Ich habe diese Erde seit sechsundachtzig Wintern und Sommern bewohnt; habe die ganze Zeit über beobachtet, daß die Bäume heranwachsen und absterben; habe aber nie den Grund entdecken können, wie und warum die Sonne im Sommer die Augen treibt, wie und warum im Winter der Frost das Laub abstreift. Euer Wissen, worauf Ihr so sehr trotzt, ist Torheit in den Augen des, der in den Wolken thront und mit Unmut auf den Stolz und die Eitelkeit seiner Geschöpfe herabsieht. Manche Stunde habe ich damit zugebracht, liegend im Schatten der Wälder oder ausgestreckt auf den Anhöhen der offenen Felder, zu den Sternen des blauen Firmaments hinaufzusehen, wo ich mir dann dachte, daß das höchste Wesen von seinem Throne auf dies wunderliche Treiben der Menschen und Tiere ernst und feierlich herabschaute, – wie ich selbst wohl oft auf einen Ameisenhaufen Achtung gegeben, auf das rührige Umherlaufen der Tierchen, das doch weit regelmäßiger, weit eingreifender in den Plan der Allmacht und Größe Gottes ist als unser armseliges Umherirren. Wissenschaft! wahres Spielzeug!! – Könnt Ihr mir sagen, Ihr, den es so leicht dünkt, zu dem Sitze des höchsten Verstandes hinaufzuklimmen, könnt Ihr mir den Anfang und das Ende erklären! Ihr besonders, Doktor, Helfer im Schmerz, Heiler der Krankheiten, sagt mir doch, was ist Leben und was ist Tod? Sagt mir, warum der Adler so lange lebt, und warum die Lebenszeit des Schmetterlings so kurz ist? Sagt mir etwas noch Einfacheres; erklärt mir, warum in diesem Augenblick mein Hund so unruhig ist, während Ihr, dessen ganzes Leben bei den Büchern verstrichen ist, keinen Grund zur Unruhe in Euch verspürt?«

Der Doktor, welcher einen Augenblick durch die Würde und Gedankenkraft des alten Mannes stutzig geworden war, holte jetzt tief Atem, ungefähr wie ein matter Ringer, der sich soeben von den Händen seines Gegners, die ihm die Kehle zuschnürten und ihn zu erdrosseln drohten, losgemacht, und benutzte die günstige Pause, um sich zu fassen und zu antworten:

»Es ist sein Instinkt.«

»Aber was ist die Gabe des Instinkts?«

»Eine niedrigere Verstandesstufe als die Vernunft; eine Art geheimer Verbindung zwischen Gedanken und Materie.«

»Und was nennt Ihr Gedanken?«

»Ehrwürdiger Jäger, dies ist eine Räsonnementsmethode, welche den eingeführten Gebrauch der Definitionen auf nichts herabsetzt; ich versichere Euch, daß sie in den Schulen nicht geduldet wird.«

»Dann sind Eure Schulen schlauer, als ich es dachte, wenn sie eine Methode verbannt haben, die ihre Eitelkeit so offenbar aufdeckt«, erwiderte der Trapper, eine Erörterung plötzlich abbrechend, welche dem Naturforscher sehr zu behagen anfing, und sich zu seinem Hunde wendend, dessen Unruhe er mit Ohrenkrauen zu beschwichtigen suchte. »Hektor«, redete er ihn an, »sei kein Narr! Du hast dich ja wie ein ungelerntes junges Ding, nicht wie ein vernünftiger Hund benommen! Bedenke, daß dich Erfahrung zum wohlerzogenen Jagdgehilfen gemacht, daß du nicht gewöhnt bist, anderen Hunden nachzuspüren, wie in den Niederlassungen ein Knabe in die Fußtapfen seiner Lehrer tritt, mag es recht sein oder nicht.« Dann sich wieder zum Doktor wendend, fuhr er fort: »Alles gut, Freund; da Ihr doch so viel versteht, so frage ich Euch nochmals: Sagt Euch das Herz zu, in das Dickicht zu dringen und nachzusuchen, oder soll ich selbst hinein?«

Jetzt nahm der Doktor wieder die vorige Miene der Entschiedenheit an, und ohne ein Wort zu erwidern, schritt er vorwärts und tat, wie verlangt worden. Bis dahin hatte der Trapper die beiden Hunde insofern zurückgehalten, als sie sich begnügten, leise, aber in einem fort zu winseln. Als sich aber der Doktor aufmachte, ins Gebüsch zu treten, war für den jungen des Haltens nicht mehr; er lief erst im Kreise um dasselbe, beroch dann die Erde und kehrte hierauf laut heulend zu seinem Gefährten zurück.

»Der Einschleicher Ismael«, sagte der Alte, »und seine Jungen müssen eine starke Fährte am Boden zurückgelassen haben.« Zugleich harrte er, während er sprach, auf die erste Bewegung seines Spürhundes, um der gegebenen Richtung zu folgen, hinzusetzend: »Ich will doch hoffen, der hochgelahrte Herr Doktor wird sich des Weges erinnern, den ich ihn geschickt habe.«

Schon war Doktor Battius in dem Busche verschwunden; schon dauerte es dem Trapper zu lange, und er fing an, in seiner Ungeduld an alle Möglichkeiten hin und her zu denken, als er den Mann rückwärts aus dem Dickicht schreiten sah, das Gesicht auf die Stelle gerichtet, die er soeben verlassen hatte, als seien seine Augen durch einen Zauber unabwendbar auf etwas geheftet.

»Hier ist nicht alles richtig«, rief der Alte aus, ließ seinen Hektor los und ging auf den versteinerten Naturforscher zu. »Der Mann hat ja ein ganz verwildertes Ansehen, Laßt sehen! Was ist Euch, Freund? Habt Ihr zu Eurem Buche der Weisheit ein neues Blatt gefunden?«

»Ein Basilisk! Ein Basilisk!« murmelte der Doktor, dessen veränderte Züge die völlige Verwirrung seiner Geisteskräfte bekundeten. »Ein Tier von der Ordnung *Serpens*. Ich hatte seine Attribute für fabelhaft gehalten, aber die mächtige Natur hält mit der raschesten Phantasie des Menschen gleichen Schritt!«

»Was gibt's? Was gibt's schon wieder? Die Schlangen der Prärie sind harmlose Wesen, außer wenn hie und da eine von ihnen böse gemacht wird und im Zorne daherrasselt; und dann geht die Bewegung ihres Schwanzes dem Bisse immer voraus. Guter Gott, was ist doch die Furcht für ein demütigendes Ding! Hier steht einer, gewöhnt, mit Worten um sich zu werfen, die ein schlichter Mund nicht nachsprechen kann, und jetzt ist er so außer sich, daß seine Stimme so schrill wie das Pfeifen einer Prärieeule tönt! Mut gefaßt, Mann! Was für ein Tier ist's? Heraus damit!«

»Ein Wundertier! ein *lusus naturae!* ein Ungeheuer, von der spielenden Natur hervorgebracht, um zu zeigen, wie weit ihre Macht sich erstreckt! Zeit meines ganzen Lebens habe ich keine so weit getriebene Verwirrung in ihren Gesetzen oder ein *Specimen* gefunden, welches allen Unterscheidungszeichen von Klassen und Generibus so sehr Trotz bietet. Laßt mich das Bild ins Gedächtnis zurückrufen«, setzte er hinzu, nach seiner Schreibtafel mit Händen tappend, welche so stark zitterten, daß sie ihre Schuldigkeit nicht tun konnten. »Laßt mich es aufzeichnen, solange ich Zeit und Kopf dazu habe: *Augen* fesselnd; *Farbe* bunt, zusammengesetzt, tiefgefurcht...«

»Was der Mann da vorbringt von fesselnden Augen und scheckigen Farben! Sollte man nicht denken, er sei verrückt!« unterbrach ihn der mürrische Trapper, etwas verdrießlich, daß seine Gefährten die ganze Zeit über noch nicht daran gedacht hatten, einen sichern Lagerplatz zu suchen. »Ist wirklich eine Schlange im Gebüsch, so zeigt sie mir, und will das Geschöpf nicht im guten weichen, so müssen wir uns mit ihm um den Platz streiten.«

»Dort ist es«, sagte der Doktor, mit dem Finger nach einer dichten Baumgruppe im Dickicht zeigend, ungefähr fünfzig Fuß von der Stelle ab, wo beide standen. Mit vollkommener Fassung und Gemütsruhe gab der Trapper seinen Augen die vorgeschriebene Richtung; kaum aber hatte sein kühner, geübter Blick den Gegenstand entdeckt, welcher die Philosophie des Naturforschers so gewaltig erschüttert hatte, als er selbst stutzte, dann schnell seine Flinte vorhielt, sie aber ebenso schnell wieder zur Ruhe brachte, als ob ein zweiter Gedanke sich ihm dargestellt und ihn überzeugt hätte, der erste sei falsch gewesen. Weder jene instinktartige Bewegung noch seine plötzliche Besinnung war ohne hinreichenden Grund; denn am äußersten Streif des Dickichts und in unmittelbarer Berührung mit der Erde lag ein lebendiger Ball, welcher durch sein seltsames Ansehen und durch das Wilde, was in seinen Augen lag, wohl geeignet war, den Schreck des Doktors zu rechtfertigen. Es würde schwerfallen, die Gestalt und die Farben dieser außerordentlichen Substanz zu beschreiben; nur in ganz allgemeinen Ausdrücken ließe sich davon sagen, daß sie von fast sphärischer Form war und alle Farben des Regenbogens abspiegelte, doch ohne die Ordnung dieses Meteors zu beobachten, in lauter durcheinandergeworfenen Strichen ohne planmäßige Zeichnung und Harmonie. Die Hauptfarben waren Schwarz und leuchtendes Hochrot. Gemischt mit beiden waren verschiedene Tinten von Gelb, Weiß, Karmesin, alles wild und seltsam untereinander. Wären dies alle Kennzeichen gewesen, so würde man Mühe gehabt haben zu entscheiden, ob das Wesen lebendig oder leblos sei, denn es lag bewegungslos da wie ein Stein; aber ein finsteres, glänzendes, hin und her rollendes Augenpaar, welches mit ängstlicher Teilnahme die geringsten Bewegungen des Trappers und seiner Gefährten bewachte, setzten den Punkt außer allem Zweifel, daß Leben in der Kugel sei.

»Euer Basilisk ist ein Spion, oder ich müßte mich auf indianische Malerei und indianische Teufeleien schlecht verstehen!« murmelte der Alte, den Flintenkolben auf den Boden stoßend und mit unverwandten Augen starr nach dem furchterweckenden Gegenstand hinschauend, ruhig, gefaßt auf den Lauf gelehnt. »Der Halunke will uns um Augen und Verstand bringen, uns weismachen, daß der Kopf eines Roten nichts mehr und nichts weniger als ein im Herbstlaube liegender Stein sei; oder er hat wohl gar eine teuflische Arglist im Sinne!«

»Ist denn das Tier da etwas Menschenartiges?« fragte der Doktor. »Gehört es zum Genus Homo? Ich meinte, es wäre ein noch nicht beschriebenes Geschlecht.«

»Es ist so gut ein menschliches Wesen, und noch dazu ein sterbliches, als es je einen indianischen Krieger in diesen Prärien gegeben hat. Ich habe die Zeit erlebt, wo eine Rothaut ein törichter Wagehals gewesen wäre, wenn sie in dieser Stellung aus ihrem Versteck auf einen gewissen Jäger hätte hervorgukken wollen, welchen ich nennen könnte, der aber jetzt alt ist und seiner Lebensneige zu nahe, um etwas mehr zu sein als ein erbärmlicher Trapper. Vor allem wird es gut sein, uns mit dem Kobold ins Gespräch einzulassen und ihm zu zeigen, daß er es mit Männern zu tun hat, welche Haare auf den Zähnen haben. »Guter Freund«, fuhr er fort in der Sprache der zahlreichen Stämme der Dakotas, »komm hervor aus deinem Versteck; es ist auf der Prärie noch Raum für einen Krieger mehr!«

Die Augen der Kugel fingen an, noch wilder zu blitzen als vorhin; denn die Masse war, wie es der alte Trapper erraten hatte, nichts mehr und nichts minder als ein Menschenkopf mit geschornem Haar wie die Krieger im Westen es zu tragen gewohnt sind, – aber der Kopf fuhr fort, unbeweglich und ohne sonstiges Lebenszeichen dazuliegen.

»Ihr habt Euch versehen«, sagte der Doktor, »das Tier gehört nicht einmal zur Klasse Mammalia; viel weniger ist es ein Mensch.«

»So ein hochgelahrter Herr Ihr auch seid«, versetzte der Trapper, mit innerem Ergötzen lachend, »so groß die Wissenschaft sein mag, die Ihr aus Euren vielen Büchern habt, so können Eure Augen doch keine Maus von einer wilden Katze unterscheiden. Komm her, mein Hektor – der Hund hat zwar nur gelernt, was ihm in seinem Fach not tut; der geringste Abc-Schütz in den Niederlassungen würde ihn durch die leichteste Frage in Verlegenheit setzen; aber in einer Sache wie dieser sollt Ihr ihn nicht irremachen, er versteht mehr davon als Ihr. Und da Ihr der Meinung seid, die Masse dort sei kein Mensch, so gebt acht, Ihr sollt ihn in Lebensgröße vor Euch sehen; aber alsdann bitte ich mir aus, daß ein alter unwissender Trapper, der in seinem ganzen Leben kein Buchstabierbuch in Händen gehabt, Euch sagen darf, wie er Eure Wissenschaft nennt. Denkt nicht, daß ich Gewalt gebrauchen und schießen werde; nein, ich will nur den Teufel aus seinem Hinterhalt hervorschrecken.«

Jetzt untersuchte der Trapper absichtlich das Pulver auf der Pfanne seiner Flinte und benahm sich – ebenso absichtlich – mit aller möglichen Genauigkeit bei den übrigen Handgriffen, um Aufsehen zu erregen und feindliche Absichten zu erkennen zu geben. Als er überzeugt war, daß der Versteckte Ernst und Gefahr ahnen mußte, hielt er das Gewehr gerade auf ihn hin und rief mit lauter Stimme:

»Guter Freund, Frieden oder Krieg! Ihr habt die Wahl!... Alles still?... Nun wohl, so ist es *doch* kein Mensch, und der

Gelehrte hier neben mir hat recht; dann kann es auch keinen Schaden tun, wenn ich in einen Haufen dürres Laub schieße.«

Mit diesen Worten ließ er allmählich den Flintenlauf sinken, bis er die volle Richtung des Kopfes erreicht hatte, spannte den Hahn und würde das tödliche Ziel nicht verfehlt haben, wenn in demselben Augenblick nicht ein großer langer Indianer schnell aus dem Lager von Laub und Reisig aufgesprungen wäre, welches er über sich aufgehäuft hatte, als er die vier Männer von weitem auf die Stelle zukommen sah. Da stand er nun aufrecht, mit dem gewöhnlichen Ausruf: »Wagh!«

Achtzehntes Kapitel

Philemons Dach ist mein Visier; im Hause ist Jupiter.
Shakespeare

Der alte Trapper, dem es nicht Ernst gewesen war, Gewalt zu gebrauchen, hob die Flinte wieder in die Höhe, und selbstgefällig über den Erfolg seines Versuches lachend, zog er den staunenden Blick des Naturforschers von dem Wilden dadurch auf sich, daß er ihn anredete:

»Ja, ja, die verwünschten Kobolde bleiben wie schlafende Alligatoren stundenweise liegen, über ihre Teufeleien träumend oder auch über ihre Zaubereien brütend, bis auf den Augenblick, wo sie eine offenbare Gefahr vor Augen sehen; nur dann machen sie's wie die anderen Menschen. Aber dieser Spion ist in Kriegsbemalung. Es möchten leicht mehrere seines Stammes in der Nähe sein. Laßt uns die Wahrheit aus ihm herausbringen; solch ein verzweifelter indianischer Kriegshaufe dürfte leicht noch gefährlicher für uns sein als ein Besuch der ganzen Squatterfamilie.«

»Jawohl«, sagte der Doktor, der seinem Erstaunen durch einen langen Atemzug, welcher seine ganze Lunge zu erschöpfen schien, Luft gemacht hatte. »Jawohl, die Indianer sind eine gefährliche, verzweifelte Spezies, eine wilde, gewaltsame Rasse, ein Gezücht, welches sich schwerlich in die Grenzen der gewöhnlichen Klassen und Definitionen bringen läßt. Sprecht also zu ihm; aber wenn ich bitten darf, laßt Eure Worte kräftige Worte der Freundschaft sein.«

Inzwischen hatte sich der alte Mann nach allen Seiten sorgfältig umgesehen, um hinter den höchst wichtigen Umstand zu kommen, ob nicht der Fremde von anderen in der Nähe unterstützt würde. Jetzt trat er dreist auf ihn zu, jedoch mit dem Zeichen des Friedens, d. h. die flache offene Hand gegen ihn ausstreckend. Seinerseits gab auch der Indianer kein Zeichen der Unruhe von sich. Er ließ den Jäger herankommen, ohne seine würdevolle, furchtlose Miene und Stellung zu verändern. Vielleicht bedachte auch der behutsame Krieger, daß bei der Verschiedenheit der Waffen es gut für ihn sein und den Vorteil mehr ausgleichen würde, wenn er die andern näherkommen ließe.

Da eine Beschreibung seiner Person zugleich auch einen Begriff von dem äußern Aussehen seiner ganzen Rasse geben kann, so wollen wir hier die Erzählung einen Augenblick unterbrechen und diese Beschreibung in unserer oberflächlichen, unvollständigen Weise entwerfen. Möchte doch das Auge eines *Allston* oder *Greenough* in einer freien Stunde sich einen Augenblick vom Studium des Altertums abmüßigen, um dieses gekränkte, gedemütigte Volk zu betrachten! Beide würden uns – den ihnen so weit nachstehenden Künstlern – die Mühe ersparen, eine Skizze zu zeichnen.

Der Indianer, von dem hier die Rede ist, war in jeder Hinsicht eine Kriegerstatur von vorzüglich schönem Baue und dem vollkommensten Ebenmaß. Als er seine Decke, bestehend aus den vielfarbigen Blättern, die er in der Eile um sich gesammelt, abgelegt hatte, erschien er in aller Würde, allem Nachdruck, und wir möchten sagen: in aller Furchtbarkeit seines Handwerks. Die Grundzüge seines Gesichts waren edel und erinnerten an die römischen; nur die Nebenumrisse wichen davon ab und näherten sich den wohlbekannten Spuren asiatischen Ursprungs. Der natürliche Teint der Haut, an sich schon so geeignet, die Kraft des martialischen Ausdrucks zu erhöhen, erhielt einen neuen Zusatz von Wildheit und Furchtbarkeit durch die Farben der Kriegsbemalung. Aber, gerade als ob er es verschmähte, sich der gewöhnlichen Kunstgriffe seines Volkes zu bedienen, trug er keines der seltsamen Schreckenszeichen, womit die Söhne des Waldes – gleich den gebildeteren Helden des Schnurrbarts – gewöhnt sind, ihren Mut zu beurkunden; er begnügte sich mit einem breiten, tiefen, schwarzen, beschattenden Strich, der von dem Glanze seiner natürlichen schwarzbraunen Farbe hinreichend und effektvoll abstach. Sein Haupthaar war, wie gewöhnlich, bis auf den Schopf in der Mitte abgeschoren, und dieser strotzende, kräftige, mutatmende Haarbüschel schien dem Griffe seiner Feinde Trotz zu bieten. Die Zieraten, welche ihm zur Friedenszeit von den Ohren hingen, waren entfernt, weil sie zu seiner jetzigen Bestimmung nicht paßten. Ungeachtet die Jahreszeit weit herangerückt war, zeigte er sich fast nackt; über den obern Teil seines Körpers war nur eine leichte, fein zubereitete Hirschhaut geworfen, verziert mit der groben Zeichnung einer seiner kühnen mutvollen Kriegstaten, und nachlässig um ihn hängend, mehr zur Schau und aus Stolz als aus unmännlichem Bedürfnis von Bedeckung und Wärme. Seine Hüfthosen waren von leuchtendem Scharlachtuch: der einzige Beweis an seiner ganzen Person, daß er mit den Händlern unter den Bleichgesichtern Verkehr getrieben hatte. Aber als wollte er doch auch in einem Punkt der geheimen Hinneigung zur weiblichen Eitelkeit Raum geben, war diese Lendenbedeckung vom Knie abwärts bis auf die Mokassins mit dem Haar abgeschälter Menschenschädel wie mit Fransen eingefaßt. Mit der einen Hand lehnte er sich leicht auf einen kurzen Bogen von Walnußbaumholz, während die andere Hand den künstlich bearbeiteten Griff eines langen Eschenspeers mehr hielt, als daß er sich daran gehalten und darauf gestützt hätte. Ein Köcher von Kuguarhaut mit herabhängendem Schwanze des Tieres als charakteristischer Zierde, war auf seinem Rücken befestigt, und ein Schild von Fellen, zierlich zusammengefügt und die Taten des Kriegers wappenartig darstellend, hing an seinem Nacken, von einem aus Sehnen gemachten Riemen gehalten.

Als der Trapper an ihn herankam, blieb der Krieger in seiner einmal angenommenen Stellung kerzengerade stehen und ließ ebensowenig die Absicht merken zu erforschen, was man wohl gegen ihn vorhabe, als den geheimen Wunsch, selbst einer Prüfung zu entgehen. Nur seine Augen, schwärzer und dabei heller als die des Hirsches, waren in beständiger Bewegung und Unruhe, glänzten und schossen abwechselnd und unaufhörlich von einem zum andern.

»Ist mein Bruder weit von seinem Dorfe ab?« fragte der alte Mann, sich der Sprache der Pawnees bedienend, nachdem er die Malerei und andere kleine Merkmale beobachtet hatte, wodurch ein so geübtes Auge wie das seine den Stamm der Krieger, der ihm in den amerikanischen Wildnissen aufstößt, mit ebender Schnelligkeit und auf dieselbe geheimnisvolle Weise herausbringt, vermittelst welcher der Seemann das Vaterland eines noch fernen Schiffes entdeckt.

»Bis zu den Städten der Langmesser ist's noch weiter«, war die lakonische Antwort.

»Warum macht sich ein Pawnee-Loup so weit über die Gabel

seines heimatlichen Flusses hinaus, ohne ein Pferd zur Reise, und in eine so menschenleere Gegend?«

»Können die Weiber und Kinder der Bleichgesichter leben, wenn sie keinen Büffel aufjagen? In meiner Hütte hatte sich der Hunger eingefunden.«

»Mein Bruder ist noch sehr jung, um ein Hausvater zu sein«, erwiderte der Jäger, sein Auge nicht von dem jungen Krieger wegwendend; »aber so viel sieht man meinem Bruder an, er ist tapfer, und manches Oberhaupt mag ihm seine Töchter zu Weibern angeboten haben. Wo dachte aber wohl mein Bruder hin«, setzte er hinzu, indem er auf den Pfeil hinwies, der neben dem Bogen in der Hand des Indianers hin und her schwankte, »als er einen so leicht befiederten Pfeil zur Büffeljagd mitgenommen? Haben es etwa die Pawnees gern, wenn die Wunden, die sie dem Wilde versetzen, weiter nichts tun als eitern und sich entzünden?«

»Den Pfeil habe ich für einen Sioux. Es ist zwar keiner sichtbar, doch könnte leicht einer im Gebüsch lauern.«

»Wahrlich, der Mann ist ein lebender Beweis für die Wahrheit seiner Worte«, murmelte der Jäger auf englisch. »Er ist dabei ein starkgliedriger, tapferer Bursche, nur viel zu jung für einen Häuptling von einiger Wichtigkeit. Ich dächte, es wäre der Klugheit gemäß, ihn gütlich zu behandeln. Ein Arm mehr, der sich zu einer oder der andern Partei schlüge, wenn wir mit dem Squatter und seinen Söhnen zusammenstießen, dürfte den Ausschlag geben... Mein Bruder sieht, daß meine Kinder müde sind«, fuhr der Alte im Dialekt der Prärie fort, die übrigen, welche indes näher gekommen waren, mit der Hand bezeichnend, »Wir möchten gern lagern und uns satt essen. Nennt mein Bruder diesen Boden sein eigen?«

»Hin- und Herläufer aus dem Volke vom großen Strom sagen uns, daß Eure Nation die Schwarzbraunen jenseits dem Salzsee eingehandelt hat und daß die Prärien das Land sind, auf dessen Grund und Boden jetzt die Langmesser Jagd machen.«

»Das hat seine Richtigkeit, wie ich ebenfalls von den Jägern und Trappern an der Platte höre; nur mit dem Unterschied, daß mein Volk mit den Franzosen den Handel schloß, nicht mit den Männern, welche zu Mexiko gehören[20].«

»Und streifen nicht Krieger längs dem langen Strom, um

herauszubringen, ob sie nicht bei ihrem Handel betrogen worden sind?«

»Auch dieses mag, wie ich fürchte, zum Teil wahr sein. Es wird nicht mehr lange dauern, so zieht eine verfluchte Bande von Holzschlägern und Baumfällern ihnen auf dem Fuße nach und verheert die schöne Wildnis, welche sich so breit und reich am westlichen Ufer des Mississippi hinstreckt. Alsdann wird das Land eine bevölkerte Wüstenei sein vom Meeresgestade bis zu den Rocky-Mountains, – bevölkert, sage ich, vom Abschaum und der Hefe der Menschheit, und beraubt von allen Naturgaben und Lieblichkeiten, womit es die Hand des gütigen Schöpfers ausgestattet.«

»Und wo waren die Häuptlinge der Pawnee-Loups, als dieser Handel abgemacht wurde?« fragte urplötzlich und rasch der junge Indianer, mit starrem, feurig-stolzem Blick, der aus seinen schwarzen Augen schoß. »Wird eine Nation verkauft und gekauft wie ein Biberfell?«

»Du hast recht, hast recht. Ja, ja! Wo waren wohl damals Treue und Redlichkeit? Aber Gewalt geht vor Recht, Gewalt wird zum Recht, sagen die Mordgesetze der Welt; und was der Starke und Gewaltige tut, muß nun einmal der Schwache Gerechtigkeit nennen. Würde das Gesetz des Wakonda ebenso geachtet, Pawnee, als die Gesetze der Langmesser, so würdet Ihr ein ebenso gegründetes Recht auf die Prärie haben wie der mächtigste Häuptling in den Niederlassungen auf das Haus, unter dessen Dache er lebt.«

»Die Haut des Reisenden ist *weiß*«, sagte der junge Eingeborne, mit dem Finger die harte runzlige Hand des Trappers mit Nachdruck berührend. »Ist sein Herz von der Art, daß es anders spricht als sein Mund?«

»Der weiße Wakonda hat Ohren, verschließt sie aber vor einer Lüge. Schau auf mein greises Haupt; es ist gleich der beschneiten Fichte und erwartet bald den Augenblick der Verscharrung. Wie könnte ich wünschen, den Großen Geist von Angesicht zu Angesicht zu schauen, hätte ich zu fürchten, er würde mich im Zorn anblicken?«

Jetzt schob der Pawnee seinen Schild auf die Schulter, legte eine Hand auf die Brust, bog sein Haupt zum Zeichen der Ehrfurcht vor des Trappers weißem Haar, und von diesem Augenblick an verriet er weniger Argwohn und Stolz. Nur blieb doch immer ein Anschein von Mißtrauen und Wachsamkeit zurück; zwar gemildert und unterdrückt, aber nicht ganz abgelegt. Nachdem diese freilich noch zweideutigen Zeichen von Freundschaft zwischen dem Krieger und dem alten erfahrnen Trapper stattgefunden, kehrte dieser einen Augenblick zu den mit Paul zu treffenden Maßregeln und Einrichtungen in betreff ihres Aufenthaltes zurück und wies letztern an, was zu tun sei. Inez und Ellen wurden von Middleton und ihm von ihren Sitzen gehoben und blieben unter dem Schutze der beiden Männer. Von nun an sprach der alte Trapper abwechselnd mit dem Indianer in der Landessprache und dann wieder, sooft der Doktor und der inzwischen dazugekommene Paul sich in das Gespräch der beiden Hauptredner mischten, in der englischen. Es entspann sich zwischen dem Krieger und dem Trapper ein feiner, künstlich angelegter Wettstreit, wer von beiden wohl den Absichten des andern am ersten auf den Grund kommen möchte, ohne seine eigene zu verraten oder sich's merken zu lassen, daß man ihn ausholen wolle. Bei diesem Wettstreit, in dem Schlauheit, Besonnenheit und Vorsicht auf beiden Seiten gleich groß waren, ließ sich, wie man denken kann, nichts erzielen. Der Trapper legte in seine Erkundigungen soviel Einfalt und anscheinende Gleichgültigkeit als möglich: er fragte nach dem Zustande des Stammes der Loups, nach ihren Ernten und Einsammlungen, nach dem Bestand ihrer Wintervorräte, nach ihren Verbindungen mit den anstoßenden Kriegerstämmen; konnte aber keine einzige Antwort hervorlocken, welche ihm über das Auftreten des einzelnen Kriegers und über seine weite Entfernung von seinem Volke Licht hätte geben können. Dieser hingegen schien in seine Fragen mehr Würde und weniger eigentliche Neugier legen zu wollen; sie waren aber im Grunde ebenso fein angelegt. Er erkundigte sich nach dem Zustand des Pelzhandels, sprach von den guten und schlechten Erfolgen der weißen Jäger, denen er selbst begegnet sei oder von denen er gehört habe, und erwähnte auch den rüstigen Marsch, welchen die Nation seines Großen Vaters – denn so benannte er äußerst vorsichtig die Regierung der Vereinigten Staaten – im Begriff sei, in die Jagdgegenden seines Stammes zu unternehmen. Aus dem sonderbaren Gemisch von Teilnahme, Verachtung und Unwillen, welches gelegentlich unter der Zurückhaltung des jungen Kriegers hervorschimmerte, ließ sich jedoch entnehmen, daß ihm das fremde Volk, welches sich wider den Willen der Eingeborenen in den Besitz des Landes setzen wollte, mehr vom Hörensagen als durch eignen Verkehr mit demselben bekannt war. Die persönliche Unkenntnis der Weißen verriet sich vorzüglich durch die Art und Weise, mit welcher er den weiblichen Teil des ihm gegenüberstehenden Haufens betrachtete, und durch die kurzen, aber kräftigen Ausdrücke, die ihm alsdann entfielen.

Während er mit dem Trapper sprach, ließ er seine glänzenden Augen auf den geistvollen und dabei fast noch kindlichen Zügen der schönen Inez umherschweifen wie einer, der einen liebenswürdigen, aber überirdischen Gegenstand anschaut. So viel war wohl ausgemacht: es war das erstemal, daß er eines der jungen Frauenzimmer erblickte, von denen die Väter seines Stammes so sehr oft sprachen und die sie als Wesen beschrieben, deren Vollkommenheit alles erreiche, was sich ein junger unerfahrner Wilder Reizendes denken könne. Auf Ellen richtete sich seine Aufmerksamkeit nicht so sehr; wenn er sie aber auch nicht so sichtbar werden ließ, so lag doch in seinem zugleich kriegerischen und züchtigen Auge etwas von dem Zoll, den jeder Mann den Frauen zu bringen gewöhnt ist, und welchen die flüchtigen Blicke ausdrückten, die er ab und zu auf ihre reifere, vielleicht auch belebtere Schönheit warf. Gleichwohl wußte er die Bewunderung beider infolge seiner natürlichen Sittlichkeit dergestalt zu mäßigen und mit dem kriegerischen Stolze, den er atmete, zu verschmelzen, daß seine innere Empfindung allen entging, nur dem alten Trapper nicht, der zu sehr mit den Gewohnheiten der Indianer bekannt war, um den Charakter des Jünglings nicht ganz richtig aufzufassen oder den geringsten Zug und die kleinste Bewegung, die er machte, unbemerkt zu lassen. Ellen indessen, welche nichts von dem allen ahnte, machte sich um die schwache und weniger entschiedene Inez freundlich zu schaffen und äußerte in ihrem freimütigen Betragen die abwechselnden Gefühle von Freude und Reue, welche in ihr entstanden, je nachdem ihr tätiges Gemüt sich mit dem wichtigen Schritt beschäftigte, welchen sie getan, mit den in ihr streitenden Hoffnungen und Besorgnissen und vielleicht auch mit einem ihrem Geschlecht und ihrer Lage zugleich angemessenen Schwanken.

Nicht also Paul. Mit dem Gefühl, die beiden seinem Herzen

so naheliegenden teuren Zwecke erreicht zu haben, – nämlich Ellens Besitz und den Sieg über die ihm im Wege stehenden Söhne Ismaels, – betrieb er mit Emsigkeit das Geschäft des Augenblicks, d. h. mit aller *Kaltblütigkeit* eines Liebhabers, der seine geliebte Braut soeben von der Magistratsperson zurückgeführt, die sein Ehebündnis mit ihr eingetragen hat, und nun die ihm gern folgende in seine sichere Wohnung bringt. Er war ja die ganze Zeit des beschwerlichen Marsches der Squatter-Familie heimlich um sie gewesen, hatte sie unaufhörlich umschwebt, sich bei Tage verborgen gehalten und, wie wir gesehen, jede Gelegenheit erspäht und benutzt, sich mit der Geliebten zu unterhalten, bis endlich das Glück und seine Unerschrockenheit grade in dem Augenblick, da er zu verzweifeln anfing, sie ihm in die Arme geführt hatten. Was waren jetzt in seinen Augen Länge, Gefahren, Mühseligkeiten der Reise? Alles übrige, was ihm noch bevorstand, deuchte seiner mutigen Phantasie, seinem entschlossenen Sinne bloßes Spielwerk. So denkend, so fühlend, drückte er beides in seinem Äußern aus, indem er, die Mütze auf einem Ohr und ein Liedchen vor sich hin pfeifend, im Gebüsch herumkroch, um ein bequemes Lager für die beiden Mädchen aufzufinden und zu bereiten und ab und zu dabei auf die leichte Gestalt seiner lieben Ellen hinzuschielen und ihren Tritten und Bewegungen bei ihrem Geschäfte mit den Augen zu folgen.

»Also hat«, setzte der Jäger das Gespräch mit dem Indianer fort; denn obschon er es gelegentlich unterbrechen mußte, um den Seinigen Anweisungen zu geben, war ihm dennoch sehr daran gelegen, es nicht einschlafen zu lassen, weswegen er denn, wie schon gesagt, sich abwechselnd der Landes- und der englischen Sprache bediente. »Also hat der Loup-Stamm der Pawnees mit seinen Nachbarn, den Konzas, die Streitaxt begraben? Also sind die Loups und die hellfarbigen Rothäute wieder Freunde geworden?... Doktor (auf englisch), das ist ein Stamm, von dem ich überzeugt bin, daß Ihr ihn oft in Euren Büchern gefunden habt, und von welchem unter dem gemeinen Volke in den Niederlassungen soviel Falsches und Lügenhaftes erzählt und verbreitet worden ist. Da gab es zum Beispiel eine Nation von Welschern, welche hier herum in den Prärien gewohnt hat und viel früher in das Land gekommen sein soll als der unruhige Kopf, der zuerst die Christen in das unentdeckte

Land brachte, um den Heiden ihr rechtmäßiges Erbe zu rauben, es sich träumen ließ, daß die Sonne in einem ebenso großen Lande untergeht, wie das ist, in welchem sie aufgeht. Dann wird noch erzählt, wie sie die Sitten der Weißen kennenlernten und die Sprache der Weißen annahmen, und tausend dergleichen Torheiten und Albernheiten.«

»Freilich hab' ich von ihnen gehört«, nahm der Naturforscher das Wort und ließ dabei einen Bissen Bisonbraten aus dem Munde fallen, mit dessen kauender Analyse er soeben animalisch beschäftigt war. »Ich müßte ein großer Ignorant sein, wenn ich mich nicht oft an dem Studium einer so köstlichen Theorie ergötzt hätte, – einer Theorie, welche auf eine so triumphierende Weise zwei Positionen, d. i. zwei Sätze, feststellt, die ich soviel tausendmal, selbst ohne das lebendige Zeugnis zugunsten derselben, als unwiderleglich anerkannt, angegeben und behauptet habe – nämlich: daß der Kontinent von Amerika auf eine weit ältere Ausbildung Anspruch machen kann als die, welche sich von Kolumbus' Zeiten herschreibt, und diese: daß die farbige Haut der Bewohner die Folge des Klimas und der Lebensart, keineswegs aber eine Ureinrichtung der Natur ist. Tut mir den Gefallen, ehrwürdiger Jäger, und legt dem indianischen Gentleman die Frage vor; er selbst ist von rötlicher Farbe, und es kann sich fügen, daß seine Meinung zur Entscheidung der Streitfrage beiträgt und beide Parteien vereinigt.«

»Denkt Ihr denn etwa, Doktor, daß ein Pawnee in Büchern bewandert ist, an gedruckte Lügen glaubt wie ihr Lungerer in euren Städten?« erwiderte der alte Mann mit Zeichen der Geringschätzung. »Doch ich will ihn fragen. Möglich, daß die Frage dem Humor des Mannes zusagt, ihm Spaß macht; möglich auch, daß er sie auf eine Weise beantwortet, die sich mit seinen natürlichen Geistesgaben verträgt, folglich Beachtung verdient, abschon Ihr sie mit Verachtung zurückweisen werdet...« (Auf indianisch) »Was denkt mein Bruder über folgendes? Alle, die er hier sieht, haben weiße Häute; die Haut der Pawnees-Krieger ist rot; denkt mein Bruder, daß der Menschen Haut sich mit der Jahreszeit verändert und daß die des Sohnes von anderer Farbe sein kann als die des Vaters?«

Der junge Krieger betrachtete seinen Befrager einen Augenblick mit festem und gedankenvollem Blicke; dann den Finger in die Höhe hebend, gab er mit Würde zur Antwort:

»Der Wakonda sendet den Regen aus den Wolken; wenn er spricht, erschüttert seine Stimme die Hügel; das Feuer, welches die Bäume versengt, ist der Zorn, den seine Augen sprühen, aber der Wakonda hat seine Kinder mit Sorgfalt und Nachdenken gebildet. Was er *so* gemacht hat, verändert er *nie*.«

Der Jäger übersetzte dies dem staunenden Doktor und setzte hinzu: »So ist der Gang der Natur beschaffen. Die Pawnees sind ein weises und ein großes Volk, und ich gebe Euch mein Wort, sie sind in gesunden und vernünftigen Sagen wohl erfahren...« (Dann wieder indianisch): »Jäger und Trapper sprechen von einem großen Krieger aus deinem Stamm!«

»Mein Stamm besteht nicht aus Weibern. Ein Tapferer ist in meinem Dorfe nicht selten.«

»Gut, aber man spricht am meisten von einem Häuptling, dessen Ruhm sich weiter erstreckt als der gemeiner Krieger. Er hätte dem jetzt gesunkenen, ehemals mächtigen Volke, den Delawaren der Hügel, Vorschub leisten können.«

»Ein solcher Krieger müßte durch seinen Namen bekannt sein.«

»Sie nennen ihn Hart-Herz seiner festen Entschlossenheit wegen, und mit Recht ist er so genannt, wenn alles, was ich von seinen Taten gehört habe, wahr ist.«

Hier schoß der Fremde einen Blick, welcher in die truglose Seele des alten Mannes zu dringen schien, und fragte zugleich:

»Hat das Bleichgesicht den Häuptling meines Stammes gesehen?«

»Niemals. Es ist nicht mehr mit mir wie vor vierzig Jahren, als Krieg und Blutvergießen mein Teil, mein Beruf und meine Gabe waren!«

Ein lauter Ausruf des sonst so sorglosen Paul unterbrach hier das Gespräch. In demselben Augenblick trat er vor, einen indianischen Kriegsrenner aus einem Teil des Dickichts nach sich ziehend.

»Hier«, sprach er, »es ist ein Pferd für die gespreizten Beine einer Rothaut!« Zugleich schnalzte er mit der Zunge, um das Tier wilder vorschreiten zu lassen, und fuhr fort: »In ganz Kentucky kann sich kein Brigadier eines so schneckenglatten wohlgebauten Kleppers rühmen. Dazu ein spanischer Sattel, dessen sich kein mexikanischer Grande zu schämen hätte! Schaut die Mähne und den Schweif, geflochten und belegt mit kleinen Silberkugeln, als hätte Ellen selbst ihr schönes, glattes Haar zum Feste und fröhlichen Reigen geschmückt! Alter Trapper, ist das nicht ein prächtiger Traber, zu prächtig, um aus der Krippe eines Wilden zu fressen?«

»Gemach, Junge, gemach! Die Loups sind bekannt und berühmt durch ihre Pferde. Nicht selten sieht man einen Krieger der Prärien besser beritten als ein Kongreßmitglied in den Niederlassungen. Ich muß aber gestehen, dies Pferd verdient einen Häuptling, sonst keinen, zu tragen. Der Sattel hat, wie ihr richtig bemerkt habt, gewiß einem großen spanischen Feldhauptmann gehört, der ihn – und zugleich das Leben – in einer der Schlachten verloren, welche die Indianer oft in den südlichen Provinzen liefern. Ich zweifle keinen Augenblick, dieser junge Mann hier ist der Sohn eines Häuptlings, vielleicht der Sohn des mächtigen Hart-Herz selbst!«

Während dieser rohen Unterbrechung des Gesprächs mit dem Indianer hatte der junge Pawnee kein Zeichen der Ungeduld oder des Mißvergnügens gegeben; nur als er fand, daß sein Tier lange genug der Gegenstand der Besprechung gewesen war, nahm er kaltblütig und wie einer, der gewöhnt ist, seinen Willen ohne Widerrede auszuführen, Paul Hover den Zügel ab, warf ihn dem Pferde über den Nacken und sprang auf seinen Rücken mit der Geschicklichkeit eines Kunstreiters. Es ließ sich nichts Schöneres, Festeres, Vollkommeneres denken als die Art, wie der Wilde zu Pferde saß. Der stark belegte, schwere Sattel diente offenbar mehr zur Zierde als zum Nutzen und hinderte mehr die Bewegung der Schenkel, als daß er ihnen behilflich gewesen wäre; denn so viel sah man, daß der Reiter die weibische Erfindung der Steigbügel verschmähte. Das Roß, welches in demselben Augenblick sich zu bäumen und zu stolzieren anfing, war wie sein Herr in allen seinen Bewegungen wild und natürlich; je weniger Kunst aber in beiden lag, desto freier und graziöser waren ihre Bewegungen. Aller Wahrscheinlichkeit nach rollte arabisches Blut in den Adern des Rosses, wenn man nämlich weit genug in seinen Stammbaum hinaufstieg, der aus mexikanischen Stuten, spanischen Berbern und maurischen Streitrossen zusammengesetzt sein mochte. Der Reiter, der dieses Roß aus Mittelamerika erhalten hatte, schien zugleich mit demselben die Kunst und die Grazie erhalten zu haben, es zu regieren, welche ihn, verbunden mit seiner

Gestalt und ganzen Haltung, zum unerschrockensten und vielleicht zum geschicktesten Reiter auf der Welt gemacht zu haben schien.

Obschon auf die beschriebene Weise mit seinem Tier tätig beschäftigt, verriet der Pawnee doch keinen raschen Wunsch, sich zu entfernen. Nur in einer bequemeren Stellung, vielleicht auch sich unabhängiger fühlend und nun ein sicheres Mittel besitzend, sich nach Gutdünken zu entfernen, ritt er auf und ab und beschaute die einzelnen, unter denen er weilte, mit bei weitem größerer Unbefangenheit als zuvor. Bei jedesmaliger Erreichung des Ziels, das er sich gesteckt hatte, erwartete der Trapper nichts anderes, als daß er nun seinen Vorteil wahrnehmen und davonjagen würde; er aber wandte dann immer sein Pferd und ritt dieselbe Strecke zurück, bald mit der Schnelligkeit der flüchtigen Antilope, bald im gemäßigtern Schritt und mit größerer Würde in Bewegung und Miene.

Begierig, sich noch mehr über Dinge zu unterrichten, welche mit seinen eigenen Entwürfen für die Zukunft in Verbindung kommen konnten, suchte der alte Mann den Faden des Gesprächs mit ihm wieder anzuknüpfen. Demzufolge gab er durch eine vielsagende Gebärde zugleich diesen Wunsch und die Fortdauer seiner friedlichen Gesinnung zu erkennen. Dem durchdringenden Auge des Indianers entging die doppelte Äußerung keineswegs; jedoch verstrich einige Zeit, bevor er die Sache überlegt und entschieden zu haben schien, ob ihm die Klugheit wohl erlaube, sich wieder ganz in die Nähe einer Gruppe zu wagen, die ihm an Machtmitteln so sehr überlegen, folglich imstande war, sobald sie es wollte, über sein Leben, wenigstens über seine Freiheit zu gebieten. Als er aber nach Verlauf von einiger Zeit sich entschloß, sich dem andern zu nähern, geschah es mit einem seltsamen Gemisch von Trotz und Mißtrauen.

»Es ist weit von hier bis zum Dorfe der Loups«, sagte er, seinen Arm absichtlich nach einer Gegend ausstreckend, welche derjenigen ganz entgegengesetzt war, von der der Trapper wohl wußte, daß sie der Wohnort des Stammes war, »und der Weg dahin hat sehr viel Krümmungen. Was sagt das Langmesser dazu, und weswegen wünscht es dies zu wissen?«

»Jawohl, *krumm* genug!« murmelte der alte Mann auf englisch, »wenn wir nach dieser Richtung dahin gelangen wollen;

aber nicht halb so sich windend als die Verschlagenheit eines indianischen Gemüts...« Dann, indianisch: »Sage mir, mein Bruder, ob die Häuptlinge der Pawnees fremde Gesichter gern in ihren Wohnungen sehen?«

Der junge Krieger bog sich mit Anmut, aber nur leicht, über den Sattelknopf, indem er mit ernster Würde erwiderte:

»Hat jemals mein Volk vergessen, dem Fremden Speise zu reichen?«

»Wenn ich meine Töchter an die Türen der Loups führe, werden die Weiber sie bei der Hand nehmen? Werden die Krieger mit meinen jungen Männern rauchen?«

»Das Land der Bleichgesichter liegt hinter ihnen. Warum wollen sie so weit nach Sonnenuntergang reisen? Haben sie den Weg verloren, oder sind diese hier die Weiber der weißen Krieger, von denen ich höre, daß sie durch den Strom ›des trüben Wassers‹ waten?«

»Nichts von beidem. *Die* Weißen, die durch den Missouri waten, sind die Krieger meines Großen Vaters, welcher sie mit Aufträgen ausgesandt hat; *wir* sind friedliche Wanderer. Die Weißen sind Nachbarn der Roten und wünschen, Freunde mit ihnen zu sein. – Verkehren die Omahaws nicht mit den Loups, sobald der Tomahawk auf dem Scheidewege zwischen beiden Völkern verscharrt ist?«

»Die Omahaws sind den Loups willkommen.«

»Und die Yanktons und die gebrannten Tetons, welche in dem Winkel des Stroms ›mit dem trüben Wasser‹ wohnen, kommen sie nicht auch in die Hütten der Loups und rauchen mit ihnen?«

»Die Tetons sind ein Lügenvolk!« rief der andere. »Sie haben nicht das Herz, ihr Auge bei Nacht zu schließen. Nein, sie schlafen bei Sonnenschein. Schau her«, fuhr er fort und zeigte im Triumph auf die furchtbaren Zieraten seiner Hüfthülle, »schau her, ihrer Skalpe sind so viele, daß die Pawnees auf sie treten! Geh mir! Laß den Sioux auf Schneehaufen leben, die Prärie und die Büffel sind für Männer!«

»Ha! das Geheimnis ist heraus!« sprach der Trapper auf englisch zu Middleton, welcher auf alles, was vorging, eben weil es ihn nahe betraf, aufmerksam achtete. »Dieser junge, ansehnliche Indianer lauert den Sioux und ihren Bewegungen auf; das könnt Ihr an seinen befiederten Pfeilen, an seiner kriegerischen

Malerei sehen, ja, sogar an seinen Augen; denn eine Rothaut – sei ihr Geschäft Krieg oder Frieden – verleugnet ihre Natur nie... Still Hektor, ruhig! Hast du noch keinen Pawnee gerochen?... Ruhig! Kleiner! Kusch!« Indianisch: »Mein Bruder hat recht. Die Sioux sind Diebe und Schelme. Dies sagen ihnen die Männer von allen Farben und Gegenden nach und sprechen wahr. Aber die Völker vom Sonnenaufgang sind keine Sioux und wünschen zu den Hütten der Loups zu kommen.«

»Meines Bruders Haupt ist weiß«, erwiderte der Pawnee, einen Blick auf den Trapper werfend, so ausdrucksvoll und sprechend, so voll Mißtrauen, Klugheit und Stolz, wie er ihn nur immer von sich geben konnte, und sagte dann weiter, nach dem östlichen Horizont zeigend: »Die Augen meines Bruders haben viel gesehen. Kann er mir sagen, was er dort sieht? Ist's ein Büffel?«

»Es sieht einer Wolke ähnlicher, die sich am Rand der Ebene erhebt, und deren Saum von der Sonne beschienen wird. Es ist ein Luftrauch...«

»Es ist ein Erdhügel, und auf der Spitze liegen Hütten der Bleichgesichter. Laß die Weiber meines Bruders ihre Füße mit den Gleichfarbigen ihres Volkes waschen.«

»Der Pawnee muß gute Augen haben, wenn er in einer solchen Ferne eine weiße Haut entdecken kann.«

Der Indianer kehrte sich langsam dem Alten zu, und nach einer kurzen Pause fragte er:

»Kann mein Bruder jagen?«

»Ach, mit dem Jäger ist's aus; ich bin nur noch ein miserabler Trapper.«

»Wenn die Ebene mit Büffeln bedeckt ist, kann mein Bruder sie sehen?«

»Freilich! ja freilich! Es ist weit leichter, einen ausreißenden Büffel zu sehen, als ihn zu fangen.«

»Und wenn die Vögel in wärmere Gegenden ziehen, und die Wolken von ihren Federn schwarz werden, kann er sie *einzeln* sehen?«

»Ei, ei, es kann nicht schwerhalten, eine wilde Ente oder wilde Gans unter Millionen aufzufinden, die den Himmel verfinstern.«

»Wenn der Schnee fällt und die Wohnungen der Langmesser deckt, kann der fremde Bruder die Flocken fliegen sehen?«

»Meine alten Augen sind nicht mehr die besten«, versetzte der alte Mann etwas empfindlich, »aber es hat eine Zeit gegeben, Pawnee, wo ich meines scharfen Gesichts wegen benannt wurde.«

»Die Rothäute finden die Langmesser ebensoleicht, wie der Fremde den Büffel sieht und die ziehenden Vögelwolken und die fallenden Schneeflocken. Ihr Krieger, ihr denkt, daß der Herr des Lebens die ganze Erde weiß geschaffen hat; ihr irrt euch. Ihr seid so bleich, und was ihr *weiß* seht, sind eure eigenen bleichen Gesichter. Geh mir! ein Pawnee ist nicht blind und bedarf nur eines Blicks, um euer Volk aufzufinden.«

Hier brach der Krieger plötzlich ab und bog das Haupt seitwärts in der Stellung eines, der tief über etwas nachdenkt. Dann sein Pferd wendend, ritt er dem nächsten Ausgang des Dikkichts zu, schaute bedeutend in die fahle Prärie hinein mit dem Rücken gegen die anderen, kehrte langsam wieder zurück zu diesen, welche seinem Tun aufmerksam und verwundert zusahen, heftete sein Auge auf Inez, ritt vor ihr hinüber und herüber wie jemand, der über einen schweren Punkt in Gedanken mit sich selbst im Streite liegt, zog nun den Zügel des ungeduldigen Rosses an, schien im Begriff zu sprechen, senkte dann wieder das Haupt auf die Brust und verfiel in sein voriges Nachdenken. Jetzt mit der Schnelle eines Rehes nach der Stelle, wo er vorher seine Beobachtungen angestellt hatte, hingaloppierend, ritt er einen Augenblick im Kreise herum, als wisse er selbst nicht, wohin es gehen solle, und schoß dann mit einem Male davon wie ein Vogel, der sein Nest eine Zeitlang umflattert, ehe er seinen Ausflug nimmt. Eine Minute sah man ihn die Ebene entlang jagen, und jetzt verlor er sich hinter der ersten Anhöhe.

Die Hunde, welche, wie gesagt, schon einige Zeit unruhig gewesen waren, folgten dem Flüchtling eine kleine Strecke nach, kehrten dann wieder um, legten sich nieder und erhoben ihr gewöhnliches, tiefes, winselndes und warnendes Geheul.

Neunzehntes Kapitel

Wie aber, wenn er nicht stehen will?
Viel Lärmen um nichts

Die verschiedenen Bewegungen, die wir am Schlusse des vorigen Kapitels beschrieben haben, hatten sich in so kurzer Zeit zugetragen, daß der alte Mann, obschon ihm keine derselben entgangen war, nicht Gelegenheit fand, über die Absichten des Indianers seine Meinung von sich geben zu können. Aber als der Pawnee verschwunden war, schüttelte er sein Haupt, ging langsam auf den Winkel des Dickichts zu, wo jener hinausgejagt war, und murmelte vor sich hin:

»In der Luft gibt's in diesem Augenblick Witterung und Schall; aber meine alten Sinne sind zu stumpf zu unterscheiden, was jene verursacht, und woher dieser entsteht.«

»Da ist nichts zu sehen«, sagte Middleton, der ihm zur Seite stand. »Meine Augen und Ohren sind gut, und ich kann Euch versichern, ich höre und sehe nichts.«

»Eure Augen sind gut, und Euer Ohr ist nicht taub!« erwiderte der Alte mit einem leichten Ausdruck der Ironie: »Glaubt's nicht, junger Mann, sie mögen wohl taugen, einen Kirchturm zu sehen und eine Turmglocke zu hören; bevor Ihr aber Jahr und Tag in den Prärien zugebracht, werdet Ihr Euch immer in dem Fall befinden, einen Truthahn für ein Pferd anzusehen und von fünfzig Malen neunundvierzigmal glauben, es donnere, wenn ein Büffelstier in der Ferne brüllt. So groß ist in diesen nackten Ebenen die Naturtäuschung, daß in ihnen nicht selten die Luft ein Bild des Wassers aufstellt und man die Ebene für einen unermeßlichen See hält. Dort aber (schaut hin!) ist ein für den Jäger untrügliches Zeichen!«

Zugleich wies der Trapper auf eine Flucht Geier hin, welche in keiner großen Entfernung über die Prärie hergesegelt kamen, dem Anschein nach in der Richtung, auf welche der Pawnee die Augen geheftet hatte. Anfänglich konnte Middleton die kleinen dunklen Gegenstände nicht unterscheiden, welche in den grauen Wolken schwebten; als sie aber schnell näher flogen, wurden ihm erst ihre Gestalten, dann ihr schwerer Flug sichtbar.

»Gib acht«, fuhr der Trapper fort, nachdem er Middleton auf die fliegende Vogelkolonne aufmerksam gemacht, »jetzt werdet Ihr auch die Büffel hören, – oder, wie unser gelehrter Doktor sie zu nennen beliebt, die Bisons, obschon bei allen Jägern der Name Buffalo gang und gäbe ist. – Nun, ich bin der Meinung, daß ein Jäger allemal ein besserer Kenner und Richter eines Tieres und seines Namens ist, als« (hier gab er dem jungen Krieger einen Wink) »als irgend jemand, der sich damit begnügt hat, die Blätter eines Buches umzuschlagen, anstatt den Boden der Erde kreuz und quer zu betreten, um die Namen und Natureigenschaften ihrer Bewohner aufzufinden.«

»Oh, ich stehe Euch dafür, daß ich ihre Eigenschaften und Gewohnheiten kenne«, rief der Naturforscher, welcher äußerst selten eine Gelegenheit vorbeiließ, sich über einen Punkt seiner Lieblingswissenschaft auszulassen, »doch, wohl verstanden, insofern man den eingeführten Definitionen ihre Ehre widerfahren läßt und die Sache aus dem wissenschaftlichen Gesichtspunkte nimmt und mit Kenneraugen untersucht.«

»Warum nicht gar Maulwurfsaugen! Bleibt doch bei dem schlichten Ausdruck Menschenaugen stehen; wozu bedarf es anderer Augen? Wer benannte die Werke Seiner Hand? Könnt Ihr es mir sagen mit allen Euren Büchern und mit aller Eurer Schulweisheit? War es nicht der erste Mensch im Garten Eden, und ist dies nicht der einleuchtendste Beweis, daß seine Gaben auf seine Kinder vererbt sind?«

»Dies ist freilich die mosaische Erzählung von der Sache; Ihr nehmt aber den Bericht zu buchstäblich, den Ihr gelesen habt.«

»Ich? Gelesen? Nun, ich glaube gar, Ihr bildet Euch ein, daß ich meine Jugendzeit in Schulen verbracht und verschwendet, sonst würdet Ihr dem, was ich weiß, nicht die größte Schande antun, die einer dem anderen ohne allen Grund antun kann. Habe ich je gewünscht, lesen zu können, so ist es bloß geschehen, um den Inhalt des Buches, welches Ihr erwähnt, besser zu verstehen; denn das ist ein Buch, welches in jeder Zeile die Sprache der menschlichen Gefühle spricht und hierin mit der Vernunft zusammenkommt.«

»Glaubt Ihr denn«, sagte der Doktor, durch diesen Dogmatismus seines widerspenstigen Gegners aufgereizt und vielleicht auch insgeheim zu sehr seinen eigenen liberaleren, obschon nicht so heilsamen, Einsichten vertrauend, »glaubt Ihr denn, daß alle Tiere des Erdbodens wörtlich und buchstäblich im Garten Eden versammelt waren, damit jedes derselben von dem ersten Menschen seinen Namen empfinge?«

»Warum nicht? Ich verstehe Eure Meinung gar wohl; denn man braucht nicht eben in Städten zu leben, um alle teuflischen Einfälle und Spitzfindigkeiten zu hören, die der menschliche Unverstand ausheckt und erfindet, um sein eigenes Glück zu untergraben. Was beweist der ganze Einwurf? Nichts mehr und nichts weniger, als daß der Garten Eden kein Garten war, wie die erbärmlichen Pflanzungen, die man heutzutage mit diesem Namen belegt, und daß auch hier schon göttliche Schöpfung die menschliche Ausbildung und Verbildung zuschanden macht. Nein, nein, der Garten Gottes war – der Wald und *ist* – der Wald, in welchem die Früchte wachsen, in welchem die Vögel singen, wie es die weise Ordnung Gottes haben will... Aber jetzt, aufgeschaut, Kapitän! Nun mögt Ihr das Geheimnis der Geier aufgedeckt sehen! Dort kommen die Büffel selbst: eine stattliche Herde! Ich wette darauf, es ist ein Trupp der Pawnees in der Nähe, und sie sitzen auf der Lauer in irgendeiner Vertiefung; wenn der Trupp nachsetzt, sollt Ihr eine preisliche Jagd sehen. Sie wird zugleich dazu dienen, den Squatter und sein Geschmeiß von uns abzuhalten; wir aber haben nichts zu befürchten. Ein Pawnee ist kein boshafter Wilder.«

Jetzt wurden alle auf das angekündigte Schauspiel aufmerksam. Selbst die schüchterne Inez eilte ihrem Middleton zur Seite, den Anblick zu genießen, und Paul rief Ellen vom Kochfeuer ab, Zeuge des Auftritts zu sein.

Die ganze Zeit über, da die Begebenheiten vorfielen, die wir uns zu berichten die Pflicht gemacht, war die Prärie nicht aus dem majestätischen Zustande der Einsamkeit und Unbeweglichkeit getreten. Nur die ziehenden Vögelheere hatten die Luft durchschnitten und verfinstert, und die beiden Hunde des Trappers und Middletons und der Esel des Doktors waren die einzigen Vierfüßler, welche die ungeheure Strecke der Wildnis belebten. Jetzt aber, als sollte von einem Äußersten zum anderen übergegangen werden, stellte sich ein Drang und Treiben tierischen Lebens ein, welche dem Schauplatz eine ganz neue Gestalt gaben.

Anfänglich wurden einige wenige ungeheure Bisonbullen bemerkt, welche die entfernteste Präriewelle herabstreiften. Bald folgten in langen Reihen, einzeln hintereinander, Büffel nach, und diesen zunächst rollte eine dichte Masse die Anhöhe herab und barg die dürre Grasfarbe unter der dunklen Decke ihrer zottigen Haarfelle. Die Herde, sich wie eine gedrängte Kolonne bewegend, immer breiter und dichter erscheinend, glich den endlosen Scharen kleinerer Vögel, deren ausgedehnte Züge so oft gesehen werden, wie sie aus den Tiefen und Rändern des Horizontes wie aus Abgründen emporsteigen, bis sie zahllos wie die Blätter der Wälder, über welche sie fortschweben, daher- und vorüberrauschen. Staubwolken schossen in kleinen Säulen aus dem Mittelpunkt der Herde empor, je nachdem eines der Tiere, wütender als die anderen, den Boden mit den Hörnern aufwühlte, und von Zeit zu Zeit führte der Wind ein tiefes, hohles Gebrüll herbei, als würde aus tausend Schlünden ein unharmonisches Gemurmel angestimmt.

Die erstaunten Zuschauer des furchtbar-schönen und großen Anblicks äußerten schweigend ihre Gefühle. Der alte Trapper, mehr als die übrigen an dergleichen gewöhnt, folglich weniger überrascht und hingerissen und mehr seiner übrigen Empfindungen und der Folgerungen mächtig, die sich aus dem Schauspiel ziehen ließen, brach zuerst das Stillschweigen.

»Da ziehen zehntausend Stück Hornvieh in einer Trift hin ohne Herrn und Hirten außer Dem, der sie geschaffen und ihnen diese offenen Anger zu ihrer Weide angewiesen hat! Kann doch nirgends besser als hier der Mensch die Beweise seiner Eitelkeit und Torheit finden! Kann wohl der stolzeste Regierer in allen Staaten auf sein Feld gehen und ein stattliches Bulltier schlachten, als hier der gemeinste Jägersmann schießt? Kann er, wenn ihm sein Rinderbraten oder sein Beefsteak vorgesetzt wird, es mit so vielem Wohlgeschmack genießen wie der, welchem die schwere Arbeit seine Kost versüßt hat, wie der, welcher sie auf dem Wege der Natur erworben und durch die erlaubten Mittel, die der Herr ihm an die Hand gegeben, gewonnen hat?«

»Wenn auf dem Teppich der Prärie ein Bisonhöcker raucht«, unterbrach ihn der leckere Bienenjäger, »so spreche ich: Nein!«

»Ja, ja, junger Mann, Ihr habt's gekostet und könnt Euch den

Grund angeben, warum es also ist... Jetzt aber biegt sich die Spitze der Herde nach uns zu, und wir müssen uns auf einen Besuch gefaßt machen. Verkriechen wir uns insgesamt, so könnte uns leicht das ungeschlachte Hornvieh im Busch überfallen und in seinem Anstürmen wie die Würmer zertreten; laßt uns zwei Teile machen: die Schwachen ins Gebüsch, die Männer und Jäger, wie es sich ziemt, ins Vordertreffen!«

Es war nicht viel Zeit zur Besinnung; so sonderten sich denn die beiden Hälften unverzüglich. Inez und Ellen mußten in den Teil des Dickichts, der dem Anlauf der Herde am wenigsten ausgesetzt schien. Asinus nahm, in Betracht seiner Nerven, den Mittelpunkt ein, und der alte Mann stellte sich mit seinen drei Gefährten so, daß sie allenfalls die Spitze der andringenden Rinderkolonne abwenden konnten, wenn diese drohen sollte, ihnen zu nahe auf den Leib zu rücken. Die schwankende Bewegung von fünfzig bis hundert Stieren, welche den Vortrab bildeten, machte es eine Zeitlang ungewiß, welchen Weg sie einzuschlagen gesonnen wären. Aber ein fürchterliches Gebrüll, welches sich aus der Staubwolke im Zentrum des nachfolgenden großen Haufens erhob und in welches das Krächzen der Aasvögel mit und über der ungeheuern Masse einstimmte, schien der Trift einen neuen Impuls zu geben und der Ungewißheit ihrer Richtung ein Ende zu machen. Es war, als sei die gejagte Herde darauf bedacht, ihren Schutz, wie gewöhnlich, im Walde zu suchen, so daß sie in gerader Linie quer über Feld dem Dickicht zueilte, dessen kleines Vorgehölz wir so oft zu erwähnen Gelegenheit gehabt haben.

Jetzt hatte die Gefahr einen Punkt erreicht, der die stärksten Nerven zu erschüttern vermochte. Die Flanken oder Flügel der dunklen heranstürmenden Masse bildeten mit der Mitte einen hohlrunden Bogen, und die aus den behaarten, buschigen Köpfen der Bullen wild hervorglotzenden Augen waren in ängstlicher Hast auf das Dickicht gerichtet. Ja es schien, als wenn jedes einzelne Tier sich anstrengte, zuerst den schützenden Punkt zu erreichen, und da Tausende im Nachtrab blind auf die ersten zudrängten, schien es unvermeidlich, daß die Führer der Masse, von ihnen fortgerissen, sich auf die sechs Menschen stürzen und sie unausbleiblich zertreten und vernichten würden. Jeder von diesen fühlte die vor Augen schwebende Gefahr auf eigene Weise.

Middleton schwankte. Bald wollte er sich in das dichtere Gebüsch stürzen, Inez ergreifen und mit ihr davonfliehen; ebensobald aber sah er die Unmöglichkeit ein, der wütenden Eile eines verscheuchten und nachstürzenden Bisons zu entkommen, und griff nach den Waffen, als wolle er *allein* der ganzen zahllosen Trift die Spitze bieten. Des armen Doktor Battius Geistesvermögen stand auf dem Punkte, in völlige Verwirrung überzugehen. Vor seinen Augen schwanden und floßen die dunkeln einzelnen Gestalten in eins zusammen und stellten seiner Einbildung die vollständige Sammlung aller Erdengeschöpfe vor, in *einer* Masse auf ihn einstürzend, als wollten sie die vielfältigen Beleidigungen und Verstöße an ihm rächen, die er im Laufe seines unermüdlichen Lebens und seiner Arbeiten im Fache der Naturgeschichte dadurch begangen, daß er ihre Genera und Spezies durcheinander geworfen. Die Stockung, welche mit einem Male in sein System eindrang, brachte die Wirkung eines drückenden Alps hervor. Gleich unfähig, sich vor- oder rückwärts zu bewegen, stand er an den Boden genagelt; ja, sein an Wahnsinn grenzender und dabei der Gewohnheit unterworfener Zustand brachte in ihm den verzweifelten Entschluß und das wissenschaftliche Bestreben hervor, diese Welt von Geschöpfen nach ihren Merkmalen zu klassifizieren. Paul seinerseits erhob ein Geschrei aus allen Kräften und rief Ellen zu, sich ihm zu nähern und ihre Stimme mit der seinen zu vereinigen; aber das Brüllen und Trampeln der Herde ließ seinen Ruf verhallen. Wild vor Wut und zugleich seltsam ergriffen von dem gefährlichen Andrang der Büffel und von der Wildheit des Anblicks, halb rasend durch Selbst- und Mitgefühl, geteilt zwischen Natur und Herz, zwischen sich und seine Geliebte, verloren sich beide Gefühle ineinander, und er konnte nur, als solle seine Kehle zerspringen, dem alten Freunde zurufen, Hilfe zu schaffen.

»Heraus, alter Trapper, heraus mit Eurer Prärie-Erfahrenheit! Hilfe! oder wir werden alle von einem Berg von Büffelhöckern erdrückt!«

Der alte Mann, welcher die ganze Zeit über auf seine Flinte gelehnt dagestanden, mit unverwandtem Auge den Bewegungen der Herde folgend, hielt es jetzt für den entscheidenden Augenblick, seinen Streich auszuführen. Er richtete sein Gewehr auf den Vorderbullen, und mit einer Schnelligkeit, welche seiner Jugend Ehre gemacht haben würde, zielte er und gab zugleich Feuer. Das Tier empfing die Kugel in dem verwachsenen Haarbüschel zwischen beiden Hörnern; es sank auf die Knie, raffte sich aber sogleich, den Kopf schüttelnd, wieder auf, und der Schuß schien seine Kraft verdoppelt zu haben. Jetzt war kein Augenblick zu verlieren. Der Trapper warf die Flinte von sich und rückte mit bloßen, weit ausgestreckten Armen aus dem Vorgebüsch grade auf die andringende Kolonne zu.

Eine Menschengestalt, wenn sie sich plötzlich mit derjenigen Festigkeit und Standhaftigkeit zeigt, welche nur die Folge der mit entschiedenem Mute ausgerüsteten menschlichen Intelligenz sein kann, verfehlt selten ihren Ehrfurcht gebietenden Eindruck auf die untergeordneten Tiere der Schöpfung. Die Vorläufer und Führer der Herde wichen zurück; einen Augenblick stutzte und stockte die ihnen zunächst folgende Menge, sammelte sich in Masse vor der Front, bis auf einige Hunderte, welche sich rechts und links in der Prärie zerstreuten. Aber bald stürmte der Nachtrab des brüllenden Haufens heran und drängte die ganze Herde vorwärts. Die vorderste Spitze teilte sich. Der alte Mann stand immer fest und unerschüttert da. Seine unbewegliche Gestalt spaltete das Vordertreffen in zwei abgleitende Ströme. Middleton und Paul folgten alsbald seinem Beispiel und verstärkten die schwache Schranke durch gleichartige Ausbreitung ihrer vorgehaltenen Arme.

Ein paar Augenblicke reichte der der Front gegebene Impuls hin, das Dickicht zu schützen. Sowie aber die Trift und der eigentliche Kern der Herde mehr und mehr auf die offene Linie der Schutzwehr dreier Männer vordrängte, sowie der sich erhebende Staub den Tieren die Gestalten der Verteidiger verbarg, entstand auch wieder von neuem die unvermeidliche Gefahr des Durchbruchs und für die Männer die verdoppelte Notwendigkeit, auf ihre Hut und Rettung bedacht zu sein. Der Trapper wich mit seinen Gefährten langsam vor dem entgegenstürzenden Haufen zurück, als schon ein wütendes Tier so nahe an Middleton vorbeistreifte, daß es ihn fast umgerannt hätte, und dann mit der Schnelligkeit des Windes in das Dickicht eindrang.

»Schließt an! Nicht von der Stelle! Das Leben drauf!« schrie der alte Mann, »oder tausend Teufel folgen dem einen nach!«

Aber ihre vereinte Kraft würde den lebendigen Strom nicht

haben aufhalten können, hätte nicht Asinus, dessen Domänen auf eine so barsche Art durchbrochen wurden, jetzt mitten im Aufruhr seine Stimme hören lassen. Bei dem unbekannten kläglichen Geschrei zitterte der erste wütendste Anläufer; er und sein Gefolge schreckten von eben dem Dickicht zurück, auf welches er einen Augenblick vorher mit dem Ungestüm zugeeilt war, das die Füße eines Mörders beflügeln würde, welcher sich in das nahe Heiligtum zu retten gedächte.

Jetzt teilte sich der Strom der Büffel; der Vorplatz vor dem Gebüsch wurde licht, die beiden Kolonnen teilten sich links und rechts und schlossen sich nur eine Meile hinter demselben wieder aneinander. In dem Moment, als der alte Mann den plötzlichen Erfolg der Eselsstimme gewahr wurde, war seine ganze Kaltblütigkeit wieder zurückgekommen; er lud sein Gewehr wieder und machte auf die ihm eigentümliche Weise, still und trocken, seiner innern guten Laune Luft.

»Da laufen sie hin wie Hunde, denen man halbgefüllte Schrotbeutel an die Schwänze gebunden hat, und wir brauchen nicht zu fürchten, daß die Nachzügler von dem Zug, den der Vortrab eingeschlagen, abweichen; sie haben zwar nicht mit ihren Ohren den Esel schreien hören, sind aber gewiß, daß die Vorderen etwas gehört haben müssen; und sollte sie *auch* darnach verlangen, ei nun, so lassen wir den Jack sein Lied wiederanstimmen.«

»Der Esel hat gesprochen«, sagte der Bienenjäger, seinen Atem in einem Ausbruch lärmender Lustigkeit zusammenfassend, die, wenn sie das Organ des Esels begleitet hätte, zur Vermehrung des panischen Schreckens der Büffelherde nicht wenig beigetragen haben würde. »Der Esel hat gesprochen, aber Bileam verstummt! Der Mann hat so vollkommen die Sprache verloren, als hätte sich ihm ein ganzer junger Schwarm an die Zungenspitze gesetzt, und als hüte er sich, sie anzureden, aus Furcht vor der Antwort.«

»Nun, wie steht's, Freund?« sagte der Trapper zum Naturforscher, der noch immer unbeweglich und verzückt dastand. »Wie steht's? Euch, dessen Hantierung es ist, die Namen und Eigenschaften der Tiere auf dem Felde und der Vögel in der Luft in Bücher aufzuzeichnen, Euch hat eine Herde davonlaufender Büffel in Furcht gesetzt? *Büffel*, sagte ich! Werdet Ihr mir nicht das Recht streitig machen wollen, ihnen einen Namen zu geben, den sie von allen Jägern und Grenzhändlern erhalten?«

Der alte Mann irrte sich aber sehr, wenn er glaubte, von dem noch immer verdutzten Doktor durch diese Anregung eine Erwiderung zu erhalten und vollends eine gelehrte Erörterung des bestrittenen Punktes in Gang zu bringen. Von dieser Zeit an kam in betreff der Spezies oder des Genus besagten vierfüßigen Tieres, mit einer einzigen Ausnahme, kein Sterbenslaut über die Lippen des Doktors. Es ging noch weiter mit ihm. Von Stund an kam kein Bissen Fleisch von der gesamten Rindsfamilie in seinen Mund, und selbst jetzt, da ich dieses schreibe und er als *Gelehrter* und mit der ganzen Würde und dem Gewicht dieser Benennung angetan in einer unsrer Seestädte lebt, dreht er der saftigen, schmackhaften Speise, – welche auf den Tafeln der Handwerker eine so große Rolle spielt, dort die Ehrenstelle einnimmt und von keiner erreicht wird, die unter demselben Namen in den ersten Speisehäusern von London und Restaurationen von Paris erscheint, – mit Schaudern den Rücken zu. Kurz, der Ekel und Widerwille des verehrlichen Naturforschers gegen das Rindfleisch war dem nicht ungleich, welchen der Schafhirt bisweilen bei seinem Hunde bewirkt, wenn er ihm (nachdem dieser ein Schaf verletzt oder ein Lamm zerrissen hat) erst das Maul zubindet, dann die Vorder- und Hinterbeine fesselt, dann ihn als Spring- und Schrittstein an eine Wand legt, worüber die ganze Herde setzen muß, oder in den Eingang zum Schafstall, so daß sie über ihn wegsetzt, – ein Verfahren und eine Strafe, welche selten verfehlen, den, der sie verdient hat, auf immer von der Lust zu heilen, Schaf- und Hammelfleisch zu kosten.

Als aber der Trapper und der Bienensucher es für ratsam hielten, den ersten Ausbrüchen ihrer Lustigkeit ein Ende zu machen, welche der in sich gekehrte, abgezogene Zustand ihres gelehrten Begleiters so übermäßig rege gemacht, fing dieser an, wieder zu Atem zu kommen, als sei der unterbrochenen Tätigkeit seiner Lungen durch einen künstlichen Blasebalg frische Luft mitgeteilt worden, um das verruchte und verworfene Wort noch ein einziges Mal (die oben erwähnte Ausnahme!) und dann nie wieder auszusprechen:

»Boves americani *horridi!*« rief der Doktor aus, auf das letzte Wort horridi den allergrößten Nachdruck legend. Dann verfiel er von neuem in seine Stummheit und in die Lage eines, der über seltsame unerklärliche Begebenheiten nachdenkt.

»Ja, ja, *horribel* genug«, erwiderte der Trapper, »und dabei hat die Kreatur einen so furchtbaren Blick für den, der das Anschauen der Gestalt und der Bewegung des Naturlebens nicht gewöhnt ist. Nur muß man den Mut des Biests mit seinem Aussehen nicht gleichsetzen wollen. Herr Gott! Mann, wenn du dich einmal so recht angenehm in der Mitte eines Haufens grausprenklicher Bären befinden solltest, wie es mir und Hektor begegnet ist bei den großen Wasserfällen des Missouri... Ach! hier kommt der Rest der Büffelherde, und dort eilt ein Pack hungriger Wölfe daher, um die maroden, oder die, die gar den Hals gebrochen haben, in ihr Reich zu bekommen. – Ha sieh! da reiten Männer zu Pferde drein, oder ich bin kein – Sünder. Hier, junger Mann, dort könnt Ihr sie sehen; dort, wo der Wind den Staub vor sich her jagt. Sie machen halt und sind um einen gestürzten Büffel beschäftigt, dem sie mit ihren Pfeilen vollends den Garaus machen.«

Middleton und Paul schauten hinaus in die dunkle Gruppe, welche das geübte Auge des alten Jägers so schnell und leicht entdeckt hatte. In der Tat ritten fünfzehn bis zwanzig in kleinen hurtigen Kreisen um einen ungeheuern Bullen, welcher sich zur Wehr setzte, zu schwer verwundet, um fliehen zu können, und doch sich zu stark fühlend, um sich zu ergeben, obschon mehr als hundert Pfeile seine Haut durchlöchert hatten. Ein Speerstoß eines gewaltigen Indianers gab ihm den Rest, und das Tier hauchte sein Leben mit einem Gebrüll aus, welches bis zu der Stelle drang, wo unsere Abenteurer standen, die erschrockene Herde erreichte und ihre Flucht beschleunigen half.

»Wie gut sich der Pawnee auf die Philosophie einer Büffeljagd versteht«, sagte der alte Mann, nachdem er mit innerm Wohlbehagen eine Zeitlang dem belebten Schauspiel zugesehen hatte. »Erinnert ihr euch wohl des Moments, als er uns verließ, schnell wie der Wind, ehe der Trift herankam? Er wollte es vermeiden, daß die Luft seine Fährte verriete; deswegen machte er einen Flankenritt, um zu den Seinigen zu ge... Ha! was ist das? Jene Rothäute sind keine Pawnees! Die Federn an ihren Köpfen sind Eulenflügel und Eulenfedern. – Ach, so wahr ich ein miserabler, halbblinder Trapper bin, es ist eine Bande der verfluchten Sioux. Versteckt euch, Leute, schnell, versteckt euch! Ein einziger Blick von dort aus hierher, und ihr behieltet, so wie der Blitz die Baumrinde abstreift, kein Stück Kleidung auf dem Leibe, und euer Leben selbst stände in Gefahr.«

Middleton war schon vorher vom Schauplatze abgetreten, um ihn mit einem andern, ihm lieberen zu vertauschen, mit dem Anblick seiner jungen, schönen, blühenden Braut. Paul ergriff den Doktor beim Arme, und da der Trapper in größtmöglicher Eile folgte, so hatte sich der Trupp in kurzer Zeit in dem dichten Laub des Dickichts verborgen. Nach einigem kurzen Nachdenken über diese neue Gefahr fuhr der Alte, welchem die ganze Sorge, die Bewegungen zu leiten, übertragen war, indem man sich auf seine lange Erfahrung verlassen konnte, folgendermaßen fort:

»Dieses hier ist eine Gegend, wie ihr alle wissen müßt, wo ein starker Arm mehr gilt als das Recht, und wo die Gesetze der Weißen kaum dem Namen nach bekannt sind. Folglich hängt hier alles von Gutachten und Macht ab. Ließe sich«, fuhr er fort, den Finger an die Wange legend wie einer, der alle Seiten der verwickelten Lage, worin er sich befand, tief überlegt, »ließe sich ein Mittel und Weg erfinden, diese Sioux und die Brut des Squatters aneinander zu bringen, daß sie sich in die Haare fielen, so könnten wir vielleicht, wie die Bussarde nach einem Kampf zwischen den Tieren der Prärie, dazu kommen und den Vorteil von der Sache ziehen. – Da sind noch obenein die Pawnees uns ganz nahe! Davon bin ich fest überzeugt; denn jener junge Mann ist nicht ohne hinreichenden Grund von seinem Dorf so entfernt. Hier sind also vier Parteien in Kanonenschußweite, deren eine der anderen nicht trauen darf. Dies alles macht unsern Aufbruch und jede Bewegung beschwerlich und gefährlich in einer Gegend, wo es nicht viel Buschwerk gibt. Doch da wir drei wohlbewaffnete Männer sind und, wie ich hinzusetzen darf, drei tapfere, mutige ...«

»Sagt vier«, unterbrach ihn Paul.

»Meint Ihr?« sagte der Alte, zum ersten Male auf seine Gefährten blickend.

»Vier«, erwiderte der Bienenjäger, auf den Doktor hinweisend.

»Nun, jedes Heer«, fuhr der derbe Grenzmann fort, »jedes Heer hat seine Anhängsel und sein unnützes Gepäck. Freund (zum Doktor), es wird nötig sein, Euren Esel totzuschlagen.«

»Meinen Asinus? Dieses wäre ein ultra-grausames Beginnen.«

»Ich weiß nichts von Euren Ultras und Extras und überhaupt von Euren Worten, die sich hinter ihre Laute verstecken. So viel weiß ich, der Mensch wäre grausam, der einen Christen einer Bestie wegen opferte. Dies nenne ich die wahre Lehre der Barmherzigkeit. Es würde ebenso gescheit sein, in eine Trompete zu blasen, als ein Tier leben zu lassen, welches zum zweiten Male seine Stimme erheben könnte, als eine Herausforderung an die Sioux.«

»Ich stehe für das Schweigen meines Asinus ein, welcher selten spricht, wenn er nicht Grund dazu hat.«

»Die Leute sagen: ein Mensch zeigt, wer er ist, durch den Umgang, den er hat«, sagte der Alte, »warum nicht auch ein Tier? Ich machte vor langer Zeit einen gezwungenen Marsch und traf auf eine Menge Gefährlichkeiten mit einem Gefährten, welcher den Mund nicht anders öffnete als zum Singen; ich muß Euch sagen, der Kerl machte mir dadurch viel Verdruß und versetzte mich in manche Angst und Gefahr. Es war gerade in dem Geschäft, Kapitän, welches ich mit Eurem Großvater vorhatte. Doch war's eine Menschenkehle, die er zu gebrauchen wußte, wenn's die rechte Zeit war, aber freilich auch zuweilen zur Unzeit, wenn er's Maul hätte halten sollen. Oh, ich Armer! Wäre ich jetzt noch das, was ich damals war, eine Bande diebischer Sioux sollte mich nicht so leicht aus einer Verschanzung, wie diese hier, bringen! Doch wozu hilft es, sich zu rühmen, wenn Gesicht und Kräfte über die Hälfte verloren sind? Der Krieger, den die Delawaren wegen seines scharfen Gesichts das Falkenauge zu nennen pflegten, sollte gegenwärtig der Maulwurf heißen... Meinem Urteil nach würde es gut sein, den Esel totzuschlagen.«

»In dem Gesagten«, erwiderte Paul, »liegt Grund und gute Logik. Musik ist Musik, machte immer Lärm und Geräusch, sei's von einer Fiedel, sei's von einem Hans Esel. Ich bin der Meinung des Alten und sage: Schlagt das Tier tot!«

»Freunde«, entgegnete der Naturforscher, indem er mit bekümmertem Blicke bald diesen, bald jenen der Blutmänner ansah, »laßt meinen Asinus leben; er ist ein Exemplar seiner Art, von dem sich viel Gutes und wenig Böses sagen läßt. Sein Genus ist: ausdauernd und folgsam; seine Spezies: enthaltsam und geduldig. Wir haben so manche Reise zusammen gemacht, sein Tod würde mir nahegehen. Würde es dir gleichgültig sein, ehrwürdiger Weidmann, wenn du dich zu einer so unerwarteten Zeit von deinem Hund trennen solltest?«

»Das Tier soll *nicht* sterben«, rief der alte Mann nach einem plötzlichen Räuspern und mit so starker, fester Stimme, daß in ihr der Beweis lag, wie sehr es ihm Ernst damit war, »nur muß es am Schreien verhindert werden. Bindet ihm das Maul mit dem Halfter zu, weiter nichts: das übrige wollen wir, dächt' ich, der Vorsehung überlassen.«

Durch dieses doppelte Mittel – Vorsicht und Vorsehung – beruhigt, denn der Bienenmann hatte nicht gesäumt, das erste ins Werk zu setzen, schien der Trapper zufriedengestellt und ging nun bis an den Rand des Dickichts, um sich umzusehen.

Der große Lärm, der die Flucht der Herde begleitete, hatte aufgehört oder wurde nur noch in meilenweiter Entfernung auf der Prärie nachhallend gehört. Die Staubwolken waren vom Winde verweht, und da, wo noch vor zehn Minuten die greulichste Unordnung und Verwirrung geherrscht hatten, waren Ruhe, Ordnung und Stille eingetreten.

Auf der andern Seite hatten die Sioux den Stier zerlegt, und anscheinend mit diesem Zuwachs an Beute zufrieden, waren sie nicht auf Verfolgung der übrigen Herde bedacht. Ein Dutzend von ihnen blieb bei dem Gerippe, über die Bussarde gierig und unermüdet in engen Kreisen schwebten; die andern zerstreuten sich in der Prärie, ob sich vielleicht noch etwas für sie fände. Der alte Trapper folgte ihren Bewegungen und prüfte mit sorgsamen Blicken die Gestalten, die dem Gebüsche näher kamen. Endlich hieß er Middleton einen derselben unterscheiden, auf den er mit dem Finger wies: es war Weucha.

»Nun wissen wir nicht allein«, sagte er, bedächtig den Kopf schüttelnd, »wer sie sind, sondern auch ihre Absicht. Sie haben die Spur des Squatters verloren und suchen sie wieder auf. Die Büffel sind ihnen quer über den Weg gelaufen; sie haben sie verfolgt, und dadurch ist ihnen unglücklicherweise der Fels in die Augen gefallen, auf welchem Ismael mit seinen Kindern haust... Seht aber mal die Vögel, welche auf den Abfall des geschlachteten Büffels warten! Darin liegt eine Moral, eine Lehre und ein Bild des Prärie-Lebens. Eine Bande Pawnees lauert ebenso diesen Sioux auf, wie Ihr die Bussarde auf den Fraß lauern seht. Uns Christenmenschen, für die hier alles auf dem Spiele steht, kommt es zu, auf beide Teile unser Augenmerk zu richten... Ha, was bringt da die beiden schleichenden Schlangen plötzlich zum Stehen? So wahr wir leben, sie haben die Stelle aufgespürt, wo der unglückliche Squattersohn seinen Tod gefunden!«

Der Alte hatte ganz recht. Weucha und ein Wilder, der mit ihm ritt, waren auf die Stelle gestoßen, die wir so oft beschrieben haben, auf welcher sich Spuren ausgeübter Gewalttätigkeit und vergossenen Blutes vorfanden. Hier untersuchten sie von ihren Pferden herab mit dem allen Indianern eigenen Scharfsinn die wohlbekannten Zeichen. Sie forschten lange und nicht ohne Mißtrauen und Vorsicht. Endlich stießen beide zugleich einen Schrei aus, fast ebenso erbärmlich und Entsetzen verratend wie jenes Hundegeheul, welches den Squatter und die Seinen auf ebendiese Spuren geführt hatte. Ihr Aufschreien versammelte unverzüglich die ganze Bande um sie, wie der Schakal durch sein wildes, grimmiges Jauchzen seine Kameraden zur Jagd zusammenruft.

Zwanzigstes Kapitel

Willkommen, Fähnrich Pistol!
Shakespeare

Bald darauf entdeckte der alte Jäger in dem Häuptlinge der Sioux den ihm schon früher bekannten Mahtoree. Dieser Anführer war einer der letzten, die sich auf den Zuruf Weuchas eingefunden hatten. Kaum war er auf der Stelle angelangt, auf welcher der ganze Trupp hielt, als er vom Pferde sprang und mit derjenigen Aufmerksamkeit und ruhigen Würde, die ihm seine höhere Stellung und die übernommene Verantwortlichkeit zur Pflicht machten, die Spuren untersuchte. Seine Krieger – denn daß sie zu dieser furchtlosen, blutigen Klasse gehörten, war nicht zu bezweifeln – warteten den Enderfolg seiner Forschung mit geduldiger Ergebung ab; nur wenige unter ihnen, wahrscheinlich die Obersten und Tapfersten nach ihm, wagten es, sich leise miteinander zu besprechen, während er die Stelle in genauen Augenschein nahm. Es verflossen einige Minuten, ehe Mahtoree mit sich im reinen war und befriedigt schien. Jetzt schweiften seine Blicke auf dem Boden nach den verschiedenen Kennzeichen, wo Ismael früher die herzzerreißenden Beweise eines blutigen Kampfes gefunden und hierauf die Seinen ermutigt hatte, den Spuren weiter nachzugehen.

Die ganze Bande näherte sich nun geschlossen dem Dickicht und machte gerade nur einige Ellen von der Stelle halt, wo Esther ihre unentschlossenen Söhne in das Gebüsch getrieben hatte. Der Leser mag sich die Lage des Trappers und seiner Gefährten leicht denken, welche Zeugen und Beobachter jeder drohenden Bewegung und jedes gefahrbringenden Schrittes der Sioux waren. Der Alte winkte den männlichen Genossen zu, ihm ganz nahe zu treten, und fragte sie in deutlichen, unumwundenen Worten, aber so leise, daß er ihnen kaum vernehmlich ward, aus Furcht, auch von den Sioux gehört zu werden, ob sie entschlossen wären, für ihr Leben zu streiten, oder einen friedlichen Versuch machen wollten, es zu erhalten. Da dieses ein Gegenstand war, welcher jeden von ihnen gleich nahe anging, so legte er ihnen die Frage wie einem versammelten Kriegsrate vor, doch nicht ohne dabei die Spuren eines fast erloschenen, halb wiederauflebenden kriegerischen Mutes und Stolzes zu verraten. Paul und der Doktor waren in ihren Meinungen schnurstracks einander entgegen; der erstere wollte sich zu nichts als zu einer verzweifelten Verteidigung verstehen; der andere war ebenso warm und entschieden für den friedlichen Versuch. Middleton, welcher wohl sah, wie unmöglich es sein würde, zwei Männer von so entgegengesetzten Meinungen und Gefühlen zu einigen, hielt es für angemessen, den Schiedsmann zu machen oder, besser ausgedrückt, der Sache dadurch den Auschlag zu geben, daß er sich für die friedliche Meinung erklärte; zumal da er sicher voraussah, daß bei der großen Ungleichheit der Streitkräfte Gewalt und Widerstand ihnen, den Schwächeren, unfehlbar Tod und Verderben zuziehen müßten.

Der Trapper horchte demnach auf die Gründe des jungen Kriegers mit großer Aufmerksamkeit, und da sie mit der Festigkeit eines Mannes vorgetragen worden waren, welcher die Absicht nicht haben konnte, ihn zu verblenden und zu bestechen, so gab er ihnen um so eher nach, da sie einen tiefen Eindruck auf ihn gemacht hatten.

»Was soeben vorgetragen worden ist«, sagte er, als jener aufgehört hatte zu sprechen, »ist vernünftig, ist sehr vernünftig. Wo des Menschen Kraft nicht ausreicht, muß sein Geist an die Stelle treten. Ebendieser Geist macht ihn stärker als den Büffel und schneller als die Maus. Bleibt also hier stehen, haltet euch still und ruhig! Mein Leben ist wenig wert; meiner Schritte sind nicht mehr viele in Vergleichung mit der Gefahr, die ihr lauft. Ich will versuchen, fünf Menschenleben zu retten, sollte ich auch darüber zugrunde gehen. Überdies verstehe ich mich, ohne Ruhm zu melden, ein wenig auf die Schlangenwindungen der indianischen Verschlagenheit. Deshalb will ich *allein* in die Prärie hinausgehen. Es mag sich fügen und mir vielleicht gelingen, die Augen der Sioux von dieser Stelle abzuleiten und euch Zeit und Raum zur Flucht zu verschaffen.«

Fest entschlossen, auf keinen Widerstand zu hören, schulterte der alte Mann kalt und ruhig die Flinte, bewegte sich langsam durch das Dickicht, kam auf einem Punkt in die Ebene hervor, wo er beim Austreten nicht von den Sioux bemerkt werden konnte, und entging so dem Verdacht, als käme er aus dem Gebüsch.

Im Augenblick, als die ersten Sioux einen Menschen in Jägertracht mit der wohlbekannten und sehr gefürchteten Flinte auf der Schulter auf sich zukommen sahen, brachte diese Erscheinung einen bedeutenden, aber bald unterdrückten Eindruck auf sie und sodann auf den ganzen Haufen hervor. Der Umweg, den der listige Trapper genommen, hatte sie insofern irregemacht, daß sie nicht wissen konnten, ob er von der offenen Prärie oder aus dem Busch komme, obschon sie beständig ihre argwöhnischen Blicke auf die letztere Seite richteten. Sie hatten ungefähr einen Bogenschuß weit von den Büschen haltgemacht; als ihnen aber der Fremde nahe genug gekommen war, so daß sie die tiefe Schattierung von rot und braun, womit Zeit und Waldleben die natürliche Farbe eines Bleichgesichts überzogen hatten, unterscheiden konnten, zogen sie sich allmählich so weit von der verdächtigen Stelle zurück, bis sie sich außer Gewehrschußweite, und folglich von dieser Seite in Sicherheit befanden.

Inzwischen kam der alte Mann ihnen immer näher und blieb erst dann stehen, als er sich ihnen vernehmlich machen konnte. Jetzt stellte er das Gewehr bei Fuß, hielt die offene Hand entgegen zum Zeichen des Friedens, und nachdem er seinen Hund beschwichtigt hatte, welcher auf den Trupp der Wilden hinblickte, als erkenne er unter ihnen diejenigen, welche seinen Herrn gefangengenommen hatten, redete er die Sioux in ihrer Sprache an:

»Meine Brüder sind willkommen«, sagte er, sich verschlagenerweise als den Eigentumsherrn des Bodens, auf welchem sie standen, betragend und die gastlichen Pflichten erfüllend. »Meine Brüder sind weit von ihren Dörfern und hungrig. Wäre es ihnen genehm, mir in meine Hütte zu folgen, dort zu essen und auszuruhen?«

Kaum war der Ton seiner Stimme gehört worden, als ein Jauchzen und Freudenjubel von einem Dutzend Wilden dem scharfsinnigen Trapper die Überzeugung gab, daß man ihn wiedererkannt habe. Dies war ihm nichts weniger als angenehm, allein es war zum Umkehren zu spät, und so benutzte er die augenblickliche verwirrte Bewegung unter ihnen, denen Weucha nähere Aufschlüsse gab, um immer näher zu kommen und sich dem furchtbaren Mahtoree gerade gegenüberzustellen. Dieses war die zweite Unterredung, die unter beiden ausgezeichneten Männern stattfand. Es fehlte ihnen beiderseits nicht an der gewöhnlichen Behutsamkeit der Grenzbewohner. Eine Minute lang standen sie schweigend und sahen einander an. Endlich fragte der Häuptling, als er sah, daß der Alte sich nicht von seinen drohenden Blicken in Furcht setzen ließ und daß kein einziger der Züge auf dem unbeweglichen Gesicht das Innere ihres Herrn verriet:

»Wo sind Eure beiden jungen Leute?«

»Die Langmesser kommen nicht zu Haufen, den Bibern aufzulauern. Ich bin allein.«

»Euer Kopf ist grau, aber Eure Zunge gespalten. Mahtoree ist in Eurem Lager gewesen, und er weiß, daß Ihr nicht allein seid. Wo ist Euer junges Weib und der Krieger, den ich in der Prärie mit Euch fand?«

»Ich habe kein Weib. Ich habe schon früher meinem Bruder gesagt, daß das Frauenzimmer und der Mann mir fremd waren. Die Worte eines grauen Hauptes sollten gehört und nicht vergessen werden. Die Dakotas fanden Reisende schlafend und waren der Meinung, sie brauchten keine Pferde. Die Weiber und Kinder eines Bleichgesichts sind nicht gewöhnt, so weit zu Fuß zu reisen. Laß sie da suchen, wo Ihr sie gelassen habt.«

Die Augen des Tetons sprühten Funken, als er antwortete:

»Sie sind fort, aber Mahtoree ist ein kluger Häuptling, und seine Augen sehen weit in die Ferne!«

»Kann ein Anführer der Tetons auf diesen nackten Feldern Menschen sehen?« erwiderte der Trapper mit großer Festigkeit. »Ich bin sehr alt, und meine Augen sind trübe. Wo sind sie?«

Der Häuptling blieb eine Weile schweigend, als verschmähe er es, länger die Wahrheit einer Sache, die ihm streitig gemacht wurde und worüber er keinen Zweifel hatte, beweisen zu wollen. Dann zeigte er auf den Boden hin und auf die Spuren, und nun, einen milderen Ton annehmend und ihn mit milderen Blicken begleitend, fing er an:

»Mein Vater hat manchen Winter Weisheit gelernt; kann er mir sagen, wessen Mokassins diese Spuren hinterlassen haben?«

»Hier in den Prärien hat es Wölfe und Büffel gegeben, auch wohl mitunter Kuguare.«

Mahtoree schielte nach dem Dickicht, als mochte er denken, die Sache sei nicht unmöglich. Er zeigte auf die Stelle hin und befahl seinen jungen Leuten, das Gebüsch näher zu untersuchen; zugleich sandte er ihnen einen Warnungsblick zu, nebst einem ernsten Rückblick auf den Trapper, der ihnen andeuten sollte: sie möchten auf ihrer Hut sein und an Verrat denken. Drei oder vier halbnackte Jünglinge mit feurigen Augen trieben ihre Pferde an und flogen im Augenblick davon, dem Worte und Zeichen zu gehorchen. Der alte Mann zitterte, als er die Bewegung sah und an Pauls vorschnellen Mut und seine Unbesonnenheit dachte. Die Tetons ritten ein paarmal um die Stelle, mit jedem Kreise näher herankommend, und kehrten dann wieder zum Häuptling mit dem Bescheid zurück: das Gehölz scheine leer zu sein. Sosehr aber auch der Trapper die Augen Mahtorees bewachte, ob er nicht etwa in ihnen eine geheime Bewegung entdecken könne, um womöglich dessen Verdacht zu erraten und demselben eine günstige Richtung zu geben, so ließ sich doch von ihm bei aller Kenntnis, die er von der angenommenen Kaltblütigkeit der Indianer hatte, auch nicht die geringste Spur auffinden, die ihm hätte entdecken können, inwiefern der Häuptling seinem Berichte Glauben schenkte oder Mißtrauen gegen ihn hegte. Anstatt sich seinen Späherblicken bloßzustellen, begnügte jener sich, freundlich mit seinem Pferd zu sprechen, winkte dann einem Knaben, es beim Zügel – oder vielmehr Halfter – zu fassen, stieg ab, nahm den Trapper beim Arme und führte ihn ein wenig vom übrigen Trupp fort.

»Ist mein Bruder ein Krieger gewesen?« fragte der verschlagene Teton in einem Tone, welchen er vertraulich zu machen bemüht war.

»Gibt es nicht Blätter auf den Bäumen in der Jahreszeit der Früchte?« war die Antwort. »Geh, die Dakotas haben nicht so viele lebende Krieger gesehen als ich in ihrem Blute liegende. Wozu aber eine leidige Rückerinnerung«, setzte er auf englisch hinzu, »wenn die Glieder steif und die Augen schwach werden!«

Der Häuptling sah ihn eine Weile mit strengem Blick an, als habe er Lust, ihn als einen Prahler Lügen zu strafen; als er aber dem Alten ins ruhige Auge sah und in seinem Gesicht den festen Beweis der Wahrheit des Gesagten las, faßte er die Hand des Greises und legte sie sich aufs Haupt, wie zum Beweise der Ehrfurcht, welche er für Alter und Erfahrung hegte.

»Warum schlagen denn«, fuhr er fort, »die Langmesser ihren roten Brüdern vor, den Tomahawk zu vergraben, wenn ihre eigenen jungen Leute nicht vergessen können, daß sie tapfer sind, und einander mit blutigen Händen anfallen?«

»Mein Volk«, sagte der Alte, »ist zahlreicher als die Büffel in den Prärien und die Tauben in der Luft. Ihrer Zwiste sind viele, und doch sind ihrer eigentlichen Krieger nur wenig. Niemand geht hinaus auf den Kriegspfad, als wer die Gabe und den Beruf des Mutes in sich fühlt; daher kommt's, daß die eigentlichen Krieger so vielen Schlachten beiwohnen.«

»So ist es nicht«, erwiderte Mahtoree, sich ein ironisches Lächeln erlaubend, ihm aber zugleich das Bittere des Widerspruchs und des Hohnes benehmend, weil er die Jahre und Dienste eines so ergrauten Kriegers ehren wollte. »So ist es nicht; mein Vater ist im Irrtum. Die Langmesser sind klug und sind Männer; sie möchten gern alle Krieger sein. Sie möchten gern die Rothäute zum Ausgraben der Baumwurzeln und zum Dreschen ihres Kornes gebrauchen. Aber ein Dakota ist nicht geboren, um zu leben wie ein Weib; er muß die Pawnees und die Omahaws in die Flucht schlagen, oder er verliert den Namen seiner Väter.«

»Der Herr des Lebens schaut mit offenen Augen auf seine Kinder herab, welche in der Schlacht für Recht und Gerechtigkeit fallen; aber er ist blind, und seine Ohren sind verschlossen vor dem Geschrei des Indianers, welcher von seinem Nachbar erschlagen wird, den er ausplündern oder dem er sonst Böses zufügen wollte.«

»Mein Vater ist alt«, sagte Mahtoree, auf seinen Mitredner einen spöttischen Blick werfend, welcher deutlich aussprach: Ich bin einer von denen, die die Bande der Erziehung überspringen und sich dem Mißbrauch der geistigen Freiheit ganz überlassen, welche sie sich auf diese Weise verschafft haben. – »Mein Vater ist *sehr* alt. Hat er eine Reise in eine entfernte Gegend gemacht, hat er sich der Mühe ausgesetzt, eine weite Rückreise anzutreten, um den jungen Leuten seines Landes zu erzählen, was er gesehen hat?«

»Teton«, erwiderte der Trapper, den Kolben seiner Flinte

mit Heftigkeit und Unwillen auf den Boden stampfend und seinem Mitredner mit Festigkeit, aber heiter, in die Augen schauend, »Teton, ich habe gehört, daß es in meinem Volke Männer gibt, welche so lange studieren, bis sie glauben, Götter zu sein, und welche allen Glauben verleugnen, außer dem, welchen sie in ihre eigene Eitelkeit setzen. Das *mag* wahr sein. Das *ist* wahr; denn ich hab's gesehen. Es kann mit einem, der in Städten und Schulen mit seiner eigenen Narrheit eingeschlossen ist, so weit kommen, daß er sich für größer hält als den Herrn und Meister des Lebens; aber ein Krieger, der in einem Hause wohnt, dessen Dach die Wolken sind, und wo er mit *einem* Blicke auf Himmel und Erde schauen kann – ein solcher, der alle Tage die Macht des Großen Geistes sieht, sollte demütiger sein. Ein Dakotahäuptling, will er für weise gelten, darf nicht mit Gerechtigkeit seinen Spott treiben.«

Der listige Mahtoree sah wohl ein, daß seine freie Denkungsart unmöglich den Beifall des Alten haben konnte. Er lenkte demzufolge sogleich ein, und trat dem eigentlichen Gegenstande der Unterredung näher. Die Hand vertraulich dem Trapper auf die Schulter legend und ihn vorwärts führend, so daß beide nur fünfzig Fuß vom Dickicht entfernt standen, schaute er dem Alten scharf ins Gesicht, um zu entdecken, wie es mit seiner Redlichkeit stände, und sprach dann:

»Hat mein Vater seine jungen Leute im Gebüsch verborgen, so heiße er sie vorkommen. Er sieht, ein Dakota fürchtet sich nicht. Mahtoree ist ein großer Häuptling. Ein Krieger, dessen Haupt grau ist, und der sich anschickt, in das Land der Geister zu gehen, kann keine gespaltene Zunge haben wie eine Schlange.«

»Dakota, ich habe dir keine Lüge vorgesagt. Seitdem der Große Geist mich zum Menschen und Manne gemacht, habe ich in der Wildnis oder in diesen nackten Ebenen gelebt, ohne Hütte, ohne Angehörige. Ich bin ein Jäger und wandle meinen Gang allein.«

»Mein Vater hat eine gute Flinte. Ziele mein Vater auf das Gebüsch und schieße!«

Einen Augenblick stutzte und stockte der Alte. Dann schickte er sich langsam an, dem Indianer diesen kitzligen Beweis von der Wahrheit des Gesagten zu geben, weil er sattsam einsah, daß ohne den verlangten Schuß sein listiger Gegner sich nicht beruhigen lassen würde. Als er aber die Flinte anlegte, durchlief sein Auge, obschon vom Alter trübe und geschwächt, die verschiedenen Gegenstände, welche in Laub gehüllt, einzeln aus demselben hervorschienen, und jetzt bemerkte er die braune Rinde eines kleinen Stammes. Auf diesen Gegenstand zielte er und gab Feuer. Die Kugel war nicht so bald aus dem Lauf, als sich der Hände des Alten ein Zittern bemächtigte, welches, einen Augenblick früher entstanden, ihn eines sichern Schusses durchaus unfähig gemacht haben würde. Eine furchtbare Stille erfolgte anstatt des Aufschreiens der Weiber, das der Trapper erwartet hatte; als der Rauch sich verzogen, bemerkte dieser zu seiner großen Freude die abgeschossene flatternde Borke des Baums, welche ihm bewies, daß die Kugel gut getroffen und keinen Schaden getan hatte und daß er noch immer der treffliche alte Schütze sei. Er ließ nun die Mündung der Flinte sinken, drehte sich zum Indianer und fragte ihn anscheinend mit der größten Gleichgültigkeit:

»Ist mein Bruder zufrieden?«

»Mahtoree ist ein Häuptling der Dakotas«, war die Antwort des feinen Tetons, welcher zugleich zum Anerkenntnis der Aufrichtigkeit des andern die Hand auf die Brust legte. »Er erkennt, daß ein Krieger, der an so vielen Ratsfeuern Anteil genommen, ehe sein Haar ergraut ist, sich nicht in schlechter Gesellschaft betreffen lassen würde. Hat aber mein Vater nicht vorzeiten ein Pferd geritten wie ein vornehmer Häuptling der Bleichgesichter, anstatt wie ein hungriger Konza zu Fuße zu gehen?«

»Niemals! Der Wakonda hat mir ein Paar Beine und den Vorsatz geschenkt, mich ihrer zu bedienen. Seit sechzig Sommern und Wintern habe ich die Wälder von Amerika durchstreift; zehn harte und beschwerliche Jahre habe ich in diesen offenen Gefilden verlebt und habe es nur selten nötig gehabt, auf den Beistand anderer Geschöpfe des Herrn Anspruch zu machen, um von einem Orte zum andern zu kommen.«

»Wenn mein Vater so lange im Schatten der Bäume gelebt hat, wie ist er in die Prärie gekommen? Die Sonne muß ihn ja brennen und dörren.«

Der Alte blickte kummervoll vor sich hin, drehte sich dann mit einer Art von Vertrauen zum andern und sagte:

»Ich habe den Frühling, Sommer und Herbst meiner Jahre

in den Wäldern zugebracht. Der Winter meiner Tage brach an und fand mich noch immer in der Ruhe – ach! und in der reinen Unschuld und Redlichkeit der Wälder! Teton, damals schlief ich glücklich, als noch meine Augen durch die Zweige der Fichten und Buchen zu der Wohnung des Guten Geistes meines Volks hinaufsahen. Hatte ich's not, vor ihm mein Herz zu entladen, wenn seine Feuer dort oben auf mich herabbrannten und leuchteten, so stand die Tür zu ihm offen für mich und für meine Augen. Aber die Äxte der Baumfäller haben mich geweckt – und vertrieben. Eine lange Zeit hörte ich nichts als das Umhauen und Urbarmachen der Wälder. Ich ertrug es wie ein Krieger und wie ein Mann, es war Grund dazu vorhanden; aber als dieser Grund aufhörte, bedachte ich mich, wie sich wohl der verhaßten Verwüstung entgehen ließe. Mein Mut und meine Gewohnheiten rieten mir, einen Versuch zu machen; ich hatte von diesen weiten nackten Gefilden gehört, und so kam ich her, dem Verheerungsgeiste zu entfliehen. Sage mir, Dakota, tat ich nicht wohl daran?«

Mit diesen Worten legte der Trapper seinen langen Zeigefinger auf die bloße Schulter des Indianers und schien dessen Beifall und Glückwunsch mit einem ausdrucksvollen Lächeln zu erwarten, in welches sich zugleich Triumph, Bedauern und Reue mischten. Sein Gefährte, der die Aufmerksamkeit verdoppelt hatte, während der Alte redete, unterbrach sein Schweigen und antwortete auf die sentenziöse Weise seines Volks:

»Das Haupt meines Vaters ist sehr weiß; er hat immer unter Menschen gelebt und hat jedes Ding gesehen. Was er tut, ist gut; was er spricht, ist weise. Nun sage er aber auch, ob es gewiß ist, daß er den Langmessern, welche ihrem Vieh auf allen Seiten der Prärie nachspüren und es nicht finden können, fremd sei!«

»Dakota, was ich gesagt habe, ist wahr. Ich lebe allein und vermische mich nie mit Männern, deren Haut weiß ist, wenn...«

Hier schloß sich plötzlich sein Mund infolge einer ebenso überraschenden als kränkenden Unterbrechung. Noch schwebte das zuletzt ausgesprochene Wort ihm auf der Zunge, als sich das Gebüsch auf der Seite, wo sie standen, öffnete, und die ganze Gesellschaft, die er erst kürzlich verlassen hatte, und zu deren Gunsten er seine Liebe zur Wahrheit mit der Notwendigkeit, sie zu verbergen, in Einklang zu erhalten suchte, hervorkam.

Eine Pause stummer Bestürzung folgte auf dieses unvorhergesehene Schauspiel. Mahtoree, welcher keinem seiner Züge, keinem seiner Muskeln gestattete, Verwunderung und Staunen zu verraten, war der erste, der den Ankommenden mit angenommener Höflichkeit und einem Lächeln entgegenging, welches sein finsteres, stolzes Gesicht überzog, wie der Glanz der untergehenden Sonne die ungeheure Wolkenmasse beleuchtet, die derselben gegenüber heranrückt, beschwert mit dem elektrischen Fluidum des bevorstehenden Gewitters. Er verschmähte es übrigens, die Kommenden anzureden oder sonst, was er vorhatte, anders zu offenbaren, als daß er die entferntere Bande seiner Leute an sich rief, welche auf diesen Wink mit aller Schnelligkeit der an Gehorsam Gewöhnten auf ihn zueilten.

Ihrerseits traten die Freunde des alten Jägers immer näher. Middleton führte an ihrer Spitze die leichte ätherische Gestalt seiner Inez an dem Arme, auf deren ängstliche und sprechende Züge er mit ebender zärtlichen Besorgnis hinschaute, die bei ähnlicher Gelegenheit ein Vater für sein Kind zeigen würde. Paul und Ellen kamen hinter ihnen. Das Auge des Bienenjägers blickte, ohne seine blühende Begleiterin außer acht zu lassen, wild und aufgebracht von der Seite, mehr mit dem Blick des finstern, sich zurückziehenden Bären als mit dem eines sich der Gegenliebe bewußten Liebhabers. Obed und Asinus machten den Schluß; der erstere seinen Gefährten mit demjenigen Grade von Zärtlichkeit führend, welcher schwerlich von einem der anderen überboten werden konnte. Nur war sein Herankommen bei weitem nicht so rasch wie das der übrigen. Seinen Beinen sah man es an, daß sie sich ebensowenig zum Fortschreiten wie zum Stehenbleiben entschließen konnten, so daß seine ganze Stellung dem Sarge Mohammeds nicht unähnlich schien[21], nur mit dem Unterschiede, daß ihn mehr die abstoßende als die anziehende Kraft im schwebenden Ruhezustand erhielt. Jene schien sichtbar die Oberhand zu gewinnen, und es entstand hier (wie er sie selbst bezeichnet haben würde) die mit allen physischen Prinzipien im Gegensatz stehende Ausnahme, daß, je weiter er sich vom abstoßenden Punkte entfernte, desto stärker dieser auf ihn einwirkte. Und da seine Augen nicht auf den Weg gerichtet waren, den er *ging*, sondern auf den, woher er *kam*, so dienten sie denen, die den ganzen sich bewegenden Haufen beobachteten, ebenfalls zur Richtschnur und zugleich dazu, ihnen das Geheimnis aufzudecken, welches ein so unerwartetes Hervorkommen aus dem Versteck veranlaßt hatte.

Eine zweite Gruppe stattlich bewaffneter Männer wurde nämlich in nicht weiter Entfernung gesehen, wie sie sich gerade um einen Bogen des Dickichts schlug und auf dem kürzesten Wege, aber mit Behutsamkeit, auf den Punkt zuging, wo die Sioux standen, ungefähr wie ein Geschwader von Kreuzern quer übers Meer steuert, um sich einer reichen, aber wohlbehüteten Flotte zu bemächtigen. Mit einem Worte, es war die ganze Familie des Squatters, oder wenigstens alle Waffenfähigen derselben, welche auf der Prärie anrückten, offenbar um an den Räubern ihres Eigentums Rache zu nehmen.

Sobald Mahtoree und seine Leute merkten, daß die Fremden auf sie zukamen, zogen sie sich auf eine Erdhöhe zurück, von welcher sie eine ungehinderte Übersicht über die ganze Strecke der offenen Gefilde, worauf sie standen, haben konnten. Hier schien der Dakota Posto fassen und seine Einrichtungen treffen zu wollen. Er hatte, wie sich's denken läßt, nicht ermangelt, auf dem Rückzuge den Trapper mitzunehmen. Middleton mit seiner Gesellschaft folgte in beobachteter Weite und hielt ebenfalls auf der Anhöhe stand, auf einem Punkte, von dem er sich den kriegerischen Sioux verständlich machen konnte. Die Squatterfamilie suchte gleichfalls eine günstige Stellung, wiewohl in weit größerer Entfernung. Jetzt glichen die drei Gruppen ebensoviel Flotten zur See, mit ausgelegten Toppsegeln und der gehörigen Vorsicht, um zu rekognoszieren, wer von den Gegenüberliegenden zu Freund oder Feind gerechnet werden könne.

In diesem spannenden Augenblick rollte Mahtorees dunkles drohendes Auge von einer Partei zur anderen, ihre Bewegungen schnell und kühn untersuchend; dann warf er es verächtlich und trocken auf den Alten und sprach mit tiefem bitterm Hohn:

»Die Langmesser sind Toren! Es ist noch leichter, den Kuguar schlafend zu überfallen, als einen blinden Dakota zu finden. Dachte der Graukopf, auf dem Pferde eines Sioux zu reiten?«

Der Trapper hatte inzwischen Zeit zur Besinnung und

Sammlung gewonnen; schnell wieder zu sich gekommen, erklärte er sich die Sache. Middleton nämlich war den nacheilenden Ismael und seinen Trupp gewahr geworden; lieber, als sich der Behandlung und Rache des Squatters auszusetzen, hatte er sich der Gastlichkeit der Wilden anvertrauen wollen. Aus ebendiesem Grunde bereitete der alte Mann die Bahn zum freundschaftlichen Empfang der Seinigen; denn er dachte, diese an sich unnatürliche Verbindung sei der einzige Ausweg, ihnen die Freiheit und vielleicht das Leben zu erhalten.

»Ist mein Bruder auf den Kriegspfad gegangen gegen mein Volk?« fragte er mit ruhiger Stimme den unwilligen Häuptling, der immer darauf zu warten schien, daß jener zuerst spräche.

Die finstere Miene des Tetons verlor in diesem Augenblick so viel von ihrer Strenge und Härte, daß ihre Wildheit sogar in einem Zug des Triumphs und der Freude überging. Er schlug mit dem Arme einen vollständigen Kreis um sich und gab zur Antwort:

»Wo ist der Stamm, wo ist die Nation, welche die Streiche der Dakotas nicht gefühlt hätte? Mahtoree ist ihr Anführer.«

»Hat Mahtoree die Langmesser als Weiber oder hat er sie als Männer befunden?«

Eine Menge wilder Leidenschaften schien im Kampf miteinander sich auf dem rotbraunen Angesichte des Indianers zu entwickeln, als er die Frage vernahm. Im ersten Augenblick zeigte sich ein unauslöschlicher Haß, als wolle dieser die Oberhand behaupten; bald aber erfolgte ein edlerer Ausdruck; ein besseres Abbild des Charakters eines wahren, tapfern Kriegers bemeisterte sich seiner Züge und blieb auf ihnen zurück, als er das leichte Gewand der bemalten Hirschkuhhaut zurückschlagend und auf die Narbe einer Bajonettwunde auf der Brust hinweisend, sagte:

»Sie ward zugleich gegeben und empfangen, Mann gegen Mann.«

»Genug. Mein Bruder ist ein tapferer Häuptling, aber nun sei er auch ein einsichtsvoller. Schau' er her; ist jene Gestalt ein Krieger der Bleichgesichter? War es solch eine, die den großen Dakota verwundete?«

Die Augen Mahtorees folgten der Richtung des Armes, welchen der alte Mann ausgestreckt hatte, und so gelangten sie auf die schmachtende Figur der Inez. Der Blick des Tetons heftete sich lange und bewundernd auf die schöne Gestalt. Dem des jungen Pawnee ähnlich, war es mehr der Blick eines Sterblichen, auf ein himmlisches Bild gerichtet, als ein gewöhnliches Zeichen der Bewunderung, mit welcher ein Mann den Reizen einer schönen Frau zu huldigen pflegt. Plötzlich erwachend wie jemand, der sich seines Selbstvergessens bewußt wird, wendete der Häuptling den Blick von Inez auf Ellen, hier länger und mit einem verständlicheren Ausdruck der Bewunderung verweilend. Von da glitten dann seine Augen weiter ab und hielten über dem männlichen Teil des Trupps genaue Heerschau.

»Mein Bruder sieht, daß meine Zunge nicht gespalten ist«, fuhr der Trapper fort, den Bewegungen des andern mit einer Wachsamkeit folgend, welche dem Scharfblick jenes nichts nachgab. »Die Langmesser senden ihre Weiber nicht in den Krieg. Ich bin überzeugt, der Dakota wird mit diesen Fremden rauchen.«

»Mahtoree ist ein großer Anführer. Die Langmesser sind ihm willkommen«, sagte der Teton, die Hand auf die Brust legend, mit einer Art leichter Höflichkeit, welche jedem Stande im geselligen Leben Ehre machen würde. »Die Pfeile meiner jungen Männer bleiben in ihren Köchern zurück.«

Jetzt winkte der Trapper Middleton zu, näherzukommen, und in wenigen Momenten waren beide Parteien in eine verschmolzen. Die Männer wechselten Grüße nach Art der Krieger in den Prärien. Aber dieses wechselseitigen freundschaftlichen Empfangs ungeachtet, ließ der Dakota die Vorsicht nicht aus den Augen, stets nach der zweiten, entfernteren Gruppe der Weißen hinzuschauen, als besorge er eine arge Kriegslist oder sei auf eine nähere Erklärung begierig. Dies entging dem Trapper nicht; er sah die Notwendigkeit ein, weitere Aufschlüsse zu geben, um des kleinen noch unausgemachten Vorteils, den er errungen hatte, nicht verlustig zu gehen. Er gab sich dabei Mühe, den Haufen genauer zu untersuchen, welcher noch immer die anfangs eingenommene Stellung behauptete; ihm war alles daran gelegen, den Geist aufzufinden, der in demselben vorzuwalten schien; das Resultat seiner Beobachtungen ergab, daß Ismael darauf bedacht war, eine feindliche Stellung anzunehmen und sich auf einen unverzüglichen Angriff vorzubereiten. Dieses erste Resultat mußte ein zweites zur Folge haben. Der Zusammenstoß in der offenen Prärie zwischen zwölf entschlossenen Grenzmännern und einem Haufen halbbewaffneter Indianer, selbst wenn diese von ihm und seinen Begleitern unterstützt wurden, war in den Augen des alten Erfahrenen ein Handel, dessen Ausgang ungewiß und mißlich war. Ohne für seine Person sich dem Kampfe entziehen zu wollen, hielt er es doch seinen Jahren und seiner Gemütsart für angemessener, das Treffen zu vermeiden, als es herbeizuführen. Ebendiese Gründe mußten Paul und Middleton zu einem ähnlichen Schluß führen, besonders da diese noch obenein zu bedenken hatten, daß ihnen ein Leben zu erhalten und zu beschützen oblag, teurer als das ihrige. In diesem Dilemma berieten sich die drei über die Mittel, den schauderhaften Folgen zu entgehen, welche der erste Ausbruch der Feindseligkeiten von seiten der Grenzer haben könnte. Zugleich aber suchte der alte Mann dieser Beratung, die das wachsame Auge so vieler Zeugen auf sich ziehen mußte, durch äußere Zeichen den Anschein zu geben, als beziehe sie sich bloß auf die Frage, was diese männlichen und weiblichen Reisenden so tief in die Prärie gebracht haben könne.

»Ich weiß«, sagte der Trapper, sich nach Beendigung der Beratung wieder an Mahtoree wendend, »ich weiß, daß die Dakotas ein weises und großes Volk sind; ist aber unter ihnen ihrem Häuptlinge kein schlechter einzelner bekannt?«

Mahtorees Auge durchlief stolz die ganze Bande und weilte einen Augenblick, wie mit sich selbst im Streit, auf Weucha. Er gab dann zur Antwort:

»Der Herr und Gebieter des Lebens hat Häuptlinge, gemeine Krieger und Weiber geschaffen.« Er gab zu erkennen, daß er dadurch alle Stufen menschlicher Vortrefflichkeit, von der höchsten bis zur niedrigsten, umfasse.

»Aber der Herr des Lebens hat auch Bleichgesichter erschaffen, welche schlecht sind. Von dieser Art sind jene, welche mein Bruder drüben sieht.«

»Gehen sie zu Fuß, um Böses zu tun?« fragte der Teton, aber mit einem Blick, welcher deutlich zu erkennen gab, wie bekannt ihm die Ursache sei, weswegen sie Fußgänger waren.

»Ihre Tiere sind dahin. Aber ihr Pulver, ihr Blei und ihr Gepäck ist noch da.«

»Führen sie ihre Habe mit sich wie die erbärmlichen Konzas? Oder sind sie tapfer und lassen sie bei den Weibern zurück, wie

Männer, welche wissen, wie sie das Verlorne wiedererlangen?«

»Sieht mein Bruder den blauen Fleck quer über die Prärie? Soeben leuchtet die untergehende Sonne darauf.«

»Mahtoree ist kein blinder Maulwurf.«

»Der Fleck ist ein Fels, und auf dem Felsen liegen die Güter der Langmesser.«

Ein Ausdruck wilder Freude schoß aus den funkelnden Augen des Tetons, als er die Worte hörte. Schnell sich zum Alten hinkehrend, als wolle er in seiner Seele lesen, ob er betrüge, ließ er dann den Blick von ihm abgleiten, überschaute den Trupp Ismaels und zählte die Köpfe.

»Es fehlt ein Krieger«, sagte er.

»Sieht mein Bruder die Bussarde dort neben dem Dickicht? Hier liegt der Krieger begraben. Sah mein Bruder Blut in der Prärie? Es war das Blut des Kriegers.«

»Genug. Mahtoree ist ein kluges Oberhaupt. Bringt eure Weiber hinten auf die Pferde der Dakotas, wir wollen weiter sehen; denn unsere Augen sind weit offen.«

Der Trapper verlor keine Zeit mit unnötigen Worten und weiteren Erklärungen. Mit der Raschheit im Handeln der Eingebornen vertraut, teilte er sogleich den Entschluß des Häuptlings den Seinigen mit. In einem Moment war Paul zu Pferde und Ellen hinter ihm. Middleton hatte einige Sekunden mehr nötig, seiner Inez zu einem bequemen Sitze zu verhelfen. Während der Besorgung kam Mahtoree dazu, als Inez schon saß, und Middleton eben aufsteigen wollte. Das Pferd war das Mahtorees; der Häuptling schickte sich an, sich ebenfalls aufzuschwingen. Aber der junge Krieger riß den Zügel an sich, und es erfolgten von beiden Seiten furchtbar stolze und hohe Blicke. Keiner wollte weichen.

»Niemand«, rief Middleton ernst und entschlossen auf englisch, »kommt auf dieses Pferd als ich!«

»Mahtoree ist das Oberhaupt«, fiel der Wilde ein, obschon er nicht verstand, sondern nur erriet, was jener gesagt hatte.

»Der Dakota wird zu spät eintreffen«, wisperte ihm der Alte ins Ohr. »Siehst du die Langmesser nicht? Sie merken was und werden gleich ausreißen.«

Der Teton folgte der Warnung, überließ das Pferd dem Fremden, warf sich auf ein anderes und befahl seinen jungen

Leuten, ein Pferd für den Trapper zu besorgen. Die abgesessenen Krieger sprangen ihren Brüdern hintenauf. Doktor Battius bestieg seinen Asinus, und der kurzen Unterbrechung unerachtet saß alles in weniger Zeit auf, als wir zur Beschreibung nötig gehabt haben, und war zum Aufbruch bereit.

Mahtoree gab das Zeichen. Einige der Bestberittenen, den Häuptling an der Spitze, machten eine Frontbewegung, als sei es ihre Absicht anzugreifen. Der Squatter, welcher schon langsam den Abzug begonnen hatte, kehrte nun auch um und machte Front. Anstatt sich aber der Nähe der gefährlichen Flinten der Weißen auszusetzen, machten die schlauen Wilden eine Seitenschwenkung und ritten im Halbkreise um den Feind, ihn immer in der Erwartung eines nahen Angriffs lassend. Dann aber, ihrer Sache gewiß, erhoben die Tetons ein lautes Geschrei und schossen über die Prärie in gerader Linie auf den Felsen zu, auf dem kürzesten Wege und fast mit der Schnelligkeit des Pfeiles, der von dem Bogen abschnellt.

Einundzwanzigstes Kapitel

Laß die Götter aus'm Spiel; mach, daß du gehst!
Der Widerspenstigen Zähmung

Kaum hatte Mahtoree die erste leiste Andeutung seines Plans gegeben, als schon eine Generalsalve der Grenzer bewies, wie gut sie ihn begriffen hatten. Jedoch war die Entfernung so groß und die Schwenkung so schnell, daß ihr Feuer ohne Wirkung blieb. Zum Beweise, wie wenig sich der Dakotahäuptling vor der feindlichen Artillerie fürchtete, beantwortete er sie mit einem lauten Jubel, schwenkte seinen Karabiner um den Kopf und umkreiste die Ebene, gefolgt von seinen ausgesuchtesten Kriegern, als Zeichen der Verspottung der ohnmächtigen Versuche des Gegners. Während das Hauptkorps in gerader Linie die verabredete Richtung verfolgte, schloß sich jenes Elitekorps, nachdem es dem Feinde diesen Trotz geboten, mit einer Fertigkeit und einer Taktik, welche einem kriegerischen Übungsmanöver glich, als Nachtrab wieder an.

Salven folgten auf Salven, bis der wütende Squatter wider Willen den Gedanken aufgab, mit den unzulänglichen Mitteln seinem Feinde Schaden zuzufügen. Er schlug nun einen andern Weg ein und verfolgte die Sioux mit möglichster Eile, ab und zu eine Flinte abfeuernd, um die Besatzung, welche er diesmal unter die Befehle der furchtbaren Esther gestellt hatte, gehörig zu alarmieren. Auf diese Weise dauerte die Jagd einige Minuten, doch so, daß die Reiter allmählich einen Vorsprung gewannen, obschon ihre Verfolger zu Fuß mit unglaublicher Kraft ihnen auf den Fersen zu bleiben sich anstrengten.

Schon sammelten sich die Abendnebel am östlichen Saume der Prärie, und ehe noch die Sioux die Hälfte des Weges erreicht hatten, waren die deutlichen Umrisse des Felsens in den Dunst der Niederung gesunken. Dieser Umstand war dem Häuptling um so gleichgültiger, als er seinen Plan mehr zu begünstigen als zu hindern schien. Er ritt nun an der Spitze der Schar, gleich dem Hunde, der die Witterung nicht verlieren will;

nur daß er weniger eilte, weil seine Pferde und Reiter nicht in Reih und Glied geblieben waren.

Jetzt schien dem alten Manne der Augenblick gekommen zu sein, seinen Entwurf zur Reife zu bringen. Er ritt an Middleton heran und sprach auf englisch zu ihm:

»Es läuft hier auf ein diebisches Geschäft hinaus, woran ich nicht gern teilnehmen möchte.«

»Was ist aber zu tun?« versetzte Middleton in derselben Sprache. »Es würde uns übel bekommen, die Flucht zu versuchen; wir würden in den Nachtrab geraten und in die Hände der Verruchten fallen.«

»Fort, *aus den Händen* der Verruchten, der Roten und der Weißen?... Sieh dich nicht um, schau gleichgültig vor dich, stell dich, als sprächen wir von diesem und jenem, von unseren Zauberärzten oder noch lieber von den Pferden der Tetons. Die Schelme hören es gar zu gern, wenn man ihre Tiere lobt, fast ebensogern, wie die törichte Mutter in den Niederlassungen ihre eigensinnigen Krabben lobpreisen hört. So! Klatsche dein Pferd, betrachte den Krimskrams, mit welchem die Rothäute seine Mähne verziert haben; laß dein Auge eines sprechen, und deinen Geist ein anderes! Hör an; wenn wir es nur klug anfangen, so gibt's ein Mittel, sich mit Einbruch der Nacht davonzumachen.«

»Ein herrlicher Gedanke!« rief Middleton, der es nicht vergessen konnte, daß Mahtoree seine Inez mit Augen der Bewunderung betrachtet und sich derselben sogar als Mitreiter und Beschützer hatte aufdringen wollen.

»O Gott, o Gott!« sagte der Trapper, »was für ein schwaches Geschöpf ist der Mensch, wenn sich seine Naturgaben in Bücherkram und weibischen Sitten erweichen und auflösen! Noch ein solcher zweideutiger Ausruf würde den Kobolden, die rechts und links um uns reiten, deutlich sagen, daß wir ein Komplott machen; ebenso deutlich, als wenn wir es ihnen in ihrer eigenen Sprache in die Ohren bliesen. Ei! ei! Ich kenne die Teufelskerle! Sie scheinen so unschuldig und unerfahren wie das jüngste Reh; aber es ist keiner unter ihnen, der nicht sein Auge wie ein Fernrohr auf uns gerichtet hielte und unsere geringsten Bewegungen beobachtete. Was also geschehen soll, muß mit der größten Vorsicht und Klugheit geschehen, wenn wir ihre Schlauheit täuschen wollen... So recht, streichle des

Pferdes Nacken; lächle, als ob du es lobtest, und neige dein Ohr, daß es keines meiner Worte verfehle! Sei auch darauf bedacht, das Tier nicht zu sehr anzustrengen; denn, obschon wenig mit Pferden bekannt, sagt mir die bloße Vernunft, daß man zu einem weiten schnellen Ritt ihre Lungen schonen muß und daß müde Schenkel einen schlechten Renner machen. Paß auf das Signal, wenn du meinen Hektor heulen hören wirst. Das erstemal bedeutet: ›Mach dich fertig!‹ Das zweite: ›Schiebe dich aus dem Trupp!‹ Das dritte: ›Fort!‹... Hast du mich verstanden?«

»Vollkommen, vollkommen!« antwortete Middleton, der vor Ungeduld zitterte, den Plan auszuführen, und den kleinen Arm, der sich um ihn schloß, an sein Herz drückte. »Vollkommen! Nur geschwind, nur geschwind!«

»Ei, das Tier ist auch nichts weniger als faul«, fuhr der Trapper in der Tetonsprache fort, als ob die ganze Zeit von dem Pferde die Rede gewesen wäre, und zugleich durchschnitt er allgemach den düstern Haufen, bis er sich an die Seite Pauls gestohlen hatte. Diesem teilte er den Entwurf ebenso fein und behutsam mit, wie es früher geschehen war. Der lebhafte, unerschrockene Bienenjäger empfing den Vortrag mit Entzücken und erklärte sich überdies bereit, es mit der ganzen Bande der Wilden aufzunehmen, sollte ein Kampf nötig sein, um zum Ziele zu gelangen; als nun auch dieses abgemacht war, verließ er den zweiten Verbündeten und sah sich nach dem dritten Reiter, dem Doktor, um.

Dieser war mit unendlicher Anstrengung seiner selbst und seines Asinus im Mittelpunkt der Sioux geblieben, solange er besorgen konnte, daß ihn die Kugeln der Ismaeliten erreichen möchten. Sobald aber diese Gefahr abgenommen hatte oder vielmehr ganz verschwunden war, lebte sein Mut in dem Grade wieder auf, als der seines Langohrs abnahm. Diesem gleichzeitigen, obschon sehr folgereichen Wechsel war es zuzuschreiben, daß der Reiter und das Reittier sich jetzt in demjenigen Teile der Bande befanden, welcher eine Art von Nachtrab ausmachte. Dahin lenkte nun der Trapper sein Pferd, doch ohne bemerkbare Absicht und so ganz wie von ungefähr, um jedem Verdacht zu entgehen.

»Freund«, sagte er zum Doktor, als er das Gespräch auf eine günstige Weise anspinnen konnte, würdet Ihr wohl gern ein Dutzend Jahre unter den Wilden mit geschornem Kopfe und bemalter Haut zubringen und vielleicht mit einem Paar Weiber und fünf oder sechs unerzogenen Kindern auf dem Halse, welche Euch ihren Vater nennten?«

»Unmöglich!« rief der erschrockene Naturforscher. »Ich bin im allgemeinen dem ehelichen Leben abhold und doppelt abhold jeder Vermischung mit einer Varietät der Spezies, welche bloß dazu dient, die Schönheit der Natur zu beeinträchtigen und die Harmonie derselben zu unterbrechen. Überdies sind dergleichen Varietäten eine mühsame und peinliche Neuerung in der Ordnung unserer Nomenklaturen.«

»Ei! ei! Das sind Gründe mehr als zuviel, um Euch ein solches Leben zu verleiden. Nähmen Euch aber die Sioux in ihr Dorf auf, so könntet Ihr, so wahr Gott die Sonne auf- und untergehen läßt, von Glück sagen, wenn dieses Eure Bestimmung würde.«

»Was? Mir ein Weib zur Ehe geben, welches nicht mit den Reizen ihrer Spezies geschmückt wäre!« erwiderte der Doktor. »Was für ein Verbrechen habe ich denn begangen, um so hart bestraft zu werden? Einen Mann gegen den Trieb seines Willens in das Ehejoch zwingen, heißt der menschlichen Natur Gewalt antun.«

»Nun, da ich Euch einmal von Natur reden höre«, versetzte der alte Mann, mit einer Bewegung in den Winkeln seiner tiefliegenden Augen, die er zu verbergen suchte, obschon sie verriet, daß er in gewissen Fällen guter Laune sein konnte, »so habe ich noch Hoffnung, daß nicht alle Vernunft aus Eurem Gehirn gewichen ist. Aber, um wieder auf die Sioux zu kommen, so werden sie als ein absonderliches Zeichen ihrer Geneigtheit, und da sie Euch gewiß vorzugsweise wohlwollen, Euch nicht ein oder zwei, sondern fünf bis zehn Weiber zulegen. Oh, ich habe zu meiner Zeit Häuptlinge gekannt, die darum die höchste Achtung genossen, weil sie einen ganzen Harem hatten.«

»Aber weswegen sollten sie diese Rache an mir üben?« fragte der Doktor, dessen Haar sich zu sträuben anfing und an dessen Leibe jede Fiber zuckte. »Was hab' ich den Leuten zuleide getan?«

»Gar nichts, im Gegenteil wäre es ein Beweis ihres Wohlwollens. Erfahren sie vollends erst, daß Ihr ein großer, berühmter Medikus seid, so nehmen sie Euch gar in ihren Stamm auf;

eines ihrer mächtigsten Oberhäupter gibt Euch seinen Namen, vielleicht auch seine Tochter, vielleicht auch gar eines oder zwei seiner verlassenen Weiber, mit denen er lange gelebt hat und über deren Eigenschaften er aus Erfahrung Richter ist.«

»Wolle mich der Regierer und Urheber der Naturharmonie in seinen allergnädigsten Schutz nehmen!« rief der Doktor aus. »Ich mag nicht einmal mit einem einzigen Exemplar eines Ehegesponses in Verbindung treten; weit weniger mit einem Duplikat, ja Triplikat der ganzen Klasse! Lieber will ich alles versuchen, selbst eine dereinstige Flucht, als daß ich mich der Gefahr einer so gewaltsamen Konjunktion aussetze!«

»Es liegt Vernunft in dem, was Ihr sagt. Flucht, ja doch, aber warum *dereinstige*, warum nicht *augenblickliche?*«

Der Naturforscher blickte um sich, als sei er wirklich bedacht, den verzweifelten Entschluß auf der Stelle auszuführen; dann aber sah er die dunklen Gestalten, die um ihn ritten, in seiner Phantasie sich verdoppeln und verdreifachen, und die Nacht, welche sich schon über die Prärie hinzog, verwandelte sich in seinen Augen in den allerhellsten Mittag.

»Die Flucht«, sagte er, »wäre zu voreilig und schlechterdings vernunftwidrig. Überlaßt mich, ehrwürdiger Venator, dem Konzilium meiner Gedanken, und sobald meine Pläne hinreichend klassifiziert sind, will ich Euch das Endresultat mitteilen.«

»Resultat? Endresultat?« wiederholte der alte Mann, sein Haupt etwas verächtlich schüttelnd, seinem Pferde den Zügel schießen und es in den Trupp der Wilden hinein lassend. »*Resolution* ist ein besser Wort als jene. Man spricht davon in den Niederlassungen und bringt es an der Grenze zustande.« Sich hierauf in der Landessprache an einen finstern Krieger wendend und zugleich mit dem Ellbogen nach dem Doktor und dem bescheidenen Asinus hinwinkend, sagte er:

»Kennt mein Bruder das Tier, welches das Bleichgesicht reitet?«

Der Teton sah eine Minute auf den Esel, verschmähte es aber, auf irgendeine Weise nur den kleinsten Teil der Verwunderung, welche der Anblick des seltenen Tieres in ihm und seinen Gefährten erregt hatte, lautbar werden zu lassen. Dem Trapper aber war es wohl bewußt, daß Esel und Maultiere zwar in den nächst Mexiko wohnenden Stämmen anfingen einheimisch zu werden, aber so weit nördlich, wie die Platte fließt, höchst selten gesehen wurden. Er zog aus diesem Umstande sowohl als aus dem Bestreben des Wilden, ein Befremden zu verheimlichen, welches das feine Auge des Alten dennoch deutlich in dessen anscheinend gleichgültigen Zügen las, den besten Vorteil und traf seine Maßregeln darnach.

»Hält mein Bruder den Reiter dort für einen Krieger der Bleichgesichter?« fragte er, als er glaubte, der Sioux habe gehörig Zeit gehabt, die friedfertigen Züge des Naturforschers zu betrachten.

Beim schwachen Sternenlicht wurde der verächtliche Blick, womit der Teton die Frage beantwortete, wie eine aufflakkernde Flamme sichtbar. Er rief aus:

»Ist der Dakota ein Narr?«

»Die Dakotas sind eine weise Nation. Ihre Augen sind nie geschlossen; um so mehr nimmt es mich wunder, daß sie den größten Medikus der Langmesser nicht aufgefunden haben.«

»Wagh!« – brach der Wilde aus; denn länger konnte sich sein Erstaunen nicht halten, und seine ganze mühsam erzwungene Fassung wich der plötzlichen Überraschung, wie ein Blitz die mitternächtliche Wolke zerteilt.

»Der Dakota weiß«, fuhr der alte Schlaukopf fort, »daß meine Zunge nicht gespalten ist; mache mein Bruder seine Augen nur weit auf, und er wird einen sehr großen Arzt erblicken.«

Das wenige Licht des Himmels war nicht erforderlich, dem Wilden die Züge einer so außerordentlichen Gestalt wieder in Erinnerung zu bringen. Den Doktor Battius, seinen An- und Aufzug, sein seltsames Kostüm, hatte jeder gleich im ersten Augenblick weg. Der Krieger hatte es nicht nur mit seiner Bande, sondern mit allen Indianern gemein, ohne im Äußern die geringste Neugierde zu verraten, kein Unterscheidungszeichen, keinen Charakterzug eines Fremden, wodurch sich etwas näher bezeichnen ließ, sich entgehen zu lassen. Er hatte das Wesen, den Wuchs, die Tracht, die Züge, die Farbe der Augen und des Haars aller Langmesser, welche diesen Abend zu den Sioux gekommen waren, so genau aufgefaßt, daß er schon das Nachgrübeln über die Ursache damit verband, welche wohl das Zusammentreffen der so verschiedenartigen Fremden unter sich und ihr tiefes Eindringen in den Aufenthalt der rohen Bewohner dieser Wildnisse veranlaßt haben könne. Schon hatte er die physischen Kräfte und Eigenschaften der Reisenden abgewogen und ihre körperlichen Fähigkeiten mit ihren mutmaßlichen Absichten verglichen. Krieger wären es nicht (dachte er); denn die Langmesser ließen, wie die Sioux, ihre Weiber in den Dörfern zurück, wenn sie auf den Kriegspfad ausgingen. Ebendiesen Einwurf machte er sich, sobald er sie für Jäger hätte halten mögen, und selbst als Händler konnte er sich ihre Zusammensetzung nicht erklären. Hiermit waren alle Verhältnisse erschöpft, welche die Weißen bis in die Dörfer der Roten bringen konnten. Er hatte von einem großen Verein, von einer Versammlung, einer Zusammenkunft gehört, wo die Menahashah oder Langmesser der Freistaaten mit den Washsheomantiqua oder Spaniern geraucht hätten und übereingekommen wären, daß die letzteren ihre unbegreiflichen Rechte über die weitläufigen Strecken und Ländereien, in welchen sein Volk so viele Geschlechter und Zeitalter hindurch frei gehaust und gelebt hatte, den ersteren abgetreten hätten. Sein einfacher, beschränkter Geist konnte die Gründe nicht fassen, wodurch sich ein Volk für berechtigt hielt, sich die Oberherrschaft über die Besitzungen eines andern anzumaßen, und sobald der Wink des Trappers an ihn gelangte, war er nicht abgeneigt zu glauben, auch hier mische irgendeine Zauberkraft sich ein; denn von einer solchen überhaupt war er so ganz überzeugt, daß er sie sogar in dieser Unterredung spürte. Er ließ folglich im tiefen Gefühl seiner Unwissenheit alle übrigen Bedenklichkeiten fahren, schloß sich dem alten Manne fest an, streckte die Arme nach ihm aus, als ergäbe er sich ihm auf Gnade und Ungnade, und sprach:

»Lasse mein Vater seine Blicke auf mich fallen! Ich bin ein wildes Kind der Prärie; mein Körper ist nackt, meine Hände sind leer, meine Haut rot. Ich habe die Pawnees, die Konzas, die Omahaws, die Osages und selbst die Langmesser geschlagen. Ich bin ein Mann unter den Kriegern, aber ein Weib unter den Zauberern und Beschwörern. Mein Vater spreche: die Ohren des Tetons sind offen. Er horcht wie ein Reh auf den Tritt des Kuguars.«

»Also sind die weisen und unerforschlichen Wege des einzigen beschaffen, welcher Gutes vom Bösen unterscheiden kann!« rief der Trapper auf englisch aus. »Den einen erteilt er Verschlagenheit und List, den anderen Mannhaftigkeit und

Kraft. Ist es nicht demütigend, ist es nicht betrübend, ein so edles Geschöpf wie dieses, welches so manchen blutigen Kampf gefochten, zu sehen, wie es vor dem Götzen des Aberglaubens kriecht wie ein Bettler, welcher um Knochen fleht, die man nur Hunden vorwerfen möchte? Verzeihe mir Gott, wenn ich mit der Unwissenheit des Wilden mein Spiel treibe. Er weiß, daß ich es nicht tue, um des Armen zu spotten oder mich selbst zu überheben, sondern um Menschenleben zu retten, um den Unterdrückten Recht zu verschaffen und die Teufeleien des Bösen zuschanden zu machen! – Teton« (sich wieder auf indianisch an den Teton wendend): »ich frage dich noch einmal, ist jener da nicht ein wundervoller Zauberarzt? Tun die Dakotas nicht wohl und weislich daran, wenn sie dieselbe Luft mit ihm nicht einatmen, wenn sie sein Gewand nicht berühren? Wissen sie nicht, daß der Wahconshecheh (der böse Geist) seine Kinder in Schutz nimmt und denen nicht wohlwill, die ihnen Übels tun?«

Der alte Mann sprach diese Worte mit einem so ominösen und sentenziösen Tone, daß sie den tiefsten Eindruck machen mußten. Dann ritt er etwas ab, als habe er genug gesagt. Der Erfolg bewies, daß er seinen Zweck nicht verfehlt hatte. Der Krieger, dem er die geheimen Winke gegeben, säumte nicht, sie dem übrigen Haufen des Nachtrabes mitzuteilen, so daß in wenig Augenblicken alles auf den Doktor mit Aufmerksamkeit und Ehrerbietung hinsah. Der Trapper, dem es bewußt war, daß die Indianer vor allem den bösen Geist zu besänftigen und ihn sich günstig zu machen suchen, wartete mit der Ruhe und Kaltblütigkeit eines ganz Gleichgültigen den Erfolg seiner List ab. Er brauchte nicht lange zu warten; eine schwarze Gestalt nach der andern trieb ihr Pferd an, eilte in vollem Galopp nach dem Mittelpunkt der Bande, und zuletzt befanden sich nur noch Weucha und er selbst in der Nähe des Doktors. Jenen hielt nur noch die stumpfsinnige träge Bewunderung, womit er auf den vermeinten Wunderarzt und Zauberer blickte, zurück und machte ihn zum letzten Hindernis, welches dem alten Manne wegzuräumen übrigblieb.

Er kannte seinen Mann aus dem Grunde und verlor keine Zeit, ihn loszuwerden. An ihn heranreitend, flüsterte er ihm ins Ohr:

»Hat Weucha heute von der Milch der Langmesser getrunken?«

»Wagh?« – rief der bestürzte Wilde, welchen die Frage plötzlich aus seiner Dumpfheit schüttelte und vom Himmel auf die Erde zurückbrachte.

»Es ist nur«, fuhr der Alte fort, »weil der große Anführer seines Volks, welcher an der Spitze reitet, eine Kuh hat, welche nie trocken steht. Ich bin gewiß, es vergehen keine zwei Minuten, so wird er rufen: ›Sind keine meiner Brüder durstig?‹«

Kaum waren die Worte heraus, als schon Weucha auf und davon war, um nicht der letzte zu sein, und sich dem dunkeln, langsamer reitenden Trupp vor ihm anschloß. Der Jäger aber, dem es nicht unbewußt war, wie schnell wandelbar das Gemüt des Wilden ist, verlor keinen Augenblick, seinen Vorteil zu benutzen. Er ließ die Zügel schießen und war sogleich wieder beim Doktor.

»Seht Ihr«, sagte er, »den funkelnden Stern dort, ungefähr vier Flinten hoch über dem Horizont der Prärie, hierherum, nach Norden?«

»Ja doch, in der Konstellation…«

»Geht mir mit Euren Stellationen und sagt mir auf gut englisch, mit ja oder nein, seht Ihr den Stern, den ich meine?«

»Ja.«

»Nun, so hört weiter. Im Augenblick, wo ich Euch den Rükken kehre, haltet Euren Esel an, bis Euch die Wilden aus den Augen sind. Dann überlaßt Euch der Gnade Gottes und der Leitung des Sterns! Weicht weder zur Rechten noch zur Linken, verliert keinen Augenblick; Ihr wißt, Euer Tier ist keines von den fleißigsten, und jeder Zollbreit der Prärie, den Ihr hinter Euch laßt, ist ein Gewinn für Eure Freiheit und für Euer Leben.«

Ohne die Fragen abzuwarten, die der Naturforscher schon auf der Zunge hatte, jagte der alte Mann davon und war in einem Augenblick mitten unter den Reitern in der Front.

Obed Batt war nun allein mit seinem Esel. Das Tier gehorchte dem Zügel, den sein Herr mehr aus Desperation, als um die Weisung, die er von dem Alten erhalten und kaum verstanden hatte, zu befolgen, anhielt. Es ging also nur Schritt, und da die Tetons im kurzen Galopp vorwärts ritten, so waren ein paar Minuten hinreichend, sie dem Doktor aus dem Gesichte zu bringen. Das erste, was dieser tat, als er wieder zur Besinnung kam, war nachzusehen, ob die Bündel und Pakete, welche die armseligen Reste seiner Sammlungen und Aufzeichnungen enthielten und hinten im Sattel lagen, noch da wären; dann drehte er ohne andern Plan und Gedanken, als seinen gefährlichen Nachbarn zu entkommen, sein Tier nach der besprochenen Richtung hin, und nun stieß er es mit einer Art blinder Wut in die Rippen, um seine Flucht so sehr als möglich zu beschleunigen. Kaum hatte er aber soviel Zeit gewonnen, als nötig war, eine Anhöhe hinab und die folgende hinauf zu jagen, als er zwanzig Tetonskehlen seinen Namen auf gut englisch rufen hörte oder zu hören glaubte. Die Täuschung verdoppelte die Kraft und die Stöße seiner Fersen, so daß kein Professor der edeln Tanzkunst bessere Chassés mit den Beinen hätte machen können als unser Naturforscher mit den Rippen seines Asinus. Der Tanz dauerte mehrere Minuten ohne Unterbrechung und würde vielleicht allem Anschein nach bis auf diesen Augenblick gedauert haben, hätte nicht das weniger aufgeregte Biest die Behandlung unziemlich gefunden. Von der Art und Weise, wie sein Herr die Bewegungen seines Innern äußerte, entlehnte das Tier den Gedanken, auch seine Beine in Bewegung zu setzen, nur auf eine andere Art und Weise. Es hob nämlich beide Hinterfüße zugleich, die Handlung mit einem kräftigen Schrei begleitend, in die Höhe; eine Maßnahme, die den Streit ganz zu seinem Vorteil entschied. Obed, aus dem Sattel gehoben, konnte sich nicht schwebend in der Luft erhalten, verließ aber im Stürzen die ihm vorgeschriebene Richtung nicht, während der Asinus wie ein Sieger und Eroberer das Schlachtfeld behauptete und zum Beweise seines Triumphs das dürre Gras zu weiden anfing.

Kaum war Doktor Battius wieder auf den Beinen und im Besitz seines Kopfes, welcher durch die schleunige Veränderung seiner gewöhnlichen Lage in ziemliche Verwirrung geraten war, als er nach seinen Sammlungen und seinem Esel suchte. Asinus zeigte sich großmütig, ließ allen Groll fahren, den Doktor wiederaufsitzen, und beide setzten die Reise fort, letzterer mit ebenso großer Betriebsamkeit, aber mit weniger Hitze und Fersenberedsamkeit.

Inzwischen hatte der alte Jäger keine der wichtigen Bewegungen, deren Übersicht er auf sich genommen, außer acht gelassen. Obed Batt hatte nicht ganz unrecht gehabt, als er zu vernehmen glaubte, er werde vermißt und gesucht, obschon seine erhitzte Einbildungskraft gewisse Schreitöne der Wilden in seinen schönen latinisierten Namen *Medicus Battius* umgeschaffen hatte. Die Wahrheit war diese. Die Krieger im Nachtrabe hatten die Krieger in der Front von dem mysteriösen Charakter benachrichtigt, welchen es dem Trapper beliebte, dem nichts davon ahnenden Doktor beizulegen. Ebendie dumme Bewunderung, welche jene von hinten nach vorn zu getrieben hatte, trieb nun diese von vorne nach hinten. Sie fanden den Doktor nicht mehr, und ihr Lärmen und Schreien war nichts anderes als das wilde Geheul und Jauchzen der in ihrer Erwartung Betrogenen.

Aber Mahtorees Ansehen kam schnell dem einen Ausweg suchenden Trapper zu Hilfe und machte dem gefährlich werdenden Geschrei ein Ende. Nach wiederhergestellter Ordnung, und als der Häuptling erfahren hatte, weswegen seine jungen Leute sich so laut und ungebührlich betragen hatten, las der Alte, der ihm jetzt zur Seite ritt, mit Besorgnis den Ausdruck des Mißtrauens in seinen flammenden Blicken.

»Wo ist Euer Beschwörer?« fragte Mahtoree, sich kurz und schnell zu dem Trapper wendend, in einem Tone, der ihn verantwortlich machen sollte.

»Kann ich meinem Bruder die Anzahl der Sterne angeben? Die Wege eines großen Arztes sind nicht wie die Wege anderer Menschen.«

»Gib acht, alter Kopf, auf meine Worte und zähle jedes derselben«, fuhr jener fort, sich über seinen großen Sattel biegend, wie ein wohlerzogener Ritter, aber dabei im hohen Tone der unbeschränkten Gewalt sprechend: »Die Dakotas haben kein Weib zu ihrem Führer gewählt. Wenn Mahtoree die Macht eines großen Arztes *fühlen* wird, wird er zittern, nicht eher; bis dahin aber will ich ihn mit Augen *sehen* und nicht hören, was ein Bleichgesicht von ihm spricht. Ist Euer Beschwörer nicht morgen früh mit seinen Freunden hier, so sollen ihn meine jungen Leute aufsuchen. Eure Ohren sind offen. Genug dann!«

Dem Trapper war die gegebene längere Frist nicht unlieb. Er hatte schon früher Gelegenheit gefunden, zu bemerken, daß der Tetonführer einer von denen war, deren kühner Geist die Schranken überspringt, welche Gewohnheit und Erziehung den Meinungen der Menschen in jedem Stande des geselligen Lebens entgegenstellen. Die Rede des Häuptlings bestätigte ihn von neuem in dieser Vermutung, so daß er voraussah, er würde einen schwereren Stand mit ihm zu bestehen haben als mit seinen Begleitern und nicht so leichten Kaufs von ihm abkommen. Aber das plötzliche Sichtbarwerden des Felsens, welcher mitten durch die Finsternis sich in seiner schroffen holprigen Gestalt zeigte, machte dem peinlichen Verhör mit einem Male ein Ende. Mahtoree überließ sich von nun an ganz der Ausführung seiner Anschläge auf die übrige fahrende Habe des Squatters. Ein freudiges Gemurmel durchlief die Reihen, sobald sie die erste Ansicht des erwünschten Zieles erhielten; dann erstarb das Geräusch, und die leisen Tritte auf dem Grase waren alles, was sich hören ließ.

Dennoch konnte Esthers Wachsamkeit nicht getäuscht werden. Schon lange hatte sie auf den verdächtigen Schall gehorcht, der von der Wildnis her dem Felsen näher kam; auch war das plötzliche Gemurmel bei Entdeckung des Felsens den äußeren Schildwachen nicht entgangen. Den Wilden, welche in einer kleinen Entfernung abgestiegen waren, blieb nicht soviel Zeit übrig, auf ihre gewohnte leise, stumme, lauernde Weise den Fuß des Felsens zu umgehen, als schon die Stimme der Amazone die Stille des Orts unterbrach und unerschrocken rief:

»Wer ist unten? Antwort, oder es gilt euer Leben. Sioux oder Teufel, gleichviel: ich fürchte euch nicht!«

Auf diesen Ausruf erfolgte keine Antwort. Jeder Krieger blieb unbeweglich auf seiner Stelle, in der Gewißheit, daß er sich in das Dunkel des Gefildes verliere. Diesen Moment wählte und bestimmte der Trapper zur Flucht. Er und seine Begleiter waren der Aufsicht derer anvertraut worden, welche die Pferde zu bewachen hatten, und da die fünf Fremden nicht abgestiegen waren, schien der Augenblick günstig. Die Aufmerksamkeit der Hüter war auf den Felsen gerichtet, und überdies verdeckte ein dunkles Gewölk, das über sie hinzog, das schwache Sternenlicht. Sich vornüberlegend, murmelte der alte Mann vom Pferde herab die Worte:

»Hund! Wo ist mein Hund? mein Hektor? Wo bist du, Alter?«

Der Hund vernahm die wohlbekannten Laute und beantwortete sie mit freundlichem Gewinsel, woraus beinahe ein durchdringender Laut entstanden wäre. Als sich der Trapper nach diesem ersten Signal wieder in die Höhe hob, fühlte er Weuchas Arm, der ihn bei der Gurgel ergriff, als wolle er kurzen Prozeß mit dem machen, der das notwendige Schweigen unterbräche, und ihm die Kehle zuschnüren. Diesen Umstand benutzend, gab der Alte einen zweiten leisen Ton von sich wie einer, der nicht schreien, nur atmen wollte; auch dieser Ton wurde vom getreuen Hunde winselnd beantwortet. Jetzt sprang Weucha von dem Alten ab, um an dem Hunde volle Rache zu üben. Aber eben jetzt wurde auch Esthers Stimme von neuem vernommen, und Weucha ließ Hektor los, um zu horchen.

»Mögt ihr doch«, rief Esther mit schallendem, verächtlichem Lachen, »heulen und winseln und eure Stimmen verstellen, ihr Nachtkobolde; ich kenne euch! Wartet! Ihr sollt bald Licht haben und eure Höllentat beleuchtet sehen. Kohlen her, Phöbe, Kohlen her! Vater und die Jungens sollen sehen, daß man sie zu Hause begehrt, ihre Gäste zu empfangen!«

Noch sprach sie, als ein starker Lichtpunkt gleich einem glänzenden Stern auf der höchsten Spitze des Felsens sichtbar wurde. Bald entwickelte er sich zu einer gespaltenen Flamme, welche in einem Augenblick das ringsum aufgestapelte dürre Strauchwerk ergriff, dann wie eine dichte Feuermasse hin und her wogend emporloderte und einen so hellen Glanz von sich warf, daß alle Gegenstände in der Nähe davon beleuchtet wurden. Ein Hohngelächter ließ sich von der Platte hören, in welches die kleinsten Kinder mit einfielen, wie in einem Triumph über die Entdeckung der Anschläge des Tetons.

Der Trapper sah sich um, damit er sich von der Lage und Achtsamkeit seiner Gefährten überzeuge. Den Signalen getreu hielten Middleton und Paul etwas abseits und machten sich fertig, beim dritten gegebenen Zeichen die Flucht anzutreten. Hektor, der sich von seinem Würger losgemacht hatte, lag wieder unter den Füßen des Pferdes bei seinem Herrn. Indessen hatte der Feuerkreis an Kraft und Ausdehnung zugenommen, und der alte Mann, dessen Auge und Verstand ihn so selten im Stich ließen, wartete auf einen günstigen Augenblick für das mißliche Unternehmen.

»Auf! Ismael, auf, mein Mann! Jetzt ist es Zeit, wenn Auge und Arm noch immer die alten sind, jetzt ist es Zeit, dich über die Rothäute herzumachen und die Schelme zu bearbeiten, die dich deiner ganzen Habe, deines Weibes und deiner Kinder berauben wollen! Jetzt, mein guter lieber Mann, zeige, wer du bist, und was du vermagst!«

Ein fernes Geschrei ließ sich in der Richtung hören, aus der die Familie des Squatters erwartet wurde, und gab der weiblichen Besatzung die Gewißheit des baldigen Entsatzes. Esther beantwortete den Zuruf mit einem gellenden Schrei und bog sich zugleich, um den Freunden ihre Gestalt bemerkbar zu machen, und im Selbstvergessen der Freude über die äußerste Felsenspitze weg, so daß sie allen Sioux unten sichtbar wurde. Damit nicht zufrieden, daß sie ihre Person in augenscheinliche Gefahr brachte, drückte sie zugleich den nahen Triumph mit ausgestreckten zusammenschlagenden Armen aus, als plötzlich Mahtorees dunkler Koloß zwischen dem Feuer und ihr hervorschoß, sie ergriff und ihr die Arme hinten zusammenschnürte. Die Gestalten dreier anderer Krieger glitten quer über die Terrasse hin, ebenso vielen nackten Teufeln gleich, welche in den Wolken flatterten. Sie rissen die Feuerbrände auseinander, dämpften die Flamme, und es erfolgte eine Dunkelheit, nicht unähnlich der, wenn die letzten Strahlen der erblassenden Sonne von der vorgeschobenen Mondscheibe der Erde entzogen werden. Jetzt erhoben die Wilden ein Siegsgeschrei, auf welches ein lautes Geheul Hektors erfolgte.

Im selben Augenblick war auch schon der alte Mann zwischen Paul und Middleton und griff zugleich nach beiden Zügeln, um der Ungeduld der Reiter zu wehren.

»Sacht, sacht!« flüsterte er. »Für eine Minute sind ihre Augen wunderbar geschlossen, als hätte der Herr sie mit Blindheit geschlagen, aber ihre Ohren sind offen. Sacht, sacht! Fünfzig Ruten lang sacht geritten, wenigstens nur Schritt!«

Die folgenden fünf Minuten schienen allen, nur nicht dem Trapper, eine Ewigkeit. Inzwischen schien es ihnen, als ob das Dunkel sich verzöge,und es erfolgte eine Helle, wie am vollen Mittage. Jetzt ließ der Alte zu, daß die Pferde sich allmählich schneller entfernten, bis sie die Mitte eines der Präriegründe erreicht hatten. Dann aber, auf seine ruhige Weise in sich lachend, ließ er ihnen die Zügel los und sagte:

»Nun laßt die Pferde laufen, alles, was sie können; reitet aber immer auf trocknem Grase, damit wir nicht gehört werden.«

Man kann sich vorstellen, wie gern sie dem Rate folgten. Nach wenigen Minuten hatten sie die Höhe der ersten Erdwelle erstiegen und hinter sich gelassen, worauf es im gestreckten Galopp weiter ging, doch so, daß sie den bezeichneten Stern so wenig aus den Augen ließen wie die von Wind und Wellen geängstigte Barke, welche dem Leuchtturme zusteuert, der sie in den sichern Hafen einführen soll.

Zweiundzwanzigstes Kapitel

Der Sonne Glanz, der Wolken Schatten.
Die einst sein Haupt umkreiset hatten.
Verbargen sich dem nächtlich stillen Blick
Und ließen keine Spur von ihrer Flucht zurück.
Montgomery

Die Flüchtlinge beobachteten die tiefste Stille, derjenigen gleich, welche auf den finsteren Gefilden herrschte, auf welchen sie forteilten, und horchten, ob sie vielleicht etwas aus der Gegend, die sie verlassen hatten, vernehmen möchten. Vergebens strengte der Trapper seine ganze Aufmerksamkeit und alle seine Geisteskräfte an, um eines oder das andere Zeichen aufzufassen. Insonderheit war ihm daran gelegen, irgendein Geräusch zu entdecken, zum Beweise, daß die Sioux mit den Söhnen Ismaels handgemein geworden. Aber die Pferde hatten sie schon so weit gebracht, daß kein Schall zu ihnen gelangen konnte. Mißvergnügt über das Ausbleiben aller Belehrung, drückte der alte Mann zwar durch leises Gemurmel den Zustand seines Gemüts aus, doch nur insofern, als seine Ängstlichkeit die Besorgnis des Eingeholtwerdens zu erkennen geben und dazu dienen sollte, die Flucht mehr und mehr zu beschleunigen. Unterwegs hatte er seine Gefährten auf die wüste Stelle aufmerksam gemacht, welche der Familie des Squatters, in der ersten Nacht, die sie mit dem Leser bekanntgemacht, zur Lagerstätte gedient hatte. Von da an aber beobachtete er ein ominöses Schweigen, ominös; denn es bewies den anderen, die mit seiner Gemütsart bekannt waren, daß sein Geist arbeitete, und daß folglich die Umstände, die seine Ruhe störten, kritischer Art sein müßten.

Middleton war der erste, der ihn nach Verlauf einiger Stunden anredete. Die Besorgnis, der lange, ungewohnte Ritt möchte seine Inez und Ellen zu stark angreifen, bewog ihn dazu. »Ich dächte, wir hätten des Guten genug getan. Wir sind scharf geritten und haben eine gute Strecke Weges gemacht. Wäre es nicht Zeit, einen Ruheplatz zu suchen?«

»Ja, *den* müßt Ihr im Himmel suchen, wenn Euch die Kräfte

zu einem längern Marsche ausgehen«, murmelte der alte Trapper. »Wäre es zwischen den Sioux und dem Squatter zum Gefecht gekommen, wie alles im gewöhnlichen Laufe der Dinge es so mit sich zu bringen schien, so würden wir uns vielleicht nach einer stillen Lagerstätte umsehen und diesen Tag nicht nur für einen der wichtigsten und gefährlichsten, sondern auch für einen der glücklichsten unseres Lebens ansehen können; so aber, wie die Sachen stehen, würde ich auf gewissen Tod oder ewige Sklaverei rechnen, wenn wir unsere Augen zum Schlafe schließen wollten, ehe unsere Köpfe hinlänglich geborgen wären.«

»Ich sollte nicht meinen«, erwiderte der ungeduldige Jüngling, mehr auf die Leiden des zarten und gebrechlichen Wesens bedacht, das sich ihm anvertraut hatte, als auf die Erfahrung des Alten etwas gebend. »Ich sollte nicht meinen. Wir sind so manche Meile geritten; ich sehe nicht den mindesten Anschein von Gefahr, und wenn Ihr, guter Freund, für Euch selbst besorgt seid, so erlaubt mir, Euch zu sagen, daß Ihr ohne Not...«

»Wäre Euer Großvater am Leben und hier«, unterbrach ihn der alte Mann, die rechte Hand ausstreckend und den Zeigefinger auf Middletons Schulter legend, »er würde nicht also gesprochen haben. Er hatte einigen Grund zu glauben, daß im Frühling meiner Tage, mit Augen schärfer als das des Falken, mit Beinen so schnell wie die des Damhirsches, ich mich nie mit Eifer und Liebe an das Leben geklammert habe. Warum sollte ich denn jetzt eine kindische Neigung für etwas hegen, was ich für eitel erkenne und für den Gefährten der Mühe und Sorge ansehe? Laß die Tetons ihr Äußerstes tun; sie werden nicht finden, daß der in Elend und Mühseligkeiten abgenutzte Trapper der Mann ist, der am lautesten klagen und beben wird.«

»Verzeihung, mein würdiger, mein unschätzbarer Freund«, rief der reuevolle junge Mann aus, seine Hand ergreifend, welche jener sich schon anschickte zurückzuziehen: »Ich wußte nicht, was ich sprach, oder besser gesagt, ich dachte nur an *die*, der die ganze Zärtlichkeit meines Herzens gehört.«

»Genug, das ist Natur, und auch recht. In diesem Punkt würde Euer Großvater ebenso gehandelt haben. Ach! Ach! Wie viele Jahre sind in Hitze und Kälte, in Dürre und Nässe über meinem alten Kopf vorübergerollt, seit der Zeit, wo wir unter den roten Huronen der Großen Seen und dann in den schroffen Gebirgen des alten York miteinander gelebt haben! Seitdem ist mancher edle Bock von meiner Hand gefallen, ach, und mancher diebische Mingo dazu! Sagt mir doch, hat der General – denn General hat er gewiß sein und werden müssen –, hat er Euch von dem Hirsch erzählt, den wir in der Nacht fingen, als die Späher des verfluchten Stammes uns verfolgten und in die Höhlen der Insel trieben, und wie wir da aßen und tranken und geborgen waren?«

»O ja, oft habe ich ihn von der Not dieser Nacht erzählen hören, die Ihr im Sinne habt; aber...«

»Und der Psalmensänger David und seine immer offene Kehle und seine Liederklänge während des Gefechts«, fuhr der alte Mann fort, freudig und innerlich über die Stärke seines Gedächtnisses lachend.

»Alles, alles! Er ließ keinen Umstand, selbst nicht den kleinsten, aus. – Solltet Ihr nicht...«

»Was? Auch vom Kobold erzählte er Euch, hinter dem Baumstamm? Und vom verfluchten Teufel am Wasserfall? Und vom armen Teufel, der an der Eiche hing?«

»Alles, alles im kleinsten Detail[22]. – Ich sollte meinen...«

»Ja«, fuhr der alte Mann in einem Tone fort, welcher verriet, wie tief sein Geist den Eindruck der Ereignisse nach einer so langen Zeit bewahrt hatte, »ja, ich bin siebzig Jahre ein Wald- und Wildnis-Bewohner gewesen, und wenn jemand behaupten kann, die Welt zu kennen oder sich auf die Narben der Zeit zu verstehen, so bin ich's. Aber nie, weder vor- noch nachher, habe ich einen sterblichen Menschen in einer so verzweifelten Lage gesehen wie jenen Wilden! Und doch verschmähte er es, ein Wort, einen Laut, einen Schrei von sich zu geben und über sein nahes unvermeidliches Verderben zu jammern! Dies ist nun einmal die Gabe der Wilden, und jener behauptete edelmütig seine Natur!«

»Hört, alter Trapper«, unterbrach ihn Paul, welcher bis dahin in der Freude darüber, daß Ellens Arm sich um ihn schlang, gegen seine Gewohnheit schweigend fortgeritten war, »bei Tage sind meine Augen so scharf, sicher und fein wie die eines Honigsaugers, aber bei Sternenlicht taugen sie nichts. Sagt mir, ist, was da auf dem Boden liegt und sich bewegt, ein kranker

Büffel oder ein Stück Vieh, das sich von den Wilden verlaufen hat?«

Der ganze Trupp lenkte ein, den bezeichneten Gegenstand näher zu betrachten. Bis dahin waren sie größtenteils längs der schmalen Niederungen geritten, um besser verborgen zu bleiben; ebenjetzt hatten sie zufällig eine Anhöhe erreicht, von der Paul das unbekannte Wesen sichtbar geworden war.

»Kommt mit mir herab«, sagte Middleton, »sei es Tier oder Mensch; wir sind stark genug, und brauchen uns nicht zu fürchten.«

»Wäre es nicht eine *moralische* Unmöglichkeit«, rief der Trapper, der sich hier im Worte vergriff, »wäre es nicht eine moralische Unmöglichkeit, so würde ich den Klumpen dort für den Mann halten, der auf die Schlangen- und Insektenjagd ausgeht, für unsern Mitreisenden, den Doktor.«

»Warum eine Unmöglichkeit? Habt Ihr selbst ihm nicht die Richtung angegeben, in welcher er uns treffen soll?«

»Ja, aber ich habe ihn nicht heißen können, mit einem Esel schneller zu jagen als mit einem Pferde. Doch, Ihr habt recht, ganz recht«, setzte der Trapper, sich selbst unterbrechend, hinzu, als sie dem Gegenstande immer näher kamen und er jetzt deutlich sah, daß es kein anderer war als Obed und sein Asinus. »Ihr habt vollkommen recht, aber das Ding sieht aus wie ein Wunder. Guter Gott, was für ein mächtiger Hebel ist die Furcht! Freund! Freund!« rief er dem Doktor von weitem zu. »Ihr seid ein Tausendkünstler! Solch einen weiten Weg in so kurzer Zeit zu Esel! Ihr und Euer Esel seid ein Paar Wundertiere.«

»Asinus ist überjagt«, erwiderte der Naturforscher mit trauriger Stimme. »Das arme Tier ist nichts weniger als faul gewesen, seitdem wir uns getrennt haben; jetzt aber will und kann es nicht von der Stelle, ich mag noch so viel bitten und flehen. Wir haben doch diesen Augenblick nichts von den Wilden zu besorgen?«

»Das kann ich nicht sagen, nichts weniger als das; es steht nicht mit dem Squatter und den Tetons, wie es sollte, und ich möchte nicht behaupten, daß unsere Scheitel vor dem Skalpieren geborgen sind. Doch wieder auf den Esel zu kommen; dem armen Tiere sind ja alle Knochen wie zerschlagen! Ihr habt es über seine Kräfte getrieben; nun liegt es da wie ein halbgewürgter Hund. In allen Dingen muß man Ziel und Maß halten und das Mitleid nicht aus den Augen setzen, selbst wenn es einen Ritt auf Leben und Tod gilt.«

»Ihr habt mir ja den Stern als Richtung angegeben; ich dachte, der Weisung nicht schnell und nicht weit genug folgen zu können.«

»Wollet Ihr denn in den Stern selbst hineinreiten? Geht mir! Geht! Ihr sprecht so zuversichtlich und gelehrt über Gottes Geschöpfe, und ich sehe klar, daß Ihr in allem, was die Kräfte, Fähigkeiten und Instinkte derselben betrifft, ein Kind seid. Ich möchte Eure Lage sehen, wenn es jetzt not täte, uns auf die Behendigkeit der Füße unserer Tiere zu verlassen.«

»Der Fehler«, sagte Obed, dessen geduldiger Geist anfing, sich bei so vielem und ärgerlichem Gerede zu regen, »der Fehler liegt an der Bildung der Gattung. Hätten diese Vierfüßler von der Natur anstatt zwei ihrer Beine zirkularische Hebel erhalten, so würden sie beim Laufen das Dimidium der Anstrengung und Ermüdung gespart haben, item, erstlich weil...«

»Bleibt mir mit euren Zirkeln, Dimiden und Iden vom Leibe; ein abgejagter Esel ist einmal ein abgejagter Esel, und wer es leugnen wollte, ist sein Bruder. Nun, Kapitän, es bleibt uns nur übrig, unter zwei Übeln das kleinste zu wählen. Entweder müssen wir den Mann im Stich lassen, der doch zu lange mit uns Gutes und Böses geteilt hat und es nicht verdient, verstoßen zu werden, oder wir müssen einen Ort finden, wo sein Tier ausruhen und wieder zu Kräften kommen kann.«

»Ehrwürdiger Jäger«, rief der erschrockene Obed, »Ich beschwöre Euch bei aller geheimen Sympathie unserer gemeinschaftlichen Natur, bei allen verborgenen...«

»O weh! Angst und Furcht haben ihn halb und halb zur Vernunft gebracht! Nein, wahrlich, die Natur lehrt uns nicht, den Bruder in der Not stecken zu lassen, und Gott weiß, daß ich mich nie der schändlichen Handlung schuldig gemacht habe. Ihr habt recht, Freund; Ihr habt recht mit Euerm *verborgenen.* Wir müssen uns alle verbergen, und das je eher, je lieber. Aber was fangen wir mit dem Esel an? Freund Doktor, ist Euch in der Tat an seinem Leben so viel gelegen?«

»Er ist ein alter treuer Diener«, erwiderte der trostlose Obed, »und es würde mir in der Seele weh tun, wenn ihm ein Leides geschähe. Bindet ihm die Hinterfüße, laßt ihn hier auf einem Grashaufen ruhen. Ich stehe dafür, morgen früh findet Ihr ihn auf derselben Stelle wieder.«

»Und die Sioux! Was würde aus dem armen Tiere werden, bekäme nur ein einziger von den roten Teufeln den Zipfel eines der Ohren, die wie ein Paar Wollkrautspitzen über dem Grase hervorragen, in die Augen! Sie würden ihn mit ihren Pfeilen wie ein Nadelkissen bespicken und sich dann einbilden, ein schönes Stück Arbeit gemacht zu haben. Und kämen vollends die Kaninchen daher, das vermeintliche Wollkraut abzunagen, so würden sie bei dem ersten Mundvoll den Irrtum merken.«

Middleton fing an, über das viele Hin- und Herreden unruhig und ungeduldig zu werden. Er legte sich ins Mittel, und da er seines Ranges wegen die erste Person vorstellte, so fügte man sich bald in seinen Vorschlag zur Befriedigung aller Teile. Der demütige Esel, zu schwach von Natur und besonders der Kräfte zum Widerstande ermangelnd, wurde gebunden in einen Haufen dürres Gras gelegt und dort von seinem Herrn in der vollen Zuversicht zurückgelassen, daß er ihn nach wenigen Stunden ausgeruht und neugeboren wiederfinden werde. Der Alte wollte zwar noch ein paarmal dieser Maßregel widersprechen und meinte, ein guter Messerstich in den Hals sei besser als ein Strick um die Beine; aber Obeds Bitten und Vorstellungen siegten über den Widerstand des Trappers, dessen Herz insgeheim vielleicht noch beredter zum Besten des Tieres sprach als dessen Herr. Als Asinus geborgen war, ging der ganze Trupp darauf aus, einen Platz aufzufinden, wo alle ruhen könnten, während das Tier sich erholen sollte.

Nach der Berechnung des alten Mannes waren sie seit dem ersten Augenblick der Flucht zwanzig Meilen geritten. Die zarte Inez fing an, der Anstrengung zu erliegen; selbst die stärkere Ellen fühlte sich nachgerade dem rastlosen Ritte nicht länger gewachsen. Auch Middleton sehnte sich nach einem Ruhepunkte, und Paul gestand, ein wenig Rast werde ihm wohltun. Nur der Alte schien gegen die Anforderungen der Natur taub und gefühllos. Obschon er weniger als die anderen das Reiten gewöhnt war, hätte man glauben sollen, diese Übung sei seine alltägliche, so sehr setzte er den Schwächen der menschlichen Natur einen unerschütterlichen Mut entgegen. In seinem Alter und der Auflösung der sterblichen Natur so nahe, stand sein geschwächter Körperbau wie der Stamm einer bejahrten verwitterten Eiche, dürr, laublos, aber noch immer unbezwungen und anscheinend zum Steine erhärtet auf unerschütterlichen Wurzeln. Er gab endlich nach, nahm die Mühe, nach einer Ruhestelle zu suchen, auf sich und unterzog sich dem Geschäft mit aller Kraft der Jugend, gemäßigt durch Besonnenheit und Erfahrung des Alters.

Längs der Grasebene, auf welcher der Doktor gefunden worden war, und wo man seinen Esel gebettet hatte, wurde unter Anleitung des Trappers eine Zeitlang fortgeritten und dann die erste Anhöhe erstiegen, von welcher aus sich die Prärie in einen weiten flachen Grund verlor, der meilenweit von *einer* Gattung dürren Grases überdeckt war.

»Hier wird's gehen«, rief der Alte einmal übers andere, als sie an den Rand dieses zu natürlichem Heu gewordenen Grasplatzes gelangt waren, »hier wird's gehen; hier habe ich manches liebe Mal in verborgenen Tiefen geruht, während die Wilden in höheren Strichen mit der Büffeljagd beschäftigt waren. Wir müssen aber beim Eintritt auf der Hut sein und einer hinter dem andern reiten, eine breite Fährte würde den Indianern nicht entgehen; denn Neugier ist ein gefährlicher Nachbar, und sie würden uns bald auf der Spur sein.«

Er führte die übrigen nun an und gelangte zu einer Stelle, wo das ausgetrocknete lange Gras hoch aufragte, stark und dicht wie ein emporstrebendes Schilfbett. Hier drangen sie ein, wie gesagt einzeln, nur einen schmalen Fußsteig bildend. Nachdem sie auf diese Weise ein- bis zweihundert Schritte zurückgelegt hatten und sich immer mehr in die Halme vergruben, trug der Trapper seinen Gefährten auf, in einer bestimmten Richtung weiterzugehen, während er selbst abstieg und bis an den Rand der dichtbewachsenen Wiese zurückging. Er brachte mehrere Minuten damit zu, das eingeknickte und zertretene Gras wieder in die Höhe zu bringen, um soviel als möglich die Spuren ihres Durchgangs zu verwischen.

Unterdessen hatten die andern ihren Weg nicht ohne Mühe, folglich auch nicht gar schnell und weit fortgesetzt und mochten kaum eine Meile eingedrungen sein. Hier fanden sie einen für die Umstände geeigneten Platz, wo sie von den Pferden stiegen und sich anschickten, den übrigen Teil der Nacht zuzubringen. Auch der Trapper hatte sich nun wieder eingefunden und schloß sich ihnen an, die Einrichtung zum Nachtlager zu treffen.

Es wurde nun Gras und Kraut ausgerissen und eine schickliche Ruhestelle geebnet. In einer Art von kleiner Vertiefung bereiteten Paul und Middleton ein Lager für Ellen und Inez, das für sie die besten Daunenbetten ersetzen sollte. Nachdem sich die erschöpften Frauen mit etwas Speise erholt hatten, welche Paul und der Alte mit sich führten, gaben sie sich der sehnlich erwünschten Ruhe hin und überließen es ihren kräftigeren Begleitern, für sich selbst zu sorgen. Middleton und Paul folgten bald dem Beispiel ihrer beiden Freundinnen und ließen den Jäger und den Doktor bei einem schmackhaften Stück kalten Bisonfleisches allein.

Den Doktor Battius hinderte eine ungewohnte Wallung im Blute am Schlafe; der Trapper war seit langer Zeit durch Übung und Notwendigkeit so sehr Herr über seine Bedürfnisse und Entbehrungen geworden, daß sie sich, sobald es ihm sonst nur daran gelegen war, seinem Willen fügen mußten. Und so geschah es denn, daß in diesem Augenblick beide das Wachen dem Schlafe vorzogen.

»Wenn doch«, sagte Obed, als Middleton sich entfernt hatte, nach einigen Minuten Stillschweigens, »wenn doch die Kinder des Wohlstandes und der Behaglichkeit wüßten, was die Naturbeflissenen ihretwegen für Mühseligkeiten und Gefahren auszustehen haben, sie würden hinter ihnen her silberne Denksäulen und eherne Standbilder errichten als ewige Monumente ihres Ruhms.«

»Ich dächte nicht, ich dächte nicht«, antwortete sein Gefährte, »Silber ist in der Wildnis selten, und: ›Ihr sollt Euch kein Bildnis machen von Erz‹, heißt es in den Zehn Geboten.«

»Das ist freilich wohl die Meinung des großen Gesetzgebers der Juden, aber die Ägypter und Chaldäer, die Griechen und Römer hatten die Sitte, ihre Dankbarkeit durch körperliche Abbildungen ihrer Wohltäter der Nachwelt zu erkennen zu geben. Und in der Tat haben die berühmtesten Meister des Altertums mit Hilfe der Kunst und Wissenschaft sogar die Werke der Natur übertroffen und in die menschliche Gestalt einen Grad von Schönheit und Vollkommenheit gebracht, welche die lebenden Exemplare aller Spezies des Genus Homo Mühe zu erreichen haben.«

»Können Eure Menschen von Eisen und Stein gehen und sprechen? Oder ist in ihnen die herrliche Gabe der Vernunft befindlich?« fragte der Trapper mit einigem Unwillen in dem Tone. »Obschon ich nur wenig Gelegenheit gehabt, in das Geräusch und in das Geschnatter der Niederlassungen zu kommen, so bin ich doch auch in meinem Leben bisweilen in Städten gewesen, um für mein Pelzwerk Pulver und Blei einzutauschen, und habe daselbst Eure Wachspuppen mit ihrem Flitterstaat und ihren Glasaugen gesehen.«

»Wachspuppen?« unterbrach Obed. »Die reinen Meisterwerke und Muster des Altertums mit den elenden Machwerken der Wachsarbeiter vergleichen, hieße die Künste entheiligen.«

»Nein, die Werke und das Machwerk der Geschöpfe mit der Macht *Seiner* Hände vergleichen wollen, hieße den Schöpfer entheiligen und sich an Ihm versündigen.«

»Ehrwürdiger Jäger«, hub der Doktor wieder an, sich räuspernd wie einer, dem es Ernst ist zu reden, »laßt uns die Sache vernünftig und freundschaftlich abhandeln. Ihr sprecht von der Hefe der Unwissenheit, während ich an jene köstlichen Juwelen zurückdenke, welche ehedem unter den unschätzbaren Herrlichkeiten der Alten Welt mit Augen gesehen zu haben, ich meinem guten Glücke verdanke.«

»Alte Welt! Die *Alte* Welt!« erwiderte der Trapper, »ist das nicht das ewige *alte* Geschrei der halb verhungerten Schufte, welche seit meinen Knabenjahren in dieses glückliche Land herübergekommen sind? Sie führen nur das Wort ›Alte Welt‹ im Munde, erzählen uns nur von der ›Alten Welt‹, als wenn Gott der Herr nicht die Macht und den Willen gehabt hätte, an *einem* Tage ›Himmel und Erde‹ zu erschaffen; als hätte er nicht seine Gaben überall mit gleicher Hand verteilt, obschon diese Gaben nicht mit gleichem Gemüt und gleicher Weisheit empfangen worden sind! Wenn diese Leute doch ihre Alte Welt lieber die *abgenutzte*, die *verrückte*, die *gotteslästerliche* nennen wollten, sie täten besser daran und würden sich nicht so weit von der Wahrheit entfernen!«

Doktor Battius, der es für ein ebenso schweres Stück Arbeit hielt, sich über einen seiner Lieblingsgegenstände mit einem so wenig schulgerechten Gegner einzulassen, als er es seinen Kräften angemessen gefunden hätte, mit einem Ringer aus dem Westen einen Faust- oder Armkampf anzuheben, begnügte sich damit, ein paar »Hm! Hms!« auszustoßen; und hierauf, sich den

Vorteil zunutze machend, den ihm die Abweichung des Alten von der eigentlichen Streitfrage gegeben, lenkte er ebenfalls davon ab und nahm das Wort:

»Durch die Ausdrücke: Alte und Neue Welt, mein vortrefflicher Freund«, sagte er, »muß man nicht verstehen wollen, daß die Hügel, die Täler, die Felsen, die Flüsse *unserer* Halbkugel, physisch betrachtet, nicht ebenso alt seien wie die Stelle, woraus man die Erde zu den Steinen gezogen, welche zum Turmbau von Babel gedient haben. Man will bloß damit sagen, daß die moralische Existenz beider Teile mit der physischen oder geologischen nicht Schritt gehalten hat.«

»Nun, und dann?« fragte der Alte mit einem forschenden Blick.

»Ich will damit nur sagen, daß *dieser* Weltteil nicht so früh moralisch ausgebildet worden wie die übrigen christlichen Länder.«

»Desto besser, desto besser. Ich bin eben kein Freund Eurer alten Moral und Moralität, wie Ihr es nennt; denn ich habe immer gefunden, daß Eure alte Moral keine der besten ist, und dabei immer geradeso gelebt, wie man im eigentlichen Herzen der Natur leben kann. Menschen drehen und wenden die Grundgesetze Gottes, um ihrer eigenen Schlechtigkeit Vorschub zu leisten, sobald ihre teuflische Schlauheit nur soviel Zeit gewonnen hat, als nötig ist, mit Gottes Geboten ihr Spiel zu treiben.«

»Nein, ehrwürdiger Mann, Ihr habt mich noch nicht recht verstanden. Unter *Moral* denke ich mir hier nicht den gewöhnlichen, beschränkten, buchstäblichen Sinn des Wortes, insofern es mit *Moralität* gleichlautend ist, sondern die Handlungen der Menschen als Folge ihrer geselligen Verhältnisse, ihres täglichen Umgangs, ihrer Einrichtungen, ihrer Gesetze.«

»Das ist ja eben, was ich baren Unsinn und platte Verstandesleere nenne«, unterbrach der halsstarrige Gegner.

»Wohl, es mag sein«, erwiderte der Doktor und ließ die Definition der *moralischen Welt* in seiner halben Verzweiflung fallen. Doch setzte er gleich hinzu, als entdecke er durch einen Spalt das glimmende Streitfünkchen eines neuen Arguments, welches sich wieder anblasen ließe: »Vielleicht habe ich Euch aber zu viel eingeräumt, wenn ich gesagt und zugegeben habe, daß diese Halbkugel in ihrer Bildung buchstäblich so alt ist wie die, welche die übrigen ehrwürdigen Weltteile, Europa, Asien und Afrika, in sich schließt.«

»Dies ist ebensobald *gesagt*, als daß ein Erlenbaum nicht so groß ist wie eine Fichte. Wie wollt Ihr es aber *beweisen?* Könnt Ihr den Grund zu einem so törichten Wahn angeben?«

»Der Gründe gibt es viele und triftige«, versetzte der Doktor, dem diese einladende Frage sehr willkommen war. »Betrachtet nur die Strecken von Ägypten und Arabien! Die sandigen Wüsten beider Länder sind mit den Denkmälern ihres Altertums geschwängert und befruchtet; ferner haben wir unleugbare Urkunden ihres alten Ruhms; die Beweise für ihre ehemalige Größe erhalten ein doppeltes Gewicht dadurch, daß diese Länder jetzt ihre ganze Fruchtbarkeit verloren haben. Dagegen mangelt es uns schlechterdings an Spuren und Kennzeichen, daß Amerika jemals die höchste Stufe der Ausbildung erreicht habe: ebensowenig gelingt es uns, den Weg aufzufinden, auf welchem es, von dieser Bildungsstufe herabgestiegen, zum gegenwärtigen Stand einer zweiten Kindheit des geselligen Zustandes gelangt ist.«

»Und was seht und folgert Ihr aus diesem allen?« fragte der Trapper, welcher, anfangs ein wenig irregemacht durch die von seinem Gegner eingestreuten hohen Worte, dennoch den Faden seiner Rede und seiner Ideen richtig aufgefaßt hatte.

»Eine Demonstration meines Problems, daß die Natur eine so ungeheure Strecke nicht geschaffen hat, damit sie so viele Jahrtausende hindurch unbewohnt bliebe. Dieses ist einzig und allein der moralische Gesichtspunkt, die *Moral* des Gegenstandes; denn was den genaueren geologischen betrifft, so...«

»Kommt Ihr schon wieder mit Eurer *Moral* angestiegen?« rief der alte Mann. »Bleibt mir damit vom Leibe; ich habe mehr als zuviel davon. Eure Moral ist in meinen Augen nichts anderes als der *Stolz der Torheit.* Ich bin zwar wenig in den Fabeln des, was Ihr die *Alte* Welt nennt, bewandert, weil ich den größten Teil meines Lebens darauf verwandt habe, der Natur in die Augen zu schauen und über das nachzudenken, was ich in ihr aufgefunden und gesehen, nicht was ich von anderen auf dem Wege der Tradition gehört habe; doch habe ich nie meine Ohren vor den Worten des Guten Buchs verschlossen und manchen langen Winterabend in den Wigwams der Delawaren damit zugebracht, auf die Vorträge der guten Mährischen Brüder zu horchen, wenn sie das Volk der Lenape von der älteren Geschichte und der älteren Zeit des Landes unterhielten. Es war mir eine Wonne und eine Erholung, nach einer beschwerlichen Jagd den weisen Reden zuzuhören. Großes Vergnügen fand ich daran, und wie oft besprach ich mich nicht über die abgehandelten Gegenstände mit der Großen Schlange der Delawaren, in den friedlichen Stunden unserer Nachtwachen im Walde, mochten wir nun einem Trupp Mingos oder einem Damhirsch von York auf der Spur sein. Ich erinnere mich, ab und zu gehört zu haben, daß das Gelobte Land ehemals ebenso fruchtbar war wie die Täler am Mississippi und unter der Last seiner Körner und Früchte seufzte; daß aber seitdem ein schweres Verhängnis es betroffen hat und es jetzt mehr durch seine Unfruchtbarkeit als durch andere ausgezeichnete Eigenschaften bemerkenswert ist.«

»Das ist wahr, aber Ägypten und selbst ein großer Teil von Afrika stellen uns noch schlagendere Beweise dieser Erschöpfung der Natur auf.«

»Sagt mir doch«, unterbrach ihn der alte Jäger, »ist es eine ausgemachte Wahrheit, daß es im Lande der Pharaonen Gebäude von Menschenhänden gibt, welche in ihrer Höhe und in ihrem Umfang natürlichen Erdhügeln gleichen?«

»Dies ist ebenso wahr, als daß der Klasse Animal Mammalia, Genus Homo, von der Natur die Schneidezähne nie vorenthalten worden sind.«

»Sonderbar! Wunderbar! und ein Beweis, wie groß Der sein muß, dessen schwache, armselige Geschöpfe solche Werke hervorbringen können! Wie viele Menschen sind aber nicht dazu erfordert worden, einen solchen Bau anzulegen und zu vollenden, Menschen, zugleich mit Kraft und Geist begabt! Bringt das Land noch immer dergleichen hervor?«

»Nichts weniger. Das Land liegt größtenteils wüste, und durchströmte es nicht ein mächtiger Fluß, ganz Ägypten würde eine Wüste sein.«

»Ja, die Flüsse, die Flüsse! Sie sind eine Wohltat, ein Segen für den Landbauer. Man sehe nur die Strecken von den Rocky-Mountains bis zum Mississippi! Erklärt mir aber einmal diese Wechsel auf der Oberfläche der Erde, diesen Verfall der Völker, Ihr Gelehrten und Männer der Schulen und Hohen Schulen!«

»Man schreibt sie moralischen Ur...«

»Ganz recht, moralischen Ursachen zu, das heißt: dem, was die Menschen ihre moralischen Handlungen nennen, ihrer Schlechtigkeit, ihrem Stolze und vor allem ihrem Zerstörungstriebe! Nun horcht aber auf das, was Erfahrung einen Greis gelehrt hat! Ich habe lange gelebt: dies beweisen diese grauen Haare und diese gerunzelten Hände, sollte es auch meiner Zunge an der Weisheit meiner Jahre fehlen. Ich habe vieles von den menschlichen Torheiten gesehen; denn des Menschen Natur ist dieselbe, er sei geboren in der Wildnis, oder er sei geboren in Städten. Meinem schwachen Urteil ist es immer so vorgekommen, als seien seine Kräfte seinen Wünschen nicht angemessen. Daß er, mit allen seinen Häßlichkeiten beladen, himmelan steigen möchte, wenn er nur den Weg dahin kennte, wird niemand abstreiten wollen, der sich seiner eigenen bittern, angestrengten Bestrebungen auf Erden bewußt ist. Kommt des Menschen Machtvermögen seinem Willen nicht gleich, so ist es einzig und allein, weil die göttliche Weisheit seinem bösen Wirken Schranken gesetzt hat.«

»Es ist, leider! nur zu wahr, daß gewisse Tatsachen zu einer Theorie führen, woraus die natürliche Verderbtheit des Genus Homo gefolgert werden muß; könnte es aber so weit kommen, daß die Wissenschaft zum Beispiel nur eine ganze Spezies unterstützte, so würde es der Erziehung möglich werden, das böse Prinzip auszurotten.«

»Für Eure Erziehung gebe ich keinen Heller! Es hat eine Zeit gegeben, wo ich es für möglich hielt, mir ein Tier zum Gefährten ziehen zu können. Wieviel junge Füchse und Bären, wieviel gesprenkelte Reh- und Hirschkälber und anderes Wild habe ich mit diesen alten Händen erzogen, weil ich mir einbildete, ich würde sie umformen und vernünftiger machen können! Wozu hat's mir geholfen? Der junge Bär biß, das junge Reh lief davon trotz meinem törichten Bestreben, eine Natur ändern zu wollen, welche der Herr selbst in die Tiere gelegt hat. Ist nun der Mensch in seiner Torheit so verblendet, daß er von Jahrhundert zu Jahrhundert anderen und vor allem sich selbst Schaden zufügt, so läßt sich mit Recht daraus schließen, daß er hier sowohl als in Eurer Alten Welt von jeher ein Werkzeug zum Bösen gewesen ist. Schau um dich, Mann! Wo sind alle geblieben, welche ehedem diese Prärie bewohnt haben? Die Könige mit ihren

Palästen? Die Reichen und Mächtigen dieser Wüstenei?«

»Wo sind aber die Monumente und Ruinen, woraus sich die Wahrheit einer so unbestimmten Theorie ableiten ließe?«

»Ich weiß nicht, was Ihr unter *Monument* versteht.«

»Monumente, Denkmäler, sind Werke von Menschenhand. Zum Beispiel: die preiswürdigen Trümmer von Theben und Baalbek, die Säulen, Katakomben, Pyramiden, welche mitten in den Sandwüsten des Morgenlandes dastehen wie Schiffstrümmer an einer Felsenküste, um von den Stürmen der Jahrhunderte Zeugnis abzulegen!«

»Sie sind dahin, längst dahin. Die Zeit ist ihnen zu lang geworden. Und warum? Die Zeit ist von Gott gemacht. Jenes ist Menschenwerk. Diese mit Rohr und Gras bewachsene Stelle, auf welcher wir sitzen, ist vielleicht vor langer, langer Zeit der Garten eines Königs gewesen. Es ist das Schicksal aller Dinge, zu reifen und abzunehmen. Der Baum blüht, trägt seine Früchte; diese fallen ab, faulen, vertrocknen, und selbst der Samen geht verloren. Geht und zählt die Ringe der Eiche und des wilden Feigenbaums; sie liegen in Kreisen einer um den andern; aber Euer Auge erblindet über dem Versuch, die einzelnen voneinander zu unterscheiden und die Zahl herauszubringen; und doch vergeht ein ganzes Jahr, ehe der Stamm den einen neuen kleinen Ring um die anderen und um sich selbst gewunden hat, wie der Büffel sein Kleid und der Hirsch seine Hörner wechselt. Und was will dies alles sagen? Nimmt nicht der edle Baum, luftiger, großartiger, reicher und schwerer nachzuahmen als Eure erbärmlichen Säulen, tausend Jahre seine Stelle im Walde ein, ehe die Zeit, die sein Schöpfer ihm gegeben und angewiesen, abgelaufen ist? Dann kommen die Winde, die Ihr nicht sehen könnt, und spalten seine Rinde; – die Regengüsse und weichen sein Holz auf; – die Fäulnis, die wir alle kennen und niemand erklären kann, und macht seinen Stolz zuschanden. Weg ist seine Schönheit. Er liegt andere hundert Jahre da, ein modernder Klotz, dann ein Hügel von Moos und Erde, das traurige Abbild eines Menschengrabes. Dieser Baum ist eines Eurer echtesten Denkmale, obschon von einer andern Macht errichtet, als deren sich Eure geleckte und geschniegelte Baukunst rühmen kann. Und am Ende würde die ganze Dakota-Nation mit aller ihrer Schlauheit und Späherkunst sich ihr Leben lang vergebliche Mühe geben nachzusuchen, wo der Baum gestanden hat, und wo er gefallen ist, und die Stelle ebensowenig mit endlich ermüdeten und trüben als mit anfangs scharfen und offenen Augen auffinden. Als wenn das hier Gesagte nicht hinreichend wäre, den Menschen von seiner Unwissenheit zu überzeugen! Als wüchse nicht, dem sogenannten Weisen zum Spott und zur Verwirrung, aus und zwischen den Wurzeln der Eiche ein Fichtenstamm hervor, gerade wie auf Fruchtbarkeit Unfruchtbarkeit folgt, und wie sich Wüsteneien über eine Gegend erstrecken, welche anfänglich zum Garten geschaffen ward! Sagt mir nicht von Euren Weltteilen, daß sie alt sind! Es heißt Gott lästern, wenn man auf diese Weise den Werken des Allmächtigen Zeit und Ziel setzen und von ihren Jahren sprechen will wie die Mutter von den Jahren und Monaten ihrer kleinen Kinder!«

»Freund Jäger oder Trapper«, erwiderte der Naturforscher mit einem »Hm!«, welches seine durch den kräftigen Angriff des Alten etwas in Verwirrung geratene Kehle wieder stimmen sollte: »Sollten Eure Deduktionen von der Welt angenommen werden, so würde dies den Anstrengungen der Vernunft und dem Umfange der menschlichen Kenntnisse sehr enge Grenzen setzen.«

»Desto besser, desto besser! denn ich habe allezeit gefunden, daß ein Grübler nie stillsteht, nie zufrieden ist. Dies bedarf nicht einmal eines Beweises. Warum haben wir nicht die Flügel der Tauben, nicht die Augen des Adlers, nicht die Beine des Elchs, wenn es die Absicht der Natur wäre, daß der Mensch alles, was er wünscht, erreichen soll?«

»Es gibt, ehrwürdiger Trapper, gewisse physische Mängel und Defekte, bei welchen ich stets geneigt wäre, anzunehmen, daß ihnen auf eine gute und glückliche Weise abgeholfen werden könnte. So z.B. in meiner eigenen Ordnung von Phalangacru ...«

»Ja, eigen und kurios genug würde eine Ordnung ausfallen, welche aus so armseligen Händen gekommen wäre wie den Eurigen. Das Berühren mit einem Eurer fünf Finger sollte wohl hingereicht haben, meint Ihr, die lächerliche Häßlichkeit eines Affen wegzuzaubern? Geht, geht! Es bedarf nicht der menschlichen Torheit, die großen Absichten und Ratschläge der Gottheit zustande zu bringen. Es gibt weder Gestalt noch Schönheit, noch Ebenmaß, noch Farben, welche zur Zierde des menschlichen Geschlechts beitragen könnten und nicht schon auf dasselbe angewandt wären.«

»Ihr berührt hier eine zweite große und bestrittene Frage«, sagte der Doktor, der, wie man sieht, immer fertig und bereit war, jede deutliche Idee aufzufassen, die der feurige und etwas dogmatische alte Mann aufs Tapet brachte und ihm zum besten gab. Er unterhielt dabei die eitle Hoffnung, auf diesem Wege endlich in eine logische Erörterung eingehen zu können, um vermittelst derselben seine Batterie von Syllogismen anzubringen und die ungelehrten Außenwerke seines Gegners in Grund und Boden zu schießen.

Es gehört aber nicht in unsere Erzählung, die weitschweifige Unterredung, welche jetzt erfolgte, zu berichten. Der alte Jäger wich den weitausholenden Streichen seines Widersachers aus, wie der leichtbewaffnete Streiter gewöhnt ist, den Anstrengungen seines schwer gepanzerten Feindes zu entschlüpfen und ihn trotz des ungleichen Streites zu ermüden. Eine Stunde verfloß, ohne daß beide über einen einzigen der vielen vorgebrachten Streitpunkte zu einem befriedigenden Resultat gelangt wären. Gleichwohl wirkten seine eigenen Gründe gleich beschwichtigenden Schlafmitteln auf das Nervensystem des Doktors tief ein, und auch sein alter Gefährte fand es zuletzt vernünftiger, sein Haupt auf das Reisebündel zu legen. Der Doktor folgte diesem Beispiel. Der geistige Kampf, in welchem er nicht zweifelte, den Sieg davongetragen zu haben, hatte ihn in einen Zustand versetzt, der in einen ruhigen körperlichen Schlaf überging, worin ihn kein Alp in der Gestalt von Tetonkriegern mit blutigen Tomahawks drückte.

Dreiundzwanzigstes Kapitel

Rettet Euch, Herr!
Shakespeare

Der Schlaf der flüchtigen Partei dauerte mehrere Stunden. Der Trapper war der erste, der sich dessen Armen entzog, so wie er der letzte gewesen war, sich in seine Arme zu werfen. Gerade in dem Augenblick erwachend, als das graue Tageslicht anfing, den Teil des östlichen Himmels zu erhellen, der sich auf die Prärie herabsenkte, weckte der Alte seine Gefährten aus ihren warmen Lagern und zeigte ihnen, wie dringend es sei, sich aufzumachen und weiterzueilen. Während Middleton mit der Besorgung der kleinen Dienste um Inez und Ellen beschäftigt war, um ihnen die lange, schwere bevorstehende Tagesreise zu erleichtern, bereitete der Alte mit Paul Hover das Frühstück; denn jener, der auf alles bedacht war, wollte durchaus nicht, daß sie nüchtern die Pferde bestiegen. Die Vorkehrungen nahmen nur wenig Zeit weg, und bald saß die kleine Gruppe um das Mahl, welches zwar keinen der Leckerbissen darbot, woran Middletons zarte Braut ehemals gewöhnt war, dem es jedoch nicht an Saft und Kraft und an nährenden Stoffen gebrach.

Der Trapper ließ es an keiner Aufmerksamkeit fehlen. Er legte auf ein feingearbeitetes hörnernes Tellerchen, dessen er sich zu bedienen pflegte, ein Stück schmackhaftes Wildbret und reichte es der schönen Inez hin. Zugleich sagte er: »Kommen wir erst tiefer hinein in die Jagdreviere der Pawnees, so finden wir die Büffel fetter, süßer und zarter, Hirsche und Rehe in größerer Menge und alle Gaben des Herrn reichlicher und im größten Überfluß. Vielleicht gelingt es uns sogar, eines Bibers habhaft zu werden und den Leckerbissen seines Schwanzes zu kosten[23].«

»Welchen Weg gedenkt Ihr einzuschlagen«, fragte Middleton, »wenn wir das Glück gehabt haben, die Bluthunde von unserer Fährte abzuziehen?«

»Hätte ich einen Rat zu geben«, sagte Paul, »so würden wir suchen, uns so bald wie möglich dem Wasser zu nähern und dem

Strome abwärts zu folgen. Laßt uns nur einen Baumwollwald erreichen, und ich stehe Euch dafür, ich höhle in Zeit von vierundzwanzig Stunden ein Kanu aus, um uns alle, den Mosjö Esel ausgenommen, fortzuschaffen. Ellen hier zum Beispiel ist ein liebenswürdiges Mädchen, aber keine gute Reiterin. Ich sollte denken, es wäre weit bequemer, an sechs- bis achthundert Meilen zu Wasser zu machen, als uns wie die Elche in den Prärien umherzutreiben. Überdies läßt das Wasser keine Spur zurück.«

»Das möchte ich eben nicht sagen«, unterbrach ihn der Trapper, »ich bin oft der Meinung gewesen, das Auge der Rothäute finde die Vogelspur in der Luft auf.«

»Sieh doch, Middleton«, rief hier Inez in einem plötzlichen Ausbruch jugendlicher Freude, der sie ihre Lage für den Augenblick vergessen ließ: »Sieh doch, wie prächtig färbt sich der Himmel! Ein Vorbote glücklicherer Zeiten!«

»Jawohl, herrlich und prächtig!« erwiderte ihr Gatte. »Himmlisch schön ist die ganze hochrote Strecke im Morgen und besonders der Karmesinstrich in der Mitte. Selten oder nie ist die Sonne mir so farbenreich aufgegangen.«

»Die Sonne«, wiederholte der alte Mann langsam und sich von seinem Sitze erhebend. »Die Sonne?« wiederholte er nochmals mit gepreßter und langsamer Stimme, während seine Augen starr und unverwandt auf die wechselnden und wirklich schönen Tinten, die den östlichen Himmelsbogen färbten, geheftet waren. »Die Sonne? *Das* nennt Ihr Sonnenaufgang. Ich liebe solchen Aufgang nicht.« – Dann mit einem Ausrufe: »O weh! die Kobolde haben uns mit ihrer Rache erreicht und umzingelt. Die Prärie steht in Flammen!«

»Gott im Himmel, schütze uns!« schrie Middleton und riß Inez an seine Brust, als wolle er selbst sie in der dringenden Gefahr schützen. »Da ist kein Augenblick zu verlieren, Alter! Laßt uns fliehen!«

»Wohin?« fragte der Trapper und winkte ihm mit Ruhe und Würde zu bleiben. »In dieser Gras- und Rohrwildnis seid Ihr wie ein Schiff in den Großen Seen ohne Kompaß. Ein einziger Schritt nach der unrechten Seite könnte uns alle verderben. Selten ist eine Gefahr so nahe und dringend, die der Vernunft nicht Zeit ließe, Vorkehrungen zu treffen. Junger Mann, laßt uns ihre Stimme und ihren Rat abwarten.«

»Was mich betrifft«, sagte Paul, mit deutlichen Zeichen innerer Unruhe um sich blickend, »so muß ich zugeben, daß sogar eine Biene, wenn das Feuer dieses dürre Pflanzenbett ergreifen sollte, höher als gewöhnlich auffliegen müßte, um sich die Flügel nicht zu verbrennen. Folglich, alter Trapper, bin ich der Meinung des Kapitäns: Aufsitzen und davon eilen!«

»Falsch! falsch! Ein Mensch ist keine Biene, kein Tier, daß er der Gabe des Instinkts folge, sich durch einen Lichtstreifen, durch einen Schall bestimmen lasse; er muß sehen, überlegen und sich entschließen. Kommt mit mir etwas links, wo sich der Boden etwas hebt; dort wollen wir rekognoszieren.«

Der alte Mann machte eine gebietende Bewegung mit der Hand und ging ohne weiteres voran, der angezeigten Stelle zu; ihm folgten die ängstlichen Gefährten. Ein weniger geübtes Auge als seines würde Mühe gehabt haben, die kleine Anhöhe zu entdecken, welche sich von der übrigen Strecke aus nur als höher gewachsene Vegetation kundtat. Als sie aber dahin gelangt waren, gab die dünnere Begrasung zu erkennen, daß hier der Boden fester und nicht, wie der größte Teil der Umgebung, durch Zufluß von Feuchtigkeit üppig bewachsen und überwachsen war; ein neuer Beweis, wie scharfsinnig und richtig der Alte die Natur der ganzen Fläche beurteilt hatte. Hier verlor man einige Minuten damit, die Spitzen des Rohrgrases, welches bis über die Köpfe Pauls und Middletons reichte, abzubrechen, um sich eine freiere Aussicht auf das umgebende Flammenmeer zu verschaffen.

Der schauderhafte Anblick war nichts weniger als geeignet, denen, die sich in dieser schrecklichen Lage befanden, Mut einzuflößen. Ungeachtet daß es zu tagen anfing, blieb die Farbe des Himmels dunkel und trübe wie zuvor, als liege das furchtbare Element des Feuers mit dem wohltätigen des Lichts im wütenden Streite. Leuchtende Flammenstreifen schossen hier und da vom Saume des Gefildes hervor, dem schnellen Aufflakkern des Nordlichtes ähnlich, aber weit feuriger und drohender in Farbe und Abwechslung. Die Ängstlichkeit auf den Gesichtszügen des Trappers grub sich sichtbarlich immer tiefer und tiefer ein, je unzweifelhafter ihm dieser Brand wurde, welcher sich wie ein breiter Gürtel um ihren Zufluchtsort ausdehnte und bald den ganzen Horizont umspannte.

Nachdem er noch einmal nach der Richtung hingesehen, wo

die Gefahr am nächsten und am schnellsten heranzurücken schien, sagte der alte Mann, den Kopf schüttelnd:

»Also haben wir uns doch in der Hoffnung betrogen, die Tetons von unserer Spur abgebracht zu haben. Hier ist Beweises genug, daß sie nicht allein wissen, wo wir liegen, sondern die Absicht haben, uns wie die Raubtiere in ihren Schlupfwinkeln zu verbrennen und zu ersticken. Seht, die Teufel haben in demselben Augenblick das Feuer ringsum angelegt und uns mit Flammen, wie in einer Insel, umzingelt.«

»Auf, zu Pferde, und davon!« rief Middleton, »ist das Leben nicht einen letzten Versuch wert?«

»Aber *wohin* wollt Ihr? Ist ein Tetonpferd ein Salamander, welcher unverletzt durch die Flammen zieht, oder schmeichelt Ihr Euch, der Herr werde ein Wunder für Euch tun wie zu alten Zeiten und Euch sicher durch den Feuerofen führen, den Ihr unterm Himmel glühen seht? Und dann die Sioux, die mit ihren Pfeilen und Messern den Flammenkreis von außen besetzt halten, oder ich müßte ihre Mordteufeleien nicht kennen!«

»Wir wollen uns auf den größten Haufen stürzen«, rief der stolze junge Mann, »und ihre ganze Mannhaftigkeit auf die Probe stellen.«

»Ei, ei! Worte, die gut klingen; aber was würde herauskommen, wenn's zum Handeln käme? Hier ist ein Bienenjäger, der Euch in einer Sache wie dieser belehren kann.«

»Nein«, sagte Paul, sich in seiner athletischen Gestalt erhebend wie ein Bullenbeißer, der seine ganze Kraft entwickelt, »nein, alter Trapper, in diesem Stücke halte ich's mit dem Kapitän und bin dafür, daß wir über das Feuer wegsetzen, sollte unser Weg uns auch gerade in ein Tetondorf führen. Hier ist Ellen; sie ist meiner ...«

»Was will Euer Mut, Euer Trotz, all Euer Durchfahren mit dem Kopfe sagen, hier, wo es nicht auf den Sieg über Eure Nebenmenschen, sondern auf den Kampf mit den Elementen des Herrn ankommt? Schaut um euch, Freunde; der Rauch und Dampf, der ringsum aufgeht, sagt euch deutlich, daß von diesem Fleck kein Ausweg ist, ohne einen Flammengürtel zu durchbrechen. Seht selbst, liebe Leute; seht selbst hin, und wenn ihr noch *eine* Öffnung findet, so bin ich bereit, mit euch zu gehen.«

Seine Gefährten sahen sich nun im Kreise nach allen Seiten

um und fanden, daß der Alte recht hatte, und diese traurige Überzeugung machte in ihren Augen ihre Lage nur noch verzweifelter. Dicke Rauchwolken rollten die Ebene entlang und sammelten sich in dichten Massen um den Horizont. Die rote Glut, welche hinter den ungeheuren Säulen vorschimmerte, gab ihnen bald die Gestalt eines brennenden Gebäudes, bald sprang sie von einem Punkt zum andern über und verdunkelte jenen, wenn die Flamme den Boden entlang fortlief, um eine neue Strecke anzuzünden. Dieses abwechselnde Schauspiel sprach lauter als in Worten den Charakter der furchtbar sich nähernden, drohenden Gefahr aus.

»Es ist entsetzlich!« rief Middleton, seine zitternde Inez an das Herz drückend. »Zu dieser Zeit und auf diese Art!«

»Die Tore des Himmels stehen offen allen denen, die an Ihn glauben und auf Ihn hoffen«, murmelte der fromme Alte kaum vernehmlich.

»Eine solche Ergebung ist Raserei! Wir sind Männer; kommt, laßt uns eine Anstrengung machen! Es gilt unser Leben! Höre mich, tapferer, mutiger Freund, höre mich an! Sollen wir aufsitzen und durch die Flammen jagen oder hier stehen bleiben und die, welche wir lieben, auf diese schreckliche Weise ohne alle Rettungsversuche umkommen sehen?«

»Ich bin fürs Schwärmen, für die Flucht, ehe der Korb zu heiß wird«, sagte der Bienenjäger, an welchen, wie man wohl erraten haben wird, der halb außer sich gebrachte Middleton sich gewendet hatte. »Kommt, alter Trapper, und gesteht frei, daß wir auf *Eurem* Wege der Gefahr zu spät entrinnen würden. Verweilen wir hier länger, so geht es uns wie den Bienen, deren Stock man des Honigs wegen angezündet hat, und die tot auf dem verbrannten Stroh liegen. Hört Ihr nicht schon das Geräusch und Blasen um uns und wißt Ihr nicht, daß man, wenn das Gras in der Prärie einmal Feuer gefangen, kein Faultier sein darf, will man der Flamme entfliehen?«

»Denkt Ihr denn, *Ihr*«, erwiderte der alte Mann, auf die sie umgebenden Stellen dürren und verwitterten Grases höhnisch hinweisend, »daß Menschenfüße schnell genug wären, auf solchem Wege dem Brande zu entfliehen? – Wüßte ich nur jetzt, auf welcher Seite sich die Hunde gelagert haben und lauern!«

»Was sagt Ihr dazu, Doktor«, rief der wildgewordene Paul, sich in seiner äußersten Not an Battius wendend, wie sich der

Starke in der halben Verzweiflung beim Schwachen Rat holt, wenn die menschliche Kraft einer höhern Gewalt nachstehen muß. »Was sagt Ihr dazu? Habt Ihr in diesem Fall, wo es auf Leben und Tod ankommt, keinen Vorschlag zu machen?«

Der Naturforscher stand die ganze Zeit über mit seiner Schreibtafel in der Hand da und beobachtete den Brand ebenso bedächtig, ruhig und kalt, als sei die Prärie nur angezündet worden, um ihm Gelegenheit zu geben, ein wissenschaftliches Problem zu lösen. Die Anrede des Bienenjägers weckte ihn aus der tiefen Betrachtung. Anstatt ihm aber Antwort zu geben, wendete er sich zu seinem ebenfalls – nur aus verschiedenen Gründen – ruhigen und gefaßten Gefährten, dem Trapper, und fragte ihn mit einer in solcher Gefahr empörenden Gleichgültigkeit:

»Ehrwürdiger Jäger, Ihr habt ohne Zweifel oft ähnliche prismatische Experimente gemacht...«

Hier unterbrach ihn Paul, schlug ihm die Schreibtafel mit einem rohen Ungestüm aus den Händen, das sich nur durch die unerwartete Kaltblütigkeit erklären und entschuldigen ließ, welche den heftigen, dem Wahnsinne nahen jungen Mann ganz außer sich gebracht hatte. Noch ehe ihm die rasche, gewaltsame Handlung verwiesen werden konnte, war der alte Mann, welcher die Zeit über mehr bestürzt als ängstlich, doch wie einer dagestanden hatte, der nicht ein noch aus weiß, plötzlich wieder zu sich gekommen und nahm ein entschiedenes Wesen an, sich nicht länger besinnend und den in seinen Augen unfehlbar zum Ziel führenden Ausweg einschlagend.

»Jetzt ist es Zeit zum Handeln«, sagte er, den sich zwischen dem Naturforscher und dem Bienenjäger entspinnenden Streit unterbrechend. »Es ist Zeit, Bücher und Klagen wegzulegen und zu handeln!«

Middleton rief ihm zu: »Guter Alter, Ihr seid zu spät zur Besinnung gekommen; die Flammen stehen kaum eine Viertelmeile vor uns; der Wind weht sie mit schrecklicher Schnelle gerade auf uns zu.«

»Ei was! die Flammen! Was kümmern mich die Flammen? Wüßte ich nur ebensogut die Schlauheit der Tetons zu überlisten, als ich weiß, wie ich dem Feuer seinen Raub entreißen kann, so bliebe uns nichts übrig, als dem Herrn für unsere Rettung zu danken. Nennt Ihr *das* ein Feuer? Erst dann, wenn Ihr sähet, was ich auf den Eastern-Hills erlebt habe, wo mächtige Berge wie Feueressen in vollem Brande standen, erst dann würdet Ihr wissen, was es heißt, sich vor Feuer zu fürchten und Gott zu danken, wenn Er Euch aus solcher Gefahr erlöset hätte! Kommt, Kinder, kommt! Hand ans Werk, und keine Worte! Denn dort rollt sich die kräuselnde Flamme in der Tat wie ein Elch in vollem Laufe daher. Hand ans Werk! Reißt mir das trockene kurze Gras der kleinen Anhöhe aus, damit wir auf bloßer Erde zu stehen kommen.«

»Gedenkt Ihr mit so kleinen Kindermitteln dem Feuer seine Opfer zu entreißen?« rief Middleton aus.

Ein schwaches, doch feierliches Lächeln verbreitete sich über die Züge des alten Mannes, als er antwortete:

»Euer Großvater würde hier gesprochen haben: Wenn der Feind nahe ist, hat der Soldat nichts Besseres zu tun als zu gehorchen!«

Der Kapitän fühlte den Vorwurf und folgte unverzüglich dem Beispiel Pauls, welcher schon – seine Nachgiebigkeit war helle Verzweiflung – eifrig beschäftigt war, das dürre Unkraut auszureißen. Auch Ellen machte sich an die Arbeit, und Inez blieb nicht zurück, obschon niemand eigentlich wußte, warum und weswegen. Wenn's aber auf Leib und Leben ankommt, geht ein Werk schnell von den Händen. Ein paar Augenblicke reichten zu, einen Platz von einigen zwanzig Fuß im Durchmesser kahl zu machen. Der Trapper brachte nun die Frauen an das eine Ende der kleinen Fläche, und hieß Middleton und Paul, sie mit allem zu bedecken, was ihre leichten Gewänder vor dem Feuerfangen bewahren könne. Er selbst begab sich an das andere Ende, an den Rand des hohen Grases, welches den Platz im drohenden Kreise umgab. Hier las er eine Handvoll des dürrsten aus, umgab damit die Pfanne seiner Flinte, drückte ab, und der leicht zündende Büschel fing Feuer. Er warf ihn brennend in das nächste hohe Grummet und zog sich dann in den Mittelpunkt des Ringes zurück, den Erfolg ruhig abwartend.

Das flüchtige Element durchlief mit gieriger Schnelle den neuen dargebotenen Zunder. In einem Augenblick leckten gespaltene Flammen das Gras, wie man die Zunge wiederkäuender Tiere im Futter hin und her wühlen sieht, in der Absicht, das Beste zuerst zu finden.

»Nun«, sagte der alte Mann, einen Finger in die Höhe haltend und auf seine Weise innerlich lachend, »nun sollt Ihr sehen, wie Feuer das Feuer bekriegt! Oho! wie oft habe ich mir, zum Scherz, und wenn ich es müde war, mich durch verwachsenes Gras durchzuwinden, auf diese Art einen Fußsteig gebahnt!«

»Ist aber das Mittel nicht ärger als das Übel?« rief der bestürzte Middleton. »Ihr bringt ja den Feind gerade auf uns zu, anstatt ihn zu entfernen!«

»Verbrennt Ihr so leicht? Euer Großvater hatte eine zähere Haut. Aber nur ein wenig Geduld! Nur ein kleines bißchen!«

Der Trapper wußte wohl, was er getan hatte; das Experiment bewährte sich. Das Feuer gewann Raum und dehnte sich, von dem erhitzten Punkt, wo es angelegt worden, rechts und links aus, und verschonte die kahl gemachte Mitte, wo es keinen Zunder fand. Bald war die ihnen gegenüberliegende Stelle schwarz, rauchend und nackt, als sei sie abgemäht, und da sich die Freifläche von beiden Seiten erweiterte, so wurde dadurch die Gefahr des seitwärts brennenden Grases von den Bedrohten abgewandt; denn indem sie der alte Mann allmählich auf die äußerste Brandstelle vorrücken ließ, entgingen sie sogar der Hitze. In wenigen Augenblicken zogen sich die Flammen tiefer in die beiden Flügel hinein und ließen zwar die Freifläche und ihre Eingeschlossenen in eine Rauchwolke gehüllt, stellten sie aber vor den Feuerströmen sicher, welche immer vorwärts rollten und ihnen schon in den Rücken gekommen waren.

Die Gefährten des Trappers zeigten bei dem einfachen Mittel, dessen er sich bedient hatte, eben die Verwunderung, mit welcher die Hofleute Ferdinands des Katholischen die Kunst des Kolumbus angestaunt hatten, als dieser sein Ei zum Stehen brachte; nur daß damals der Neid, jetzt die Freude vorwaltete.

»Wunderbar! Höchst wunderbar!« rief Middleton, als ihm der ganze Erfolg des Mittels sichtbar wurde, das ihn und alle vor einer unvermeidlichen Gefahr gerettet hatte. »Der Gedanke ist Euch vom Himmel eingegeben worden, und die Hand, die ihn ausgeführt, verdiente unsterblich zu sein.«

»Alter Trapper«, rief Paul, sich in den Haaren wühlend, »ich bin mancher eintragenden Biene in die Höhle gefolgt und verstehe etwas vom Wald und Waldleben; aber Euer Kunststück steht doch noch höher als die Aufgabe, einer Hornisse den Stachel abzunehmen, ohne sie zu berühren.«

»Nun wird's gehen! nun wird's gehen!« erwiderte der alte Mann, welcher nach dem ersten Erfolge nicht mehr an das Geschehene zu denken schien. »Haltet die Pferde in Bereitschaft! Laßt die Flamme noch eine kleine halbe Stunde wüten, dann sitzen wir auf. Diese Zeit müssen wir schon verstreichen lassen; denn die unbeschlagenen Tetonbiester haben einen ebenso zarten Huf wie ein barfüßiges junges Mädchen.«

Middleton und Paul, welche diese unvorhergesehene Rettung als eine Art Auferstehung vor den Toten ansahen, warteten die von dem Trapper gegebene Frist mit erneuertem Zutrauen in die Einsicht des Mannes ab. Der Doktor suchte und fand seine Schreibtafel, welche ins Gras gefallen und etwas vom Brande beschädigt war; er tröstete sich über das kleine Unglück damit, daß er die mannigfachen Abwechslungen von Licht und Schatten, die ihm aufgefallen waren, in dieselbe aufzeichnete.

Unser Veteran benutzte die Zeit besser; seine Erfahrung war allen zu nötig und zu heilsam, um ihn nicht zu neuen Beobachtungen zu veranlassen. Er strengte seine Augen an, um durch die Öffnungen, die der Wind zufällig in die ungeheuren Rauchwolken brachte, welche noch immer wie Berge auf allen Seiten der Prärie lagen, die entfernteren Gegenstände aufzufassen.

»Kommt mir zu Hilfe«, sagte er nach langem Forschen, »ihr jungen Leute mit jungen zuverlässigeren Augen als meine alten. Es hat eine Zeit gegeben, wo ein weises und tapferes Volk mich für einen trefflichen Späher hielt; aber die Zeit ist vorüber, und mancher treue und erprobte Freund ist mit ihr dahin. Ach, ich Armer! Könnte ich in der Ordnung der göttlichen Vorsehung eine Abänderung wünschen, – aber das kann ich nicht; denn es würde eine Gotteslästerung sein, es nur zu versuchen, da ich sehe, daß alles in der Welt durch einen weisern Geist regiert wird als den schwachen menschlichen – könnte ich aber, wie gesagt, eine solche Abänderung treffen, so würde es diese sein, daß es denjenigen, welche lange in Freundschaft und Herzensverhältnissen miteinander gelebt und durch manches Leiden und Wagen bewiesen haben, daß sie füreinander gemacht waren, freistehen müßte, zu solchen Zeiten, wo der Tod des einen dem anderen wenig Lust und Liebe zum Leben zurückläßt, daraus scheiden zu dürfen.«

»Ist es ein Indianer, den Ihr dort seht?« fragte der ungeduldige Middleton.

»Rothaut oder Weißhaut gilt hier einerlei. Freundschaft und Gewohnheit können Menschen ebenso fest aneinander binden in den Wäldern wie in den Städten – und in jenen vielleicht noch fester. Betrachten wir die jungen Krieger der Prärien! Wie oft sondern sie sich paarweise ab und setzen ihr Leben den Pflichten der Freundschaft zum Pfande; was sie einander versprochen haben, halten sie ehrlich und treu. Der Todesstreich, der auf das *eine* Haupt fällt, ist gewöhnlich auch für das *andere* tödlich. Ich habe die meiste Zeit meines Lebens in der Einsamkeit zugebracht, – wenn von einem Manne, der siebzig Jahre im tiefsten Schoß der Natur gelebt hat, wo er alle Augenblicke sein Herz vor Gott ausschütten konnte, ohne sich erst von den Sorgen und Schlechtigkeiten der Niederlassungen losmachen zu müssen, gesagt werden kann, er lebe in der Einsamkeit. Nun ja, wenn dieses der Fall ist, so bin ich ein einsam Lebender, eine Art von Einsiedler gewesen; und dennoch habe ich stets gefunden, daß der Umgang mit meinen Bekannten mir angenehm war und daß, vorausgesetzt daß mein Gefährte ein tüchtiger, ehrlicher Mensch gewesen, es mir wehe tat, mich von ihm zu trennen. *Tüchtig* mußte er sein; denn ein morscher Begleiter in den Wäldern«, hier warf er unwillkürlich einen Seitenblick auf den abstrakten Naturforscher, »ist geeignet, einen kurzen Weg zu einem langen zu machen; *ehrlich,* insofern Verschlagenheit und Umschweife mehr ein Instinkt der Tiere als eine Eigenschaft sind, deren sich die menschliche Vernunft zu bedienen hat.«

»Aber der Gegenstand, den Ihr seht, ist es ein Sioux?...«

»Gott, und Gott allein weiß, was noch alles aus der amerikanischen Welt wird, und wo und wie die Umtriebe und Schwindeleien dieser Völker endigen. Ich habe in meiner Jugend den Häuptling gekannt, der in der seinigen den ersten Christen gesehen, der seinen unseligen Fuß auf den Boden von York gesetzt hat. Wie hat sich die Schönheit unserer Waldungen und Wildnisse in zwei kurzen Lebensaltern verhäßlicht! Meine Augen sahen das Tageslicht zuerst an den Küsten des östlichen Meeres, und ich erinnere mich, wie von heute her, des ersten Schusses, den ich mit der ersten Flinte tat, die ich trug, beim ersten Marsche von meines Vaters Tür nach dem Walde, wenn man das einen Marsch nennen kann, was ein kleiner Knirps vom Morgen bis zum Abend vollbringt, und daß dieser Schuß getan wurde, bloß um die Flinte zu versuchen und ohne den Rechten und Vorteilen irgend jemandes zu schaden, der sich früher zum Eigentümer der Tiere auf dem Felde gemacht hatte. Damals lag die Natur in ihrer ganzen Pracht längs der Seeküste und überließ einen schmalen Streif zwischen den Wäldern und dem Ozean den Ansiedlern zur freien Benutzung. Und wo bin ich *jetzt?* Hätte ich Adlersflügel, sie würden ermüden, noch ehe sie den zehnten Teil des Zwischenraumes durchschnitten hätten, der mich von jenen Gestaden trennt; und in diesem Zwischenraume liegen Städte, Dörfer, einzelne Höfe, Landstraßen, Kirchen und Schulen, kurz alle Erfindungen und Teufeleien der Menschen zerstreut und übersäen die ganze ungeheure Strecke. Ich erinnere mich gar wohl noch der Zeit, wo ein kleines Häufchen Rothäute, längs den Grenzen hinstreichend, durch ihr Geschrei ganze Bezirke in Furcht und Fieberangst versetzte. Da mußten alle Männer zu den Waffen greifen, da mußten Truppen aus entlegenen Gegenden zur Hilfe eilen; da beteten die Geistlichen, die Weiber zitterten und zagten, und nur wenige schliefen ruhig in ihren Betten, wenn die Irokesen auf ihrem Kriegspfad waren und der verfluchte Mingo mit dem Tomahawk bewaffnet erschien. Wie ist es aber *jetzt?* Das Land sendet seine Schiffe weithin in fremde Gegenden, um Krieg zu führen; es gibt mehr Kanonen, als es damals Flinten gab; es fehlt nicht an Fußvolk in Reih und Glied; sie treten zu Zehntausenden an, sobald der Waffenruf erschallt und ihre Dienste verlangt werden. Dieses ist der Unterschied zwischen einem *Bezirk* und einem *Staate*, meine Freunde; und ich armes, elendes, halb abgestorbenes Wesen, wie Ihr mich seht, habe leben müssen, um das alles zu erleben!«

»Daß Ihr manchen Baumfäller gesehen haben mögt, der den Rahm von der Milch der Erde abgeschöpft, und manchen Ansiedler, der den wahren Honig der Natur gestohlen, alter Trapper, daran wird und kann wohl kein vernünftiger Mann zweifeln«, sagte Paul. »Hier ist aber Ellen, voller Unruhe über die verzweifelten Sioux; und jetzt da Ihr über Euren Lieblingsgegenstand Eure Meinung von Euch gegeben habt, würde es gut sein, wenn Ihr uns die Richtung vorschriebet, der wir zu folgen haben, damit wir sicher schwärmen mögen.«

»Was?«

»Ich sage, Ellen ist unruhig, und da der Rauch die Ebene

verläßt, so würde es der Klugheit gemäß sein, einen anderen Weg zur Flucht einzuschlagen.«

»Der Junge ist vernünftig. Ich hatte es wirklich ganz vergessen, daß wir mitten in einem wütenden Flammenmeer waren, und daß uns die Sioux umschweben wie hungrige Wölfe, die einer Büffelherde auflauern. Aber wenn mein Gedächtnis im alten Gehirn spukt und ich in vergangene Zeiten zurückgehe, dann ist kein Halten, und die Gegenwart geht darüber verloren. Ihr habt recht, Kinder, es ist Zeit, uns zu rühren, und sogar hohe Zeit; denn unsere Lage ist kitzliger als je. Einer Feuermasse aus dem Wege zu gehen, ist ein leichtes Werk; denn das Feuer ist nur ein wütendes Element; auch ist es nicht viel schwerer, einen gesprenkelten Bären von der Fährte abzubringen; denn das Wild wird ebensoleicht von seinem Instinkt geleitet wie irregeführt; aber die Augen eines wachenden Tetons zu blenden, ja dazu gehört schon mehr Verstand und Überlegung, insofern die verschlagene Vernunft in ihm seinen Teufeleien zu Hilfe kommt.«

Während der alte Mann die Schwierigkeiten des Unternehmens einsah und zu erkennen gab, setzte er die Versuche, der Gefahr zu entgehen, mit seiner gewöhnlichen Beharrlichkeit und Lebhaftigkeit fort. Und als er mit der Untersuchung und dem Überblick der Gegend fertig war, was die melancholischen Wanderungen seines Geistes in die Vergangenheit eine Zeitlang unterbrochen hatte, gab er seinen Gefährten das Zeichen zum Aufsitzen und Aufbruch. Die Pferde, welche während des Brandes zitternd und unbeweglich auf einer Stelle geblieben waren, nahmen ihre Lasten mit einer so sichtbaren Freude auf, daß man sich eines schnellen Vorrückens von ihrer Seite versehen konnte. Der Trapper bot sein Pferd dem Doktor an, entschlossen, zu Fuß zu gehen.

»Ich bin der fremden Füße wenig gewohnt«, setzte er als einen Grund hinzu, »und meine Hüften sind vom Nichtstun müde. Sollten wir überdies auf einen Hinterhalt stoßen, so können die Pferde mit einem Reiter schneller laufen als mit zweien. Was mich selbst betrifft, so kümmert mich's wenig, eine Handvoll Tage mehr oder weniger zu zählen. Laßt die Tetons mir meine Schädelhaut ablösen, wenn es Gottes Wille ist; sie werden sie mit grauen Haaren besetzt finden, und ich fordere den abgefeimtesten Menschen heraus, mir die Erfahrung und die

Kenntnisse zu rauben, die mir ihr Weißwerden verschafft hat.«

Keiner der ungeduldigen Zuhörer wollte anderer Meinung sein, und somit billigte ihr Schweigen die Rede des Alten. Obschon der Doktor einige mürrische Klagen über den Verlust seines Asinus halblaut werden ließ, war er doch im ganzen so sehr damit zufrieden, durch vier Beine seine eigenen zwei ersetzt zu sehen, daß seine Elegie bald verstummte; und nach wenigen Augenblicken rief der Bienenjäger, dessen Stimme bei solchen Gelegenheiten nie saumselig war, hell und klar aus: sie wären sämtlich fertig und bereit.

»Haltet euch immer abwärts hin nach Osten«, sagte der alte Mann, indem er sich an die Spitze des Zuges stellte und ihn quer über die noch immer rauchende Ebene führte, »immer abwärts nach Osten geschaut! Frieren wird euch nicht auf dem gesengten Grase; immer nach Osten geschaut, und wenn ihr durch die Rauchwirbel einen weißen glänzenden Streifen entdeckt, blank wie ein silbernes neu gehämmertes Gerät, so denkt nur, es sei Wasser. Denn hier herum muß ein breiter Strom fließen, und mich dünkt, ich habe ihn schon einmal hervorblicken sehen; aber andere Gedanken sind in mir aufgestiegen, und ich habe ihn aus der Acht gelassen. Es ist ein breiter, schneller Strom, so wie der Herr manche seinesgleichen in dieser Wildnis geschaffen hat. Denn hier ist die Natur in ihrem ganzen Reichtum zu erschauen, den einzigen Mangel an Bäumen abgerechnet. Bäume sind der Erde, was Früchte dem Garten sind; ohne sie kann nichts durchaus angenehm oder nutzbringend sein. Nun aber seid alle wachsam, schaut um euch her, forscht mit offenen Augen nach dem glänzenden Wasserstreifen; denn uns ist nicht eher geholfen, als bis er zwischen uns und den mit scharfen Augen bewaffneten Sioux liegt.«

Der letzte Zusatz war hinreichend, der ganzen Truppe Blick dem so erwünschten Strome zuzukehren, ob sie ihn nicht bald entdecken würden. Das Auge immer nach Osten geheftet, zogen sie schweigend fort; denn der Alte hatte sie vor jeder geräuschvollen Bewegung gewarnt, sobald sie wieder in die Rauchwolken eindringen würden, welche noch immer über die Ebene hinrollten, und zwar mit doppelter Stärke an den Stellen, wo es Pfützen stehenden Wassers gab.

So hatten sie ungefähr eine Stunde zurückgelegt, ohne vom ersehnten Strome die geringste Spur zu entdecken. Noch immer wütete die Flamme in einer gewissen Entfernung, und so wie der Wind kaum den ersten Rauch des Brandes zerstreut hatte, wurde er von neuen kräuselnden Dampfwolken ersetzt, die den Gesichtskreis beengten. Endlich blieb der alte Mann, dem es anfing, unheimlich zu werden, während seine Gefährten besorgten, er möchte in diesem Qualmmeere den Weg verfehlen, plötzlich stehen, stieß seine Flinte auf den Boden und schien etwas, das ihm vor den Füßen lag, genau und sorgfältig zu beschauen. Middleton und die andern kamen ihm näher und fragten nach der Ursache des Stillstehens.

»Seht doch her«, rief ihnen der Trapper zu, indem er auf ein Pferdegerippe hinzeigte, welches halb verbrannt in einer Vertiefung lag, »seht her und macht euch einen Begriff von einem Präriebrande. Der Boden ist hier feucht, und das Gras stand höher als gewöhnlich. Das arme Tier ist in seinem Lager von den Flammen erreicht worden. Ihr seht seine Knochen, die geborstene und verbrannte Haut, die entblößten Zähne. Tausend Winter könnten ein Tier nicht so weit verwittern wie das Feuer in einer Minute.«

»Und dieses würde auch der Fall mit uns gewesen sein«, sagte Middleton, »wenn die Flammen uns im Schlafe überrascht hätten?«

»Nein, das will ich nicht sagen, das nicht. Freilich brennt der Mensch so gut wie Holz: aber da er mehr Vernunft hat als ein Pferd, so versteht er es auch besser, der Gefahr zu entgehen.«

»Vielleicht war dies auch nur ein totes Gerippe; denn sonst würde das Tier wohl davongelaufen sein.«

»Sieh da, die Spuren im feuchten Boden! Seht! Hier die Hufe des Pferdes und dort der Fußtapfe eines Mokassins, so wahr ich lebe. Der Herr des Tieres hat es fortschleppen wollen; aber der Instinkt der Pferde macht sie beim Feuer angstvoll und unbeweglich.«

»Darin habt Ihr vollkommen recht. War aber ein Reiter da, wo ist er geblieben?«

»Ja, das fragt sich«, erwiderte der Trapper, zugleich bemüht, die Spuren sorgfältiger zu untersuchen. »Ja, ja, je mehr ich es betrachte, desto mehr finde ich, daß zwischen Mensch und Tier ein langer Streit gewesen ist. Der Mann hat versucht, sein Pferd zu retten, und das Feuer muß rasch gewesen sein, sonst wäre es ihm dem Anschein nach gelungen.«

»Schau hin, alter Jäger!« unterbrach hier Paul und wies mit der Hand nach einer nicht entfernten Stelle hin, wo der Boden trockner war und folglich das Gras nicht so hoch gestanden haben mochte. – »Sprich nicht *ein* Pferd; sprich zwei! Dort liegt das zweite.«

»Der Junge hat recht. Kann sein, daß sich die Tetons in ihre eigenen Schlingen verwickelt haben! So etwas trägt sich wohl zu und ist eine Warnung für alle, welche Böses beginnen. Schaut aber hieher: ein Stück Eisen, nach Art der Weißen gearbeitet; gewiß ein Sattelschmuck des gefallenen Viehs. – Ja, ja, so wird's sein; ein Teil der Sioux hat sich in Kreisen um uns bewegt, um uns aufzufangen, während ihre Freunde die Prärie in Brand steckten. Und seht nun, wie's ihnen ergangen! Sie haben ihre Pferde verloren und können von Glück sagen, wenn ihre Seelen in diesem Augenblicke nicht auf dem Pfade herumschweifen, der zu dem Himmel der Indianer führt.«

»Konnten sie sich denn nicht auf ebendie Weise retten wie Ihr uns?« versetzte Middleton, indem er mit den andern sich der zweiten Masse langsam näherte.

»Das möchte ich nicht behaupten. Nicht jeder Wilde führt ein Feuerzeug mit sich oder hat eine so gute Flinte, wie du, mein gutes Rohr, mein guter alter Freund, bist. Es ist ein langsam Ding, mit Aneinanderreiben zweier Stöcke Feuer anmachen, und es wäre ihnen nicht viel Zeit dazu gelassen worden; denn seht nur jenen Strich dort, wo die Flamme vor dem Winde herläuft, als würde ein Laufpulver angezündet! Es sind nicht viele Minuten vorüber, seitdem das Feuer hier gehaust, und ich rate euch, die Flinten in Bereitschaft zu halten; nicht daß ich Lust hätte, mich mit den Sioux einzulassen, Gott bewahre! nein, sondern weil es bei jedem Gefechte, wenn solches einmal notwendig ist, Vorteil bringt, den ersten Schuß zu tun.«

»Das muß ein seltsames Tier gewesen sein«, sagte Paul, der den Zügel oder vielmehr den Halfter seines Pferdes angehalten hatte, um das zweite Gerippe näher zu beschauen, während die andern eiliger waren als er, »das ist mir ein Pferd ganz neuer Art; es hat weder Kopf noch Hufe.«

»Ei was? Das Feuer räumt schnell auf«, erwiderte der Trapper, ohne hinzusehen, und beschäftigt, durch den wirbelnden Rauch ab und zu eine hellere Stelle am Horizonte aufzusuchen. »Feuer ist imstande, einen Büffel zu einer unförmlichen Masse zusammenzubacken und Hufe und Hörner in weißer Asche zu begraben. – Aber pfui, alter Hektor, pfui! Dem jungen Hunde des Kapitäns will ich's verzeihen, wenn er seinen Mangel an Erfahrung, und vielleicht auch, mit Erlaubnis! seinen Mangel an Abrichtung zeigen sollte; aber du, ein Hund, der so viele Jahre im Walde durchlebt, ehe du in die Prärie gekommen bist, du, alter Hektor, solltest dich schämen, beim Anblick eines gerösteten Pferdes die Zähne zu weisen und zu knurren, als wolltest du deinem Herrn damit sagen, du ständest vor einem Bären!«

»Ich sage Euch aber nochmal, alter Trapper, das da ist kein Pferd; es hat weder Hufe noch Kopf noch Haut.«

»Wa...? kein Pferd? Eure Augen mögen gut sein, Freund, wenn es darauf ankommt, Bienen in hohlen Bäumen zu finden. – Das da, kein... Aber wahrhaftig, der Mann hat recht. – Wie in aller Welt konnte ich eine gesengte und zusammengedörrte Büffelhaut für ein Pferdegerippe halten. Oh, ich armer Stümper, wie weit ist es mit mir gekommen! Es war eine Zeit, wo ich Euch ein Tier angeben konnte, sobald es am Horizonte aufduckte, und nicht nur den Namen des Tieres, sondern auch alles Eigentümliche, Farbe, Alter und Geschlecht.«

»Was Ihr da, ehrwürdiger Jäger, für einen unschätzbaren Vorzug vor so vielen voraushattet!« bemerkte der aufhorchende Doktor Battius. »Der Mann, der in der Wildnis eine solche Gabe besitzt und so wesentliche Unterschiede in der Ferne machen kann, spart viele Schritte und Untersuchungen, deren Resultate nur zu oft falsch sind. Sagt mir doch, alter Freund, erstreckte sich die Vortrefflichkeit Eures Gesichtes so weit, daß Ihr die Ordo oder das Genus des Tieres entdecken konntet?«

»Ich weiß nicht, was Ihr mit Euren Orden und mit Euren Geniussen sagen wollt.«

Mit einem Blick, der etwas Verächtliches mit sich führte, wandte sich der Bienensucher zu dem Alten und sprach: »Lieber Trapper, Ihr gebt da eine zu große Unbekanntschaft mit der englischen Sprache kund; eine Unwissenheit, die ich bei einem Manne von Eurer Erfahrung und Eurem Verstande nicht gesucht hätte. Wenn Euer Freund von Ordo spricht, so will er Euch fragen, ob Ihr unterscheiden konntet, in welcher *Ordnung* das entfernte Vieh sich bewegte, ob wild und bunt durcheinander wie ein Bienenschwarm, der seiner Königin folgt, oder in langen Reihen, wie Ihr die Büffel ruhig über die Prärie gehen seht. Und was das Wort *Genius* betrifft, so ist *dieses* Wort, wie ich gewiß bin, ein allgemein bekanntes und in jedermanns Munde. Da ist zum Beispiel der Kongreßmann in unserem Bezirk und das kleine dicke Männchen mit der geläufigen Zunge, das die Zeitung in unserer Grafschaft schreibt; beide werden *Genies* genannt, weil beide muntere lebhafte Köpfe sind. Das will auch, insofern ich seine Meinung verstehe, der Doktor sagen; denn selten spricht er ohne besondere Absicht.«

Als Paul diesen in der Tat allerliebsten Kommentar von sich gegeben hatte, sah er sich nach allen Seiten um, als wolle er damit sagen: »Da seht Ihr, obschon ich mich nicht oft mit dergleichen Dingen abgebe, daß ich kein Holzkopf bin!«

Ellen bewunderte ihren Paul in vielen Stücken, nur nicht seiner Schulkenntnisse wegen. In seinem Charakter lag so viel Biedersinn, Freimut, Unerschrockenheit und Männlichkeit, verbunden mit einem sehr anziehenden Äußern, daß sie ihn wohl liebgewinnen konnte, ohne doch von seinen erlernten Gaben bezaubert zu sein. Das arme Mädchen errötete wie eine Rose; ihre lieblichen Finger spielten mit dem Gürtel, der um sie geschnallt war und sie auf dem Pferde festhielt. Dann fiel sie ein, sehr darauf bedacht, die Aufmerksamkeit der übrigen von einer Schwäche abzuziehen, die sich ihr Geliebter zuschulden kommen lassen, und welche sie selbst so gern überhört hätte, und fragte:

»Ist denn, was da liegt, überhaupt kein Pferd?«

»Es ist nichts mehr und nichts weniger als eine Büffelhaut«, antwortete der Trapper, den die Erklärung des Bienenjägers nicht weniger verblüfft hatte als die Frage des Naturforschers. »Das Haar ist unten; das Feuer ist darüber hingelaufen; doch da, wie Ihr seht, die Haut frisch abgezogen ist, so hat die Flamme nicht haften können. Das Tier ist erst vor kurzem geschlachtet; vielleicht findet sich noch ein Teil des Fleisches unter dem Felle.«

»Heb einen Zipfel auf, alter Jäger!« rief Paul ihm mit dem Tone eines Mannes zu, der das Recht erworben zu haben glaubt, hinfort bei allen Beratungen mitzureden. »Vielleicht finden wir ein Stück vom Höcker; das wollen wir kochen und uns gut schmecken lassen.«

Der alte Mann lachte auf seine Weise herzlich über den Einfall seines jungen Gefährten. Als er die Haut mit dem Fuße wegschieben wollte, fing sie an, sich zu bewegen, flog dann mit einem Male auf die Seite, und – auf sprang aus seinem Versteck ein indianischer Krieger, mit einer Leichtigkeit und Hast, welche bewies, wie dringend ihm der Augenblick schien, sich zu entdecken.

Vierundzwanzigstes Kapitel

Ich wollte, Heinz, es wäre Schlafenszeit. Und alles stände gut.

Shakespeare

Ein zweiter Blick reichte hin, um die ganze erschreckte Gesellschaft davon zu überzeugen, daß der junge Pawnee, dem sie schon einmal begegnet war, wieder vor ihr stehe. Die Verwunderung machte beide Teile stumm, und mehr als eine Minute verging, während jeder auf den andern mit Erstaunen, wo nicht gar mit Argwohn, hinblickte. Die Verwunderung des jungen Kriegers trug indessen einen weit größeren Anstrich von Würde als die seiner christlichen Bekannten. Während auch Middleton und Paul etwas von dem Schrecken, welcher die ihrem Schutz anbefohlenen Gefährten erfaßte, in dem schnellern Lauf ihres Blutes fühlten, rollte des Indianers feuriges Auge von dem einen zu dem andern, als könne es auch beim drohendsten Angriff nicht scheu werden. Nachdem er alle Gesichter der Reihe nach angeschaut, haftete sein Blick stolz und fest auf den unerschütterlichen ruhigen Zügen des Trappers. Erst Doktor Battius unterbrach das Schweigen, indem er ausrief:

»*Ordnung,* primates; *Genus,* homo; *Spezies* von der Prärie.«

»Sieh da, das Geheimnis ist heraus«, sagte der alte Trapper, indem er den Kopf so wohlgefällig schüttelte, als habe er den Knoten eines sehr tiefen und verwickelten Geheimnisses gelöst. – »Der Bursch hat sich ins Gras niedergelegt, da ist im Schlaf das Feuer über ihn hergekommen, und nachdem er sein Pferd verloren, hat er sich unter der frischen Haut eines Büffels verborgen. Keine schlechte Erfindung, wo es an Pulver und Flintenstein fehlt, um sich, wie wir, zu helfen. Ich wette, er ist ein braver Bursch, mit dem wir recht gut zusammen reisen könnten. Ich will freundlich mit ihm reden; denn Ärger macht unsere Lage nicht besser. Mein Bruder ist nochmals willkommen«, sagte er, indem er sich der Sprache bediente, welche der andere verstand – »die Tetons haben ihn geräuchert, als wäre er ein Waschbär.«

Das Auge des jungen Pawnee schweifte ringsumher, als prüfe er noch einmal die schreckliche Gefahr, welcher er kaum entronnen: aber er verschmähte es, dabei die geringste Besorgnis zu verraten. Seine Stirn runzelte sich, als er folgendermaßen auf die Bemerkung des Trappers antwortete:

»Ein Teton ist ein Hund. Wenn das Kriegsgeschrei der Pawnees in ihre Ohren gellt, heult das ganze Volk.«

»Das ist wahr. Die Teufel sind hinter uns, und mich freut's, einen Krieger anzutreffen mit dem Tomahawk in der Hand, der sie nicht liebt. Will mein Bruder wohl meine Kinder in sein Dorf führen? Sollten die Sioux uns folgen, so werden meine jungen Leute ihm helfen, sie abzuwehren.«

Der junge Pawneekrieger wandte seine Augen scharf prüfend von dem einen zu dem andern Fremden, ehe er es für angetan hielt, auf eine so wichtige Frage zu antworten. Die Prüfung der Männer fiel kurz aus und war offenbar befriedigend. Aber lange und mit derselben Bewunderung wie bei ihrer früheren Zusammenkunft haftete sein Blick auf der ungewöhnlichen Schönheit eines so seltenen Wesens wie Inez. Wenn auch sein Auge zuweilen die, obgleich für ihn ebenfalls außerordentlichen, aber weniger auffallenden Reize der jungen Ellen betrachtete, kehrte er doch immer wieder zur Musterung eines Geschöpfes zurück, welches für den jungen unerfahrenen Wilden mit aller der Vollendung gebildet war, die nur ein Dichter den Schöpfungen seiner glühenden Phantasie leiht. Nie war ihm in den Prärien etwas so Schönes, so Ideales begegnet, etwas so durchaus Würdiges, um den Mut und die Huldigung eines Kriegers zu belohnen, und der wackere Bursche schien in der Tat von dem Anblick eines so seltenen Musterbildes weiblicher Liebenswürdigkeit ganz ergriffen. Sobald er jedoch bemerkte, daß sein staunender Blick dem Gegenstande seiner Bewunderung nicht angenehm sei, wendete er die Augen ab und antwortete, die Hand auf die Brust legend, in bescheidenem Tone:

»Mein Vater wird willkommen sein. Die jungen Leute meines Volkes sollen mit seinen Söhnen jagen, die Häuptlinge werden mit dem Graukopf rauchen. Die Mädchen der Pawnees sollen in die Ohren seiner Tochter singen.«

»Und wenn wir auf die Tetons stoßen?« fragte der Trapper, welcher gern genauer die Hauptbedingungen dieses neuen Bündnisses zu erfahren wünschte.

»Die Feinde der Langmesser sollen die Faust der Pawnees fühlen.«

»So ist es gut. Jetzt, mein Bruder, laßt uns zusammen Rat halten, daß wir auf keinen schiefen Pfad geraten, sondern daß unser Weg in Euer Dorf so geradeaus sei, wie die Flucht der Tauben.«

Der junge Pawnee gab ein Zeichen des Beifalls und trat mit dem andern etwas abseits, um weder von Pauls Unruhe noch von der Gelehrtheit des Naturforschers unterbrochen zu werden. Ihre Beratung war nur von kurzer Dauer; da sie aber auf die ausdrucksvolle Weise der Eingeborenen erfolgte, so hatte jeder von beiden Teilen alsbald erfahren, was ihm zu wissen not tat. Als sie zu ihren Gefährten getreten, konnte der alte Mann einen Teil von dem, was zwischen ihnen vorgefallen war, in folgenden Worten wiedererzählen:

»Nein, ich habe mich nicht geirrt«, sprach er. »Dieser junge Krieger vertraute mir mit der guten Miene – denn er hat eine gute Miene und eine edle Miene, wenn er auch ein wenig schrecklich aussieht mit seinen Malereien, – also mit der guten Miene an, daß er auf Kundschaft gegen ebendiese selben Tetons aus sei. Sein Trupp war nicht stark genug, um die Teufel zu schlagen, die in großer Anzahl von ihren Flecken zur Büffeljagd herabgekommen sind, und es sind nun andere zurückgeschickt in die Pawnee-Dörfer, um Hilfe zu holen. Der junge Bursch scheint wohl ein dreister Bursch zu sein; denn ganz allein ist er um sie herumgeschlichen, bis er, wie wir, sich ins Gras hat niederducken müssen. Aber meine Kinder, er erzählt mir noch mehr, und was ich sehr ungern höre, nämlich, daß der schlaue Mahtoree, statt sich über den Squatter herzumachen, sein Freund geworden, und daß beider Brut, Rote und Weiße, uns auf den Hacken sind und rings um diesen abgesengten Fleck liegen, um uns aufzufangen.«

»Wie kann er denn dies alles erfahren haben?« fragte Middleton.

»Warum nicht?«

»Durch welche Mittel weiß er, daß dies alles sich so verhält?«

»Durch welche Mittel? Meint Ihr, Zeitungen und Stadtausrufer seien nötig, um einem Kundschafter das zu sagen, was in diesen Steppen geschieht, als wäre es mitten im Busen der Staaten? Keine Klätscherinnen, die von Haus zu Haus fliegen, um anderen Böses nachzusagen, können mit ihren Zungen die Nachrichten so schnell verbreiten, als dieses Volk durch ganz besondere Zeichen und Merkmale sich untereinander verständigt. Das sind ihre Kenntnisse, und, was das Beste bei der Sache, alles haben sie unter freiem Himmel und nicht in den vier Schulwänden erlernt. Wahrhaftig, Kapitän, alles, was er sagt, ist wahr.«

»Wenn es so ist«, sagte Paul, »so bin ich bereit, darauf zu schwören. Es ist vernünftig, und deshalb muß es auch wahr sein.«

»Und das kannst du mit gutem Gewissen, mein Junge. Er hat mir ferner ebenfalls erklärt, daß meine alten Augen mich abermals nicht im Stich gelassen haben, und daß der Fluß hier in der Nähe, ungefähr eine halbe Meile entfernt, liegt. Ihr seht, das Feuer hat vorzüglich in jenem Striche gewütet, und unser Pfad dahin ist von dem Rauche bedeckt. Auch hält er dafür, es sei nötig, daß unsre Spur im Wasser verschwinde. Ja, wir müssen den Fluß zwischen uns und den Sioux haben, und dann mögen wir unter Gottes Beistand, und wenn wir selbst das unsere hinzutun, das Dorf der Loups erreichen.«

»Worte bringen uns nicht um einen Schritt weiter«, sagte Middleton, »daher frisch vorwärts!«

Der alte Mann stimmte ein, und die Gesellschaft machte sich wieder auf den Weg. Der Pawnee warf die Büffelhaut über die Schulter und führte nun den Zug an, indem er jedoch zuweilen verstohlen zurückblickte, um sich dann und wann an Inez' außerordentlicher Schönheit und ihm unerklärlicher Lieblichkeit zu weiden. Eine Stunde verging, bis die Flüchtlinge das Ufer des Stromes erreichten, der zu den hundert Flüssen gehörte, welche, in den ungeheuren Missouri und Mississippi hineinströmend, die Gewässer jener ausgedehnten und noch immer öden Gegend in den Ozean leiten. Der Fluß war nicht tief, aber sein Strom reißend und trübe. Die Flammen hatten die Erde bis an seinen Rand versengt, und da der wärmere Dampf des Flusses in der kühlern Morgenluft sich mit dem Rauch der noch ringsum flackernden Gegenstände vermischte, war fast die ganze Oberfläche des Wassers in Dunst eingehüllt. Dies bemerkte der Trapper mit Vergnügen, indem er, zugleich Inez beim Herabsteigen am Wasserrande helfend, sagte:

»Die Schurken haben sich selbst überlistet. Ich weiß nicht, ob ich nicht selbst die Prärie angesteckt haben würde, um diesen Dunst und Rauch hervorzubringen, der unsere Bewegungen so trefflich verbirgt, wenn nicht die herzlosen Teufelskinder uns die Mühe erspart hätten. So was geschah wohl in meinen jungen Tagen, und mit Erfolg. Kommt Lady, setzt Euren zarten Fuß hier nieder; es mag eine schreckliche Anstrengung für eine feine Dame von solchem Stande, wie Ihr, gewesen sein. Ach Gott, was habe ich nicht zu meiner Zeit gesehen, was junge, fein gebildete, tugendhafte und bescheidene Frauen dulden und tun mußten, damals in den wilden und gräßlichen Kriegen mit den Indianern. Kommt, 's ist nur eine kurze Viertelmeile nach drüben, und dann haben sie hoffentlich unsere Spur verloren.«

Paul hatte indessen Ellen beim Absteigen geholfen und stand jetzt mit traurigen Blicken an den nackten Ufern des Flusses. Weder Baum noch Busch wuchs am Rande mit Ausnahme weniger niedriger Gesträucher, aus denen es nicht einmal leicht gewesen wäre sich nur ein Dutzend Zweige auszuschneiden, die einigermaßen zu gewöhnlichen Spazierstöcken getaugt hätten.

»Ei, alter Trapper«, rief der Bienenjäger verdrießlich aus, »es läßt sich recht hübsch sprechen von der *andern* Seite dieses Flüßchens oder Bächleins, oder wie Ihr es nennen wollt, aber ich meine, es gehöre eine scharfe Flinte dazu, die ihr Blei da hinübersenden könnte, – das sonst eigentlich für Indianer oder Hirsche bestimmt ist.«

»Gewiß, gewiß, obgleich ich hier eine Flinte führe, die in den Zeiten der Not das Ihrige getan hat, und auf weite Entfernung.«

»Und meint Ihr etwa, Ellen und des Kapitäns Frau hinüberzuschießen, oder glaubt Ihr etwa, sie würden nach Forellenmanier mit den Köpfen unterm Wasser hinüberspazieren?«

»Gibt es hier keine Furt im Flusse?« fragte Middleton, der jetzt ebenso wie Paul die Unmöglichkeit einsah, *die* nach jenseits hinüberzuschaffen, deren Rettung ihm mehr als die eigene am Herzen lag.

»Wenn das Bergwasser abfließt«, sagte der Trapper, »so schwillt der Fluß, wie Ihr seht, zu einem reißenden und mächtigen Strome an. Und doch bin ich sonst wohl durch sein sandiges

Bett gewatet, ohne mir auch nur das Knie zu netzen. Aber wir haben ja die Siouxpferde, und ich wette, diese ungeschlachten Kobolde werden wie die Hirsche schwimmen.«

»Alter Trapper«, sagte Paul, indem er den Finger an den verzogenen Mund brachte, wie er zu tun pflegte, wenn ihm etwas aufstieß, was er nicht gleich zu reimen wußte, »ich bin wie ein Fisch zu meiner Zeit geschwommen, und ich kann es wieder, wenn es not tut, auch kümmert mich das Wetter dabei nicht im geringsten; aber ich frage: wird Nelly sich auch zu Pferde halten, mit diesem Wasserwirbel rund um sie wie ein Mühlrad. Außerdem ist's klar, daß sich auch so das Ding nicht von den Pferden ohne Schwimmen abtun läßt.«

»Ja, der Bursch hat recht. Nun gilt es, was ersinnen, oder wir kommen nicht über den Fluß.« Dann schnell abbrechend, wandte sich der Alte an den Pawnee und erklärte ihm die Schwierigkeit, die hinsichtlich der Frauen ihnen entgegentrete. Der junge Krieger horchte ernsthaft zu, warf schnell die Büffelhaut von der Schulter herab, und ging dann sogleich unter Beihilfe des alten, darin wohlerfahrenen Mannes ans Werk, um alles zu diesem Zweck Nötige zu bereiten.

Die Haut wurde alsbald in einen umgekehrten Regenschirm umgeformt und mit Riemen von Hirschfellen, mit denen beide Arbeiter wohl versorgt waren, verschnürt. Wenige leichte Stäbe verhinderten, daß die entgegengesetzten Seiten zusammenklappten oder einfielen. Als dieses höchst einfache Werkzeug fertig war, setzte man es auf das Wasser, indem der Indianer andeutete, daß es bereit stehe, seine zarte Bürde aufzunehmen. Aber Inez und Ellen zauderten, sich einem so gebrechlich scheinenden Fahrzeug anzuvertrauen, und ebensowenig wollten Middleton und Paul zugeben, daß sie es täten, bis jeder von beiden sich durch eigenen Versuch überzeugt hatte, daß der neue Kahn auch eine weit schwerere Last aufzunehmen und zu tragen imstande sei. Jetzt waren alle ihre Besorgnisse überwunden, und das Fell sollte seine köstliche Bürde empfangen.

»Jetzt soll unser Pawnee der Pilot sein«, sagte der Trapper, »meine Hand ist nicht mehr so fest wie sonst, aber seine Glieder sind stark und kräftig wie der zäheste Walnußbaum. Überlaßt nur alles der Klugheit des Pawnee.«

Ehemann und Liebhaber konnten auch füglich nichts anderes tun und wurden zwar lebhaft beteiligte, dabei aber ganz untätige Zuschauer dieser Überfahrt nach der frühen Weise der menschlichen Kindheit. Der Pawnee wählte unter den Pferden Mahtorees Tier, und zwar mit einer Schnelligkeit, welche bekundete, daß er die Eigenschaften dieses edlen Tieres wohl zu schätzen wußte; indem er sich selbst auf den Rücken schwang, ritt er in den Fluß hinein. Er steckte das eine Lanzenende in die Haut und zog das leichte Schiffchen nach dem Strome; so gelangte er bald, sein Roß antreibend, in die Strömung. Middleton und Paul folgten, indem sie sich, so nahe es die Klugheit erlaubte, an die Barke hielten. So bugsierte der junge Krieger seine kostbare Last mit völliger Sicherheit hinüber, ohne daß den Fahrgästen der geringste Unfall begegnet wäre, und mit einer Schnelligkeit und Gewandtheit, welche bewies, daß Roß und Reiter in solchem Geschäfte geübt waren. Als das andere Ufer erreicht war, vernichtete der junge Indianer seine eigene Arbeit wieder. Er warf das Fell über die Schulter, nahm die Stäbe unter den Arm und ritt, ohne ein Wort zu verlieren, durch den Fluß zurück, um den Rest der Gesellschaft auf ähnliche Weise nach *der* Seite, welche als die sichere angesehen wurde, herüberzuholen.

»Jetzt, Freund, Doktor«, sagte der alte Mann, als er sich den Indianer zum zweitenmal in das Wasser stürzen sah, »sehe ich, daß da Treu und Glauben bei der Rothaut ist. Er sieht gut und ehrlich aus, der Bursch, aber die Winde des Himmels sind nicht trügerischer als diese Wilden, wenn der Teufel einmal über sie kommt. Wäre der Pawnee ein Teton gewesen oder einer von jenen herzlosen Mingos, die vorzeiten – das mag aber wohl schon sechzig Jahre her sein – in den Wäldern von York plünderten, so würde er uns jetzt den Rücken, und nicht das Gesicht zugedreht haben. Ich hatte so meine eigenen Gefühle, als ich ihn das beste Pferd auswählen sah; denn er hätte uns mit dem Tiere ebenso leicht auf und davon gehen können, wie eine zarte Taube die Gesellschaft der lärmenden und schwergefiederten Krähen verläßt. Doch Ihr seht, es ist Treu und Glauben in dem Jungen, und hast du einmal eine solche Rothaut dir zum Freund erworben, so bleibt er dir's so lange, als du ehrlich mit ihm umgehst.«

»Wieviel mag wohl die Entfernung bis zu der Quelle des Gießbaches betragen?« fragte der Doktor Battius, dessen Augen über die wirbelnde Flut des Stromes mit dem Ausdruck eines Gefühls, das noch etwas stärker als Zweifel schien, dahinrollten. »Wie weit hätte ich wohl bis zu diesen Quellen zu gehen?«

»Das hängt von den Umständen ab. Ich glaube, Eure Schenkel sollten Euch weh tun, bis Ihr sein Bett in den Rocky-Mountains aufgefunden; aber zu anderen Zeiten könnte es geschehen, ohne daß Ihr den Fuß netzet.«

»Und in welchen besonderen Jahresabteilungen treten diese periodischen Zeiten ein?«

»Wer wenige Monate früher als wir hier vorbeikommt, findet statt dieser schäumenden Wasserflut eine trockene Sandwüste.«

Der Naturforscher versank in tiefes Nachdenken. Wie so manche andere, die nicht gerade überflüssig mit physischer Stärke ausgerüstet sind, hatte der würdige Mann die Gefahr, die beim Übersetzen über den Fluß bei der so erstaunlich einfachen Weise eintreten konnte, entdeckt und sie mit seiner Einbildungskraft so schnell vergrößert, daß er, als das Wagestück bald unternommen werden sollte, in der Tat an die Möglichkeit einer außerordentlichen Anstrengung dachte, nämlich den Fluß zu umgehen, um nur nicht hinüberzuschiffen. Brauche ich noch ein Wort darüber zu verlieren, wie Furcht und Schrecken die allergeistreichsten Gründe eingeben? Der würdige Obed hatte mit lobenswertem Fleiß alles überdacht und war eben zu dem tröstenden Schlusse gekommen, daß fast gleich viel Ruhm dabei wäre, die entfernten Quellen eines so beträchtlichen Stromes zu entdecken, wie eine neue Pflanze oder ein neues Insekt in die Listen der Gelehrten einzurangieren, als der Pawnee zum zweiten Male das Ufer erreichte. Der alte Mann nahm nun mit vieler Bedächtigkeit seinen Sitz in dem ledernen Schiffe, sobald es nur wieder etwas zu seiner Aufnahme eingerichtet war, ein, und nachdem er Hektor sorgsam zwischen den Beinen eingeschichtet, bat er seinen Gefährten, den dritten Platz einzunehmen.

Der Naturforscher setzte den einen Fuß in das gebrechliche Fahrzeug, wie etwa ein Elefant eine Brücke versucht oder ein Pferd häufig ähnliche Versuche anstellt, ehe es den ganzen Schatz seines Körpers dem trügerischen Boden anvertraut, und dann zog er ihn plötzlich zurück, eben als der Alte glaubte, er werde sich niedersetzen.

»Verehrungswerter Jäger«, sagte er sehr traurig, »dies ist

eine gegen alle Regeln erbaute Barke. Es mahnt mich innerlich, der Sicherheit drinnen nicht zu trauen!«

»Frisch dran!« sagte der Alte, indem er die Ohren seines Hundes strich, wie ein Vater etwa sein Kind liebkosen würde.

»Ich neige mich gar nicht zu dieser unregelmäßigen Weise, das Wasser zu probieren. Das Schiff hat weder eine bestimmte Form noch bestimmte Verhältnisse.«

»Freilich ist's nicht so schmuck wie manches Kanu von Birkenrinde, aber in der Not läßt sich's ebensogut in einer Hütte als in einem Palast wohnen.«

»Es ist ganz unmöglich, daß ein nach aller Wissenschaft widerstreitenden Grundsätzen erbautes Schiff sicher sein könne. Die Wanne, verehrtester Jäger, erreicht niemals in Sicherheit das jenseitige Ufer.«

»Ihr habt aber doch selbst gesehen, was schon geschehen ist.«

»Das war aber auch eine wahre Anomalie im Glück. Will man erst Ausnahmen als Regeln nehmen im Gange der menschlichen Dinge, so muß das Menschengeschlecht alsbald in die Tiefe der Unwissenheit versinken. Verehrungswürdiger Trapper, das Ding, dem Ihr Eure Sicherheit anvertrauen wollt, ist in den Annalen der regelmäßigen Erfindungen, was man einen lusus naturae in den Listen der Naturgeschichte nennen möchte, – ein Ungeheuer!«

Wie lange Doktor Battius sich aufgelegt gefühlt haben würde, das Gespräch fortzusetzen, ist schwer zu sagen; denn zu den mächtigen persönlichen Rücksichten, die ihn bestimmten, ein Unternehmen, welches gewiß nicht ohne Gefahr war, aufzuschieben, kam noch der Stolz der Vernunft, der ihn, in dieser Erörterung sein Recht zu behalten, anfeuerte. Aber damit die Geduld des alten Mannes nicht noch länger geprüft werde, erhob sich, gerade als der Naturforscher sein letztes Wort gesprochen, ein Geräusch in der Luft, das eine Art übernatürlichen Echos des ausgesprochenen Gedankens schien. Der junge Pawnee, der das Ende dieser unverständlichen Diskussion mit eigentümlicher Ruhe und mit Ernst erwartet hatte, hob den Kopf auf und horchte auf das unbekannte Geschrei wie ein Hirsch, der die Fußtritte der fernen Hunde im Winde mit geheimnisvoller Fähigkeit erlauscht. Trapper und Doktor waren indessen nicht so ganz ununterrichtet von der Natur dieser außerordentlichen Töne. Der letztere erkannte in ihnen die wohlbekannte Stimme seines eigenen Tieres und wollte eben wieder das kleine Gestade am Strome hinaufspringen, als der Asinus selbst offen heransprengte, gar nicht mehr weit, und durch den ungeduldigen und rohen Weucha, der ihn ritt, angespornt.

Die Augen des Tetons und die der Flüchtlinge begegneten sich. Jener erhob ein langes, lautes und gellendes Geschrei, wo Jubel und Aufruftöne sich schrecklich vereinigten. Indessen diente doch das Signal dazu, der Diskussion über die Verdienste der Barke ein Ende zu machen, indem der Doktor so schnell in dieselbe und an die Seite des Alten sprang, als wäre, wie durch ein Wunder, der Nebel von seinen geistigen Augen gefallen. Im nächsten Augenblick kämpfte schon das Roß des jungen Pawnees gewaltig mit der Strömung.

Es bedurfte einer außerordentlichen Kraftanstrengung des Pferdes, um die Flüchtlinge aus dem Bereich der Pfeile zu bringen, welche im selben Augenblick durch die Luft sausten. Weuchas Geschrei hatte fünfzig seiner Kameraden ans Ufer gelockt; glücklicherweise war aber unter ihnen allen kein einziger, dessen Rang ihn berechtigt hätte, eine Flinte zu führen. Kaum aber hatten jene die Mitte des Stromes erreicht, als Mahtorees Gestalt selbst am Gestade erschien und eine wirkungslose Salve von Feuergewehren die Wut und den Ärger des Häuptlings verkündete. Mehr als einmal hatte der alte Jäger seine Flinte aufgehoben, um ihre Kraft an dem Feinde zu versuchen, doch ebensooft legte er sie, ohne zu feuern, wieder nieder. Des jungen Pawnees Augen glänzten wie die eines Kuguars beim Anblick so vieler Männer aus einem feindlichen Stamme, und er antwortete der wirkungslosen Anstrengung ihres Häuptlings, indem er eine Hand verachtungsvoll in die Luft streckte und das Kriegsgeschrei seiner Nation anhob. Dies war eine zu schmähliche Herausforderung. Die Tetons fuhren alle mit einem Male in den Fluß, und ringsum wimmelte es von den finsteren Gestalten der Tiere und ihrer Reiter im Wasser.

Nun galt es einen entsetzlichen Kampf, das befreundete Ufer zu erreichen. Da die Dakotas auf Pferden ritten, welche nicht wie das des Pawnees ihre Kräfte bei früheren Anstrengungen vergeudet hatten und überdies von keiner andern Last als ihren Reitern beschwert wurden, so übertraf die Eile der Verfolger bei weitem die der Flüchtlinge. Der Trapper, welcher die ganze

Gefahr ihrer Lage wohl übersah, wandte ruhig die Augen von den Tetons zu seinem jungen indianischen Gefährten, um zu sehen, ob bei letzterem die Entschlossenheit nachlasse, je näher jene kamen. Statt indessen Furcht zu verraten oder auch nur eine Betroffenheit, welche in einer so kritischen Lage wohl erklärlich gewesen wäre, runzelten sich die Brauen des jungen Kriegers zu einem Blick, der Todfeindschaft verkündete.

»Schätzt Ihr sehr das Leben, Freund Doktor?« fragte der Alte mit einer Art philosophischer Ruhe, welche den Gefährten zwiefach die Schrecken des Todes empfinden ließ.

»Nicht an und für sich«, entgegnete der Naturforscher, indem er mit der hohlen Hand etwas Flußwasser einschluckte, um seine Kehle wieder anzufrischen. »Nicht an und für sich, sondern nur insofern, als die Naturgeschichte ein bedeutendes Interesse an meiner Erhaltung hat. Deshalb...«

»Ach!« entgegnete der andere, mit zu ernsten Gedanken beschäftigt, um die des Doktors auf ihren lächerlichen Grund, wie er es zu tun pflegte, zurückzuführen. »Ja, ja, eine schöne Geschichte der Natur und ein niedriges elendes Gefühl obenein! Seht diesen jungen Pawnee! Sein Leben ist ihm ebenso kostbar wie einem Staaten-Gouverneur; er könnte es retten oder wenigstens einen Versuch dazu anstellen, wenn er uns dem Strome überließe. Seht aber, wie männlich treu er aushält, ganz wie ein indianischer Krieger. Was mich betrifft, ich bin alt und bereit, auf den Ruf des Herrn zu hören, und ich glaube auch nicht, daß Ihr eben von größerm Nutzen für die Menschheit seid, – ist es aber nicht Scham und Schande, wo nicht gar Sünde, daß ein so hübscher Junge wie der da um zwei Wesen, die so wenig wert sind wie wir beide, skalpiert werden soll? Ich bin daher willens, vorausgesetzt daß Ihr nichts dagegen habt, dem Burschen zu sagen, daß er sich, so schnell es geht, auf den Weg mache und uns der Gnade der Tetons überlasse.«

»Dagegen protestiere ich, da es wider die Natur streitet und Verrat an der Wissenschaft wäre!« rief der geängstete Naturforscher.

»Wir schreiten ja wunderbar vor, und da dieses staunenswert ersonnene Fahrzeug sich mit unglaublicher Leichtigkeit bewegt, so sind wir in wenigen Minuten auf festem Boden.«

Der alte Mann sah ihn einen Augenblick aufmerksam an und sprach, indem er den Kopf schüttelte:

»Himmel, welch ein schreckliches Ding ist doch die Furcht! Sie verwandelt des Herrn Geschöpfe und den Verstand des Mannes, indem sie uns das Häßliche schön vormalt und das Schöne häßlich! Himmel, Himmel, was für ein Ding ist die Furcht!«

Dieser Zwist wurde jedoch bald durch die steigende Teilnahme an dem Ausgange der seltsamen Jagd beendet. Die Pferde der Dakotas hatten schon die Mitte des Stroms erreicht, und ihre Reiter erfüllten die Luft mit Triumphgeschrei. In diesem Augenblick erschienen Middleton und Paul, nachdem sie die Frauen in ein kleines Gebüsch gebracht, am Rande des Stroms und drohten ihren Feinden mit der Flinte.

»Aufgestiegen, aufgestiegen«, rief der Trapper, als er sie erblickte, »aufgestiegen und schnell geflohen, wenn euch *die* was gelten, die jetzt auf euren Schutz rechnen! Auf, auf und überlaßt uns dem Herrn!«

»Hinunter mit dem Kopf, alter Trapper«, erwiderte Pauls Stimme. »Niedergeduckt, ihr beide! Der Tetonteufel ist gerade hinter euch, nieder mit den Köpfen; macht Platz für eine Kentuckykugel.«

Der Alte drehte sich um und sah wirklich, daß der eifrige Mahtoree, etwas seinen Leuten voran, sich gerade in einer Linie mit der Barke und dem Bienenjäger befand, welcher bereit stand, seine feindliche Drohung auszuführen. Indem er sich niederbeugte, ging die Flinte los, und das schnelle Blei pfiff über ihn weg auf seinen entfernten Verfolger. Aber das Auge des Tetonhäuptlings war nicht minder schnell und sicher als das seines Feindes. Im Moment des Schusses stürzte er sich von seinem Pferde hinab und sank ins Wasser. Das verwundete Tier schnaubte vor Schrecken, indem es in verzweiflungsvollem Sprunge den halben Leib aus dem Wasser herauswarf. Dann wurde es vom Strome fortgerissen und färbte die trüben Fluten mit seinem Blute.

Der Tetonhäuptling erschien jedoch bald wieder oben auf dem Wasser, und da er seinen Verlust inneward, schwamm er mit gewaltiger Anstrengung nach dem nächsten der jungen Männer, welcher, als verstehe sich das von selbst, sein Roß einem so berühmten Krieger überließ. Indessen verursachte dieser Umstand doch eine Verwirrung unter der ganzen Dakotabande, welche auf den Befehl ihres Führers zu warten schien, ehe sie ihre Anstrengungen, die Küste wiederzugewinnen, erneuerte. Mittlerweile hatte aber der Kahn von Leder das Land erreicht, und noch einmal waren die Flüchtlinge am Rande des Ufers vereinigt.

Die Wilden schwammen jetzt in unbestimmter Richtung, wie man wohl oft einen Schwarm Tauben wild flattern sieht, nachdem ein tüchtiger Schuß in ihren Vorderschwarm gefallen, und alle zauderten augenscheinlich, ein so fürchterlich verteidigtes Ufer zu erstürmen. Die wohlbekannte Vorsicht der Indianer bei ihrer Kriegführung waltete auch jetzt vor, und Mahtoree, belehrt durch den neuen Unfall, führte seine Krieger nach dem Ufer, von dem sie eben gekommen, zur Erholung ihrer schon unruhig werdenden Tiere zurück.

»Jetzt steigt ihr mit den zarten Geschöpfen auf und reitet nach jenem Hügel«, sagte der Trapper. »Dahinter findet ihr noch einen Strom, in den müßt ihr ebenfalls hinein, und indem ihr euch der Sonne zuwendet, müßt ihr seinem Laufe eine Meile weit folgen, bis ihr eine sandige hohe Ebene erreicht; dort treffe ich euch. Frisch aufgestiegen; dieser junge Pawnee und ich und mein stattlicher Freund von Arzt; der ein ganz verzweiflungsvoller Krieger ist, sind unser genug, den Strand zu verteidigen, indem es weniger der Tat als des Scheins bedarf.«

Middleton und Paul sahen nicht ab, weshalb sie sich gegen diesen Vorschlag müde reden sollten. Froh zu wissen, daß ihr Rückzug gedeckt war, wenn auch schon unvollkommen, setzten sie schnell ihre Pferde in Bewegung und verschwanden alsbald auf dem angegebenen Wege. Einige zwanzig oder dreißig Minuten folgten, ehe die Tetons auf der anderen Seite zu irgendeinem neuen Unternehmen geneigt schienen. Man konnte Mahtoree in der Mitte seiner Krieger sehen, wie er Befehle austeilte und seinen Durst nach Rache ausdrückte, indem er zuweilen den Arm in der Richtung nach den Flüchtlingen ausstreckte. Aber sonst geschah nichts, was auf eine Fortsetzung der Feindseligkeiten hätte deuten können. Plötzlich aber erhob sich ein Geschrei unter den Wilden, welches irgendeinen neuen Vorfall bedeutete. Man sah Ismael und seine verdrossenen Söhne in einiger Entfernung, und bald bewegte sich die ganze vereinigte Macht nach dem Strome. Der Squatter schaute sich mit seiner gewöhnlichen Ruhe und Kälte nach der Stellung der Feinde um und sandte, als wolle er die Stärke seiner Flinte probieren, eine

Kugel unter sie, und das mit einer Kraft, welche selbst in dieser Entfernung einen von den dreien hätte treffen können.

»Jetzt laßt uns gehen!« rief Obed, indem sein Auge der Kugel nachsah, die, wie er glaubte, vor seinem Ohr vorbeigesaust war. »Wir haben wacker und männlich lange genug den Strand gehalten, und man kann ja ebensoviel militärische Geschicklichkeit bei einem Rückmarsch als beim Vordringen entfalten.«

Der Alte blickte hinter sich, und als er sah, daß seine Reiter schon hinter einem Hügel waren, so hatte er nichts dagegen einzuwenden. Das dritte Pferd ward dem Doktor mit der Anweisung gegeben, dem von Middleton und Paul eingeschlagenen Wege zu folgen. Als der Naturforscher aufgestiegen und schon in vollem Rückzuge war, stahlen sich der Trapper und der junge Pawnee auf solche Weise von dem Orte hinweg, daß sie ihre Feinde einige Zeit über ihre Bewegungen in Zweifel ließen. Statt indessen über die Ebene nach dem Hügel vorzuschreiten, ein Weg, wo sie durchaus gesehen worden wären, nahmen sie einen kürzeren Pfad, der größtenteils von den Erhöhungen des Bodens gedeckt wurde, und durchschritten das zweite Gewässer gerade da, wo Middleton angewiesen worden war hindurchzugehen. Der Doktor war so eilig bei seinem Rückzuge gewesen, daß er die Freunde schon eingeholt hatte, und so waren alle Flüchtlinge bald abermals beisammen.

Der Trapper sah sich jetzt nach einem geeigneten Platze um, wo die ganze Gesellschaft fünf oder sechs Stunden, wie er sich ausdrückte, anhalten könne.

»Anhalten!« rief der Doktor, als der drohende Vorschlag in seine Ohren tönte. »Verehrungswerter Jäger, es möchte im Gegenteil gut scheinen, daß man mehrere Tage in ununterbrochener Flucht zubrächte.«

Middleton und Paul waren beide dieser Meinung, und jeder drückte sie auf eigne Weise aus.

Der alte Mann hörte sie ruhig an, schüttelte aber den Kopf wie jemand, der nicht überzeugt war, und beantwortete dann alle ihre Gründe durch folgende Rede.

»Weshalb sollen wir fliehen?« fragte er. »Können die Füße sterblicher Männer flüchtige Pferde überbieten! Denkt Ihr, die Tetons würden liegenbleiben und schlafen? Werden sie nicht über das Wasser gehen und unsre Spur suchen? Dank dem Himmel, daß sie in diesem zweiten Strome abgewaschen ist und daß wir die Sioux, wenn wir den Platz mit aller Vorsicht verlassen, vielleicht noch täuschen können. Aber eine Prärie ist kein Wald. Dort kann ein Mann lange reisen, um nichts bekümmert, als um die Tritte seiner Mokassins, die er hinter sich läßt, wogegen in diesen offenen Strichen man z. B. von jenem Hügel herab nach allen Seiten hinschauen kann, gleich dem Habicht, der auf seine Beute lauert. Nein, nein, die Nacht muß kommen und die Finsternis uns verhüllen, ehe wir diesen Ort verlassen. Doch wir wollen auf die Worte des Pawnee hören; der Junge hat Verstand, und ich wette, er hat schon manchmal mit den Sioux einen Wettlauf angestellt. – Glaubt mein Bruder«, wandte er sich an den Indianer in dessen Sprache, »daß unsere Spur schwer genug zu finden ist?«

»Ist ein Teton ein Fisch, daß er sie im Flusse entdeckt?«

»Aber meine jungen Leute meinen, wir sollten sie noch weiter dehnen, bis über die Prärie hinüber.«

»Mahtoree hat Augen; er wird es sehen.«

»Was rät mein Bruder?«

Der junge Mann blickte einen Augenblick den Himmel an und schien zu zaudern. So sann er eine Weile nach, bis er, als wäre seine Meinung unwiderruflich fest, erwiderte:

»Die Dakotas schlafen nicht. Wir müssen uns ins Gras niederlegen.«

»Der Junge hat meine Ansicht«, sagte der Alte, indem er die Meinung seines Gefährten in aller Kürze den weißen Freunden mitteilte. Middleton mußte sich fügen, und da es offenbar gefährlich war, wenn sie auf ihren Füßen stehenblieben, so machten sich alle ans Werk, sich zu lagern und, so gut es ging, zu verstecken. Inez und Ellen wurden schnell unter der warmen und nicht unbequemen Hülle der Büffelhaut verborgen, indem man langes Gras darüber hinzog, so daß ein gewöhnliches Auge nichts entdecken konnte. Paul und der Pawnee knebelten die Tiere und warfen sie zu Boden, wo man sie ebenfalls, im Präriegras wohl geschützt und mit Nahrung versehen, zurückließ. Dann, als alles dies geschehen, verlor man keine Zeit, sondern jeder suchte, so gut es ging, für sich selbst ein Versteck, und die Ebene umher schien nun wieder so verlassen wie je.

Der Alte hatte seine Gefährten von der unerläßlichen Notwendigkeit, mehrere Stunden lange so verborgen zu bleiben, unterrichtet. Alle ihre Hoffnungen des Entkommens beruhten auf dem Erfolge dieses Kunststückes. Überlisteten sie auf diese einfache und deshalb wenig Verdacht erregende Weise ihre Verfolger, so konnten sie mit Anbruch des Abends ihre Flucht fortsetzen, und die glückliche Aussicht wurde, wenn jene eine falsche Richtung einschlugen, immer größer. Von diesen Betrachtungen geleitet, lag die ganze Gesellschaft sinnend im Grase, bis auch das Denkvermögen schwächer wurde und der Schlaf einen nach dem andern überkam.

Das allertiefste Schweigen herrschte während mehrerer Stunden, als das scharfe Gehör des Trappers und des Pawnee plötzlich einen leisen Schrei des Entsetzens aus Inez' Munde vernahm. Aufspringend wie Leute, die einen Kampf ums Leben beginnen wollen, fanden sie die weite Ebene mit ihren An- und Abschwellungen, den kleinen Hügel und die Gesträuche ringsum alle zusammen in eine blendend weiße Schneedecke eingehüllt.

»Der Himmel stehe euch allen bei!« rief der Alte, unruhig umherblickend. »Jetzt, Pawnee, weiß ich, weshalb du so genau die Wolken studiertest; aber es ist zu spät; jetzt ist es zu spät! Ein Eichkätzchen würde auf dieser leichten Decke seine Spur zurücklassen. Ha, da kommen die Teufel, so wahr ich lebe! Nieder alle, nieder! Freilich habt ihr wenig Hoffnung; aber was ihr noch habt, muß nicht unnütz fortgeschleudert werden.«

Alle lagen augenblicklich wieder versteckt, obgleich mancher ängstlich verstohlene Blick durch die Grasspitzen hinaus auf die Bewegungen der Feinde gerichtet wurde. Ungefähr in der Entfernung einer halben Meile sah man die Tetonbande in weitem Kreise reiten, der immer enger gezogen wurde und sich mehr und mehr dem Orte näherte, wo die Flüchtlinge lagen. Es war eben nicht schwierig, den Grund dieser geheimnisvollen Bewegung zu entziffern. Der Schnee war so zeitig gefallen, daß sie nicht zweifeln konnten, *die,* welche sie suchten, müßten innerhalb ihres Bereiches sich befinden, und jetzt waren sie mit der unermüdlichen Ausdauer und Geduld indianischer Krieger beschäftigt, die gewissen Grenzen des Verstecks enger und enger zu umschließen.

Jede Minute vergrößerte die Gefahr der Flüchtlinge. Paul und Middleton legten bedächtig ihre Flinten bereit, und als Mahtoree sich endlich in seinem Eifer ihnen bis auf fünfzig Schritte näherte, die Augen immer auf das Gras gerichtet, durch welches er ritt, legten sie beide zugleich an und drückten los. Es hatte aber keine andere Wirkung, als daß die Hähne abschnappten.

»Genug«, sagte der Alte, sich mit Würde erhebend. »Ich habe das Zündpulver weggeschüttet; denn der gewisse Tod würde unserer Raschheit folgen. Laßt uns jetzt wie Männer unserm Schicksal begegnen! Kriechen und Klagen setzt uns in den Augen der Indianer nur herab.«

Ein wildes Geschrei begrüßte ihn, das sich weit und weiter über die Ebene ergoß, und im nächsten Augenblick ritten an hundert Wilde wie toll und blind heran. Mahtoree empfing seine Gefangenen mit leidenschaftsloser Haltung, aber ein einziger Strahl wilder Freude, der unter seinen dunklen Brauen hervorschoß, war genügend, Middletons Herz erstarren zu lassen. Denn des Häuptlings Auge starrte auf die beinahe regungslose, aber noch immer liebliche Inez.

Die Freude über die weißen Gefangenen war so groß, daß man eine Zeitlang den jungen Indianer, der finster und unbeweglich dastand, ganz vergaß. Abseits von den anderen, verschmähte er es, seine Feinde nur anzusehen, und in dieser regungslosen und würdigen Stellung schien er erfroren oder zu Stein geworden. Nach einiger Zeit zog aber auch er die Aufmerksamkeit der Tetons auf sich. Jetzt zuerst erfuhr der Trapper aus dem Triumphgeschrei und dem lauten, lange währenden Jubel, der zugleich aus hundert Kehlen herausströmte und mit einem fürchterlichen Namen die Luft erfüllte, daß sein junger Freund kein andrer war als der hochberühmte und bis dahin unbesiegte Krieger, der mächtige Hart-Herz.

Fünfundzwanzigstes Kapitel

Was? Seid ihr, du und der alte Pistol, Freunde?
Shakespeare

Der Vorhang unseres unvollständigen Dramas muß niederfallen, um bei seinem Aufzug eine neue Szene zu zeigen. Mehrere Tage sind verstrichen, während welcher die Lage der Mitspieler sich bedeutend verändert hat. Es ist jetzt um Mittag, und der Ort, wo wir uns befinden, ist eine hohe Fläche, welche sich an dieser Stelle etwas jäh von dem fruchtbaren Grunde erhebt, der sich längs dem Ufer eines der zahllosen Gewässer jener Gegend hinstreckt. Dieser Fluß, am Fuße der Rocky-Mountains entsprungen, vermischt, nachdem er fernhin eine weite Ebene bespült, seine Fluten mit einem noch weit größern Strome, um endlich im reißenden Missouri sich ganz zu verlieren.

Die Gegend war hier offenbar besserer Boden, obwohl die Hand, welche dem Landstrich ringsum den Charakter der Wüste gegeben, auch diesem Flecken zum Teil ihren Stempel aufgedrückt hatte. Was die Vegetation betraf, so war die Aussicht hier nicht so entmutigend wie in den unfruchtbaren Wüsteneien der wallenden Prärie. Baumgruppen standen, und zwar nicht sparsam, ringsum, und im Norden sah man weithin einen ordentlichen Forst sich ausdehnen. Hier und dort konnte man auch auf dem Boden die Beweise finden, daß man in hastiger und unvollkommener Kultur solche einheimische Gewächse angepflanzt habe, die schnell in die Höhe schießen und bekanntlich ohne Pflege im tiefen angeschwemmten Boden gedeihen. Dicht am Rande dieses, wir möchten sagen, Tafellandes waren die hundert Hütten einer Horde wandernder Sioux aufgerichtet. Ein leichter Bau und dabei nicht die geringste Anordnung. Jeder schien, als man sich hier niederließ, nichts berücksichtigt zu haben als die Nähe des Wassers, aber selbst diese wichtige Rücksicht waltete nicht ohne Ausnahme ob. Während die meisten Hütten am Rande der Ebene standen, lagen doch auch andere in größerer Entfernung abseits, wo gerade die Laune ihre Besitzer angetrieben, den Wohnsitz aufzuschlagen.

Das Lager hatte auch durchaus nichts Militärisches an sich, und weder seine Lage noch sonst getroffene Maßregeln konnten es im geringsten vor einem plötzlichen Überfall schützen. Es war offen von jeder Seite und so zugänglich wie jeder andere Punkt in diesen Wüsten, wenn man das unvollständige und von der Natur gegebene Bollwerk, den Fluß, abrechnet. Kurz, der Anblick des Platzes verleitete zu der Annahme, daß er von seinen Einwohnern länger bewohnt worden, als ihre ursprüngliche Absicht gewesen, während alles anzeigte, daß man zu einem hastigen, oder, wenn es sich träfe, auch zu einem durch Zwang bewirkten Aufbruch bereit sei.

Dies war das dermalige Lager desjenigen Volksteiles, welcher lange Zeit unter Mahtorees Anführung auf dem Grund und Boden gejagt hatte, der die festeren Wohnsitze der Nation von den kriegerischen Stämmen der Pawnees trennt. Die Wohnungen waren sämtlich Zelte von Fellen, hoch, kegelförmig und von der einfachsten, ursprünglichen Bauart. Schild, Köcher, Lanze und Bogen ihres Herrn waren an einem leichten Pfosten vor der Öffnung oder Tür eines jeden Zeltes ausgehängt. Die verschiedenen Hausgerätschaften seines einen oder seiner zwei oder gar drei Weiber – je nachdem, ob sein Ruhm geringer oder bedeutender war – lagen, wie es kam, daneben, und hier und dort blickte geduldig das runde, volle Gesicht eines Kindes aus seiner eben nicht sehr bequemen Wiege von Rinde hervor, welche, mit Lederriemen an dem Waffenpfosten hängend, sich in der freien Luft schaukelte. Größere Kinder rangen und tummelten sich, indem die männlichen schon in diesem frühen Alter sich durch jenes herrische Wesen auszeichneten, welches späterhin einen so gewaltigen Unterschied zwischen beiden Geschlechtern hervorbringt. Die Jünglinge schwangen sich unten im Grunde auf die Pferde ihrer Väter, um sie zu bändigen, während hier und dort eine träge Dirne sich von der Arbeit fortstahl, um ihre kühnen Wagestücke zu bewundern.

Wir haben bis jetzt nur das tägliche ruhige Treiben in diesem Lager geschildert. Aber unmittelbar vor den Hütten versammelten sich Haufen, die auf irgend etwas Außerordentliches zu deuten schienen. Einige welke Männer der alten Zeit drängten sich zusammen, und flüsterten untereinander, wie bereit, ihre grausame Stimme, wenn es nötig wäre, hören zu lassen, um ihre

Abkömmlinge zu einem Werke aufzumuntern, nach dem ihre entartete Natur verlangte. Und klingt dies so unnatürlich, wenn weit gebildetere Wesen an kaum minder schrecklichen Schauspielen ihre ganze Lust finden? Die Männer standen in Gruppen verteilt, gesondert nach den Taten und dem Rufe der einzelnen, welche zu jeder derselben gehörten.

Diejenigen, welche ihrem Alter nach wohl schon an der Jagdlust teilnahmen, dagegen aber noch nicht zum eigentlichen Kriege zugelassen wurden, bildeten von fern die aufmerksamsten Zuhörer, indem sie den kräftigen Vorbildern, die sie jetzt anstaunten, den Ernst, die Ruhe und die Festigkeit absahen, welche einst die Hauptzüge ihres eigenen Charakters werden sollten. Einige wenige, die etwas älter waren und wohl bereits selbst den Kriegsruf vernommen, wagten sich schon weiter und stellten sich näher zu den Häuptlingen, obgleich auch sie noch weit von der Anmaßung entfernt waren, sich in ihre Beratungen mischen zu wollen, indem sie vollkommen zufrieden waren, daß man ihnen vergönnte, von so ehrwürdigen Lippen strömende Weisheit zu hören. Die gemeinen Krieger der Bande waren schon weit weniger zaghaft und standen gar nicht an, sich unter die Häuptlinge von geringerer Bedeutung zu mischen, obgleich sie sich keineswegs das Recht anmaßten, die Äußerungen eines anerkannten Helden zu bestreiten oder die Klugheit der Maßregeln in Zweifel zu ziehen, welche von einem der bewährten Ratgeber des Volkes in Vorschlag gebracht wurden.

Auch die Häuptlinge selbst unterschieden sich sehr im Äußern. Man konnte sie in zwei Klassen teilen: in die, welche ihren Einfluß lediglich physischen Ursachen oder ihren Waffentaten verdankten, und in die, welche mehr ihrer Weisheit als ihrer Dienste im Felde wegen ausgezeichnet waren. Jene waren die zahlreicheren und weit angesehenern; alle stattlich, groß und von kräftigem Gesichtsausdruck, welcher häufig durch wirkliche Zeichen bewiesenen Mutes in den tiefen und unvertilgbaren Narben, durch Feindes Hand zugefügt, noch Ehrfurcht gebietender erschien. Deren, welche ihren Einfluß geistigen Vorzügen verdankten, waren nur sehr wenige. Man konnte sie an dem schnellen lebhaften Ausdruck der Augen, dem Mißtrauen, das sich in ihren Bewegungen kundtat, und zuweilen auch an der Heftigkeit erkennen, mit der sie dann und wann ihre Vorschläge und die sie plötzlich überkommenden Einfälle vortrugen.

In der Mitte des von diesen erwählten Ratgebern gebildeten Ringes sah man die hohe Gestalt des rastlosen und doch scheinbar sehr ruhigen Mahtoree. In seiner Person und seinem Charakter fanden sich alle Eigenschaften der anderen wieder. Sein geistiges sowohl als körperliches Übergewicht hatte dazu beigetragen, sein Ansehen zu begründen. Seine Narben waren so zahlreich und tief wie die des greisesten Hauptes in seinem Volke; seine Glieder waren in voller Stärke, sein Mut unübertroffen. Begabt mit einem seltenen zugleich moralischen und physischen Einflusse, konnte er darauf rechnen, daß auch das kühnste Auge in der Versammlung vor seinem drohenden Blicke zurückfuhr. Mut und Schlauheit hatten zuerst sein Übergewicht begründet, aber fast war es schon durch die Zeit geheiligt. Er verstand es, die Gewalt der Vernunft mit der der Stärke so wohl zu verbinden, daß der Tetonhäuptling in einem gebildeten Staate, wo er mehr Raum zur Entwicklung seiner Mittel gefunden hätte, aller Wahrscheinlichkeit nach ein Eroberer oder ein Despot geworden wäre.

Ein wenig abseits von dieser Volksversammlung gewahrte man ein Häuflein von ganz verschiedenem Ursprung. Größer und weit muskulöser in ihrer Gestalt, zeigten sie noch immer die letzten Spuren ihrer sächsischen und normannischen Abkunft, wie sehr auch ihre braunen Gesicher von der amerikanischen Sonne gestempelt waren. Es wäre keine uninteressante Untersuchung für einen darin bewanderten Forscher, alle Unterscheidungszeichen nachzuweisen, welche zwischen den äußersten Westeuropäern und den entferntesten Asiaten obwalten, jetzt, wo, nach den Revolutionen des Erdkreises, beide in ihren Sitten, ihrem Wohnort und auch nicht wenig in ihren Charakteren sich nähern. Die Gruppe, von der wir reden, bestand aus der Familie des Squatters. Verdrossen und untätig wie gewöhnlich, wenn nichts Besonderes ihre schlafenden Kräfte erweckte, stand sie zusammen da vor vier oder fünf Wohnungen von Tierhäuten, welche sie der Gastfreundschaft ihrer Verbündeten, der Tetons, verdankten. Die Bedingungen ihres merkwürdigen Bedürfnisses gaben sich zur Genüge kund in der Gegenwart ihrer Pferde und Haustiere, welche ruhig unten im Grunde grasten, eifrig bewacht von der jungen Hetty scharfen

Blicken. Ihre Wagen waren um die Wohnungen herum aufgestellt und bildeten eine Art unregelmäßiger Barriere, die zugleich bekundete, daß das Zutrauen noch nicht gänzlich wiederhergestellt worden, während doch von der andern Seite Faulheit und Klugheit zugleich dafür sorgten, daß sie ihr Mißtrauen nicht offen verrieten. Seltsam sprach sich auf dem Gesichte eines jeden die ruhige Lust der Erwartung und stumpfe Neugier aus, während er, auf seine Flinte gestützt, den Bewegungen der Sioux zusah. Und doch entfuhr auch dem Jüngsten unter ihnen kein Ausruf lebendigerer Teilnahme und Ungeduld; vielmehr schienen alle die Phlegmatischsten unter ihren wilden Verbündeten in Ausübung der rühmenswerten Tugend der Geduld nachzuahmen. Selten sprachen sie, und wenn es geschah, war es eine kurze, verächtliche Bemerkung, welche nur dazu diente, das physische Übergewicht eines Weißen über einen Indianer in das gehörige Licht zu setzen. Kurz, die Glieder von Ismaels Familie schienen jetzt in vollem Genuß eines ruhigen Zustandes, dessen Untätigkeit ihnen behagte, in den sich aber doch die Ahnung einer Zukunft mischte, die nicht ohne Gefahr für ihre Sicherheit durch einen verräterischen Einbruch der Tetons war. Nur Abiram bildete eine Ausnahme in diesem Zustande zweideutiger Ruhe.

Während eines Lebens, unter tausend schändlichen und niederträchtigen Handlungen verbracht, war der Sinn des Seelenverkäufers endlich verhärtet und stark genug geworden, das verzweifelte Abenteuer zu wagen, womit wir im Laufe unserer Erzählung den Leser bekannt gemacht haben. Sein Einfluß auf Ismaels kühnen, aber weniger tätigen Geist war keineswegs bedeutend, und wäre der letztere nicht plötzlich von einem fruchtbaren Grund und Boden vertrieben worden, den er mit der Absicht, ihn zu behalten, aber ohne die gesetzlichen Formen zu beachten, in Besitz genommen, so würde jener nie den Mann seiner Schwester zu einem Unternehmen betört haben, welches so viel Entschlossenheit und Vorausberechnung erforderte. Wir kennen den frühern glücklichen Erfolg und das darauf folgende Umschlagen, und jetzt saß Abiram abseits, bei sich überlegend, wie er sich die Vorteile eines Unternehmens sichern könne, welches, das sah er wohl ein, jeden Augenblick ungewisser wurde, indem Mahtorees Bewunderung für den unglücklichen Gegenstand seines Raubes mit jedem Augenblicke wuchs. Doch lassen wir ihn grübeln und sinnen und gehen dafür zur Beschreibung gewisser anderer Personen unseres Dramas über.

Hauptsächlich muß hier ein Winkel des Gemäldes bemerkt werden. Auf einer kleinen Bank an der äußersten Rechten der Hütten lagen Middleton und Paul. Ihre Glieder waren sorgsam mit Riemen aus Büffelhaut zusammengebunden, während man sie mit erfinderischer Grausamkeit so hingelegt hatte, daß jeder ein Bild des eigenen Elends in dem seines Nachbars sehen konnte. Ungefähr ein Dutzend Ellen davon war ein Pfahl fest in den Grund gerammt und daran die stattliche, einem Apollo gleichende Gestalt des Hart-Herz gebunden. Zwischen beiden stand der Trapper, seiner Flinte, des Schrotbeutels und Pulverhorns beraubt, sonst aber in einer Art von verächtlicher Freiheit gelassen. Einige fünf oder sechs junge Krieger indessen, welche mit Köchern auf dem Rücken und langen Bogen auf den Schultern nicht weit davon ernste Wache hielten, zeigten zur Genüge, wie fruchtlos jeder Versuch des alten und schwachen Mannes, die Flucht zu ergreifen, ausfallen müsse. Nicht stumm, wie die Zuschauer der wichtigen Beratung, die in der Nähe vorging, pflogen die Gefangenen ein Gespräch, das für sie von eigenem Interesse war.

»Kapitän«, sagte der Bienenjäger mit einem Ausdruck komischer Betrübnis, da kein Unglück in ihm die Laune ganz unterdrücken konnte, »schneidet Euch denn auch der verwünschte lederne Riemen so in die Schultern, oder kitzelt's mich nur so in meinem Arm?»

»Wo der Geist so tief leidet, empfindet der Körper nicht die Pein«, erwiderte der feinere, aber nicht ebenso gut gelaunte Middleton. »Wollte doch der Himmel, daß ein paar meiner treuen Artilleristen in dies verwünschte Lager einfielen!«

»Ihr könntet ebensogut wünschen, daß diese Tetonshütten ebenso viele Hornißnester wären, und daß die Tierlein herauskämen und sich mit den halbnackten Wilden in einen Streit einließen.« Lachend über seinen eigenen Einfall, wandte sich darauf der Bienenjäger von seinem Gefährten ab und suchte einen augenblicklichen Trost für sein Elend, indem er sich die Vorstellung als wirklich dachte und weiter ausmalte, wie ein solcher Angriff doch endlich auch die geprüfte Geduld eines Indianers ermüden müßte. Middleton war zufrieden, daß er schweigen konnte; aber der alte Mann, der ihnen zugehört hatte, kam näher und setzte das Gespräch fort:

»Hier wird es nun wohl an ein unbarmherziges und höllisches Werk gehen!« sprach er, indem er den Kopf auf eine Art schüttelte, welche andeuten sollte, daß er selbst bei seiner Erfahrung kein Mittel dagegen ausfindig machen könne. »Unser Pawneefreund ist bereits zur Tortur an den Pfahl gebunden, und an dem Auge und der ganzen Haltung des großen Sioux sehe ich es wohl, daß er sein Volk noch zu weiteren Greueltaten aufmuntert.«

»Hört mal, alter Trapper«, sagte Paul, indem er sich bemühte, das trübselige Gesicht des andern auf einen Augenblick ins Auge zu fassen, »Ihr versteht doch etwas von den indianischen Sprachen und wißt auch etwas von den indianischen Teufeleien. Geht Ihr in den Rat und sagt den Häuptlingen in meinem Namen, das ist im Namen Paul Hovers aus dem Staate Kentucky, daß, vorausgesetzt, sie gewähren einer gewissen Ellen Wade sichere Rückkehr in die Staaten, sie ihn immerhin skalpieren könnten, *wann* es ihnen gefällig wäre und *wie* es ihnen am meisten Vergnügen machen würde; oder sind ihnen diese Bedingungen noch nicht genug, so könnten sie mich vorher noch ein oder zwei Stunden foltern, um den Handel für ihren verdammten Geschmack annehmlicher zu machen.«

»Ach, lieber Junge, auf solch ein Anerbieten würden sie wenig achtgeben, da sie wohl wissen, daß du schon, wie der Bär in der Schlinge, ebensowenig fechten als fliehen kannst. Aber sei nicht ganz verzagt; denn die Farbe des Weißen ist unter diesen entlegenen Stämmen von Wilden zuweilen sein Todesurteil und zuweilen sein Schild. Obgleich sie uns nicht lieben, bindet ihnen doch oft die Schlauheit die Hände. Ginge es nach dem Willen der roten Völker, so würden bald wieder Bäume da wachsen, wo jetzt Amerikas Boden beackert wird, und die Wälder würden weiß werden von christlichen Gebeinen. Daran kann niemand zweifeln, der die Liebe kennt, welche die Rothäute für die Bleichgesichter hegen; aber sie haben unsere Volksmenge so weit gezählt, als ihnen das Gedächtnis reicht, und sie sind gar nicht ohne Politik. Deshalb ist *unser* Schicksal immer noch nicht bestimmt ausgemacht; nur fürchte ich, daß für den armen Pawnee keine Hoffnung übrig ist.«

Als der alte Mann schloß, ging er langsam zu dem, von welchem er zuletzt gesprochen, und stellte sich nicht weit von ihm hin. Hier stand er still, indem er solch ein ehrfurchtsvolles Schweigen beobachtete, wie es sich in Gegenwart eines Häuptlings, und noch dazu eines in der Lage seines gefangenen Genossen, schickte. Aber Hart-Herz' Auge war auf die Ferne gerichtet, und sein Blick verriet, daß seine Gedanken weit vom gegenwärtigen Auftritt entfernt waren.

»Die Sioux halten Rat über meinen Bruder«, bemerkte der Trapper zuletzt, als er fand, daß er nur durch Sprechen die Aufmerksamkeit des andern anziehen könne.

Der junge Krieger wandte den Kopf um, indem er mit ruhigem Lächeln antwortete:

»Sie zählen die Skalpe über Hart-Herz' Wohnung!«

»Gewiß, gewiß, sie werden warm, wenn sie an die Zahl der Tetons denken, die Ihr erschlagen, und besser wäre es jetzt für Euch, wenn Ihr Eure Tage mehr auf die Jagd der Hirsche als auf den Krieg verwendet hättet. Dann möchte Euch irgendeine kinderlose Mutter dieses Stammes an Sohnes Statt annehmen, und Ihr könntet Eure Tage in Frieden verleben.«

»Glaubt mein Vater, daß ein Krieger jemals sterben könne? Der Herr des Lebens öffnet seine Hand nicht, um seine Gaben wieder hinwegzunehmen. Wenn derselbe seiner jungen Leute bedarf, so ruft er sie, und sie gehen. Aber der Rote, der einmal gelebt hat, lebt für immer.«

»Ach, das ist ein trostreicherer und demütigerer Glaube, als diese herzlosen Tetons haben! – Es ist doch etwas in diesen Loups, was ihnen mein innerstes Herz aufschließt; sie scheinen etwas von dem Mute und auch von der Ehrlichkeit der Delawaren von den Bergen zu haben. Und dieser Bursch – es ist merkwürdig, es ist sehr merkwürdig – aber Alter und Auge und Glieder sind, als wären er und jener Delaware[24] Brüder. Sagt mir, Sohn, habt Ihr in Euren Überlieferungen jemals von einem mächtigen Volke gehört, das einst an dem Salz-See dicht bei der aufgehenden Sonne gelebt?«

»Die Erde ist weiß von dem Volke, das die Farbe meines Vaters trägt.«

»Nein, nein, ich spreche nicht von Einwanderern, die sich ins Land geschlichen haben, die rechtmäßigen Eigentümer ihres Geburtsrechts zu berauben, sondern von einem Volke, das da ist – oder vielmehr war, teils von Natur, teils durch Malerei rot wie die Brombeeren.«

»Ich hörte von den alten Leuten sagen, dort hätten Banden gelebt, die sich in die Wälder gegen Sonnenuntergang verkrochen, weil sie nicht wagten, sich in den offenen Prärien mit Männern zu treffen.«

»Sagen Eure Überlieferungen Euch nichts von der größten, der tapfersten und der weisesten Nation der Rothäute, auf die Wakonda je hinabgeschaut?«

Hart-Herz erhob den Kopf mit einer hohen Würde, der selbst die Fesseln keinen Eintrag taten, als er antwortete:

»Hat denn das Alter meinen Vater blind gemacht, oder sieht er so viele Sioux, daß er nicht mehr an die Pawnees glaubt?«

»Ach, da ist wieder Eitelkeit und Stolz der Erdenkinder!« rief der bestürzte Alte auf englisch. »Die Natur ist ebenso stark in einer Rothaut wie in der Brust eines Weißen. Würde sich nicht ein Delaware ebenso für kräftiger als einen Pawnee halten, wie der Pawnee sich über alle Fürsten der Erde erhebt? So ging's ja auch mit den Franzmännern in den Kanadas, und den rotröckigen Engländern, die der König in die Staaten zu senden pflegte, damals als sie noch keine Staaten waren, sondern Provinzen, die da Klagen erhoben und petitionierten. Sie fochten und fochten miteinander, und wie erstaunlich rühmten sie sich vor der Welt über ihren Mut und ihre Siege; indessen doch beide Teile den schlichten Soldaten aus dem Lande selbst zu nennen vergaßen, der den wahren Dienst verrichtete, aber, weil es ihm nicht vergönnt war, am großen Beratungsfeuer der Nation mitzurauchen, selten seine Taten erwähnen hörte, wenn sie einmal vorüber waren.«

Während so der Alte seinem eingeschlummerten, aber lange noch nicht erstickten militärischen Stolze Luft gemacht hatte und dabei in denselben Fehler verfallen war, den er eben gerügt hatte, wurde sein Auge, das noch eben von Jugendfeuer gestrahlt, sanfter, und er richtete wieder seine teilnehmenden Blicke auf das Todesopfer, welches ebenfalls in seine frühere Ruhe und ernstes Nachsinnen versunken war.

»Junger Krieger«, fuhr er mit einer Stimme fort, die zitternd wurde, »ich war nie Vater und Bruder. Der Wakonda schuf mich zum Alleinleben. Nie band er mein Herz an Haus oder

Feld durch die Bande, womit die Leute meines Stammes an ihre Wohnungen gefesselt sind. Hätte er es getan, wäre ich nicht so weit gereist und hätte nicht soviel gesehen. Aber ich verweilte lange Zeit unter einem Volke, das in den Wäldern lebte, von denen Ihr gesprochen, und ich fand Grund genug, ihren Mut nachzuahmen und ihre Rechtlichkeit zu lieben. Der Herr des Lebens schuf uns alle, mein Pawnee, mit eine Zuneigung für unser Geschlecht. Ich war niemals Vater, aber ich weiß, was Vaterliebe sagen will. Ihr gleicht einem jungen Manne, den ich sehr geschätzt habe, und eben überkam mich der Gedanke, daß wohl etwas von seinem Blute in Euren Adern rinnen möchte. Aber was tut das! Ihr seid gewiß ein Mann, das habe ich damals gesehen, als Ihr Euer Wort gehalten habt, und Rechtlichkeit ist eine Gabe, die zu selten ist, als daß man sie wieder vergessen sollte. Mein Herz jammert um dich, Kind, und gern tät' ich dir etwas Liebes.«

Der junge Krieger horchte auf die Worte, welche dem Munde des andern mit einer ihre Aufrichtigkeit bekundenden Kraft und Einfalt entströmten, und beugte dann den Kopf nieder auf seine nackte Brust, seine Achtung für die Teilnahme zu bezeugen. Indem er darauf sein schwarzes Auge weit über die Ebene streifen ließ, schien er abermals in die Betrachtung von Dingen, die über alle persönlichen Rücksichten hinausgehen, verloren. Der Trapper, wohl wissend, wie hoch der Stolz eines Kriegers in solchen Momenten wuchs, die er für seine letzten hielt, erwartete nun mit einer Sanftmut und Geduld, die er nur im langen Umgange mit diesem merkwürdigen Geschlecht erworben haben konnte, was seinem jungen Freunde sonst gefällig sein könne.

Endlich löste sich der starre Blick des Pawnees, und nun schaute er schnell hier und dort hin, jetzt auf das Gesicht des alten Mannes, jetzt auf die Luft, und von der Luft wieder auf die tiefen Züge des Alten, als ob der Geist in ihm unruhig würde.

»Vater«, antwortete endlich der junge Mann in zutraulichem und freundlichem Tone, »ich hörte wohl Eure Worte. Sie drangen ein in meine Ohren und sind nun in mir. Das weißhaarige Langmesser hat keinen Sohn, Hart-Herz von den Pawnees ist noch jung, aber er ist schon der Älteste seiner Familie. Er fand die Gebeine seines Vaters auf dem Jagdboden der Osagen, und legte sie in die Prärien der Guten Geister[25]. Ohne Zweifel hat der große Häuptling, sein Vater, sie gesehen und weiß, was ihm davon gehört. Aber der Wakonda wird uns beide bald rufen: Euch, weil Ihr alles gesehen, was in diesem Lande zu sehen ist, mich, Hart-Herz, weil er eines Kriegers bedarf, der noch jung ist. Da ist es also nicht möglich, daß der Pawnee dem Bleichgesicht die Pflichten erweist, die ein Sohn dem Vater schuldig ist.«

»Alt, wie ich bin, und kläglich und hilflos, wie ich dastehe gegen das, was ich einst war, mag ich doch noch leben, um zu sehen, wie die Sonne in der Prärie untergeht. Erwartet mein Sohn, noch einmal die Nacht zu sehen?«

»Die Tetons zählen die Haarhäute über meiner Wohnung!« erwiderte der junge Häuptling mit einem Lächeln, dessen Schwermut durch einen Strahl des Triumphes erhellt wurde.

»Und sie finden ihrer viele. Viel zuviel für die Sicherheit ihres Eigentümers, während er unter ihren rachsüchtigen Händen ist. Mein Sohn ist kein Weib, er schaut mit festem Auge auf den Pfad, den er gehen muß. Hat er nichts in die Ohren seines Volkes zu flüstern, ehe er von dannen geht? Diese Lenden sind welk und alt, aber noch mögen sie mich hintragen nach dem Loupflusse.«

»Sagt ihnen, daß Hart-Herz einen Knoten in seinen Wampum geknüpft für jeden Teton!« brach es von den Lippen des Gefangenen mit einer Heftigkeit, wie die plötzlich uns überkommende Leidenschaft wohl zuweilen durch alle Schranken und Hemmketten, die ihr künstlich gelegt wurden, hindurchbricht. »Wenn Hart-Herz *einen* von ihnen allen in der weiten Prärie des Herrn des Lebens antrifft, soll sein Herz zum Sioux werden!«

»Ach, solch ein Gefühl wäre ein übler Reisegefährte für einen weißen Mann, wenn er aufbricht nach jenem feierlichen Lande«, murmelte der Alte auf englisch. »Das ist es nicht, was die guten Mährischen Brüder den Ratsversammlungen der Delawaren sagten, noch was den Weißhäuten so oft in den Ansiedlungen gepredigt wird, obgleich, zur Schande unserer Farbe sei's gesagt, man sich so wenig daran kehrt. Pawnee, ich liebe dich; da ich aber ein Christ bin, kann ich keine solche Botschaft überbringen.«

»Fürchtet sich mein Vater, daß die Tetons es hören könnten, so mag er es ganz sacht unsern Alten zuflüstern.«

»Furcht, junger Krieger, schändet das Bleichgesicht nicht minder als die Rothaut. Der Wakonda lehrt uns, das Leben, das er uns geschenkt, zu lieben, aber so, wie Männer die Jagd lieben und ihre Hunde und ihre Karabiner, und nicht so, wie Mütter ihre Kinder verhätscheln. Wenn der Herr des Lebens meinen Namen nennt, will er nicht haben, daß ich zweimal laut sprechen soll. Ich bin jetzt so bereit zur Antwort, wie ich es morgen sein werde, oder zu jeder Zeit, wo es seinem mächtigen Willen gefällig ist. Aber was wäre ein Krieger ohne seinen Glauben, und der meine verbietet mir, Eure Worte zu überbringen.«

Der Häuptling gab durch eine würdige Bewegung seine Zustimmung zu erkennen, doch war jetzt große Gefahr vorhanden, daß das gegenseitige Vertrauen, welches so seltsam erweckt worden, schnell wieder schwinden könne. Allein das Herz des Alten war zu stark gerührt worden durch lange schlummernde, aber noch immer lebende Erinnerungen, um so plötzlich alle Mitteilungen abzubrechen. Er sann eine Minute nach und fuhr dann mit unverwandtem Blick auf den jungen Gefährten fort:

»Jeder Krieger muß nach seinen Anlagen gerichtet werden. Ich habe meinem Sohne gesagt, was ich *nicht* kann; jetzt aber öffne er seine Ohren auch für das, *was* ich kann. Ein Elch soll die Prärie nicht schneller durchmessen als diese alten Beine, wenn der Pawnee mir eine Botschaft auftragen will, die ein Weißer überbringen kann.«

»So laß das Bleichgesicht horchen«, erwiderte der andere, indem er einen Augenblick zauderte, wie noch verstimmt durch die vorhergehende Täuschung. »Er wird hier bleiben, bis die Sioux die Kopfhäute ihrer toten Feinde gezählt haben. Er wird so lange warten, bis sie versucht haben, die Häupter von achtzehn Tetons mit der Haut eines einzigen Pawnee zu bedecken; er wird dann seine Augen weit aufschlagen, um den Ort zu sehen, wo sie die Gebeine des Kriegers beerdigen.«

»Alles dies will und werde ich tun, mein edler Junge.«

»Er wird den Fleck sich merken, daß er ihn nachher kenne.«

»Seid ohne Sorgen, ohne Sorgen, daß ich den Platz vergesse«, unterbrach der andere, dessen Stärke bei dem Anblick solcher Ruhe und Festigkeit zu weichen begann.

»Dann weiß ich auch, daß mein Vater zu meinem Volke gehen wird. Sein Haupt ist grau, und seine Worte werden nicht wie der Rauch verwehen. In meine Wohnung soll er gehen und Hart-Herz' Namen laut ausrufen. Kein Pawnee wird taub sein. Dann soll mein Vater nach dem jungen Füllen fragen, das nie geritten worden, das aber glatter ist als der Rehbock und geschwinder als der Elch.«

»Ich verstehe Euch, Sohn, ich verstehe Euch«, unterbrach ihn der aufmerksame Alte, »und was Ihr sagt, soll ausgerichtet werden und gut ausgerichtet, oder ich müßte mich wenig auf die Wünsche eines sterbenden Indianers verstehen.«

»Und wenn meine jungen Leute meinem Vater die Halfter des Füllens in die Hand gegeben, will er es dann auf versteckten Pfaden nach Hart-Herz' Grabe führen?«

»Ob er es will! Freilich will ich das, mein wackerer Jüngling, wenn auch der Winter diese Ebenen in Schnee einhüllt und die Sonne bei Tag und Nacht verborgen ist. Bis an den geweihten Fleck will ich das Tier führen und es dann hinstellen, die Augen der untergehenden Sonne zugerichtet.«

»Und mein Vater wird zu ihm reden und ihm sagen, daß der Herr, der es ernährte von der Muttermilch auf, jetzt seiner bedarf.«

»Freilich«, (für sich) »obgleich Gott weiß, wie ich es anfangen soll, mit einem Pferde in der törichten Vorstellung, daß es meine Worte verstehe, ein Gespräch zu führen. Ich will's lediglich tun, dem indianischen Aberglauben nachzukommen. Hektor, was denkst du, mein Hund, davon, daß ich mit einem Pferde reden soll?«

»Laßt den Graubart in der Sprache der Pawnees zu ihm reden«, unterbrach ihn der Indianer, dem es auffiel, daß sein Gefährte sich vorhin einer ihm unverständlichen Sprache bedient hatte.

»Meines Sohnes Wille geschehe. – Und mit diesen alten Händen, die nie mehr, wie ich hoffe, Blut vergießen sollten, weder der Menschen noch der Tiere, will ich das Roß auf Eurem Grabe schlachten!«

»Das ist gut«, erwiderte der andere, indem ein Strahl der Freude über seine ernsten Züge zuckte. »Hart-Herz wird sein Roß besteigen nach den glücklichen Prärien jenseits, und er wird wie ein Häuptling erscheinen vor dem Herrn des Lebens!«

Die plötzliche und auffallende Verwandlung, die sich in den

Zügen des Indianers kundtat, veranlaßte den Trapper, sich umzusehen, und er bemerkte, daß die Versammlung der Sioux geendet habe und Mahtoree in Begleitung zweier ausgezeichneter Krieger sich bedächtig seinem erkorenen Schlachtopfer näherte.

Sechsundzwanzigstes Kapitel

> Ich pflege nicht nach unsrer Frauen Art
> In Tränen auszubrechen –
> – Doch einen ehrenwerten Schmerz
> Heg' ich im Busen, der zu heftig brennt,
> Als daß ihn Tränen stillten.
>
> *Shakespeare*

Ungefähr zwanzig Schritt von den Gefangenen hielten die Tetons inne, und ihr Führer gab dem Alten ein Zeichen heranzukommen. Der Trapper gehorchte, indem er den jungen Pawnee mit einem bedeutungsvollen Blicke verließ, den dieser, wie er auch gemeint war, als Pfand annahm, daß er nie sein Versprechen vergessen werde. Als Mahtoree fand, daß der andere ihm nahe genug gekommen war, streckte er seinen Arm aus, und indem er eine Hand auf die Schulter des aufmerksamen Alten legte, betrachtete er ihn ungefähr eine Minute lang mit Augen, die bereit schienen, bis in seine geheimsten Gedanken zu dringen.

»Ist ein Bleichgesicht mit zwei Zungen geschaffen?« fragte er, als er fand, daß der Alte wie gewöhnlich weder durch seine gerunzelte Stirn noch durch die Furcht vor dem, was kommen möchte, in Angst gesetzt war.

»Redlichkeit liegt tiefer als die Haut.«

»So ist es. Jetzt höre mich mein Vater an! Mahtoree hat nur *eine* Zunge, der Graukopf hat ihrer mehrere. Sie mögen auch alle grade sein und keine gespalten. Ein Sioux ist nicht mehr als ein Sioux, aber ein Bleichgesicht kann alles und jedes sein! Er kann zum Pawnee reden und zum Konza und zum Omahaw und zu seinem eigenen Volke.«

»Oh, es gibt Sprachgelehrte in den Ansiedlungen, die noch weit mehr können. Aber was macht das aus? Der Herr des Lebens hat ein Ohr für jede Sprache!«

»Der Graukopf hat unrecht getan. Er hat etwas gesagt und etwas anderes gemeint. Er hat mit seinen Augen vor sich geblickt und mit seinem Geiste hinter sich. Er hat das Pferd eines

Sioux zu scharf geritten; er war der Freund eines Pawnees und der Feind meines Volkes.«

»Teton, ich bin Euer Gefangener. Obgleich meine Worte die eines Weißen sind, sollt Ihr keine Klage hören. Handelt nach Eurem Willen!«

»Nein. Mahtoree will kein weißes Haar rot machen. Mein Vater ist frei. Die Prärie ist für ihn offen nach allen Seiten hin. Aber ehe der Graukopf den Sioux den Rücken kehrt, mag er sie wohl betrachten, damit er seinem eigenen Häuptling sagen könne: Wie groß ist ein Dakota!«

»Ich bin nicht eilig auf meinem Wege. Ihr seht einen Mann mit einem weißen Kopf und kein Weib, Teton. Deshalb will ich mich nicht außer Atem bringen, den Völkern der Prärie zu erzählen, was die Sioux tun.«

»Es ist gut. Mein Vater hat mit den Häuptlingen bei mancher Beratung seine Pfeife geraucht«, erwiderte Mahtoree, der sich jetzt der Gunst des andern sicher genug hielt, um bestimmter auf seine Absicht loszusteuern. »Mahtoree wird mit der Zunge seines teuren Freundes und Vaters reden. Ein junges Bleichgesicht wird horchen, wenn ein alter Mann seines Volkes den Mund öffnet. So wird denn mein Vater auch das, was ein armer Indianer sagt, für ein weißes Ohr einrichten.«

»Sprich laut!« sagte der Trapper, der sehr gut die bildliche Weise verstand, in welcher der Teton sein Verlangen ausdrückte, daß er seine Worte ins Englische übersetzen sollte. »Sprich denn, meine jungen Leute hören. Jetzt, Kapitän, und auch Ihr, Freund Bienenjäger, bereitet Euch, den Teufeleien dieses Wilden mit dem stolzen Mute weißer Krieger zu begegnen. Findet Ihr Euch so schwach, seinen Drohungen nachzugeben, so blickt auf jenen stolz vor sich hinschauenden Pawnee, dessen Zeit so spärlich mit einer Hand gemessen ist wie der des Krämers, welcher in den Städten Zoll um Zoll die Früchte des Herrn abmißt, um seinen Geiz zu befriedigen. Ein einziger Blick auf den Burschen wird Euch stark machen.«

»Mein Bruder hat seine Augen nach einer falschen Richtung gewandt«, unterbrach ihn Mahtoree mit einer Ruhe, welche zu erkennen gab, wie ungern er seinen zukünftigen Dolmetscher beleidigen mochte.

»Wird der Dakota zu meinen jungen Leuten reden?«

»Nachdem er der Blume der Bleichgesichter in die Ohren gesungen.«

»Der Himmel verzeihe dem verfluchten Schurken!« rief der alte Mann englisch aus. »Nichts, sei es noch so zart, jung oder unschuldig, das seinem wilden Verlangen entginge! Aber harte Worte und verächtliche Blicke machen nichts aus; drum ist es gut, höflich mit ihm zu tun.« Indianisch: »So öffne denn Mahtoree seinen Mund.«

»Will denn mein Vater so schreien, daß die Frauen und Kinder die Weisheit der Häuptlinge vernehmen? Wir wollen hineingehen und dort flüstern.«

Als der Teton hier endete, wies er bedeutungsvoll auf ein Zelt, welches in die Augen fallend mit der Geschichte einer seiner kühnsten und gerühmtesten Taten ausstaffiert war und ein wenig seitwärts stand, um dadurch anzuzeigen, daß es der Wohnsitz eines Auserwählteren der Bande war. Schild und Köcher vor dem Eingange waren reicher als die gewöhnlichen, und daß eine Flinte darüber hing, deutete durchaus auf die Würde seines Eigentümers. In jeder andern Rücksicht zeichnete es sich mehr durch Armut als durch Reichtum aus. Das Hausgerät war der Anzahl nach geringer und der Form nach einfacher, als man es durch die Öffnungen in den gemeineren Wohnungen sah; auch fand sich daselbst keine einzige der sonst hochgeschätzten Gerätschaften des gebildeten Lebens, die gelegentlich bei den Krämern zu sehr teuren Preisen durch die unwissenden Indianer eingetauscht wurden. Alle dergleichen Stücke waren gleich nach ihrer Erwerbung von dem großmütigen Häuptlinge seinen Untergebenen überlassen worden, um damit einen Einfluß zu erkaufen, welcher ihn zum Gebieter über ihr Leben und ihre Personen machte. Gewiß ein Reichtum, der an und für sich edler und bei seinem Ehrgeiz weit schätzenswerter erschien!

Der Alte wußte sehr wohl, daß dies Mahtorees Wohnung war, und ging, gehorsam dem Winke des Häuptlings, mit langsam zögerndem Schritte darauf los. Aber es waren dort auch andere gegenwärtig, welche ebensosehr bei der bevorstehenden Zusammenkunft beteiligt waren, und deren Befürchtungen sich nicht so leicht beschwichtigen ließen. Middletons wachsame Augen und eifersüchtige Ohren hatten ihm genug vertraut, um seine Seele mit den allerschrecklichsten Ahnungen zu erfüllen. Mit unglaublicher Anstrengung suchte er auf die Füße zu kommen und rief dem fortgehenden Trapper laut nach:

»Ich beschwöre Euch, alter Mann, wenn die Liebe, die Ihr für meine Eltern hegtet, in mehr als Worten bestand oder wenn Eure Liebe zu Gott die eines wahrhaften Christen ist, so sprecht keine Silbe, die da irgend beleidigen könnte das Ohr der unschuldigen...«

Erschöpften Geistes und mit gefesselten Gliedern fiel er darauf wie ein lebloser Klotz zu Boden, wo er wie tot liegenblieb.

Paul aber setzte die ermahnende Rede auf seine eigentümliche Weise fort:

»Hört mal, alter Jäger«, schrie er, indem er sich dabei umsonst bemühte, eine drohende Bewegung mit der Hand zu machen, »wenn Ihr mir den Dolmetscher spielen wollt, so redet solche Worte in die Ohren des verdammten Wilden, wie's sich ziemt, daß ein weißer Mann sie spricht und ein Heide sie anhört. Sagt ihm von mir, daß wenn er irgend etwas Unziemliches dem Mädchen namens Nelly Wade tut oder sagt, so will ich ihn mit meinem letzten Atemzuge verfluchen; ich will auch zu allen guten Christen in Kentucky beten, daß sie ihn verfluchen, sitzend und stehend, essend und trinkend, fechtend, betend oder bei Pferderennen, innerhalb der Häuser oder draußen, im Sommer oder Winter oder im Monat März, kurz, ich will – um es mit *einem* Worte herauszusagen – um ihn spuken, wenn es je der Geist eines Bleichgesichtes vermag, sich aus dem Grabe, das ihm die Hände einer Rothaut bereitet, herauszuarbeiten.«

Nachdem er so die schrecklichsten Drohungen, die er nur auffinden konnte, losgelassen, und darunter die eine, von welcher der ehrliche Bienenjäger glaubte, daß ihm wohl noch am ehesten möglich werden würde, sie zu erfüllen, sah er sich genötigt, die Früchte davon mit all der ruhigen Ergebung zu erwarten, die man von einem Grenzer im Westen erwarten konnte, dem sich eine Aussicht wie diese eröffnete, und der überdies wie Paul in Banden lag. Wir wollen unsere Erzählung nicht mit Anführung aller der Sprüche in die Länge ziehen, durch welche er zunächst die Lebensgeister seines reizbareren Gefährten aufrechtzuerhalten versuchte, oder aller der frommen Segenswünsche, die er gelegentlich über alle Dakotabanden ausschüttete, wobei er zuerst diejenigen bedachte, die er des Diebstahls oder Mordes an den Gestaden des fernen Mississippi anklagte, und beim Tetonstamme, natürlich hier mit den allerkräftigsten Ausdrücken, endete. Mehr als einmal empfingen die letzteren von seinen Lippen so gehaltreiche und zusammengesetzte Verwünschungen, wie jenes berühmte Anathema der Kirche, für dessen Bekanntmachung alle ungelehrten Protestanten den frommen Nachsuchungen des würdigen Tristram Shandy so sehr verpflichtet sind.

Als sich aber Middleton erholte, hielt es schwer, seinen Gefährten von seinem wilden Toben abzubringen, indem er ihn an die Torheit solcher herausfordernden Reden erinnerte, und wie diese gerade das Übel, vor dem er sich fürchte, schneller herbeiführen könnten, wenn nämlich dadurch das Rachegefühl eines Stammes geweckt würde, der selbst in der friedlichsten Stimmung wild und gesetzlos handle.

Mittlerweile waren der Trapper und der Siouxhäuptling in das Zelt getreten. Jener hatte mit ängstlicher Teilnahme den Ausdruck von Mahtorees Auge beobachtet, während Middletons und Pauls Worte ihnen nachschallten; aber die Miene des Indianers war zu sehr unter der Herrschaft des Geistes, als daß die geringste seiner inneren Regungen sich da ausgedrückt hätte, wo man gewöhnlich die Stürme im menschlichen Vulkane zu lesen pflegt. Sein Blick war auf das kleine Zelt gerichtet, dem sie sich näherten, und für den Augenblick schienen seine Gedanken allein über die Anträge bei diesem außergewöhnlichen Besuche zu brüten.

Das Innere der Wohnung entsprach ihrem Äußeren. Sie war größer als die meisten anderen, sorgfältiger ausgebaut und von feineren Stoffen, aber damit hörten die Vorzüge dieser Wohnung auf. Nichts konnte einfacher und republikanischer sein als die Lebensweise, welche der ehrgeizige und mächtige Teton vor den Augen seines Volkes aus eigener Wahl führte. Eine tüchtige Auswahl von Waffen für die Jagd, etwa drei oder vier Medaillen, die ihm die Krämer oder politischen Agenten der Kanadas, entweder als Huldigungszeichen oder auch nur als Anerkennung seines Ranges gegeben, mit wenigen der allernötigsten Gegenstände zu persönlichen Bequemlichkeiten bildeten die ganze Ausschmückung. Weder Wildbret noch Bisonfleisch aus der Prärie war im Überfluß hier vorhanden, indem der schlaue Herr das Hauses wohl berechnet hatte, daß die Freigebigkeit des einzelnen reichlich durch die täglichen Gaben der ganzen Bande vergolten würde. Obgleich er auf der Jagd ebenso ausgezeichnet war als im Kriege, kam doch weder Hirsch noch Büffel jemals ganz in seine Hütte. Dagegen ward aber auch selten ein Tier in das Lager gebracht, wovon nicht Mahtorees Familie ihr gutes Teil erhielt. Aber die Politik des Häuptlings erlaubte ihm selten, mehr zu behalten, als gerade für den Tag nötig war, indem er vollkommen überzeugt war, daß alle zusammen leiden müßten, ehe der Hunger – der Fluch des Lebens bei den Wilden – sich an ein so wichtiges Opfer machen dürfe.

Unmittelbar unter dem Lieblingsbogen des Häuptlings und umschlossen von einer Art magischen Ringes von Speeren, Schilden, Lanzen und Pfeilen, die insgesamt zu ihrer Zeit gute Dienste getan, hing der geheimnisvolle und geheiligte Zauberbeutel. Er war in einen Wampumgürtel sorgsam eingewirkt und verschwenderisch mit Perlen, Knöpfen und Stachelschweinstacheln mit aller indianischen Erfindungskraft ausgeschmückt. Mahtorees Freigeisterei in religiösen Angelegenheiten war nicht selten zur Sprache gekommen, und es schien, als habe er in seltsamem Geiste des Widerspruchs seine ganze Aufmerksamkeit auf dieses Symbol übernatürlicher Einwirkungen, seiner innersten Überzeugung ganz entgegen, verwandt. Ahmte doch der Sioux hier das Treiben der Pharisäer nach: »Auf daß sie von den Leuten gesehen würden.«

Indessen war das Zelt vom Eigentümer seit seiner Rückkehr vom letzten Streifzuge nicht betreten worden. Wie der Leser schon geahnt haben wird, war es zu Inez' und Ellens Gefängnis umgewandelt worden. Middletons Braut saß auf einem einfachen Lager von süßduftenden Kräutern, worüber Felle gedeckt waren. Sie hatte schon während der kurzen Zeit ihrer Gefangenschaft so viel gelitten und war Zeugin so mancher wilden, unerwarteten Begebenheit gewesen, daß jedes Unglück, das noch hinzukam, nur mit immer verminderter Kraft auf ihr scheinbar dem Mißgeschick geweihtes Haupt traf. Ihre Wangen waren ohne Blut; ihr dunkles und gewöhnlich sehr lebhaftes Auge drückte jetzt tiefen Kummer aus, und ihre ganze Gestalt schien immer mehr zu schwinden und zu verkommen. Aber mitten unter diesen Anzeichen natürlicher Schwäche glänzte ihr Auge zuweilen in frommer Ergebung, und Strahlen einer schwachen, aber heiligen Hoffnung leuchteten auf, so daß es zweifelhaft blieb, ob die unglückliche Gefangene mehr ein Gegenstand des Mitleids oder der Bewunderung sei. Alle Vorschriften des Paters Ignatius kamen ihr zurück ins Gedächtnis, und nicht weniger lebten seine frommen Visionen in ihrer erhitzten Einbildungskraft wieder auf. Von solchen heiligen Entschließungen aufrecht erhalten, beugte das milde, geduldige und vertrauende Mädchen ihr Haupt diesem neuen Schlage der Vorsehung mit derselben Sanftmut, mit der sie sich jeder andern Strafe für ihre Sünden unterworfen haben würde, obgleich die Natur zuweilen mächtig gegen eine solche erzwungene Demut ankämpfte.

Ellen dagegen bewies sich weit mehr als Weib und verriet demnach auch weit mehr weltliche Gefühle. Sie hatte geweint, bis ihre Augen rot angeschwollen waren. Ihre Wangen glühten vor Ärger, und Kränkung und Unmut atmeten im ganzen Ausdruck ihres Gesichtes, worin sich aber auch zugleich Furcht und Besorgnis für die Zukunft abspiegelten. Mit einem Worte, das ganze Wesen von Pauls Braut verriet, daß er, wenn glücklichere Zeiten kämen und die Treue des Bienenjägers einst ihren Lohn fände, in ihr eine Lebensgefährtin erhalten würde, die sich in jeder Art für seine leichte, mutwillige Sinnesweise eignete.

Es gab indessen noch eine dritte Gestalt in diesem kleinen weiblichen Kreise. Es war dies die jüngste, die allerbegabteste und bis dahin die geliebteste unter den Frauen des Teton. Ihre Reize hatten mächtig auf die Augen ihres Gatten gewirkt, bis diese ganz unerwartet sich noch weiter vor der Lieblichkeit eines Weibes unter den Bleichgesichtern öffneten. Von diesem unglücklichen Momente an konnten Anmut, Zuneigung und Treue der jungen Indianerin ihn nicht länger fesseln. Tachechanas Gestalt und Wesen, obgleich freilich weniger blendend als das ihrer Nebenbuhlerin, war für eine ihres Stammes frisch und anmutig. Ihr nußbraunes Auge war so sanft und beweglich wie das der Antilope, ihre Stimme voll Anmut und munter wie der Gesang des Zaunkönigs, und ihr frohes Gelächter tönte melodisch durch die Wälder. Vor allen Siouxmädchen war Tachechana (oder die *Hindin*) das beglückteste und beneidetste. Sein Vater war ein ausgezeichneter Krieger gewesen, und seine Brüder hatten ihre Gebeine bereits auf einem fernen, schrecklichen Kriegszuge zurückgelassen. Zahllos waren die Krieger, welche Geschenke gesandt in die Wohnung seiner Eltern, aber auf keinen achtete man, bis ein Bote vom großen Mahtoree kam. Freilich war es schon sein drittes Weib, gewiß aber das begünstigtste von ihnen allen. Nur zwei kurze Jahre hatte ihre Verbindung gedauert, deren Früchte jetzt schlafend zu ihren Füßen lagen, eingehüllt in die herkömmlichen Riemen von Fellen und Rinde, welche die Windeln eines indianischen Kindes ausmachen.

Als Mahtoree und der Trapper in die Türöffnung traten, saß das junge Siouxweib eben auf einem einfachen Stuhle, indem es seine sanften Augen mit Blicken, die zwischen den Regungen der Liebe und Bewunderung geteilt waren, von dem unschuldigen Kinde zu den beiden seltenen Geschöpfen hinwandte, die ihr jugendliches Gemüt mit solcher staunenden Verwunderung erfüllt hatten. Obgleich sie Inez und Ellen schon einen ganzen Tag betrachtet, schien es doch, als wachse ihre Neugier, sooft sie wieder zu ihnen hinblicke. Sie betrachtete sie als Wesen von ganz anderer Natur und Beschaffenheit als alle Weiber in der Prärie. Sogar das Geheimnisvolle ihres zusammengesetzten Anzuges übte einen großen Einfluß auf ihren einfachen Geist aus, wiewohl es doch eigentlich der Reiz und die Anmut, die auf jedermann und jedes Volk wirken, waren, welche auch hier vor allem ihre Aufmerksamkeit gefesselt hielten. Doch während ihr offenes Gemüt willig die Vorzüge der Fremden über die minderen Reize der Dakotamädchen anerkannte, hatte sie keinen Grund gefunden, ihnen diese Vorzüge zu mißgönnen. Der Besuch, welchen sie jetzt empfangen sollte, war der erste, welchen ihr Gatte seit der Rückkehr vom letzten Streifzuge in dem Zelte machte, und er schwebte ihr noch immer als der glückliche Krieger vor, der zu Zeiten der Ruhe sich nicht scheute, den sanfteren Gefühlen eines Vaters und Gatten Luft zu machen.

Wir haben uns überall bemüht zu zeigen, wie Mahtoree, obgleich in allen wesentlichen Stücken ein echter Krieger der Prärien, doch seinem Volke in allen Künsten und Fertigkeiten, welche man als das Morgengrauen der Zivilisation ansehen kann, weit voraus war. Häufig war er mit den Krämern und Streiftruppen aus den Kanadas zusammengekommen, und sein Verkehr mit diesen hatte manche jener wilden und rohen Ansichten, die ihm von Geburt angestammt waren, entwurzelt, ohne dafür eben andere von bestimmterem Werte einzupflanzen. Im Argumentieren war er eher spitzfindig als wahr, und seine philosophischen Schlüsse konnte man eher verwegen als tief eindringend nennen. Wie bei tausend erleuchteteren Wesen, die sich einbilden, durch alle Prüfungen des menschlichen Lebens ohne andere Stütze als ihre eigenen Gefühle dringen zu können, war auch seine Sittenlehre den Umständen angepaßt, und das Triebrad seiner Handlungen war die Selbstsucht. Alles, was wir hier gesagt, muß man durchaus nur auf die indianischen Verhältnisse beziehen, obgleich es uns eben nicht schwerfallen sollte, Vergleichungen mit Leuten anzustellen, welche in der Tat dieselben natürlichen Anlagen besitzen, wie auch die verschiedenen Verhältnisse sie anders gestaltet haben mögen.

Trotz Inez' und Ellens Gegenwart trat der Tetonhäuptling doch in die Wohnung seines Lieblingsweibes mit dem stolzen Schritt und der Miene eines Herrn. Geräuschlos war zwar der Tritt seiner Mokassins, aber das Rasseln seiner Armbänder und der Silberzierat seiner Schenkel genügten, seine Nähe zu verkünden, als er den Vorhang aus Fellen, der vor der Türe hing, beiseite schob, und nun vor den Inwohnern dastand. Ein sanfter Schrei der Lust brach von Tachechanas Lippen, aber die Aufwallung der freudigen Überraschung wurde sogleich unterdrückt und in das demütige Wesen umgewandelt, welches einer Frau ihres Stammes zukam. Statt den verstohlenen Blick seines jugendlichen, innerlich entzückten Weibes zu erwidern, nahte sich Mahtoree dem Lager der Gefangenen und stellte sich vor sie hin in der hochaufgerichteten stolzen Stellung eines indianischen Häuptlings. Der alte Mann war hinter ihm hereingekommen und hatte ebenfalls eine Stellung eingenommen, welche sich mit dem zu verrichtenden Dienste am besten vertrug.

Schweigend, fast atemlos blieben die Frauen für den ersten Augenblick. Obgleich an den Anblick der wilden Krieger in ihrem vollen schrecklichen Waffenschmuck gewöhnt, lag doch etwas so Entsetzliches in dem Eintritt und etwas so Verwegenes in dem Blicke des Siegers, daß beider Augen unter den Gefühlen des Schreckens und der Verwirrung zu Boden sanken. Inez erholte sich zuerst und fragte den Trapper mit der Würde einer beleidigten Edeldame, und doch ohne ihre natürliche Anmut zu verleugnen, welchem Umstande sie diesen außerordentlichen und unerwarteten Besuch zuzuschreiben habe. Der alte Mann stockte, aber indem er sich räusperte wie jemand, der sich zu einer Anstrengung, an die er nicht gewöhnt war, vorbereitete, fing er folgendergestalt an:

»Lady«, sagte er, »ein Wilder ist ein Wilder, und Ihr könnt in einer traurigen vom Sturm durchfegten Prärie Euch nicht nach den Gebräuchen und Sitten der Niederlassungen umsehen. Diese Indianer würden sagen, Mode und Höflichkeit seien so leichte Dinge, daß sie wohl selber fortwehen könnten. Was mich betrifft, habe ich, obgleich ich ein Mann des Waldes bin, zu meiner Zeit die Wege der Großen auch gesehen, und ich brauche nicht erst zu lernen, daß sie abweichen von den Wegen der Niedrigen. Lange habe ich in meiner Jugend gedient, nicht etwa wie eure diensttuenden Geschöpfe in den Hauswirtschaften, sondern als Dienstmann unter meinen Vorgesetzten im Walde, und wohl weiß ich, wie man sich dem Weibe eines Kapitäns zu nähern hat. Wäre mir die ganze Anordnung dieses Besuchs übertragen worden, ich würde zuerst laut an der Türe mich geräuspert haben, damit Ihr erführet, daß Fremde sich näherten; dann hätte ich...«

»Die Art und Weise ist gleichgültig«, unterbrach ihn Inez, viel zu gespannt, um die weitschweifigen Erklärungen des Alten bis zu Ende anhören zu können. »Was bezweckt der Besuch?«

»Das wird der Wilde selbst sagen.« (Indianisch:) »Die Töchter der Bleichgesichter wünschen zu wissen, weshalb der große Teton in ihre Wohnung gekommen.«

Mahtoree blickte den Fragenden mit einem Erstaunen an, das verriet, wie seltsam ihm die Frage überhaupt dünke. Dann antwortete er, eine gefälligere Stellung einnehmend, nach kurzem Besinnen:

»Singe in die Ohren des Schwarz-Auges! Sage ihr, Mahtorees Wohnung ist sehr groß, und sie ist nicht voll. Sie wird Raum darin finden, und keine soll größer sein als sie selbst. Sage der Blonden, daß auch sie in der Wohnung eines Tapferen sitzen könne und von seinem Wildbret essen. Mahtoree ist ein großer Häuptling. Seine Hand ist niemals verschlossen.«

»Teton«, erwiderte der Trapper, indem er als Zeichen des Unwillens mit welchem er diese Sprache hörte, den Kopf schüttelte, »die Sprache einer Rothaut muß erst weiß gefärbt werden, ehe sie Musik wird in den Ohren eines Bleichgesichtes. Spräche ich Eure Worte nach, würden meine Töchter ihre Ohren schließen, und Mahtoree würde in ihren Augen ein Handelsmann scheinen. Höre nun, was von einem grauen Haupte ausgeht, und dann sprich deine Meinung aus! Mein Volk ist ein mächtiges Volk. Die Sonne geht auf an ihrer östlichen und geht unter an ihrer westlichen Grenze. Das Land ist angefüllt mit schönäugigen und lachenden Mädchen gleich denen, welche du hier siehst – nein, Teton, ich sage keine Lüge« (indem er einen mißtrauischen Blick bei seinem Zuhörer bemerkte) »schönäugig und lustig anzublicken wie diese vor dir.«

»Hat mein Vater hundert Weiber?« unterbrach ihn der Wilde und legte seinen Finger auf die Schulter des Trappers, indem er seine Neugier verriet.

»Nein, Dakota. Der Herr des Lebens hat zu mir gesagt: Lebe allein! Deine Wohnung soll der Wald sein, das Dach deiner Hütte die Wolken. Doch obgleich ich niemals von den geheimen Banden der Treue gefesselt war, welche in unserm Volke einen Mann an ein Weib knüpfen, war ich doch oft Zeuge, wie die Neigung beide zusammenbrachte. Gehe in die Gaue meines Volkes! Du wirst die Töchter des Landes sehen, hüpfend durch die Städte wie ebensoviel bunte und muntere Vögel zur Blütezeit. Du wirst sie treffen, singend und froh an den großen Straßen des Landes, und du wirst hören ihr schallendes Gelächter in den Wäldern. Es ist eine Pracht, sie anzusehen, und die jungen Männer finden eine wahre Lust dran.«

»Hugh!« rief der aufmerksame Mahtoree aus.

»Wahrhaftig, du magst es mir glauben, was du hörst; denn es ist keine Lüge. Aber wenn ein Jüngling ein junges Mädchen gefunden, das ihm gefällt, spricht er zu ihr mit einer so sanften Stimme, daß es niemand sonst hören kann. Er sagt nicht: ›Meine Wohnung ist weit, und darin ist noch Raum für jemand‹, sondern: ›Soll ich bauen, und will die Jungfrau mir zeigen, bei welcher Quelle sie wohnen möchte?‹ Seine Stimme ist süßer als der Honig des Johannisbrotbaumes und trillert so sanft ins Ohr wie der Gesang des Zaunkönigs. Wenn deshalb mein Bruder wünscht, daß seine Worte gehört werden, muß er mit einer weißen Zunge reden.«

Mahtoree versank in tiefes Sinnen, und was noch wunderbarer war: er versuchte nicht, dies zu verbergen. Es war gegen alle Ordnung der Geselligkeit und nach seinen ererbten Grundsätzen ganz der Würde eines Häuptlings entgegen, daß ein Krieger sich vor einem Weibe erniedrigen solle. Aber als Inez so vor ihm saß, in würdiger Ruhe, völlig unkundig und ganz ohne Argwohn, was wohl diesen Besuch veranlaßt haben könne, fühlte der Wilde doch den Einfluß einer Sitte, an die er ganz und gar nicht gewöhnt war. Den Kopf beugend, als erkenne er seinen Irrtum an, trat er ein wenig zurück, und indem er sich mit anmutiger Würde hinstellte, begann er mit solcher Sicherheit zu reden, wie wenn er sich durch seine Beredsamkeit bisher nicht minder ausgezeichnet hätte als durch seine Waffentaten. Die Augen auf Middletons Braut gerichtet, begann er abermals in folgenden Worten:

»Ich bin ein Mann mit roter Haut, aber meine Augen sind schwarz. Sie waren offen seit manchem Schnee. Sie haben manche Dinge geschaut und wissen einen Tapfern von einem Feigen zu unterscheiden. Als ich noch ein Knabe war, sah ich nichts als den Bison und den Hirsch. Nun kam ich auf die Jagd und sah den Kuguar und den Bären. Das machte Mahtoree zum Manne. Er sprach nicht mehr mit seiner Mutter. Seine Ohren waren offen für die Weisheit der alten Leute. Sie erzählten ihm alles, sie sagten ihm auch von den Langmessern. Nun zog er mit auf den Kriegspfad. Damals war er der Letzte; jetzt ist er der Erste. Welcher Dakota wagt es zu sagen, er wolle *vor* Mahtoree in die Jagdgründe der Pawnees ziehen! Die Häuptlinge kamen ihm vor ihren Türen entgegen, und sie sagten: ›Mein Sohn ist ohne eigenes Haus.‹ Sie gaben ihm ihre Wohnung, sie gaben ihm ihre Reichtümer, und sie gaben ihm ihre Töchter. Da wurde Mahtoree ein Häuptling, wie es auch sein Vater gewesen. Er schlug die Krieger aller Völker, und auswählen konnte er sich Weiber von den Pawnees, den Omahaws und den Konzas; aber er sah auf die Jagdgründe und nicht auf sein Dorf. Er hielt ein Pferd für angenehmer als ein Dakotamädchen. Aber er fand eine Blume in der Prärie und pflückte sie und brachte sie in seine Wohnung. Er vergißt nun, daß ihm auch nur ein einziges Pferd gehört; er gibt sie alle den Fremden; denn Mahtoree ist kein Dieb: er will nur die Blume behalten, die er auf der Prärie fand. Ihre Füße sind sehr zart. Sie kann nicht bis zur Türe ihres Vaters gehen, sie wird für immer in der Wohnung eines tapferen Kriegers bleiben.«

Als er diese seltsame Anrede geendet, erwartete der Teton die Übersetzung derselben mit der Miene eines Bewerbers, der keine entmutigenden Zweifel über den glücklichen Ausgang hegt. Der Trapper hatte keine Silbe der Rede verloren und bereitete sich nun, sie auf eine Weise ins Englische zu übertragen, welche den Hauptgedanken womöglich noch dunkler als in der Ursprache ließe. Aber als seine widerstrebenden Lippen sich öffnen wollten, hob Ellen einen Finger auf und unterbrach ihn, indem sie mit einem raschen Blick auf die noch immer aufmerksame Inez deutete:

»Schone deine Lunge«, sagte sie, »alles, was ein Wilder sagt, darf nicht vor einer christlichen Frau wiederholt werden.«

Inez fuhr zusammen, wurde rot und neigte sich mit einer Art Zurückhaltung, indem sie kühl dem alten Mann für seine Absicht dankte und bemerkte, daß sie jetzt wünsche, allein zu sein.

»Meine Töchter bedürfen der Ohren nicht, um zu verstehen, was ein großer Dakota sagt«, erwiderte der Alte, zu dem erwartungsvoll horchenden Mahtoree gewandt. »Sein Blick und seine Zeichen genügen schon. Sie verstehen ihn, sie wünschen über seine Worte nachzudenken; denn die Kinder wackerer Väter, und das sind sie, tun nichts ohne Überlegung.«

Mit dieser für den energischen Ausdruck seiner Beredsamkeit so schmeichelhaften und seinen Hoffnungen so zusagenden Erklärung war der Teton durchaus zufrieden. Er drückte seine Zustimmung durch den herkömmlichen Laut aus und schickte sich an umzukehren. Die Frauen in der kalten, aber würdigen Weise seines Volkes grüßend, schlug er sein Kleid um sich und trat von dem Flecke ab, wo er den triumphierenden Stolz kaum zu verbergen vermocht.

Aber es hatte noch jemand, obgleich bewegungslos und unbemerkt, dem vorigen Auftritt zugehört, dessen Gefühle dabei in ganz verschiedener Art angeregt wurden. Keine Silbe war von den Lippen des lange und ängstlich erwarteten Gatten gefallen, die nicht seinem harmlosen Weibe tief ins Herz gedrungen wäre. Grade auf dieselbe Weise hatte er um sie in der Wohnung ihres Vaters gefreit, und um ähnliche Schilderungen von dem Ruhme und den Taten des Tapfersten ihres Stammes anzuhören, hatte sie die Ohren vor den sanfteren Erzählungen so manches Siouxjünglings geschlossen.

Als der Teton auf die eben erwähnte Art sich umkehrte, die Wohnung zu verlassen, bemerkte er erst dieses unerwartete und halb vergessene Wesen. Sie stand so demütig und verschämt, wie es die Art der indianischen Mädchen ist, das Pfand ihrer früheren Liebe im Arme, ihm gerade im Wege. Einen Augenblick fuhr er zusammen; gleich darauf gewann er aber wieder den marmorartigen Gleichmut, welcher, sei es von Natur oder durch Kunst, in seinen Gesichtszügen lag, und deutete ihr gebieterisch an, Platz zu machen.

»Ist nicht Tachechana die Tochter eines Häuptlings?« fragte sie mit unterdrückter Stimme, in welcher der Stolz gewaltig mit der Furcht kämpfte. »Waren nicht ihre Brüder Helden?«

»Geh! Die Männer rufen ihr Oberhaupt. Er hat kein Ohr für ein Weib.«

»Nein«, erwiderte die Flehende, »es ist nicht Tachechanas Stimme, die du hörst; dieser Knabe hier spricht durch die Zunge seiner Mutter. Er ist der Sohn eines Häuptlings, und seine Worte werden hinaufschallen zu den Ohren seines Vaters. Höre, was er spricht! ›Wann war Mahtoree hungrig, und Tachechana hatte keine Nahrung für ihn? Wann ging er der Spur der Pawnees nach und fand alles leer, – und meine Mutter hätte nicht geweint? Wann kehrte er heim mit Zeichen der Schlacht, und sie hätte nicht gesungen? Welches Siouxmädchen schenkte einem Helden einen Sohn wie mich? Sieh mich gut an, daß du mich auch kennen mögest. Meine Augen sind Adleraugen. Ich blicke in die Sonne und lache. Ein wenig Zeit, und die Dakotas werden mir zur Jagd folgen und in den Krieg. Weshalb wendet mein Vater die Augen ab von dem Weibe, das mir Milch gibt? Warum hat er so bald die Tochter eines mächtigen Sioux vergessen?‹«

Es war ein kurzer Moment, den das kalte Auge des Vaters mit Lust auf dem Antlitz des lachenden Buben verweilte und des Tetons starrer Sinn gerührt schien. Doch schnell überwand er diese edlere Regung, weil sie zugleich peinvoll für ihn war, faßte ruhig den Arm seines Weibes und führte es gerade vor Inez hin. Hinweisend auf das liebliche Gesicht der Dame, welche gerade mit zärtlichem Mitleid das der Indianerin anblickte, hielt er inne und überließ es seinem Weibe, eine Schönheit zu betrachten, die ihrem eigenen Geiste ebenso ausgezeichnet dünkte, als sie für den Charakter ihres treulosen Gatten gefährlich geworden. Als er glaubte, daß sie ihre Nebenbuhlerin, damit der Gegensatz recht schlagend wirke, lange genug angesehen, zog er plötzlich einen kleinen Spiegel hervor, der an ihrer Brust hing, ein Schmuck, den er ihr selbst in einer zärtlichen Stunde, ihrer Schönheit schmeichelnd, geschenkt, und zeigte der Armen darin ihr eigenes dunkles Gesicht. Dann winkte der

Teton, sein Kleid fester anziehend, dem Trapper, ihm zu folgen. Während er mit stolzem Schritt hinaustrat, murmelte er bei sich:

»Mahtoree ist sehr weise! Welche Nation hat einen so großen Häuptling wie die Dakotas?«

Tachechana stand einen Augenblick lang, als wäre sie zu einer Statue der Demut eingefroren. Drinnen in dem milden und sonst so fröhlichen Wesen arbeitete es, als sollte das Band zwischen ihrer Seele und der Hälfte, deren Aussehen ihr jetzt zur unerträglichen Bürde geworden, auf immer getrennt werden. Inez und Ellen wußten durchaus nicht, was zwischen ihr und ihrem Gatten vorgefallen, wenn auch der Scharfblick der letztern zu einem Verdacht führte, dessen Inez' unschuldige Seele ganz unfähig war. Beide wollten der jungen Indianerin indessen ihre zärtliche Teilnahme zu erkennen geben, wie es die weibliche schöne Seele überall mit sich bringt, als mit einemmal alle Ursache dazu verschwunden schien. Die krampfhaften Bewegungen im Gesicht der jungen Frau hörten plötzlich auf, ihr Gesicht wurde ruhig und starr wie ein gemeißelter Stein. Nichts blieb als ein Ausdruck unterdrückter Angst und das auf einem Gesichte, welches selten zuvor etwas von Kummer wußte. Und dieser Ausdruck blieb in langen Jahren, trotz dem Wechsel von Hitze und Kälte, Glück und Unglück, den sie bei der Unbeständigkeit des traurigen Zustandes aller Weiber unter den Wilden von nun an zu erdulden vom Schicksal verurteilt war. Ist es nicht aber ebenso bei der Pflanze? Wie sie auch nachher wachse und gedeihe, wo der Mehltau einmal und früher gewesen, bleiben die Spuren in Ewigkeit.

Zuerst beraubte sich Tachechana aller der rohen, doch hochgeschätzten Zierate, mit welchen einst ihres Gatten Freigebigkeit sie überhäuft hatte; und das geschah nicht mit Ungestüm, ja selbst ohne Murren, als gelte es nur, Inez' Überlegenheit anzuerkennen. Sie zog die Armbänder von ihren Handgelenken, die verschlungenen Kugelkränze von ihren Schenkeln und das breite Silberband von der Stirn. Dann hielt sie lange und schmerzlich inne. Ja, es schien, daß der einmal genommene Entschluß von keinem zartern Gefühle, und sei es noch so natürlich und dringend, könne überwunden werden; denn den Knaben selbst legte sie ihrer mutmaßlichen Nebenbuhlerin zu Füßen, und wohl konnte die so durch sich selbst erniedrigte Tetonfrau mit Recht glauben, nun sei ihr Opfer ganz vollbracht.

Während Inez und Ellen mit verwunderten Augen diese seltsamen Bewegungen betrachteten, sprach eine leise, sanfte, wohlklingende Stimme in einer für sie unverständlichen Sprache:

»Eine fremde Zunge wird meinen Knaben lehren, wie er ein Mann werden soll. Er wird neue Laute hören, aber er wird sie lernen und die Stimme seiner Mutter vergessen. Es ist der Wille des Wakonda, und ein Siouxmädchen soll nicht klagen. Sprich sacht zu ihm, denn seine Ohren sind sehr klein; wenn er groß sein wird, dann kannst du lauter reden. Laß ihn ja nicht ein Mädchen sein; denn das Leben der Frauen ist sehr traurig. Lehre ihn achthaben auf die Männer. Zeige ihm, wie er die strafen muß, die ihm unrecht tun, und laß ihn nie vergessen, Schlag um Schlag zu versetzen. Wenn er zur Jagd geht, so muß ihm die Blume der Bleichgesichter« – hier benutzte sie, den bitteren Gefühlen nachgebend, das von ihrem Gatten vorhin gebrauchte Bild – »sanft in die Ohren flüstern, daß die Haut seiner Mutter rot war, und daß sie einst die ›Hindin‹ der Dakotas gewesen.«

Tachechana drückte einen Kuß auf die Lippen ihres Sohnes und ging dann tiefer in die Wohnung hinein. Hier zog sie ihr leichtes Kalikokleid über den Kopf und setzte sich, um ihre Demut anzuzeigen, auf die nackte Erde nieder. Alle Bemühungen der beiden anderen, ihre Aufmerksamkeit zu fesseln, waren fruchtlos. Sie hörte weder auf ihre Vorstellungen, noch fühlte sie ihre zarte Berührung. Ein- oder zweimal erhob sich ihre Stimme in einer Art Klagegesang unter ihrem zitternden Gewande, nie aber ging sie über in die eigentümliche Wildheit der Musik ihres Volkes. So blieb sie mehrere Stunden verdeckt, indessen draußen Dinge vorgingen, die nicht allein auf ihr eigenes Schicksal bedeutend einwirkten, sondern auch auf die künftigen Bewegungen dieses wandernden Siouxstammes vom größten Einfluß waren.

Siebenundzwanzigstes Kapitel

Ich will keine Renommisten, ich bin in gutem Renommée bei den allerbesten Leuten. – Schließt die Tür zu – wir lassen keine Renommisten herein; ich habe es nicht so weit in der Welt gebracht, um mir vorrenommieren zu lassen. – Schließt die Tür zu ich bitte Euch.

Shakespeare (Heinrich IV., T. 2)

Mahtoree traf vor seiner Schwelle Ismael, Abiram und Esther. Sein erster Blick auf das ernste und drohende Antlitz des gewaltigen Squatters verkündete dem schlauen Teton, daß der verräterische Waffenstillstand, welchen er mit diesen, seinen größeren Geistesgaben untergeordneten Leuten abgeschlossen, in Gefahr sei, gewaltsam zu enden.

»Merkst du hier, alter Graubart«, sagte Ismael, indem er den Trapper erfaßte und ihn so leicht an seine Seite schwenkte, als wäre er nichts weiter als ein behendes Spielzeug, »daß ich es müde bin, ein Gespräch noch länger mit den Fingern und dem Daumen statt mit der Zunge zu führen? Du sollst mir den Sprachmeister spielen und frischweg meine Worte ins Indianische übersetzen, ohne gerade drauf zu sehen, ob sie für den Magen einer Rothaut sind oder nicht.«

»Sprecht, Freund!« erwiderte ruhig der Trapper, »gerade so, wie Ihr die Worte aussprecht, werde ich sie ihm wiedergeben.«

»*Freund?*« erwiderte der Squatter, indem er den andern einige Augenblicke mit einem nicht leicht zu deutenden Ausdruck anblickte. »Aber im Grunde ist dieses nicht mehr als ein *Wort,* und ein Wortschall bricht keine Rippen, und es handelt sich um keine Pachtung. Sage diesem diebischen Sioux denn, daß ich jetzt gekommen bin, die Bedingungen unsers feierlichen Vertrages einzufordern, den wir am Fuß des Felsens abschlossen.«

Als der Trapper den Sinn der Rede in die Siouxsprache übersetzt, fragte Mahtoree mit dem Ausdruck des Erstaunens:

»Friert mein Bruder? Büffelhäute sind hier im Überfluß. – Ist er hungrig? So sollen meine jungen Leute ihm Wildbret ins Haus bringen.«

Der Auswanderer hob drohend seine geballte Faust und paukte damit heftig auf die flache Hand, um hierdurch seiner Antwort mehr Nachdruck zu geben.

»Sage dem betrügerischen Lügner, ich sei nicht wie ein Bettler gekommen, von dem Seinigen zu nagen, sondern wie ein freier Mann, der nach dem Eigenen fragt; ich will es haben. Und mehr noch, sage ihm, ich fordere auch, daß du, so ein kläglicher Sünder du bist, in die Hände der Gerechtigkeit gegeben wirst. Da ist kein Mißverständnis. Meine Gefangene, meine Nichte und du. Ich fordere alle drei von ihm nach dem beschworenen Übereinkommen.«

Der durch nichts zu erschütternde Alte lächelte, und sein Lächeln deutete an, daß er mehr wisse, indem er antwortete:

»Freund Squatter, Ihr verlangt, was wenige Euch zugestehen würden. Ihr wollt zuerst die Zunge aus dem Munde des Tetons schneiden und dann das Herz aus seiner Brust.«

»Ismael Busch kümmert sich wenig darum, wer und was dabei Schaden leidet, wenn er sein Eigentum fordert. Aber übersetzt nur grade ins Indianische meine Forderungen, und wenn Ihr von Euch selbst redet, macht solche Zeichen, daß ein weißer Mann es versteht und ich wissen kann, daß kein falsches Spiel dabei los ist.«

Der Trapper lachte in seiner stummen Art und murmelte etwas für sich, ehe er den Häuptling anredete.

»Möge der Dakota weit seine Ohren öffnen«, sagte er dann, »die schweren, großen Worte wollen Raum haben einzugehen. Sein Freund, das Langmesser, kommt mit einer leeren Hand und sagt, daß der Teton sie füllen müsse.«

»Wagh! Mahtoree ist ein reicher Häuptling. Er ist der Herr der Prärie.«

»Er soll das Schwarzhaar herausgeben.«

Die Brauen des Häuptlings zogen sich böse zusammen, und seine Runzeln drohten augenblickliche Vernichtung dem kühnen Squatter, aber schnell seiner Klugheit eingedenkt, erwiderte er ausdrucksvoll mit einem verräterischen Lächeln:

»Ein Mädchen ist zu leicht für die Hand solches Tapfern. Ich will sie mit Büffeln anfüllen.«

»Auch sagt er, er bedürfe desgleichen der Blondhaarigen, die sein Blut in den Adern hat.«

»Sie soll Mahtorees Weib werden; dann wird das Langmesser Vater eines Häuptlings.«

»Und auch mich«, fuhr der Alte fort, indem er in der Zeichensprache, welche den Eingeborenen hier fast ebenso geläufig ist wie die artikulierte, zugleich so ausdrucksvoll redete, daß auch der Landbeuter, gegen den er sich dabei wandte, es verstehen mußte, »auch *mich* verlangt er, den kläglichen abgelebten Trapper.«

Der Dakota legte seinen Arm mit der Miene herzlicher Teilnahme um die Schulter des Alten, ehe er auf diese dritte und letzte Forderung erwiderte.

»Mein Freund ist alt«, sprach er, »und kann nicht weit reisen. Er wird bei den Tetons bleiben, daß sie Weisheit lernen können aus seinen Worten. Welcher Sioux hat eine Stimme wie mein Vater! Er lasse seine Worte sanft tönen, aber recht deutlich. Mahtoree wird Felle geben und Büffel. Den jungen Leuten von den Bleichgesichtern wird er Weiber geben, aber er kann niemand fortgeben, der schon in seiner Wohnung lebt.«

Vollkommen selbstzufrieden mit seiner lakonischen Erwiderung schritt der Häuptling jetzt auf die seiner harrende Ratsversammlung zu, als er sich plötzlich wieder umdrehte und den Trapper bei der Übersetzung, mit der er beschäftigt war, folgendermaßen unterbrach:

»Sage dem Großen Büffel (denn so hatten die Tetons Ismael Busch auf ihre Art getauft), daß Mahtoree eine Hand hat welche immer offen ist. Sieh«, fügte er hinzu, indem er auf das herbe und runzlige Gesicht der aufmerksamen Esther deutete, »sein Weib ist zu alt für solchen großen Häuptling. Er soll sie aus seinem Hause weisen. Mahtoree liebt ihn wie seinen Bruder. Er ist sein Bruder. Er soll das jüngste Weib der Tetons haben. Tachechana, der Stolz der Siouxmädchen, soll sein Wildbret kochen, und mancher Tapfere wird auf ihn mit verlangendem Blicke schauen. Sieh, ein Dakota ist großmütig.«

Die seltsame kalte Ruhe, mit welcher der Teton seinen kühnen Vorschlag beschlossen, verwirrte selbst den erfahrenen Trapper. Er starrte dem fortgehenden Indianer mit einem Erstaunen, das er nicht verbergen konnte, nach und fuhr in seinem Dolmetscheramte nicht eher fort, als bis Mahtorees Gestalt sich unter dem Kriegerhaufen, der schon so lange und mit einer so eigentümlichen Geduld seine Rückkehr erwartete, verloren hatte.

»Der Tetonenhäuptling hat sehr ausführlich gesprochen«, fuhr der alte Mann fort, »er will Euch die Dame nicht wiedergeben, auf welche Ihr, der Herr des Himmels weiß es, kein Recht habt außer wie der Wolf auf das Lamm. Er will Euch auch nicht das Kind herausgeben, das Ihr Eure Nichte nennt, und ich möchte wetten, daß er hier ein nicht viel schlimmeres Recht auf seiner Seite hat. Und überdies, Nachbar Squatter, schlägt er mich Euch gradezu ab, wie kläglich und wertlos ich auch bin; und ich halte ihn wahrhaftig deshalb nicht für unklug, indem der Mann wohl einsieht, daß ich manche besondere Gründe habe, weshalb ich eben nicht weit in Eurer Gesellschaft reisen möchte. Aber er macht Euch ein Anerbieten, welches Ihr nach Recht und Billigkeit prüfen sollt. Der Teton sagt Euch durch mich, der ich ja nichts anders bin als ein Paar Lippen, durch die er spricht, und deshalb gar nicht verantwortlich für seine sündigen Worte, aber er sagt nun einmal, da diese gute Frau über die angenehmen Jahre hinaus sei, so wäre es vernünftig, daß Ihr Euch losmachtet von solch einem Weibe. Er rät Euch deshalb, sie aus Eurem Hause zu schaffen, und wenn es leer ist, will er Euch sein eigenes Lieblingsweib oder vielmehr, die sein Lieblingsweib gewesen, senden, nämlich die »hüpfende Hindin«, wie die Sioux sie nennen, um ihren Platz auszufüllen. Ihr seht, Nachbar, obgleich die Rothaut im Sinne hat, Euer Eigentum zu behalten, so ist sie doch gern bereit, Euch was zur Entschädigung zu geben.«

Ismael hörte die Antwort auf seine Forderungen mit dem steigenden Unwillen an, welcher bei den stumpfsten Gemütern den Übergang zur Raserei der Wut bildet. Er bemühte sich sogar zu lachen, bei der Vorstellung, daß er seine langerprüfte Esther mit der geschmeidigern Stütze der jungen Tachechana vertauschen solle, doch klang über der Anstrengung dazu seine Stimme hohl und unnatürlich. Aber Esther war weit davon entfernt, den Vorschlag so lustig aufzunehmen. In gewöhnlich kreischender Weise brach sie heraus, nachdem sie wie jemand, der eben der Gefahr des Strangulierens entronnen, Atem geschöpft, und es ertönte:

»Holterdiepolter! Was? Will mir ein nackter Indianer die Rechte verheirateter Frauen kränken und verschenken? Denkt er, ein Weib sei ein Tier in der Prärie, daß man sie vom Dorfe fortjagen könne mit Flinten und Hunden? Sie soll mir doch kommen, die Beherzteste von ihnen allen und sich rühmen, was sie getan, und mir zeigen, ob sie solche Schlingel aufgezogen. Ein niederträchtiger Tyrann ist die diebische Rothaut und ein verfluchter Schurke, mein' ich. Er möchte gern Hauptmann sein drinnen und draußen. Ist denn ein ehrliches Weib in seinen Augen ein Haderwisch? Und du, Ismael Busch, Vater von sieben Söhnen und ebensoviel hübschen Töchtern, kannst du deinen sündigen Mund auftun anders, als ihm zu fluchen! Willst du deine Farbe in Unehre bringen, deine Familie und Nation? Willst du weißes Blut mit rotem vermischen, und willst du Vater einer Rasse von Bastarden sein? Oft hat dich der Teufel schon versucht, mein guter Mann, aber nie zuvor hat er eine so schlaue Schlinge wie diese gestellt. Geh zurück zu deinen Kindern, Freund, geh und erinnere dich, daß du kein Bär bist, sondern ein Christ, und danke auch Gott, daß du ein gesetzlicher Ehemann bist.«

Der kluge Trapper hatte Esthers Auftoben geahnt. Voraussetzend, daß ihr sanftes Temperament bei einem so schmählichen Vorschlage wie dieser Verstoßung sogleich in Feuer und Flamme auffahren würde, benutzte er geschickt den ersten Sturm und zog sich nach einem Orte zurück, wo er wenigstens vor jeder unmittelbaren Tätlichkeit ihres zwar weniger gereizten, aber nicht minder gefährlichen Ehemanns sicher war. Ismael, der vorhin seine Forderungen mit dem festen Entschlusse, sie zu ertrotzen, ausgesprochen, wurde jetzt gleich manchem hartnäckigen Ehemann durch den unerwarteten Sturmwind von seinem Vorhaben abgebracht, und um eine Eifersucht, die der Wut einer ihre Jungen verteidigenden Bärin glich, zu beschwichtigen, entfernte er sich etwas von der Hütte, welche bekanntlich den unschuldigen Gegenstand des plötzlichen Aufruhrs enthielt.

»Laß sie doch rausspazieren, deine kupferne Jesabel, laß sie zeigen ihre lohfarbene Schönheit vor dem Gesichte eines Weibes, das mehr als eine Kirchglocke gehört und eine ordentliche Macht gesehn hat«, rief Esther, die Hand im Triumph schwingend, indem sie Ismael und Abiram wie zwei verdrossene Schulknaben vor sich her ihrem eigenen Lager zutrieb. »Wahrhaftig, wahrhaftig, hier ist eine, die sie bald niederdonnern wollte! –

Was, wollt ihr euch hier auf die Bärenhaut strecken, Leute? Denkt mir nicht dran, ein Auge zu schließen im Lager, durch welches der Teufel so offen aus- und eingeht, als wäre er ein Edelmann und immer willkommen. Heda, Abner, Enoch, Jesse, wo seid ihr hin? Heran, heran! Wenn der schwachköpfige feige Mann, euer Vater, wieder in dieser Nachbarschaft ißt oder trinkt, so werdet wir ihn von der List der Rothäute vergiftet sehen. Nicht, daß ich mich darum bekümmere – nicht ich, – wer in meine Stelle kommt, wenn sie einmal gesetzlich leer ist, aber nie, Ismael, hätte ich gedacht, daß du, der du einmal ein Weib mit weißer Haut gehabt, Lust finden würdest an so einem Kupfergesicht – denn Kupfer ist sie, so wahr ich lebe; leugne es, wenn du kannst!– Kupfer, und erzfrech noch obendrein!«

Der erfahrene Ehemann ließ ihren gekränkten weiblichen Stolz ruhig aufsieden, ohne etwas anderes zu tun, als daß er einmal gelegentlich einen Ausruf tat, welchem eine einfache Beteuerung seiner Unschuld folgen sollte. Aber die Wut des Weibes war nicht zu beschwichtigen. Es hörte auf nichts als seine eigene Stimme, und demgemäß ward auch nichts gehört als sein Befehl zum Aufbruch.

Der Squatter hatte schon sein Vieh zusammengehalten und seine Wagen geladen, als Vorsichtsmaßregel, ehe er zum Äußersten, was er im Sinne trug, schritt. Esther fand somit alles ihren Wünschen angemessen. Die jungen Leute blickten sich fragend an, als sie die außerordentliche Aufregung ihrer Mutter bemerkten, zeigten aber wenig Anteil an einer Begebenheit, welche nicht die einzige ihrer Art gewesen. Auf Befehl ihres Vater wurden auch die Zelte schnell in die Wagen geworfen, als eine Art Wiedervergeltung für die geringe von ihrem neuen Verbündeten ihnen erwiesenen Treue, und dann verließ der Troß auf seine gewöhnliche stumme und verdrossene Weise den Platz.

Da eine furchtbare Nachhut wohlbewaffneter Grenzer die Abziehenden im Rücken deckte, sahen die Sioux diese Bewegung, ohne im geringsten Erstaunen oder ein Gefühl der Rache zu verraten. Der Wilde macht gleich dem Tiger selten einen Angriff auf einen Feind, der ihn erwartet, und wenn die Tetonkrieger irgend an eine Feindseligkeit dachten, geschah es in der ruhigen Weise, mit der alle katzenartigen Tiere den Moment abwarten, in dem sich ihre Opfer der Sorglosigkeit überlassen, um dann ihres Streiches gewiß zu sein. Mahtorees Beschlüsse aber, von denen eigentlich alle Politik seiner Nation abhing, lagen tief in seinem Gedankenschrein verschlossen. Vielleicht freute er sich, auf so leichte Weise so beschwerlicher Anforderungen quitt zu werden; vielleicht erwartete er eine günstigere Zeit, seine Macht zu zeigen, oder es mochten ihn Gegenstände von solcher Wichtigkeit drängen, daß sein Geist keine Muße gewann, an so gleichgültige Begebenheiten zu denken.

Doch wollte es den Anschein gewinnen, als sei Ismael, während er Esthers erweckten Gefühlen so viel zugestand, weit davon entfernt, so leicht von seinen ursprünglichen Absichten zu lassen. Sein Zug folgte dem Laufe des Flusses ungefähr eine Meile, und dann machte er wieder auf einer Höhe und an einem Orte, der alles Nötige gewährte, halt. Hier pflockte er abermals seine Zelte ein, spannte die Tiere aus, trieb sie hinunter in den Grund, kurz, er machte alle üblichen Vorbereitungen, hier die Nacht zuzubringen, und das mit derselben Ruhe und Überlegung, als wäre die Herausforderung, die er kaum seinen gefährlichen Nachbarn sozusagen in die Zähne geblasen, gar nicht vorgefallen.

Indessen schritten die Tetons zu dem eigentlichen Geschäft des Tages. Eine wilde grausame Lust hatte seit dem Augenblick im Lager geherrscht, in dem es ihnen bekannt wurde, daß ihr Häuptling mit dem lange gefürchteten und gehaßten Feindeshelden zurückkehre. Stundenlang waren die hochbetagten Weiber des Stammes von Wohnung zu Wohnung umhergegangen, um die Gemüter der Krieger so zu stimmen, daß das Mitleid keinen Anwalt fände. Zu dem einen sprachen sie von dem Sohn, dessen Schädelhaut in dem Rauch einer Pawneehütte dörre. Einem anderen zählten sie seine eigenen Narben und sein Unglück auf; einen dritten befragten sie nach seinem Verlust an Fellen und Rossen, und ein vierter wurde durch eine bedeutungsvolle Frage über irgendeine noch frische Begebenheit, in der er eben nur der leidende Teil gewesen, an die Vergeltung erinnert.

Durch diese Mittel waren die Männer wenigstens so weit in Harnisch gebracht, daß sie sich auf die oben beschriebene Weise versammelten, obgleich es noch immer zweifelhaft blieb, wie weit sie in ihrer Rache gehen würden. Die Meinungen, ob es klug sei, ihre Gefangenen hinzurichten, waren sehr geteilt, und Mahtoree hatte die Verhandlungen unterbrochen, um sich indessen zu vergewissern, wieweit diese Maßregel ihn seinen eigenen Absichten näher bringen oder davon entfernen könne. Bis dahin waren die Beratungen nur vorläufige zu nennen, damit jeder Häuptling im voraus berechnen könne, wieviel Stimmen er wohl für sich bei der angeregten Frage erhalten möge, wenn der wichtige Gegenstand wirklich vor die feierliche Versammlung des Stammes kommen werde. Diese sollte jetzt vor sich gehen, und alle Vorbereitungen dazu waren mit einer Würde und Feierlichkeit, die dem wichtigen Interesse des Anlasses ziemte, getroffen.

Mit einer ausgesuchten Grausamkeit, die nur in dem Hirn eines Indianers entspringen konnte, war der Ort zu dieser ernsten Beratung dicht um den Pfosten erwählt, an welchem der wichtigste Gegenstand derselben gebunden stand. Middleton und Paul wurden in ihren Banden herbeigetragen und zu den Füßen des Pawnee niedergelegt; dann nahmen alle Männer, gemäß den verschiedenen Ansprüchen auf Auszeichnung ihre Plätze ein. Als Krieger um Krieger herzutrat, setzte sich jeder in dem weiten Kreise mit einer so sinnenden und gedankenvollen Miene nieder, als gälte es wirklich, das Amt der Gerechtigkeit zu verwalten, und als fordere zugleich das Mitleid einen regen Anteil. Für drei oder vier der ausgezeichnetsten Häuptlinge wurde ein Platz aufgehoben, und einige der ältesten Frauen, so welk, wie nur das Alter und alle erfahrenen Drangsale bei den Leidenschaften, welchen die wilden Völker unterworfen sind, sie machen konnten, drängten sich selbst in den vordersten Kreis mit einer Verwegenheit, deren Quelle ihr unersättlicher Durst nach Grausamkeit war, und deren Entschuldigung nur in ihren Jahren und in ihrer lang erprüften Treue gegen ihre Nation lag.

Alle bis auf die erwähnten Häuptlinge waren jetzt an Ort und Stelle. Diese hatten in der vergeblichen Hoffnung gezögert, daß ihre eigene Einmütigkeit den Weg zu der ihrer Anhänger bahnen könne; denn Mahtoree konnte trotz seines höheren Einflusses seine Macht doch nur durch fortwährende Berufung an die Meinungen seiner Untergebenen erhalten. Als diese wichtigen Männer nun endlich zusammen in den Kreis traten, verkündeten ihre trüben Blicke und wolkigen Stirnen, soviel Zeit sie auch auf die Beratung verwendet hatten, zur Genüge, welche Unzufriedenheit unter ihnen herrsche. Mahtorees Auge wechselte im Ausdruck; jetzt schossen plötzliche Strahlen hervor, die Feuer an seiner glühenden Brust zu fangen schienen, und jetzt wurden sie wieder so kalt und fest, wie er meinte, daß sie sich für einen Häuptling bei der Beratung schickten. Er nahm seinen Sitz mit der erkünstelten Einfachheit eines Demagogen ein, obgleich der scharfe und blitzartige Blick, mit dem er sogleich die schweigende Versammlung musterte, die weit mehr vorherrschende tyrannische Lust bekundete.

Als nun alle zugegen waren, zündete ein alter Krieger die große Pfeife des Volkes an und blies den Rauch nach den vier Himmelsgegenden. Sobald diese Opferung geschehen, reichte er die Pfeife Mahtoree dar, welcher aber voll angenommener Demut sie zu einem grauköpfigen Häuptling an seiner Seite vorübergehen ließ. Nachdem so der herkömmliche Ritus von allen durchgemacht war, erfolgte ein tiefes Schweigen, als sei ein jeder nicht allein dazu aufgelegt, sondern sinne auch wirklich tief über die vorliegenden Angelegenheiten nach. Dann stand ein alter Indianer auf und sprach folgendermaßen:

»Nach vielen Wintern lag der Adler an den Fällen des endlosen Stromes noch in seinem Ei, als schon meine Hand einen Pawnee erlegt hatte. Was meine Zunge spricht, haben meine Augen gesehen. Bohrecheena ist sehr alt. Die Hügel haben länger auf ihren Plätzen gestanden, als er in seinem Stamme gewesen, und die Ströme waren voll und leer, ehe daß er geboren worden; aber wo ist der Sioux, der das außer ihm weiß? Was er sagt, sollen sie hören. Wenn irgendeines seiner Worte zu Boden fällt, werden sie es auflangen und in ihren Ohren behalten. Wenn der Wind irgendeines davon fortbläst, werden meine jungen Männer, die sonst so gewandt sind, es wieder auffangen. Jetzt hört! Seitdem Wasser rann und Bäume wuchsen, haben die Sioux die Pawnees auf ihrem Kriegspfad gefunden. So, wie der Kuguar die Antilope liebt, liebt der Dakota seinen Feind. Wenn der Wolf das Hirschkalb findet, bleibt er da liegen und schläft? Wenn der Panther das Reh am Quell sieht, schließt er dann die Augen? Ihr wißt, daß er es nicht tut. Er trinkt aber Blut! Ein Sioux ist ein springender Panther, ein Pawnee ist ein zitternder Hirsch. Mögen meine Kinder mich hören. Sie werden meine Worte gut finden. Ich habe gesprochen.«

Lauter Beifall brach aus den Lippen aller Anhänger Mahtorees hervor, als sie diesen blutigen Rat aus dem Munde eines vernahmen, der gewiß zu den Ältesten der Nation gehörte. Der eingewurzelten Rachsucht, die einen Hauptzug in ihrem Charakter bildete, wurde durch diese metaphorische Anspielung geschmeichelt, und der Häuptling hoffte auf den glücklichen Ausgang seiner Entwürfe aus der Zahl der Beifall Spendenden, welche sich so laut für den Rat seines Freundes ausgesprochen. Aber an Einstimmigkeit war noch immer nicht zu denken. Eine lange anständige Pause ließ man den Worten des ersten Sprechers folgen, damit ein jeder gehörig über ihre Weisheit brüten möge, ehe ein anderer Häuptling es übernähme, ihn zu widerlegen. Der zweite Redner, obwohl über die Blüte seiner Jahre hinaus, war doch weit jünger als sein Vorgänger. Er fühlte wohl, daß ihm dieser Umstand im Wege war, und versuchte nun durch Übermaß an Demut, soweit es ging, diesen Übelstand abzuwenden.

»Ich bin nur ein Kind«, begann er, indem er verstohlen umherblickte, um zu entdecken, wieweit sein durch Klugheit und Tapferkeit wohlbegründeter Ruf seiner Behauptung widerspreche. »Ich lebte unter Weibern, seit mein Vater ein Mann geworden. Wenn mein Haupt anfängt, grau zu werden, so ist das nicht, weil ich alt bin. Etwas von dem Schnee, der darauf gefallen ist, während ich auf meinem Kriegspfade schlief, ist darauf angefroren, und die heiße Sonne in der Nähe der Osagen-Dörfer war nicht stark genug, ihn fortzuschmelzen.«

Ein leises Gemurmel deutete die Bewunderung an, welche man der Erwähnung von Diensten zollen mußte, auf die er so schlau anspielte. Der Redner wartete bescheiden, bis die allgemeine Bewegung etwas nachgelassen, und dann fuhr er, mit steigender Kraft und wie heimlich durch ihren Beifall ermutigt, fort:

»Aber die Augen eines jungen Tapfern sind gut. Er kann sehr weit sehen. Er ist ein Luchs. Blickt auf mich! Ich will mich umwenden, daß ihr mich von beiden Seiten sehen könnt. Jetzt wißt ihr, ich bin Euer Freund; denn ihr seht einen Rücken, den ein Pawnee niemals zu sehen bekommt. Jetzt blickt mir ins Gesicht, nicht in diese Narbe; denn dadurch können eure Augen nie in meinen Geist schauen. Sie ist nur eine Höhlung, die ein Konza eindrückte. Aber hier ist eine Öffnung, vom Wakonda selbst gemacht, durch die ihr bis in die Seele schaut. Was bin ich? Ein Dakota innen und außen. Ihr wißt es. Deshalb hört mich! Das Blut einer jeden Kreatur in der Prärie ist rot; wer kann den Fleck unterscheiden, wo ein Pawnee erschlagen ward, von dem, wo unsere jungen Leute einen Bison trafen? Er ist von derselben Farbe. Der Herr des Lebens schuf die einen und die anderen. Er machte sie einander gleich. Aber wird das Gras grün werden, wo ein bleiches Gesicht erschlagen ist? Meine jungen Leute müssen nicht denken, *jenes* Volk sei so zahlreich, daß es sich nicht kümmere um einen umgebrachten Krieger. Sie überzählen sie oft und sagen: ›Wo sind meine Söhne?‹ Wenn sie einen vermissen, werden sie in die Prärie senden, nach ihm zu sehen. Wenn sie ihn nicht finden können, werden sie ihren Kriegern sagen; sie sollten ihn suchen unter den Sioux. Meine Brüder, die Langmesser sind keine Toren. Es ist ein gewaltiger Zauberarzt ihres Volkes jetzt unter uns; wer kann sagen, wie laut seine Stimme ist oder wie lang sein Arm?«

Hier wurde der Redner, der mit mehr Wärme in seinen Gegenstand einzudringen schien, kurz von dem ungeduldigen Mahtoree unterbrochen, der plötzlich aufstand und mit einer Stimme, in der Autorität und Verachtung sich mischten und die gegen das Ende sehr ironisch tönte, ausrief:

»Laßt meine jungen Leute den bösen Geist der Bleichgesichter in den Rat führen. Mein Bruder soll seinen Beschwörer von Angesicht zu Angesicht schauen!«

Eine totenähnliche, feierliche Stille folgte dieser außerordentlichen Unterbrechung. Sie war nicht allein eine schwere Beleidigung gegen die geheiligten Gebräuche bei den Verhandlungen, sondern der letzte Befehl war eine offenbare Herausforderung der unbekannten Macht eines jener unbegreiflichen Wesen, die wenige Indianer dazumal ohne die allerheiligste Scheu anblickten und denen sie noch viel weniger zu trotzen wagten. Die Dienenden gehorchten indessen, und Obed ward aus seiner Wohnung herausgelassen, mit aller Zeremonie und in vollem Staate auf seinen Esel gesetzt, was allerdings wohl in spöttischer Absicht geschah, aber nichtsdestoweniger mit großer Angst ausgerichtet wurde. Als sie in den Kreis traten, warf Mahtoree, der dem Einflusse des Doktors dadurch, daß er seine Person verächtlich machte, vorbeugen wollte, sein Auge ringsumher, um in den finsteren ihn umgebenden Gesichtern den Eindruck zu lesen.

In der Tat hatten Natur und Kunst sich vereinigt, aus der Gestalt des Naturforschers ein Wesen zu erschaffen, wie es an jedem Orte ein Gegenstand der Verwunderung geworden wäre. Sein Kopf nämlich war nach der neuesten Siouxmode geschoren worden. Ein stattlicher Haarbüschel, den man ohne Zweifel, wenn der Doktor dabei zu Rate gezogen worden wäre, auch nicht geschont hätte, war alles, was von einem üppigen und zumal in jener Jahreszeit gar nicht unangenehmen Haarwuchs übriggeblieben. Dafür hatte man die Farbe recht dick auf den nackten Kopf aufgelegt, und in dieser charakteristischen Malerei war man bis um die Augen und den Mund fortgeschritten, wodurch der natürlich scharfe Ausdruck der ersteren eine ganz besondere Art von Schlauheit, der dogmatische Mund aber den Anstrich einer grimmigen Beschwörungskunst gewann. Die oberen Kleider waren ihm abgezogen worden, und statt deren hatte man seinen Leib vor der Kälte genügend durch ein phantastisch bemaltes Gewand aus zubereiteten Hirschfellen geschützt. Wie zur Verspottung seines Gewerbes waren verschiedene Kröten, Frösche, Eidechsen, Schmetterlinge usw., alle von ihm sorgfältig zubereitet, um dereinst in seinem Privatkabinett aufgestellt zu werden, an dem übriggebliebenen Haarbüschel, an seinen Ohren, und wo sonst Teile seines Körpers besonders heraustraten, befestigt worden. Fügen wir noch zu der Wirkung, welche schon dieser seltsame Aufzug machen mußte, die Blicke des Zweifels und Entsetzens hinzu, welche seinem Gesichte einen doppelt bittern Anstrich verliehen und des würdigen Obeds ganzes Mißgeschick verkündeten, als er seine persönliche Würde so verspottet sah, und, was in seinen Augen von weit größerer Wichtigkeit war, sich zum Opfer bei irgendeinem heidnischen Gottesdienste bestimmt dachte, so wird der Leser gern glauben, daß sein Erscheinen eine Art heiliger Scheu bei einer Bande verursachen mußte, welche schon vorher mehr als zur Hälfte geneigt war, ihn als einen mächtigen Agenten des bösen Geistes anzusehen.

Weucha führte den Esel gerade in die Mitte des Kreises, und indem er Reiter und Tier zusammenließ (denn die Schenkel des Naturforschers waren dergestalt an dem Esel befestigt, daß beide Geschöpfe wörtlich inkorporiert schienen, um eine neue Gattung zu bilden) eilte er wieder nach seinem Platze und blickte mit einer staunenden Verwunderung, wie sie solchem kriechenden Geschöpfe wohl zukam, auf den Beschwörer.

Das Erstaunen schien aber gegenseitig zwischen den Zuschauern und dem Helden dieses seltsamen Schauspiels. Während die Tetons mit Scheu und Furcht die geheimnisvollen Attribute des Doktors betrachteten, sah sich dieser nach allen Seiten mit einer Mischung ebenderselben außerordentlichen Empfindungen um, unter denen die letztere von beiden, die Furcht, indessen den größern Bestandteil bildete. Überall schienen seine Augen, die gerade damals die geheimnisvolle Eigenschaft hatten, alles zu vergrößern, auf mehreren schwarzen, wilden und ganz besonders verhärteten Gesichtern zugleich zu haften, aus deren keinem ihm ein einziger Blick des Mitgefühls oder Erbarmens entgegenstrahlte. Endlich fiel sein wandernder Blick auf die ernsten und gesetzten Züge des Trappers, der an dem einen Ende des Kreises stand, mit Hektor zu seinen Füßen und auf jene Flinte gelehnt, die man ihm, als einem Freunde, wiederzugestanden hatte. Er sann offenbar über die Begebenheiten nach, welche aller Wahrscheinlichkeit nach einer Beratung folgen mußten, die sich durch so seltsame Zeremonien auszeichnete.

»Verehrungswerter Weidmann, Jäger oder Trapper«, sagte der ganz trostlose Obed, »wie sehr freut es mich, Euch wieder anzutreffen! Ich fürchte, daß die kostbare mir zugestandene Zeit, um eine mächtige Arbeit zu vollenden, sich einem allzufrühen Schlusse nähert, und herzlich gern möchte ich mein Herz gegen jemand entlasten, welcher, wenn er auch kein Zögling der Wissenschaften ist, doch wenigstens etwas von den Kenntnissen besitzt, welche in zivilisierten Ländern beinahe schon das liebe Vieh haben muß. Zweifelsohne werden mancherlei und sehr ernste Nachforschungen nach meinem Schicksal von den gelehrten Gesellschaften der Welt erfolgen, und vielleicht sendet man Expeditionen in diese Gegenden, um alle Zweifel, die über einen so wichtigen Gegenstand sich erheben möchten, zu lösen. Ich schätze mich glücklich, daß jemand, der unsere Muttersprache redet, gegenwärtig ist, um die Geschichte meines Endes zu bewahren. Er wird aussagen, wie ich nach einem wohlverbrachten und ruhmwürdigen Leben als Märtyrer der Wissenschaft und als Opfer geistiger Finsternis umgekommen. Da ich besonders ruhig und vom Irdischen abgekehrt in meinen letzten Momenten zu sein hoffe, so würde, wenn Ihr einige wenige Umstände, die Festigkeit und gelehrte Würde betreffend, mit der ich dem Tode begegnet bin, hinzufügtet, dies vielleicht künftige Aspiranten zu ähnlicher Ehre anspornen und sicherlich niemand beleidigen. Und jetzt, Freund Trapper, will ich, der Pflicht eingedenk, die ich der menschlichen Natur schuldig bin, mit der Frage schließen, ob mich denn alle Hoffnung verlassen soll, oder ob wohl noch irgend Mittel existieren, durch welche so schätzbare Nachrichten vor dem Geist der Unwissenheit geschützt und den Annalen der Naturgeschichte aufbewahrt werden können.«

Der alte Mann horchte aufmerksam auf die melancholische Klage und überschlug augenscheinlich nach allen Seiten diese wichtige Frage, ehe er sich zu antworten getraute.

»Ich halte dafür, Freund Doktor«, erwiderte er zuletzt sehr ernst, »daß Leben und Tod in dem Falle, in dem Ihr Euch befindet, lediglich von dem Willen der Vorsehung abhängig sind, wie diese sich nun auch in den verfluchten Krümmungen indianischer Schlauheit kundtun will. Was mich betrifft, so sehe ich eigentlich nicht ab, was dabei zu gewinnen ist, da doch eigentlich niemand was davon hat, Euch selbst ausgenommen, ob Ihr lebt oder sterbt.«

»Würdet Ihr den Fall eines Ecksteins aus der Basis des Lehrgebäudes als einen gleichgültigen Gegenstand für Mitwelt und Nachwelt ansehen?« unterbrach ihn heftig der entrüstete Obed. »Außerdem, mein bejahrter Genosse«, fügte er tadelnd hinzu, »ist das Interesse, das jemand an seiner eigenen Existenz hat, keinesweges unbedeutend, wie sehr es auch durch seine Verehrung für allgemeinere und mehr philanthropische Gefühle mag verdunkelt werden.«

»Was ich sagen wollte, ist dies«, hob der Trapper abermals an, der weit davon entfernt war, die subtilen Unterscheidungen, mit denen sein gelehrter Gefährte die Unterhaltung so oft würzte, zu verstehen. »Alle Dinge können nur einmal geboren werden und nur einmal sterben, seien es nun Hunde oder Hirsche, Rothäute oder Weiße. Beides steht in den Händen des Herrn, indem es für den Menschen ebenso widerrechtlich ist, seine Geburt beschleunigen, als unmöglich, seinen Tod hinausschieben zu wollen. Doch will ich damit nicht sagen, daß nichts getan werden könnte, die letzten Augenblicke – wenigstens auf kurze Zeit – zu verzögern, und deshalb ist es eine Frage, die jeder an sein eigenes Gewissen zu tun hat, wie weit er darin gehen will, und wieviel er dulden mag, damit er eine Zeit um einige Spannen verlängere, die vielleicht schon zu lange gedauert hat. Mancher rauhe Winter und sengende Sommer ist vergangen, seit ich mich zur Rechten und zur Linken gewandt habe, um eine Stunde dem Leben hinzuzufügen, das schon über achtzig Jahre gedauert hat. Ich bin immer so bereit, auf meinen Namen zu antworten, wie der Soldat abends beim Appell. Wenn Euer Schicksal der Gemütsstimmung der Indianer überlassen bleibt, so wird nach meinem Urteil die Politik des großen Sioux sein Volk dahin stimmen, euch alle zu opfern! Auch gebe ich nicht viel auf seine scheinbare Liebe zu mir. Deshalb ist die Frage recht an der Zeit, ob Ihr zu solch einer Reise bereit seid, und ob, wenn Ihr bereit seid, dies nicht eine ebenso gute Zeit zum Abreisen ist wie jede andere. Sollte man mich nach meiner Meinung fragen, würde ich sie so weit zu Euren Gunsten erteilen, daß ich spräche: meines Erachtens sei Euer Leben unschuldig genug, was nämlich Übeltaten betrifft, die Ihr könntet begangen haben, obgleich die Wahrheit mich zugleich antreiben würde hinzuzusetzen, daß alles zusammengenommen, was Ihr auf die Rechnung Eurer Handlungen setzen könntet, kaum des Namens wert sei bei der großen Abrechnung.«

Obed blickte kläglich auf das ruhige, philosophische Gesicht des andern, indem dieser ihm einen so entmutigenden Bericht über seine Lage mitteilte. Er räusperte sich, um die entsetzliche Betroffenheit zu verbergen, die alle seine Kräfte gelähmt hatte, und doch verleugnete er dabei nicht jenen Stolz, welcher selten die arme menschliche Natur, selbst in ihren größten Nöten, verläßt.

»Ich meine, verehrungswürdiger Jäger«, erwiderte er, »wenn wir jene Frage in allen ihren verschiedenen Bedeutungen auffassen und annehmen, daß Eure Theorie richtig ist, so würde *der* Schluß der richtigste sein, daß ich zu einer so hastigen Abreise nicht vorbereitet bin und daß man folglich zu Maßregeln der Vorsicht greifen müßte.«

»Nun wohl«, erwiderte nachdenklich der Trapper, »ich will für Euch handeln, wie ich es für mich selbst tun würde. Doch da die Zeit mit Euch schon bergab rennt, möchte ich Euch raten, schnell zuzusehen; denn es könnte geschehen, daß Euer

Name in einem Augenblicke gerufen würde, wo Ihr nicht besser auf die Antwort vorbereitet wäret als jetzt.«

Mit diesem freundlichen Winke zog sich der alte Mann wieder in den Kreis, wo er über das nachdachte, was ihm jetzt zu tun obliege, und in seinem Wesen zeigte sich die seltsame Mischung zwischen Entschlossenheit und Ergebung, die beide ihren Grund in seiner Lebensart und Demut hatten und in ihrer Verbindung einen Charakter bildeten, in welchem außerordentliche Energie und die nachgiebigste Unterwerfung unter den Willen der Vorsehung sich wunderbar genug zusammen vertrugen.

Achtundzwanzigstes Kapitel

> Die Hex' in Smithfield soll zu Asche brennen,
> Und ihr drei andern sollt am Galgen baumeln.
> *Shakespeare*

Die Sioux hatten den Ausgang des vorigen Gesprächs mit lobenswerter Geduld angehört. Die meisten in der Bande wurden durch die geheime Ehrfurcht, mit welcher sie Obeds mysteriösen Charakter betrachteten, zurückgehalten, während einige einsichtsvollere Häuptlinge gern die Gelegenheit benutzten, ihre Gedanken zu dem Redekampf im voraus zu ordnen, der aller Wahrscheinlichkeit nach jetzt anheben mußte. Mahtoree, von keinem dieser Gefühle bewegt, war zufrieden, dem Trapper zu zeigen, wieviel er ihm zu Gefallen tue, und als der alte Mann in dem Gespräch innehielt, warf ihm der Häuptling einen Blick zu, der ihn an die Geduld erinnern sollte, mit welcher er seinen Bewegungen zugesehen. Eine tiefe Totenstille folgte der kurzen Unterbrechung. Dann stand Mahtoree auf, augenscheinlich zum Sprechen vorbereitet. Indem er zuerst eine würdige Stellung einnahm, warf er einen festen und strengen Blick auf die ganze Versammlung. Der Ausdruck seines Auges blieb jedoch nicht derselbe, während er die verschiedenen Gesichtszüge seiner Anhänger und seiner Gegner musterte. Obgleich immer ernst, drohte sein Blick den ersteren doch nicht, wogegen er den letzteren alle Gefahr anzudeuten schien, welche sie notwendig liefen, wenn sie es wagten, der Rache eines so mächtigen Mannes zu trotzen.

Doch auch mitten unter diesem Stolz und dieser Zuversicht verließen Scharfsinn und Schlauheit den Teton nicht. Als er auf diese Weise sozusagen seinen Handschuh dem ganzen Stamme zugeworfen und genugsam seinen Anspruch auf die Oberherrschaft zu erkennen gegeben hatte, wurde seine Miene sanfter und sein Blick weniger furchtbar. Jetzt erscholl seine Stimme mitten in der totenähnlichen Stille, indem er, so wie es die in seiner Rede gebrauchten Bilder mit sich brachten, die Stimme sinken ließ oder erhob.

»Was ist ein Sioux?« begann der Häuptling mit Schlauheit. »Er ist der Herrscher in den Prärien und der Herr ihres Wildes. Die Fische in dem ›Strome der getrübten Wellen‹ kennen ihn und kommen auf seinen Ruf. Er ist ein Fuchs im Rate, ein Adler im Blick, ein grimmiger Bär im Streit. Ein Dakota ist ein Mann!«

Nachdem er gewartet, bis das leise Beifallsgemurmel, welches diesem schmeichelhaften Bilde seiner Nation folgte, sich gelegt, fuhr der Teton fort: »Was ist ein Pawnee? Ein Dieb, der nur Weiber bestiehlt; eine Rothaut, die nicht tapfer ist; ein Jäger, der um Wildbret bettelt. Im Rat ist er eine Eichkatze, von einem Ort zum andern hüpfend; er ist eine Eule, die bei Nachtzeit in die Prärie schleicht; im Kampf ist er ein Elch, dessen Schenkel flüchtig sind. Ein Pawnee ist ein Weib.«

Es folgte wiederum eine Pause, während welcher ein Jubelgeschrei aus vielen Lippen herausbrach und man forderte, die beleidigenden Worte sollten dem unglücklichen Gegenstande ihrer bittern Verachtung übersetzt werden. Der alte Mann gehorchte dem Winke, welchen ihm Mahtoree deshalb gegeben. Ernst horchte Hart-Herz auf und richtete dann wieder, als erinnere er sich, daß für ihn die Zeit zum Reden noch nicht gekommen sei, den Blick hinaus in die freie Luft. Der Redner bewachte sein Antlitz mit einem Ausdruck, der zur Genüge bewies, welchen unauslöschlichen Haß er gegen den einzigen Häuptling nah und fern hege, dessen Ruhm mit seinem eigenen zu dessen Nachteil könnte gemessen werden. Obgleich er sich darin so weit getäuscht sah, als er den Stolz jemandes, den er kaum für mehr als einen Knaben hielt, nicht gedemütigt hatte, so fuhr er doch in dem Geschäft, welches er als weit wichtiger betrachtete, fort, nämlich die Gemüter der Männer seines eigenen Stammes aufzureizen, damit sie bereit wären, sein wildes Vorhaben durchzusetzen.

»Wenn die Erde mit Ratten bedeckt wäre, die zu nichts gut sind«, sagte er, »so wäre kein Raum für die Büffel, die doch dem Indianer Nahrung und Kleidung liefern. Wären die Prärien mit Pawnees bedeckt, so gäbe es keinen Raum für den Fuß eines Dakota. Ein Loup ist eine Ratte, ein Sioux aber ein starker Büffel; laßt nur die Büffel auf die Ratten treten und sich selbst Platz verschaffen.

Meine Brüder«, fuhr er fort, »ein kleines Kind hat zu euch

gesprochen. Es sagte euch – sein Haar ist nicht grau, sondern gefroren –, daß kein Gras wachse, wo ein Bleichgesicht gestorben. Kennt er die Farbe des Blutes eines Langmessers? Nein! Ich weiß, er kennt sie nicht; er hat es nie gesehen. Welcher Dakota, bis auf Mahtoree, erschlug je ein Bleichgesicht? Keiner. Aber Mahtoree muß schweigen. Jeder Teton würde seine Ohren schließen, wenn er spräche. Die Hirnhäute über seiner Wohnung wurden von Weibern genommen. Sie wurden von Mahtoree genommen, und er ist ein Weib. Sein Mund ist geschlossen; er wartet auf die Feste, um unter den Mädchen zu singen!«

Trotz aller Ausrufungen des Unwillens und der Empörung, die auf eine so selbsterniedrigende Erklärung folgten, nahm der Häuptling doch seinen Sitz ein, um nicht mehr zu sprechen. Aber als das Gemurmel lauter und allgemeiner wurde und drohende Anzeichen verrieten, daß die Ratsversammlung sich in völliger Verwirrung auflösen würde, stand er wieder auf und begann abermals, indem jedoch sein Ton wild und stürmisch wurde wie bei einem Krieger, der nach Rache dürstet.

»Laßt doch meine jungen Leute nach Tetao suchen«, rief er, »sie werden seine Hirnhaut finden, trocknend im Rauche der Pawnees. Wo ist Bohrecheenas Sohn? Seine Gebeine sind weißer als die Gesichter seiner Mörder. Schläft Mahhah in seiner Wohnung? Ihr wißt, manche Monden sind vergangen, seit er hinauszog in die Prärie. Während er doch hier, um zu sagen, von welcher Farbe die Hand war, die seinen Skalp nahm!«

So fuhr der arglistige Häuptling mehrere Minuten fort, indem er die Krieger bei Namen nannte, von denen es bekannt war, daß sie den Tod im Kampf mit den Pawnees oder in einer jener gesetzlosen Fehden gefunden, welche so oft zwischen den Siouxbanden und einer Klasse von Weißen stattfanden, die, was die Zivilisation betrifft, nur wenig über ihnen stand. Zeit war nicht, um über Verdienst oder besser Nichtverdienst aller der einzelnen, auf welche er anspielte, nachzusinnen; denn er rannte zu schnell über die Namen hinweg, aber er wußte so schlau alles abzupassen und so mächtig, unterstützt von seiner metallreichen, tönenden Stimme, zu klagen und anzufeuern, daß er jedesmal auf einen Widerhall in der Brust eines seiner Zuhörer stieß.

Er war mitten in einer seiner feurigsten Redefloskeln, als ein

Mann, so alt, daß er kaum mit der größten Mühe ging, in den Mittelpunkt des Kreises trat und sich dicht vor den Sprecher hinstellte. Ein sehr geschärftes Ohr hätte wohl entdecken können, daß die Töne des Redners ein wenig schwankten, als sein irrender Blick zuerst auf diesen unerwarteten Gegenstand fiel, obgleich dies so unbedeutend war, daß nur, wer die Parteien ganz kannte, die Bewegung gewahr werden konnte. Der Fremde hatte sich einst durch seine Schönheit und Gestalt ebenso ausgezeichnet wie sein Adlerauge durch einen unwiderstehlichen und schrecklichen Glanz. Jetzt aber war seine Haut gerunzelt und sein Gesicht so mit Narben gefurcht, daß er vor ungefähr einem halben Jahrhundert deshalb von den Franzosen in den Kanadas einen Namen erhalten, der schon von manchem ausgezeichneten französischen Helden geführt wurde und nun auch in die Sprache der wilden Horde, von der wir schreiben, übergegangen war, als der ausdrucksvollste für die Taten ihres eigenen Helden. Das Gemurmel: »Le Balafré«, welches durch die Versammlung ging, als er auftrat, kündigte nicht allein seinen Namen an und die hohe Achtung, welche man für seinen Charakter hegte, sondern auch, für wie bedeutungsvoll man sein Erscheinen ansehe. Als er weder sprach noch sich bewegte, beruhigte man sich indessen bald wieder, und jedes Auge war von neuem auf den Sprecher gerichtet, und jeder Ohr trank noch einmal von dem süßen Rausch, den seine gewaltigen Bilder und Töne erregten.

Es wäre leicht gewesen, Mahtorees Triumph im Widerstrahl der Gesichter seiner Zuhörer zu verfolgen. Bald sah man überall wilde, rachedürstende Blicke auf dem grimmigen Antlitz der meisten Krieger, und sooft er abermals voll Kraft auf die Klugheit der Seinen, ihre Feinde zu vertilgen, anspielte, erfolgte ein neues Jubelgeschrei der Zustimmung. Als sein Triumph den höchsten Gipfel erreicht hatte, schloß der Teton plötzlich, indem er noch einmal den Stolz und den Mut seines Stammes aufrief, und nahm dann schnell wieder seinen Sitz ein.

Mitten unter dem rauschenden Beifall, welcher notwendig einer solchen außerordentlichen Anstrengung der Beredsamkeit folgen mußte, wurde eine leise, schwache und hohle Stimme vernehmbar, als rolle sie hervor aus den innersten Höhlungen der menschlichen Brust und sammle erst Kraft und Stärke, sobald sie an die Luft komme. Eine feierliche Stille folgte den Tönen, und dann erst sah man die Lippen des alten Mannes sich bewegen.

»Le Balafrés Tag ist seinem Ende nahe«, waren die ersten Worte, welche man verständlich hörte. »Er ist wie der Büffel, an dem das Haar nicht mehr wachsen will. Bald wird er bereit sein, die alte Wohnung zu verlassen, um eine andere zu suchen, die weit entfernt liegt von den Wohnungen der Sioux. Was er daher zu sprechen hat, betrifft nicht ihn, sondern die, so er hinter sich zurückläßt. Seine Worte sind wie die Früchte am Baume, reif und fertig, daß man sie den Häuptlingen geben kann.

Mancher Schnee ist gefallen, seit Le Balafré auf dem Kriegspfad gefunden wurde. Sein Blut ist sehr heiß gewesen, aber es hat Zeit gehabt, sich abzukühlen. Der Wakonda gibt ihm nicht länger Kriegsträume; er sieht, daß es besser ist, in Frieden zu leben.

Meine Brüder, ein Fuß steht schon auf den glücklichen Jagdgründen, der andere wird bald folgen, und dann wird ein alter Häuptling ausschauen nach den Tritten von seines Vaters Mokassins, daß er nicht irregehen möge, sondern gewiß sei, vor den Herrn des Lebens zu kommen auf demselben Pfade, den schon so manche gute Indianer gereist sind. Aber wer wird folgen? Le Balafré hat keinen Sohn. Sein ältester ist nach zu vielen Pawnee-Pferden ausgeritten; die Gebeine des jüngsten sind von Konzahunden benagt! Le Balafré ist gekommen, nach einem jungen Arm sich umzusehen, auf den er sich stützen könne, und einen Sohn zu finden, damit seine Wohnung, wenn er fortgegangen, nicht leerstehe. Tachechana, die hüpfende Hindin der Tetons, ist zu schwach, einen Krieger zu stützen, der alt ist. Sie blickt vor sich, nicht hinter sich. Ihr Geist ist in der Wohnung ihres Gatten.«

Der Vortrag des alten Kriegers war ruhig, aber klar und entschieden gewesen. Schweigend war seine Erklärung aufgenommen worden, und obgleich verschiedene Häuptlinge, die mit Mahtoree einverstanden waren, auf diesen ihre Blicke richteten, maßte sich doch niemand an, einem so alten und ehrwürdigen Helden in einem Entschluß Widerstand zu leisten, der den Gebräuchen der Nation völlig gemäß war. Mahtoree selber gab sich zufrieden, den Beschluß mit anscheinender Ruhe abzuwarten, obgleich wilde Blicke, die zuweilen aus seinem Auge schossen, die Natur der Gefühle verrieten, mit denen er einem Verfahren zusah, das ihm aller Wahrscheinlichkeit nach das verhaßteste seiner Opfer entreißen konnte.

Mittlerweile bewegte sich Le Balafré langsam mühsamen Schrittes zu den Gefangenen. Vor Hart-Herz hielt er still, dessen fehlerlose Gestalt, dessen festes Auge und kühne Miene er lange mit hoher und offenkundiger Zufriedenheit betrachtete. Nun machte er eine gebietende Bewegung und wartete, bis sein Befehl ausgeführt und der junge Mann durch einen Schnitt mit dem Messer von dem Pfosten und seinen Banden losgemacht war. Als der junge Krieger näher vor sein erblindendes Auge geführt wurde, begann die Prüfung von neuem mit der größten Genauigkeit und einer Bewunderung, welche physische Vollkommenheit in der Brust eines Wilden niemals zu erregen verfehlt.

»Es ist gut«, murmelte der bedächtige Alte, als er bei aller Vorsicht keinen Fehl an dem Krieger entdecken konnte. »Das ist ein springender Panther! Spricht mein Sohn die Sprache der Tetons?«

Es leuchtete aus den Augen des Gefangenen, wie gut er die Sprache verstand; aber er war viel zu stolz, seine Gedanken vermittelst einer Sprache auszudrücken, die einem feindlichen Volke zugehörte. Einige der umstehenden Krieger erklärten dem alten Häuptling, daß der Gefangene ein Pawnee-Loup sei.

»Mein Sohn öffnete seine Augen an den Gewässern der Wölfe«, sagte Le Balafré in der Sprache dieser Nation, »aber er wird sie wieder schließen an den Krümmungen des ›Flusses mit der unruhigen Strömung‹. Er war als Pawnee geboren, aber er wird sterben als Dakota. Blicke auf mich! Ich war ein reichbelaubter wilder Feigenbaum und bedeckte einst viele mit meinem Schatten. Das Laub ist abgefallen, und die Zweige senken sich. Aber nur eine einzige Sprosse springt hervor aus meinen Wurzeln, eine einzige kleine Rebe; sie muß sich um einen Baum winden, der grün ist. Lange sah ich mich nach einem solchen um, der neben mir wachsen möchte. Jetzt habe ich ihn gefunden. Le Balafré ist nicht länger ohne einen Sohn; sein Name wird nicht vergessen sein, wenn er dahingegangen! Männer der Tetons, ich nehme diesen Jüngling in meine Wohnung.«

Niemand war kühn genug, ein Recht zu bestreiten, das schon so oft von Kriegern ausgeübt war, welche ihrem Range nach weit unter dem gegenwärtigen Sprecher standen; mit einem ernsten, ehrerbietigen Schweigen horchte man auf die Adoption. Le Balafré nahm seinen erwählten Sohn beim Arm, und indem er ihn in die Mitte des Kreises führte, trat er mit triumphierender Miene ab, damit die Zuschauer seine Wahl billigen möchten. Mahtoree verriet nichts von dem, was er beabsichtigte, sondern schien vielmehr den günstigen Augenblick abwarten zu wollen, in dem seine Klugheit besser ihre Kräfte entwickeln könne. Die erfahrenen und scharfsichtigeren Häuptlinge sahen wohl voraus, wie es durchaus unmöglich sei, daß zwei so berühmte Kampfhelden, die so lange, um den Ruhm kämpfend, feindlich einander gegenüberstanden, wie ihr Gefangener und ihr angeborener Führer, friedlich in demselben Stamme ausdauern sollten. Doch war Le Balafrés Charakter noch immer so Ehrfurcht einflößend und das Herkommen, worauf er sich berufen, so geheiligt, daß niemand auch nur seine Stimme gegen diese Maßregel zu erheben wagte. Sie warteten auf den Ausgang mit steigendem Interesse, aber im Äußeren mit einer Kälte, welche ihre innere Unruhe verbergen sollte. Aus diesem Zustande der Verwicklung und, wie man sich auch denken mag, einiger Spaltung, wurde der Stamm durch den entscheidenden Entschluß eines der beim glücklichen Ausgang der Pläne des alten Häuptlings am allermeisten Beteiligten ganz unerwartet gerissen.

Während des ganzen vorhergehenden Auftrittes würde es schwergehalten haben, auch nur auf eine innere Bewegung des Gefangenen aus seinen Zügen zu schließen. Die Erklärung seiner Freiheit hatte er mit derselben Gleichgültigkeit wie den Befehl, ihn an den Pfahl zu binden, angehört. Jetzt aber, wo der Moment erschienen war, wo er seine Wahl erklären sollte, sprach er dergestalt, daß er bewies, die Tapferkeit, welche ihm einen so ausgezeichneten Namen erworben, habe ihn in keiner Art verlassen.

»Mein Vater ist sehr alt, aber alles hat er noch nicht gesehen«, sprach Hart-Herz mit so deutlicher Stimme, daß alle umher es hören mußten. »Er sah noch nie einen Büffel sich in eine Fledermaus verwandeln. Nie wird er sehen, daß ein Pawnee ein Sioux wird!«

Er sprach dies zugleich mit einer Schnelle und Ruhe aus, welche die meisten Zuhörer sogleich davon überzeugte, daß sein Entschluß unabänderlich fest stehe. Le Balfrés Herz schlug indessen ganz für den Jüngling, und so leicht ließ sich die einmal erzeugte Zuneigung des Alten nicht wieder zurückweisen. Er musterte mit tadelndem Blicke die Versammlung, welche zugleich in laute Verwunderung über die Kühnheit des Pawnees ausbrach und sich aufs neue der Hoffnung überließ, Rache an ihm zu nehmen. Hierauf redete er abermals sein angenommenes Kind an, als könne er von seinem Vorschlage nicht abstehen.

»Es ist gut«, sagte er, »das sind die Worte, die ein Tapferer brauchen soll, damit die Krieger sein Herz sehen können. Es gab einmal einen Tag, wo Le Balafrés Stimme am lautesten erscholl unter den Wohnungen der Konzas. Aber die Wurzel des weißen Haares ist Weisheit. Mein Sohn wird den Tetons zeigen, daß er tapfer ist, indem er ihre Feinde schlägt. Männer der Dakotas, dies ist mein Sohn!«

Der Pawnee zauderte einen Augenblick; dann, gerade vor den Häuptling hintretend, ergriff er seine harte und runzlige Hand und legte sie mit Ehrfurcht auf sein Haupt, als wolle er dadurch seinen ganze Verpflichtung andeuten. Dann aber, einen Schritt zurücktretend, erhob er seine Gestalt wieder zu ihrer größten Höhe und blickte auf die ihn umgebende feindliche Bande mit kühner, verächtlicher Miene, indem er dabei laut in der Sprache der Sioux redete:

»Hart-Herz hat auf sich geblickt von innen und außen. Er hat an alles gedacht, was er auf den Jagden und in den Kriegen getan. Überall ist er derselbe. Da ist kein Wechsel. Er ist in allem ein Pawnee. Er hat so viele Tetons erschlagen, daß er nie in ihren Wohnungen essen könnte. Seine Pfeile würden rückwärts fliegen; die Spitze seiner Lanze würde auf dem falschen Ende haften; ihre Freunde würden weinen, sooft er sein Kriegsgeschrei erhöbe; ihre Feinde würden lachen. Kennen die Tetons einen Loup? Nun so mögen sie auf ihn blicken! Sein Haupt ist gemalt, sein Arm ist Fleisch, aber sein Herz ist Fels. Nur *alsdann,* wenn die Tetons die Sonne sehen werden von den Rocky-Mountains herkommen und hinüberziehen nach dem Lande der Bleichgesichter, nur dann wird Hart-Herz weich werden und sein Geist ein Sioux; bis dahin wird er leben und sterben als ein Pawnee.«

Ein Jubelgeschrei, in welchem Bewunderung und Wildheit

schrecklich gemischt waren, unterbrach den Sprecher und deutete nur zu klar das auf ihn wartende Schicksal an. Der Gefangene schwieg einen Augenblick, bis die Bewegung sich gelegt hatte: dann wieder zu Le Balafré gewandt, fuhr er fort, und zwar in weit sanfteren und freundlicheren Tönen, als fühle er die Schicklichkeit, seine abschlägige Antwort etwas zu versüßen und nicht den Stolz eines Mannes, der so gern sein Wohltäter geworden wäre, zu verwunden.

»Möge mein Vater sich stärker lehnen auf die Hindin der Dakotas«, sprach er. »Jetzt ist sie schwach, aber sobald ihre Wohnung mit Jungen sich füllt, wird sie stärker werden. Sieh«, setzte er hinzu, ineem er dem andern das ernste Gesicht des aufmerksamen Trappers zeigte: »Hart-Herz ist nicht ohne ein graues Haupt, ihm den Pfad in die seligen Prärien zu weisen. Wenn er je einen andern Vater hat, so muß es jener gerechte Krieger sein.«

Getäuscht wandte sich Le Balafré von dem Jüngling ab und nahte sich dem Fremden, welcher ihm in seinem Vorhaben zuvorgekommen war. Die gegenseitige Prüfung zwischen diesen beiden alten Leuten währte lange und war seltsamer Art. Es war nicht leicht, den wirklichen Charakter des Trappers durch die Maske heraus zu entdecken, welche die Strapazen so vieler Jahre über seine Züge gebreitet, besonders wenn man seinen wilden und auffallenden Aufzug hinzunahm. Einige Momente verstrichen, ehe der Teton sprach, und dann, als er sprach, war es zweifelhaft, ob er sich selbst anrede oder einen Wanderer jenes Geschlechts, welches sich, wie er gehört, gleich hungrigen Heuschrecken über das Land ausbreitete.

»Das Haupt meines Bruders ist sehr weiß«, sagte er, »aber Le Balafrés Auge ist nicht mehr wie das des Adlers. Von welcher Farbe ist seine Haut?«

»Der Wakonda schuf mich jenen gleich, die Ihr warten seht auf ein Dakotaurteil. Aber die gute und böse Zeit hat mich dunkler gefärbt als die Haut eines Fuchses. Was macht das aus! Ist auch die Rinde verwittert und gespalten, das Herz des Baumes ist gesund!«

»Mein Bruder ist ein Langmesser! Blick er auf die untergehende Sonne, und öffne er seine Augen. Sieht er den Salzsee jenseits der Berge?«

»Es war eine Zeit, Teton, da wenige das Weiß an des Adlers

Kopf weiter als ich sehen konnten, aber der Schnee von siebenundachtzig Wintern hat meine Augen trübe gemacht, und ich kann mich wenig in meinen letzten Tagen meines Gesichtes rühmen; denkt der Sioux, das Bleichgesicht sei ein Gott, daß es durch Berge schaue!«

»So möge mein Bruder auf mich sehen. Ich bin ihm nahe, und er kann sehen, daß ich nur ein törichter Rotmann bin. Weshalb kann sein Volk nicht alles sehen, da es doch alles verlangt?«

»Ich verstehe Euch, Häuptling, auch will ich Euren Worten nicht widersprechen, da ich sehe, daß sie allzusehr in der Wahrheit begründet sind. Doch obgleich ich in dem Stamm geboren bin, den Ihr so wenig liebt, möchte doch selbst mein ärgster Feind, ja, nicht einmal ein lügenhafter Mingo zu behaupten wagen, daß ich je meine Hand an fremdes Gut gelegt, ausgenommen solches, was in ehrlicher und offener Fehde genommen wurde, oder jemals mehr Grund und Boden eingenommen, als der Herr für jedermann bestimmt hat.«

»Und doch ist mein Bruder unter die Rothäute gekommen, um einen Sohn zu finden?«

Der Trapper legte einen Finger auf Le Balafrés nackte Schulter und blickte zutraulich in sein narbenvolles Gesicht, als er antwortete:

»Ja, aber es geschah nur, um dem Jungen Gutes zu tun. Wenn Ihr, Dakota, denkt, daß ich den Jüngling an Kindes Statt annahm, um mein Alter zu stützen, so seid Ihr ebenso ungerecht gegen meinen guten Willen, als Ihr wenig von dem erbarmungslosen Vorsatz Eures eigenen Volkes zu wissen scheint. Ich habe ihn zu meinem Sohn gemacht, damit er wisse, daß einer hinter ihm zurückbleibe... Still, Hektor, still! Ist das anständig, Hund, wenn Grauköpfe Rat pflegen, ihr Gespräch zu unterbrechen mit hündischem Gewinsel! Der Hund ist alt, Teton, und ob er gleich weiß, was Respekt heißt, so fängt er doch an, mein' ich, etwas von der Zucht der Jugend zu verlernen.«

Das weitere Gespräch zwischen diesen Veteranen wurde durch ein gellendes Geschrei unterbrochen, welches in dem Augenblicke den Lippen von eben den zwölf verwelkten alten Weibern entströmte, die, wie bereits gemeldet, sich vorn in dem Kreise allen sichtbar einen Platz ertrotzt hatten. Dieses Geschrei wurde durch einen plötzlichen Wechsel in Hart-Herz' Miene verursacht. Denn als beide Alten sich nach dem Jüngling umblickten, sahen sie ihn in der Mitte des Kreises stehen, das Haupt aufgerichtet, mit dem Auge ins leere Blaue hinstarrend, ein Bein vorwärts und einen Arm ein wenig aufgehoben, als brauche er alle seine Kräfte zum Horchen. Ein Lächeln zuckte für den Augenblick über seine Züge, dann aber versank der ganze Mann wieder in seine frühere Würde und Ruhe, als habe er sich schnell besonnen, daß es hier Selbstbeherrschung gelte. Hierbei drückte er aber solche Verachtung aus, daß selbst die Häuptlinge sich gereizt fühlten. Unfähig, ihre Wut zu zügeln, brachen die Weiber alle zugleich in den Kreis und begannen damit ihren Angriff, daß sie den Gefangenen mit den bittersten Schmähungen überhäuften. Sie rühmten sich aller der Unternehmungen, in welchen ihre Söhne zum Schaden der verschiedenen Pawneestämme sich hervorgetan. Sie schmähten seinen eigenen Ruf und sagten ihm, er solle auf Mahtoree blicken, wenn er noch keinen Krieger gesehen. Sie beschuldigten ihn, er sei aufgesäugt von einer Hirschkuh und habe Feigheit mit der Muttermilch eingesogen. Kurz, sie übergossen ihren felsenfesten Gefangenen mit einem Strome rachsüchtiger Schmähreden, in denen die Frauen der Wilden bekanntlich so viel leisten können, die aber schon allzuoft beschrieben sind, als daß es hier einer Wiederholung bedürfte. Die Wirkung dieses Ausbruchs war nicht zu vermeiden. Getäuscht wandte sich Le Balafré ab und verbarg sich unter der Menge, indessen der Trapper, dessen Gesichtszüge mit der innern Bewegung kämpften, sich näher an seinen jungen Freund heranmachte, wie man ja oft die Freunde eines Verbrechers, welche durch so enge Bande an ihn geknüpft sind, daß die Meinung der Menschen dagegen kein Gewicht hat, dicht um den Platz seiner Hinrichtung stehen sieht, um ihn in seinen letzten Augenblicken zu trösten. Bald regte es sich auch unter den Kriegern zweiter Ordnung, obgleich sich die Häuptlinge noch immer enthielten, das Signal zu geben, welches das Opfer ihrer Wut übergab. Mahtoree, der nur diese Bewegung unter seinen Kriegsgenossen in der klugen Absicht, seinen eigenen eifersüchtigen Haß darunter zu verbergen, abgewartet hatte, wurde bald des Aufschubs überdrüssig, und ein Blick von ihm munterte die Quäler auf, an ihr Werk zu gehen.

Weucha, welcher, erpicht auf diese Erlaubnis, schon lange unverwandt auf den Häuptling gesehen, sprang auf das Zeichen vor wie ein losgekoppelter Bluthund. Indem er mitten unter die alten Weiber fuhr, die schon von Schimpfreden zu Tätlichkeiten übergingen, tadelte er ihre Ungeduld und hieß sie warten, bis ein Krieger das Quälen begonnen, und dann sollten sie ihr Opfer Tränen vergießen sehen wie nur ein Weib.

Der herzlose Wilde fing seine Arbeit damit an, daß er den Tomahawk über dem Haupt des Gefangenen schwang, daß alle glauben mußten, der erste Streich werde die ganze Waffe im Fleisch begraben, indessen sie doch so geschickt regiert wurde, daß sie nicht die Haut berührte. Gegen diesen herkömmlichen Kunstgriff war Hart-Herz völlig gleichgültig. Seine Auge starrte unverwandt und fest in die Luft, obgleich die flimmernde Axt in ihren Schwingungen einen hellen Lichtstrahl vor seinem Gesicht beschrieb. Jetzt machte der schlaue Wilde einen zweiten Versuch. Er legte die kalte Schärfe auf das bloße Haupt seines Opfers und fing an, die verschiedenen Arten und Weisen zu beschreiben, wie ein Gefangener geschunden werden könne. Die Weiber begleiteten höhnend seine Grausamkeiten und versuchten aus den unbeweglichen Gesichtszügen des Pawnees doch irgendeinen Ausdruck der Natur hervorzusuchen. Aber augenscheinlich sparte er sich für die Häuptlinge und die Momente der letzten Angst auf, wo die Kühnheit seines Geistes sich auf eine seinem hohen unbefleckten Rufe mehr zuträgliche Weise dartun könne.

Die Augen des Trappers folgten jeder Bewegung des Tomahawks, als wäre er des Pawnees echter Vater, bis er zuletzt, unfähig, seiner Entrüstung länger zu gebieten, ausrief:

»Mein Sohn hat seine Klugheit vergessen. Dies ist ein niedrig gesinnter Indianer, der leicht zu einer Torheit gebracht werden kann. Ich kann es nicht selbst tun; denn *meine* Glaubenslehre verbietet, daß ein sterbender Krieger seine Verfolger schmähe, aber mit einer Rothaut ist dies anders. Möge doch der Pawnee bittere Worte sprechen und damit einen leichten Tod erkaufen! Ich will für den Erfolg stehen, vorausgesetzt, daß er gleich spricht, ehe die ernsten Männer ihre Weisheit brauchen, um die Narrheit dieses Toren zu hemmen.«

Der wilde Sioux, welcher diese Worte hörte, ohne ihren Sinn zu verstehen, wandte sich gegen den Sprecher und drohte ihm augenblicklichen Tod für seine Frechheit.

»Frisch darauf, wie du willst!« sagte der alte Mann, ohne zu zucken. »Ich bin jetzt so bereit, wie ich's morgen sein werde. Obgleich es wohl eigentlich ein Tod ist, den ein ehrlicher Mann nicht zu sterben wünscht. Sieh auf den edlen Pawnee, Teton, und sieh, was aus einer Rothaut werden mag, die den Herrn des Lebens fürchtet und seinen Gesetzen folgt. Wie viele Eures Volkes hat er in die fernen Prärien gesandt«, fuhr er fort in einer Art frommen Betruges, indem er dachte, daß wohl, während die Gefahr ihm selbst drohe, keine Sünde dabei sei, die Verdienste eines andern zu erheben. »So manchen heulenden Sioux hat er erschlagen wie ein Krieger in offenem Felde, während Pfeile in der Luft schnellten, dichter als die Flocken des fallenden Schnees. Geh! Darf Weucha den Namen eines Feindes aussprechen, den er noch nie getroffen?«

»Hart-Herz!« schrie der Sioux, indem er wütend sich umdrehte und zu einem Todesschlag auf das Haupt seines Opfers ausholte. Sein Arm fiel aber in die Höhlung der Hand des Gefangenen. Einen Augenblick standen beide wie verzückt in dieser Stellung, Weucha durch den unerwarteten Widerstand gelähmt, der Pawnee den Kopf senkend, um nicht den Tod zu finden, und doch dabei aufs gespannteste Achtung gebend. Die Weiber kreischten im Triumph; denn sie glaubten, die Kraft des Gefangenen habe ihn endlich verlassen. Der Trapper zitterte für die Ehre seines Freundes, und Hektor, als ob er wisse, was vorging, streckte die Nase auf in die Luft und heulte kläglich.

Aber der Pawnee zauderte nur für einen Augenblick. Die andere Hand erhebend, ergriff er wie ein Blitz den Tomahawk, schwang ihn in die Luft, und Weucha sank nieder, den Kopf bis über die Stirn gespalten. Dann mit der blutigen Waffe sich einen Weg hauend, schoß er durch die von den erschreckten Weibern gelassene Öffnung hindurch und schien mit *einem* Satz den Abhang hinunterzuspringen.

Wäre ein Donnerkeil vom Himmel herab in die Tetonbande geschossen, es würde keine größere Verwirrung verursacht haben als diese Handlung verzweiflungsvoller Kühnheit. Ein gellendes Klagegeschrei brach von den Lippen aller Weiber, und es war ein Augenblick, wo selbst die ältesten Krieger ihre Besinnung verloren zu haben schienen. Dieses stumme Erstaunen dauerte jedoch nur einen Augenblick. Ein Geschrei der Rachsucht folgte darauf aus hundert Kehlen, während ebenso viele Krieger dabei vorsprangen, zur blutigsten Vergeltung entschlossen. Aber ein mächtiger und gebietender Ruf aus Mahtorees Munde hielt sie zurück. Der Häuptling, in dessen Antlitz Täuschung und Wut mit dem Verlangen, gefaßt zu erscheinen, stritten, streckte einen Arm gegen den Fluß aus, und das ganze Geheimnis war erklärt.

Hart-Herz hatte schon fast die Hälfte des Grundes erreicht, der zwischen dem Abhang und dem Wasser lag. In demselben Augenblicke kam eine Bande bewaffneter und berittener Pawnees hinter einer der Höhen hervor und galoppierte dem Rande des Stromes zu, in den, wie man deutlich hörte, der Flüchtling sich jetzt hinabstürzte. Wenige Minuten genügten für seinen kräftigen Arm, um hinüberzuschwimmen, und dann verkündete das Freudengeschrei von der entgegengesetzten Seite den gedemütigten Tetons den ganzen Triumph ihrer Gegner.

Neunundzwanzigstes Kapitel

Wenn der Schäfer nicht in Banden liegt, so laß ihn fliehen; der Fluch über ihn, die Foltern, die er fühlen wird, brechen den Rücken eines Mannes, das Herz eines Ungeheuers.
Shakespeare

Man wird leicht einsehen, daß die oben erzählte Begebenheit ein gewaltiges Aufsehen unter den Sioux erregte. Als Mahtoree die Jäger der Bande zu ihrem Lager zurückgeführt hatte, war von ihm keine der gewöhnlichen Vorsichtsmaßregeln der indianischen Klugheit verabsäumt worden, damit seine Spur den Augen seiner Feinde entgehen möchte. Es gewann indessen den Anschein, als hätten die Pawnees nicht allein die Entdekkung seines Aufenthalts gemacht, sondern als wären sie auch mit größter Kunst und List bis dicht an die einzige Seite gekommen, wo man es für unnötig hielt, die üblichen Schildwachtreihen auszustellen. Die Wachen, längs der verschiedenen Höhenzüge rings um die Wohnungen verteilt, waren die allerletzten, welche etwas von der Gefahr erfuhren.

In solchem Moment der Entscheidung war wenig Zeit zur Beratung. Dadurch, daß er in ähnlichen schwierigen Fällen seine Geistesgegenwart und Kraft sogleich an den Tag gelegt, hatte Mahtoree sich ein so festes Ansehen unter seinem Volke erworben. Es war auch nicht wahrscheinlich, daß er es in diesem Augenblicke verlieren würde, indem er durchaus nichts von Unentschlossenheit verriet. Mitten unter dem Aufschreien der Jugend, dem Gekreisch der Weiber und dem wilden Geheul der alten Hexen, die an sich schon hinreichend gewesen wären, ein Chaos in den Gedanken eines Mannes zu erzeugen, der weniger gewöhnt war, in plötzlichen Notfällen zu handeln, bekundete er sein volles Ansehen, indem er mit der Ruhe eines ergrauten Kriegsmannes seine Befehle austeilte.

Während die Krieger sich bewaffneten, mußten die Knaben hinunter in den Grund nach den Pferden. Die Zelte wurden hastig von den Weibern eingerissen und auf diejenigen von den Lasttieren gelegt, mit denen man sich nicht in den Kampf wagen konnte. Die Säuglinge wurden auf den Rücken ihrer Mütter gepackt, und die Kinder, welche schon groß genug zum Marschieren waren, trieb man wie eine Herde unvernünftiger Tiere in einen Zug zusammen. Wiewohl diese verschiedenen Bewegungen unter lautem Geschrei und einem Getöse erfolgten, das einem zweiten Bauplatz von Babel glich, wurden sie doch mit unglaublicher Rüstigkeit und Einsicht ausgeführt.

Indessen versäumte Mahtoree keine Pflicht, die ihm bei der Verantwortlichkeit seiner Stellung oblag. Von der Höhe, auf der er stand, konnte er vollkommen die Stärke und die Bewegungen der feindlichen Partei überschauen. Ein grinsendes Lächeln zuckte über sein Gesicht, als er fand, daß an Zahl seine eigene Bande die andere bei weitem übertraf. Ungeachtet dieses Vorteils waren doch noch ungleiche Punkte, welche den Ausgang in dem bevorstehenden Kampfe sehr zweifelhaft machten. Sein Volk gehörte zu den Einwohnern einer nördlichern und weit unfreundlichern Gegend als ihre Feinde, und war keineswegs reich in *der* Art Eigentum, welche die eigentliche Wohlhabenheit der westlichen Indianer bildet, nämlich in den hochgeschätzten Pferden und Waffen. Die Bande ihm gegenüber war bis auf den letzten Mann beritten, und da sie gekommen, ihren größten Helden zu befreien und zu rächen, konnte er nicht anders glauben, als daß sie aus lauter Tapferen bestände. Andrerseits waren manche aus seinem Gefolge weit besser auf der Jagd als im Kampfe, Männer, sehr geschickt, die Aufmerksamkeit des Feindes zu täuschen, von denen er aber wenig in einem verzweifelten Dienste erwarten konnte.

Mit sprühenden Augen übersah er den Kriegerhaufen, der ihn nie getäuscht, sooft er sich auf ihn verlassen hatte; und doch fühlte er in der gegenwärtigen schwierigen Lage keine Lust, den Kampf übereilt herbeizuführen, dem er sicher nicht ausgewichen wäre, hätte nicht die Anwesenheit der Weiber und Kinder es ganz in die Hand seiner Gegner gegeben, Zeit und Ort hierfür zu wählen.

Auch die Pawnees gegenüber verrieten, da sie so unerwartet glücklich in ihrem Hauptzweck gewesen, keine Absicht, die Sache aufs Äußerste zu treiben. Der Fluß bildete eine gefährliche Barriere, wollte man ihn im Angesicht eines entschlossenen Feindes passieren, und es würde sich jetzt vollkommen mit ihrer vorsichtigen Klugheit vertragen haben, wenn sie sich in diesem Augenblicke zurückgezogen hätten, um ihren Angriff in der

Dunkelheit und anscheinend mit sichererm Erfolge zu machen. Aber in ihrem Häuptlinge lebte ein Geist, der ihn in dem Augenblicke weit über den gewöhnlichen Rang des Kriegers unter den Wilden erhob. Sein Inneres brannte vor Verlangen, die Schmach, die er eben erduldet, auszuwetzen; es ist auch möglich, daß er daran dachte, wie das Lager der Sioux, welches jetzt im Aufbrechen war, einen *Schatz* enthalte, der in seinen Augen anfing, einen Wert zu bekommen, der den von fünfzig Tetonbüscheln weit überstieg. Mag dem nun sein, wie ihm wolle, kaum hatte Hart-Herz die kurzen Glückwünsche seiner Bande erhalten und das Nötigste, was sie wissen mußten, den Häuptlingen mitgeteilt, als er sich bereitete, in dem nahen Streite so aufzutreten, wie es seinem wohlerworbenen Ruhme zukam und seine geheimen Wünsche es verlangten. Ein Pferd, das lange schon bei den Jagden sich bewährt hatte, war mitgeführt worden, um seinen Herrn zu empfangen, obgleich nur geringe Hoffnung genährt wurde, daß er seiner Dienste je wieder in diesem Leben bedürfen werde. Mit besonders zarter Rücksicht, welche bewies, wie sehr des Jünglings edle Eigenschaften zu den Gefühlen seines Volkes gesprochen, hatte man einen Bogen, eine Lanze und einen Köcher über das Tier geworfen, um es damit auf dem Grabe des jungen Helden zu opfern, eine Art Sorgfalt, welche den Trapper seiner übernommenen frommen Verpflichtung würde enthoben haben.

Obwohl Hart-Herz vollkommen dieses Wohlwollen seiner Krieger zu schätzen wußte und der Meinung war, daß ein Häuptling, auf solche Weise ausgestattet, mit aller Achtung nach den fernen Jagdgründen des Herrn des Lebens aufbrechen könne, so schien er doch sehr geneigt zu glauben, daß diese Gerätschaften noch ebenso nützlich im wirklichen Leben sein möchten. Ein Strahl ernster Freude zuckte über sein Gesicht, als er die Schwungkraft des Bogens probierte und den Speer schwang. Flüchtiger und mehr gleichgültig war der Blick, welchen er dem Schilde schenkte; aber der Jubel, mit welchem er sich auf den Rücken seines geliebten Kriegsrosses warf, war so groß, daß er alle Formen der indianischen Zurückhaltung durchbrach. Er ritt hin und her unter seinen kaum weniger entzückten Kriegern, indem er sein Tier mit einer Anmut und Geschicklichkeit regierte, welche durch keine künstlichen Regeln ersetzt werden kann, dann und wann seine Lanze hin und her schwenkte, als wolle er sich selbst vergewissern, daß er festsitze, und endlich auch sorgsam den Zustand seiner Flinte prüfte, mit der man ihn ebenfalls versehen, und alles dies mit der seligen Lust jemandes, der durch irgendein Wunder wieder in den Besitz von Schätzen gesetzt worden, die von jeher seinen Stolz und sein Glück ausgemacht.

Gerade in diesem Augenblicke war es, daß Mahtoree, nachdem er alle vorläufigen Anordnungen vollständig getroffen, sich bereitete, eine entscheidende Bewegung zu machen. Der Teton hatte keine geringe Schwierigkeit in der Unterbringung der Gefangenen gefunden. Noch sah man die Zelte des Squatters, und die Schlauheit des Mannes sagte ihm, daß er ebenso nötig habe, sich gegen einen Angriff von jener Seite zu schützen, als er die Bewegungen der offeneren und tätigeren Feinde bewachen müsse. Sein erster Gedanke war gewesen, durch den Tomahawk sich der Männer zu entledigen und die Frauen demselben Schutz zu übergeben wie die übrigen Weiber seiner Bande. Aber die Art, wie so manche seiner tapfersten Streiter noch immer den Arzt der Langmesser betrachteten, warnte ihn vor der Gefahr eines so gefährlichen Versuches kurz vor einer Schlacht. Man hätte vielleicht daraus das Omen der Niederlage entnommen. In dieser Verlegenheit winkte er einem sehr alten Krieger, dem er die Sorge über die Nichtstreiter anvertraut hatte, und indem er ihn beiseite führte, legte er einen Finger bedeutungsvoll auf seine Schulter, indem er in einem Tone sprach, in welchem die Autorität durch das Vertrauen gemäßigt wurde:

»Wenn meine jungen Leute mit den Pawnees handgemein sind, dann gib den Weibern Messer! Genug, mein Vater ist sehr alt, er braucht die Weisheit nicht erst von einem Knaben zu hören.«

Der grimmige alte Wilde antwortete durch einen fürchterlichen Blick der Zustimmung, und jetzt schien der Häuptling über diesen wichtigen Punkt beruhigt. Von diesem Augenblick an lebte er nur dem Gedanken an Rache, und wie er seinen Kriegerruf bewähren könne. Sich auf sein Pferd werfend, gab er mit der Miene eines Fürsten seinem Gefolge ein Zeichen, daß sie ihm nachfolgen sollten, indem er ohne alle Umstände die Kriegsgesänge und die feierlichen Gebräuche unterbrach, durch welche nicht wenige unter ihnen ihre Geister zu kühnen Taten anspornten. Als alles in Ordnung war, bewegte sich die ganze Masse mit großer Festigkeit und Ruhe nach dem Ufer des Flusses.

Die feindlichen Scharen waren jetzt nur noch durch das Wasser voneinander getrennt. Die Breite des Stromes war zu groß, als daß man sich mit Erfolg der gewöhnlichen indianischen Wurfgeschosse hätte bedienen können; auch wenige, ebenfalls nutzlose Schüsse wurden aus den Flinten der Häuptlinge mehr aus Prahlerei getauscht als irgend in der Erwartung, daß sie wirken könnten. Da einige Zeit in gegenseitigen Demonstrationen und mißlungenen Versuchen verstrich, wollen wir sie währenddessen verlassen, um zu denen von unsern nähern Bekannten zurückzukehren, welche in den Händen der Wilden geblieben sind.

Wir würden viele Tinte umsonst verbraucht und manches Buch Papier umsonst beschrieben haben, die wohl besser hätten verwandt werden mögen, wenn es jetzt noch nötig wäre zu sagen, daß wenige der vorgegangenen Bewegungen dem beobachtenden Blick des erfahrenen Trappers entgangen seien. Ebensogut wie die andern war er erstaunt über Hart-Herz' rasche Tat, und es gab einen Augenblick, wo er sogar eine Art Kummer und Verdruß empfand, trotz seinem Verlangen, das Leben des Jünglings zu retten. Der einfache und wohlmeinende Alte würde, wenn er Zeuge der Schwäche eines Kriegers geworden wäre, der seine ganze Teilnahme in Anspruch genommen, beinahe dieselbe Art Kummer gefühlt haben, welche christliche Eltern empfinden würden, wenn sie dem letzten Todeskampfe eines ungeratenen Kindes zusähen. Als er aber statt eines ohnmächtigen und unmännlichen Kampfes um die Existenz fand, daß sein Freund sich mit der gewöhnlichen und würdigen Ergebung eines indianischen Kriegers betragen habe, bis sich die Gelegenheit, zu entkommen, ihm darbot, und daß er dann den Geist und die Entschlossenheit des Allertapfersten verraten, da wurde sein Entzücken fast zu mächtig, um länger verborgen zu bleiben. Mitten in den Klagen und den Bewegungen, welche Weuchas Tode und der Flucht des Gefangenen folgten, stellte er sich in die Nähe seiner weißen Genossen mit dem Entschluß, sich ihrer auf jede Gefahr hin anzunehmen, sollte die Wut der Wilden sich auf sie richten. Die Erscheinung der feindlichen Bande ersparte ihm indessen eine so verzweiflungsvolle und vermutlich auch fruchtlose Anstrengung, und er konnte wieder ganz seinen Beobachtungen leben und seine Pläne nach Lust ausbrüten.

Er bemerkte besonders, daß, während der größte Teil der Weiber und alle Kinder mit allen Habseligkeiten der Gesellschaft in einen Nachzug zusammengedrängt wurden, vermutlich mit dem Befehl, sie in einem der nahen Wälder zu verbergen, Mahtorees Zelt selbst stehen und alles darin unberührt blieb. Zwei auserwählte Pferde standen jedoch nahe dabei, von einem Paar Burschen gehalten, die zu jung waren, um in den Streit zu gehen, und doch alt genug, um die Behandlung der Pferde zu kennen. Der alte Jäger erkannte in dieser Anordnung Mahtorees Widerstreben, seine vor kurzem erst gefundenen »Blumen« aus den Augen zu lassen, und zu gleicher Zeit seine Vorsorge, wenn irgend das Glück umschlagen sollte. Ebensowenig war ihm die Art, wie der Teton dem alten Wilden seinen Auftrag erteilte, noch die wilde Lust, mit der der letztere den Blutbefehl aufnahm, entgangen. Aus allen diesen geheimnisvollen Bewegungen schloß der alte Mann, daß die Entscheidung heranrücke, und er rief alle Erfahrung und Kenntnis auf, die er in einem so langen Leben erworben, ihm in der verzweiflungsvollen Lage zu helfen. Während er so über die zu ergreifenden Mittel nachsann, zog wiederum der Doktor seine Aufmerksamkeit an sich, welcher kläglich um Beistand flehte.

»Verehrungswürdiger Trapper oder, wie ich Euch besser nennen mag, Befreier«, begann der von Schmerz geplagte Obed, »es scheint beinahe, als sei jetzt endlich die rechte Zeit gekommen, um die unnatürliche und zugleich unregelmäßige Verbindung, so zwischen meinen unteren Gliedern und dem Körper dieses Asinus existiert, zu trennen. Vielleicht daß, falls dieser Teil meiner Glieder loskäme, der mich zum Herrn der übrigen machte, und diese günstige Gelegenheit gehörig benutzt würde, indem man einen schnellen Marsch nach den Niederlassungen anträte, vielleicht daß – sage ich – alle Hoffnung, die Schätze der Wissenschaften zu erhalten, deren unwürdige Herberge ich gegenwärtig bin, alsdann nicht verloren wäre. Die Wichtigkeit eines solchen Ausgangs lohnt wenigstens die Gefahr eines solchen Experiments.«

»Ich weiß nicht, ich weiß nicht«, erwiderte bedenklich der alte Mann. »Die Würmer und Käfer, die Ihr da um Euch tragt, waren vom Schöpfer nur für die Prärien bestimmt, und ich sehe das Gute darin nicht ab, wenn man sie in Gegenden schickt, die nicht für ihre Natur gemacht sind. Und überdies mögt Ihr von großem und ganz besonderem Nutzen sein, wie Ihr da auf dem Esel sitzt, obgleich es mich gar nicht verwundert zu bemerken, daß Ihr es selbst nicht wißt, indem ich wohl sehe, daß Nützlichkeit ein ganz neuer Name für einen solchen Bücherwurm ist.«

»Von welchem Nutzen kann ich in dieser entsetzlichen Sklaverei sein, in welcher alle tierischen Funktionen suspendiert sind und die geistigen oder intellektuellen von der geheimen Sympathie zwischen Geist und Materie verdunkelt werden. Aller Wahrscheinlichkeit nach wird Blut vergossen werden zwischen jenen feindlichen Heeren von Heiden, und obgleich mich eben wenig nach dem Geschäft verlangt, würde es doch besser sein, wenn ich mich jetzt mit chirurgischen Versuchen beschäftigte, als so die köstlichen Momente zu vergeuden, indem ich Seele und Körper zugleich quäle.«

»Eine Rothaut schert sich wenig um einen Wundarzt für ihre Wunde, solange das Kriegsgeschrei ihr in die Ohren gellt. Geduld ist eine Tugend beim Indianer und bringt einem christlichen Weißen keine Schande. Blicke auf diese alten Hexen, Freund Doktor; ich müßte gar nichts von wilden Gemütsarten verstehen, wenn sie nicht alle höchst blutig gestimmt sind und bereit, ihre verfluchte Lust an uns allen auszulassen. Jetzt, solange Ihr auf dem Esel bleibt und den feurigen Blick beibehaltet, der sich übrigens wenig mit Eurer sonstigen Natur verträgt, mag die Furcht vor einem so gewaltigen Medikus noch etwas ihre Wut zurückhalten. Ich bin hierhergestellt wie ein General beim Beginn einer Schlacht, und es ist meine Pflicht geworden, alle meine Kräfte so zu gebrauchen, wie es nach meinem Urteil sich am besten machen läßt. Da ich all die kleinen Umstände kenne, von denen hier alles abhängt, so seid Ihr gerade hier durch jede Eurer Bewegungen mehr ersprießlich als da mitten drinnen, wo es gilt.«

»Höre, alter Trapper«, schrie Paul, dessen Geduld sich nicht länger unter den berechnenden und weitschweifigen Erklärungen des anderen halten konnte, »ich meine, du schnittest zwei Dinge, die ich dir nenne, jetzt kurz ab. Nämlich deine Unterhaltung, die angenehm genug klingt, wenn es einen wohlausgedämpften Büffelrücken gilt, und dann die verdammten Lederriemen, die nach meiner Erfahrung nirgends angenehm sind.

Ein einziger Schnitt deines Messers würde gerade jetzt mehr nützen als die längste Rede, welche je in einem Gerichtshofe von Kentucky gehalten worden.«

»Ach, Gerichtshöfe sind die *glückseligen Jagdgründe,* wie die Rothäute sagen würden, für alle die, welche mit keinen besseren Gaben versehen sind, als die in der Zunge liegen. Ich wurde selbst einmal in eine jener gesetzlosen Höhlen geschleppt, und das ganze Ding, um das der Streit ging, war nicht mehr wert als die Haut eines Hirsches. Der Herr vergebe es ihnen! Der Herr vergebe es ihnen! Sie wissen's nicht besser, sie handelten nach ihrem schwachen Verstande, und um so mehr sind sie zu bedauern; und doch war es ein feierlicher Anblick, einen alten Mann, der immer in der freien Luft gelebt, nun in Hals- und Fußschellen vom Gesetz gelegt zu sehen, und wie er zum Spektakel werden mußte für Frauen und Kinder einer großen Ansiedelung, daß sie mit Fingern auf ihn wiesen!«

»Wenn Ihr so treffliche Ansichten über Verhaftungen habt, mein ehrlicher Freund, so solltet Ihr sie lieber deutlicher dadurch aussprechen, daß Ihr uns so schnell wie möglich in Freiheit setztet«, sagte Middleton, der wie sein Gefährte auch anfing, die Langsamkeit seines oft erprobten alten Gefährten ebensoseltsam zu finden, als sie ihm unangenehm war.

»Ich würde sehr gern so tun, vorzüglich Euretwegen, Kapitän, der Ihr als Soldat nicht allein Eure Lust, sondern auch Euren Nutzen dabei finden würdet, ganz nach Bequemlichkeit die Wendungen und Kriegslisten eines indianischen Gefechts zu prüfen. Was Euren Freund betrifft, so kommt wohl wenig darauf an, wieviel er von dieser Sache durch Selbstprüfung erfährt, oder wie wenig, indem man über eine Biene immer auf andere Art Herr wird als über einen Indianer.«

»Alter Mann, dieser Scherz mit unserm Elende ist zu unüberlegt, um ihm keinen strengern Namen zu geben.«

»Ja, ja! Euer Großvater war von sehr heißem und wildem Temperamente, und man muß nicht erwarten, daß das Junge eines Panthers in der Erde wühlen soll wie ein junges Stachelschwein. Haltet euch beide ruhig, und was ich euch jetzt sagen will, muß den Anschein haben, als gelte es bloß dem, was dort im Grunde vorgeht; es wird dann die Wachsamkeit in den Schlaf wiegen und die argwöhnischen Augen derer schließen, welche sie selten schließen, wo es was Verruchtes und Grausames gibt. Fürs erste, so müßt ihr wissen, daß ich allen Grund habe zu glauben, jener verräterische Teton habe einen Befehl zurückgelassen, uns alle zu Tode zu bringen, sobald er denkt, daß die Tat im geheimen und ohne Aufsehen geschehen kann.«

»Großer Himmel! willst du uns hinschlachten lassen wie wehrlose Schafe?«

»Still, Kapitän, still! Ein heißes Temperament ist nicht das beste, wo Schlauheit mehr not tut als Schwertschläge. Ach, der Pawnee ist ein wackerer Junge! Es würde Euch Lust machen zu sehen, wie er sich vom Flusse zurückzieht, um seine Feinde einzuladen, daß sie ihn passieren sollen; und doch, wenn mein Auge mich nicht täuscht, sind ihrer doch nur einer gegen zwei! Aber, wie ich sagte, Hastigkeit und Gedankenlosigkeit bringt niemals was Gutes. Die Sache ist so klar, daß jedes Kind die Einsicht hat. Die Wilden sind nicht einig, wie sie uns behandeln sollen. Einige fürchten uns wegen unserer Farbe und würden uns herzlich gern laufenlassen, und andere möchten uns die Gnade erweisen, die der hungrige Wolf dem Reh erzeigt. Wenn erst Uneinigkeit und Widerstand sich in die Beratungen eines Stammes einschleichen, so ist die Menschlichkeit selten die gewinnende Partei. Seht jetzt diese runzligen und grausamen Hexen an, – doch nein, Ihr könnt sie im Liegen nicht sehen, aber dessenungeachtet sind sie hier, bereit und willig, wie ebenso viele grimmige Bärinnen, ihre Lust an uns zu kühlen, sobald die gehörige Zeit dazu gekommen.«

»Sagt mal, alter Herr Trapper«, unterbrach ihn Paul auf seine gewohnte, etwas bittere Weise, »erzählt Ihr uns das alles zu unserem oder zu Eurem Vergnügen? Wenn's bloß zu unserm ist, so könnt Ihr Euch immer den Atem sparen zu Eurem nächsten Wettrennen, da ich beinahe an den Possen schon erstickt bin.«

»Still«, sagte der Trapper, indem er mit großer Geschicklichkeit und Schnelle den Riemen, der einen von Pauls Armen an seinen Leib befestigte, durchschnitt und zugleich sein Messer in die Nähe der nun befreiten Hand fallen ließ. »Pst, Junge, pst! Das war ein glücklicher Moment! Das Geschrei vom Grunde herauf zog soeben die Augen der Blutegel dahin und von uns ab, und so weit sind wir sicher. Nun brauche gut den Vorteil, aber hüte dich, damit, was du tust, nicht gesehen werde!«

»Dank für die kleine Gunst, du alte Überlegung«, murmelte

der Bienenjäger, »obgleich sie etwas außer der Jahreszeit wie der Schnee im Mai kommt.«

»Törichter Junge!« rief tadelnd der Trapper, der sich ein wenig abseits von seinen Freunden begeben und sehr aufmerksam die Bewegungen der feindlichen Heere zu betrachten schien, »wirst du denn nie die Weisheit der Geduld erkennen lernen? Und auch Ihr, Kapitän, seid, wie ich sehe, obgleich ich mich eben nicht um eitle Launen quäle, stumm und still, weil Ihr es verschmäht, von einem etwas zu erbitten, den Ihr für zu langsam haltet, um es zu gewähren. Ohne Zweifel seid ihr beide jung und voll Stolz über eure Kraft und Männlichkeit, und ich wage es wohl zu sagen, ihr glaubtet, es sei weiter nichts nötig, als eure Riemen durchzuschneiden, um euch gleich zu Herren von Grund und Boden zu machen. Aber wer viel gesehen hat, ist auch geneigt, viel zu denken. Wäre ich wie ein geschäftiges Weib umhergerannt, euch die Freiheit zu verschaffen, so hätten ja diese Siouxhexen mein Treiben gleich bemerkt, und wo würdet ihr euch beide dann befunden haben! Unter dem Tomahawk und dem Messer wie hilflose und schreiende Kinder, obgleich mit dem Antlitz und den Bärten von Männern. Fragt Euren Freund, den Bienenjäger, ob er wohl jetzt, nachdem er so manche Stunde eng gebunden gewesen, imstande wäre, nur mit *einem* Tetonjungen zu kämpfen, wieviel weniger mit einem Dutzend blutrünstiger, unerbittlicher Hexen!«

»Wahrhaftig, alter Trapper«, erwiderte Paul, seine Glieder ausstreckend, welche jetzt ganz frei und ledig waren, indem er den Versuch machte, den so lange gehemmten Blutlauf wiederherzustellen, »Ihr habt doch einige Lichtblicke in diesen Angelegenheiten. Jetzt bin ich hier, Paul Hover, ein Mann, der, wenn's zum Boxen oder in den Wettlauf ginge, beinahe so hilflos dastände wie an dem Tage, wo ich meinen ersten Besuch in dem Hause des alten Paul abstattete, der jetzt tot ist und dahin ausgewandert, wo der Herr ihm jeden kleinen Fehlschuß vergeben mag, den er getan, solange er sich in Kentucky aufhielt! Jetzt steht mein Fuß auf dem Boden, wofern mich mein Auge nicht trügt, und doch würde es mich nicht viel kosten zu schwören, daß ich noch sechs Zoll ab von der Erde sei. Ich sage, ehrlicher Freund, da Ihr schon so viel getan, habt die Güte und haltet mir diese verdammten Weibsbilder, von denen Ihr so viele interessante Dinge zu erzählen wißt, ein wenig vom Leibe, bis ich das Blut dieses Armes in Bewegung gesetzt habe und bereit bin, sie anständig zu empfangen.«

Der Trapper machte ein Zeichen, daß er vollkommen einsehe, wie dringend der Fall sei; er ging daher einige Schritte auf den hochbejahrten Wilden zu, welcher bereits die Absicht verriet, sein angewiesenes Geschäft ins Werk zu setzen, und ließ den Bienenjäger hinter sich, damit er, so gut es ginge, wieder Herr seiner Gliedmaßen werde, und auch Middleton in eine ähnliche Lage, sich zu verteidigen, versetze.

Mahtoree hatte sich gar nicht versehen, als er diesen einen auswählte, um sein blutiges Werk auszuführen. Er hatte einen jener ruchlosen Wilden dazu ernannt, von denen sich mehr oder weniger in jedem Stamme finden, welche sich eine Art militärischen Ruhmes durch eine Härte erworben, deren Quelle indessen nur die angeborne Liebe zur Grausamkeit ist. Entgegengesetzt dem hohen und ritterlichen Gefühle, welches unter den Indianern der Prärien die größere Ehre darein setzt, die Siegestrophäen einem gefallenen Feinde abzustreifen, als ihn zu erschlagen, hatte er immer das Vergnügen, welches ihm das Ermorden gewährte, dem Ruhme vorgezogen, die Toten zu skalpieren. Während die der Gefahr trotzenden Tapferen darauf bedacht waren, persönlichen Ruhm zu erwerben, hatte man ihn immer hinter irgendeinem günstigen Versteck lauernd gesehen, um die Verwundeten der Lebenshoffnung zu berauben und das zu beenden, was ein edlerer Krieger begonnen. Bei allen Greueltaten seines Stammes war er immer vorn gewesen, und kein Sioux befand sich so durchaus wie er im Rate auf seiten der Unbarmherzigen.

Er hatte mit einer Ungeduld, welche selbst durch die so lange geübte Kunst der Zurückhaltung nur mit Mühe diesmal an plötzlichem Ausbruch gehindert wurde, den Augenblick erwartet, in dem er die Wünsche des großen Häuptlings ausführen könne, ohne dessen Billigung und mächtigen Schutz er übrigens einen Schritt nicht gewagt haben würde, der so manche Gegner im Volke fand. Aber jetzt eilte es schon zwischen beiden feindlichen Teilen zur Entscheidung, und die Zeit war zu seiner heimlichen und boshaften Freude so weit gediehen, daß er sich ganz seinem Willen überlassen konnte.

Der Trapper fand ihn, wie er Messer unter die wilden Hexen austeilte. Diese empfingen sie freudig, indem sie dabei einen leisen und sehr eintönigen Gesang anstimmten, der sie an die Verluste ihres Volkes in verschiedenen Treffen mit den Weißen erinnerte und die Lust und den Ruhm der Rache hochpries. Die Erscheinung einer solchen Gruppe hätte an sich genügt, jemand, der weniger als der Alte an dergleichen Auftritte gewöhnt war, vor der Gefahr zu warnen, sich in den Kreis ihrer wilden, entsetzlichen Gebräuche zu drängen.

Jede von den Alten begann, sobald sie die Waffe erhalten, einen langsamen und gemessenen, aber ungeschlachten Schritt um den Wilden, bis alle ihn in einer Art magischen Tanzes umkreisten. Die Schritte standen im Einklang mit gewissen Modulationen in den Worten ihrer Gesänge, ebenso wie ihre übrigen Bewegungen mit ihren Gedanken. Wenn sie von ihren eigenen Verlusten redeten, warfen sie ihre langen grauen Locken in die Luft oder ließen sie wieder in Unordnung auf ihren verwelkten Nacken herabfallen. Wenn aber eine von ihnen die süße Lust berührte, Schlag mit Schlag zu vergelten, so antwortete ein gemeinsamer Heulchor, wozu sie solche Gebärden machten, die genugsam Art und Weise ausdrückten, wie sie sich selbst aufregten und in den nötigen Zustand der Wut setzten.

Der Trapper stand jetzt mitten im Kreise dieser anscheinenden Dämonen mit derselben Ruhe und Aufmerksamkeit, als wäre er in irgendeinem Kirchdorfe umhergewandelt. Seine Erscheinung bewirkte übrigens auch gar keine Veränderung, als daß sie ihre drohenden Gebärden erneuerten, mit womöglich noch unzweideutigerm Ausdruck ihrer unwandelbar festen Absicht. Indem er ihnen ein Zeichen gab aufzuhören, fragte der alte Mann:

»Warum singen die Mütter der Tetons mit so bitteren Zungen? Die Pawnee-Gefangenen sind noch nicht in ihrem Dorfe, ihre jungen Männer sind noch nicht zurückgekehrt, mit Schädelhäuten beladen.«

Ein allgemeines Geheul antwortete ihm, und einige unter den kühnsten dieser Furien wagten sogar, sich ihm zu nähern, indem sie ihre Messer mit seinen Augen in eine äußerst gefährliche Nachbarschaft brachten.

»Es ist ein Krieger, den ihr vor euch seht, und kein Ausreißer von den Langmessern, dessen Gesicht bleicher wird beim Anblick eines Tomahawks«, erwiderte der Trapper, ohne auch nur einen Muskel zu bewegen. »Mögen die Siouxweiber bedenken:

wenn eine Weißhaut stirbt, stehen hundert da auf, wo sie gefallen ist.«

Noch immer gaben die Hexen keine andere Antwort, als daß sie immer schneller im Kreise umherliefen und gelegentlich ihren drohenden Gesang immer lauter und verständlicher ertönen ließen. Plötzlich aber brach eine der ältesten und wildesten aus dem Kreise heraus und huschte fort nach den Schlachtopfern zu, gleich einem Raubvogel, welcher, nachdem er sich im Kreise lange genug umhergedreht, um sich seines Gegenstandes zu versichern, endlich auf seine Beute losschießt. Die anderen folgten, eine unordentliche und kreischende Herde, alle von der Furcht getrieben, sie könnten zu spät zu dem blutigen Vergnügen kommen.

»Du mächtiger Medikus meines Volkes!« rief der alte Mann in der Tetonsprache, »erhebe deine Stimme und sprich, auf daß die Siouxnation dich höre.«

War es nun, daß unser Asinus neulich so viel Kenntnis erlangt hatte, um den Wert seiner tönenden Stimme ganz zu schätzen, oder daß das seltsame Schauspiel, wie ein Dutzend Hexen an ihm vorüberrauschte, die Luft mit Tönen erfüllend, welche selbst einem Esel unangenehm sein mußten, sein ganzes Gemüt aufregte, – gewiß ist es, daß das Tier gerade *das* tat, wozu Obed aufgerufen wurde, und vermutlich mit weit größerer Wirkung, als wenn der Naturforscher sich aus allen Kräften bemüht hätte, gehört zu werden. Es war das erstemal, daß dieses fremde Tier seit seiner Ankunft in dem Lager gesprochen. Von einem so fürchterlichen Rufe gemahnt, zerstreuten sich die Hexen gleich Geiern, die von ihrer Beute fortgeschreckt worden, noch immer kreischend und nur halb von ihrem Vorhaben abgebracht.

Mittlerweile hatte die plötzliche und drohende Nähe der Gefahr das Blut mehr durch Pauls und Middletons Adern gejagt als alle ihre künstlichen Reibungen und physischen Anstrengungen. Der erstere war wirklich auf seine Füße gekommen und nahm eine Stellung ein, die vielleicht mehr drohte, als der würdige Bienenjäger fähig war, auszuführen, und auch der letztere war auf den Knien und zeigte sich bereit, für sein Leben zu streiten. Die unerklärliche Erlösung der Gefangenen von ihren Banden wurde von den Hexen den Zaubersprüchen des Medikus zugeschrieben, und dieses Mißverständnis war zweifelsohne von ebenso vielem Nutzen wie die wunderbare und so recht zur gelegenen Zeit kommende Einmischung unseres Asinus zu ihren Gunsten.

»Jetzt ist es Zeit, aus unserem Hinterhalt hervorzudringen«, rief der Alte, indem er sich beeilte, sich seinen Freunden anzuschließen und einen offenen und männlichen Krieg zu beginnen. »Es würde zwar politischer gewesen sein, so lange mit dem Fechten zu warten, bis der Kapitän in besserem Stande wäre, sich mit uns zu vereinigen; da wir aber unsere Batterie aufgedeckt haben, so müssen wir auch unsern Grund behaupten.«

Er ward unterbrochen, indem er plötzlich eine gigantische Hand auf seiner Schulter fühlte. Wie er sich umkehrte, wirklich doch etwas verwirrt, als sei hier Hexerei im Werke, fand er, daß er sich in der Hand eines nicht weniger gefährlichen und mächtigen Zauberers, des Ismael Busch, befinde. Seine wohlbewaffneten Söhne, die, einer nach dem andern hinter Mahtorees noch immer aufgestelltem Zelte hervorkamen, erklärten ihm mit einem Male nicht allein, wie er umgangen worden, während seine ganze Aufmerksamkeit auf die Dinge vor ihm gerichtet war, sondern auch die gänzliche Unmöglichkeit des Widerstandes.

Weder Ismael noch seine Söhne hielten es für nötig, sich auf ausführliche Erklärungen einzulassen. Middleton und Paul wurden wieder gebunden, mit außerordentlicher Stille und Eilfertigkeit, und diesmal war selbst der alte Trapper nicht ausgenommen. Das Zelt ward abgebrochen, die Weiber setzte man auf Pferde, und alle waren auf dem Wege nach des Squatters Lager, mit einer Schnelle, welche den Gedanken der Zauberei lebendig erhalten konnte.

Während alles dies mit der äußersten Eile und Geschicklichkeit ins Werk gesetzt wurde, sah man Mahtorees Beauftragten und seine unempfindlichen Gefährtinnen über die Ebene fliehen, dahin, wo die Familie ihren Rückzug genommen, und als Ismael den Fleck mit seinen Gefangenen und seiner Beute verließ, war der noch kaum von dem Wirrwarr und dem bunten Leben eines indianischen Lagers so lebendige Grund und Boden so still und leer geworden wie irgend sonst ein Fleck in diesen ausgebreiteten Wüsten.

Dreißigstes Kapitel

Ist dies Verfahren recht und ehrenwert?
Shakespeare

Während dies auf der Anhöhe vorging, waren die Krieger unten im Grunde nicht müßig gewesen. Wir verließen die feindlichen Banden, wie sie sich von den entgegengesetzten Ufern des Stromes beobachteten, indem jeder seinen Feind durch Hohn und Schmähreden zu einer Unvorsichtigkeit zu verleiten suchte. Aber der Pawneehäuptling entdeckte bald, daß sein schlauer Gegner nicht abgeneigt war, die Zeit so zwecklos und, wie beide Teile bald merkten, in so unnützen Unternehmungen zu vergeuden. Er änderte deshalb seinen Plan, und zog sich, wie wir schon aus dem Munde des Trappers erfahren haben, vom Ufer zurück, um das zahlreichere Heer der Sioux zum Übergang zu verleiten. Die Herausforderung ward nicht angenommen, und die Loups waren gezwungen, etwas Neues zu ersinnen, um ihren Zweck zu erreichen.

Statt länger die köstlichen Augenblicke in fruchtlosen Versuchen, den Feind herüberzulocken, zu vergeuden, führte der junge Held der Pawnees seine Truppen in schnellem Galopp längs dem Strande hin, um irgendeinen günstigen Ort anzutreffen, wo er plötzlich und ohne Verlust seine Schar übersetzen könne. Sobald seine Absicht erkannt wurde, nahm jeder berittene Teton einen Fußgänger hinter sich aufs Pferd, und so war Mahtoree fähig, seine ganze Macht gegen den Angriff zu verwenden. Als Hart-Herz merkte, daß man seiner Absicht zuvorkam, fand er es nicht dienlich, seine Pferde durch einen Lauf anzustrengen, der sie späterhin zum Dienste untauglich machen könne, wenn sie auch die schwerer belasteten Tiere der Sioux hinter sich gelassen hätten, sondern er ließ wieder am Rande des Stromes halten.

Da die Gegend für irgendeine der gewöhnlichen Listen im Kriege bei den Wilden viel zu offen war, und die Zeit ihn drängte, entschloß sich der ritterliche Pawnee, die Entscheidung durch eines der kühnen Wagestücke zu erzwingen, in denen die indianischen Helden sich so auszeichnen, und durch welche sie oft ihren höchsten und teuersten Ruhm erkaufen. Der von ihm erwählte Fleck war seinem Vorhaben günstig. Der Fluß, welcher meist tief und reißend war, hatte sich dort zu mehr als doppelter Breite ausgedehnt, und das Kräuseln des Wassers verriet, daß er über ein seichtes Bett dahinfloß. In der Mitte des Stromes befand sich eine weite nackte Sandbank, nur wenig über die Oberfläche des Wassers heraustretend und von einer Farbe und Dichtheit, daß ein geübtes Auge dort auf festen und sichern Boden zum Stehen rechnen konnte. Dorthin wandte forschend der Held seinen Blick, und die Entscheidung folgte sehr bald. Nachdem er zu seinen Kriegern geredet und sie mit seinen Absichten bekanntgemacht hatte, warf er sich in den Strom und erreichte mit Hilfe seines bald schwimmenden, bald schreitenden Rosses glücklich das Eiland.

Hart-Herz' Erfahrung hatte ihn nicht getäuscht. Als sein schnaubendes Roß aus dem Wasser hervorkam, fand er sich auf einer angeschwemmten, dichten und festen Sandbank, auf der sein Tier vollkommen seine Kräfte und seine Geschicklichkeit zeigen konnte. Das Roß schien auch diesen Vorteil selbst einzusehen und trug seinen kriegerischen Reiter mit einer Behendigkeit und einer Kraft, die auch dem vortrefflichsten Streitroß zur Ehre gereicht haben würden; dahin. Das Blut des Häuptlings pulsierte schneller beim Gedanken an seine eigene Lage. Er saß auf dem Tiere, als wisse er, daß die Augen zweier Stämme auf seine Bewegungen gerichtet seien und daß so, wie nichts seinen eigenen Leuten angenehmer sein könne, als je mehr Mut und natürliche Anmut er entfalte, so auch für die Feinde nichts schmähender und kränkender sein könne.

Der plötzlichen Erscheinung des Pawnees auf dem Sande folgte von seiten der Tetons ein allgemeines Geschrei ihres wilden Unmutes. Alles rauschte nach dem Ufer, und an fünfzig Pfeile und mehrere Flintenschüsse wurden auf ihn gerichtet. Auch verrieten mehrere Tapfere ihre offenbare Lust, sich ins Wasser zu stürzen, um die Verwegenheit ihres tollkühnen Feindes zu züchtigen. Allein Mahtorees Ruf und Befehl zügelte die fast nicht mehr zu bändigende Wut seiner Bande. Weit davon entfernt, daß er zugegeben hätte, daß auch nur ein einziger Fuß ins Wasser trete oder noch ein Schuß völlig unnütz gegen den Feind verschwendet werde, erhielt vielmehr die ganze Schar den Befehl, sich vom Strande zurückzuziehen, während er selbst seine Absichten zweien oder dreien seiner Vertrauten mitteilte.

Als die Pawnees den ersten Andrang ihrer Feinde sahen, ritten zwanzig Krieger in den Strom; sobald sie aber den Rückzug der Tetons bemerkten, kehrten auch sie alle zurück, den jungen Häuptling seiner eigenen oft erprobten Geschicklichkeit und seinem Heldenmute überlassend. Hart-Herz' Anordnungen, als er sich von den Seinen trennte, waren seines unternehmenden Charakters und des Helden, der sich selbst gern aufopferte, völlig würdig. Solange als einzelne Krieger auf ihn loskämen, solle nur Wakonda und sein eigener Arm ihn beschützen; wenn aber mehrere Sioux anstürmten, sollten die Seinen Mann um Mann, allenfalls endlich seine ganze Macht herbeikommen. Genau wurden diese hochherzigen Anordnungen befolgt, und obgleich so manche Herzen in der Truppe voll Verlangen schlugen, an Ruhm und Gefahr ihres Vorfechters teilzunehmen, fand sich doch kein einziger Krieger unter allen, der es nicht verstanden hätte, seine Ungeduld unter der gewöhnlichen Maske indianischer Selbstbeherrschung zu verbergen. Schnellen und eifrigen Blickes warteten sie auf den Ausgang, und kein einziger Ausruf des Staunens entschlüpfte ihnen, als sie sahen, wie sich bald dartun wird, daß ihres Häuptlings Unternehmen ebensoleicht zum Frieden als zum Kriege führen konnte.

Mahtoree brauchte eben nicht lange Zeit, um seine Pläne den Vertrauten mitzuteilen, welche er schnell wieder zu den übrigen hinsandte. Der Teton trat etwas in den Strom hinein und hielt still. Hier erhob er die Hand mehrere Male, die Fläche nach auswärts, und machte verschiedene von den Zeichen, die als Pfand freundlicher Gesinnungen unter den Einwohnern dieser Gegenden gelten. Dann, als wolle er seine Aufrichtigkeit dadurch bekunden, warf er die Flinte zurück ans Ufer und ritt wieder tiefer ins Wasser, wo er abermals stehenblieb, um zu sehen, wie der Pawnee seinen Friedensantrag annehmen würde.

Der schlaue Sioux hatte seine Berechnung auf die edle und ehrliche Natur seines jüngeren Rivalen nicht falsch angelegt. Hart-Herz war fortwährend auf der Sandbank hin und her galoppiert, solange die Feinde schossen und mit einem Angriff drohten, und zwar mit derselben stolzen und sicheren Miene, womit er zuerst der Gefahr entgegengetreten war. Als er die wohlbekannte Gestalt des Tetonhelden zuerst den Fluß betreten sah, streckte er die Hand triumphierend in die Höhe und schwenkte die Lanze; dann erhob er das gellende Kriegsgeschrei seines Volkes wie eine Aufforderung, daß er herankommen solle. Als er aber die Zeichen des Waffenstillstandes sah, verschmähte er es, obwohl auch kundig aller Verrätereien, die bei den Kämpfen der Wilden stattfinden, weniger männliches Vertrauen auf die eigene Kraft zu beweisen als die, welche der Gegner vor seinen Augen zur Schau trug. Nach dem entferntesten Ende der Sandbank reitend, warf er die Flinte dort ab und kehrte dann auf den vorigen Stand zurück.

Beide Häuptlinge waren jetzt gleich bewaffnet. Jeder hatte seinen Speer, seinen Bogen, Köcher, seine kleine Streitaxt und sein Messer; desgleichen einen Schild von Häuten, der zur Verteidigung gegen einen Angriff mit diesen Waffen dienen mochte. Der Sioux zauderte nun nicht länger, sondern ging tiefer in den Strom hinein und landete auf einem Punkt des Eilandes, welchen sein höflicher Gegner deshalb freigelassen. Wäre jemand dagewesen, um Mahtorees Gesicht zu bewachen, während er das ihn von dem furchtbarsten und verhaßtesten aller Gegner trennende Wasser kreuzte, so hätte er wohl den Strahl einer geheimen Freude entdeckt, die durch die Wolke brach, welche Schlauheit und herzlose Verräterei über sein dunkles Antlitz verbreiteten. Und doch gab es Momente, wo er hätte glauben mögen, daß die Blitze in des Tetons Augen und das Schnauben seiner Nüstern ihren Ursprung einem edlern und eines indianischen Häuptlings würdigern Gefühle verdankten.

Der Pawnee hatte sich auf seine Seite der Sandbank zurückgezogen, wo er mit Ruhe und Würde die Ankunft des Gegners erwartete. Der Teton kreiste ein- oder zweimal auf dem festen Boden, um die Ungeduld seines Rosses zu zügeln und seinen Sitz wieder ordentlich einzunehmen, und dann ritt er in die Mitte des Platzes und nötigte den andern durch eine höfliche Bewegung, sich zu nähern. Hart-Herz kam heran, bis er sich in gehöriger Entfernung befand, um gleich vorteilhaft vorgehen oder umkehren zu können. Hier hielt er an und blickte nun fest in das Auge des Gegners. Eine lange und ernste Pause folgte dieser Bewegung, während welcher beide ausgezeichnete Helden, die hier zum erstenmal, Stirn gegen Stirn und die Waffen in der Hand, sich trafen, ruhig auf ihren Pferden saßen und sich gegenseitig wie zwei Krieger anschauten, die es wohl verstanden, die Verdienste eines edlen, wenn auch verhaßten Feindes zu würdigen. Aber Mahtorees Gesicht war weit weniger ernst und kriegerisch als das des Helden der Loups. Seinen Schild über die Schultern werfend, gleichwie um das Zutrauen des andern zu erwecken, machte er eine grüßende Bewegung und fing zuerst an zu sprechen.

»Mögen die Pawnees auf die Hügel steigen«, sprach er, »und ausschauen von der Morgensonne nach der Abendsonne, von den Schneeländern bis zu den Ländern, wo viele Blumen blühen, und sie werden sehen, daß die Erde sehr groß ist. Warum sollen die roten Leute darauf nicht Raum finden für alle ihre Dörfer?«

»Sah der Teton je einen Krieger der Loups nach seinen Orten kommen, um einen Platz zu erbetteln für seine Wohnung?« erwiderte der junge Held mit einem Blicke, in welchem er den Stolz und die Verachtung keineswegs zu verbergen suchte. »Wenn die Pawnees jagen, senden sie da Läufer voraus, um Mahtoree zu fragen, ob keine Sioux auf den Prärien sind?«

»Wenn Hunger in der Wohnung eines Kriegers ist, so schaut er aus nach dem Büffel, der ihm zur Nahrung bestimmt ist«, fuhr der Teton fort, den Zorn, welchen die verächtliche Rede des andern hervorgerufen, nur mit Mühe niederkämpfend. »Der Wakonda hat ihrer mehr geschaffen, als er Indianer schuf. Er hat nicht gesagt: ›Dieser Büffel soll für einen Pawnee sein und der für einen Dakota; dieser Biber für einen Konza und der für den Omahaw.‹ Nein, er sagte: ›Es sind ihrer genug. Ich liebe meine roten Kinder, und ich habe ihnen große Reichtümer geschenkt. Das schnellste Pferd soll nicht von den Dörfern der Tetons zu den Dörfern der Loups rennen, während die Sonne scheint und wieder scheint. Es ist weit von den Orten der Pawnees bis zum Flusse der Osagen. Da ist Raum für alle, die ich liebe.‹ Weshalb denn sollte ein Roter seinen Bruder erschlagen?«

Hart-Herz stieß das eine Ende seiner Lanze in die Erde, und indem er desgleichen den Schild über die Schulter geworfen, lehnte er sich im Sitzen leicht auf seine Waffe, während er mit einem Lächeln, welches keine zweifelhafte Deutung zuließ, antwortete:

»Sind die Tetons der Jagd und des Krieges müde? Wünschen

sie bloß, das Wildbret zu kochen, und nicht, es zu töten? Wollen sie das Haar so dicht wachsen lassen über ihren Köpfen, daß ihre Feinde nicht wissen, wo sie die Schädelhaut finden sollen? Geh, ein Pawneekrieger wird niemals wie ein Weib unter die Siouxweiber treten!«

Ein fürchterlich wilder Blick schoß hervor aus des Dakotas Antlitz, als er auf diesen beißenden Hohn horchte, aber schnell wußte er das Bittere zu überwinden und einen andern Ausdruck aufzufinden, der sich besser für sein gegenwärtiges Vorhaben schickte.

»Das ist die Art, wie ein junger Häuptling vom Kriege sprechen sollte«, antwortete er mit merkwürdiger Fassung. »Aber Mahtoree hat das Elend von weit mehr Wintern gesehen als sein Bruder. Wenn die Nächte lang waren und die Finsternis in seiner Hütte wohnte und die jungen Leute schliefen, hat er nachgedacht über das harte Los seines Volkes. Er sprach zu sich: ›Teton, zähle die Skalpe in deinem Rauche. Sie sind alle rot bis auf zwei! Vernichtet der Wolf den Wolf oder die Klapperschlange ihre Schwester? Ihr wißt es, das tun sie nicht. Deshalb, Teton, handelst du unrecht, auf einer Spur zu gehen, die dich in das Dorf einer Rothaut führt, und mit dem Tomahawk in der Hand.‹«

»Wie? Der Sioux wollte dem Krieger seinen Ruhm rauben? Er wollte zu seinen jungen Leuten sprechen: ›Geht, grabt Wurzeln aus in den Prärien und sucht Höhlen, Eure Tomahawks darin zu vergraben, denn Ihr seid keine tapferen Männer mehr?‹«

»Wenn Mahtorees Zunge jemals dies spricht«, erwiderte der schlaue Häuptling mit allem Anschein der Entrüstung, »so mögen seine Frauen sie ausschneiden und sie verbrennen mit dem Abfall vom Büffel. Nein«, fügte er hinzu, um einige Schritte sich den unbeweglich dastehenden Hart-Herz nähernd, als wolle er dadurch die Reinheit seiner Gesinnung bekunden, »die roten Leute bedürfen gar keiner neuen Feinde; sie haben deren mehr als das Laub der Bäume, mehr als die Vögel unterm Himmel oder die Büffel in den Prärien. Mache mein Bruder seine Augen weit auf! Sieht er nirgends einen Feind, den er schlagen möchte?«

»Wie lange ist es her, daß der Teton die Skalpe seiner Kriegsmänner zählte, die in dem Rauch der Pawneehütten dörren? Die Hand, die sie ablöste, ist hier und bereit, aus achtzehn zwanzig zu machen.«

»Gehe doch der Geist meines Bruders nicht auf einem Abwege! Wenn eine Rothaut immerfort die andere tötet, wer soll dann am Ende Herr in den Prärien bleiben, wenn kein Krieger übriggeblieben, um zu sprechen: ›Sie gehören *mir.*‹ – Höre er doch auf die Stimmen der alten Leute! Sie berichten uns, zu ihren Zeiten wären manche Indianer aus den Wäldern im Aufgange der Sonne hervorgekommen, und sie hätten die Prärien mit ihren Klagen über die Räubereien der Langmesser angefüllt. Wo ein Bleichgesicht hinkommt, da kann ein roter Mann nicht weilen. Das Land ist ihm zu eng. Sie sind immer hungrig. Sieh, hier sind sie schon!«

Als der Teton sprach, zeigte er auf Ismaels Zelte, die deutlich vor ihren Augen lagen, und hielt dann inne, um die Wirkung seiner Worte auf den Geist seines arglosen Feindes abzuwarten. Hart-Herz horchte wie jemand, dem eine ganze neue Gedankenreihe durch die Schlußfolgerungen eines andern eröffnet worden. So sann er ungefähr eine Minute, ehe er fragte:

»Was meinen die weisen Häuptlinge der Sioux, daß geschehen müsse?«

»Sie halten dafür, man müsse den Mokassins jedes Bleichgesichtes ebenso folgen wie der Spur des Bären; die Langmesser, die in die Prärien kommen, müssen nie umkehren; offen müsse der Weg für alle sein, welche kommen, und verschlossen denen, welche gehen wollen. Dort sind ihrer viele. Sie haben Pferde und Flinten. Sie sind reich, aber wir sind arm. Wollen die Pawnees mit den Tetons Rat pflegen, dann werden sie sagen, sobald die Sonne hinter den Rocky-Mountains untergegangen: dies ist für einen Loup und dies für einen Sioux.«

»Teton – nein! Hart-Herz überfiel nie den Fremden. Sie kommen in seine Hütte und essen, und sie gehen sicher wieder hinaus. Ein mächtiger Häuptling ist ihr Freund! Wenn mein Volk die jungen Leute aufruft, den Kriegspfad zu betreten, ist Hart-Herz' Mokassin immer der letzte; ist aber einmal sein Dorf, von Bäumen bedeckt, hinter ihm, dann ist sein Mokassin immer der erste. Nein, Teton, sein Arm wird sich nie gegen den Fremden erheben.«

»Tor! So stirb mit leeren Händen!« rief Mahtoree, indem er einen Pfeil auf seinen Bogen legte und ihn plötzlich in tödlicher

Richtung gerade auf die nackte Brust seines großen und arglosen Feindes losschnellte.

Der verräterische Teton hatte allzurasch gehandelt und den Augenblick zu gut gewählt, als daß der Pawnee irgendeines der gewöhnlichen Verteidigungsmittel hätte anwenden können. Sein Schild hing von der Schulter herab, und sogar der Pfeil war von seinem Platze fortgeglitten und lag in der hohlen Hand, mit welcher er den Bogen festhielt. Aber das schnelle Auge des Tapfern hatte noch Zeit genug gewonnen, die Bewegung zu bemerken, und seine Besinnung verließ ihn nicht. Durch einen gewaltigen und scharfen Ruck am Zügel bäumte sich sein Roß, indem es die Vorderschenkel weit in die Luft erhob. Während nun der Reiter den Leib seitwärts niederbog, diente das Pferd selbst ihm zum Schilde gegen die Gefahr. Indessen war der

Schuß so gut gezielt und mit solcher Kraft entsandt, daß der Pfeil den Nacken des Tieres seitwärts traf und durch die Haut fuhr.

Schneller als der Gedanke flog Hart-Herz' antwortender Pfeil dahin. Der Schild des Tetons war durchbohrt, aber seine Person unberührt. Einige Augenblicke wechselten unablässig das Klingen des Bogens und das Schwirren der Pfeile, obgleich die Kämpfer sich genötigt sahen, einen großen Teil der Sorgfalt auf die eigenen Verteidigungsmittel zu verwenden. Bald waren die Köcher erschöpft und, obgleich Blut geflossen, war es doch nicht genug, um den Ingrimm des Kampfes zu schwächen.

Nun begannen reißend schnelle und meisterhaft geführte Ausfälle und Angriffe mit den Pferden. Jetzt drehten sie sich im Kreise, prallten plötzlich an, drangen angreifend vor, sprengten seitwärts und wichen dann wieder im Bogenlauf, als schwirrten Schwalbenflüge im Kreise. Man stieß und schlug sich mit der Lanze, der Sand wurde in die Luft geschleudert, und oft schienen die Stöße den Tod unvermeidlich zur Folge zu haben. Aber noch immer hielt jeder Teil sich in seinem Sitze, und beider Zügel wurden mit fester Hand geführt. Endlich aber ward der Teton genötigt, sich von seinem Pferde herabzuwerfen, um einem offenbaren Todesstoße zu entgehen. Des Pawnees Lanze drang durch das Tier, während er selbst vorbeigaloppierend laut aufjubelte. Sich umwendend, war er jetzt drauf und dran, den Vorteil zu nutzen, als auch sein eigenes erschöpftes Tier stolperte und unter einer Last hinsank, die es unfähig war länger zu tragen. Mahtoree antwortete nun mit einem voreiligen Siegsgeschrei und fuhr mit Messer und Tomahawk auf den noch verstrickten Jüngling los. Hart-Herz' äußerster Behendigkeit war es noch nicht gelungen, sich beizeiten von dem gestürzten Tiere loszumachen. Er sah, seine Lage war verzweiflungsvoll. Jetzt, nach seinem Messer greifend, faßte er den Stahl zwischen einem Finger und dem Daumen und schleuderte ihn mit bewunderungswürdiger Ruhe auf seinen nahenden Feind. Die scharfe Waffe schwirrte einige Augenblicke in der Luft, dann traf ihre Spitze die nackte Brust des ungestümen Sioux, und der Stahl fuhr hinein bis an den hölzernen Schaft.

Mahtoree legte die Hand an die Waffe und schien zu zaudern, ob er sie herausziehen solle oder nicht. Einen Augenblick bewölkten sein Gesicht der unauslöschliche Haß und die furchtbare Wildheit, dann, wie innerlich gemahnt, daß er nur wenige Zeit zu verlieren habe, wankte er an den Rand der Sandbank und trat ins Wasser. Schlauheit und Arglist, die so lange die glänzenderen und edleren Züge seines Charakters verdunkelt hatten, gingen diesmal in dem unauslöschlichen Gefühl des Stolzes, das ihm in der Jugend eingeflößt worden, unter.

»Knabe von den Loups!« sprach er lächelnd in grimmiger Lust, »der Schädel eines mächtigen Dakota soll nie im Pawneerauche trocknen!«

Das Messer aus der Wunde ziehend, schleuderte er es verächtlich seinem Feinde hin. Er schüttelte den Arm gegen den glücklichen Überwinder, und sein von finsterm Grimm angeschwollenes Gesicht schien mit dem Haß und der Verachtung zu ringen, die er mit der Zunge nicht aussprechen konnte. Dann warf er sich kopflings in eine der reißenden Strömungen, indem er noch lange die Hand triumphierend emporhielt, selbst nachdem sein Körper für immer in der Flut versunken war. Indessen war Hart-Herz frei geworden. Das Schweigen, welches bis dahin unter beiden Scharen geherrscht, wurde plötzlich durch ein allgemeines tumultuarisches Geschrei unterbrochen. Fünfzig Krieger von den entgegengesetzten Parteien waren schon im Flusse, eilend, den Sieger entweder tödlich zu überfallen oder zu verteidigen, und der Streit war eher am Ausgang seines Anfangs als seinem Ende nahe. Aber der junge Sieger blieb bei allen diesen Zeichen von Gefahr kalt und unbeweglich. Er sprang nach seinem Messer und schoß dann mit dem Fuß einer Antilope die Sandbank entlang, der weichenden Flut nachblickend, die seine Beute verbarg. Ein finsterer, blutiger Fleck zeigte den Ort an; mit dem Messer bewaffnet, stürzte er sich in den Strom, entschlossen, in der Flut zu sterben oder mit seiner Trophäe umzukehren.

Mittlerweile wurde dieselbe Sandbank der Schauplatz neuen Blutvergießens. Besser beritten und vielleicht auch feuriger, hatten die Pawnees indessen den Ort in gehöriger Anzahl früher erreicht und zwangen ihre Feinde zum Rückzuge. Die Sieger verfolgten ihr Glück bis an das jenseitige Ufer und gewannen mitten im Gefechte festen Grund und Boden. Hier trafen sie aber auf alle unberittenen Tetons und mußten nun auch ihrerseits weichen.

Jetzt wurde der Streit zusammenhängender und umfassender. Als die heiße Wut, welche beide Teile getrieben, den tödlichen Kampf zu beginnen, nachgelassen, waren die Häuptlinge fähig, ihren Einfluß zu brauchen und die gegenseitigen Angriffe mit Klugheit zu leiten und zu mäßigen. In Folge der Ermahnung ihrer Anführer suchten die Sioux einzelne Verstecke auf, entweder hinter dem hohen Grase, oder wo sich hier und da ein Busch oder eine kleine Unebenheit des Bodens zu ihren Gunsten zeigte, und die Schüsse der Pawneekrieger wurden demgemäß auch behutsamer und wirkten weniger.

Auf diese Weise dauerte der Kampf mit wechselndem Erfolge und ohne viele Verluste fort. Den Sioux war wenigstens das gelungen, daß sie sich in ein dichtes verschlungenes Gras geworfen, wo die Pferde ihrer Feinde nicht eindringen konnten, oder wo sie, wenn es ihnen gelang, durchaus unnütz wurden. Jetzt wurde es nötig, die Tetons aus diesem Versteck fortzutreiben oder den ganzen Kampf aufzugeben. Verschiedene verzweifelte Angriffe waren schon abgeschlagen, und die entmutigten Pawnees dachten bereits an Rückzug, als Hart-Herz' wohlbekanntes Kriegsgeschrei in dichter Nähe gehört wurde, und im nächsten Augenblick der Häuptling in ihrer Mitte erschien, die Schädelhaut des großen Sioux wie ein Banner, das notwendig zum Siege führen müsse, schwenkend.

Ein Jubelgeschrei begrüßte ihn, und so folgte man ihm in das Versteck mit einem Ungestüm, welches für den Augenblick alles vor sich hintrieb. Aber die blutige Trophäe in der Hand des Helden diente ebenso die Angegriffenen als die Angreifenden anzufeuern. Mahtoree hatte manchen kühnen Helden in seinem Stamme hinterlassen, und der Redner, welcher in den Tagesdebatten so friedliche Gesinnungen verraten, bewies jetzt die alleredelste Hingebung, um die Reliquie eines Mannes, den er nie geliebt, den Händen der offenkundigen Feinde seines Volkes zu entreißen.

Der Erfolg entschied sich für die größere Zahl der Streiter. Nach einem heftigen Kampfe, in welchem alle Häuptlinge in persönlichem Mute und persönlicher Geschicklichkeit Außerordentliches leisteten, sahen sich die Pawnees genötigt, ins offene Feld zurückzuweichen, dicht von den Sioux gedrängt, die nicht verfehlten, jeden Fußbreit Landes, den ihnen die Feinde ließen, zu besetzen. Hätten die Tetons sich am Rande des hohen

Grases gehalten, so wäre die Ehre des Tages aller Wahrscheinlichkeit nach ihnen geblieben trotz des unersetzlichen Verlustes, den sie durch Mahtorees Tod erlitten. Aber die kühneren Helden der Bande machten sich eines Versehens schuldig, welches das Glück der Schlacht gänzlich wendete und sie plötzlich aller mühsam errungenen Vorteile beraubte.

Ein Pawneehäuptling war unter zahllosen Wunden gefallen; er sank dahin – ein Ziel für ein Dutzend Pfeile – in dem hintersten Zuge seiner zurückweichenden Partei. Ohne daran zu denken, ihren Feinden weiter Schaden zuzufügen, und der Verwegenheit eines solchen Unternehmens uneingedenk, sprang jeder Siouxheld sogleich mit gellendem Siegsgeschrei herzu, alle vom Wunsch entbrannt, den Leichnam des Toten zu skalpieren, so den höchsten Kriegsruhm einerntend. Da überfiel sie Hart-Herz mit wenigen auserwählten Kriegern, die alle ebenso von der Begier brannten, die Ehre ihrer Nation vor einer so bösen Beschimpfung zu retten. Es war jetzt ein wahres Handgemenge, und Blut fing stärker zu fließen an. Als die Pawnees sich mit dem geretteten Leichnam zurückgezogen, folgten ihnen die Sioux auf dem Fuße, und endlich brachen die letzteren insgesamt mit einem allgemeinen Geschrei aus ihrem Versteck hervor, und bloße physische Übermacht schien allen Widerstand unnütz zu machen.

Hart-Herz' Schicksal und das der Seinigen, die alle lieber gestorben wären, als daß sie von ihrem Vorhaben gelassen, hätte sich jetzt vielleicht schnell entschieden, wäre nicht ein mächtiger und unberechneter Umstand zu ihren Gunsten eingetreten. Aus einem kleinen Gebüsch links ertönte ein lautes Hurra, und gleich darauf folgte eine Ladung aus den verhängnisvollen europäischen Flinten. Fünf oder sechs Sioux stürzten tödlich verwundet, und jeder Arm sank plötzlich untätig nieder, als hätte es aus den Wolken geblitzt, um die Sache der Loups zu unterstützen. Dann kamen Ismael und seine stämmigen Söhne zum Vorschein, über ihre verräterischen Feinde herfallend, und mit Blicken und Stimmen, die genugsam die Absicht ihres Erscheinens verkündeten.

Das war zuviel für die Tapferkeit der Tetons. Mehrere ihrer beherztesten Häuptlinge waren schon gefallen, und die übrigbleibenden wurden sogleich von dem großen Haufen verlassen. Wenige der allerverzweifeltsten Helden verweilten noch immer neben dem verhängnisvollen Symbol ihrer Ehre und fanden dort ruhmvoll ihren Tod unter den Streichen der neu ermutigten Pawnees. Eine zweite Ladung aus den Flinten des Squatters und der Seinen vollendete indessen den Sieg.

Man sah nun die Sioux nach entfernteren Verstecken mit demselben Eifer und derselben Verzweiflung fliehen, wie sie sich vor wenigen Minuten ins Gefecht gestürzt. Die triumphierenden Pawnees setzten jetzt an zur Jagd wie ebensoviel hitzige, wohlabgerichtete Hunde. Von allen Seiten hörte man Siegesjubel oder das gellende Geschrei nach Rache. Einige Flüchtlinge versuchten, die Leichen ihrer gefallenen Krieger fortzubringen, aber die heiße Verfolgung zwang sie sehr bald, die Erschlagenen hinter sich zurückzulassen, um nur die Lebenden zu retten. Unter allen verzweiflungsvollen Anstrengungen, welche bei der Gelegenheit vorfielen, um die Ehre der Sioux von dem Flecken zu retten, welcher nach ihrer besonderen Meinung mit dem Verlust des Skalpes eines gefallenen Helden zusammenhing, war nur eine einzige von einem glücklichen Erfolge begleitet.

Des Widerstandes, welchen ein einzelner Häuptling den feindlichen Vorkehrungen im Rate von heut morgen entgegensetzte, ist bereits Erwähnung geschehen. Aber nachdem er seine Stimme vergeblich erhoben, um Frieden zu stiften, war sein Arm keinesweges lässig im Dienst des Krieges. Seiner Kühnheit ist schon gedacht worden, und es waren vorzüglich sein Mut und sein Beispiel, welche die Tetons zu den heroischen Anstrengungen anfeuerten, als Mahtorees Tod bekanntgeworden. Dieser Krieger, welcher in der figürlichen Sprache seines Volkes ›Der schießende Adler‹ genannt worden, war der allerletzte gewesen, die Hoffnungen auf den Sieg aufzugeben. Als er fand, daß das Knallen der fürchterlichen Flinten seiner Bande ihre schwer errungenen Vorteile geraubt, wandte er sich plötzlich unter einem Schauer von Geschossen nach dem geheimen Fleck, wo er sein Pferd unter dem dichtesten Grase versteckt hatte. Hier fand er einen neuen und ganz unerwarteten Mitbewerber, bereit, sich mit ihm in einen Streit über den Besitz des Tieres einzulassen. Es war Bohrecheena, Mahtorees alter Freund, derselbe, dessen Stimme seinem weiseren Rate entgegengeschallt hatte; von einem Pfeile durchbohrt, kämpfte er augenscheinlich bereits mit den Schmerzen des herannahenden Todes.

»Ich bin auf meinem letzten Kriegspfade gewesen«, sagte der grimmige alte Krieger, als er den wahren Eigentümer des Tieres kommen sah, um sein Recht geltend zu machen. »Soll ein Pawnee die weißen Haare eines Sioux in sein Dorf schleppen, damit sie Weibern und Kindern zum Gespött werden?«

Der andere ergriff seine Hand, indem er auf die Bitte mit dem festen Blicke eines unbeugsamen Entschlusses antwortete. Mit diesem schweigenden Unterpfande half er dem verwundeten Manne aufs Pferd. Sobald er dieses aus dem Bereich des Grasfleckes geführt, schwang er sich selbst auf dessen Rücken, und indem er den Gefährten an seinem Gurt festband, jagte er hinaus auf das offene Feld, der wohlbekannten Schnellfüßigkeit des Tieres ganz ihre beiderseitige Rettung anvertrauend. Die Pawnees hatten kaum beide Flüchtlinge ins Auge gefaßt, als auch schon mehrere ihre Rosse zur Verfolgung umlenkten. So ging es ungefähr eine Meile fort, ohne daß dem Dulder auch nur ein Laut entfahren wäre, obgleich zu der Todesqual, in der sein wunder Körper sich befand, sich noch die Pein gesellte, daß er die Feinde bei jedem Hufschlag näher hinter sich erblickte.

»Halt!« rief er, den schwachen Arm aufhebend, um die Eile seines Gefährten zurückzuhalten. »Der *Adler* meines Stammes muß seine Fittiche weiter ausbreiten. Möge er die weißen Haare eines alten Kriegers in das Dorf der Tetons bringen!«

Es bedurfte nur weniger Worte zwischen Männern, welche von denselben Gefühlen für den Ruhm geleitet wurden, und welche von den Grundsätzen einer romantischen Ehre so durchdrungen waren. Der ›Schießende Adler‹ schwang sich vom Pferde herab und half dem anderen heruntersteigen. Der alte Mann warf sich mit dem schwankenden Körper auf die Knie und streckte dann, nachdem er noch einen Blick hinauf in das Gesicht seines Landsmannes geworfen, als wolle er ihm Lebewohl sagen, den Nacken aus, um den Todesschlag zu empfangen, um den er selbst gebeten. Wenige Streiche mit dem Tomahawk und ein Rundschnitt des Messers waren hinlänglich, den Kopf vom Rumpfe zu trennen. Der Teton stieg wieder auf, zeitig genug, um einer Flucht von Pfeilen zu entgehen, die der Eifer seiner getäuschten Verfolger ihm nachsandte. Das grimmige und blutige Haupt schwenkend, schoß er mit Triumphgeschrei von dem Orte hinweg und fegte über die Ebene, als würde er in der Tat von den Flügeln des mächtigen Vogels getragen, von dessen Eigenschaften er den schmeichelhaften Namen erhalten hatte. Der ›Schießende Adler‹ erreichte glücklich sein Dorf. Er gehörte zu den wenigen Sioux, welche dem Gemetzel dieses verhängnisvollen Tages glücklich entgingen, und lange Zeit hindurch war er unter den Geretteten allein fähig, in den Beratungen seiner Nation seine Stimme wieder zu erheben, ohne an Zutrauen verloren zu haben.

Das Messer und die Lanze verkürzten den Rückzug des größern Teils unter den Besiegten. Sogar der Haufe der Weiber und Kinder, welche sich zurückgezogen, wurde von den Siegern auseinandergesprengt, und lange schon war die Sonne hinter den Anhöhen gegen Westen untergegangen, ehe das fürchterliche Schlachtgeschäft dieser traurigen Niederlage ganz beendet war.

Einunddreißigstes Kapitel

Wer ist der Kaufmann hier, und wer der Jude?
Shakespeare (Kaufmann von Venedig)

Am folgenden Tage beleuchtete der graue Morgen ein ruhigeres Schauspiel. Das blutige Werk hatte gänzlich aufgehört, und als sich die Sonne erhob, ergoß sich ihr Licht über ein weites Gefilde der Ruhe und Einsamkeit. Ismaels Zelte standen noch, wo wir sie zuletzt gesehen, aber keine andere Spur eines menschlichen Daseins ließ sich irgendwo sonst in der Wüste auffinden. Hier und dort flogen Scharen von Raubvögeln kreischend über die Orte, wo irgendein schwerfüßiger Teton den Tod gefunden. Sonst aber war jedes Zeichen des jüngsten Kampfes verschwunden. Man konnte dem Flusse vermöge seines gekrümmten und dampfenden Bettes weit durch die endlosen Wiesen folgen, und die kleinen Silberwölkchen leichteren Dunstes, die über den Sümpfen und Quellen hingen, schmolzen schon in der Luft, als sie die Wärme empfanden, die dem glühenden Himmel entströmte und ihren sanfteren Einfluß jedem Gegenstande der weiten und schattenlosen Gegend mitteilte. Die Prärie glich einem Wolkenhimmel nach einem dunklen Wolkenbruche: alles sanft, ruhig und still.

So stand alles rundum, als die Familie des Squatters zusammentrat, um einen endlichen Beschluß hinsichtlich der verschiedenen Individuen zu fassen, welche durch die vorhin erzählten Vor- und Zufälle in ihre Gewalt geraten waren. Alles, was von ihr Leben und Freiheit besaß, war schon von dem ersten Tagesgrauen an auf den Beinen, und selbst das jüngste Wesen dieser wandernden Brut schien es vollkommen zu wissen, daß ein Moment erschienen sei, in dem Umstände ans Tageslicht kommen würden, welche einen bedeutenden Eindruck auf sie bei dem ihnen gefallenen Lose einer halben Barbarei machen mußten.

Ismael schritt durch sein kleines Lager mit dem Ernste eines Mannes, dem unerwartet Dinge von einer Wichtigkeit, die weit über die gewöhnlichen Begebenheiten seines unsteten Lebens hinausging, zur Entscheidung zugefallen waren. Seine Söhne indessen, welche so oft Gelegenheit gefunden, die unerbittliche Strenge in ihres Vaters Charakter zu erproben, sahen in seiner finstern Miene und seinem kalten Auge weit mehr die Entscheidung, bei seinen Beschlüssen zu verharren – die er gewöhnlich ebenso hartnäckig durchsetzte, wie er sie starrsinnig gefaßt –, als irgend Spuren von Schwanken und Zweifel. Selbst Esther war merklich durch die wichtigen, so schwer auf dem Wohl ihrer Familie lastenden Angelegenheiten aufgeregt. Während sie nichts von den häuslichen Verrichtungen vernachlässigte, die sie unter allen denkbaren Verhältnissen ausgeführt haben würde – gerade wie der Erdball sich dreht, auch wenn Erdbeben seine Rinde spalten und Vulkane seine Eingeweide verzehren –, so war doch offenbar ihre Stimme gedämpfter und etwas weniger keifend als gewöhnlich, und wie oft sie auch ihre Kinder schalt, so geschah dies doch mit weit mehr Mäßigung und Berücksichtigung der Würde und des Ansehens, die ihr als Mutter an und für sich zukamen.

Abiram schien, wie gewöhnlich, am meisten dem Zweifel und der Sorge hingegeben. In den Blicken, die er häufig auf Ismaels unwandelbar festes Gesicht warf, lag manches von Scheelsucht, woraus jeder entnehmen konnte, wie wenig von ihrem frühern Zutrauen und guten Vernehmen noch zwischen ihnen übrig war. Diese Blicke schienen seltsam zwischen Furcht und Hoffnung zu schwanken. Zuweilen strahlte sein Gesicht über und über von einer bösen Lust, wenn er das Auge auf das Zelt richtete, in welchem seine wiedererrungene Gefangene sich befand, und gleich darauf schien dieser Eindruck, ohne daß man wußte, wie, durch irgendeine innere aufsteigende Angst wieder verjagt. Wenn dieses letztere Gefühl vorwaltete, verfehlte sein Auge niemals, im Gesichte seines finstern und undurchdringlichen Verwandten nachzuforschen. Hier aber fand er eher neue Ursache zur Besorgnis als Gründe, Mut zu fassen; denn der Gesichtsausdruck des Squatters sprach die fürchterliche Wahrheit aus, daß er sich ganz von dem Einfluß des Seelenverkäufers losgemacht habe und jetzt lediglich nur das brüte, was sein eigener starrer Geist ihm eingab.

So stand es hier, als Ismaels Söhne einem Befehl ihres Vaters zufolge alle die Personen, über welche er bei sich Beratung gepflogen, aus ihren verschiedenen Haftplätzen hinaus ins Freie führten. Kein einziger war hierbei ausgenommen. Middleton und Inez, Paul und Ellen, Obed und der Trapper wurden sämtlich herausgebracht und so hingestellt, wie man es für schicklich hielt, daß sie den Urteilsspruch ihres nach Willkür sprechenden Richters empfangen könnten. Die jüngeren Kinder sammelten sich um den Fleck voll einer Neugier, die, wenn auch nur vom Augenblick aufgeregt, doch im Steigen blieb; selbst Esther ließ ihre Töpfe stehen und kam her, um zu horchen.

Von seiner ganzen Bande war Hart-Herz allein zugegen, um Zeuge dieses neuen und ganz und gar nicht unwichtigen Schauspiels zu sein. Ernst stand er da, auf seine Lanze gelehnt, während das dampfende Pferd, das in der Nähe graste, bewies, daß er weit und scharf geritten, um ein Zuschauer bei diesem Vorgange zu werden.

Ismael hatte seinen neuen Verbündeten mit einer Kälte empfangen, die von seiner gänzlichen Unempfindlichkeit für die Artigkeit des jungen Häuptlings zeugte, der ganz allein gekommen war, damit die Gegenwart seiner Krieger kein Unbehagen oder Mißtrauen erzeugen möge. Er bemühte sich weder um ihren Beistand, noch fürchtete er ihre Feindschaft und schritt jetzt an sein Tagewerk mit der ruhigen Fassung, als wäre die Art patriarchalischer Macht, die er jetzt wirklich ausübte, eine allgemein anerkannte.

Im Besitze jeder Autorität liegt etwas Erhebendes, wie man sie auch mißbrauchen möge. Der Geist findet sich zu Anstrengungen aufgelegt, um zu beweisen, daß sein Eigentümer die hier nötigen Eigenschaften besitze, obgleich ebendiese Anstrengungen oft fehlgehen und das lächerlich machen, was vorher nur verhaßt war. Das war aber nicht bei Ismael Busch der Fall. Ernst in seiner äußern Erscheinung, mürrischen Temperamentes, furchtbar durch seine physischen Kräfte und gefährlich durch seine Auflehnung gegen die Gesetze, erregte sein selbsterrichtetes Tribunal eine Art ehrfurchtsvoller Scheu, von der selbst der gebildete Middleton nicht ganz freiblieb. Es war diesem indessen wenig Zeit gelassen, seine Gedanken in Ordnung zu bringen; denn der Squatter, obwohl sonst nicht eben hastig, war jetzt, da er schon mit sich selbst ganz einig, wenig geneigt, hier durch Aufschub seine Zeit zu vergeuden. Als er sah, daß alle auf ihren Plätzen standen, überschaute er finster alle Gefangenen und wandte sich dann an den Kapitän als den vornehmsten unter seinen Delinquenten.

»Ich bin heute zu dem Dienste berufen, den Ihr in den Niederlassungen den Richtern anvertraut, die besonders angestellt sind, über die Streitigkeiten zu entscheiden, die zwischen Mann und Mann entstehen. Ich kenne nur wenig von der Art und Weise der Gerichtshöfe, obgleich da eine Regel gilt, die allen bekannt ist, und die da heißt: ›Auge um Auge und Zahn um Zahn!‹ Ich hause eben nicht gern in den Gerichts- und Gemeindehäusern; am allerwenigsten gefällt mir das Leben in einer Ansiedlung, die der Sheriff schon in sein Register eingetragen hat; und doch liegt Vernunft in solchem Gesetze, die es rätlich macht, dabei zu verharren, und deshalb sei es hier heilig gelobt, daß ich heute daran festhalten und allen und jedem das geben werde, was ihm zukommt, und nicht mehr.«

Nachdem Ismael sich so weit Luft gemacht hatte, hielt er inne und sah sich um, als wolle er die Wirkungen seiner Rede in den Gesichtern seiner Zuhörer lesen. Als sein Auge auf Middleton traf, antwortete ihm dieser:

»Wenn der Übeltäter bestraft werden soll und der, welcher niemand beleidigt hat, gehen kann, wohin er will, so müßt Ihr mit mir den Platz tauschen und Gefangener werden, statt Richter zu sein.«

»Ihr wollt damit sagen, ich hätte Euch unrecht getan, indem ich die Lady aus ihres Vaters Hause fortnahm und sie gegen ihren Willen so weit in diese wilden Gegenden geführt habe«, erwiderte der unerschütterlich feste Mann, indem er dabei ebensowenig Kränkung als Reue verriet. »Ich will eine dunkle Tat mit keiner Lüge schwärzer färben und Eure Behauptung bestreiten. Seit es einmal zwischen uns so weit gekommen, habe ich Zeit gefunden, über die Sache ganz mit Muße nachzudenken, und obschon ich keiner von Euren schnellen Denkern bin, die die Natur aller Dinge sehen können, indem sie nur das Auge umzudrehen brauchen – oder das wenigstens vorgeben –, so bin ich doch ein Mann, der gegen Vernunft nicht die Ohren zuhält, und, wenn es an der Zeit ist, nicht die Wahrheit verleugnet. Deshalb bin ich jetzt vollkommen mit mir einig geworden, daß es ein Fehltritt gewesen, ein Kind von seinen Eltern fortzunehmen, und die Lady soll dahin wieder zurückgebracht werden, von woher sie mitgenommen, so anständig und sicher, als dies jemand tun kann.«

»Wahrhaftig«, fügte Esther hinzu, »der Mann hat recht. Armut und Arbeit lasteten schwer auf ihm, besonders weil die Beamten der Grafschaft schwierig wurden, und in einem schwachen Augenblicke tat er die schlechte Handlung, aber er hat auf meine Worte gehört, und sein Herz ist wieder auf dem rechten, ehrlichen Fleck. Es ist ein schweres und gefährliches Ding, die Töchter von andern Leuten in eine friedliche und ordentliche Familie einzubringen!«

»Und wer wird Euch denn das noch danken nach dem, was seitdem geschehen ist?« murmelte Abiram mit grinsendem Lächeln, in welchem der Unmut über das Fehlschlagen seiner Hoffnung mit Bosheit und Schrecken sich widrig aussprach. »Wenn der Teufel einmal seine Rechnung gemacht, so zahlt Euch niemand dafür voll aus als er allein.«

»Friede!« rief Ismael, indem er seine schwere Rechte dem Verwandten in einer Art entgegenstreckte, welche den Sprecher augenblicklich stumm machte. – »Eure Stimme klingt mir in den Ohren wie die des Raben. Hättet *Ihr* nie gesprochen, so hätte ich mir diese Schmach erspart.«

»Wenn Ihr denn anfangt, Euren Irrtum einzusehen und die Wahrheit zu erkennen«, sprach Middleton, »so tut nichts halb, sondern erkauft Euch durch Euer edles Benehmen Freunde, die Euch von Nutzen sein können, wenn es gilt, irgendeine künftige Gefahr, die Euch vom Gesetze droht, von Euch abzuwehren...«

»Junger Mann«, unterbrach ihn der Squatter mit gerunzelter Stirn, »Ihr habt ebenfalls genug gesprochen. Hätte Furcht vor Gesetzen mich überkommen, so wäret Ihr hier nicht als Zeuge der Art und Weise, wie Ismael Busch Gerechtigkeit pflegt.«

»Unterdrückt nicht Eure guten Vorsätze und bedenkt, wenn Ihr einem unter uns Gewalt antun wollt, daß ebender Arm des Gesetzes, den Ihr verachten zu wollen scheint, sehr weit reicht. Wenn auch seine Bewegungen zuweilen langsam sind, sind sie doch deshalb nicht minder sicher.«

»Da liegt sehr viel Wahrheit in den Worten, Squatter!« sagte der Trapper, vor dessen gespannt aufmerksamem Ohre selten eine einmal ausgesprochene Silbe unbeachtet vorüberging.

»Ein Mann mit unruhigem Leib und Geist findet das hier oft bewährt in diesem Lande von Amerika, wo, wie sie doch sagen, der Mensch im Vergleich mit anderen Ländern ganz sich selbst und seinen eigenen Wünschen überlassen ist; und wahrhaftig, er ist darum nicht weniger männlich und kräftig und ehrlich wegen dieses Vorrechts! Wißt ihr wohl, meine Freunde, daß es Länder gibt, wo das Gesetz so geschäftig ist, daß es uns bestimmt: ›Auf *die* Weise sollst du leben, auf *die* Weise sollst du sterben und gerade auf die und die Art deinen Abschied von der Welt nehmen, um dann vor Gottes Richterstuhl gesandt zu werden!‹ – Das ist ein schlechtes Verfahren und ein häßliches Sicheinmischen in das große Geschäft des einen, der seine Geschöpfe nicht gemacht hat, daß sie wie Ochsen eingepfercht werden sollen und von Feld zu Felde geschleppt, wie ihre eigennützigen und betörten Hüter es ihrer Bequemlichkeit und ihrem Vorteil für angemessen halten. Das muß ein klägliches Land sein, wo sie den Geist ebenso wie den Leib fesseln, und wo Gottes Geschöpfe, die als seine Kinder geboren wurden, so eingezwängt gehalten werden durch die schlechten Anstalten von Menschen, die das Amt des großen Regierers unser aller über sich genommen haben!«

Während der alte Mann seine Meinung in dieser sehr schlußgerechten Folgerung von sich gab, begnügte sich Ismael, ganz ruhig zu bleiben, obgleich sein auf dem Sprecher haftender Blick jedes andere Gefühl eher ausdrückte als das der Freundschaft. Als der Alte geendet, wandte jener sich wieder zu Middleton und fuhr fort, wo ihn der Trapper unterbrochen.

»Was Euch betrifft, mein junger Kapitän, so war Unrecht auf beiden Seiten. Wenn ich Euch arg mitgespielt habe, indem ich Euch Euer Weib genommen mit der ehrlichen Absicht, sie Euch wiederzugeben, sobald die Pläne jenes eingefleischten Teufels abgelaufen wären, so seid Ihr doch dafür in mein Lager gebrochen und habt in unrechtmäßiger Selbsthilfe, wie sie es nennen, was aber noch sehr mild ausgedrückt ist, mein Eigentum zerstört.«

»Was ich tat, geschah nur zur Befreiung...«

»Die Sache zwischen uns ist abgemacht«, unterbrach ihn Ismael wie jemand, der sich, nachdem er einmal seine Meinung über eine zu entscheidende Streitigkeit ausgesprochen, wenig um die der andern kümmert. »Ihr und Euer Weib könnt frei stehen und gehen, wann und wohin es Euch gefällt. Abner, mache den Kapitän los! Wollt Ihr verweilen, bis ich bereit bin, näher an die Niederlassungen heranzuziehen, so sollt Ihr beide so lange einen Wagen haben; wo nicht, so sagt niemals, daß es Euch an einem freundlichen Anerbieten gefehlt.«

»Möge mich der Stärkere unterdrücken, und schwer sollen meine Sünden auf meinem Haupte lasten, vergesse ich je Euer ehrenwertes Benehmen, wie lange es auch gedauert, ehe ich es zu sehen bekam«, rief Middleton, indem er zu seiner weinenden Inez eilte, sobald er frei geworden. »Freund, bei der Ehre eines Soldaten: Alles, was Ihr selbst dabei getan, soll vergessen sein, ich mag auch Schritte tun, welche ich will, sobald ich einen Platz erreiche, wo der Arm eines Gouverneurs Kraft hat.«

Das dumpfe Lächeln, womit der Auswanderer diese Beteuerung beantwortete, zeigte, wie wenig er auf eine Versicherung gab, welche der junge Mann im ersten Aufwallen der dankbaren Gefühle getan.

»Weder Furcht noch Gunst, sondern was ich Gerechtigkeit nenne, bewog mich zu dem Urteil«, sagte er. »Tut Ihr das, was Ihr in Euren Augen für recht haltet, und glaubt, daß die Welt weit genug ist für uns beide, ohne daß unsere Wege sich begegnen müßten! Seid Ihr zufrieden, gut; seid Ihr nicht zufrieden, so sucht Euch auf Eure eigene Weise zufriedenzustellen! Ich verlange nicht, in Eurer Achtung zu steigen, wenn Ihr mich einmal sinken zu lassen für gut befindet. Und jetzt, Doktor, bin ich zu Eurem Blatt in meinen Rechnungen gekommen. Jetzt ist es Zeit, die kleine Rechnung zusammenzusummieren, die seit einiger Zeit zwischen uns aufgelaufen. Offen und ehrlich habe ich mit Euch gehandelt: wie habt Ihr das vergolten?«

Ismael hatte mit besonderm Glück die Verantwortlichkeit für alles, was vorgefallen, von seinen Schultern auf die seiner Gefangenen gewälzt. Diese standen nun in der Tat, da eine philosophische und logische Prüfung hier nicht eben zu erwarten war, etwas verwirrt da, als sie ganz unerwartet für ein Benehmen Rede stehen sollten, welches sie, ihrem einfachen Sinne nach, für gerecht halten mußten. Obeds Leben war so ganz der Theorie gewidmet gewesen; er wußte sich daher in einer Lage durchaus nicht zu lassen und zu finden, die für ihn eben nicht so außerordentlich gewesen wäre, hätte er sich nur ein wenig mehr auf den Wegen dieser Welt ergangen. Der ehrwürdige

Naturforscher war nicht der erste, welcher in dem Augenblicke, wo er volles Lob erwartete, Tadel einerntete und nun für ebendie Aufführung, auf welche er alle seine Ansprüche gründete, Rede stehen sollte. Obgleich nicht wenig gekränkt und betroffen über die unerwartete Wendung ihres Vertrages, suchte er doch die Umstände, so gut es ging, zu benutzen und alles zu seiner Rechtfertigung vorzubringen, was ihm bei seiner Verwirrung zuerst in den Sinn kam.

»Daß da zuerst ein gewisses Kompaktum oder eine Vereinigung zwischen Obed Batt, Medicinae Doctor, und Ismael Busch, dem Reisenden oder wandernden Landwirt, stattgefunden«, sagte er, indem er jede Beleidigung in dem Gebrauch der Ausdrücke zu vermeiden suchte, »bin ich gar nicht willens zu leugnen. Zugeben will ich ferner, daß darin bedingt oder stipuliert worden, daß eine gewisse Reise zusammen solle zurückgelegt werden oder in Gesellschaft, bis soundsoviel Tage verstrichen wären. Aber da besagte Zeit vollständig abgelaufen, so wage ich es geradezu auszusprechen, daß man den Vertrag jetzt als verjährt ansehen könne.«

»Ismael!« unterbrach ihn die ungeduldige Esther, »verliere keine Worte mit dem Kerl, der deine Knochen ebensoleicht zerbrechen kann, als er sie wieder ansetzt, und laß mir den Teufel und Giftmischer laufen! Mit Schachteln und Flaschen ist er ein Betrüger. Gib ihm die Hälfte der Prärie und behalte die andere für dich. Er ist mir der rechte Akklimator! Ich wollte mir ja die Bengels in einer Woche aus jedem Fieber akklimatieren und ich wollte kein Wort dabei brauchen, nichts mehr und minder als die Rinde vom Kirschbaum und vielleicht dazu ein Tropfen oder zwei Herzstärkung aus dem Westen. Eines ist gewiß, Ismael, ich liebe keinen Reisegefährten, der ein ehrliches Weib so mir nichts dir nichts zu Ärger und Schmerzen bringen kann, und das ganz ohne sich zu bekümmern, ob eines Wirtschaft dabei in Ordnung ist oder nicht.«

Das tiefe Dunkel, welches über des Squatters Stirn lagerte, wurde für den Augenblick durch einen Anstrich von Laune verscheucht, und er antwortete:

»Andere Leute möchten wohl anders urteilen, Esther, über die Verdienste von des Mannes Kunst. Aber wenn's dein Wille ist, daß er von uns ziehe, so will ich auch nicht die Prärie pflügen, damit's ein schwererer Weg wird. Freund, Ihr habt volle Freiheit, in die Niederlassungen zu ziehen, und da würde ich Euch raten zu verweilen, weil Leute wie ich, die nur wenige Kontrakte schließen, sie auch nicht eben gern brechen sehen.«

»Und nun, Ismael«, erwiderte sein siegendes Weib, »um unsere Familie ruhig zu halten und alles, was hier lodert und im Herzen kocht, zur Ruhe zu bringen, zeige jener Rothaut und seiner Tochter«, indem sie dabei auf den alten Le Balafré und die verwitwete Tachechana zeigte, »den Weg in ihr Dorf, und laß uns in *einem* Atem zu ihnen sagen: ›Gott zum Gruß, und Gott befohlen!‹ «

»Sie sind die Gefangenen des Pawnees nach den Regeln des indianischen Krieges, und ich darf nicht in seine Rechte greifen.«

»Hüte dich vorm Teufel, mein Mann! Er ist ein Betrüger und Versucher, und niemand kann sagen, daß er sicher sei, solange er ihm vor den Augen was vorspiegelt. Nimm den Rat von einer an, die deines Namens Ehre im Herzen trägt, und schick mir die kupferfarbige Iesabel fort!«

Der Squatter legte seine breite Hand auf ihre Schulter, und indem er ihr fest ins Auge blickte, antwortete er in ebenso ernsten wie feierlichen Tönen:

»Weib, wir haben etwas vor uns, was unsere Gedanken auf andere Dinge lenkt als auf die Torheit, die du meinst. Denke an das, was kommt, und laß deine jämmerliche Eifersucht schlafen!«

»'s ist wahr, 's ist wahr«, murmelte sein Weib, indem es sich zu seinen Töchtern zurückbegab. »Gott verzeih mir, daß ich's vergessen sollte.«

»Und jetzt, junger Mann, Ihr, der Ihr so in meinen Bereich gekommen, unter dem Vorwand, die Bienen in ihren Höhlen aufzusuchen«, fing Ismael nach einer momentanen Pause an, um wieder die vorige Ruhe zu gewinnen, »mit Euch habe ich eine schwierigere Rechnung abzuschließen. Nicht zufrieden, mein Lager geplündert zu haben, habt Ihr auch ein Mädchen gestohlen, das mit meiner Frau verwandt ist und einmal, wie ich gedacht, meine Tochter werden sollte.«

Diese Frage war von weit größerem Eindruck als alle vorhergehenden. Alle jungen Leute richteten neugierig ihre Blicke auf Paul und Ellen, von denen jener in keiner geringen geistigen

Verwirrung schien, während diese verschämt ihr Gesicht auf der Brust ruhen ließ.

»Hört mal, Freund Ismael Busch«, erwiderte der Bienenjäger, als er sah, daß man von ihm Antwort erwarte auf die Anklage wegen nächtlichen Einbruchs und Entführung, »daß ich mit Euren Kannen und Krügen eben nicht zum höflichsten verfuhr, das will ich nicht gerade bestreiten. Wenn Ihr mir den Wert von der ganzen Gerätschaft angeben wollt, ist es möglich, daß wir uns ganz in Frieden ausgleichen, und alles Übel ist dann vergessen. Ich war gerade nicht in der Stimmung wie zum In-die-Kirche-Gehen, als wir oben auf den Felsen kamen, und es ist wohl möglich, daß es unter Euren Waren da etwas Krächzen und Krachen gab, aber das Loch auch in des besten Mannes Rock kann mit Geld geflickt werden. Was aber Ellen Wade betrifft, so läßt sich darüber nicht so leicht weggehen. Verschiedene Leute haben auch verschiedene Meinungen über die Ehe. Einige meinen, es wäre genug, ja und nein zu sagen auf die Frage der Obrigkeit oder des Pfarrers, wenn einer gerade zur Hand ist, um einen glücklichen Hausstand zu machen; aber ich meine, wo die Seele eines jungen Mädchens Lust hat hinzugehen, da wäre es auch gut, man ließe ihren Körper nachfolgen. Nicht, daß ich damit sagen wollte, Ellen wäre nicht zu dem gezwungen worden, was sie tat, und deshalb ist sie hierin geradeso unschuldig wie jener Esel da, der sie tragen mußte, und wahrhaftig auch sehr gegen seinen Willen, wie ich Stein und Bein behaupten will, daß er es selbst sagen würde, wenn er so laut sprechen könnte, als er schreit.«

»Nelly«, hub der Squatter wieder an, der nur wenig Aufmerksamkeit auf das gerichtet, was Paul für eine sehr eindringliche und geistreiche Rechtfertigung hielt, »Nelly, dies ist eine weite und schlechte Welt, in die du dich mit solcher Hast gestürzt hast. Du hast ein Jahr lang in meinem Lager gegessen und geschlafen, und ich hoffte, dir wäre die freie Luft an der Grenze so bekommen, daß du gewünscht hättest, länger bei uns zu bleiben.«

»Laß doch dem Mädchen seinen Willen«, murmelte von hinten Esther. »Der einzige, der sie hätte überreden können zu bleiben, schläft auf der kalten und nackten Prärie, und es bleibt wenig Hoffnung, daß sie ihre Laune ändern wird. Überdies weißt du ja, jedes Weib hat seinen Willen und läßt sich nicht leicht von seinem Eigensinn abbringen, wie du wohl selbst erfahren, mein guter Mann, oder ich wäre hier nicht die Mutter von deinen Söhnen und Töchtern.«

Der Squatter schien eben nicht geneigt, seine Absichten auf das verschämte Mädchen so leichten Kaufes aufzugeben. Ehe er auf die Mahnung seines Weibes antwortete, überblickte er noch einmal mit gewohnter Ruhe die gesamten Gesichter seiner Söhne, als sähe er sich um, ob auch kein einziger darunter sei, der die Stelle des Verstorbenen einnehmen könne. Paul hatte schnell genug diese Bewegung bemerkt, und indem er dem geheimen Gedanken des andern näher als gewöhnlich kam, glaubte er, die Auskunft gefunden zu haben, welche jede Schwierigkeit entfernte.

»Es ist ganz klar, Freund Busch«, sagte er, »daß es über diese Angelegenheit zwei Meinungen gibt, Eure zugunsten Eurer Söhne und meine zu meinem Besten. Ich sehe nur *einen* gütlichen Weg, diesen Streit auszugleichen, und das ist dieser: Wählt unter Euren Söhnen einen aus, welchen Ihr wollt, und dann wollen wir beide einen Gang zusammen in die Prärie hinein einige Meilen weit tun. Der nun, der dort zurückbleibt, wird nie im Leben jemand mehr belästigen, und der da zurückkommt, der mag es allein auf sich nehmen, wie er das junge Mädchen sich geneigt macht.«

»Paul!« rief Ellen rügend, aber mit sanfter Stimme.

»Fürchte nichts, Nelly«, flüsterte ihr der Bienenjäger zu, der in seiner einfachen Denkweise keinen andern Grund ihres Unbehagens aufzufinden wußte, als daß sie für ihn Sorge trüge, »ich habe sie mir alle wohl gemessen, und du kannst auf ein Auge vertrauen, das so manche Biene schon in ihrem Loch aufgefunden hat.«

»Ich will mich gar nicht dazu aufwerfen, die Neigungen zu regieren«, bemerkte der Squatter. »Wenn des Mädchens Herz wahrhaft an den Niederlassungen hängt, so kann sie es ja erklären. Ich werde nichts dagegen tun oder es hindern. Sprich, Nelly, und sage deine Wünsche grade 'raus ohne Furcht und Scheu! Möchtest du uns verlassen und mit diesem jungen Mann in die Niederlassungen zurückgehn, oder willst du hierbleiben und das wenige, was wir geben können und dir herzlich gern geben, mit uns teilen?«

So aufgefordert zu entscheiden, konnte Ellen nicht länger

zaudern. Der Blick ihres Auges war zuerst scheu und verstohlen. Als aber plötzlich ein dunkleres Rot ihr Gesicht färbte und ihr Atem heftiger wurde, war es klar, daß der natürliche Mut des Mädchens über die Verschämtheit seines Geschlechts den Sieg davon trug.

»Ihr habt mich als vaterlose, verarmte und freudlose Waise aufgenommen«, sagte sie in innerm Kampfe mit der Sprache, »als andere, die so leben, daß man wohl, mit Eurem Vermögen verglichen, es im Überfluß nennen kann, mich ganz vergaßen, und möge Euch der Himmel in seiner Güte dafür segnen! Das wenige, was ich Euch getan, wird Euch niemals für die eine gütige Tat belohnen. Ich liebe nicht Eure Art zu leben, sie ist gar zu verschieden von der, worin ich auferzogen ward, und weicht ganz ab von meinen Wünschen. Und doch, hättet Ihr nicht diese sanfte, harmlose Lady von ihrem Freunde fortgeführt, ich würde Euch nie verlassen haben, bis daß Ihr selbst gesagt hättet: Geh und Gottes Segen mit dir!«

»Das war keine kluge Handlung, aber sie ist genug bereut, und soweit es mit Sicherheit geschehen kann, soll sie auch wiedergutgemacht werden. Jetzt sprich frei heraus! Willst du bleiben oder gehen?«

»Ich habe der Lady versprochen«, sagte Ellen, die Augen immer noch auf den Boden gerichtet, »sie nicht zu verlassen, und da sie soviel Übles von uns erfahren, kann sie doch auch wohl fordern, daß ich mein Wort halte.«

»Nimm die Stricke von dem jungen Manne fort«, sagte Ismael. Als dies geschehen, winkte er alle seine Söhne heran und stellte sie in einer Reihe vor Ellen hin: »Nun, allen Scherz und Ausrede beiseite, laß dein Herz sprechen! Hier ist alles, was ich anbieten kann, außer einem herzlichen Willkommen.«

Das bekümmerte junge Mädchen wandte seinen verschämten Blick vom Gesichte des einen jungen Mannes auf das des andern, bis er zuletzt auf Pauls unruhvolle Züge stieß. Da siegte die Natur über alle Rücksichten. Sie warf sich in die Arme des Bienenjägers und verkündete zur Genüge ihre Wahl, indem sie laut aufseufzte. Ismael winkte seinen Söhnen jetzt, sich zurückzuziehen, und, wiewohl mit Verdruß, doch ohne eigentlich in seiner Erwartung getäuscht zu sein, zauderte er nun nicht länger.

»Nimm sie, Freund«, sagte er, »und gehe ehrlich und gut mit

ihr um! Das Mädchen hat das an sich, was es für jedermanns Haus angenehm macht, und es würde mir leid tun, hörte ich, daß es ihm jemals übel ginge. Und jetzt habe ich mich mit Euch allen auf Bedingungen auseinandergesetzt, die Ihr hoffentlich nicht hart findet, sondern im Gegenteil gerecht und männlich. Ich habe nur noch *eine* Frage, und sie ist an den Kapitän. Wollt Ihr von meinen Gespannen Gebrauch machen, um in die Niederlassungen zurückzukehren, oder nicht?«

»Ich höre, daß einige meiner Soldaten in der Nähe der Pawneedörfer nach mir suchen«, sagte Middleton, »und ich denke, diesen Häuptling zu begleiten, um meine Leute zu treffen.«

»Dann heißt es, je eher, je besser geschieden. Pferde stehen unten im Grunde in Menge. Geht, wählt aus und verlaßt uns in Frieden!«

»Das ist unmöglich, während der alte Mann, der beinahe ein halbes Jahrhundert hindurch ein Freund meiner Familie gewesen, hier als Gefangener zurückbleibt. Was hat er denn verbrochen, daß er nicht auch freigelassen wird?«

»Tut keine Fragen, die zu schlimmen Antworten führen«, erwiderte dumpf der Squatter. »Mit diesem Trapper habe ich so meine eigenen Sachen zu verhandeln, wo es sich nicht schickt, daß ein Offizier der Staaten darum wisse. Geht, indessen Euer Weg offen ist!«

»Der Mann mag Euch vielleicht jetzt einen sehr guten Rat geben, auf den ihr alle insgesamt horchen möchtet«, bemerkte der alte Gefangene, der sich gar nicht unbehaglich in seiner seltsamen Lage zu fühlen schien. »Die Sioux sind ein sehr zahlreicher und blutdürstiger Stamm, und niemand kann wissen, wie lange es dauern wird, bis sie wieder vorbrechen und der Rachespur nachgehen. Deshalb sage auch ich zu euch, macht euch auf den Weg, und nehmt euch besonders in acht, wenn ihr die Gründe passiert, daß ihr nicht wieder ins Feuer euch verstrickt; denn die *ehrlichen* Jäger zünden oft um diese Jahreszeit das Gras an, – damit die Büffel eine süßere und grünere Weide im Frühling finden.«

»Ich würde nicht allein meine Dankbarkeit vergessen, sondern auch meine Pflicht gegen die Gesetze, wenn ich diesen Gefangenen selbst nach seinem Willen in Euren Händen ließe, ohne daß ich einmal die Natur seines Verbrechens kenne, bei dem wir alle seine unschuldigen Genossen sind.«

»Ist Euch das genug, wenn Ihr erfahrt, daß er alles das verdient, was er erhalten wird?«

»Es würde wenigstens meine Meinung über seinen Charakter ändern.«

»Seht denn dies hier«, sagte Ismael, indem er dem Kapitän die Kugel vorhielt, die in Asas totem Körper gefunden worden. »Mit diesem Stück Blei streckte er einen so trefflichen Burschen nieder, als je einer seines Vaters Augen erfreute!«

»Ich kann nicht glauben, daß er dies getan, außer um sich selbst zu verteidigen, oder vielleicht, weil er furchtbar gereizt worden. Daß er um den Tod Eures Sohnes wußte, muß ich bekennen; denn er zeigte uns das Gestrüpp, worin der Körper lag, aber daß er ihm mit Unrecht das Leben geraubt, davon kann mich nichts überzeugen, als wenn er selbst es eingesteht.«

»Ich habe lange gelebt«, begann der Trapper, als er bei dem allgemeinen Stillschweigen fand, daß man erwarte, er werde sich gegen die schwere Anschuldigung verteidigen, »und habe viel Böses in meinen Tagen gesehen. Manche heulenden Bären und springenden Panther habe ich angetroffen, die um den Bissen kämpften, der ihnen in den Weg geworfen war, und ich habe auch manche vernünftigen Menschen gesehen, die miteinander bis aufs Blut kämpften, damit doch menschliche Torheit auch ihr Recht behielte. Was mich anlangt, so hoffe ich, daß man das nicht als Prahlerei auslegen wird, wenn ich sage, obgleich ich manchmal meine Hand im Spiel hatte, wo es galt, gegen Schlechtigkeit und Unterdrückung anzukämpfen, daß ich doch nie einen Schlag getan, vor dem der Täter sich schämen müßte, wenn er ihn einst bei einer Abrechnung hört, die gewaltiger ist als diese.«

»Wenn mein Vater das Leben jemandes von seinem Stamm genommen«, sagte der junge Pawnee, dessen scharfes Auge das, was hier vorging, aus der Kugel und der Miene der anderen schnell erraten, »so möge er sich immerhin selbst wie ein Krieger den Freunden des Toten ergeben. Er ist viel zu gerecht, als daß es der Stricke bedürfte, ihn zum Gericht zu schleppen.«

»Junger Mann, du läßt mir nur Gerechtigkeit widerfahren. Hätte ich die schlechte Tat getan, deren sie mich beschuldigen, so hätte ich genug männlichen Mut, zu kommen und mein Haupt hinzuhalten dem Streiche der Rache, wie dies alle guten und ehrlichen roten Leute tun.« Indem er hierauf seinem besorgten indianischen Freunde einen Blick zuwarf, um ihm nochmals seine Unschuld zu versichern, wandte er sich zu den übrigen aufmerksamen und mehr beteiligten Zuhörern und fuhr englisch fort:

»Ich habe nur eine kurze Erzählung zu berichten, und wer sie glaubt, der glaubt die Wahrheit, und wer sie nicht glaubt, der führt sich selbst irre und vielleicht auch seinen Nachbar. Wir lagen alle rund um Euer Lager, Freund Squatter, weil wir, wie Ihr jetzt wohl argwöhnen mögt, fanden, daß eine mit Unrecht gefangene Dame darin verschlossen sei, und hatten keine bessere oder schlechtere Absicht, als sie in die Freiheit zu versetzen, die ihr von Natur zukam. Als sie sahen, daß ich mehr geschickt im Forschen war als die anderen, wurde ich, während sie noch im Versteck blieben, ausgeschickt auf die Prärie, um zu rekognoszieren. Ihr dachtet wohl wenig daran, daß einer so nahe war, der alles, was bei Eurer Jagd vorging, mitansah, aber das war ich. Zuweilen lag ich flach hinter einem Busch ausgestreckt oder hinter Grasbüscheln, dann rollte ich mich wieder einmal den Hügel hinab in den Grund, und Ihr träumtet nicht, daß alle Eure Bewegungen so bewacht waren wie vom Panther, der den trinkenden Hirsch beschleicht. Beim Himmel, Ismael Busch, als ich in meiner vollen Kraft war, habe ich geradezu ins Zelt des Feindes geblickt, und sie schliefen und träumten, als wären sie wunder wie tief in Ruhe und Frieden! Ich wünschte nur, ich hätte Zeit, Euch das ausführlicher zu erzählen.«

»Weiter, weiter, in Euren Aufschlüssen!« unterbrach ihn der ungeduldige Middleton.

»Ach, und es war ein blutiger und kläglicher Anblick! Da lag ich tief unten im Grase, als zwei von den Jägern sich begegneten. Es war gar nichts Herzliches in ihrem Zusammentreffen und gar nicht so wie Leute, die sich in einer Wüste treffen, es doch tun sollten. Aber ich dachte doch, sie würden in Frieden wieder scheiden, bis ich sah, daß einer die Flinte auf des andern Rücken anlegte und das tat, was ich einen hinterlistigen und sündlichen Mord nenne. Es war ein edler und männlicher Jüngling, den es traf! – Obgleich das Pulver sein Kleid sengte, stand er doch noch eine Minute nach dem Schuß, ehe er fiel. Dann sank er auf die Knie, schleppte sich aber männlich und verzweifelt nach dem Strauchwerk hin wie ein verwundeter Bär, der ein Versteck sucht.«

»Und weshalb, im Namen des himmlischen Richters, verbargt Ihr dies?« schrie Middleton.

»Wie! Denkt Ihr, Kapitän, daß ein Mann, der mehr als sechzig Jahre in der Wildnis verlebt, nicht die Tugend der Verschwiegenheit und Zurückhaltung erlernt hat? Welcher rote Krieger läuft toll und blind umher, um alles zu erzählen, was er gesehen, ehe die gelegene Zeit dazu kommt? Ich führte den Doktor hin, um zu sehen, ob seine Geschicklichkeit nicht da noch nützlich werden könne, und unser Freund, der Bienenjäger, der in der Nähe war, weiß von dem Umstande, daß der Leichnam in den Sträuchern lag.«

»Freilich, das ist wahr«, sagte Paul. »Da ich aber nicht wußte, was für besondere Gründe den alten Trapper bewögen, die Sache so zu vertuschen, sprach ich davon so wenig als möglich, was ebensoviel war als gar nichts.«

»Und wer war der Verüber der Tat?« fragte Middleton.

»Wenn Ihr unter einem Verüber *den* versteht, der etwas getan hat, so steht hier der Mann, und es ist eine Schande und eine Schmach unserem Geschlecht, daß er vom Blut und von der Familie des Toten ist.«

»Er lügt! Er lügt!« schrie Abiram. »Ich habe ihn nicht ermordet, ich versetzte nur Schlag um Schlag.«

Ismaels Stimme klang tief und furchtbar, als er antwortete:

»Es ist genug. Laßt den alten Mann gehen! Jungen, stellt den Bruder eurer Mutter an seine Stelle!«

»Rührt mich nicht an!« schrie Abiram. »Ich will Gott anrufen, euch zu verfluchen, wenn ihr es tut!«

Der wilde und irre Strahl seines Auges verführte die jungen Leute zuerst, scheu innezuhalten, aber als Abner, älter und entschlossener als die übrigen mit einer Miene, die von seiner feindlichen Gesinnung zeugte, gerade auf ihn losging, wandte sich der Angeschuldigte entsetzt um und fiel, indem er eine verunglückte Anstrengung zu entfliehen machte, so mit dem Gesicht auf die Erde, daß es den Anschein gewann, als sei er vollkommen tot. Während der leisen Ausrufungen des Schreckens, welche hierauf folgten, befahl Ismael durch ein Zeichen, den Körper in das Zelt zu tragen.

»Jetzt«, sprach er, indem er sich zu denen umwandte, die als Fremde im Lager waren, »bleibt nichts zu tun übrig, als daß jeder seines Weges gehe. Ich wünsche euch alles Gute und zu dir,

Ellen, sage ich, ob du gleich die Gabe nicht zu schätzen weißt: ›Gott segne dich!‹«

Middleton, ergriffen von dem, was ihm wie ein offenbares Urteil des Himmels erschien, machte weiter keine Einwendungen, sondern bereitete sich zum Aufbruch. Alle Anordnungen waren bald getroffen. Als alle bereit waren, nahmen sie einen kurzen und schweigenden Abschied von dem Squatter und seiner Familie, und dann sah man die ganze, so seltsam zusammengesetzte Gesellschaft langsam und still dem siegreichen Pawnee nach seinen fernen Dörfern folgen.

Zweiunddreißigstes Kapitel

Und ich ersuch' Euch,
Laßt einmal das Gesetz sich Eurem Ansehn fügen.
Um großes Recht zu tun, tut kleines Unrecht.
Shakespeare (Kaufmann von Venedig)

Ismael wartete lange und geduldig, bis der bunte Zug, welchen Hart-Herz anführte, sich verlor. Als seine Kundschafter ihm berichteten, daß von allen Indianern, welche sich ihrem Häuptling angeschlossen, sobald er sich in einer hinreichenden Entfernung von der Lagerstelle befand, daß ihre große Zahl keinen Argwohn erregen konnte, auch der letzte hinter der entferntesten Anhöhe der Prärie verschwunden war, gab er Befehl, seine Zelte abzubrechen. Das Vieh stand schon eingespannt, und alle beweglichen Gegenstände lagen bald auf ihrem gewöhnlichen Platze in den verschiedenen Fuhrwerken. Nachdem dies alles besorgt war, zog man auch den kleinen Wagen, der so lange als Inez' Gefängnis gedient hatte, vor das Zelt, in welches man des Seelenverkäufers fühllosen Körper getragen, und setzte alles in Bereitschaft, den neuen Gefangenen darin aufzunehmen. Da zuerst wurden die jüngeren Glieder der Familie, als Abiram bleich, erschreckt, unter der Last seiner entdeckten Schuld an allen Gliedern zitternd, zum Vorschein kam, unterrichtet, daß er noch zu den Lebenden gehöre. Es hatte sich eine abergläubische Vorstellung unter allen verbreitet, daß sein Verbrechen durch eine unmittelbare schreckliche Vergeltung vom Himmel heimgesucht worden. Sie blickten jetzt auf ihn wie auf ein Wesen, das eher einer andern Welt angehöre, als daß es noch, sterblich wie sie, den letzten Todeskampf zu überstehen habe, ehe die große Kette, welche die menschliche Existenz bildet, gebrochen wäre. Der Verbrecher selbst befand sich in einem Zustande, wo die äußerste Angst und das entsetzlichste Gefühl des Schreckens seltsam mit einer gänzlichen physischen Apathie verbunden waren. Während der körperliche Fall ihn ganz betäubt hatte, erhielt doch sein Geist ihn wach und empfänglich für die immer erneuten Eindrücke der Angst und der Selbstqual. Als er sich in freier Luft befand, blickte er um sich, um womöglich aus den Gesichtern der Leute um ihn sein künftiges Schicksal zu entziffern. Da er überall zwar ernste, aber ruhige Züge und in keinem Auge einen Ausdruck bemerkte, welcher unmittelbare Heftigkeit drohte, begann der klägliche Mann wiederaufzuleben. Während man ihn in den Wagen brachte, beschäftigte sich der Arglistige sogleich damit, auf Mittel zu sinnen, wie er die gerechte Rache seines Verwandten abwenden, oder wenn dies fehlschlagen sollte, Mittel auffinden könne, einer Strafe zu entgehen, welche, wie seine Ahnung ihm sagte, schrecklich sein müsse.

Während aller dieser Vorkehrungen hatte Ismael fast gar nicht gesprochen. Eine Bewegung oder ein Blick seines Auges zeigte seinen Söhnen, was sie tun sollten, und alle Teile schienen mit dieser einfachen Art der Mitteilung vollkommen zufrieden. Als das Zeichen zum Aufbruch gegeben war, warf der Squatter seine Flinte in den Arm und die Axt über die Schulter, indem er wie gewöhnlich führte. Esther hatte sich tief in den Wagen begraben, der ihre Töchter aufgenommen; die jungen Leute nahmen ihre gewöhnlichen Plätze zwischen dem Zugvieh oder neben den Gespannen ein, und alles ging nun in gewohnter verdrossener Weise seines Weges.

Zum erstenmal seit so langer Zeit wandte der Squatter der untergehenden Sonne den Rücken. Die Richtung, die er einschlug, ging den bebauten Landstrichen zu, und die Art, in welcher er sich bewegte, sagte seinen Kindern, die gelernt hatten, ihres Vaters Entschlüsse in seiner Miene zu lesen, daß ihre Reise in den Prärien nächstens ein Ende nehmen werde. Dennoch geschah während langer Stunden gar nichts, was die Wirklichkeit einer so gewaltsamen Umwälzung von Ismaels Vorsätzen und Gefühlen angekündigt hätte. Während dieser ganzen Zeit marschierte er allein, indem er sich ein paar hundert Schritte vor den Gespannen hielt, selten ein Zeichen außerordentlicher Aufregung von sich gebend. Ein- oder zweimal sah man in der Tat, wie seine gewaltige Figur auf dem Gipfel einer der fernen Erdwellen stand, den Kopf gegen die Erde gesenkt, indem er sich auf seine Flinte lehnte. Aber diese dem Nachsinnen geschenkten Augenblicke waren selten und von kurzer Dauer. Der Zug hatte lange schon seinen Schatten gegen Osten zu geworfen, ehe irgendeine wesentliche Veränderung in der Anordnung des Marsches getroffen wurde. Man durchwatete

Wasserbäche, durchstreifte Ebenen, ging die schwellenden Höhen hinan, um wieder herabzusteigen, ohne daß dies den geringsten Wechsel hervorbrachte.

Lange geübt in den Schwierigkeiten dieser besonderen Art zu reisen, vermied der Squatter die allerschwierigsten Hindernisse der Reisetour durch eine Art Instinkt, indem er bald rechts, bald links ausbog, gerade wie die Formation des Landes, ferne Baumgruppen oder die Anzeichen von Flüssen ihm die Notwendigkeit solcher Bewegungen eingaben.

Endlich nahte die Stunde, wo Erbarmen für Menschen und Vieh verlangte, daß man von der Anstrengung einige Zeit ruhe. Ismael erwählte sich mit seinem gewohnten Scharfblick einen Fleck dazu. Die regelmäßige Formation des Landes, wie wir sie auf den früheren Seiten unseres Buches geschildert, hatte einer andern Platz gemacht, wo die Erdoberfläche bei weitem unebener und mit tiefen Brüchen erschien. Im allgemeinen fand man freilich dieselben ausgedehnten und leeren Strecken wieder, dieselben reichen und ausgebreiteten Gründe und auch jene wilde und seltsame Verbindung üppiger Gefilde und fruchtbarer Nacktheit, die jener Gegend den Anstrich eines alten Landes gibt, welches unerklärlicherweise seiner Bewohner und Wohnungen beraubt worden. Aber diese unterscheidenden Kennzeichen der »rollenden Prärien« waren, wie gesagt, unterbrochen worden durch unregelmäßige Hügel, ab und zu aufsteigende Felsmassen und breite Waldgürtel.

Ismael wählte eine Quelle, die am Fuße eines ungefähr vierzig oder fünfzig Fuß hohen Felsens hervorrieselte, als einen für die Bedürfnisse seines Viehs wohl geeigneten Platz. Das Wasser befeuchtete unten eine Erdwelle, die zur Vergeltung für die erquickende Gabe einiges Gras hervorbrachte. Eine einsame Weide hatte in der angeschwemmten Erde Wurzel gefaßt, und da ihr kein anderer Baum den alleinigen Besitz des fruchtbaren Bodens streitig machte, war der Stamm des Baumes neben dem Felsen und bis zu seiner Höhe hinaufgeschossen, dessen gezackter Gipfel einst von den Weidenzweigen beschattet worden. Aber seine Lieblichkeit war dahingegangen mit der Lebensader. Wie zum Spott für das dürftige Grün, welches der Fleck darbot, blieb er stehen als ein edles und feierliches Monument der frühern Fruchtbarkeit. Die größeren, seltsam gerissenen und gereckten Äste breiteten sich noch immer weit aus, während der greise, weiße Stamm unten nackt und verwittert dastand. Kein Blatt, keine Spur von Vegetation war ringsumher zu sehen. Der Baum schien durchaus ein trauriges Bild der Gebrechlichkeit alles Daseins und ein Beweis, wie jedes, was da lebt, sich auch überleben könne.

Hier warf Ismael, nachdem er den anderen ein Zeichen gegeben, den Zug zu dieser Stelle zu führen, sich auf die Erde und schien über seine Lage, die ihn einer so schweren Verantwortlichkeit aussetzte, nachzudenken. Seine Söhne kamen ihm sehr bald nach; denn kaum daß ihr Vieh Futter und Wasser witterte, so drängte alles eilig vor, und das gewöhnliche Geräusch und die Unruhe eines Lagerplatzes traten ein.

Der Eindruck, den der Auftritt dieses Morgens auf die Kinder Ismaels und Esthers gemacht, war nicht so tief und von keiner so dauernden Art gewesen, daß sie deshalb die Bedürfnisse der Natur hätten vergessen sollen. Aber während die Söhne unter ihrem Vorrat nach etwas Derbem zur Stillung des Hungers suchten, und die kleine Brut sich um die noch leeren Näpfe drängte, waren die Eltern dieser noch ungesättigten Familie auf ganz andere Art beschäftigt.

Als der Squatter sah, daß alle und sogar der wiederauflebende Abiram darangingen, ihrem Hunger abzuhelfen, winkte er seiner niedergeschlagenen Ehehälfte und stieg auf eine ferne Landwelle, welche gegen Osten zu lag. Die Zusammenkunft des Ehepaars auf diesem nackten Fleck schien wie ein Zusammentreffen auf dem Grabe ihres ermordeten Sohnes. Ismael gab seinem Weibe ein Zeichen, Platz neben ihm auf einem Felsstück zu nehmen, und dann folgte eine lange Zwischenzeit, während der niemand zu sprechen geneigt schien.

»Wir sind lange zusammen gereist, durch Gutes und Schlechtes«, fing Ismael zuletzt an, »manche Versuchung und Prüfung haben wir zu überstehen gehabt, und manchen bittern Trank haben wir ausschlürfen müssen, mein Weib, aber niemals ist mir so etwas wie dieses begegnet.«

»'s ist ein schweres Kreuz für ein armes, verleitetes, sündiges Weib zu tragen!« erwiderte Esther, indem sie den Kopf niederbeugte und teilweise das Gesicht in ihrem Rock verbarg. »Eine schwere, schwere Last, auf die Schultern einer Schwester und einer Mutter gelegt!«

»Ja, darin liegt ja eben das ganze Übel. Zur Bestrafung jenes obdachlosen Trappers hatte ich mich ohne große Überwindung vorbereitet; denn der Mann hatte mir wenig Gutes getan, und Gott verzeihe mir, wenn ich ihm ungerechterweise soviel Böses zutraute! Das heißt indessen nur, Schande zu der einen Tür meiner Kammer 'reinbringen, um sie zu der andern wieder hinauszutreiben. Aber soll, wer meinen Sohn ermordet, ruhig und leer ausgehen? Der Junge würde niemals Ruhe haben!«

»Ach, Ismael, wir trieben die Sache zu weit. Wäre weniger gesagt worden, wäre es wohl klüger gewesen! Dann wäre unser Gewissen ruhig geblieben.«

»Esther«, sagte der Gatte, indem er sich tadelnd, doch in seiner dumpfen Weise zu ihr umkehrte, »es gab eine Stunde, mein Weib, wo du dachtest, es sei eine andere Hand, welche dieses verruchte Werk getan?«

»Freilich, freilich! Der Herr gab es mir ein als Strafe für meine Sünden! Aber seine Gnade blieb nicht lange aus, als der Schleier gelüftet worden. Ich sah ins Buch, Ismael, und da fand ich Worte des Trostes.«

»Hast du das Buch zur Hand, Frau? Es könnte uns doch Rat geben bei einem so schrecklichen Geschäft.«

Esther suchte in der Tasche und brachte bald das Fragment einer Bibel zum Vorschein, die so räuchrig und vergriffen war, daß die Schrift kaum mehr lesbar schien. Es war unter dem gesamten Gepäck des Squatters das einzige, was einem Buche einigermaßen ähnlich sah, und war von der Frau als melancholisches Überbleibsel glücklicherer und wahrscheinlich auch fleckenloserer Tage aufbewahrt worden. Lange war es ihre Gewohnheit gewesen, darin nachzuschlagen, wenn die Umstände so drückten, daß menschliche Hilfe nicht leicht war, obgleich ihr Geist und ihre Entschlossenheit sehr selten Trost darin suchten, solange noch irgendeines der gewöhnlichen Mittel unversucht geblieben. Auf diese Weise hatte Esther eine Art bequemen Bündnisses mit Gottes Wort geschlossen, indem sie es selten um Rat fragte, das heißt nur dann, wenn ihre eigene Unfähigkeit, ein Übel abzuwenden, allzuklar am Tage lag. Kasuisten mögen entscheiden, wieweit sie in diesem Stücke anderen Gläubigen ähnlich war; wir wollen in unserem Thema weiterfortgehen.

»Es gibt manche furchtbare Stellen in diesen Seiten, Ismael«, sagte sie, als sie den Band öffnete und die Blätter sich langsam unter ihren Fingern umschlugen, »und einige lehren auch die Gebote von der Bestrafung.«

Ihr Gatte gab ihr durch Zeichen zu verstehen, daß er auf eine dieser kurzen Lebensregeln begierig sei, die unter allen christlichen Nationen als die unmittelbaren Gebote des Schöpfers gelten und die man so gerecht gefunden, daß selbst die, welche ihren göttlichen Ursprung leugnen, ihre Weisheit zulassen. Ismael horchte mit ernster Aufmerksamkeit, als seine Genossin alle Stellen las, die das Gedächtnis ihr als für die Lage passend, in der sie sich befanden, an die Hand gab. Er ließ sich von ihr die Worte selbst zeigen, die er mit einer Art heiliger Scheu betrachtete. Aber ein einmal gefaßter Entschluß war gewöhnlich bei einem Manne, der so selten dazu zu bringen war, unwiderruflich. Er legte seine Hand aufs Buch und machte es selber wieder zu, um seinem Weibe dadurch zu zeigen, daß er befriedigt sei. Esther, die seinen Charakter so gut kannte, zitterte dabei, und indem sie einen Blick auf sein festes, aber zusammengezogenes Auge warf, sprach sie:

»Ismael! Ismael! Rinnt nicht mein Blut und das Blut meiner Kinder in seinen Adern! Kann denn keine Gnade gezeigt werden?«

»Weib!« entgegnete er ernst, »als wir glaubten, der klägliche, alte Trapper habe es getan, da wurde nichts von Gnade gesprochen.«

Esther antwortete nicht, sondern saß, die Arme auf der Brust gefaltet, schweigend und gedankenvoll mehrere Minuten lang da. Dann blickte sie noch einmal ängstlich auf das Gesicht ihres Gatten, wo sie alle Leidenschaft und Sorge anscheinend unter der kältesten Gleichgültigkeit begraben fand. Überzeugt, daß das Schicksal ihres Bruders nun besiegelt sei, und wohl bewußt, wie sehr er die Strafe verdiente, die man über ihn verhängte, dachte sie auch nicht weiter an Vermittlung. Sonst fielen keine Worte zwischen ihnen. Ihre Augen begegneten sich einen Augenblick, und dann standen beide auf und gingen in tiefem Schweigen dem Lager zu.

Der Auswanderer fand seine Kinder, die ihn erwarteten, aber auf dieselbe stumme und träge Weise, wie sie allen zukünftigen Ereignissen entgegensahen. Das Rindvieh war bereits wieder zusammengekoppelt, und die Pferde standen in ihrem Gespann, damit alles aufbrechen könne, sobald er seinen

Willen dahin äußern sollte. Auch die jüngeren Kinder befanden sich schon in ihrem eigenen Wagen; kurz, nichts hatte den Aufbruch verzögert als die Abwesenheit der Eltern dieser wilden Brut.

»Abner«, sagte der Vater mit der Bedächtigkeit, welche sich in allen seinen Handlungen aussprach, »nimm den Bruder deiner Mutter vom Wagen herab und laß ihn auf der Erde stehen!«

Abiram kam aus seinem Verschlag hervor, zwar zitternd, aber weit davon entfernt, alle Hoffnungen fahrenzulassen, da er immer noch hoffte, den gerechten Zorn seines Verwandten zu beschwichtigen. Nachdem er sich mit dem vergeblichen Wunsche umgeblickt, ein einziges Gesicht mit einem einzigen Strahl von Mitleid zu finden, versuchte er die Angst, welche mit aller ursprünglichen Kraft wiederauflebte, niederzukämpfen, indem er eine Art freundlicher Mitteilung zwischen sich und dem Auswanderer zu erzwingen suchte.

»Die Tiere werden recht schachmatt, Bruder«, sagte er, »und da wir schon einen so guten Marsch gemacht haben, wär's da nicht Zeit, ein Lager aufzuschlagen? Meines Erachtens könnt Ihr noch weit gehen, ehe Ihr einen bessern Platz als den hier findet, um die Nacht zuzubringen.«

»Gut, wenn er Euch gefällt! Ihr möchtet hier lange verweilen dürfen. Meine Söhne, kommt näher und horcht! Abiram White«, sagte er dann, die Mütze abnehmend, indem er mit einer Feierlichkeit und Festigkeit sprach, die selbst seiner trägen Miene ein Ehrfurcht gebietendes Ansehen lieh: »Ihr habt meinen Erstgeborenen erschlagen, und nach Gottes und der Menschen Gesetzen müßt Ihr sterben!«

Der Seelenverkäufer schrak bei diesem furchtbaren und plötzlichen Urteil so zusammen wie etwa jemand, der sich unerwartet in den Klauen eines Ungeheuers findet, aus denen keine Flucht und Rettung möglich ist. Obwohl von einer sehr ernsten Ahnung dessen, was ihm begegnen möchte, erfüllt, hatte doch sein Mut nicht ausgereicht, der Gefahr ins Auge zu blicken, und mit demjenigen Troste, womit feige Gemüter ihre verzweiflungsvolle Lage sich selbst zu verbergen geneigt sind, hatte er mehr daran gedacht, wie seine Schlauheit ihm durchhelfen möchte, als daß er sich auf das Schlimmste vorbereitet hätte.

»Sterben?« wiederholte er mit einer Stimme, welche sich

kaum aus der Brust heraus Luft machte. »Der Mensch ist doch sonst sicher unter seinen Freunden!«

»So dachte mein Sohn auch!« erwiderte der Squatter, indem er dem Gespann, worin sein Weib und seine Töchter sich befanden, das Zeichen zum Aufbruch gab. Er prüfte dabei sehr gelassen das Zündpulver seiner Flinte. »Mit der Flinte habt Ihr meinen Sohn getötet, und es ist nicht mehr als billig, daß Ihr nun vermittelst derselben Waffe Euren Tod findet.«

Abiram starrte um sich mit einem Blicke, der von seiner Geistesverwirrung, und wie er noch zu keinem Entschluß gekommen, Zeugnis ablegte. Er lachte sogar, als wolle er nicht allein sich selbst, sondern auch die anderen überreden, daß das, was er höre, irgendein Spaß sei, um seine Nerven auf die Probe zu stellen. Aber seine entsetzliche Lust fand nirgends ein antwortendes Echo. Alles rundum war feierlich und still. Freilich zeugten die Gesichter seiner Neffen von Aufregung, aber gegen ihn waren sie kalt, und auf dem seines frühern Verbündeten las er eine entsetzliche Entschlossenheit. Diese Festigkeit der Miene war tausendmal drohender und hoffnungsloser, als jede Heftigkeit gewesen wäre. Diese hätte vielleicht seinen Geist aufgeregt und ihn zum Widerstande erweckt, aber jene verwies ihn durchaus auf die schwache Hilfe, die er in sich selbst fand.

»Bruder«, sagte er in unnatürlich heftigem Geflüster, »hörte ich Euch?«

»Meine Worte sind klar, Abiram White. Ihr habt einen Mord begangen, und deshalb müßt Ihr sterben!«

»Wo ist Esther? Schwester, Schwester, willst du mich verlassen? Ach, Schwester, hörst du nicht meinen Ruf?«

»Ich höre einen aus dem Grabe reden«, antwortete Esther dumpf, als der Wagen an dem Ort, wo der Sträfling stand, vorüberfuhr. »Es ist die Stimme meines Erstgeborenen, die laut nach Gerechtigkeit ruft! Gott habe Gnade, Gott habe Gnade mit deiner Seele!«

Der Wagen fuhr langsam des Weges, und der verlassene Abiram sah sich jetzt auch der letzten Hoffnung beraubt. Doch konnte er noch immer nicht die Stärke sammeln, um dem Tode zu begegnen, und hätten ihm nicht seine Glieder jeden Dienst versagt, würde er noch immer versucht haben zu fliehen. Dann, in plötzlicher Umwandlung von der Hoffnung zur gänzlichen Verzweiflung, sank er auf seine Knie und begann ein Gebet, in welchem die Bitten um Gnade zu Gott und seinem Verwandten wild und lästerlich wechselten. Ismaels Söhne wandten sich mit Abscheu von diesem fürchterlichen Schauspiel ab, und selbst des Squatters feste Natur wurde doch auch von diesem Bilde des Elends ergriffen.

»Möge Euch das gewährt werden, worum Ihr bittet«, sagte er, »aber ein Vater kann ein ermordetes Kind niemals vergessen.«

Winselnd flehte der Unglückliche wenigstens um Aufschub. Eine Woche, einen Tag, zuletzt eine Stunde; um diese flehte er stufenweise und mit dem ihrem Werte angemessenen Ernst, sobald das ganze Leben in ihre kurze Dauer zusammengedrängt ist. Der Squatter schwankte, und zuletzt willigte er teilweise in die Bitten des Verbrechers. Sein Hauptvorsatz war jedoch nicht geändert, obgleich er in den Mitteln eine Abänderung traf. »Abner«, sagte er, »steig auf den Felsen und sieh dich um, ob wir sicher sind, daß uns niemand nahe kommt.«

Während sein Neffe diesem Befehl nachkam, schossen Strahlen der wieder auflebenden Hoffnung über die zitternden Gesichtszüge des Seelenverkäufers. Der Bericht fiel günstig aus; es zeigte sich nichts Lebendes bis auf die abziehenden Gespanne. Ein Bote kam indessen von den letzteren in augenscheinlicher Hast heran. Ismael erwartete seine Ankunft. Er empfing aus den Händen eines der verwunderten und erschreckten Mädchen ein Fragment jenes Buches, welches Esther mit so großer Sorgfalt aufbewahrt hatte. Der Vater schickte das Kind fort und gab nun die Blätter in die Hände des Verbrechers.

»Esther hat Euch dies gesendet«, sagte er, »damit Ihr Euch Gottes in Euren letzten Stunden erinnern möchtet.«

»Segen über sie, Segen über sie! Eine gute und freundliche Schwester war sie mir! Aber ich muß Zeit haben, daß ich lesen kann. Zeit, mein Bruder, Zeit!«

»Zeit soll Euch nicht fehlen. Ihr sollt Euer eigener Henker sein; dieses bejammernswerte Amt will ich aus meinen Händen geben.« Ismael ging daran, seinen neuen Entschluß ins Werk zu setzen. Die unmittelbare Besorgnis des Seelenverkäufers ward durch die Vorspiegelung, daß er vielleicht noch tagelang leben könne, obgleich seine Bestrafung unvermeidlich sei, beschwichtigt. Bei einem so kläglichen und elenden Menschen wie

Abiram brachte ein solcher Aufschub dieselben Wirkungen hervor wie eine völlige Begnadigung. Er zeigte sich sogar ganz besonders tätig, bei den schrecklichen Vorrichtungen zu helfen, und unter allen Handelnden bei jener feierlichen Tragödie war seine Stimme allein gesprächig und sogar scherzhaft.

Ein schmaler Sims des Felsens trat dicht unter einem der höheren Weidenäste hervor. Er stand mehrere Fuß vom Boden ab und war ganz zu dem Vorhaben geeignet, welches indessen auch eben erst durch seinen Anblick angeregt worden war. Auf diese kleine Plattform wurde der Verbrecher gestellt, die Arme hinten an den Ellenbogen zusammengebunden, so daß kein Gedanke an Freiwerden blieb, indes ein zweiter Strick von seinem Nacken oben an den Baumast führte. Dies war so eingerichtet, daß der Körper, wenn er sich herabschwang, mit den Füßen den Grund und Boden nicht erreichen konnte, Die Stücke der Bibel gab man ihm in die Hände, und nun überließ man es ihm, seinen Trost in den Blättern zu suchen, so gut er könne.

»Und jetzt, Abiram White«, sagte der Squatter, als seine Söhne nach getaner Arbeit herabgestiegen waren, »tue ich Euch die letzte, feierliche Frage. Der Tod steht vor Euch in zwei Gestalten. Mit dieser Flinte kann Euer Elend kurz abgemacht werden, oder Ihr findet an jenem Strick früher oder später Euer Ende.«

»Laßt mich jetzt nur leben! Oh, Ismael, Ihr wißt nicht, wie süß das Leben ist, wenn die letzten Momente so nahe kommen!«

»So sei es denn«, sagte der Squatter, indem er seinen Mitgehilfen winkte, den Herden und Gespannen zu folgen. »Und jetzt, du bedauernswerter Mann, vergebe ich dir, damit es deinem Ende zum Troste gereichen möge, das Böse, was du mir angetan, und überlasse dich deinem Gotte.«

Ismael wandte sich demnächst um und schlug den Weg über die Ebene in seinem gewöhnlichen schlendernden Gange mit gewichtigen Tritten ein. Obgleich den Kopf ein wenig zur Erde hinabgesenkt, ward er doch nicht versucht, sich umzudrehen. Einmal glaubte er jedoch, seinen Namen in gedämpften Tönen rufen zu hören, aber auch dies vermochte nicht, ihn zum Innehalten zu bewegen.

An dem Orte, wo er mit Esther zusammen vorhin gesprochen, war der Felsen hinter ihnen nur noch am Horizont sichtbar. Hier hielt er still und wagte nun einen Blick nach dem verlassenen Platz zurück. Die Sonne war im Untergehen fast gerade dahinter, und ihre letzten Strahlen beleuchteten die nackten Äste der Weide. In scharfen Linien trat alles aus dem glühenden Abendrot heraus, und des Squatters geübtes Auge bemerkte sogar noch die Gestalt des Elenden, den er dort seinem Unglück überlassen. Indem er nun die Erdschwelle hinabstieg, überkam es ihn, als hätte er sich plötzlich und mit Gewalt von einem kaum noch enge Verbündeten auf immer getrennt.

Ungefähr nach einer Meile holte der Squatter die Gespanne ein. Seine Söhne hatten einen Platz für das Nachtlager ausfindig gemacht und erwarteten nur seine Ankunft, damit er ihre Wahl bestätigen möge. Mit wenigen Worten gab er seine Beistimmung. In allen Dingen herrschte nun ein Schweigen, was seltsam gegen sonst abstach. Man hörte Esther nicht unter den Kindern schelten, oder wenn es geschah, klang es mehr wie eine sanfte Ermahnung als wie Eifern und Keifen.

Keine Fragen und Erklärungen fielen zwischen dem Ehemanne und seinem Weibe. Nur als diese sich zum Schlafen unter ihre Kleinen zurückzog, bemerkte jener, wie sie einen verstohlenen Blick auf die Zündpfanne seiner Flinte warf. Ismael hieß seine Söhne zur Ruhe gehen, indem er selbst diese Nacht für die Sicherheit des Lagers wachen wolle. Als alles still war, ging er hinaus auf die Prärie; der Atem war ihm heute innerhalb der Zelte nicht frei genug, ein solches Gefühl schien ihn wenigstens zu leiten. Die Nacht war ganz geeignet, alle die Gefühle stärker aufzuregen, welche von den Ereignissen des Tages erzeugt worden waren.

Der Wind hatte sich mit dem Monde erhoben und strich zuweilen über die Ebene. Wie sollte es der einsamen Schildwache schwer geworden sein, in dem Säuseln und Pfeifen seltsame, überirdische Töne zu entdecken? Nicht frei von einer Empfindung, welche bei einem minder Beherzten ein Grauen hätte genannt werden können, blickte er um sich. Aber alles schlief ruhig und sicher, und nun schritt er auf die schon erwähnte Landschwelle zu. Hier erreichte der Squatter einen Punkt, von wo aus er gleich weit nach Osten und Westen blicken konnte. Leichte Lämmerwolken umschleierten den Mond, der kalt und wässerig glänzte. Doch gab es Momente, wo seine ruhigen

Strahlen aus klaren, blauen Räumen vorschossen und mit ihrem sanften Lichte den Gegenständen ringsum ein mildes Ansehen schenkten.

Zum ersten Male in einem Leben voll wilder Begebenheiten empfand Ismael, daß er einsam dastehe. Die nackten Prärien wurden für ihn unbegrenzte, traurige Wüsten, und das Rauschen des Windes klang wie die Stimmen der Toten. Jetzt dünkte es ihn auch, der Wind bringe ein Geschrei hervor. Es klang nicht wie ein irdischer Ruf, sondern strich gräßlich durch die obere Luft, von dem hohlen Stöhnen des Windes begleitet. Die Zähne des Squatters waren zusammengepreßt, und seine mächtige Hand griff nach der Flinte, als wolle er das Metall wie Papier zusammendrücken. Nun noch einmal, ein neuer Windstoß und ein lautes Gewimmer, als wäre es dicht vor seinen Ohren ausgestoßen. Eine Art Echo brach unwillkürlich aus seinen Lippen hervor, wie ja die Leute oft bei unnatürlichen Aufregungen aufschreien, und, die Flinte über die Schulter werfend, ging er mit Gigantenschritten auf den Felsen los.

Es geschah nicht häufig, daß das Blut in Ismaels Adern so rasch strömte wie meist in denen anderer Menschen, aber jetzt war es ihm, als wolle es aus allen Poren seines Körpers heraus. Seine tierische Natur war aufgeregt wie nie, seine lange schlummernden Kräfte erwachten. Je weiter er vorschritt, um so mehr hörte er das Schreien; zuweilen schien es über ihm in den Wolken zu ertönen, zuweilen kam es ihm so nahe, als streife es über die Erde zu seinen Füßen. Endlich ein lauter Aufschrei, wo keine Täuschung möglich war; die Einbildungskraft konnte zu dem wirklichen Entsetzen nichts hinzutun. Jedes Lüftchen schien von den grausen Tönen erfüllt wie so oft der sichtbare Horizont von der elektrischen Flut zuckender Blitze. Man hörte Gottes Namen ganz deutlich, aber er war schrecklich und lästerlich mit anderen Namen vermischt, die besser nicht wiederholt werden. Der Squatter blieb stehen und hielt sich beide Ohren mit den Händen zu. Als er diese endlich zurückzog, fragte ihn leise eine dumpfe Stimme neben ihm:

»Ismael, mein Mann, hörtest du nichts?«

»Still«, erwiderte der Ehemann, indem er mächtig mit dem Arm Esther ergriff, ohne das geringste Erstaunen über das unerwartete Erscheinen seines Weibes zu verraten. »Still, Weib, wenn du den Himmel fürchtest, sei still!«

Ein tiefes Schweigen trat nun ein. Der Wind kam und rauschte vorüber wie zuvor, aber nichts mehr klang darin von den schrecklichen Tönen. Alles war feierlich und ruhig, aber es war die Feierlichkeit und Majestät der Natur in ihrer Einsamkeit.

»Laß uns dann gehen«, sagte Esther, »'s ist alles vorbei.«

»Weib, was brachte dich her?« fragte ihr Gatte, dessen Blut in seine früheren Bahnen zurückgekehrt war, und dessen Gedanken schon etwas von ihrem gespannten Zustande verloren hatten.

»Ismael, er mordete unsern Erstgeborenen, aber es ziemt sich nicht, daß der Sohn meiner Mutter auf freiem Felde liegen bleibe, wie das Aas eines Hundes.«

»So komm denn«, sagte der Squatter, wieder nach der Flinte greifend, und sie gingen auf den Felsen los.

Die Entfernung war noch immer beträchtlich, und ihre Schritte wurden immer langsamer und kürzer, je mehr sie sich dem Orte der Hinrichtung näherten. Mehrere Minuten verstrichen so, ehe sie einen Punkt erreichten, wo man die Umrisse der dunklen Gegenstände entdecken konnte.

»Wo ist die Stelle? Führe mich hin«, flüsterte Esther. »Hier sind Hacke und Spaten, daß mein Bruder doch in dem Busen der Erde schlafen möge!«

Da brach der Mond hinter einer Wolkenmasse hervor, und das Auge des Weibes konnte Ismaels Finger folgen. Er zeigte auf eine menschliche Gestalt, die unter dem dürren Aste der Weide vom Winde hin und her geweht wurde. Esther beugte ihr Haupt und hielt sich das Gesicht vor dem Anblick zu. Aber Ismael ging näher und betrachtete lange in stillem Ernst, doch ohne Gewissensbisse sein Werk. Die Blätter des Heiligen Buches waren auf dem Boden umher zerstreut, und sogar ein Stück von dem Felsensims war von dem Seelenhändler in seiner Angst abgerissen worden. Aber überall herrschte jetzt die Stille des Todes. Das grimmige und verzerrte Gesicht des Opfers glänzte zuweilen im vollen Mondschein, und dann wurde es wieder dunkel, wenn der Wind es umkehrte oder der Schatten des Strickes über das helle Antlitz fuhr. Der Squatter hob die Flinte auf, zielte scharf und feuerte. Der Strick zerriß, und der Körper fiel herab, eine schwere gefühllose Masse.

So lange hatte Esther sich weder geregt noch gesprochen.

Aber jetzt war sie nicht säumig, als es an das Werk ging. Bald war das Grab gegraben. Es erwartete nun seinen bejammernswerten Bewohner. Als aber die leblose Gestalt hinabsank, blickte Esther, die ihr den Kopf hielt, in das Gesicht ihres Gatten mit einem Ausdrucke der Angst und sprach:

»Ismael, mein Mann, es ist sehr schrecklich! Ich kann sie nicht küssen, die Leiche von meines Vaters Kinde!«

Der Squatter legte seine breite Hand auf die Brust des Toten und sprach:

»Abiram White, wir alle bedürfen der Gnade. Ich vergebe dir von Herzen! Möge Gott im Himmel Gnade haben mit deinen Sünden!«

Die Frau neigte ihren Kopf und drückte ihre Lippen lang und heftig auf die bleiche Stirn ihres Bruders. Nun wurde die Erde hinabgeschaufelt, und die feierlichen Töne bei Ausfüllung eines Grabes folgten darauf. Esther blieb auf den Knien liegen, und Ismael stand mit bloßem Haupte daneben, indessen sein Weib ein Gebet murmelte. Dann war alles abgetan.

Am andern Morgen verfolgten die Gespanne und Herden des Squatters ihren Weg nach den Niederlassungen. Als sie sich den Grenzen näherten, wo das gesellige Leben beginnt, verlor sich der Zug unter tausend ähnlichen. Obgleich einige von den zahlreichen Abkömmlingen dieses seltsamen Paares von ihrem gesetzlosen und halbwilden Leben abgebracht wurden, hörte man doch nie wieder von den Häuptern der Familie selbst.

Dreiunddreißigstes Kapitel

> – Von Abschied nichts; denn ich will reiten
> Soweit der Boden reicht, zu euren Seiten.
> *Shakespeare*

Der Weg des Pawnees nach seinem Dorfe wurde durch keinen blutigen Vorfall unterbrochen. Seine Rache war so vollständig wie schnell ins Werk gesetzt. Er traf nicht einmal auf einen einzelnen Spion der Sioux, der etwa auf den Jagdgründen zurückgeblieben wäre, und die ganze Reise Middletons und der Seinigen war daher so friedlich, als geschähe sie mitten in den Vereinigten Staaten. Die Märsche wurden übrigens aus Schonung für die Frauen sehr kurz eingerichtet. Kurz, die Sieger schienen nach diesem Erfolg jede Spur von Wildheit verloren zu haben und ganz geneigt zu sein, auch den geringsten Forderungen der Weißen nachzugeben, die sich täglich vermehrten, täglich in die Rechte der roten Leute des Westens eingriffen und sie aus ihrem Zustande stolzer Unabhängigkeit in die Lage von Flüchtlingen und irren Wanderern versetzten.

Unser Raum erlaubt uns nicht, den triumphierenden Einzug der Sieger genau zu beschreiben. Der Jubel des Stammes stand ganz im Verhältnis zu der frühern Verzweiflung. Mütter priesen sich selig wegen des ehrenvollen Todes ihrer Söhne; Gattinnen zeigten auf die Narben ihrer Gatten, als teilten sie damit ihre Ehre, und indianische Mädchen belohnten die jungen Helden durch ihre Triumphgesänge. Die Trophäen, ihren gefallenen Feinden abgezogen, wurden so ausgestellt wie in mehr zivilisierten Gegenden eroberte Standarten. Die Taten der Krieger von ehedem wurden von alten Leuten wiedererzählt, und doch meinte man, sie würden vom Ruhme *dieses* Sieges verdunkelt. Hart-Herz selbst aber – schon sonst wegen seiner Taten von der Knabenzeit an bis zu dieser Stunde so ausgezeichnet – wurde einstimmig immer und immer wieder für den würdigsten Häuptling und den stattlichsten Helden erklärt, welchen der Wakonda jemals unter seine geliebtesten Kinder, die Pawnee-Loups, gesendet.

Trotz der vergleichsweise großen Sicherheit, in welcher Middleton seinen wiedergewonnenen Schatz erblickte, war es ihm doch angenehm, als er in den wilden Schwarm trat, seine treuen und gewiegten Artilleristen in ihrer Mitte stehn zu sehen und ihren kriegerischen Gruß und einhelligen Jubel über seine Rückkehr zu vernehmen. Die Gegenwart dieser Macht, so klein sie auch war, verscheuchte aus seinem Geiste jeden Schatten von Unbehaglichkeit. Sie machte ihn zum Herrn seiner Bewegungen, gab ihm Würde und Wichtigkeit in den Augen seiner neuen Freunde und setzte ihn instand, alle Hindernisse der weiten Landstriche zu überwinden, welche noch immer zwischen dem Dorfe des Pawnees und dem nächsten festen Platze seiner Landsleute lagen. Eine Hütte wurde zum ausschließlichen Wohnsitz für Inez und Ellen eingeräumt. Als Paul eine bewaffnete Schildwache in der Uniform der Staaten davor auf und ab schreiten sah, begnügte er sich, in die Hütten der Rothäute zu kriechen, in denen er ohne eben sehr viel Zartgefühl ihre häusliche Einrichtung durchstöberte und, was er vorfand, bald spaßhaft, bald ernst, immer aber mit großem Freimut besprach oder sich den verwunderten Frauen verständlich zu machen suchte, indem er ihnen so klar als möglich bezeichnete, wie alles bei den Weißen besser sei als bei ihnen.

Dieser spähende, unruhige Geist fand keine Nachahmer unter den Indianern. Hart-Herz' Zartgefühl und Zurückhaltung herrschten auch bei den Seinigen. Als sie den Fremden alle Aufmerksamkeit erwiesen und sie mit allem versehen hatten, was sie bei ihrer einfachen Lebensweise und ihren geringen Bedürfnissen leisten konnten, betrat kein Fuß mehr die Schwelle der den Weißen eingeräumten Gemächer. Man ließ sie ihre Ruhe suchen, wie es sich am besten mit ihren Sitten und Neigungen vertrug. Die Gesänge und der Jubel des Stammes dauerten indessen weit in die Nacht hinein, und man hörte mehr als einen Krieger bis tief um Mitternacht von der Decke seiner Wohnung herab die Taten seines Volkes und den Ruhm ihrer Siege aufzählen.

Alles, was Leben hatte, war trotz des Schwärmens in der Nacht mit Sonnenaufgang wieder auf den Beinen. Der Ausdruck jubelnder Freude, der noch vor kurzem auf jedem Gesichte gestrahlt, hatte einem andern, der sich besser mit diesem Augenblick vertrug, Platz gemacht. Alle wußten, daß die

Bleichgesichter, die mit ihrem Häuptling einen Freundschaftsbund geschlossen, sich anschickten, von dem Stamme Abschied zu nehmen. Middletons Soldaten hatten in Erwartung seiner Ankunft mit einem Handelsmann, der hier nicht sein Glück gemacht, einen Handel wegen des Gebrauchs seines Bootes, das auf Ladung wartend im Strome lag, abgeschlossen, und alles war jetzt zu der großen Reise fertig.

Middleton sah diesen Moment nicht ohne einiges Mißtrauen sich nähern. Die Bewunderung, mit welcher Hart-Herz seine Inez betrachtet hatte, war seinem eifersüchtigen Auge nicht entgangen und hatte ihn fast mehr als Mahtorees widerrechtliche Wünsche beunruhigt. Er wußte, wie geschickt ein Wilder seine Absichten verbergen kann, und er fühlte, daß es eine schuldvolle Schwäche sein würde, wenn er sich nicht auf das Schlimmste vorbereitet hielte. Heimliche Befehle wurden deshalb seinen Leuten erteilt, während er ihre Anstalten unter dem Scheine verbarg, daß sie mit einer kriegerischen Parade feierlich abziehen sollten.

Das Gewissen des jungen Soldaten tadelte ihn, als er sah, wie der ganze Stamm ihn und die Seinigen bis zum Stromufer ohne Waffen und mit traurigen Gesichtern begleitete. Sie sammelten sich in einem Kreise um die Fremden und ihren Häuptling und wurden nicht allein friedliche, sondern innig teilnehmende Zuschauer alles dessen, was vorging. Als es augenscheinlich wurde, daß Hart-Herz zu reden wünsche, hielten die Abziehenden inne und zeigten ihre Bereitwilligkeit zu hören, indem der Trapper den Dienst des Dolmetschers verrichtete. Hierauf redete der junge Häuptling sein Volk in der gewöhnlichen bilderreichen Sprache der Indianer an. Er begann damit, auf das Altertum und den Ruhm seiner eigenen Nation anzuspielen. Er sprach von ihrem Glück auf den Jagden und im Kriege, von der Art und Weise, wie sie immer gewußt, ihre Rechte zu verteidigen und ihre Feinde zu züchtigen. Nachdem er genug gesprochen, um seinen Stolz auf die Größe der Loups darzutun und das Gefühl seines Volks zu befriedigen, ging er plötzlich zu dem Stamme über, dessen Glieder die Fremden waren. Er verglich ihre unzählbare Menge mit den Flügen der wandernden Vögel zur Blütezeit oder im Herbste. Mit einer Zartheit, wie nur ein indianischer Krieger sich ihrer zu bedienen weiß, erwähnte er nicht geradezu ihren Hang zum gewaltsamen Raube, welcher sich häufig in ihren Verhandlungen mit den roten Leuten dargetan. Da er wohl fühlte, daß der Argwohn zu tief in den Gemütern seines Stammes eingewurzelt sei, suchte er lieber, was irgend in ihnen auflodern möchte, durch mittelbare Entschuldigungen zu beschwichtigen. Er erinnerte seine Zuhörer, daß auch die Pawnee-Loups genötigt gewesen, manche schlechten Individuen aus ihren Dörfern fortzujagen. Manchmal verhülle der Wakonda sein Antlitz vor einem roten Mann. Ohne Zweifel blicke auch der Große Geist der Bleichgesichter oft finster auf eines seiner Kinder. Die, welche dem Geiste des Bösen einmal überlassen wären, könnten nie wacker und tugendhaft sein, wie auch die Farbe ihrer Haut wäre. Er hieß seine jungen Leute in die Hände der Langmesser blicken. Sie wären nicht leer wie die hungriger Bettler. Auch wären sie nicht so mit Gütern angefüllt wie die schurkischer Krämer. Sie wären ebensogut wie sie selbst Krieger, und sie führten Waffen, die sie wohl zu brauchen verständen, – sie wären würdig, Brüder genannt zu werden!

Dann richtete er aller Aufmerksamkeit auf den Häuptling der Fremden. Er war ein Sohn ihres Großen Weißen Vaters. Er war nicht in die Prärien gekommen, die Büffel von ihrer Weide zu verscheuchen oder das Wild der Indianer zu suchen. Schlechte Leute hätten ihm eins seiner Weiber geraubt, ohne Zweifel war es das gehorsamste, sanfteste, lieblichste von allen. Sie brauchten nur ihre Augen aufzuschließen, um zu sehen, daß er wahr rede. Jetzt, da der weiße Häuptling sein Weib gefunden, kehre er in Frieden zu seinem Volke zurück. Er wolle ihm sagen, daß die Pawnees gerecht wären, und es solle zwischen beiden Nationen ein Wampum ausgetauscht werden. Alles Volk solle den Fremden eine glückliche Heimkehr in ihre Städte wünschen. Die Krieger der Loups verstünden ebensogut, ihre Feinde zu empfangen, wie die Dornen aus dem Wege ihrer Freunde fortzuräumen.

Middletons Herz hatte heftiger geschlagen, als der junge Partisan[26] auf Inez' Reize anspielte, und in diesem Moment sah er sich ungeduldig nach seinen aufmarschierten Artilleristen um; aber von dem Augenblick an schien der Häuptling vergessen zu haben, daß er je das schöne Wesen erblickt. Seine Gefühle, wenn sie wirklich dort weilten, waren hinter der kalten Maske indianischer Selbstverleugnung verhüllt. Er faßte jeden Krieger bei der Hand, selbst den geringsten Soldaten dabei nicht übergehend, aber sein kaltes, festes Auge wanderte auch nicht einen Augenblick zu einer der Frauen hin. Zu ihrer Bequemlichkeit hatte man alles mit einer verschwenderischen Aufmerksamkeit eingerichtet, welche auch unter seinen jungen Leuten einige Verwunderung erregt hatte, aber sonst verriet er persönlich auch nicht die geringste Aufmerksamkeit für beide Individuen des schwächern Geschlechts, wodurch er den männlichen Stolz der Seinen hätte kränken können.

Das Abschiednehmen war allgemein und der Anblick erhebend. Jeder männliche Pawnee unterließ es nicht, jedem der fremden Krieger einzeln seine Aufmerksamkeit zu beweisen, und die Zeremonie dauerte daher einige Zeit. Nur *eine* Ausnahme, doch nicht allgemein, fand hinsichtlich des Doktor Battius statt. Nicht wenigen der jungen Männer, das ist wahr, schien es sehr gleichgültig, Höflichkeiten mit einem Mann von so zweifelhaftem Gewerbe zu wechseln, aber der würdige Naturforscher fand dagegen einigen Trost in der mehr besonnenen Höflichkeit der alten Leute, die da meinten, daß, wenn er auch im Kriege nicht von großem Nutzen sei, die Dienste des Medikus dieser Langmesser doch im Frieden ganz an ihrer Stelle sein könnten.

Als Middletons Leute alle eingeschifft waren, hob der Trapper ein kleines Bündel, welches während dieser Vorgänge zu seinen Füßen gelegen, auf, und, indem er Hektor zu sich pfiff, war er der letzte, welcher seinen Sitz einnahm. Die Artilleristen gaben ihr gewöhnliches Abschiedssignal, worauf ein lauter Ruf des Stammes antwortete, und dann wurde das Boot in den Strom gestoßen und begann sanft hinabzugleiten.

Ein langes dumpfes, wo nicht gar melancholisches Schweigen folgte der Abfahrt. Der Trapper unterbrach es zuerst, dessen Kummer in seinem trübe gesenkten Auge sich aussprach.

»Das war ein ehrlicher und kräftiger Stamm«, sagte er, »und das will ich kühn zu ihren Gunsten behaupten. Ich stelle sie gleich hinter das einst mächtige und jetzt zerstreute Volk der Delawaren von den Bergen. Ach, Kapitän, hättet Ihr soviel Gutes und Böses wie ich in diesen Volksstämmen der Rothäute gesehen, Ihr würdet wissen, von welchem Wert ein wackerer, schlichtgesinnter Krieger ist. Ich weiß, es gibt Leute, die da sagen und denken, daß ein Indianer nicht viel besser sei als die Tiere auf diesen nackten Prärien. Aber man sei erst selbst ehrlich, wenn man einen guten Richter über anderer Ehrlichkeit abgeben will. Gewiß, gewiß *sie* kennen ihre Feinde und kümmern sich eben nicht darum, ihnen großes Vertrauen oder Liebe zu erweisen.«

»Die echte Natur des Menschen!« erwiderte der Kapitän, »und wahrscheinlich fehlt es ihnen an keiner einzigen seiner natürlichen Eigenschaften.«

»Nein, nein, es ist nur wenig, was ihnen fehlt von dem, was die Natur verteilt. Aber der weiß ebensowenig vom Temperament einer Rothaut, der nur *einen* Indianer oder nur *einen* ihrer Stämme gesehen, wie der etwas von der Farbe der Federn weiß, der nur *eine* Krähe gesehen. Jetzt, Freund Steuermann, lenkt dahin das Boot, nach jenem niedrigen Sandfleck, und es soll Euch nicht gereuen.«

»Weshalb?« fragte Middleton, »wir sind gerade mitten im schnellsten Strome, und wenn wir an den Strand treiben, wird es schwer halten, ihn wiederzugewinnen.«

»Ihr sollt nicht zu lange warten«, erwiderte der alte Mann, indem er mit seiner Hand selbst tätig war, das zu bewirken, was er wünschte. Die Ruderer hatten zuviel von dem Einfluß gesehen, den er über ihren Führer ausübte, um seinen Wünschen jetzt entgegen zu sein, und ehe er noch Zeit gelassen, weiter darüber zu verhandeln, hatte die Spitze des Bootes bereits das Land berührt.

»Kapitän«, fing der Alte wieder an, indem er seinen kleinen Quersack mit großer Bedächtigkeit und mit einer Miene losband, die genugsam verriet, daß ihm an Eile nichts gelegen sei, »ich wünschte, Euch einen kleinen Handel anzubieten. Nichts Großes, wahrhaftig nicht, aber immer noch das Beste, was jemand, mit dessen Schützenkunst es zu Ende gegangen, und der nun nicht mehr als ein kläglicher Trapper geworden, anbieten kann, ehe wir scheiden.«

»Scheiden?« riefen einstimmig alle, die seit kurzem mit ihm die Gefahren geteilt und von seiner Umsicht Nutzen gezogen.

»Was Teufel, alter Trapper, denkt Ihr zu Fuß nach den Niederlassungen hinaufzustapeln, indessen hier ein Boot ist, das die Entfernung in der Hälfte der Zeit zurücklegt, die der Esel, welchen der Doktor den Pawnees zurückgelassen, im besten Trott und Trabe brauchen würde!«

»Niederlassungen, Junge? Es ist lange her, seit ich Abschied nahm von dem Gewühl und der Schlechtigkeit der Niederlassungen und der Dörfer. Wenn ich hier in einem wüsten Raum lebe, so ist das einer, den der Herr selbst gemacht hat, und ich bekomme, wenn ich darüber nachdenke, keine Kopfschmerzen; aber nie will ich wieder mit freiem Willen dahin laufen, wo Unrecht und Sittenlosigkeit mir überall ins Gehege treten.«

»Ich hatte nicht ans Scheiden gedacht«, sagte Middleton, indem er aus den Gesichtern seiner gleichgestimmten Freunde einigen Trost für das Unbehagen, welches ihm die Nachricht verursachte, zu ziehen suchte. »Im Gegenteil hatte ich gehofft und geglaubt, Ihr würdet uns untenhin begleiten, wo es Euch, ich setze mein heiliges Wort darauf, an nichts mangeln soll, um Eure Tage angenehm zu machen.«

»Ja, mein Junge, ja; du würdest das Deinige tun. Was hilft aber des Menschen Ringen und Streben gegen das Wirken des Teufels! Ei, hätten es freundliche Anerbietungen und fromme Wünsche getan, so hätte ich schon vor Jahren ein Kongreßmann oder vielleicht ein Gouverneur werden können. Euer Großvater wünschte das nämliche, und es mögen noch immer Leute in den Otsegobergen leben, die mir gern, hoffe ich, einen Palast zur Wohnung anwiesen. Was aber hilft Reichtum ohne Zufriedenheit? Meine Zeit ist jedenfalls nur noch kurz, und ich hoffe, es ist keine große Sünde für einen, der fast neunzig Winter und Sommer sich ehrlich durchgebracht, wenn er nun wünscht, die wenigen Stunden, die ihm noch übrig sind, ruhig zu verbringen. Meint Ihr, ich hätte vielleicht deshalb unrecht, daß ich so weit mit Euch gegangen, um Euch wieder zu verlassen, Kapitän, so will ich ganz ohne Scheu und Rückhalt Euch den Grund sagen. Obgleich ich so viel von der Wüste gesehen habe, so leidet es doch keinen Zweifel, daß meine Gefühle sowohl als meine Haut weiß sind. Und nun würde es eben kein schickliches Schauspiel gewesen sein, wenn jene Pawnee-Loups die Schwäche eines alten Mannes gesehen hätten, das heißt, *wenn* er Schwäche beim Scheiden auf immer von denen zeigen sollte, die er lieben muß, ob er schon nicht so an ihnen hängt, daß er in ihrer Gesellschaft bis in die Niederlassungen ginge.«

»Hört mal, alter Trapper«, sagte Paul, indem er sich unter einer gewaltigen Anstrengung die Kehle reinmachte, als wolle er durchaus seiner Stimme einen freien Ausgang verschaffen – »ich hätte wohl Lust, einen Handel zu machen, da Ihr gerade davon sprecht, und das ist kein anderer als dieser. Meinerseits biete ich Euch die Hälfte von meinem Krimskrams an, auch soll mich's nicht kümmern, ob Ihr die größte wähltet, den süßesten und reinsten Saft, der nur aus den wilden Johannisbrotbäumen gewonnen wird; immer genug zu essen, dann und wann einen Mundvoll Wildbret oder statt dessen ein Stück vom Büffelhökker, indem ich meine Bekanntschaft mit dem Tiere fortzusetzen gedenke, und alles das so gut gekocht oder geröstet oder gebraten, wie es Ellen Wade hier präsentieren kann, die bald nicht mehr Ellen Wade sein wird, und dazu eine so gute Behandlung, wie sie ein Ehrenmann von seinem besten Freunde erwarten kann, oder um's kürzer auszudrücken, wie ein Ehrenmann seinen Vater behandeln würde. Dafür gebt aber Ihr uns, wenn wir Langeweile haben, etwas von Euren Erzählungen alter Zeit zum besten, vielleicht dazu bei Gelegenheit etwas von Eurem guten Rate, aber immer recht kurz gefaßt, und soviel von Eurer angenehmen Gesellschaft, als Euch gefällig ist.«

»Es ist gut – es ist gut, mein Junge«, erwiderte der alte Mann, indem er an seinem Bündel nestelte, »ehrbar angeboten, und gar nicht undankbar abgelehnt – aber es kann nicht sein, kann nie sein.«

»Verehrungswürdiger Jäger«, sagte Doktor Battius, »da sind doch Verpflichtungen, so jedermann der Geselligkeit und der menschlichen Natur schuldig ist. Es ist Zeit, daß Ihr zu Euren Landsleuten zurückkehrt, ihnen einige von den Schätzen Eurer Erfahrung abzuliefern, die Ihr doch zweifelsohne während eines so langen Aufenthaltes in den Wildnissen erworben habt. Wie diese auch durch vorgefaßte Meinungen entstellt sein mögen, werden sie denen doch immer äußerst erwünscht kommen, welche Ihr, wie Ihr sagt, bald für immer verlassen werdet.«

»Freund Physikus«, erwiderte der Trapper, indem er dem andern geradezu ins Gesicht schaute, »ebensowenig wie man über die Gemütsart einer Klapperschlange urteilen kann, nachdem man die Eigenschaften eines Hirsches erforscht hat, kann man über die Nutzbarkeit des einen Mannes reden, wenn man zuviel über die Taten eines andern nachdenkt. Ihr habt Eure Gaben, glaube ich, so gut wie ein anderer, und ich verlange gar nicht, Euch darin zu stören. Was mich aber betrifft, so schuf mich unser Herr einmal nicht zum Schwatzen, sondern zum

Handeln, und deshalb halte ich es für keine Beleidigung, wenn ich meine Ohren vor Eurer Einladung verschließe.«

»Es ist genug«, unterbrach Middleton. »Ich habe zuviel von diesem außerordentlichen Manne gesehen und gehört, um nicht zu wissen, daß keine Überredung ihn von seinen Vorsätzen zurückbringt. Zuerst wollen wir Euer Begehren hören, mein Freund, und dann sehen, was sich am besten zu Eurem Vorteil tun läßt.«

»Es ist nur wenig, Kapitän«, erwiderte der Alte, welcher endlich glücklich sein Bündel geöffnet hatte. »Es ist herzlich wenig und kaum der Rede wert gegen das, was ich *sonst* beim Tausche anbieten konnte. Jetzt aber ist es das Beste, was ich habe, und deshalb nicht zu verachten. Hier sind vier Häute von Bibern, die ich ungefähr einen Monat, ehe wir zusammentrafen, fing, und hier noch eine Dachshaut, an der wahrhaftig nichts gelegen, die aber bei unserm Handel immerhin als Zugabe gelten mag.«

»Und was habt Ihr vor, damit zu tun?«

»Ich biete sie Euch zu einem rechtlichen Tausche an. Die Schurken, die Sioux – der Herr verzeihe mir, daß ich sie für Konzas hielt – haben mir meine besten Schlingen gestohlen, und nun bin ich genötigt, mir so durchzuhelfen, wie sich's gerade tun läßt, was mir vielleicht einen schlimmen Winter prophezeit, wenn ich ihn erleben sollte. Ich wünsche daher, daß Ihr die Häute nehmt und sie einem der Trapper übergebt, auf die Ihr da unten stoßen müßt, der mir dafür Schlingen unter meinem Namen in das Pawneedorf bringe. Aber macht auch sorgfältig mein Zeichen darauf: den Buchstaben N. mit einem Hundsohr und einem Flintenhahn. Keine Rothaut wird dann mein Recht daran abstreiten. Für alle diese Bemühungen habe ich Euch freilich wenig mehr anzubieten als meinen Dank, wenn nicht mein Freund, der Bienenjäger hier, die Dachshaut annehmen und dafür die Besorgung ganz über sich nehmen will.«

»Wenn ich das tue, so will ich doch ...« Pauls Mund wurde hier durch Ellens zarte Hand verschlossen, und er sah sich genötigt, den Rest seiner Beteuerung hinunterzuschlucken, was er mit einer gewissen Bewegung tat, die der eines Erdrosselten nicht ungleich war.

»Gut, gut«, erwiderte sanft der Alte, »ich hoffe, es lag doch keine schwere Beleidigung in dem Anerbieten. Ich weiß, die Haut eines Dachses ist nicht viel wert, aber es war ja auch keine große Arbeit, die ich dafür verlangte.«

»Ihr versteht unsern Freund ganz falsch«, unterbrach Middleton, der wohl merkte, daß der Bienenjäger überall hinblickte, nur nicht dahin, wo er sollte, und daß er gänzlich unfähig war, sich selbst zu rechtfertigen. »Er meinte ja damit nicht, daß er Euer Anerbieten ablehne, sondern nur, daß er alle Belohnung dafür ausschlage. Es ist übrigens unnötig, mehr davon zu sprechen; *mein* Amt soll es sein, darauf zu sehen, daß unsere Schuld der Dankbarkeit gehörig abgetragen und daß für alle Eure Bedürfnisse gesorgt werden soll.«

»Wie das!« rief der Alte, indem er fragend in das Gesicht des andern blickte, als wünsche er eine Erklärung.

»Es soll alles geschehen, wie Ihr es wünscht. Legt nur die Felle auf mein Gepäck! Wir wollen für Euch handeln, wie für uns.«

»Herzlichen Dank, herzlichen Dank, Kapitän! Euer Großvater war ein Mann von freier und edler Gemütsart. Das ging so weit, daß das gerechte Volk, die Delawaren, ihn die ›offene Hand‹ nannten. Ich wünschte nur, ich wäre wie sonst, daß ich der Lady ein paar köstliche Marderfelle zu ihren Kragen und Pelzröcken schicken könnte, um doch auch zu zeigen, wie ich Höflichkeit mit Höflichkeit vergelten kann. Aber das erwartet nicht von mir; denn ich bin zu alt, um noch ein Versprechen zu geben. Alles wird so geschehen, wie es der Herr will. *Euch* darf ich nichts anbieten; denn ich habe nicht so lange in der Wildnis gelebt, um nicht die Bedenklichkeiten eines vornehmen Herrn zu kennen.«

»Höre einmal, alter Trapper«, rief der Bienenjäger, indem er seine Hand in die offene ihm hingehaltene Hand des andern legte, und das mit einem solchen Druck, als wenn eine Flinte losschnappte, »ich habe nur zweierlei zu sagen. Erstlich, daß der Kapitän dir meine Meinung besser gesagt hat, als ich es selbst kann, und zweitens, wenn dir ein Fell abgeht, entweder zu deinem eigenen Gebrauch, oder um es weiterzuspedieren, so steht dir eines ganz zu Diensten, und zwar das eines gewissen Paul Hover.«

Der alte Mann erwiderte den empfangenen Druck und öffnete den Mund mächtig wie nie, um still in sich zu lachen:

»Du hättest nicht so quetschen und drücken können, als die Tetonweiber dicht um dich mit ihren Messern standen!« sprach er. »Freilich, Ihr seid noch in Eurem Frühling und in Eurer Kraft und Eurem Glück, wenn Ehrbarkeit auf Eurem Wege liegt.« Dann verwandelte sich plötzlich der Ausdruck seines Gesichtes, er wurde ernst und nachdenkend. »Komm her, Junge«, sprach er, indem er den Bienenjäger am Rockknopfe ans Land führte und nun zu ihm im herzlichen Tone der Ermahnung und der Zutraulichkeit redete: »Wir haben viel zusammen gesprochen über die Lust und die Achtbarkeit des Lebens in den Wäldern oder an der Grenze. Ich bin nicht gesonnen zu sagen, daß, was du gehört hast, nicht wahr sei, aber verschiedene Gemütsarten verlangen auch verschiedenartige Beschäftigungen. Du hast da ein gutes und hübsches Kind ans Herz genommen, und es ist deine Pflicht geworden, ebensowohl sie als dich selbst zu beachten, wenn du ins Leben hineingehst. Du liebst es so, an den Grenzen der Niederlassungen umherzustreifen, aber nach meinem schlichten Urteil würde sich das Mädchen als eine blühende Blume besser ausnehmen und befinden in den sonnenhellen und offenen Niederlassungsorten als in den windigen Prärien. Deshalb vergiß nun alles, was du von mir gehört hast – was dessenungeachtet wahr ist –, und wende dich mit deinem Geist nach den Pfaden und Geleisen des innern Landes.«

Paul konnte nur mit einem neuen Händedruck antworten, der Tränen aus den Augen der meisten hervorgelockt hätte, der aber keine andere Wirkung auf die abgehärteten Muskeln des Alten hervorbrachte, als daß er lachte und den Kopf schüttelte. Er wollte damit sagen, er empfange diesen Druck als Unterpfand, daß der Bienenjäger seines Rates eingedenk bleiben wolle. Darauf wandte sich der Trapper von der rohen, guten Seele ab, rief Hektor aus dem Boote heran, schien aber noch immer ängstlich, indem er einige Worte an den Kapitän zu richten hatte.

»Kapitän«, begann er endlich, »ich weiß, wenn ein armer Mann von Kredit redet, so braucht er da, nach der Mode der Welt, ein sehr zartes und peinliches Wort; und wenn ein alter Mann von Leben redet, so spricht er von *dem*, was er vielleicht nicht mehr sehen soll. Dessenungeachtet will ich hier etwas sagen, und das geschieht nicht sowohl meinetwegen, als um anderer willen. Hier ist Hektor, ein guter und treuer Kerl, der schon weit das Alter eines gewöhnlichen Hundes überlebt hat; gleich seinem Herrn, sieht er sich jetzt mehr nach Ruhe um als nach den Taten der Jagd. Aber die Kreatur hat ihre Gefühle so gut wie irgendein Christ. Er hat sich neuerdings mit Eurem jungen Kumpan da zusammengesellt, so daß er an seinem Umgange viel Vergnügen gefunden, und ich muß gestehen, es tut mir herzlich weh, dies gute Paar so bald zu trennen. Wenn Ihr für Euern Hund einen Preis bestimmen wollt, so will ich versuchen, ob ich ihn Euch im Frühjahr schicken kann, besonders wenn ich wieder gute Schlingen zur Hand habe; oder wenn Ihr Euch nicht ganz von dem Tiere trennen mögt, so frage ich Euch nur, was Ihr zur Miete den Winter hindurch verlangt. Ich denke so, mein Hund wird nicht bis über diese Zeit ausdauern; denn ich habe so mein Urteil in diesen Dingen, da ich so manchen Freund, Hund und Rothaut, während meines Lebens habe dahingehen sehen, wiewohl es dem Herrn noch nicht gefallen hat, seine Engel auszusenden und meinen Namen zu rufen.«

»Nehmt ihn, nehmt ihn«, rief Middleton, »ihn und alles, was Euch gefällt.«

Der alte Mann pfiff den jüngern Hund zu sich ans Land, und dann ging er an das letzte Abschiednehmen. Von beiden Seiten wurde wenig gesprochen. Der Trapper ergriff jeden feierlich bei der Hand und sagte allen ein freundliches Wort. Middleton war sprachlos geworden und suchte durch irgendein Geschäft beim Gepäck seine Rührung zu verbergen. Paul pfiff aus allen Kräften, und Obed selbst nahm mit einer Miene Abschied, welche den Stempel eines gewaltsamen philosophischen Entschlusses an sich trug. Als der alte Mann auf diese Weise seine Runde gemacht hatte, schob er selbst das Boot in den Fluß, indem er allen eine schnelle Reise wünschte. Kein Wort wurde gesprochen, es erfolgte kein Ruderschlag, bis die Reisenden um einen Uferhügel getrieben worden, welcher ihrem Auge den Trapper verbarg. Zuletzt sah man ihn noch auf dem flachen Ufer stehen, auf seine Flinte gelehnt, Hektor zu seinen Füßen gekauert, indessen der jüngere Hund längs dem Strande in Fülle der Jugend und Kraft spielte.

Vierunddreißigstes Kapitel

Mich dünkt, ich hörte eine Stimme
Shakespeare

Die Flüsse hatten volles Wasser, und das Boot flog den schnellen Strom entlang wie ein Vogel. Die Reise vollzog sich ebenso schnell wie glücklich. In weniger als dem Drittel der Zeit, welche nötig gewesen wäre zur selben Reise, wenn sie zu Lande gemacht würde, ward sie auf der reißenden Strombahn zurückgelegt. Aus einem Fluß in den andern fallend – die wie die Adern des menschlichen Körpers mit den größeren Kanälen des Lebens untereinander in Verbindung stehen –, betraten sie bald die große Arterie aller westlichen Gewässer und landeten glücklich an der Tür von Inez' Vater.

Don Augustins Freude und die Verlegenheit des würdigen Paters Ignatius lassen sich leicht denken. Der erstere weinte und dankte dem Himmel, der letztere dankte ebenfalls und weinte nicht. Die dortigen stillen Bewohner waren zu bequem, um irgendwelche Fragen über die besonderen Umstände der glücklichen Wiederankunft zu tun, und durch eine Art gemeinsamer Übereinkunft nahm man bald an, daß Middletons Braut durch irgendeinen Schurken gestohlen und ihren Freunden durch menschliche Anstrengungen wiedergewonnen sei. Es gab allerdings einige Skeptiker; sie behielten aber ihre besonderen Meinungen und Zweifel für sich mit jener Art verschlossener Genugtuung, die ein Geizhals empfindet, wenn er seine immer wachsenden, aber unnützen Schätze anstaunt.

Um jedoch dem würdigen Priester irgendeine Beschäftigung für seinen Geist zu geben, machte Middleton ihn zum Instrument, Paul und Ellen zu verbinden. Der erstere willigte in die Zeremonie, weil er fand, daß alle seine Freunde großes Gewicht darauf legten, aber bald darauf führte er seine junge Frau in die Ebenen von Kentucky unter dem Vorwande, dort mehrere herkömmliche Besuche bei verschiedenen Mitgliedern der Familie Hover abzustatten. Dort aber ergriff er alsbald die Gelegenheit, die Ehe durch einen Friedensrichter seiner Bekanntschaft, in dessen Fähigkeit, die Eheketten zu schmieden, er weit mehr Vertrauen setzte als in irgendeinen Priester der Römischen Kirche, feierlich bestätigen zu lassen. Ellen, die wohl merken mochte, daß außerordentliche Vorkehrungen nötig wären, um jemand mit einem so unsteten Gemüte wie ihren Gespons innerhalb der ehelichen Grenzen zu halten, erhob gegen diese doppelte Verbindung keine Einwendungen, und somit waren alle Teile zufrieden.

Die örtliche Bedeutung, welche Middleton durch seine Verbindung mit der Tochter eines so reichen Grundbesitzers wie Don Augustins erworben, zusammengenommen mit seinen persönlichen Verdiensten, zog die Aufmerksamkeit der Regierung auf sich. Bald sah er sich in verschiedenen höchst wichtigen Lagen beschäftigt, die volles Vertrauen erforderten, und beides diente, sein Ansehen in der öffentlichen Meinung immer mehr zu heben und ihm die Mittel zu leihen, um selbst als Gönner und Beschützer aufzutreten. Der Bienenjäger gehörte zu den ersten, auf die er sein Ansehen erstreckte. Es hielt gar nicht schwer, Stellen ausfindig zu machen, die sich mit Pauls Fähigkeiten vertrugen, das heißt, bei einem Zustande der Gesellschaft, wie er vor dreiundzwanzig Jahren in jenen Regionen existierte. Middletons und Inez' Bemühungen um Ellens Gatten fanden bei dieser eine eifrige und verständige Unterstützung. Dies bewirkte, daß in Pauls Charakter mit der Zeit eine große und wohltätige Veränderung vorging. Zuerst wurde er ein Grundbesitzer, dann ein glücklicher Bebauer des Bodens und bald nachher ein Stadtbeamter. Durch diese allmähliche Steigerung im Glücke, die man in unserer Republik merkwürdigerweise so häufig mit einer Steigerung in Erwerbung von Kenntnissen und innerer Würde Schritt halten sieht, kam er weiter und weiter, bis sein Weib sich endlich der Mutterfreude darüber ganz überlassen durfte, daß ihre Kinder nicht mehr in jenen Zustand zurückkehren konnten, aus welchem beide Eltern hervorgegangen waren. Paul ist in der Tat in diesem Augenblicke Mitglied eines untern Zweiges der Gesetzgebung in dem Staate, in welchem er so lange verweilt hat, und er ist sogar dafür bekannt, daß er Reden hält, welche den löblichen Zweck haben, jene beratende Körperschaft in guter Laune zu erhalten. Und da sie überdies auf eine große praktische Kenntnis der Örtlichkeiten jener Landstriche basiert sind, besitzen sie ein

Verdienst, welches man in vielen weit delikateren und feiner gesponnenen Theorien vermißt, die in ähnlichen Versammlungen täglich den Lippen gewisser begeisterter Politiker entströmen. Aber alle diese glücklichen Früchte waren erst die Ausbeute großen Fleißes und einer langen Reihe von Jahren.

Middleton, welcher seiner höhern Erziehung gemäß einen Sitz in einem weit höhern Zweige der Legislatur ausfüllt, ist die Quelle, aus der wir die meisten zur Entwerfung unserer Geschichte erforderlichen Nachrichten geschöpft haben. Zu dem, was er über Pauls Glückseligkeit und seine eigene berichtet, hat er noch die kurze Erzählung eines bald darauf stattgehabten Besuches in den Prärien hinzugefügt. Damit halten auch wir es für geeignet, unsere gegenwärtige Arbeit zu beenden, indem dadurch alle ausgesponnenen Begebenheiten zu einem wirklichen Schlusse gedeihen.

In dem auf die Begebenheiten, welche wir vorgetragen haben, nächstfolgenden Herbste befand sich der junge Mann, der damals noch im Militärdienst seines Vaterlandes stand, an den Gewässern des Missouri in einem nicht weit von den Pawneedörfern entfernten Striche. Gerade frei von jeder unmittelbaren Verpflichtung und von Paul, der sich in seiner Gesellschaft befand, heftig bedrängt, entschloß er sich, ein Pferd zu besteigen und, das Land kreuzend, einen Besuch bei dem Pawneepartisan abzustatten, um sich nach dem Schicksal seines Freundes, des Trappers, zu erkundigen. Da sein Gefolge seinem Range und seinen Verrichtungen entsprach, ging die Fahrt, wenn auch nicht ohne die gewöhnlichen Entbehrungen und Mühseligkeiten, die notwendig mit jeder Reise in einer wilden Gegend verbunden sind, doch ohne die Gefahren und Unruhen vor sich, welche seine frühere Wanderung durch dieselben Gegenden bezeichnet hatte. In der gehörigen Entfernung sandte er einen indianischen Läufer ab, der zu einem befreundeten Stamme gehörte, um seine und der Seinigen Nähe zu melden, indem er langsam folgte, damit, wie es üblich, die Meldung seiner Ankunft dieser selbst vorangehe. Zum Erstaunen der Reisenden blieb ihre Botschaft unbeantwortet. Stunde folgte auf Stunde, und Meile verstrich um Meile, ohne daß irgend etwas kam, was eine ehrenwerte Aufnahme verkündete oder sonst auf freundschaftlichere Weise die Gäste eines Willkommens versicherte. Endlich senkte sich die Kavalkade, an deren Spitze Middleton und Paul ritten, von einer Fläche, auf der sie lange gereist waren, in einen fruchtbaren Grund hinab, welcher mit dem Dorfe der Loups gleichtief lag. Die Sonne war eben im Untergehen, und das goldene Abendlicht war über die ruhige Ebene ausgebreitet. Alles glühte und glänzte darin, und die Phantasie konnte sich die erhabensten Szenen daraus bilden. Noch dauerte das Grün des Jahres, und Herden von Pferden und Mauleseln grasten friedlich auf dem ausgebreiteten natürlichen Anger unter dem wachsamen Auge von Pawneeknaben. Paul fand darunter bald die wohlbekannte Gestalt des Asinus heraus, fett, glatt und behaglich, in der Zufriedenheit der Fülle schwelgend. Mit herabhängenden Ohren und geschlossenen Augenlidern stand er da, hochvergnügt, wie es schien, über seine gegenwärtige köstliche Lage, die im Nichtstun ihre beste Nahrung fand.

Ihr Weg führte die Gesellschaft nicht allzuweit an einem der wachsamen Jünglinge vorüber, deren Sorgfalt nichts Geringeres als die Sicherheit des Stammes anvertraut war. Er hörte das Stampfen der Pferde und wandte sein Auge zu den Kommenden, aber anstatt Neugier oder Unruhe zu verraten, kehrte der Blick sogleich wieder dahin zurück, von wo er nur für einen Moment sich abgewandt, nämlich nach der Gegend, wo das Dorf stehen mußte.

»Darin liegt etwas Seltsames«, murmelte Middleton, halb über das beleidigt, was er nicht allein als eine Kränkung gegen seinen Rang ansah, sondern auch als ihm persönlich zu nahe tretend. »Jener Bursche weiß schon von unserer Ankunft, sonst würde er nicht verfehlen, sie sogleich seinem Stamme anzukündigen, und doch würdigt er uns kaum eines Blickes. Seht auf eure Waffen, Leute, es könnte nötig werden, diesen Wilden unsere Kraft zu zeigen.«

»Darin, Kapitän, mein' ich, seid Ihr in einem Irrtum«, erwiderte Paul. »Wenn überhaupt Biederkeit in den Prärien zu Hause ist, so ist sie vor allem bei unserm alten Freunde Hart-Herz zu finden; auch muß man keinen Indianer nach den Regeln, die bei den Weißen gelten, beurteilen. Seht, wir sind doch nicht ganz vernachlässigt; denn hier kommt uns wenigstens ein kleiner Haufe entgegen, obschon es nur ein dürftiger ist, was Anzahl und äußern Prunk betrifft.«

Paul hatte in beidem recht. Sie sahen endlich eine Gruppe Reiter sich um ein kleines Gebüsch wenden und über die Ebene gerade auf sie zu kommen. Die Annäherung erfolgte langsam und mit Würde. Als sie heran waren, sah man den Helden der Loups an der Spitze von ungefähr zwölf jüngeren Männern seines Stammes. Alle waren unbewaffnet, auch trugen sie nicht einmal an ihrem Körper etwas von dem Schmuck oder den Federn, die sonst bei ihnen als Kennzeichen der Achtung für den Fremden gelten, welchen ein Indianer empfängt, und die sich nach dessen Rang und Wichtigkeit richten.

Die Zusammenkunft war freundlicher Art, obwohl nicht ohne einige Zurückhaltung von beiden Seiten. Middleton, der für seine Person sowohl als auch um der Autorität seiner Regierung willen mehr Aufmerksamkeit fordern zu können glaubte, vermutete irgendeinen heimlichen Einfluß von seiten der Agenten aus den Kanadas, und da er entschlossen war, der Autorität, als deren Stellvertreter er hier auftrat, durchaus nichts zu vergeben, glaubte er sich genötigt, ein an Stolz grenzendes Wesen anzunehmen, das seiner Sinnesart sonst ganz fremd war. Nicht so leicht wurde es, die Beweggründe zu entdecken, welche die Pawnees leiteten. Ruhig, würdig und doch weit davon entfernt, sich irgend beleidigend oder auch nur zurückstoßend zu benehmen, stellten sie ein merkwürdiges Beispiel von Artigkeit, verbunden mit Zurückhaltung, auf, welches nachzuahmen mancher Diplomat des feinsten Hofes vergeblich gestrebt haben würde.

Auf diese Weise setzten beide Teile ihren Weg nach dem Flecken fort. Middleton hatte vollkommen Zeit, während des übrigen Rittes alle möglichen Gründe zu erwägen, die nur sein Scharfsinn für dies seltsame Benehmen ausfindig machen konnte. Obgleich er von einem angestellten Dolmetscher begleitet war, erfolgten die Grüße der Häuptlinge auf eine Art, welche dessen Dienste ganz unnütz machten. Hundertmal betrachtete der Kapitän seinen ehemaligen Freund, indem er versuchte, den wahren Ausdruck seiner verschlossenen Züge zu entziffern. Hart-Herz' Auge war fest, gesetzt, nur etwas bekümmert; weiter ließ sich nichts aus seinen Zügen lesen. Er sprach weder selbst, noch schien er geneigt, seine Gäste zum Reden aufzufordern; Middleton hielt es daher für zweckmäßig, so geduldig wie seine Gefährten zu bleiben und auf den Ausgang zu warten, welcher dies seltsame Benehmen am besten erklären werde.

Als sie das Dorf betraten, sah man alle Einwohner auf einem offenen Platze versammelt, wo sie, wie dort üblich, nach Alter und Würden gesondert standen. Alle bildeten einen weiten Kreis, in dessen Mitte sich ungefähr ein Dutzend der ersten Häuptlinge befand. Hart-Herz winkte, als er sich näherte, mit der Hand. Der Haufe wich zurück, und er ritt, von allen seinen Gefährten begleitet, hindurch. Hier stiegen sie ab, und als man die Pferde beiseite geführt, fanden sich die Fremden von tausend ernsten, gesetzten, aber doch bekümmerten Gesichtern umringt.

Middletons Betroffenheit wuchs immer mehr, als er sich hier umblickte. Kein Geschrei, kein Gesang, kein Jubelruf bewillkommnete ihn unter einem Volke, von dem er sich erst vor kurzer Zeit mit Kummer getrennt hatte. Seine Unbehaglichkeit, um nicht zu sagen: seine Befürchtungen teilten sich auch seinen Gefährten mit. Ein fester Entschluß nahm bei allen die Stelle der Ungewißheit und des bangen Zweifels ein; jeder fühlte in der Stille nach seinen Waffen und versicherte sich ihres ungehinderten Gebrauchs, falls es zum Äußersten kommen sollte. Aber unter der Schar ihrer Wirte zeigte sich nicht das geringste von Feindseligkeit. Hart-Herz bat Middleton und Paul, ihm zu folgen, indem er sie zu der Gruppe führte, welche die Mitte des Kreises einnahm. Hier fanden die Besucher die genügende Erklärung für ein Benehmen, welches ihnen so vielen Grund zum Argwohn gegeben.

Der alte Trapper war auf eine rohe Art von Stuhl oder Lager hingesetzt, das man mit besonderer Sorgfalt so verfertigt hatte, daß sein Körper aufrecht und bequem darin ruhen konnte. Der erste Blick sagte den Kommenden, daß der Greis nun endlich doch auch berufen worden, der Natur den letzten Zoll zu entrichten. Sein Auge war dem Anschein nach gläsern; ihm fehlte ebenso die Sehkraft wie der Ausdruck. Seine Züge waren etwas mehr eingesunken, lagen schärfer und tiefer als früher; aber sonst war auch gar keine Verwandlung, soweit man nach dem Äußern schließen konnte, eingetreten. Sein nahendes Ende konnte man keiner bestimmten Krankheit zuschreiben, sondern es war ein allmählicher, milder Verfall seiner physischen Kräfte. Noch weilte zwar das Leben in ihm, aber zuweilen schien es, als wolle es durchaus abscheiden, und dann wieder, als durchhauche es noch einmal die zusammensinkende Gestalt, wie unwillig, den Besitz einer Wohnung aufzugeben, die nie von Lastern untergraben, noch von Krankheiten zerrüttet worden war. Es hätte eben keine gewaltige Phantasie dazu gehört, sich vorzustellen, daß der Geist noch immer um die ruhigen Lippen des alten Waldmannes schwebe, ungern aus einer Hülle abscheidend, die ihm so lange ein ehrenwertes Obdach gewährt hatte.

Sein Körper war so hingelegt, daß das Licht der untergehenden Sonne seine feierlichen Züge ganz bestrahlte. Sein Haupt war bloß, die langen, dünnen, grauen Locken flatterten leicht im Abendhauche. Seine Flinte lag auf seinen Knien, und die anderen Jagdgerätschaften waren ihm zur Seite hingestellt, so daß er sie mit der Hand fassen konnte. Zwischen seinen Füßen lag die Gestalt eines Hundes, den Kopf auf der Erde, als ob er schliefe, und so natürlich und leicht war seine Lage, daß es eines zweiten Blicks bedurfte, Middleton zu überzeugen, er sehe nur Hektors *Haut*, mit indianischem Zartgefühl und Fleiß so ausgestopft, daß man ein lebendes Tier zu sehen glaubte. Sein eigner Hund spielte in einiger Entfernung mit Tachechanas und Mahtorees Kinde. Die Mutter selbst stand dabei, in ihren Armen einen zweiten Sprößling haltend, der sich keiner minder ehrenwerten Vaterschaft rühmen konnte als der, auf die ein Sohn von Hart-Herz Anspruch machen konnte. Le Balafré saß neben dem sterbenden Trapper mit allen Anzeichen, daß auch *seine* Stunde bald schlagen müsse. Auch die übrigen in dem innern Kreise waren alte Männer, welche offenbar deshalb herangekommen waren, um zu sehen, wie ein gerechter und furchtloser Krieger die größte seiner Reisen antrete.

Der alte Mann erntete die Früchte eines Lebens, das seiner Mäßigung und Tätigkeit wegen merkwürdig war, in einem ruhigen, freundlichen Tode. Gewissermaßen hatte seine Kraft bis zu seinem letzten Ende gedauert. Das Verscheiden war, als es eintrat, reißend, aber frei von aller Pein. Er hatte mit dem Stamm im Frühling gejagt und sogar noch während des größten Teiles des Sommers, als seine Glieder ihm plötzlich ihre Dienste versagten. Eine Schwäche bemächtigte sich ebenso aller seiner Fähigkeiten, und die Pawnees fühlten, daß sie auf eine überraschende Art einen Weisen und einen Ratgeber verlieren würden, den sie zu lieben und zu achten angefangen. Aber, wie wir schon gesagt, der unsterbliche Einwohner schien unwillig, seine Behausung zu verlassen. Die Lebenslampe flackerte noch, ohne ausgelöscht zu werden. Am Morgen desselben Tages, an welchem Middleton ankam, waren mit einem Male alle Kräfte des alten Mannes wiederaufgelebt. Man hörte ihn noch ganze Sätze sprechen, und sein Auge erkannte von Zeit zu Zeit die Gestalten seiner Freunde. Es erwies sich aber, daß es nur ein kurzer und letzter Zwischenverkehr mit der Welt sein sollte, von der sein Geist nach der Meinung seiner Freunde bereits für immer Abschied genommen hatte.

Als Hart-Herz seine Gäste vor den Sterbenden hingestellt, beugte er sich nach einer ebensogut vom Kummer wie vom Anstande herrührenden Pause ein wenig vorwärts und fragte:

»Hört mein Vater die Worte seines Sohnes?«

»Sprich«, erwiderte der Trapper in Tönen, die aus der innersten Brust hervorkamen, welche aber grauenhaft deutlich wurden durch die ringsum herrschende Totenstille. »Ich muß jetzt von dem Dorfe der Loups scheiden, und nicht mehr weithin wird mir eure Stimme nachtönen.«

»Der weise Häuptling darf um seine Reise keine Sorge tragen«, fuhr Hart-Herz mit einem Eifer fort, der ihn für den Augenblick vergessen ließ, daß andere ebenfalls warteten, um seinen Adoptivvater anzureden, »hundert Loups werden seinen Pfad von Dornen reinigen.«

»Pawnee, ich sterbe, wie ich gelebt, als ein Christ«, erwiderte der Trapper mit einer Kraft in seiner Stimme, welche auf seine Hörer dieselbe Wirkung hervorbrachte, als wenn eine lange verstopft gewesene Trompete nach anfänglich dumpfen und hohlen Lauten plötzlich in helle und klare Töne ausbricht. »Wie ich ins Leben gekommen, will ich es auch verlassen. Pferde und Waffen brauche ich nicht, um zu stehen vor dem Großen Geiste meines Volkes. Er kennt meine Farbe und wird nach meinen Gaben auch meine Taten beurteilen.«

»Mein Vater muß erst meinen jungen Leuten erzählen, wie viele Mingos er erschlagen, und welche Taten der Tapferkeit und Gerechtigkeit er verrichtet, daß sie wissen, wie sie ihn nachahmen sollen.«

»Die Stimme eines Prahlers darf man nie in dem Himmel eines weißen Mannes hören!« erwiderte feierlich der Alte. »Was ich getan, das hat Er gesehen. Seine Augen sind immer offen. Das, was wohlgetan, dessen wird Er sich erinnern; worin ich gefehlt, wird Er nicht vergessen zu bestrafen, wiewohl Er dabei gnädig verfahren wird. Nein, mein Sohn, ein Bleichgesicht soll nicht sein eigenes Lob singen und hoffen, daß es vor Gott angenehm sei!«

Etwas in seiner Erwartung getäuscht, trat der junge Partisan einige Schritte bescheiden zurück, indem er den Hinzukommenden Platz machte heranzutreten. Middleton ergriff eine der mageren Hände des Sterbenden, und, kaum Herr seiner Stimme, gelang es ihm doch, ihn von seiner Gegenwart zu unterrichten. Der alte Mann horchte wie jemand, dessen Gedanken bei einem sehr fernen Gegenstande weilen, aber als es dem andern gelungen war, sich verständlich zu machen, daß er hier sei, drückte sich bald eine freudige Wiedererkennung in seinen matten Zügen aus.

»Ich hoffe, Ihr habt *die* nicht so bald vergessen, denen Ihr einst so wesentliche Dienste leistetet«, sagte Middleton. »Es würde mich schmerzen, müßte ich glauben, daß mein Gedächtnis nicht ebensogut bei Euch aufbewahrt sei.«

»Wenig von dem, was ich je gesehen, ist vergessen«, erwiderte der Trapper. »Ich bin nun am Schluß mancher mühseligen Tage, aber da ist doch auch kein einziger darunter, auf den ich nicht gern zurückblickte. Ich erinnere mich Eurer wohl und aller, die mit Euch waren; ach, und auch Eures Großvaters, der vor Euch kam. Es freut mich, daß Ihr wieder auf diese Ebenen gekommen; denn mich verlangte nach einem, der englisch spricht, da man auf die Tauschhändler in diesen Landstrichen hier wenig Vertrauen setzen kann. Wollt Ihr, junger Mann, einem alten und sterbenden Manne einen Dienst erweisen?«

»Nenne ihn«, sprach Middleton, »er soll geleistet werden.«

»Es ist eine weite Reise, um solche Kleinigkeiten dahin zu senden«, hub der Alte wieder an, der in kurzen Zwischenräumen, wie Kraft und Atem es zuließen, sprach. »Eine weite und schwierige Reise ist es, aber Freundschaft und Wohlwollen sind Dinge, die man nicht vergessen sollte. Da ist eine Ansiedlung an den Otsegohügeln ...«

»Ich kenne den Ort«, unterbrach ihn Middleton, indem er bemerkte, daß dem Alten das Sprechen immer schwerer wurde. »Nur weiter, was soll ich tun?«

»Nehmt denn diese Flinte, den Beutel und das Horn und sendet sie an die Person, deren Name unten an dem Kolben steht. Ein Händler schnitt die Buchstaben mit seinem Messer ein. Ach, es ist schon lange her, daß ich ihm dieses Unterpfand meiner Liebe habe zusenden wollen.«

»So soll es geschehen. Habt Ihr noch mehr zu wünschen?«

»Weiter wüßte ich nichts, was hier abzutun wäre. Meine Schlingen gebe ich meinem indianischen Sohne; denn ehrlich und redlich hat er an mir gehalten. Laß ihn vor mir stehen.«

Middleton erklärte dem Häuptling, was der Trapper gesagt, und überließ ihm seinen bisherigen Platz.

»Pawnee«, fuhr der alte Mann fort, immer jedoch die Sprache wechselnd nach den Personen, die vor ihm standen, und nicht selten auch nach den Gedanken, die er ausdrückte, »es ist eine Gewohnheit meines Volkes, daß der Vater seinem Sohne den Segen hinterläßt, ehe er die Augen für immer schließt. Diesen Segen gebe ich dir. Nimm ihn hin; denn das Gebet eines Christen wird den Pfad eines gerechten Kriegers nach den gesegneten Prärien hin weder länger noch schlimmer machen. Möge der Gott der Weißen mit freundlichen Augen auf deine Taten blicken, und mögest du nie etwas begehen, das ihn nötigt, sein Gesicht zu verhüllen. Ich weiß nicht, ob wir uns je wiedersehen. Es gibt mancherlei Überlieferungen hinsichts des Aufenthaltes der guten Geister. Mir ziemt es wenig, so alt und erfahren ich auch bin, meine Meinungen gegen die einer ganzen Nation auszusprechen. Ihr glaubt an die gesegneten Prärien, und ich glaube an die Sagen meiner Väter. Wenn beide wahr sind, so ist unsere Trennung für immer; aber sollte es sich dartun, daß *dieselbe* Meinung nur in verschiedene Worte gekleidet ist, so werden wir noch zusammen stehen, Pawnee, vor dem Antlitz Eures Wakonda, der dann niemand anders sein wird als mein Gott. Es läßt sich viel sagen zugunsten beider Religionen; jede scheint für ihr Volk besonders geeignet, und ohne Zweifel war auch so die Absicht. Ich fürchte nur, ich habe die Gaben, die Leuten meiner Farbe verliehen wurden, nicht ganz benutzt, da es mir schwerfällt, den Gebrauch der Flinte und die Lust der Jagd für immer aufzugeben. Aber dann war es mein eigener Fehler, denn ich fühle, daß es nicht Deiner, o Höchster, kann gewesen sein. Ach, Hektor«, fuhr er fort, indem er sich ein wenig nach vorwärts beugte und die Ohren des Tieres befühlte,

»jetzt ist auch unser Scheiden daran gekommen, und wir werden eine lange Jagd haben. Du warst ein ehrlicher, ein mutiger und treuer Hund. Pawnee, du darfst nicht den Hund auf meinem Grabe erschlagen; denn wo ein christlicher Hund niederfällt, da bleibt er für immer liegen; aber du kannst freundlich gegen ihn sein, wenn ich dahingegangen, – aus Liebe zu seinem Herrn.«

»Die Worte meines Vaters tönen in meinen Ohren«, erwiderte der junge Partisan, indem er ernst und ehrfurchtsvoll durch Zeichen seine Bereitwilligkeit aussprach.

»Hörst du, was der Häuptling versprochen hat, mein Hund?« fragte der Trapper, indem er versuchte, die Aufmerksamkeit des unbeweglichen Abbildes seines Hundes auf sich zu ziehen. Als er keinen Blick und auch kein freundliches Gewinsel zur Antwort erhielt, griff der alte Mann nach dem Munde und versuchte, seine Hand zwischen dessen kalte Lippen zu schieben. Da erst ging ihm die Wahrheit auf, ob er gleich noch weit davon entfernt war, die ganze Ausdehnung des Betruges innezuwerden. Zurücksinkend in seinen Stuhl, hing er den Kopf wie jemand, der einen schweren und unerwarteten Stoß erhalten. Diese momentane Vergessenheit benutzend, brachten zwei junge Indianer die leblose Hülle mit demselben Zartgefühl hinweg, welches sie zuvor veranlaßte, den frommen Betrug zu veranstalten.

»Der Hund ist tot!« murmelte der Trapper nach einer Pause von mehreren Minuten. »Ein Hund hat so gut seine Zeit wie ein Mensch, und er hat seine Tage gut verbracht! Kapitän«, fügte er hinzu, indem er Middleton zu sich heranzuwinken versuchte, »es freut mich, daß Ihr gekommen seid; denn wie gutmütig diese Indianer auch sind, und es so wohl meinen, wie man es von ihrer Farbe erwarten darf, so sind sie doch nicht die Leute, den Kopf eines weißen Mannes ins Grab zu legen. Ich habe aber auch an den Hund hier zu meinen Füßen gedacht; es schickt sich wohl nicht, nur so etwas auszusprechen, als könne ein Christ erwarten, seinen Hund wieder anzutreffen, aber es ist doch nichts Böses dabei, wenn man die Reste eines so treuen Dieners neben die Gebeine seines Herrn legt.«

»Nicht im geringsten; es soll geschehen, wie Ihr es wünscht.«

»Es freut mich, daß Ihr darin mit mir gleich denkt. Um denn Arbeit zu sparen, so legt mir den Hund zu Füßen oder besser geradezu mir zur Seite. Ein Jäger braucht sich nie zu schämen, wenn er in Gesellschaft seines Hundes gefunden wird.«

»Ich will's besorgen, wie Ihr es wünscht.«

Dann machte der Alte eine lange Pause, worin er offenbar Betrachtungen anstellte. Zuweilen erhob er sein Auge, als wolle er abermals Middleton anreden, aber irgendein inneres Gefühl schien die Worte wieder zu unterdrücken. Der andere, welcher wohl sein Stocken merkte, fragte ihn nun auf ermunternde Weise, ob noch sonst etwas sei, was für ihn getan werden könne.

»Ich stehe ganz allein in der weiten Welt!« antwortete der Trapper, »wenn ich dahingegangen, so stirbt mein ganzes Geschlecht aus. Wir waren niemals Häuptlinge, aber ehrenwert und nützlich auf unsere Weise; das, hoffe ich, wird uns niemand abstreiten. Mein Vater liegt nahe an der See begraben, und die Gebeine seines Sohnes werden auf den Prärien bleichen.«

»Nennt den Ort, und Euer Leib soll zur Seite Eures Vaters beerdigt werden«, unterbrach ihn Middleton.

»Nicht so, nicht so, Kapitän! Laßt mich schlafen, wo ich gelebt habe, außerhalb des Geräusches der Niederlassungen. Doch sehe ich nicht ab, warum das Grab eines ehrlichen Mannes solle so versteckt werden wie das einer Rothaut in irgendeinem verwachsenen Winkel. In den Niederlassungen habe ich einen Mann bezahlt, daß er mir einen Grabstein machen und über meines Vaters letzte Ruhestätte setzen mußte. Der Stein war an zwölf Biberfelle wert und sehr geschickt und trefflich gehauen! Zu allen, die vorübergingen, sollte er sagen, daß der Leib eines Christen darunter liege, und von dessen Lebensweise, dessen Jahren und dessen Rechtschaffenheit sprechen. Als wir es mit den Franzmännern in dem letzten Kriege abgetan, reiste ich hin nach dem Orte, um zu sehen, daß alles recht ausgeführt sei, und ich kann sagen, der Werkmeister hatte treu und redlich alles ausgeführt.«

»Und solchen Stein wünscht Ihr auf Eurem Grabe?«

»Ich, nein, nein, ich habe keinen andern Sohn als Hart-Herz, und ein Indianer versteht wenig von den Sitten und Gebräuchen der Weißen. Außerdem bin ich auch schon sein Schuldner, da es so wenig ist, was ich getan habe, seit ich in seinem Stamme lebe. Die Flinte möchte es wohl einbringen, was solch ein Ding wert ist – überdies weiß ich auch, es würde dem Jungen Vergnügen machen, die Flinte unter seinem Dache aufzuhängen: denn er hat manchen Hirsch und manchen Vogel davon bluten sehen. Aber, nein, die Flinte muß dem gesandt werden, dessen Name darunter eingegraben steht!«

»Aber hier steht jemand, der Euch gern seine Liebe auf die Weise, wie Ihr es wünscht, dartun möchte; ebender, welcher Euch nicht allein seine eigene Befreiung aus so manchen Gefahren verdankt, sondern auch eine schwere Schuld der Dankbarkeit von seinem Vorfahren geerbt hat. Der Stein soll auf Euer Grab kommen.«

Der alte Mann streckte die magere Hand aus und schüttelte sie dankbar dem anderen.

»Ich dachte wohl, daß Ihr es gern tun würdet, aber ich mochte Euch nicht um die Gunst bitten«, sagte er, »da Ihr doch nicht von meinem Blute seid. Setzt aber keine prahlerischen Worte drauf, sondern nur den Namen, das Alter und die Zeit meines Todes mit einem Spruch aus der Heiligen Schrift. Weiter nichts, weiter nichts. Dann wird doch mein Name nicht ganz auf der Erde verloren sein; weiter verlange ich aber nichts, gar nichts.«

Middleton wiederholte ihm, wie er zu allem bereit sei, und dann folgte eine Pause, welche nur durch einzelne Reden des Sterbenden, die ohne Zusammenhang herauskamen, unterbrochen wurde. Er schien jetzt seine Rechnung mit der Welt abgeschlossen zu haben und nur auf den letzten Ruf zu warten, um sie ganz zu verlassen. Middleton und Hart-Herz setzten sich ihm gegenüber auf denselben Sitz und bewachten mit trüber Emsigkeit die Veränderungen seiner Gesichtszüge. Zwei Stunden lang erfolgte keine merkliche Verwandlung. In seinen ausgelebten Zügen drückte sich noch immer eine würdige Ruhe aus. Von Zeit zu Zeit sprach er einige Worte; bald war's eine Lehre, ein Rat, eine kurze Weisung; bald waren's einfache Fragen über *die*, an deren Schicksal er noch immer eine freundliche Teilnahme zeigte. Während dieser ganzen feierlichen und ängstlichen Zeit verharrte jeder aus dem Stamme an seinem Platze mit der größten Geduld. Sobald der Alte sprach, neigte jeder den Kopf, um zu horchen, und wenn er ausgesprochen, schien jeder die Weisheit und den Nutzen der Worte zu erwägen.

Als das Lämpchen sich immer mehr dem Erlöschen näherte,

verhallte seine Stimme, und es gab Augenblicke, in denen die um ihn Stehenden zweifelten, ob er noch zu den Lebenden gehöre. Middleton, der jede leise Regung auf seinem verwitterten Antlitz mit der Teilnahme eines Psychologen und doch zugleich mit der zartern eines Befreundeten beobachtete, bildete sich ein, in seinen markanten Gesichtszügen die Lebenstätigkeit des Alten zu lesen. Vielleicht, daß das, was der aufgeklärte Soldat nur für ein Spiel der irregeleiteten Einbildungskraft nahm, ihm wirklich begegnete; denn wer ist je aus der unbekannten Welt zurückgekehrt, um zu erklären, auf welche Weise er in die Ehrfurcht gebietenden Vorhallen der Ewigkeit eintrat? Ohne das aufklären zu wollen, was dem Lebenden für immer ein Geheimnis bleiben wird, wollen wir nur noch das wirklich Vorgegangene einfach erzählen.

Der Trapper hatte ungefähr eine Stunde so ohne Bewegung gelegen. Nur seine Augen hatten sich zuweilen geöffnet und geschlossen. Wenn sie offen waren, schien sein Blick auf die Wolken gerichtet, die um den westlichen Horizont hingen, im vollen Farbenwiderschein und in der ganzen Eigenart, Anmut und Pracht eines amerikanischen Sonnenunterganges. Die Stunde, die ruhige Schönheit der Jahreszeit, der Vorgang, alles verband sich, die Zuschauer mit feierlicher Ehrfurcht zu erfüllen. Plötzlich, während er über die merkwürdige Lage, in der er sich befand, nachsann, fühlte Middleton, wie die Hand, die er in der seinen hielt, diese letztere mit unglaublicher Kraft drückte, und der alte Mann, auf beiden Seiten von seinen Freunden gestützt, erhob sich und stand gerade auf seinen Füßen. Einen einzigen Augenblick sah er sich um, als wolle er alle, die um ihn standen, auffordern, auf ihn zu hören (das letzte Überbleibsel menschlicher Gebrechlichkeit!), und dann rief er, wie ein stattlicher Kriegsmann den Kopf erhebend und mit einer Stimme, die überall in der zahlreichen Versammlung gehört werden mußte, das feierliche Wort:

»*Hier!!*«

Eine so unerwartete Bewegung und seine Miene voll Hoheit und Demut, die sich so seltsam zugleich auf einem und demselben Gesichte aussprachen, zusammen mit der klaren und ungewöhnlichen Kraft des Ausdrucks, verursachten kurze Zeit hindurch bei allen Gegenwärtigen eine eigene Bewegung. Als Middleton und Hart-Herz, welche beide unwillkürlich eine

Hand ausgestreckt hatten, um den Leib des Alten zu halten, ihn wieder anblickten, fanden sie, daß der Gegenstand ihrer Teilnahme ihrer Sorge nicht mehr bedürfe. Trauernd legten sie den Körper wieder auf das Lager, und Le Balafré stand auf, den Schluß dieses Auftritts dem Stamme anzukündigen. Die Stimme des alten Indianers schien eine Art Echo aus jener unsichtbaren Welt, in welche der Geist des ehrlichen Jägers gerade heimgekehrt war.

»Ein kräftiger, ein gerechter und ein weiser Krieger ist hingegangen auf dem Pfade, der ihn zu den gesegneten Gründen seines Volkes führen wird!« sprach er. »Als die Stimme des Wakonda ihn rief, war er bereit zu antworten! Geht, meine Kinder, gedenkt des gerechten Häuptlings der Bleichgesichter und räumt die Dornen aus Eurem eigenen Wege fort!«

Das Grab wurde unter dem Schatten einiger edler Eichen gegraben. Es ist bis zu dieser Stunde von den Pawnee-Loups sorgfältig gehütet worden und wird dem Reisenden und dem Händler häufig gezeigt als ein Fleck, wo ein gerechter Weißer ruhe. Zu seiner Zeit wurde auch der Stein darauf gelegt mit der einfachen Inschrift, welche der Trapper selbst erbeten hatte. Middleton nahm sich nur die Freiheit hinzuzufügen:

»Möge keine mutwillige Hand jemals seine Gebeine stören.«

Anhang

Vorrede Coopers

Die geologische Bildung des Teiles der Vereinigten Staaten, der zwischen dem Alleghany-Gebirge und den Rocky-Mountains gelegen ist, hat zu manchen scharfsinnigen Hypothesen Anlaß gegeben. Streng genommen ist dieser ganze ungeheure Erdstrich eine Ebene. Innerhalb einer Länderstrecke, die sich beinahe fünfzehnhundert (englische) Meilen von Ost nach West und sechshundert von Süd nach Nord ausdehnt, findet sich kaum eine Erhebung, die man einen Berg nennen dürfte. Sogar Hügel sind selten, obwohl ein großer Teil der Oberfläche des Landes mehr oder weniger jenen wellenförmigen Charakter zeigt, den wir am Eingange unserer Erzählung geschildert haben.

Es ist nichts weniger als unwahrscheinlich, daß das Ländergebiet, welches jetzt die Staaten Ohio, Illinois, Indiana und Michigan umfaßt, dazu ein großer Teil der Strecke westlich vom Mississippi – früher mit Wasser bedeckt war. Das Erdreich in allen jenen Staaten hat ganz das Aussehen angeschwemmter Ablagerungen, und es finden sich dort einzeln stehende Felsen von einer Beschaffenheit und Lage, die der Meinung das größte Gewicht geben, daß nur Treibeis sie an ihre jetzige Stelle geworfen. Die Anhänger dieser Ansicht glauben ferner, daß die großen Seen einst nur unermeßliche Untiefen in *einer* großen Fläche süßen Wassers bildeten, zu tief gelegen, um in die Umwälzung, die das Land trocken legte, gezogen zu werden.

Man wird sich erinnern, daß die Franzosen, solange sie die beiden Kanadas und Louisiana besaßen, auch auf das ganze eben bezeichnete Gebiet Anspruch machten. Ihre Jäger und einzelne vorgeschobene Posten knüpften den ersten Verkehr mit den wilden Bewohnern desselben an, und die frühesten schriftlichen Berichte, die wir über jene weiten Länderräume besitzen, kamen aus der Feder ihrer Missionare. Daher sind gar viele französische Benennungen in diesem Teile von Amerika heimisch geworden, und viele derselben sind auch eingebürgert geblieben. Als die Abenteurer, die zuerst in jene Wildnisse drangen, mitten in den Wäldern auf Ebenen trafen, bedeckt mit üppigem Grün oder wuchernden Schlingpflanzen, gaben sie denselben den leicht zu erklärenden Namen von Wiesen, Prärien. Als die Engländer den Franzosen folgten und ein Gebilde der Natur, von allem, was der Kontinent Ähnliches aufzuweisen hat, verschieden, schon mit einem Namen bezeichnet fanden, der in ihrer Sprache gar keinem Begriff entspricht, ließen sie dessenungeachtet diese natürlichen Wiesengründe im Besitz ihres auf solche Art erworbenen Titels. So kam es, daß das Wort »Prärie« auch in den Mund der Engländer überging.

Der amerikanischen Prärien gibt es zweierlei. Die östlich vom Mississippi gelegenen sind vergleichsweise klein, ausnehmend fruchtbar und stets von Waldungen eingeschlossen. Sie sind der höchsten Kultur fähig, und die Ansiedlungen darauf nehmen rasch zu. Viele dieser Art befinden sich besonders in Ohio, Michigan, Illinois und Indiana; sie leiden aber sehr unter einem in hohem Grade nachteiligen Mangel an Wasser und Brennholz – Übel von der ernstesten Art, solange es der Kunst nicht gelingt herbeizuschaffen, was die Natur versagte. Indessen sollen Steinkohlen in jenen Gegenden sehr häufig vorkommen und Brunnen in den meisten Fällen mit Erfolg gegraben worden sein, so daß die Auswanderer mit der Zeit dieser Übelstände Herr werden.

Die zweite Gattung dieser natürlichen Wiesen liegt westlich von dem Mississippi, ungefähr einige hundert Meilen von dem Strome ab: sie heißen die »Großen Prärien«. Sie ähneln den Steppen der Tatarei mehr als irgendeinem andern bekannten Teile der Erde und bilden eine große Länderstrecke, unfähig, eine dichtere Bevölkerung zu nähren, in Ermangelung der beiden schon genannten dringenden Lebensbedürfnisse. Wohl sind viele Flüsse vorhanden; aber an Bächen, überhaupt an kleinen Gewässern, die so große Hebel der Fruchtbarkeit wie der Lebensannehmlichkeit überhaupt sind, fehlt es beinahe gänzlich.

Der Ursprung und die Entstehungsweise der großen amerikanischen Prärien bilden eines der erhabensten Geheimnisse der Schöpfung. Der allgemeine Charakter der Vereinigten Staaten, Kanadas und Mexikos ist der einer üppigen Fruchtbarkeit. Schwer wird sich auf der ganzen Erde eine Ländermasse finden lassen, die so wenig unbenutzbare Stellen enthielte als die noch unbewohnten Teile der Union. Die meisten Berge sogar sind dem Pfluge zugänglich, und auch die Prärien in diesem Teile der Republik haben tiefe Schichten aufgeschwemmter Erde. Das nämliche gilt von dem Gebiete zwischen dem Stillen Ozean und den Rocky-Mountains, in deren Mitte der breite Gürtel liegt, welcher der Schauplatz dieser Erzählung ist und den Fortschritten der Amerikaner nach Westen eine Schranke zu setzen bestimmt scheint.

Die Großen Prärien treten immer mehr als die letzten Sammelplätze der »Rothäute« hervor. Die Überreste der Mohikaner, der Delawaren, der Creeks, Choktas und Irokesen scheinen auf diesen Ebenen ihrem endlichen Geschicke anheimzufallen. Die ganze Anzahl der noch innerhalb der Union befindlichen Indianer nimmt man verschieden zwischen ein- und dreimalhunderttausend an, und die meisten bewohnen das Land westlich vom Mississippi. Zur Zeit unserer Erzählung lebten sie in offener Feindschaft miteinander; gingen doch Zwiste unter den einzelnen Stämmen erblich von Geschlecht zu Geschlecht über. Der Einfluß des Staatenbundes hat viel dazu beigetragen, diesen wilden Schauplätzen den Frieden wiederzugeben, und man reist da wohl jetzt sicher, wohin vor fünfundzwanzig Jahren ein Weißer sich nicht ohne schützendes Geleit wagen durfte.

Der geneigte Leser, der sich zweier früheren Erzählungen des Verfassers erinnert, an welche sich die gegenwärtige natürlich anschließt, wird in dem Hauptcharakter dieser Geschichte einen alten Bekannten wiederfinden. Er vollendet seine Laufbahn hier, und wir hoffen, man werde ihm den Schlaf eines Gerechten in Frieden gönnen.

Paris, Juni 1832

Anmerkungen

1 So heißt der Mississippi in mehreren indianischen Sprachen. Der Leser wird einen vollständigen Begriff von der Bedeutsamkeit dieses Stromes erhalten, wenn er sich erinnert, daß der Missouri mit dem Mississippi eigenlich nur *einen* Fluß bildet. Ihre vereinte Länge kann nicht viel weniger als 4000 englische Meilen betragen.

2 Alle Staaten, welche sich der amerikanischen Union nach der Revolution anschlossen, heißen mit Ausnahme von Vermont, neue Staaten. Vermont leitete seine Ansprüche aus einer Periode vor dem Kriege ab; sie wurden jedoch erst später anerkannt.

3 Oberst Boone, der Patriarch von Kentucky. Dieser ehrwürdige und kühne Verbreiter der Zivilistion wanderte noch in seinem zweiundneunzigsten Lebensjahr nach einem 300 englische Meilen westlich vom Mississippi gelegenen Striche aus, weil ihm eine Bevölkerung von zehn auf die Quadratmeile schon groß vorkam.

4 Indianer, zwischen den Flüssen Missouri und Platte.

5 Trapper, als technischer Ausdruck, dem hunter schärfer entgegengesetzt, als die deutsche Sprache es übersetzen kann, bezeichnet einen Mann, der sein Wild durch Schlingen und Fallen zu gewinnen sucht, eine Methode, die vornehmlich gegen den Biber, der zu schlau ist, um sich leicht schießen zu lassen, Anwendung findet.

6 Plunder ist der volkstümliche Ausdruck für Gepäck in den westlichen Staaten Amerikas. Das Wort führt leicht zu einer irrigen Beurteilung des Charakters des Volkes, das trotz der spaßhaften Anwendung eines so kräftigen Wortes gastfreundlich und bieder ist wie die meisten Bewohner neuer Siedlungen. Eine komische Bedeutung hat das Wort Plunder eigentlich nur in den zivilisierten Gegenden.

7 Man pflegt in den neu besiedelten Landstrichen die Männer eines weiten Bezirks, bisweilen sogar die einer ganzen Provinz zu versammeln, um die Raubtiere auszurotten. Man bildet einen Kreis von einigen Meilen Ausdehnung und

verengt ihn allmählich, indem man alles tötet, was einem in den Weg kommt. Die Anspielung bezieht sich auf dieses Verfahren, bei dem einer dem anderen das gejagte Tier zutreibt.

8 Die Mestizen, Sprößlinge indianischer Mütter und weißer Väter, haben viel von der Verderbtheit der Zivilisation ohne die guten Eigenschaften der Wilden.

9 Die Weißen werden von den Indianern so wegen ihrer Degen genannt.

10 Die Benennung *Squatter* bezeichnet einen Landräuber, einen Mann, der sich ohne Erlaubnis der Staaten anzusiedeln sucht.

11 D. h. des Staates Neuyork.

12 Anthony Wayne, ein im Revolutionskriege und später im Kampfe gegen die westlichen Indianer ausgezeichneter Pennsylvanier, benahm sich als General so wagehalsig, daß er von seinen Leuten nur der tolle Anthony genannt wurde. General Wayne war der Sohn dieses durch ›Wests Leben‹ wohlbekannten Mannes, in dessen Regiment er seine Schule machte.

13 Die amerikanische Regierung ernennt Häuptlinge unter den westlichen Stämmen und dekoriert sie mit silbernen Medaillen, die das Brustbild des jeweiligen Präsidenten tragen. Die mit Washingtons Bild gezierte wird am meisten geschätzt.

14 Wiesel.

15 Es ist kaum nötig zu bemerken, daß das in dieser Schrift öfter unter dem Namen Büffel aufgeführte Tier nichts anderes als der Bison ist. Daher die vielen Widersprüche zwischen den Gelehrten und den Bewohnern der Prärie.

16 Die Bienenjagd ist eine an den Grenzen des amerikanischen Staatenverbandes nicht seltene Beschäftigung, die indes hier etwas poetisch dargestellt wird. Wenn die Bienen ihren Honig aus den Blumen saugen, sucht sich der Jäger einiger davon zu bemächtigen. Er wählt sich dann eine passende Stelle und läßt eine los, die unfehlbar ihrem Stocke zufliegt. Nach den Umständen läßt man dann in größerer oder geringerer Entfernung wieder eine fliegen. Aus dem Winkel, welchen die Flugrichtungen dieser beiden Insekten bilden, läßt sich dann der Schwarm auffinden.

17 Mit aller Achtung für Dr. Battius' Distinktionen müssen wir noch anführen, daß Bison und Büffel sich auch in der Art unterscheiden, daß das Fleisch der ersteren zu der schmackhaftesten und nahrungsreichsten Kost gehört, während das der letzteren kaum eßbar ist.

18 Lederstrumpf.

19 Sein wahrer Name ist Nathanael Bumppo.

20 Spanier.

21 Es wird behauptet, Mohammeds eiserner Sarg in Mekka werde von zwei ober- und unterhalb ihn anziehenden großen Magneten in der Mitte der Moschee schwebend erhalten.

22 Wer den »Letzten Mohikaner«, wo der alte Trapper als Jäger und Kundschafter auftritt, gelesen hat, wird diese Anspielungen leicht verstehen.

23 Die amerikanischen Jäger halten den Schwanz des Bibers für die höchste Delikatesse.

24 Unkas, der letzte Mohikaner.

25 Er begrub sie.

26 Amerikaner und Indianer haben voneinander manche Worte übernommen, die beiderseits als der andern Sprache eigentümlich betrachtet werden. So werden Squaw, Pappus (kleines Kind), Wigwam usw., obwohl es zweifelhaft ist, ob sie überhaupt irgendeinem indianischen Dialekt angehören, gern von allen beiden, den Weißen und den Roten, bei ihren Unterredungen gebraucht. Viele Worte des »Prärienomadischen« sind aus dem Französischen abgeleitet. Dahin gehören Partisan (Streifkorpsführer), brav (tapfer) usw.

27 Dem Text unserer Ausgabe liegt die von 1841 bis 1843 bei J. G. Liesching in Stuttgart erschienene Übersetzung von Dr. E. Kolb u. a. zugrunde. Die eingehende Vergleichung der Kolbschen Übertragung mit dem englischen Original zeigt, daß selbst die Kolbsche Übertragung Kürzungen aufweist. Diese Lücken sind von uns sorgfältig ergänzt worden. Wir hielten das für unerläßlich, weil gerade an Cooper nicht nur in den Übersetzungen, sondern sogar in neueren englischen Ausgaben durch Kürzungen gesündigt worden ist. Selbstverständlich wurden alle Übersetzungsfehler berichtigt. In den Gesprächen der Cooperschen Romane finden sich sehr häufig Wortspiele, die ähnlich wie die Shake-

speares selbst von einem bewährten Übersetzer nicht ohne weiteres übertragen werden können. In manchen Fällen hat Kolb auf die Wiedergabe überhaupt verzichtet und statt dessen die englische Stelle unter seinem Text angeführt. In anderen Fällen schien uns das von Kolb eingesetzte deutsche Wortspiel nicht so treffend wie das englische. An solchen Stellen wurde der Text neugestaltet. Zeit hierfür stand uns bei der jahrelangen Vorbereitung des Drucks in reichem Maße zur Verfügung, so daß gerade diese schwierigen Stellen sehr sorgfältig nachgefeilt werden konnten. Was wir hier vorlegen, ist nach dem Gesagten nicht gemeinfrei, sondern als unser Eigentum urheberrechtlich geschützt.

Anmerkung des Verlages

Erläuterungen

Abtrift, Abweichung vom Kurs
Achterdeck, Hinterdeck
Acker, etwas über 4000 Quadratmeter
Allston, Washington (1779–1843), amerikanischer Maler, Klassizist
Arrowhead, Pfeilspitze
Assiniboin, Stamm der Dakotas

back, zurück
Back, Aufbau auf dem Vorderdeck
Backbord, linke Schiffsseite
Bake, festes Seezeichen
Berkeley, George (1685–1753), englischer Philosoph
Besansegel, das Gaffelsegel am hintersten Mast
Beting, Gerüst zur Befestigung der Ankerketten
Big Serpent, Große Schlange
Billen, innere Planken am Heck
Bö, heftiger Windstoß
bonne bouche, Nachtisch
Bonnet, Streifen zur Verlängerung des unteren Segels
Bram, die von oben zweite Verlängerung der Segel
Brasse, Tau zum Stellen der Segel
Brigg, zweimastiges Segelschiff, das mit Rahen aufgetakelt wird
Buffon, Graf von (1707–1788), französischer Zoologe, berühmt durch seinen glänzenden Stil. Von ihm stammt das Wort: »Le style, c'est l'homme.« (Wie einer schreibt, so ist er.)
Bugspriet, der Baum, der über den Schiffsbug hervorragt
Bukanier, Freibeuter

chiente (Mischdialekt, halbfranzösisch), »Hundeloch«, schlechte Hütte
Chingachgook, Große Schlange
compos mentis, seiner Sinne mächtig, bei Verstande
Corbeau rouge, rote Krähe

deinsen, rückwärts gehen
Della crusca, Academia, florentinische Sprachreinigungsgesellschaft
dénouement, Lösung des Knotens
Dew-of-June, Junitau
Ducht, Querbank im Boote; auch das Kabelgarn, woraus die Taue zusammengedreht sind.
Dünung, Hochgehen der Wogen

Eau-douce, Süßwasser
Erin, Irland

Fallen, Taue
fieren, Tau ablaufen lassen, Segel niederlassen
Flip, Warmbier mit Branntwein und Zucker
Floating, schwimmend: Floating Tom = schwimmender Tom (s. Wildtöter)
Fock, Vormast

Gaffel, Segelstange hinter dem Mast, dient oft dazu, die Flagge zu tragen
Gallone, Maß von viereinhalb Liter
Gatt, enger Durchgang
geien, Segel zusammenschnüren
gieren, vom geraden Kurs abweichen
Greenough, Horatio (1805-1852), amerikanischer Bildhauer, Schüler Thorwaldsens, stellte Washington als antike Gottheit dar. *Cooper* war der erste, der seine hohen Fähigkeiten erkannte und ihn seinen Landsleuten bekannt machte. Greenoughs letztes Werk war eine Büste Coopers.
Guinee, Goldmünze im Werte von etwa zwanzig Mark

Hawk-eye, Falkenauge
Heck, Schiffshinterteil
Helm, Ruderpinne, Steuer
Hieling, hinteres Ende des Kieles
Hintersteven, die Balken hinten am Schiff

Indianersommer, Spätsommer, warme Tage bei Herbstfärbung
Jolle, Boot mit einem Mast

June, s. Dew-of-June
Jury, Schwurgericht

Kabellänge, hundert Faden, etwas weniger als zweihundert Meter
Kaje, Deich; Mauerwerk zur Einfassung eines Hafens.
Kalash, Damenkopfputz
Kalme, Windstille
Kastor, Biberhut
katten, den Anker hochziehen
Ketsche, Geschirr
Killdeer, Töter des Wildes
killen, Flattern der ungefüllten Segel
Klüse, Öffnung im Bug für die Ankerkette
Klüver, dreieckiges Vorsegel
Koje, Schlafstelle
Kühlte, frischer Wind

Lalla Rookh, Tulpenwange, Gedicht von Thomas Moore
La Longue Carabine, die Lange Büchse
Lateinisches Kreuz, ein solches, bei dem der untere Teil länger ist als die drei anderen Arme
Le Balafré, der Benarbte, Beiname des Herzogs Franz von Guise (1519-1563) und seines ältesten Sohnes Heinrich (1550 bis 1588). In der »Prärie« Name eines alten Sioux-Häuptlings.
Lecke, Stelle, wo Tiere Salz lecken
Lee, Seite, wohin der Wind weht
Legerwall, die bei stürmischem Winde im Lee vom Schiffe befindliche Küste
lenzen, mit gerefften Segeln vor dem Sturme laufen
Liek, Einfassung des Segels
Lily, Lilie
Log, Instrument zur Bestimmung der Fahrtgeschwindigkeit
Logbuch, Schiffstagebuch
Lomme oder Lumme, Vogel der Regenpfeiferart
Loup-cervier, der Luchs
Lugger, Küstensegelschiff
Luv, Windseite, Gegensatz von Lee
luvwärts, dem Winde zugekehrt

Mährische Brüder, eine böhmische Sekte, die Kriegsdienst und Eid verweigerte
Majordomo, der Verwalter
Marlpfriem, Eisenstab zum Splissen von Tauwerk
Mars (Mastkorb), ein Gerüste an den Mastbäumen zum Halten gewisser Taue und zur Bequemlichkeit der auf den Masten befindlichen Matrosen
Meile, englische, etwas mehr als anderthalb Kilometer
Mêlée, Handgemenge
Minstrel, Spielmann, Sänger
Mokassin, lederner Halbschuh der Indianer

Nahten, Fugen zwischen den Planken
Nock, Ende der Rahe

Paley, William, Verfasser der Grundsätze der Moralphilosophie (1785)
Patois, Mundart
Pool, Teil der Themse unterhalb Londons
preien, ein Schiff anrufen

rara avis, seltener Vogel, Seltenheit
Reep, Seil
Renard Subtil, Schlauer Fuchs
Reni, Guido (1575-1642), italienischer Maler
Rivenoak, gespaltene Eiche
Rodney (1719-1792), englischer Admiral, Eroberer der französischen Besitzungen in Westindien
Rosa, Salvator (1615-1673), italienischer Maler

Sachem, Häuptling
Sanglier, Eber
Schanddeck, Plankengang an der Bordwand
scheren, mit dem Vorderteil aus der Kursrichtung kommen
Schlup, Segeljacht; kleines, zum Rudern eingerichtetes Fahrzeug
Schnau, zweimastiges Fahrzeug
Schoner, zweimastiges Segelschiff
Schote, Segelleine
Schotten, hölzerne Scheidewände

Schwabber, Schiffsbesen
Scud, Windwolke
Seising, Tau
sobriquet, Spitzname
Solander, Daniel (1736-1782), schwedischer Botaniker, der Cook auf seiner Weltumsegelung begleitete
Spake, Hebebaum
Spiere, Rundholz, Ersatzrahe
Spill, Ankerwinde
spleißen, Tauenden verflechten
Spring, zum ausgeworfenen Anker führende Trosse
Squaw, Indianerfrau
Stenge, Verlängerung des Mastes
Stern, Schiffshinterteil
Steuerbord, rechte Schiffsseite
Stopper, Tauende
Sumach, Essigbaum
Supererogation, übergebührliche Leistung

Tachechana, Hindin
taljen, aufwinden
Taljereep, dünnes Tau am unteren Ende der Wanten, um stärkere straffer anzuspannen
Tomahawk, Streitaxt
Topp, oberes Ende des Masters
Totem, Bild des Tieres, von dem eine indianische Sippe ihre Abstammung herleitet
Trageplatz, Stelle, wo die Boote über die Stromschnellen getragen werden
Trageweg, s. Trageplatz
triftig, treibend
»Tristram Shandy«, humoristischer Roman von Lawrence Sterne (1713-1768)
Troß, starkes Tau

überholen, nachprüfen
Unze, Jaguar

vis inertiae, Macht der Trägheit
Vorsteven, Balken vorn am Schiff

Wah-ta!-Wah, Still, oh! Still!
Wakonda, Gott der Indianer; anderer Name für Manitu
Wampum, Schnur mit aufgereihten kleinen Muschelscheiben
Wanten, Stütztaue
warpen, durch Schleppanker fortbewegen
Wish-ton-wish, Ziegenmelker (Vogel)

Yahoos, Rasse in Swifts satirischem Roman »Gullivers Reisen«
Yengeese, Engländer

Der Lederstrumpf

Eine Nachbemerkung von
Peter Härtling

Keine literarische Gestalt begleitet mich so lange wie *Natty Bumppo*. Mit acht Jahren vernarrte ich mich in ihn, lief ihm nach in Landschaften, deren Weite und Unberührtheit für mich bis heute den Anschein von Utopie bewahren. Weihnachten 1940 schenkten mir meine Eltern den »Lederstrumpf«, eine bei Ellermann erschienene, gekürzte und bearbeitete Ausgabe der fünf Bücher in einem Band – mit Illustrationen von Max Slevogt, die mich anregten, doch nie festlegten: ihre Leichtigkeit, ihr Schwung kommen aus einem wunderbar kindlichen Impuls.

So begann ich zu lesen.

Ich wünsche mir, noch einmal anfangen, noch einmal über den ersten, stockend aufgenommenen Satz grübeln zu können: *»Derjenige, der viel gereist und gesehen hat, glaubt wohl leicht, daß er lange gelebt habe, und die Geschichte, die die meisten Ereignisse umfaßt, wächst für den Betrachtenden scheinbar schnell auf Jahrhunderte an.«* Was für ein Abgrund von Sinn tat sich da gleich zu Beginn auf. Und es war gar nicht der erste Satz. Den allerersten hatte der ungenannte Ellermann-Bearbeiter gestrichen. Er hätte mich nicht minder verwirrt: *»Ereignisse haben für die menschliche Vorstellung die Wirkungen der Zeit.«* (Leider reicht unser Gedächtnis sehr häufig nicht bis zu den ersten Lese-Abenteuern zurück. Denn es lohnte sich, eine Anthologie solcher unverstandenen Sätze zusammenzustellen. Natürlich müßte sie kommentiert werden: Wie diese Sätze nicht verstanden wurden, welchen andern Sinn sie bekamen, wie sie mit einem älter wurden und unter welchen Umständen man sie plötzlich begriff – ob man dieses Verstehen als ein Glück oder eher als Verlust empfand.)

Daß ich den »neuen« ersten Satz verspätet las, nachgenießen konnte, verdanke ich einem nun schon seit Jahren dauernden, nahezu wortlos ausgetragenen Buchzwist zwischen mir und unserm Ältesten. Immer wieder fehlte der in meinem Bücherbord von der »Beweinten von Wish-Ton-Wish« und den Bänden der Littlepage-Trilogie flankierte »Lederstrumpf«. Längst wußte ich, wo er zu finden sei. Bei Fabian. Nicht, daß er ihn ausdrücklich zu seinem Lieblingsbuch erklärt hätte, aber er schien ihn zu brauchen. Wenn ich ihn mitnahm, holte er ihn unweigerlich zurück. Also gab ich schließlich nach, und gar nicht so ungern, da ich erpicht war, die fünf Romane endlich ungekürzt zu lesen.

Nun muß ich von Seligkeit sprechen, von Entdecken und Wiederfinden, vom Entstehen eines Kontinents in einem Kopf, der mit zwiefachem Verständnis liest, dem eines Mannes und dem eines Kindes, das, ein Kissen in den Rücken gedrückt, im Krankenbett sitzt und bettelt, weiterlesen zu dürfen: Bitte, nur noch bis zum Schluß von diesem Kapitel: Jetzt nimmt der alte Häuptling Tamenund Abschied von Uncas. Bitte, es sind nur noch ein paar Seiten.

Jetzt nimmt mir niemand mehr behutsam, auf morgen vertröstend, das Buch aus der Hand. Ich kann lesen, solang mir's gefällt. Und ich las die letzten Tage, selbstvergessen, tief in die Nacht hinein, hörte sie reden, redete mit ihnen, sah Szenen, sah vor allem Landschaften, die kaum einer so entwerfen konnte wie Cooper: das schwebende, von Blättern aufgesogene Licht in Herbstwäldern, den himmlischen Tunnel über Flußtälern, das Karpfensilber der Seen und den stoßenden Atem des Präriewinds.

Du, ich brauch' deinen Lederstrumpf nicht mehr, sage ich.

Warum? Ihn scheint unser Spiel eher vergnügt zu haben.

Ich zeige ihm die fünf Bände. Das ist der ganze »Lederstrumpf«, ungekürzt.

Er mustert das Bücherbündel. Ich erwarte Fragen oder Zuspruch, doch er begnügt sich mit einem: Na ja. Und geht.

Vielleicht erzähle ich ihm bei besserer Gelegenheit von meiner Zuneigung für Hetty im »Wildtöter«, und wie Cooper es gelingt, gerade die Schwachen stark zu schreiben. Vielleicht gestehe ich ihm, wie es mich rührt, wenn der unvergessene Uncas, dem ich zwei Bände lang nachtrauerte, im fünften Buch als edler Pawnee Hard-Heart eine Reinkarnation erfährt. Vielleicht bringe ich ihn ein bißchen durcheinander, wenn ich darauf hinweise, daß Cooper in der falschen Reihenfolge schrieb, den ersten Band, den »Wildtöter«, als letzten veröffentlichte, eine geradezu verwegene schriftstellerische Leistung: Nachdem er den Tod seines Helden erlitten hatte, dachte er ihm seine Jugend aus. Vielleicht sollte ich Fabian auch ganz nebenbei sagen, daß ich ab und zu in *Natty Bumppo* schlüpfe, vor allem in den alten, und mir ein wenig von seiner geduldigen Kraft wünsche. Vielleicht. Aber erst einmal lasse ich es bleiben. Ich hab' mich wieder in die Geschichte verfangen und bin zu befangen. Eines schreibe ich ihm, nach dem neuerlichen Umgang mit dem »Lederstrumpf«, für alle Fälle auf: Es gibt Bücher, die einem das Atmen beibringen. Ein Atmen, das in seiner Ruhe, seinem Gleichmaß dem des Schläfers gleicht. Jemand, der versunken liest, atmet wie einer, der schläft, und wandert dennoch hellwach durch den die Welt schöpfenden Traum eines andern.

Inhalt